Un enfant en héritage

*

Pour une idylle avec toi

*

L'époux dont elle rêvait

MICHELLE MAJOR

Un enfant en héritage

INTÉGRALE

LES SECRETS DES FORTUNE - VOL 2

Traduction française de
ANDRÉE JARDAT

SAGAS

HARLEQUIN

Collection : SAGAS

Titre original :
FORTUNE'S SPECIAL DELIVERY

Ce roman a déjà été publié en 2017

HARPERCOLLINS FRANCE
83-85, boulevard Vincent-Auriol, 75646 PARIS CEDEX 13
Service Lectrices — Tél. : 01 45 82 47 47 - www.harlequin.fr
ISBN 978-2-2804-8494-7 — ISSN 2426-993X

Composé et édité par HarperCollins France.
Imprimé en décembre 2022 par CPI Black Print (Barcelone)
en utilisant 100% d'électricité renouvelable.
Dépôt légal : janvier 2023.

FSC
www.fsc.org
MIXTE
Papier issu de sources responsables
FSC® C159065

Pour limiter l'empreinte environnementale de ses livres, HarperCollins France s'engage à n'utiliser que du papier fabriqué à partir de bois provenant de forêts gérées durablement et de manière responsable.

1

— Je porte un toast à ton mariage.

Joignant le geste à la parole, Charles Fortune Chesterfield leva son verre rempli de cabernet et adressa un sourire complice à sa sœur Lucie, assise face à lui dans le restaurant branché d'Austin où ils avaient choisi de se retrouver.

— Ou devrais-je dire ton remariage ?

Le temps, plutôt clément en ce début d'avril, le changeait du crachin londonien auquel il était habitué. Il aurait préféré pouvoir profiter du vaste patio fleuri qu'offrait l'établissement. Malheureusement, les paparazzis, à l'affût des moindres faits et gestes de leur illustre famille, les avaient obligés à se cantonner à l'intérieur, à une table à l'écart de tout objectif intrusif.

— Arrête de m'asticoter, Charles, rétorqua Lucie, d'un ton qui indiquait qu'elle était à la fois amusée et agacée. Si tu as fait tout ce chemin juste pour te moquer de moi, tu aurais pu rester à Londres.

— Je suis très heureux pour toi, ma Lucie.

Il reposa son verre et s'empara de la main de sa sœur qu'il pressa dans un geste empli d'affection.

— Vraiment. C'est la seule et unique raison pour laquelle j'ai fait cette halte à Austin.

— Et… ? lui souffla-t-elle.

— Et Chase et toi formez un couple… charmant. Ton mari t'aime. Cela crève les yeux.

Il était sincère. Il n'avait jamais vu sa sœur aussi rayonnante.

Peu de gens savaient que Lucie s'était mariée à Chase Parker, futur héritier d'une compagnie pétrolière, alors qu'elle n'avait que dix-sept ans. D'un commun accord, les jeunes mariés avaient caché leur union jusqu'au mois dernier où ils avaient décidé de vivre leur amour au grand jour.

Aussitôt qu'il avait pu se libérer, Charles avait pris le premier avion en partance pour Austin et il avait dîné la veille en compagnie du jeune couple. Il avait pu vérifier par lui-même à quel point était fort l'amour qu'ils se portaient.

— Chase est tellement parfait ! s'exclama Lucie dans un sourire béat. Mais assez parlé de moi.

Elle se tut quelques secondes, le temps de rechercher sur son Smartphone l'article publié en ligne par l'un des tabloïds les plus populaires de Grande-Bretagne.

« Une troisième chance pour l'irrésistible lord Charles d'être enfin heureux ? » titrait le magazine, faisant ainsi référence aux deux ruptures précédentes de Charles. Une photo volée de lui, en compagnie d'une belle brune élancée accompagnait l'article.

— Lady Caterina Hayworth ? interrogea Lucie d'un ton dubitatif. Ne me dis pas que tu es vraiment fiancé à cette fille ? Je sais qu'elle correspond tout à fait au profil de femmes que tu aimes, belles et écervelées, mais elle est connue pour être une opportuniste de la pire espèce. Ce n'est pas pour rien qu'on la surnomme la Prédatrice. Tu n'ignores tout de même pas qu'elle sort avec toi dans l'unique but de faire rejaillir sur elle un peu de ta notoriété ?

— Je déteste ce sobriquet, déclara-t-il d'un air dégoûté tout en faisant défiler l'article.

— Quoi ? La Prédatrice ? Pourtant, admets que…

— Non, je ne parle pas de celui-là. Je parle de celui dont la presse m'affuble : « l'irrésistible lord Charles ». Ce n'est pas à Brodie ou à Oliver qu'on donnerait un surnom aussi ridicule, ajouta-t-il en faisant référence à leurs deux demi-frères, issus du premier mariage de leur mère Joséphine.

— Moi, je le prendrais plutôt comme un compliment, affirma Lucie. Tu ne peux nier que tu es un très bel homme.

— Sans doute. Mais ce surnom débile est très réducteur. Comme si je n'avais à offrir qu'un physique avantageux doublé d'un titre aristocratique.

— Tu es bien plus que cela, Charles, le défendit-elle. Et puis, dis-toi que c'est grâce à toi si le nombre de visiteuses en Grande-Bretagne a doublé.

Il esquissa une moue dédaigneuse alors qu'il avait récolté ce qu'il avait semé. Il avait pris comme un jeu la campagne publicitaire à laquelle il avait participé et ayant pour but de donner plus de visibilité au marché touristique britannique. Le slogan « Vivez la vie d'un aristocrate », qu'il avait lancé sur le ton de la plaisanterie, avait été pris au sérieux par l'office national du Tourisme. Une photo de lui, posant en smoking devant nombre de monuments historiques, avait aussitôt inondé les médias.

S'il s'était amusé un temps de la notoriété fulgurante qui en avait résulté, il avait fini par s'en lasser et par trouver sa vie bien superficielle, contrairement à celle de Lucie qui, tout comme leur mère, consacrait son temps à des œuvres caritatives ; ou comme celle de leur frère, Jensen, dont la réputation n'était plus à faire dans la finance. Bref, chacun des membres de sa famille avait quelque chose d'intéressant à offrir.

Sauf lui.

Mais il en était le seul responsable. Pendant des années il avait cultivé l'image du noceur invétéré intéressé uniquement par les plaisirs d'une vie aisée. A la mort de son père, sir Simon Chesterfield, il avait eu à cœur de continuer à renvoyer de lui l'image de l'homme léger et drôle que s'arrachaient toutes les femmes.

— C'est la seconde raison qui m'amène ici, déclara-t-il. J'ai des réunions avec le bureau du Tourisme la semaine prochaine. Nous aimerions resserrer encore le lien existant entre le Texas et la Grande-Bretagne. Sais-tu que ce sont près de trois millions d'Américains qui projettent de se rendre là-bas cette année ?

— Avec l'idée de vivre la vie d'un lord ? le taquina-t-elle.

— Je suppose que oui. En fait, ajouta-t-il après une pause, je suis ravi d'avoir pu m'échapper un peu. La presse se déchaîne contre moi en ce moment. Pourtant, Caterina et moi ne sommes même pas un couple à proprement parler.

Lucie tapota de l'index l'écran de son téléphone.

— Elle le sait ?

— Disons qu'elle fait mine de l'ignorer, répondit-il. Mais ne te méprends pas. C'est une chic fille. Elles le sont toutes, d'ailleurs.

Lucie but une gorgée de son vin tout en congédiant d'un geste de la main le serveur revenu prendre les commandes.

— Et l'amour, dans tout cela, Charles ? finit-elle par demander. Désormais, tu es le dernier célibataire de cette famille. Même maman semble avoir retrouvé l'amour.

— Je suis au courant, en effet. Jensen m'a vaguement parlé d'une romance avec Orlando Mendoza.

— Tu la verrais ! Elle irradie de bonheur.

— Vous avez cela en commun, toutes les deux.

Il fit tourner son verre entre ses doigts et en fixa le fond d'un air pensif.

— En ce qui me concerne, je ne crois pas qu'il y ait sur cette terre une femme qui puisse me convenir.

— Et moi, je suis certaine du contraire, affirma Lucie d'un ton qui se voulait convaincant.

— Pourtant, ce n'est pas faute d'en rencontrer.

— En effet, mais ce n'est pas avec ce genre de femmes que tu pourras faire ta vie.

— Laissons tomber, tu veux bien. Ce n'est pas une discussion que l'on a avec sa sœur.

— Si seulement…

La sonnerie de son téléphone l'interrompit net.

— Ne réponds pas, lui enjoignit-elle, les sourcils froncés. Je n'en ai pas fini avec toi.

— Désolée, sœurette, mais visiblement, c'est quelqu'un d'Austin. Ça peut être important.

Mais alors qu'il prenait l'appel son mystérieux interlocuteur resta silencieux.

— Allô ? insista-t-il.

— Etes-vous Charles ? s'enquit timidement une voix de femme.

— Qui êtes-vous ? répliqua-t-il.

— Raccroche, lui souffla Lucie en haussant les épaules.

Sans doute pensait-elle, comme lui d'ailleurs, qu'il s'agissait d'un de ces journalistes en mal de scoop qui traquaient leur famille sans répit depuis qu'il avait été établi que Chesterfield et Fortune étaient apparentés.

Pourtant, quelque chose dans la voix de cette femme l'intriguait. Douce et teintée d'une pointe de l'accent traînant propre aux gens du Sud, il crut y discerner une réserve mêlée d'appréhension à laquelle il n'était pas habitué.

— Je suis Alice, lui apprit la voix.

— Alice…, répéta-t-il en fouillant sa mémoire.

En dépit de ses efforts, ce prénom ne lui rappelait rien ni personne.

— Alice Meyer, précisa-t-elle. Je suis désolée de vous appeler ainsi à l'improviste. J'ai eu votre numéro par le bureau du Tourisme.

La mémoire lui revint d'un coup. Il revit une jolie blonde aux jambes interminables, dotée d'un sourire aussi sexy que timide.

Alice s'éclaircit la gorge avant de poursuivre :

— Nous nous sommes rencontrés l'année dernière…

— A un congrès sur le tourisme, ici même, à Austin, termina-t-il. Oui, je me souviens très bien de toi, à présent.

Il tenta de cacher à sa sœur le sourire que ce souvenir amenait sur ses lèvres.

En effet, il revoyait parfaitement la folle nuit passée avec Alice dans sa chambre d'hôtel. Il se la rappelait d'autant mieux que, fait peu coutumier chez lui, il avait eu envie de lui demander son numéro de téléphone.

Malheureusement, lorsqu'il était sorti de sa douche le lendemain matin, la belle avait disparu, sortant de sa chambre aussi bien que de sa vie.

Et voilà que plus d'un an après elle se rappelait à lui. Pourquoi ? Il brûlait de l'apprendre.

Alice poussa un soupir de soulagement. Dieu merci, Charles se souvenait d'elle. Bien sûr, elle savait à qui elle avait affaire lorsqu'elle l'avait retrouvé au bar de l'hôtel ce soir-là. Toutes les femmes entre sept et soixante-dix-sept ans savaient qui était « l'irrésistible lord Charles ».

Cela étant, elle s'attendait plutôt à ce qu'il n'ait aucun souvenir d'elle. Comme la plupart des gens qu'elle rencontrait, d'ailleurs.

A en croire la presse à scandale, il changeait de petite amie comme de chemise.

— Alice, tu es toujours là ?

— Il faut que je te voie, lâcha-t-elle précipitamment.

Un long silence s'ensuivit qui lui laissa à penser que sa requête allait être rejetée.

— C'est une proposition alléchante, finit-il par répondre d'un ton lourd de sous-entendus. Malheureusement, je crains que mon planning soit très serré cette semaine.

— C'est important, insista-t-elle en cherchant à lui cacher l'émotion qui lui nouait la gorge. Je te promets d'être brève.

— Peux-tu m'en dire un peu plus sur ce mystérieux rendez-vous ?

— C'est personnel et…

Elle marqua une courte pause avant d'achever sa phrase.

— Je t'en prie, Charles.

Un silence plus long suivit sa supplique. Si long qu'elle crut qu'il avait raccroché. Après tout, il était beau, riche et célèbre, tandis qu'elle n'était rien et exigeait un peu de son précieux temps. Pourtant, elle était bien décidée à ne pas renoncer. Sa cause était trop importante.

— Demain matin, proposa-t-il soudain.

— De… demain ? balbutia-t-elle tant elle était surprise. Parfait. Nous pourrions nous retrouver au parc Zilker. Sais-tu où il se trouve ?

— Absolument.

— Il y a un banc sous un vieux chêne à l'entrée du jardin botanique. A 10 heures, cela te convient-il ?

— Tout à fait. A demain, Alice.

La façon dont il avait prononcé son nom, un peu comme s'il la caressait du bout des lèvres, lui envoya de délicieux frissons au creux des reins. Elle secoua la tête. *Allons, reprends-toi, ma fille,* se sermonna-t-elle. *Rappelle-toi que si Charles se souvient de toi, en revanche, il n'a jamais cherché à te revoir.*

— Au revoir, Charles. A demain.

Ses mains tremblaient lorsqu'elle mit fin à l'appel.

Je l'ai fait ! exulta-t-elle. *Je l'ai fait* !

Ivre de fierté et de joie, elle abaissa les yeux sur son fils, Flynn, qui dormait sagement dans son transat. Une fois n'était pas coutume !

— Alors ? Qu'est-ce qu'il a dit ?

Alice se tourna vers Meredith Doan, sa meilleure amie. Alors que celle-ci s'était tenue jusque-là patiemment à l'écart, elle attendait maintenant le compte rendu de sa discussion avec Charles. Meredith était la seule à savoir qui était le père de son enfant. Et encore Alice ne s'était-elle confiée à elle que dans l'espoir que son amie lui donnerait le courage de prendre le taureau par les cornes.

— Nous avons rendez-vous demain matin, répondit-elle.

Meredith lui tendit le verre de vin blanc qu'elle lui avait servi.

— Tiens, dit-elle. Tu as l'air d'en avoir besoin, tu es rouge comme une pivoine. Il s'est souvenu de toi ?

— A ma grande surprise, oui.

— Raconte-moi encore comment tu en es arrivée à avoir une liaison avec « l'irrésistible lord Charles ».

— Ce n'était pas une liaison. Loin s'en faut, même.

Alice, que ce souvenir chamboulait toujours, but une gorgée de vin pour se donner le courage de poursuivre.

— Nous n'avons couché ensemble qu'une fois. Nous nous sommes rencontrés à la conférence sur le tourisme qui a lieu chaque année au printemps. Le bureau avait invité plusieurs pays européens à y participer. Charles venait de Grande-Bretagne, mais il a de la famille au Texas.

— Il t'a traitée comme une lady, au moins ? la taquina Meredith. Quand je pense que tu as réussi à alpaguer un aristocrate. Bien joué !

— Je ne l'ai pas alpagué comme tu dis. Ce qui s'est passé entre nous était… spécial.

— Nous croyons toutes la même chose, malheureusement.

Alice savait qu'elle aurait du mal à convaincre son amie du contraire. Elle avait rencontré cette dernière au cours de sa première journée au bureau du Tourisme. Meredith travaillait au service marketing. Elle était aussi extravertie et délurée qu'Alice était réservée et timorée, mais malgré leurs différences, ou peut-être même grâce à elles, elles étaient devenues les meilleures amies du monde.

Depuis qu'Alice la connaissait, Meredith avait fréquenté un nombre incalculable d'hommes quand elle-même n'en avait fréquenté aucun.

Jusqu'à Charles.

Lorsqu'ils s'étaient rencontrés à la réception qui avait clôturé la conférence, elle ne s'était pas attendue à ce qu'il la remarque. Il était si beau, si courtisé !

Elle avait passé la soirée à le regarder rire et flirter avec la nuée de femmes qui l'entouraient. Il exerçait un pouvoir magnétique auquel elle-même avait eu bien du mal à résister. Elle s'apprêtait à partir lorsque l'orchestre avait entamé les premières notes d'un rock and roll, mais Charles était venu se glisser sur la banquette qu'elle occupait. Contre toute attente, il était resté à ses côtés. Ils avaient parlé de tout et de rien et, à sa grande surprise, Charles avait eu l'air heureux et soulagé de fuir la foule avec elle lorsqu'elle lui avait annoncé son départ. Aussi, quand il lui avait proposé de monter dans sa chambre…

La voix de Meredith interrompit brusquement le fil de ses pensées.

— Bon sang ! Quand j'y pense. C'était ta première fois et tu ne t'es pas protégée. Je pensais pourtant avoir été très claire à ce sujet.

— J'ai utilisé le préservatif que tu m'avais donné, se défendit Alice. Mais j'imagine qu'il avait atteint sa date de péremption.

Un soir où elle avait bu plus que de raison en compagnie de Meredith, elle s'était plainte d'être encore vierge à l'âge canonique de vingt-cinq ans. Ce n'était pas qu'elle n'avait pas eu envie de coucher avec un garçon, mais elle avait été une adolescente timide puis une étudiante trop absorbée par ses études. L'homme idéal ne s'étant pas présenté jusque-là, elle avait décidé ce soir-là qu'elle n'attendrait pas beaucoup plus longtemps. Meredith lui avait alors donné un préservatif en lui recommandant de le garder toujours sur elle. Il était resté dans son portefeuille pendant deux ans, jusqu'à ce qu'elle rencontre Charles.

Six semaines plus tard, alors qu'elle était prise de nausées matinales, elle se maudissait de sa négligence. Malheureusement, il était trop tard.

— Cela signifie donc que ton fils est un Fortune, conclut Meredith.

— Il est avant tout mon fils, Mer.

— Tu vas lui dire ?

— Il mérite de savoir.

Elle croisa les bras comme pour se protéger, comprenant soudain les conséquences que pourrait entraîner la machine qu'elle venait de mettre en branle.

— De toute façon, ajouta-t-elle, je doute qu'il veuille s'impliquer dans une paternité non désirée. Sa réputation n'est plus à faire. Je suis certaine que demain sera la seule et unique fois où Flynn et moi reverrons Charles Fortune Chesterfield.

2

La journée du lendemain était chaude et lumineuse, exactement comme Charles s'y attendait. Il avait décliné la proposition de Lucie de s'installer chez elle pendant la durée de son séjour, préférant loger à l'hôtel Four Seasons.

Alors qu'il se rendait à pied au parc Zilker, distant de son hôtel de quelques kilomètres, il se dit qu'il aimait l'énergie vibrante du centre-ville. Mais ce qu'il aimait encore plus, c'était de pouvoir rester anonyme parmi la foule. Et, si quelques-uns s'arrêtaient sur son passage, aucun ne s'arrêtait pour l'importuner.

C'était un luxe qu'il ne pouvait plus s'offrir à Londres. Chaque fois qu'il mettait un pied dehors, une horde de paparazzis lui emboîtait le pas.

Aussitôt qu'il eut franchi les grilles du parc, il repéra Alice qui l'attendait déjà.

Alice Meyer.

Il profita de ce qu'elle était occupée avec son Smartphone pour l'observer de loin. Elle était aussi jolie qu'un an plus tôt. Un peu plus ronde, peut-être, mais ce n'était pas lui qui s'en plaindrait. Elle avait attaché la lourde masse de sa chevelure en un chignon lâche qui dégageait ses traits délicats et mettait l'accent sur sa bouche aux lèvres pulpeuses. Une bouche qu'il avait eu plaisir à embrasser toute une nuit et dont il avait encore le goût sur la sienne.

Il passa une main nerveuse dans ses cheveux, surpris par l'effet qu'elle lui faisait encore. Il ignorait pourquoi elle avait tant insisté pour le revoir après si longtemps, mais il ignorait plus encore pourquoi il avait accepté ce rendez-vous.

Il s'approcha à pas lents pour se donner le temps de détailler le chemisier en soie rose pâle, le jean bien coupé et les sandales hautes en cuir découpé, les plus sexy qu'il ait jamais vues. Sans être vraiment fétichiste, il admettait volontiers un petit faible pour les talons hauts. Ce que semblait privilégier Alice.

Il était presque parvenu à sa hauteur lorsqu'elle leva les yeux vers lui. Il retrouva avec bonheur ses prunelles noisette, et le rose qui lui monta aux joues aussitôt qu'elle le vit.

— Charles, lâcha-t-elle dans un souffle en se levant précipitamment.

Elle lui tendit une main maladroite qu'il prit pour la porter à ses lèvres.

— Bonjour, Alice.

— Bonjour, répondit-elle. Je te remercie d'être venu.

Il vit une veine pulser à sa tempe, signe manifeste de sa nervosité. La savoir aussi troublée lui permit de se détendre un peu. Il n'aurait donc pas affaire à un chantage !

— Je suis heureux que tu m'aies appelé, assura-t-il.

Sans qu'il en sache la raison, quelque chose chez Alice déclenchait en lui l'envie de la protéger.

— Vraiment ?

— Vraiment.

Il lui adressa son plus charmant sourire puis enchaîna :

— Aussi brève qu'elle ait été, j'ai beaucoup apprécié la nuit que nous avons passée ensemble l'année dernière. Et si tu…

Des pleurs d'enfant l'interrompirent net. Il vit alors Alice se tourner vers la poussette qui se trouvait à côté du banc. Trop absorbé dans ses pensées, il ne l'avait pas remarquée. Alice repoussa la capote, laissant voir un bébé qui fixa aussitôt ses grands yeux bleus sur lui.

— Je te présente mon fils, annonça-t-elle tout bas, avant de se pencher vers le petit pour lui remettre dans la bouche la sucette qu'il avait laissée échapper.

— Un vrai petit prince que tu as là, la complimenta-t-il en s'approchant un peu plus. Quel âge a-t-il ?

— Quatre mois, répondit-elle. Il… il est le centre de ma vie.

— Le contraire serait anormal.

Il fit encore quelques pas. Un étau lui comprima la poitrine lorsque la réalité le frappa, évidente. Brun, les yeux clairs, le bébé avait tout d'un enfant Chesterfield.

— Il me ressemble un peu, non ?

Elle soutint son regard sans ciller, son visage affichant un mélange de soulagement et d'appréhension.

— Oui, dit-elle simplement. C'est ton fils, Charles.

Il fut pris d'un vertige. Il avait un fils. Il était père. C'était énorme ! Lui qui avait toujours pris toutes ses précautions pour ne pas se faire piéger, justement !

— Comment est-ce possible ? s'enquit-il, sur la défensive.

En réponse, le bébé émit un gazouillis qui, curieusement, lui alla droit au cœur. Aussitôt, poussée par son instinct maternel, Alice le prit dans ses bras et le serra contre elle.

— De la façon dont se conçoivent les enfants, j'imagine, répliqua-t-elle avec un sourire. Cette nuit-là…

— Nous nous sommes protégés, la coupa-t-il. Si j'ai bonne mémoire, c'est même ton préservatif que nous avons utilisé la première fois.

Prise en faute, Alice vira au rouge pivoine.

— Je… je l'avais gardé pour… ma première fois, tenta-t-elle d'expliquer. Je crois que c'était une erreur.

Faisait-elle allusion au préservatif ou à sa virginité, perdue ce soir-là ? Il s'était bien rendu compte qu'il avait affaire à une jeune femme inexpérimentée, mais ce n'avait été qu'au moment de la pénétration qu'il avait compris.

Alice, qui se méprenait sur son silence, crut bon de préciser :

— Je ne voulais pas tomber enceinte. Tu peux me croire, Charles. Si tu veux te soumettre à un test ADN, je comprendrai tout à fait.

Il secoua la tête. Ce test était bien inutile. Il n'avait qu'à poser les yeux sur ce bébé pour savoir que son sang coulait dans ses veines.

— Pas de test, trancha-t-il.

— Je ne cherche pas à te piéger, Charles. Si j'ai tenu à te l'annoncer aujourd'hui, c'est simplement parce que j'estime que tu as le droit de savoir.

— Pourquoi maintenant ?

En proie à un flot d'émotions contradictoires, il se mit à faire les cent pas devant le banc.

— Pourquoi ne pas m'avoir contacté avant ?

— Qu'aurais-tu fait, de toute façon ?

Pris de court, il stoppa net sa déambulation frénétique pour tenter de trouver une réponse.

Elle releva fièrement le menton et redressa les épaules pour lui lancer d'un ton plus assuré :

— Je sais qui tu es, Charles. Et je connais ton mode de vie.

La jeune femme timide et gauche venait de céder la place à une mère sûre d'elle et de ses propos.

— J'ai aimé mon bébé à la seconde où j'ai su que j'étais enceinte. J'allais être mère et peu importait ce que les autres penseraient de moi.

Il vit passer dans son regard un mélange de crainte et de détermination qui lui fit comprendre ce qu'Alice avait enduré en faisant le choix de devenir mère célibataire. La question qu'elle lui avait posée revint le tourmenter. Qu'aurait-il fait si elle l'avait prévenu bien avant ? Aurait-il pris le premier avion pour venir la soutenir dans cette période aussi difficile que délicate ? Aurait-il d'emblée accepté de devenir père ?

— Je ne dis pas que je rejette ton enfant, finit-il par dire, d'un ton radouci.

Il alla s'asseoir à côté d'Alice et caressa la petite tête de Flynn.

— Tu ne dis pas non plus que tu veux de lui dans ta vie, souligna-t-elle.

— J'avoue que c'est un choc, admit-il. Je ne te connais pas

bien, Alice, mais je suppose que pour toi aussi, te retrouver enceinte après une seule nuit de plaisir…

Elle laissa échapper un petit rire triste.

— Rien de tout cela n'a été prémédité, mais maintenant mon fils est là et bien là, et je ne changerais ma situation pour rien au monde.

— Comment s'appelle-t-il ?

— Flynn. Il s'appelle Flynn Davis Meyer.

— Un nom fort, qui sonne bien, commenta-t-il. Quoique, bientôt, il soit Flynn Davis Fortune.

Prononcer le nom de son fils déclencha en lui une avalanche d'interrogations.

— Même si je devine à peu près ce qui a motivé ton silence au début, en revanche, je ne comprends toujours pas pourquoi tu n'as pas cherché à me contacter tout de suite après sa naissance.

— Je suis sincèrement désolée, Charles.

Elle lui sourit et posa une main sur son avant-bras. Ce geste, somme toute anodin, déclencha chez lui un désir intense.

— Au début, poursuivit-elle de sa voix douce, tout le monde, mes parents, mes amis, mes collègues de bureau, oui, tout le monde me pensait incapable d'élever un enfant seule. Moi, au contraire, j'avais la certitude que non seulement je saurais gérer la venue de cet enfant, mais qu'il ferait en plus de moi quelqu'un de meilleur.

Elle s'interrompit pour plonger son regard dans le sien. Ce qu'il y vit était tellement chargé d'émotions qu'il eut envie de la prendre dans ses bras.

— C'est exactement ce qu'il s'est passé. Je suis devenue plus forte, plus résolue aussi. J'ai appris à ne compter que sur moi-même. Et puis…

— Et puis ?

— C'est sans doute idiot, mais le mois dernier j'ai vu chez mon coiffeur un magazine dont un article t'était consacré.

Imaginant le pire, il eut une moue dédaigneuse.

— Quoi que tu aies pu lire, sache que ce n'était qu'un ramassis de mensonges.

Elle éclata d'un rire cristallin qui lui alla droit au cœur. Il vit alors le petit Flynn poser sur sa mère un regard plein d'adoration. Visiblement, il n'était pas le seul à apprécier son rire. Il se sentit soudain en fusion totale avec la mère et le fils.

— Il y avait une photo de toi où tu posais tenant ta nièce, Clémentine je crois, dans tes bras. C'était un vieux magazine, mais te voir ainsi, avec un bébé de l'âge de Flynn, a déclenché quelque chose en moi. Tu paraissais tellement…

— … terrifié ? avança-t-il en souriant.

— Non. Porter cette petite fille paraissait chez toi un geste naturel. Tu avais même l'air heureux.

— Il faut dire que Clémentine est une petite fille exceptionnelle.

— J'ai alors pensé qu'il n'était pas loyal de te laisser dans l'ignorance. Je te demande une fois de plus de me pardonner. Pour le choc de cette nouvelle et pour ne pas t'en avoir informé plus tôt. Mais sache que je n'attends rien de toi.

Ces derniers mots, prononcés avec une évidente sincérité, lui firent l'effet d'une gifle. Personne n'attendait jamais rien de Charles Fortune Chesterfield, à part de passer du bon temps. Si, jusque-là, il avait assumé ce rôle avec le plus grand détachement, il en allait autrement maintenant.

Maintenant, il était père.

— Tu veux le tenir dans tes bras ?

Il faillit refuser. Flynn n'était pas l'un de ses neveux qu'il pouvait faire sauter quelques minutes sur ses genoux pour le rendre ensuite à ses parents avec le sentiment du devoir accompli. Aujourd'hui, il était devenu l'un de ces parents.

Il rassembla alors tout son courage et prit le petit, aussi délicatement que s'il s'était agi d'un objet fragile.

— Détends-toi, lui conseilla Alice avec un sourire aussi amusé qu'attendri. Tu vas très bien te débrouiller.

Il se força à relâcher ses muscles tendus puis il cala le bébé contre lui, au creux de ses bras robustes. Flynn bâilla, raidit ses petits membres comme pour s'étirer, puis il posa sur lui un regard dont il reconnut le bleu azur.

Ce fut à ce moment précis que le cœur de Charles chavira : il sut que son monde allait basculer. Sa vie, enfin, allait avoir un sens.

Au comble de l'émotion, il resserra son étreinte et pencha la tête pour embrasser le petit crâne duveteux de son fils.

Alice n'en revenait pas. Tout allait si vite qu'elle avait l'impression de perdre le contrôle de la situation.

— Qu'y a-t-il ? s'enquit Charles à qui son trouble n'avait pas échappé. J'ai fait quelque chose qu'il ne fallait pas ?

Elle secoua la tête.

— C'est juste que... je ne pensais pas que tu prendrais la chose aussi bien. Je croyais...

Elle s'interrompit net, consciente de la maladresse de ce qu'elle avait été sur le point de lâcher. Faire savoir à Charles qu'elle l'avait cru insouciant et irresponsable aurait été insultant pour lui.

Elle avait fini par le contacter après avoir appris qu'il devait se rendre au Texas où résidait une bonne partie de sa famille, mais aussi poussée par un fort sentiment de culpabilité. Or en le voyant là, à côté d'elle, leur fils blotti entre ses bras, elle comprit que, si elle ne l'avait pas contacté avant, c'était moins par crainte de sa réaction que parce qu'elle redoutait les siennes.

Ils n'avaient passé qu'une nuit ensemble, mais la flamme de la passion était restée tapie en elle jusqu'à ce qu'elle le revoie. Elle osait à peine se l'avouer, mais elle brûlait de sentir de nouveau sa bouche sur la sienne de même que ses mains sur son corps nu.

Troublée à l'extrême, elle huma l'air pour mieux se griser des effluves délicieux de son eau de toilette, mélange subtil d'épices et d'agrumes, qui lui parvenait par vagues successives.

Quelle idiote elle était ! Comme si Charles, lui, en était

encore à fantasmer sur une nuit, si ancienne qu'il l'avait probablement oubliée depuis longtemps !

Elle reporta son attention sur le tableau touchant que formaient le père et son fils. Elle eut soudain la vision d'un avenir à trois qui allait singulièrement lui compliquer la vie, elle qui n'aspirait qu'au calme et à la tranquillité.

— Mon père était un homme merveilleux, déclara soudain Charles. C'était la personne la plus généreuse, la plus respectable, la plus gentille que j'aie jamais connue. Sans avoir la prétention de me comparer à lui, je souhaite suivre son exemple. Aussi, tu peux compter sur moi, Alice. Je ferai ce qu'il faut. Je te le promets.

Elle hocha la tête faute de pouvoir articuler le moindre mot. Elle ressentit soudain le besoin impérieux de reprendre son enfant des bras de Charles et de sentir contre elle son petit corps palpitant de vie.

Elle se leva un peu trop brusquement et, après avoir récupéré Flynn, l'installa dans sa poussette.

— Il faut que j'y aille, marmonna-t-elle précipitamment. Merci encore d'avoir accepté de me rencontrer et de t'être montré à la hauteur. Je ne sais pas si…

— Je t'appelle demain, la coupa-t-il en se levant à son tour.

Dans un geste plein de douceur, il abaissa la capote de la poussette pour protéger son fils du soleil déjà chaud.

— J'ignore encore à quelle heure, mais je t'appellerai. Il va falloir que je m'occupe de tout un tas de papiers administratifs.

Pour l'avoir vu agir au sein de l'office national du Tourisme, elle savait que, sous des dehors superficiels, Charles était un homme efficace et compétent. Obstiné aussi. Lorsqu'il avait quelque chose en tête, rien ni personne ne pouvait l'arrêter.

— Je comprendrais si tu changes d'avis, dit-elle, ignorant soudain quel rôle elle voulait lui voir jouer dans leur vie.

— Aucune chance, rétorqua-t-il avec fermeté.

Puis il se pencha vers elle et l'embrassa sur la joue, de la même manière qu'il venait d'embrasser Flynn sur le front.

Le contact de ses lèvres sur sa peau la fit délicieusement frémir

Il ne manquait plus que ça ! A une période cruciale de sa vie où elle se devait de garder le contrôle, voilà qu'elle fantasmait sur un baiser qui n'avait pourtant rien d'érotique.

— Merci, Alice, murmura-t-il de sa voix envoûtante. Ton coup de fil a changé ma vie.

— Au revoir, Charles, répliqua-t-elle.

Puis, sans ajouter un mot, elle agrippa les poignées de la poussette et s'éloigna de lui, en direction de sa voiture.

Sa vie aussi avait changé. Mais quel sens allait-elle lui donner ? La question restait posée.

3

— Pourquoi suis-je aussi bête ? demanda Alice à Meredith, un peu plus tard ce soir-là.

Elle venait juste de coucher Flynn et prit le verre de vin que lui tendait son amie.

— Sans doute parce que tu as affaire à un homme diablement sexy doté d'un accent britannique irrésistible. N'importe quelle femme à ta place en subirait le charme.

— Il m'a dit qu'il voulait assumer son rôle de père auprès de Flynn.

Elle porta le verre à ses lèvres mais le reposa aussitôt, renonçant à boire. Depuis sa rencontre avec Charles, elle ressentait les prémices d'une migraine qui n'avait nul besoin d'être alimentée par un verre d'alcool.

— N'était-ce pas ce que tu voulais ? s'enquit Meredith.

— Non… oui… en fait, je n'ai aucune idée de ce que je veux, admit-elle. Je n'arrive pas à avoir les idées claires.

Visiblement touchée de sentir sa détresse, Meredith lui adressa un sourire plein de compréhension.

— Le retour au bureau ne se fait pas sans peine. Je me trompe ?

— J'adore mon travail, mais j'avoue que c'est différent maintenant que j'ai Flynn.

Le congé maternité auquel elle avait eu droit avait pris fin à peine un mois plus tôt. Elle avait donc retrouvé son petit bureau, situé dans la proche banlieue d'Austin et, avec lui, ses fonctions de directrice commerciale. Mais ses compétences étaient mises à mal par une succession de nuits sans sommeil durant lesquelles elle ruminait sur sa culpabilité de devoir se partager entre son travail et son fils.

Elle avait fini par faire le choix de travailler depuis chez elle les deux premiers jours de la semaine tandis que les deux jours suivants elle était remplacée par une nounou, une dame charmante et douce en qui elle avait toute confiance. Le cinquième jour, sa mère endossait son rôle de grand-mère, assistée, ou non, de son mari.

Levée aux aurores, livrée à une pression permanente, elle avait l'impression de ne jamais être reposée.

— Charles avait le droit de savoir qu'il avait un fils, ajouta-t-elle. Mais de là à imaginer qu'il voudrait s'impliquer dans sa vie… Evidemment, je tiens à ce que Flynn connaisse son père, mais il est avant tout mon fils. Mon fils, tu comprends ?

Sa voix se brisa, l'empêchant de poursuivre.

— Flynn est ma raison de vivre, reprit-elle lorsqu'elle fut de nouveau en mesure d'articuler. Et maintenant je vais être obligée de le partager. Charles pourrait envisager une garde alternée. Et s'il exigeait de l'emmener vivre à Londres avec lui une partie de l'année ?

Cette pensée lui était tout simplement insupportable. Elle ne pouvait imaginer une soirée sans coucher elle-même son bébé dans son petit lit, ni un matin sans enfouir son nez dans le petit cou potelé.

— Et si tu te disais plutôt que Charles veut former une famille avec vous deux ? suggéra Meredith.

— Ne sois pas ridicule. Il a mis un certain temps à se souvenir de moi. Pour lui, je n'ai été qu'une femme de plus dans une liste de conquêtes déjà longue. Sans compter que je n'étais pas vraiment une affaire au lit.

— Arrête un peu de te sous-estimer de la sorte, la rabroua gentiment Meredith. Aujourd'hui tu as changé. Tu n'es plus la jeune femme timide et effacée que tu étais avant d'avoir ton fils. Tu as gagné en assurance et puis, au cas où tu ne te serais pas regardée dans un miroir, je tiens à te dire que tu es une très jolie femme. Evidemment, toi, tu ne le vois pas, mais je peux t'assurer que les hommes te mangent du regard.

— Mais qu'est-ce que tu racontes ?

— La vérité, Alice.

— Tu parles ! Je suis fatiguée, stressée, et je n'arrive pas à perdre les cinq kilos pris pendant la grossesse. Comment Charles voudrait-il encore de moi ? Même si, moi, je l'avoue, je meurs d'envie de passer une nouvelle nuit avec lui.

— Tu n'as qu'à lui sauter dessus, préconisa Meredith.

Elle accueillit cette expression par un grand éclat de rire qui soulagea un peu de la tension qu'elle éprouvait depuis sa rencontre avec Charles.

— Un peu de respect, je te prie. Je te rappelle que je suis une maman.

— Cela ne t'empêche pas d'être une femme.

La seule fois où elle s'était vraiment sentie femme, c'était dans les bras de Charles. Il avait ce pouvoir inouï de la faire vibrer. Sans doute était-ce un phénomène chimique lié aux hormones, elle n'en savait trop rien.

— Tant que je ne saurais pas exactement ce que Charles attend de moi, je resterai sur la défensive, expliqua-t-elle. Flynn est ma priorité.

— Je n'en doute pas. Mais accorde-lui une chance.

Elle s'interrompit pour aller poser leurs deux verres dans l'évier.

— Fais-le pour Flynn, ajouta-t-elle.

Alice la suivit dans la cuisine, heureuse d'avoir une amie aussi précieuse.

— Merci de m'avoir écoutée comme tu l'as fait.

— C'est normal, répliqua Meredith. C'est ce que l'on attend d'une amie, non ? Tu m'excuseras, mais il faut que j'y aille. J'ai rendez-vous avec des amis dans un bar du centre. Si tu appelais une baby-sitter et que tu te joignais à nous ?

— Il est presque 21 heures.

— Justement. La soirée ne fait que commencer.

— Non, je vais rester. Je suis éreintée et je dois me lever à 5 heures demain.

— Je comprends. A demain, alors.

Alice verrouilla la porte derrière Meredith, ses pensées déjà envolées vers Charles. Que faisait-il, lui, à cette heure-ci ? Dînait-il en charmante compagnie dans un restaurant branché d'Austin ?

Sans doute.

Certaine d'avoir raison, elle s'exhorta à ne plus penser à lui. Elle se rendit dans la chambre de Flynn, qu'elle prit soin de ne pas éclairer, et s'approcha de son berceau à pas de loup. Il dormait sur le dos, ses petits bras au-dessus de la tête. Son visage angélique était si confiant qu'elle fut submergée par une bouffée d'amour.

Son fils méritait ce qu'elle pouvait lui offrir de mieux. Elle ne rechignerait pas à faire des heures supplémentaires et se priverait de tout ce qu'elle estimait être superflu.

Elle prit donc la résolution ferme et définitive d'ignorer l'attirance qu'elle éprouvait pour Charles et de ne voir en lui que le père de son enfant.

Allongé dans le lit *king size* de sa suite, Charles regardait par la fenêtre les premiers rayons du soleil à l'horizon. Il avait dormi d'un sommeil agité et s'était réveillé plusieurs fois, en nage.

Dans le noir, la panique déjà intense qui l'avait envahi avait pris des proportions démesurées et se résumait en trois mots : il était père.

Bon sang ! Mais qu'est-ce qui lui avait pris de déclarer à Alice qu'il voulait faire partie de leur vie ? Lui qui avait fait de la désinvolture une règle de vie, voilà qu'il avait lancé des promesses qu'à la faveur d'une nuit de cauchemars il doutait de pouvoir tenir. Comment pourrait-il y être fidèle quand toute sa vie tournait autour des voyages, de son physique — qui était aussi son image de marque — et de soirées mondaines toutes plus somptueuses les unes que les autres ?

Certes, son existence était bien éloignée de celles de ses frères et sœurs, mais c'était la sienne et il y tenait encore.

Et si, tout récemment, il avait pris conscience de la vacuité de sa vie, il n'était pas encore prêt à y renoncer. C'était encore ce qu'il savait faire de mieux. Sans compter que la barre était placée si bas qu'il ne décevrait personne dans le domaine qu'il s'était choisi.

En tenant compte de tous ces paramètres, comment pourrait-il s'impliquer dans la vie d'Alice et de Flynn ? Certes, il connaissait beaucoup de gens qu'une paternité ou une maternité n'avait pas le moins du monde affectés. Ils avaient simplement eu recours à des nurses triées sur le volet qui leur permettaient de poursuivre leur vie oisive sans le moindre remords. C'était même une tradition dans l'aristocratie anglaise que de faire élever ses enfants par du personnel qualifié.

Les enfants Chesterfield avaient eu la chance, eux, de grandir entre deux parents qui se souciaient eux-mêmes de leur éducation. Ils avaient baigné dans une ambiance faite d'amour inconditionnel, de bienveillance et de gaieté qui avait largement participé à faire d'eux des adultes équilibrés.

Confronté à de pareils exemples, il se devait de ne décevoir personne. Ni sa famille, ni Alice, ni surtout son fils.

Mais pour l'heure il n'avait pas la moindre idée de la façon dont il allait s'y prendre. A bien y réfléchir, ce n'était pas seulement la perspective de devoir se montrer à la hauteur qui l'effrayait. C'étaient également les émotions contradictoires déclenchées par ses retrouvailles avec Alice.

Lui d'ordinaire inébranlable, il s'était surpris à douter, à sentir vaciller une assurance qu'il cultivait depuis des années. Il avait beau se triturer les méninges, il ne parvenait pas à expliquer cette perte de contrôle.

Une seule personne pouvait l'aider à y voir plus clair à une heure aussi matinale : Lucie.

Il roula sur le côté pour prendre son téléphone portable qui se trouvait sur sa table de chevet et lui envoya un SMS.

Il fallait qu'il lui parle, qu'il confie à quelqu'un de proche l'énorme chamboulement en train de s'opérer en lui. Le risque, c'était que Lucie soit incapable de tenir sa langue et en informe toute la tribu. Quoique… Elle avait bien su taire son mariage avec Chase pendant dix longues années.

La réponse ne se fit pas attendre. Lucie proposait de le retrouver d'ici une heure dans un établissement où ils avaient l'habitude de prendre un petit déjeuner.

Il bondit hors du lit et prit une douche froide dans l'espoir de retrouver sa faculté de raisonnement habituelle. En vain.

Il en était à son troisième café quand Lucie fit son apparition.

— A quoi dois-je l'honneur de ce rendez-vous matinal ? demanda-t-elle d'un ton guilleret. Je croyais que tu devais te rendre au ranch pour voir la famille, aujourd'hui.

— J'ai changé mes plans, déclara-t-il avec une pointe de nervosité.

Elle se servit un verre d'eau tout en esquissant un sourire narquois.

— Je suppose que le bureau du Tourisme t'a demandé de remplir tes fonctions de lord.

Il ne releva même pas l'ironie. Le moment n'était pas à la dérision.

— J'ai un fils, lança-t-il sans détour.

Lucie faillit s'étrangler de surprise.

— Comment… quand… qui ? balbutia-t-elle.

Au lieu de répondre, il prit le temps d'étudier la carte et de la rendre au serveur venu prendre la commande.

— Je prendrai des œufs Bénédicte, dit-il d'une voix neutre. Et toi, Lucie ?

Encore sous le choc, incapable de proférer le moindre son, elle gardait le regard toujours rivé sur lui.

— Elle prendra du thé accompagné de céréales et un yaourt, finit-il par décider à sa place.

Puis, la voyant toujours aussi stupéfaite, il claqua des doigts devant son visage.

— Quelle question souhaites-tu me poser en premier ?

Enfin sortie de sa torpeur, Lucie se tamponna machinalement la bouche d'un coin de sa serviette.

— Comment est-ce advenu ? s'enquit-elle.

Il sourit à la pensée qu'il avait posé à peu près la même question à Alice.

— De la façon habituelle, répliqua-t-il en reprenant ses mêmes termes.

Lucie, toujours incrédule, cligna plusieurs fois des yeux.

— Quel âge a-t-il ?

— Quatre mois.

— Et la mère ?

— Je n'en suis pas vraiment sûr, mais je dirais autour de vingt-cinq.

— Charles, ce n'est pas le moment de plaisanter, le reprit-elle. Tout ceci est extrêmement sérieux.

Il fourragea dans son épaisse tignasse.

— Si quelqu'un en a conscience, c'est bien moi, figure-toi.

— Qui est la mère ?

— Elle s'appelle Alice Meyer.

— C'est la femme qui t'a appelé l'autre jour, lorsque nous étions au restaurant ?

— Oui. Elle vit ici, à Austin.

— Pourquoi ne t'a-t-elle pas parlé du bébé avant ?

Il haussa les épaules pour lui signifier sa plus totale incompréhension.

— Parce qu'elle pensait que je ne voudrais pas m'impliquer dans l'éducation de cet enfant. D'ailleurs, j'ignore si c'est ce qu'elle attend de moi. Elle semble très bien s'en sortir toute seule.

— Tu es sûr que…

La présence du serveur venu à la table d'à côté l'obligea à s'interrompre.

— Qu'il est de moi ? acheva Charles à sa place lorsqu'il fut certain de ne pas être entendu. Absolument. Il s'appelle Flynn. Il me ressemble et il a certains côtés d'Ollie, au même âge.

Sans quitter son frère du regard, Lucie sortit son sachet de thé de la théière et le déposa sur le rebord de sa sous-tasse.

— Et… que sais-tu de cette Alice Meyer ? s'enquit-elle avec une pointe de méfiance. Si elle a le profil des femmes que tu as l'habitude de fréquenter, il te faut exiger des preuves de ce qu'elle avance.

— Elle m'a proposé un test ADN que j'ai refusé.

Il poussa un long soupir tandis que surgissait l'image des grands yeux noisette d'Alice, de son sourire radieux…

— Elle n'est pas comme ça. Elle ne me mentirait pas.

— Que comptes-tu faire ?

Il prit le temps de réfléchir.

— En premier lieu, répondit-il enfin, je vais donner ordre à mon banquier de mettre mon fils à l'abri du besoin.

— Très bien, commenta Lucie. Mais ensuite ? Le rôle d'un père ne se limite pas à un aspect financier.

— Je sais, rétorqua-t-il, un brin vexé. Mais il faut bien que je commence par quelque chose. Le ciel m'est tombé d'un coup sur la tête, Lucie. Tu peux comprendre que je sois un peu perdu.

— Si Alice ne te demande rien, plusieurs options s'offrent à toi.

— A quoi penses-tu ? s'enquit-il même s'il savait très bien à quoi sa sœur faisait allusion. Tu voudrais que je me défile ? Que je fasse comme si je n'avais aucune responsabilité vis-à-vis de cet enfant ?

Il avait parlé les dents serrées, furieux contre lui d'avoir pu penser la même chose un peu plus tôt.

— Je sais que tu feras face à tes responsabilités, Charles. Même si peu de gens le savent, tu es un homme de cœur.

Les paroles de sa sœur agirent sur lui comme un baume lénifiant. Quelqu'un reconnaissait sa vraie valeur, celle qui se cachait derrière la façade désinvolte qu'il entretenait depuis de nombreuses années.

Il avait beau n'avoir aucune idée de la façon dont il allait s'y prendre, il ferait tout son possible pour se montrer à la hauteur de son rôle de père.

— Il est si petit, dit-il comme pour lui-même. Et si mignon.

— Tu n'as pas une photo à me montrer ?

Il secoua la tête.

— Tu penses, j'étais tellement sous le choc ! Je ne savais même plus comment je m'appelais… Mais je vais mettre à profit mon séjour ici pour essayer de rattraper le temps perdu.

— Et Alice ?

— Je vais m'appliquer à lui prouver que je mérite de faire partie de la vie de notre fils.

— Ce que je voulais savoir, c'est ce que tu comptes faire d'elle. En général, la mère et l'enfant vont de pair, si tu vois ce que je veux dire. Quels sont tes sentiments à son égard ?

— A vrai dire…

Il ne chercha pas à aller plus loin. En effet, comment expliquer le flot d'émotions contradictoires que suscitait une jeune femme avec qui il n'avait passé qu'une nuit, de surcroît un an plus tôt ? Comment expliquer qu'Alice n'était pas seulement jolie, qu'elle était dotée d'une beauté intérieure qui donnait envie de la chérir et de la protéger. Bref, qu'elle faisait partie des femmes que l'on épousait.

— C'est quelqu'un de bien, résuma-t-il. Quelqu'un de trop bien pour moi.

— Je ne comprends pas que tu aies une image aussi négative de toi.

— Je suis juste réaliste. Je sais qui je suis.

— Tu peux changer. Tu n'es pas en Grande-Bretagne, ici. Crois-moi, le Texas est l'endroit idéal pour démarrer une nouvelle vie.

— Tu brûles un peu les étapes, là.

— Promets-moi au moins d'essayer de mieux connaître la mère de ton fils.

— Bien sûr. De toute façon, elle ne va pas vouloir me laisser seul avec Flynn. Du moins dans les premiers temps.

— Apprends à la connaître, Charles. Et donne-lui aussi l'occasion de découvrir le vrai Charles, pas celui que se plaît à se jouer de la presse à scandale.

— Tu penses vraiment ce que tu dis ?

— Non seulement je le pense, mais je l'affirme. Tu es quelqu'un de bien, conclut-elle.

4

Alice venait juste de finir de donner son biberon à Flynn lorsque la sonnette de l'entrée retentit. Charles lui avait envoyé un SMS le matin même, l'informant de son désir de passer discuter avec elle de la suite à donner aux événements.

Depuis, elle était sur des charbons ardents.

Elle avait beau être la mère de Flynn, elle redoutait que la famille Fortune Chesterfield n'use de son pouvoir pour lui en retirer la garde.

Son bébé sur le bras, elle déposa le biberon vide dans l'évier et après avoir protégé son épaule d'une serviette elle alla ouvrir. A chacun des pas qui la rapprochait de Charles, les battements de son cœur s'accéléraient.

Soucieuse de donner d'elle l'image d'une mère impeccable, elle avait soigné sa mise, allant jusqu'à chausser une paire de sandales aux talons outrageusement hauts mais qui lui donnaient de l'assurance. Or, de la confiance, elle allait en avoir besoin pour faire face à Charles !

Elle prit une profonde inspiration et redressa les épaules. Pour, alors seulement, ouvrir la porte.

— Bonjour, Alice, lança Charles avec des intonations britanniques qui la firent fondre aussitôt.

A cet instant précis Flynn laissa échapper un formidable rot. Ils se regardèrent, interloqués, avant d'éclater d'un rire qui brisa immédiatement la glace.

— Entre, dit-elle en faisant un pas de côté.

Elle remarqua alors les paquets encombrants qu'il avait posés par terre.

— Tu as dévalisé un magasin de jouets ? s'enquit-elle avec un sourire amusé.

Il lui rendit son sourire puis franchit le seuil, ses paquets sous le bras.

— J'espère que cela ne te dérange pas. J'ai pris l'initiative d'acheter quelques articles qui me paraissent indispensables pour un bébé.

En réponse, Flynn régurgita sur l'épaule d'Alice. Elle leva les yeux sur Charles qui affichait un air mi-amusé mi-dégoûté.

— Je reviens, annonça-t-elle avant de gagner la salle de bains.

Ayant passé un gant mouillé sur la frimousse de Flynn, elle le changea, soucieuse de donner à Charles une bonne impression de son fils. Il serait bien temps — si toutefois, Charles restait fidèle à sa promesse — de lui laisser voir le côté plus prosaïque des soins à un bébé.

Lorsqu'elle revint, le salon était jonché de jouets éducatifs. Elle qui, dans un souci d'économie et de place, n'avait acheté que l'essentiel, voilà qu'elle se retrouvait avec le superflu et plus encore !

— Ne me dis pas que tu lui as acheté du matériel de base-ball ? dit-elle en désignant un sac en plastique.

— Il faut l'habituer dès son plus jeune âge à ce qui est le sport préféré des Américains. J'ai pensé que je pourrais m'y mettre avec lui.

— Il va te falloir attendre encore un peu, le taquina-t-elle.

— J'ai tout mon temps, répliqua-t-il sans plaisanter. Tu ne sembles pas avoir compris que je souhaite vraiment faire partie de votre vie. En revanche, je t'avoue ignorer de quelle manière m'y prendre. Mais je vais faire de mon mieux, si tu me laisses une chance.

Elle se prit à rêver de voir un jour le père et le fils partager certains de leurs loisirs. Des moments de partage qu'elle n'avait pas connus avec Henry Meyer, professeur d'histoire à l'université du Texas à la mine austère, qui promettait d'être aussi distant avec son petit-fils qu'il l'avait été avec sa fille.

— Dès que j'ai appris que j'étais enceinte, raconta-t-elle, je me suis juré que je ferais toujours passer mon enfant en priorité. J'avais à cœur de prouver à tous ceux qui me croyaient incapable d'être mère que je pouvais m'en sortir sans l'aide de personne.

— Alice…

— Non, laisse-moi terminer, le coupa-t-elle. Tu dis que tu ne sais pas comment t'y prendre, mais personne n'est préparé à cela. Même si on croit le contraire, même si on a l'impression de tout connaître sur le sujet, rien ne nous prépare à l'émotion qui nous submerge lorsqu'on tient son bébé pour la première fois. Rien ne nous prépare non plus à devenir d'un coup, seul responsable d'une autre vie que la sienne. J'ai beaucoup appris en l'espace de seulement quatre mois, mais il y a des choses qui ne s'apprennent pas, avec lesquelles il faut soi-même composer.

Emue, elle marqua une courte pause pour s'éclaircir la gorge.

— C'est comme aimer quelqu'un. Si les parents travaillent dur, c'est avant tout pour leurs enfants. Etre parent, c'est ressentir un amour si fort, si inconditionnel qu'il vous fait oublier toutes les craintes et les nuits sans sommeil. Tu m'as dit que ton père était un homme merveilleux et que tu étais issu d'une famille très unie. Tu sais donc comment aimer, Charles. Cela ne se fera certes pas en un claquement de doigts, mais j'ai la conviction que tu seras un bon père. Flynn a beaucoup de chance de t'avoir dans sa vie.

En guise de conclusion, elle lui sourit et lui tendit son enfant.

Jusque-là, Charles n'avait jamais soupçonné à quel point il avait besoin de reconnaissance. Alors même qu'il la connaissait à peine, Alice venait de prononcer les mots qu'il lui fallait entendre pour regagner sa propre estime. Pour la première fois, une femme intègre, vulnérable et forte à la fois, avait su aller au-delà des apparences et percer à jour l'homme qu'il était vraiment.

Mû par un élan de tendresse, il lui prit Flynn des bras et, tout comme la veille, le cala contre lui dans un geste naturel. Aussitôt, le bébé posa sur lui ses grands yeux bleus. Ils se fixèrent ainsi quelques secondes avant que la petite bouche de Flynn s'étirât en un sourire édenté qui lui chavira le cœur.

Bouleversé, il retint son souffle.

— On dirait qu'il sait déjà qui tu es, chuchota Alice d'une voix pleine d'émotion.

Tous trois restèrent ainsi un long moment, Charles avec son fils blotti dans ses bras et Alice, immobile à côté d'eux.

— Qu'est-ce que je fais, maintenant ? s'enquit-il lorsque Flynn commença à s'agiter.

— Tu peux lui parler tout en le berçant. Fais comme tu t'y prendrais avec tes neveux et nièces.

— Là, c'est différent. Il s'agit de mon fils.

Alice s'agenouilla soudain pour passer les paquets en revue.

— Y aurait-il dans tout cela un jouet qui corresponde à son âge ? demanda-t-elle, un sourire amusé aux lèvres.

— Je pense que nous devrions trouver quelque chose. Qu'en penses-tu, Flynn ?

En guise de réponse, son fils émit une série de gazouillis qui l'enchantèrent.

— Tu devrais ouvrir celui-ci, indiqua-t-il à Alice en désignant le plus grand des sacs.

Il s'agenouilla à côté d'elle, en prenant garde à bien caler la tête du bébé au creux de son bras.

— C'est un tapis d'éveil. La vendeuse m'a assuré que c'était tout à fait adapté à l'âge de Flynn. Tu n'en as pas un au moins ?

— Non, répondit-elle. C'est parfait, en effet. Je crois qu'il est temps que j'aille le changer, ajouta-t-elle alors que le petit visage de Flynn se crispait et devenait cramoisi. Donne-le-moi, je n'en ai pas pour longtemps.

Il la regarda disparaître dans la salle de bains, soulagé de ne pas avoir été sollicité pour une tâche aussi délicate. Lorsque

Alice revint, quelques minutes plus tard, il avait installé le tapis par terre et accroché à son arche tous les jouets censés intéresser un bébé de quatre mois.

Aussitôt qu'Alice l'eut installé sur le dos, Flynn se mit à battre des jambes et à essayer d'attraper tous les trésors qu'il avait à portée de main.

— Il a compris tout de suite, constata-t-il avec une pointe de fierté. Ce petit est très intelligent. Comme son…

Alice eut un froncement de sourcils amusé.

— Comme ses parents, s'empressa-t-il de corriger.

Il se surprit à se sentir parfaitement à l'aise au sein du noyau familial qu'ils formaient tous les trois. En fait, il avait l'impression d'être à sa place dans la chaleur rassurante de ce petit appartement, entre Alice, toujours si compréhensive et attentionnée, et Flynn, avec sa joie de vivre.

Son regard s'attarda sur les longues jambes d'Alice, allongée sur le tapis face à lui. Il aurait aimé l'attirer à lui, pour une relation moins platonique que celle qu'elle semblait déterminée à lui imposer.

— J'aime beaucoup tes chaussures, lança-t-il d'un ton faussement dégagé.

— Moi aussi, c'est mon péché mignon, avoua-t-elle, rougissante. J'aurais plus d'argent de côté si je n'avais pas cette faiblesse.

— Tu n'as plus à t'inquiéter pour l'avenir. Je vais faire en sorte que Flynn et toi ne manquiez jamais de rien.

Elle se raidit instantanément, comme sous une insulte.

— Ce n'est pas ce que mes paroles sous-entendaient, rétorqua-t-elle sèchement. Tu ne me dois rien, Charles.

— Tu es la mère de mon fils et cela change tout, au contraire.

— Je n'ai pas besoin de ta charité.

— Il ne s'agit pas de charité. J'ai beau n'être père que depuis vingt-quatre heures, je devine ce que coûte un enfant.

Le doute parut s'insinuer alors en elle, insidieux autant qu'effrayant.

— Tu ne comptes pas me prendre Flynn, j'espère ?

— Non, bien sûr que non, voyons.

Il marqua une courte pause durant laquelle il la dévisagea attentivement.

— Alice, pourquoi penses-tu que je pourrais faire une chose pareille ?

— Tu es riche, puissant et pour couronner le tout tu ne vis pas ici, argumenta-t-elle.

— Je ne vis peut-être pas ici, mais j'y ai une famille à laquelle je rends régulièrement visite, précisa-t-il afin de la rassurer.

— Sans doute, s'obstina-t-elle, mais ta vie n'est pas ici. Tu vas retourner à Londres. Je ne veux pas être séparée de mon fils, ajouta-t-elle d'une voix que l'émotion rendait rauque. Même temporairement. Il est trop petit.

— Ce n'est pas mon intention, Alice.

Il fut bouleversé de voir à quel point il était capable de la faire souffrir.

— J'ai changé mon planning, poursuivit-il d'une voix enjouée destinée à la rassurer. J'ai décidé de prolonger mon séjour à Austin et d'y rester trois semaines. Ensuite, nous déciderons ensemble de ce qui sera le mieux pour Flynn, mais je te fais la promesse solennelle de ne jamais te séparer de lui.

Elle opina d'un hochement de tête et essuya furtivement une larme qui s'apprêtait à couler. Touché par tant de détresse, il s'approcha et lui caressa la joue.

— Tu n'as aucune raison de pleurer, Alice.

— Excuse-moi, Charles. J'ai du mal à contrôler mes émotions en ce moment. Je suis fatiguée et…

— Tu n'as pas non plus à t'excuser. Nous sommes ensemble dans cette belle aventure. Considérons plutôt que nous formons une équipe, tous les trois.

— Une équipe ? répéta-t-elle, perplexe.

— Oui. L'équipe Fortune Chesterfield, clama-t-il avec une pointe de fierté.

Puis, comme pour sceller ce nouveau pacte, il se pencha et effleura sa bouche d'un baiser plein de douceur.

Le goût fruité de ses lèvres lui parut à la fois nouveau et familier. Aussitôt, les souvenirs de la nuit passée avec elle affluèrent à sa mémoire. Il la revit nue contre lui, d'une candeur si authentique qu'elle en devenait érotique.

Pris dans le tourbillon d'un désir intense, il plongea les mains dans sa chevelure douce et soyeuse tandis qu'elle entrouvrait à peine les lèvres, lui donnant l'impression qu'elle hésitait à l'encourager.

Il ne trouvait pas les mots qui auraient pu expliquer ce qu'il attendait. Il éprouvait pour elle un désir indéniable, mais c'était la première fois qu'une femme lui faisait battre le cœur. Quelque chose dans sa façon d'être, dans son comportement, lui donnait l'envie irrépressible de la protéger.

Jamais encore, une femme n'avait été si près de faire voler en éclats la barrière défensive derrière laquelle il se protégeait depuis des années.

— Je… je dois partir, bégaya-t-il en se relevant. Il faut que… Je t'appelle demain.

Alice le dévisagea, perplexe, puis elle passa machinalement un doigt sur sa bouche rougie. Qu'est-ce qui clochait chez lui ? Alors qu'elle venait de lui dire qu'elle croyait en lui et lui offrait une chance d'être père, voilà qu'il se comportait comme un adolescent à son premier rendez-vous.

Mieux vaut ne pas chercher à comprendre.

— Merci pour les cadeaux, lança-t-elle d'un ton qu'elle voulait neutre.

— De rien, répondit-il sur la même intonation.

Il fourragea dans son épaisse tignasse avant de prendre la direction de la porte.

— Si tu as besoin de quelque chose…

— Je n'ai besoin de rien, le coupa-t-elle de façon abrupte. Tu en as déjà bien assez fait.

Elle avait serré les poings pour ne pas céder à la tentation de le pousser elle-même vers la sortie.

— Je t'appelle, répéta-t-il.

Contre toute attente, au lieu de fuir, elle le vit revenir vers Flynn, s'agenouiller devant lui et l'embrasser tendrement sur le front.

— Au revoir, mon petit bonhomme, dit-il dans un souffle. Fais de beaux rêves.

5

Alice attendait depuis quelques minutes, immobile à l'ombre du grand orme planté devant sa résidence, lorsqu'elle vit la Mercedes de Charles tourner à l'angle de la rue. Fidèle à la promesse qu'il lui avait faite, il l'avait appelée ce matin, proposant d'apporter de quoi déjeuner.

Mais, après le fiasco de la veille, elle avait préféré se montrer prudente. Certes, elle voulait un père pour son fils. Mais pas à n'importe quel prix. Car elle avait beau tenter de se raisonner, son corps ne lui obéissait pas. Le baiser de la veille l'avait bien renseignée là-dessus.

Dieu merci, Charles s'était détourné aussi vite qu'il avait été attiré. Quelle idiote elle était ! Comment avait-elle pu croire un seul instant qu'un homme comme Charles Fortune Chesterfield pouvait s'intéresser à elle ? Qu'avait-elle à lui offrir, sinon Flynn, qu'il pouvait avoir en toute légalité sans passer par la case séduction ?

C'étaient d'ailleurs ces mêmes raisons qui l'avaient empêchée de le contacter bien avant. Qu'il n'ait pas cherché à aller plus loin et, pire même, qu'il ait pris la fuite n'avait fait que confirmer ce qu'elle pensait déjà en dépit de l'espoir insensé qui l'avait enflammée.

Elle continuerait donc sa vie de mère célibataire, comme elle la vivait depuis la naissance de Flynn. Sans y avoir été préparée, elle avait découvert que la maternité, même si elle la comblait, l'avait mise un peu plus à l'écart d'une vie sociale déjà peu intense.

Quoi qu'il en soit, elle n'avait pas l'intention de rompre le lien fragile établi entre Charles et son fils juste pour ne plus donner d'elle l'image d'une laissée-pour-compte.

En attendant, elle allait devoir tenter de gérer la popularité de Charles. Il leur restait peu de temps pour lui trouver la panoplie qui ferait de lui un habitant se fondant dans la foule.

— Où allons-nous ? s'enquit-il alors qu'il s'approchait.

Sa tenue — pantalon et pull noirs aussi sobres que chics — la conforta dans l'idée qu'elle avait raison de l'emmener là où elle avait prévu. Sans qu'il ait à prononcer un mot, on distinguait un Britannique en lui.

— Au centre commercial, répondit-elle en prenant soin de maintenir entre eux la nacelle du siège auto où Flynn était confortablement installé.

— Au centre commercial ? répéta-t-il, incrédule.

Il en était si drôle qu'elle éclata de rire.

— La galerie marchande de Barton Creek Square n'est pas très loin. Tu as besoin d'une garde-robe plus appropriée.

Son visage afficha soudain la plus totale incompréhension.

— Qu'est-ce qui cloche avec mes vêtements ? finit-il par demander.

— Ils sont parfaits si tu tiens à être reconnu durant ton séjour ici. On ne peut pas ignorer que tu es Britannique.

— Mais je suis Britannique.

— Eh bien, voilà ! C'est la raison pour laquelle nous allons faire quelques courses. Je vais te transformer en parfait Américain. Allons, Charles, fais-moi confiance.

— D'accord, mais je te préviens : il est hors de question que tu me fasses porter des Wranglers.

— Pas de Wranglers, concéda-t-elle. Mais tu n'échapperas pas au bon vieux stetson.

Il lui lança un regard horrifié.

— Je plaisante, assura-t-elle. La tendance ici est plutôt décontractée et à cause — ou grâce ? — à nos universités et à nos scènes musicales l'ambiance est moins country que dans les autres coins du Texas.

Elle se tut et commença à marcher vers le parking où sa voiture était garée.

— Nous pouvons prendre la mienne, suggéra Charles.

— Impossible. Elle n'est pas équipée du socle nécessaire au siège auto.

En guise de réponse, il lui adressa un sourire débordant de fierté.

— Justement, si. Je l'ai fait installer ce matin.

Elle s'arrêta net pour le dévisager, tandis qu'il lui prenait le siège bébé des mains.

— Bonjour, mon petit bonhomme, roucoula-t-il à l'adresse de Flynn qui, aussitôt, se mit à gazouiller de contentement.

— Il faut quand même que j'aille récupérer sa poussette dans mon coffre, annonça-t-elle lorsqu'elle fut revenue de sa surprise. Comme tu as pu le voir, précisa-t-elle devant l'air perplexe de Charles, il n'y a pas beaucoup de place chez moi, alors je la laisse dans la voiture lorsque je n'ai pas à m'en servir.

— Un enfant a besoin d'espace pour courir, objecta-t-il.

— Nous n'en sommes pas encore à ce stade-là.

— Si tu me laissais te…

— Pour l'instant, mon appartement nous convient très bien, le coupa-t-elle.

— Pour l'instant…, répéta-t-il d'un ton pensif. Eh bien, pour l'instant, viens avec moi. Nous irons jusqu'à ton parking en voiture.

Avec une aisance étonnante, il fixa le siège sur son socle, puis il maintint la portière ouverte afin qu'elle puisse s'installer.

— Tu portes toujours des talons hauts ? demanda-t-il en la regardant étendre ses jambes devant elle.

— Autant que possible, répondit-elle, légèrement rougissante. Et encore, ces chaussures-ci sont plutôt basses.

Ce matin, elle avait opté pour une paire de sandales en toile à semelles compensées, idéale avec la tenue décontractée qu'elle avait décidé de porter.

— Je les aime bien, commenta-t-il d'un ton neutre que démentait le regard ardent qu'il posa sur elle.

— Merci, murmura-t-elle tandis qu'il refermait la portière.

Elle fit de son mieux pour se fermer à l'odeur grisante qui émanait de lui.

— Tu n'as pas trop chaud ? s'enquit-il tout en réglant la climatisation.

Elle n'avait pas chaud. Elle brûlait littéralement. Mais cette brusque bouffée de chaleur ne devait rien à la température extérieure.

— Non, c'est parfait, mentit-elle.

Comme prévu, ils passèrent chercher la poussette puis ils prirent la direction du centre commercial qui se trouvait à dix minutes à peine de sa résidence.

— Jusque-là, je m'étais toujours débrouillé pour éviter ce genre d'endroits, dit-il avec un sourire amusé. Je le fais vraiment pour toi.

Elle lui répondit par un sourire. Enfin, elle commençait à se détendre. Aller faire des courses avec Charles dans un centre commercial se révélait nettement moins troublant que de se retrouver avec lui dans l'intimité de son petit appartement. Quoique… Les apparences pouvaient laisser supposer que tous trois formaient une famille unie.

Elle s'empressa de chasser ces pensées pour indiquer à Charles la direction à prendre.

— Nous allons nous garer au parking souterrain de Nordstrom. C'est par là.

— Même moi, j'ai entendu parler de ce magasin, déclara-t-il.

— Que fais-tu en général, lorsque tu viens ici ?

— Je rends visite à ma famille et à mes amis. Le Texas est relativement nouveau pour moi. Avant que ma mère ne découvre qu'elle était une Fortune, nous vivions sur la côte.

— J'imagine que cette découverte vous a tous un peu perturbés ?

— Pas tant que cela, finalement. Nous étions déjà une grande famille. Cela nous a rajouté quelques cousins supplémentaires, voilà tout.

— J'ai entendu dire que Kate Fortune se trouvait à Austin

en ce moment. J'ai vu une photo d'elle dans un magazine. On peut dire qu'elle est la meilleure publicité de son sérum anti-âge.

— Je ne l'ai pas encore rencontrée.

— J'imagine que ce n'est qu'une question de temps, insista-t-elle sans trop savoir pourquoi.

— Nous verrons bien.

Ils pénétraient dans le parking et empruntaient la rampe qui menait aux étages supérieurs.

— Ma sœur Lucie m'a dit que Kate se cherchait un remplaçant, reprit-il.

— Cela fait-il de toi un candidat potentiel ?

— Je ne crois pas. D'ailleurs, je suis ici depuis une semaine, et elle n'a toujours pas cherché à me contacter. J'admets que mon ego en prend un coup d'être ainsi ignoré, confessa-t-il après une brève pause. C'est bête, n'est-ce pas ?

— Pas du tout.

Elle comprenait très bien qu'il puisse souffrir d'être tenu à l'écart, un peu comme s'il ne comptait pas au regard de la richissime femme d'affaires. Elle comprenait aussi que la blessure d'amour-propre que cette femme lui infligeait allait au-delà d'une simple question d'ego.

— Moi, je trouve que tu aurais au contraire toutes tes chances de réussir.

— Honnêtement, je n'ai pas la moindre envie de travailler dans les cosmétiques. Mais qu'est-ce qui te fait penser, toi, que je pourrais réussir dans ce domaine ?

— Je ne te connais pas très bien mais, pour ce que j'en sais, tu es intelligent, pragmatique et doté d'un instinct sûr. Des qualités qui feraient de toi un excellent manager.

— J'arrive à peine à organiser mon propre planning, ironisa-t-il, non sans malice.

— Cette image d'homme superficiel, c'est celle que tu veux bien cultiver, objecta-t-elle. C'est plus facile que de montrer aux gens les vraies valeurs qui sont les tiennes. Et puis, je t'ai bien observé au cours de la conférence. Tu as d'indéniables talents d'orateur.

— Moi aussi, je t'ai bien observée, rétorqua-t-il.

— Arrête. Je te parle sérieusement.

— Et moi, j'essaie de ne pas être trop sérieux. C'est ce que tout le monde attend de moi. Alors…

— Encore une fois, tu n'es pas aussi frivole que tu veux bien le faire croire. D'ailleurs, tu n'aurais pas réussi comme tu l'as fait si tu n'avais pas travaillé dur. Au cours de cette conférence, tu étais très attentif à ce qui se disait, à ce que les auditeurs attendaient de toi. Tu as vanté les mérites de ton pays d'une manière personnelle qui donnait vraiment envie d'aller vérifier par soi-même.

Elle s'interrompit net, soucieuse de lui redonner la confiance dont il semblait manquer mais sans s'éloigner du plan strictement professionnel.

— Les gens à qui tu t'adressais étaient tous des professionnels du tourisme, ajouta-t-elle. Autant dire qu'ils avaient l'habitude des argumentaires formatés. Or, ce jour-là, ils semblaient vraiment s'intéresser à ta présentation. Crois-moi, Charles, tu ne les as pas laissés indifférents.

Il parut ébranlé car il la fixa un long moment sans rien dire et ce qu'elle vit dans son regard lui révéla un homme dont elle pourrait tomber très vite amoureuse si elle n'y prenait garde.

— Et toi ? demanda-t-il.

Elle éclata d'un petit rire destiné à faire diversion tant la voix caressante de Charles la troublait.

— Je suis maman maintenant. Ma voix ne compte pas.

Sans lui laisser le temps de rétorquer, elle ouvrit sa portière et sortit précipitamment.

— Dépêchons-nous, si nous voulons effectuer quelques achats avant l'heure du biberon.

Tandis qu'elle extirpait Flynn de son siège, Charles sortait la poussette du coffre. Il resta silencieux pendant qu'ils se dirigeaient vers l'entrée du magasin puis lorsqu'elle lui vanta les boutiques et les restaurants devant lesquels ils passaient.

Il ne l'écoutait que distraitement, tant il était soucieux de manier la poussette parmi la foule compacte des visiteurs à cette heure de la journée.

Elle pressa le pas, s'inquiétant que l'on reconnaisse Charles. Se retrouver à la une d'un quotidien local était bien la dernière chose dont elle avait envie.

— Nous y sommes, annonça-t-elle alors qu'elle s'arrêtait devant la vitrine d'une petite boutique.

— Ce n'est pas Nordstrom, remarqua Charles.

— Non, mais nous allons commencer nos emplettes ici. Marc & Cross est une enseigne connue au Texas. Elle est implantée également à Dallas et San Antonio.

Le regard sceptique de Charles se fixa sur les mannequins qui, en vitrine, arboraient la panoplie du parfait cow-boy.

— Tu viens souvent faire des courses ici ? s'enquit-il.

— Non, s'esclaffa-t-elle. Mais il m'arrive d'y accompagner des amis.

— Tes petits amis, tu veux dire ?

— Non, des hommes qui sont des amis.

— Quelle différence ? insista-t-il.

— Eh bien… je… nous ne… Tu vois ce que je veux dire.

— Ce n'est pourtant pas l'envie qui a dû leur manquer. Je suis certain que les prétendants doivent se bousculer à ta porte. Je me trompe ?

— Tout à fait, répondit-elle. J'ai tellement tardé à m'ouvrir aux hommes que j'ai raté bon nombre d'opportunités d'être heureuse.

Elle songea alors à sa vie amoureuse pathétique, à ce préservatif resté si longtemps au fond de son sac qu'il en était résulté Flynn.

— Nous ne sommes pas venus ici pour discuter de moi, décréta-t-elle, espérant ainsi couper court à une discussion qui la mettait mal à l'aise. Je te rappelle que nous sommes ici pour te rhabiller de pied en cap.

D'un pas déterminé, elle franchit la porte du magasin, suivie de Charles, toujours en charge de la poussette.

— Les hommes d'ici sont de véritables idiots, déclara-t-il alors qu'elle s'était arrêtée devant le rayon des jeans. Tous autant qu'ils sont.

— Tous, excepté toi, plaisanta-t-elle.

Consciente de l'aveu qu'elle venait de lui faire tout haut, elle se sentit devenir cramoisie.

— Exact, affirma-t-il avec un sourire amusé. Bien, et maintenant que veux-tu me faire porter pour me distinguer de ces hommes stupides ?

En guise de réponse, elle saisit deux jeans, l'un brut, l'autre délavé, qu'elle lui tendit.

— Nous irons prendre les chaussures chez Nordstrom, décida-t-elle en lui choisissant également quelques chemises, trois T-shirts et un short.

L'une des vendeuses vint les rejoindre et emporta le tas de vêtements dans l'une des cabines d'essayage. Alice ne manqua pas de relever le regard aguicheur qu'elle avait lancé à Charles qui, lui, semblait ne pas l'avoir remarqué. Etait-ce volontaire ou pas ? Elle n'aurait su le dire tant son visage restait impassible.

— Sérieusement, tu ne comptes pas me faire porter ça ? s'insurgea-t-il alors qu'elle lui tendait une casquette de base-ball.

— C'est tout de même mieux qu'un stetson, non ? En plus, ça te sera utile en cas de grosse chaleur.

Elle s'approcha et se hissa sur la pointe des pieds pour ajuster le couvre-chef sur la tête de Charles. Du bout des doigts, elle repoussa sur sa nuque les mèches brunes que la casquette avait plaquées vers l'avant.

Elle vit alors son regard azur la fixer intensément, exprimant le feu intérieur qui la dévorait. Par bonheur, ce fut le moment que choisit Flynn pour se manifester.

— Je crois qu'il a faim, murmura-t-elle d'une voix qu'elle s'appliqua à garder neutre.

Sans dire un mot, Charles la regarda défaire la ceinture de sécurité de la poussette, puis caler Flynn contre sa hanche et passer l'anse du sac à langer sur son épaule libre.

— Tu as besoin d'aide ? s'enquit-il.

— Non merci. Je vais lui donner son biberon pendant que tu essaies tes vêtements. Tu nous trouveras dans l'aire de restauration, juste de l'autre côté.

Mais au lieu de se diriger vers la cabine d'essayage Charles la débarrassa du sac.

— Je vous accompagne, annonça-t-il d'un ton sans réplique. Je reviendrai essayer cela lorsque vous serez installés.

Dans un geste d'une infinie tendresse, il se pencha sur Flynn et déposa un baiser léger sur son front.

— A moins que tu ne veuilles assister aux essayages ? lui susurra-t-il à l'oreille.

— Je… Non, balbutia-t-elle, prise de court.

— Une autre fois, peut-être, conclut-il en s'éloignant.

Quinze jours auparavant, Charles aurait jugé hautement improbable de se retrouver ainsi, en pleine journée, dans un centre commercial, à la recherche de vêtements qui ne correspondaient en rien à ce qu'il avait l'habitude de porter.

Mais l'arrivée d'Alice et de Flynn dans sa vie avait bousculé toutes ses certitudes. Il en venait même à penser que ce qu'il préférait par-dessus tout, c'était passer le plus clair de son temps en compagnie de la mère de son fils. Sans compter que depuis qu'il l'avait embrassée il ne rêvait que de recommencer.

Pour l'heure, il avait troqué sa tenue trop citadine contre le jean et le T-shirt qu'elle l'avait poussé à acheter. Elle avait eu raison d'insister. Habillé de la sorte, il n'était pas différent des hommes qui l'entouraient. Toujours sur les conseils d'Alice, il avait même fait l'acquisition d'une paire de santiags qu'il arborait presque fièrement. Pour un peu, il aurait envoyé une photo de lui à sa famille.

Il s'était récompensé de ses efforts en offrant à Alice la paire de chaussures la plus sexy qu'il ait jamais vue. Bien sûr, elle avait tout d'abord refusé. Mais il avait tant insisté qu'elle s'était finalement laissée fléchir.

Au fil des heures, et à mesure qu'il découvrait un peu plus de sa personnalité, il comprenait pourquoi les hommes passaient à côté d'elle, indifférents : en dépit d'un physique avantageux, elle affichait une réserve et une timidité qui pouvaient en décourager plus d'un. Aussi incroyable que cela lui paraisse, aucun des vendeurs n'avait paru faire grand cas de la présence d'Alice à ses côtés. Et plus les hommes l'ignoraient, plus elle se repliait sur elle-même.

Pourtant, lui qui l'avait connue dans l'intimité pouvait dire à quel point la contradiction entre la jeune femme timide et effacée qu'elle était et la séductrice passionnée qu'elle pouvait être se révélait irrésistible. Penser qu'il était le seul à l'avoir percée à jour le rendait encore plus fou de désir.

Connaissant son faible pour les jolies chaussures à talons hauts, il avait donc insisté pour qu'elle essaie la paire en satin pourpre qu'il l'avait vue convoiter en silence.

En dépit du jean et du T-shirt qu'elle portait, les chaussures lui donnaient un air de femme fatale auquel il avait bien du mal à résister.

— Elles sont trop chères, protesta-t-elle en contemplant son reflet dans le miroir.

— Nous les prenons, décida-t-il.

— Je n'aurai jamais l'occasion de les porter, objecta-t-elle encore. Je n'ai aucune vie sociale.

— Nous trouverons bien une occasion.

Puis, Flynn bien calé contre lui, il paya les chaussures et sa paire de santiags.

— Avoue que tu les adores, ajouta-t-il lorsqu'il fut revenu vers elle.

Elle plissa le nez en une petite moue enfantine qui l'enchanta.

— J'avoue. Je suis même prête à les porter ce soir pour faire le tour de l'appartement en pyjama.

— Un pyjama tout en soie et dentelles, peut-être ? s'enquit-il, l'œil pétillant de désir.

— Pas du tout ! Flanelle et pur coton. Tu vois, rien qui puisse t'intéresser.

— Invite-moi, suggéra-t-il d'une voix dangereusement enjôleuse. Je pourrai en juger par moi-même.

Comme pour donner son avis, Flynn se mit à agiter ses petits membres.

— Tu vois, même Flynn est d'accord.

Le visage d'Alice s'illumina aussitôt qu'elle eut posé les yeux sur son fils. C'était un spectacle dont il ne se lassait pas. Il s'en émerveillait, même.

Tous les pères ressentaient-ils la même chose, face à ce tableau ?

— Charles…, commença-t-elle avant que la sonnerie de son portable l'empêche d'aller plus loin.

Elle lui prit Flynn des bras tandis qu'il sortait son téléphone de la poche de son jean puis regardait le nom de son interlocuteur s'afficher sur l'écran. C'était Brodie. Il ne prit pas l'appel, mais trente secondes plus tard c'était au tour de Jensen d'appeler.

— Bon sang, marmonna-t-il.

— Un problème ? s'enquit-elle.

— Pour certains, oui, apparemment, répondit-il.

Un SMS provenant de Lucie arriva sur ces entrefaites, où elle s'excusait de l'indiscrétion dont elle avait fait preuve.

— Je crois qu'il vaut mieux que je règle ça tout de suite, annonça-t-il.

— Je t'en prie. Flynn et moi allons nous débrouiller pour rentrer.

Il la regarda, interloqué. Le croyait-elle vraiment capable de les planter là, au beau milieu de ce centre commercial, elle et son petit garçon ?

— Il n'en est pas question, rétorqua-t-il fermement. Je vous raccompagne.

— Je ne veux surtout pas te déranger.

— Alice, tu ne me déranges pas le moins du monde, lui assura-t-il plus sèchement qu'il n'aurait voulu. Tout ce dont j'ai envie, c'est de rester auprès de vous. Il faut que tu comprennes bien que, désormais, mon fils est ma priorité.

Ces mots ne produisirent pas l'effet escompté. Au lieu de la rassurer, ils semblèrent lui faire redouter le pire. Il la vit se mettre à serrer Flynn un peu plus étroitement contre elle. Il s'apprêtait à développer sa pensée lorsque, pour la troisième fois, la sonnerie de son téléphone se fit entendre. Tout comme précédemment, il ignora l'appel.

— Je vais le changer, annonça-t-elle. J'ai repéré des toilettes équipées de tables à langer, au rez-de-chaussée.

— Très bien. Pendant ce temps je vais chercher la voiture au parking. Je vous récupère devant l'entrée.

Elle opina puis installa Flynn dans sa poussette. Il la regarda disparaître dans la cabine de l'ascenseur avant de rassembler ses paquets et de se mettre en marche vers le parking. Au comble de l'agacement, il sentit son téléphone vibrer encore dans sa poche.

Ce qu'il vivait avec Alice et Flynn ne regardait que lui, et il n'avait pas envie de le partager. Il était bien trop tôt pour cela. Sans compter qu'il n'était pas d'humeur à supporter tous les conseils dont on ne manquerait pas de l'abreuver.

Comme prévu, il retrouva Alice devant l'entrée principale de la galerie marchande. Ils effectuèrent le trajet du retour sans s'échanger un mot, ce qui lui fit d'autant plus regretter la légèreté des moments qu'ils venaient de vivre ensemble.

A la seconde où ils furent arrivés devant sa maison, elle sortit de sa voiture, visiblement pressée de le quitter.

— Je suis désolé pour cet accès d'humeur, s'excusa-t-il en sortant à son tour. Je vais te raccompagner jusqu'à ta porte.

— Ce n'est pas nécessaire. Je sais me débrouiller.

— Je vais devoir m'absenter une journée. Je te verrai à mon retour. D'accord ?

Elle lui répondit d'un hochement de tête dubitatif.

— Je ne veux pas entendre que tu n'attends rien de moi, ajouta-t-il. Ni que je ne te dois rien.

Il lui envoya un baiser du bout des doigts qui, du moins l'espérait-il, devrait la rassurer un peu.

— A bientôt, Alice.

Elle opina en silence.

— Et toi mon bonhomme, poursuivit-il en se penchant vers Flynn, sois très sage avec ta maman.

Il reprit sa place au volant puis attendit d'avoir tourné le coin de la rue pour se ranger sur le bas-côté. Alors seulement, il envoya un SMS groupé à Brodie, Oliver, Jensen et Amelia :

Arrêtez de m'envoyer des messages. Je serai au ranch demain. Vous pourrez alors me poser toutes les questions que vous voudrez.

A peine quelques secondes plus tard, les réponses affluèrent. A croire que tous les Fortune Chesterfield répondraient présents, se dit-il, amusé.

6

Ce soir-là, Alice ne prit pas la peine de frapper à la porte du domicile de ses parents. Depuis qu'elle avait emménagé dans son propre appartement, à la naissance de Flynn, le dîner du samedi était devenu un rituel chez les Meyer.

La voir partir avait été pour eux un crève-cœur. Tous deux avaient craint qu'elle ne s'en sorte pas toute seule, mais elle avait tenu bon. Elle devait leur prouver qu'elle était devenue une adulte responsable qui ne dépendait de personne pour élever son fils.

Naturellement, elle ne leur en avait pas voulu d'avoir mis en doute ses capacités. Comment l'aurait-elle pu ? Elle avait vécu toute sa vie dans la maison familiale, même lorsqu'elle était devenue étudiante et plus tard, lorsqu'elle avait été embauchée au bureau du Tourisme. Evidemment, personne n'avait compris qu'elle n'ait pas eu envie de prendre son envol et de devenir enfin autonome.

Pourtant, lorsqu'elle avait senti son enfant bouger, elle avait éprouvé le besoin de s'éloigner de ce cocon trop confortable. Elle avait alors tout mis en œuvre pour s'en donner les moyens. Depuis, il ne se passait pas un jour sans qu'elle ne s'en félicite.

Le jour de son départ, son père n'avait pas décroché un mot, mais cela lui ressemblait assez. Elle avait eu tout le temps de s'habituer à ses silences, plus préoccupé qu'il était par les cours qu'il dispensait à l'université que par l'éducation qu'il avait à donner à sa fille. Lorsqu'il avait appris qu'elle était enceinte des œuvres d'un amant d'une nuit, il n'avait pas cherché à en savoir plus, au contraire de sa femme qui avait bombardé Alice de questions plus ou moins indiscrètes.

Mais, malgré la pression exercée par Lynn, jamais elle n'avait dévoilé l'identité du père de son enfant.

Aussitôt qu'elle pénétra dans la cuisine, sa mère se précipita pour lui prendre Flynn des bras. Cet amour inconditionnel lui fit chaud au cœur. Au moins avait-elle l'assurance que, même si Charles ne tenait pas sa parole, elle pourrait toujours compter sur le soutien de ses parents.

Ils passèrent une soirée aussi paisible qu'agréable. Après le dîner — des spaghettis bolognaise concoctés avec amour par sa mère —, elle aida à débarrasser la table pendant que son père se retirait dans son bureau.

— Il change de jour en jour ! s'extasia Lynn.

— Il a pris du poids depuis notre dernière visite chez le pédiatre, expliqua Alice. A la fin du mois, il sera en âge de manger des céréales.

— Comme je regrette que vous n'habitiez pas là, ma chérie ! Tu m'as l'air si fatiguée. Je pourrais t'aider mieux que je ne le fais.

— Tout va bien, maman. Je suis un peu plus fatiguée que d'habitude parce qu'il ne fait pas encore ses nuits. Mais le médecin m'a assuré que cela n'allait pas tarder.

— Je m'inquiète pour toi, insista Lynn. Entre ton travail et le petit, tu n'as plus une seconde à toi. Si tu ne consacrais pas autant de temps à ton travail…

— Maman, j'adore ce que je fais et Flynn ne me pèse pas, au contraire. J'arrive même à trouver un équilibre entre les deux. Et puis, les heures supplémentaires ne sont pas une option : je n'ai pas le choix si je veux subvenir à mes dépenses.

— Justement, insista Lynn. Si tu revenais t'installer ici, tu pourrais…

— N'y pense pas, maman, la coupa-t-elle d'un ton ferme. Cela n'arrivera pas.

— Si, au moins, tu te trouvais un mari.

Alice prit le parti de se taire. Elle se sécha les mains à un torchon propre puis elle alla s'asseoir à côté de sa mère qui caressait doucement le dos de son petit-fils.

— Tout va bien maman, répéta-t-elle. Tu n'as aucune raison de t'inquiéter.

Lynn lui adressa un sourire plein d'une infinie tendresse.

— Je suis si fière de toi, ma chérie, affirma-t-elle. Tu assumes ta position avec tant de volonté !

Avait-elle le choix ? Elle repensa aux moments qu'elle avait partagés avec Charles au cours de ces deux derniers jours. Avec lui, même les occupations les plus triviales prenaient des allures de jeux. Avec lui, elle pourrait…

— Tu me caches quelque chose, pointa Lynn en la voyant perdue dans ses pensées.

Revenue sur terre, Alice secoua la tête et tenta de reprendre un air normal.

— Non, non. Ce n'est rien.

— C'est un homme ?

— Mais enfin, comment… ?

— L'instinct maternel nous trompe rarement, ma chérie. Aurais-tu renoué avec le père de Flynn ?

— Je te l'ai déjà dit, maman. Je n'entretiens aucune relation avec lui, mentit-elle à demi.

— Allons, je vois bien que quelque chose a changé. Tu es… différente. Tu as quelque chose, en tête. A table, tu paraissais distraite. Tu as même laissé ton père déblatérer sur l'époque colonialiste sans réagir. C'est pour dire !

— Cela n'a pas d'importance, s'entêta Alice qui savait pourtant que sa mère lisait en elle comme dans un livre ouvert.

En deux jours à peine, Charles avait pris une place démesurée dans sa vie et dans son cœur. Et si elle avait envie de croire qu'il tiendrait ses promesses et n'abandonnerait pas son fils, sa réputation de séducteur l'incitait à penser le contraire.

— Il est…, commença-t-elle. Le père de Flynn n'est pas du genre à s'engager, si tu vois ce que je veux dire.

— Tu es amoureuse de lui ?

— Peu importe. De toute façon, cela n'aboutirait à rien.

Lynn resta silencieuse quelques secondes, semblant peser les mots qu'elle s'apprêtait à prononcer.

— Tu es encore très jeune, ma chérie. Etre mère ne signifie pas pour autant renoncer à être femme.

— Ma priorité est de m'occuper de mon fils, répliqua-t-elle un peu trop vivement.

Pour prouver ce qu'elle venait d'avancer, elle prit son fils endormi des bras de sa mère et le serra contre elle.

— Cet enfant est tout pour moi, murmura-t-elle.

— Cela ne t'empêcherait pas d'avoir un homme pour veiller sur vous, objecta sa mère en se levant à son tour pour les embrasser tendrement, elle et Flynn. Je ne vais pas essayer d'apprendre le nom de cet homme, ma chérie. Mais sache que si tu veux me parler je suis là. Je peux tout entendre.

— Merci, maman, balbutia Alice, au bord des larmes.

— Les relations humaines ne sont pas toujours faciles, poursuivit Lynn. Qui que soit cet homme, et en supposant qu'il veuille s'engager, aurais-tu envie de vivre avec lui ?

Alice aurait aimé dire à sa mère qu'elle en rêvait. Mais elle était trop lucide pour même supposer qu'un avenir avec Charles était envisageable.

— Non, finit-elle par dire tout bas, en refrénant comme elle le pouvait l'envie de pleurer qui lui nouait la gorge.

Aussitôt, elle sentit la chaleur rassurante des bras de sa mère l'envelopper.

— Je suis désolée, ma chérie.

Elles restèrent ainsi enlacées un long moment, jusqu'à ce qu'Alice se sente assez de forces pour se libérer de cette douce étreinte maternelle.

— Je peux t'affirmer, moi, que cet homme ne sait pas ce qu'il perd, reprit Lynn.

Alice n'avait pas le cœur de défendre Charles. Inutile d'expliquer à sa mère qu'elle pressentait en lui un bon père, si toutefois il faisait le choix de rester dans leur vie. De même, elle se sentait incapable de lui faire comprendre qu'au lieu de se réjouir de la volonté de Charles de s'investir dans l'éducation de son fils elle en éprouvait de la crainte. Même si c'était la principale raison pour laquelle elle avait contacté Charles, elle s'était très vite retrouvée prise dans un flot d'émotions contradictoires qui la perturbait.

Dieu merci, l'absence de Charles allait lui permettre de retrouver l'équilibre émotionnel qui lui faisait défaut depuis deux jours. Elle s'en faisait la promesse.

Elle avait laissé les choses aller trop loin trop rapidement. Pour rétablir son équilibre, il lui suffirait d'espacer leurs rencontres. Ce serait ainsi plus facile pour garder en mémoire que l'unique raison pour laquelle Charles Fortune était réapparu dans sa vie, c'était le fils qu'ils avaient en commun.

Fatiguée comme elle l'était, elle n'aurait qu'à cantonner les visites de Charles aux week-ends. Oui, cela lui semblait la meilleure solution.

Forte de cette bonne résolution, elle embrassa sa mère et son père et, son fils sous le bras, regagna son appartement. Pour reprendre l'expression de Charles, ils formaient une équipe. Mais désormais ce serait l'équipe Meyer.

Lorsque Charles arriva enfin au restaurant, il était en nage, exténué et de mauvaise humeur contre sa famille. Il avait profité des six heures de trajet pour régler par téléphone les modalités d'un trust familial établi au nom de Flynn ainsi que celles d'une pension mensuelle qu'il souhaitait allouer à Alice.

Tout le monde était attablé quand il poussa la porte du restaurant. Oliver, Brodie, Jensen et Amelia ses frères et sœur étaient là, l'attendant impatiemment. Un curieux mélange d'amour et de contrariété le submergea. Il était heureux pour eux qu'ils aient trouvé le bonheur dans ce coin reculé du Texas, même si un océan les séparait désormais.

Amelia fut la première à se lever pour venir le serrer dans ses bras.

— Je suis si heureuse pour toi, Charles, murmura-t-elle de sa voix douce. Clémentine est surexcitée à l'idée d'avoir un nouveau cousin même si, je ne te le cache pas, elle aurait préféré que tu sois papa d'une petite fille.

— Qui sait s'il n'en a pas une quelque part ? railla Oliver. Une petite Fortune dont il découvrira un jour l'existence.

— S'il te plaît, Oliver, ne commence pas le rabroua Jensen d'un ton sans réplique. Laissons plutôt Charles nous donner sa version des faits.

— Je suppose que celle que vous connaissez vous a été délivrée par Lucie.

— Exact, répondit Brodie.

— Je lui avais pourtant demandé de garder le secret, déplora-t-il en se servant un grand verre d'eau fraîche.

— Autant lui demander de décrocher la lune, ironisa Amelia. Tu sais bien que Lucie ne sait garder que ses propres secrets.

La serveuse, venue prendre les commandes, braqua soudain son regard sur Charles.

— Je vous reconnais, balbutia-t-elle, visiblement sous le charme. Vous êtes « l'irrésistible lord Charles ».

Il ne daigna pas confirmer. Au lieu de cela, il désigna Jensen d'un hochement de tête.

— Il est le seul à cette table qui mérite le titre honorifique de « Sir », répliqua-t-il d'un ton détaché.

Le regard de la serveuse effleura Jensen avant de revenir très rapidement se fixer sur lui.

— Peut-être, concéda-t-elle du bout des lèvres. Mais vous, vous êtes « l'irrésistible lord Charles », celui qu'on voit partout à la télé et sur les affiches publicitaires.

L'insistance dont elle faisait preuve l'agaça au plus haut point. Elle lui donnait l'impression d'être un étalon dont toute femme pouvait disposer à sa guise.

Sans se rendre compte de ce que son attitude avait d'offensant, la serveuse griffonna son numéro de téléphone sur l'une des feuilles de son carnet de commandes et la coinça sous la bouteille de ketchup.

— Si vous êtes dans le coin pour un petit moment, n'hésitez pas à me passer un coup de fil, lui souffla-t-elle d'un ton aguicheur. Je vous montrerai ce qu'est l'hospitalité à la texane. Vous verrez, il n'y a pas que les aristocrates qui savent s'amuser.

Sur quoi, elle tourna les talons et regagna les cuisines en se déhanchant outrageusement.

Oliver secoua la tête.

— J'avais oublié le magnétisme que tu exerces sur les femmes, lança-t-il avec une pointe d'envie.

— Je trouve cette attitude indécente, commenta à son tour Amelia.

— Et moi, je t'envie cette attraction, renchérit Brodie.

Charles, quant à lui, manifesta sa désapprobation en froissant le papier en boule.

— Je déteste tout ce cirque, déclara-t-il.

— Depuis quand ? s'enquit Jensen resté jusque-là silencieux.

Depuis Alice, aurait-il aimé rétorquer. Car, s'il était vrai qu'il avait accepté de bonne grâce la réputation de play-boy qui lui collait à la peau, cette étiquette réductrice le dérangeait maintenant à l'extrême. Alice lui avait donné envie de dépasser cette image pour aller vers quelque chose de plus essentiel et de plus profond.

— Notre Charlie est papa, désormais, énonça Amelia avec gravité. Cela change sacrément les choses.

— C'est ton avis, Charles ? demanda Brodie.

— Flynn a complètement changé ma façon de voir la vie, en effet, affirma-t-il. Même si, je l'avoue, je me sens un peu dépassé par cette toute nouvelle paternité.

Le petit groupe accueillit cet aveu dans un silence quasi solennel qui l'étonna.

— Normalement, vous êtes censés m'encourager, grommela-t-il. Vous devriez me dire que je vais y arriver.

Ce fut Oliver qui se manifesta le premier.

— Je n'aurais qu'un mot, lâcha-t-il après s'être éclairci la gorge : félicitations. Tu as eu une sacrée veine d'engrosser une opportuniste qui a dû te voir arriver de loin, mon pauvre vieux. Cela va te changer la vie, en effet !

La virulence de ces mots alliée à ce qu'ils sous-tendaient lui firent l'effet d'une gifle. Mais, s'il était offensé par la critique à peine voilée de son frère, il l'était encore plus par l'insulte faite à Alice.

— Alice n'est pas une opportuniste, gronda-t-il d'une voix sourde. Je ne veux plus t'entendre prononcer un mot contre elle. Suis-je assez clair ? ajouta-t-il. Oui, apprendre que j'ai un fils a été un choc, mais Alice est une femme et une mère exceptionnelles. Elle travaille dur pour assumer Flynn toute seule. Et elle refuse que je l'aide.

— Tu le lui as proposé ? avança prudemment Brodie.

— Bien entendu. Flynn est mon fils, et je veux le meilleur pour lui. Alice est sa mère et je…

Il s'interrompit net, incapable de terminer sa phrase. Les mots lui manquaient pour exprimer le chaos de ses sentiments.

— En tout cas, tu as l'air de tenir à elle, souligna gentiment Amelia.

— En effet.

Le silence retomba alors que la serveuse était de retour avec leurs plats.

— A l'évidence, les choses ont changé, ne put s'empêcher de plaisanter Jensen lorsqu'elle eut disparu.

— Tu as parlé à maman ? s'enquit Amelia.

Ayant déjà commencé à manger, Charles faillit avaler de travers.

— Bien sûr que non ! Et j'interdis bien à quiconque de lui en toucher ne serait-ce qu'un mot. Je sais très bien ce qu'elle en penserait et je n'ai pas la moindre envie de l'entendre.

— Elle te dirait surtout de l'épouser, lui souffla Amelia.

Ses trois frères opinèrent de concert.

— Cette idée mérite peut-être réflexion, ajouta-t-elle d'un ton faussement détaché.

— Je pense que ce n'est pas une bonne idée, intervint Brodie avant de mordre dans son sandwich club.

— Pourquoi ? voulut savoir Amelia.

— Parce qu'elle aurait alors les pleins pouvoirs.

— C'est ce que tu as expliqué à Caitlin avant de lui passer la bague au doigt ? ironisa-t-elle.

Pris à son propre piège, Brodie haussa les épaules, pour leur signifier que finalement il se désintéressait du sujet.

— Il faut que tu demandes la garde de l'enfant, suggéra Jensen-le-Sage.

— La garde alternée ?

— Non, la garde exclusive.

— Ne sois pas idiot. Je serais incapable de priver Alice de son fils.

— Tu as une photo ? lança Amelia pour dissiper un peu la tension ambiante.

Charles ne se fit pas prier. Il s'essuya les mains à sa serviette puis il sortit son téléphone portable et fit défiler son diaporama jusqu'aux clichés qu'il avait pris de Flynn et de sa mère.

— Il est magnifique ! s'exclama Amelia avant de faire passer l'appareil à Brodie.

— La fille n'est pas mal non plus, commenta ce dernier. Mais, dis-moi, ce n'est pas ton genre habituel.

— C'est vrai, renchérit Jensen. On dirait qu'elle est intelligente, celle-là.

— Elle est non seulement intelligente mais aussi drôle et bienveillante, précisa Charles, les yeux fixés sur le visage d'Alice. Malheureusement, je crois qu'elle ne voit en moi que le père de son fils.

— Sur cette photo, tu as l'air d'être heureux, souligna Amelia en pointant le dernier cliché de la série.

Il se souvenait très bien de ce moment où une femme, assise à côté de lui, avait proposé de prendre une photo de « toute la petite famille ». Bien qu'un peu gênés, Alice et lui avaient accepté de sourire ensemble à l'objectif.

Amelia avait raison. Non seulement il était heureux, mais aussi parfaitement détendu, ce qui ne lui était pas arrivé souvent au cours des dernières années.

— Pourquoi portes-tu cette casquette ? s'enquit Oliver. Eh, mais je ne rêve pas ! Tu es bien dans un centre commercial !

Charles lui prit son téléphone des mains et le fourra dans sa poche.

— Puisqu'il faut que je me justifie sur tout, Alice m'a emmené dans cette galerie marchande pour me faire acheter des vêtements plus… passe-partout que les miens.

Cette information parut intriguer Jensen qui demanda :

— Tu veux dire que cette Alice ne cherche pas à tirer parti de ta notoriété ? Qu'au contraire elle fait tout pour que tu passes inaperçu ?

— Absolument. Elle est même plus inquiète que moi à l'idée qu'on puisse découvrir que je suis le père de son enfant.

— Dans ce cas, intervint Brodie qui ne semblait pas tout à fait convaincu de la sincérité d'Alice, pourquoi cette sortie en public ?

— Disons que c'est un peu compliqué, esquiva-t-il.

— En fait, tu meurs d'envie de coucher avec elle. Je me trompe ?

— Ne fais pas ça, dirent les trois autres en chœur.

Pour une fois, tout le monde était d'accord sur la conduite à tenir. Même lui qui, pourtant, brûlait pour Alice d'un feu intérieur qui semblait ne jamais vouloir s'éteindre.

— D'accord, finit-il par acquiescer. Je vais passer les deux prochaines semaines à apprendre à mieux connaître Alice et Flynn, afin que les choses marchent au mieux entre nous.

— Mais…, voulut objecter Amelia.

— Mais je ne coucherai pas avec elle, conclut-il en remarquant le sourire sceptique de ses frères.

7

Ce jeudi-là, Alice avait beau essayer de focaliser son attention sur l'écran de son ordinateur, ses paupières se fermaient malgré elle. Même après les trois cafés bien serrés qu'elle avait bus avant de se mettre au travail, son esprit restait embrumé. Il faut dire qu'elle n'avait pas beaucoup dormi. A 4 heures, elle avait même fini par abandonner tout espoir de s'assoupir. Entre Flynn qui avait réclamé sa présence à intervalles réguliers et les images de Charles qui étaient venues la hanter aussitôt qu'elle fermait les yeux, elle avait passé une nuit quasi blanche.

Charles lui avait envoyé un SMS l'informant de son retour pour le lundi après-midi. Fidèle à la promesse qu'elle s'était faite, elle lui avait aussitôt répondu qu'elle ne serait pas disponible et qu'ils ne pourraient se retrouver que le week-end suivant. Ce mensonge lui avait coûté, mais elle devait se ménager ce laps de temps pour consolider des barrières défensives qu'elle sentait bien défaillantes et sur le point même de s'écrouler.

Malheureusement, Charles ne s'était pas contenté d'une réponse aussi laconique. Il avait riposté à coups de nombreux SMS qu'elle avait ignorés, la mort dans l'âme. Parce que la vérité, c'était que Charles lui manquait affreusement. La façon qu'il avait de la persuader qu'elle était unique la touchait au plus profond d'elle-même. Cependant, si elle ne voulait pas se brûler les ailes, il lui fallait rester vigilante et donc éviter Charles autant que possible.

— Tu es prête pour la réunion ? s'enquit Meredith en passant la tête par-dessus l'une des parois de son bureau en *open space*. Dis donc, tu as une tête de déterrée !

— Merci ! C'est exactement ce que j'avais envie d'entendre après une nuit sans sommeil.

— J'imagine que ce n'est pas au beau Charles que tu la dois. Tu aurais une mine plus réjouie.

— Hélas, tu as vu juste.

— C'est bien toi qui assures la présentation du projet de la nouvelle campagne publicitaire ?

— En effet.

Elle se leva de son siège et rajusta la veste de son tailleur. Puis elle lissa machinalement sa jupe qui n'en avait nul besoin. Il ne s'agissait pas de donner d'elle l'image d'une mère de famille hagarde, dépassée par les événements.

— Je répète mon discours depuis ce matin, mais je n'arrive pas à finir une phrase sans bâiller.

— Allons, tu vas y arriver, tenta de la rassurer Meredith d'un ton peu convaincu.

Alice inspira un grand coup et but d'un trait son quatrième café.

— Je vais y arriver, je vais y arriver, je vais y arriver, répéta-t-elle comme un mantra.

Elle emboîta le pas à Meredith, et toutes deux se rendirent à la salle de conférences qui se trouvait au bout d'un long couloir. Elle tenait ses notes entre ses doigts tremblants. L'enjeu était important. C'était l'opportunité d'être perçue comme une créatrice plutôt que comme une simple exécutante.

Elle plaqua un sourire forcé sur ses lèvres et, tout à ses pensées, heurta violemment son amie qui venait de s'arrêter net à l'entrée de la salle.

Elle balaya la pièce du regard et se figea lorsqu'elle découvrit Charles, assis à côté d'Amanda Pearson, sa supérieure hiérarchique. Plusieurs autres membres du bureau avaient déjà pris place autour de la table. Elle eut le temps de voir qu'il restait deux sièges inoccupés, l'un en bout de table et l'autre à la droite de Charles.

— Eh bien, ne restez pas là à bayer aux corneilles, les rabroua Amanda. Venez vous asseoir. J'imagine qu'il est inutile que je vous présente Charles Fortune Chesterfield.

— Va t'asseoir, Mer, intima Alice à son amie qui gardait les yeux toujours fixés sur Charles.

— Tu savais qu'il serait là ? demanda celle-ci à voix basse.

— Non, mais fais comme si de rien n'était. Il ne faut pas qu'Amanda se doute de quelque chose.

Meredith redressa les épaules et se dirigea aussi bravement qu'elle le pouvait vers Charles.

— Lord Charles, dit-elle en esquissant une légère courbette.

Charles se leva et lui tendit la main.

— Je vous en prie, répondit-il, appelez-moi Charles. En fait, contrairement à ce que prétendent les tabloïds, je ne porte pas le titre de lord.

Il accompagna ses paroles d'un sourire renversant qui eut sur Meredith l'effet qu'il avait sur toutes les femmes. Un brin jalouse, Alice décida de rester insensible à l'effet Charles Fortune.

— Ravie de vous revoir, lâcha-t-elle d'une voix qu'elle s'appliqua à garder neutre.

Elle s'apprêtait à aller s'asseoir en bout de table lorsque Charles lui indiqua le siège vacant à côté de lui.

— Je vous en prie, mademoiselle Meyer. J'ai hâte d'entendre ce que vous avez à nous exposer.

Elle comprit que, par ces mots, il faisait allusion aux silences qui avaient répondu à ses nombreux appels.

— Charles voudrait s'impliquer un peu plus dans notre bureau, expliqua Amanda. A ce qu'il m'a dit, il se souvient parfaitement de vous, Alice.

Le ton d'Amanda suggérait qu'elle ne comprenait pas comment un homme comme Charles pouvait se rappeler une fille aussi insignifiante qu'elle.

— En effet, votre travail statistique concernant l'impact du tourisme sur l'économie du Texas était tout à fait remarquable, développa Charles. Mais tout chez vous est remarquable, ajouta-t-il tout bas afin qu'elle soit seule à entendre.

Ces quelques mots susurrés à son oreille suffirent pour rompre le fragile équilibre qu'elle s'échinait à maintenir depuis plusieurs jours.

— J'ai pensé que Charles avait sa place dans cette réunion, ajouta Amanda.

Elle fixa un regard pénétrant sur Alice avant de lui assener le coup de grâce :

— J'espère que vous ne le décevrez pas.

— C'est peu probable, intervint Charles.

— Alice ? demanda Amanda d'un ton devenu inquiet. Vous allez bien ? Vous êtes toute pâle.

— Ce n'est rien, lui assura-t-elle. Juste un peu de trac.

Elle sentit avec une acuité aiguë la main de Charles qui se posait sur son bras.

— Inspire un grand coup, Alice, lui chuchota-t-il. Tu vas y arriver.

Portée par ces quelques mots d'encouragement, elle se leva, prête à se lancer.

— J'ai baptisé cette campagne : « Une affaire de Texas », commença-t-elle.

Consciente de sa voix défaillante, elle s'éclaircit la gorge avant de reprendre d'un ton plus assuré :

— J'ai voulu qu'elle s'adresse tant au niveau national qu'au marché international.

Elle marqua une pause pour aller poser devant chacune des personnes présentes une maquette de cette campagne publicitaire.

— Les statistiques que nous avons effectuées en amont montrent que les visiteurs étrangers privilégient plutôt New York ou la Californie. Ils pensent seulement ensuite à visiter le Texas. Or ce que nous voulons, c'est que notre Etat devienne l'une des destinations phares des Etats-Unis.

Elle regagna sa place mais resta debout, soucieuse de maintenir une certaine distance entre Charles et elle.

— L'idée, reprit-elle, serait de faire témoigner des visiteurs afin qu'ils nous fassent part de leurs impressions au cours ou au terme de leur séjour. Nous les filmerions au milieu de la population locale et de tout ce qui caractérise le Texas : les cow-boys, les rodéos, la musique country…

Le cœur battant, elle remarqua dans l'assistance, quelques hochements de tête approbatifs. Enhardie par ces marques d'adhésion, elle poursuivit d'une voix plus forte :

— Nous mettrons l'accent sur les spécificités propres à chaque région, ce qui irait des plages de South Padre Island aux boutiques de nos villages pittoresques en passant par nos scènes musicales. Le but serait de donner à nos futurs voyageurs l'impression d'être en parfaite harmonie avec le Texas et ce, avant même d'être partis de chez eux, de faire en sorte qu'ils pensent à cette destination comme à l'une des destinations privilégiées de l'Amérique du Nord.

— Eh bien, je crois que nous en avons assez entendu, l'interrompit Amanda, mettant ainsi, de façon abrupte, un terme à sa présentation. Votre démonstration était…

— Brillante…, la coupa Charles de manière tout aussi abrupte.

— Je n'irais pas jusque-là, mais il est vrai que c'était un bon argumentaire, concéda Amanda avec un sourire forcé.

— Et moi, je suis d'accord avec Charles, intervint David McAvoy, le président du bureau.

Alice se sentit rougir comme une pivoine alors qu'elle se rasseyait. Elle sentit le genou de Charles qui se pressait contre le sien dans un geste qui se voulait amical.

— Les liens qui m'unissaient déjà au Texas se sont récemment renforcés, ce qui me pousse à souhaiter intégrer le bureau, annonça-t-il à l'assemblée. Je pense que mon nom ainsi que mon carnet d'adresses pourraient vous être utiles. L'office du Tourisme britannique ne pourra que trouver des avantages à cette alliance.

Puis il ajouta à l'adresse d'Amanda :

— J'espère que vous autoriserez Alice à me faire bénéficier de ses compétences.

— Bien sûr, fut-elle obligée d'acquiescer.

— Dans ce cas, je compte sur vous, Alice, pour me faire parvenir le budget et la date d'échéance dès demain. Plus tôt nous agirons, mieux ce sera.

— Bien, monsieur, répondit-elle en feignant le détachement.

— Vous m'avez surprise aujourd'hui, Alice, la félicita alors Amanda.

— A vrai dire, je me suis surprise moi-même.

— J'espère que la suite nous donnera raison.

— Je ferai de mon mieux.

— Si cela peut vous encourager, sachez que j'ai décidé de vous faire passer directrice de la publicité.

Alice mit un point d'honneur à recevoir cette promesse de promotion avec dignité.

— Merci de la confiance que vous me témoignez. Je saurai me montrer à la hauteur de vos attentes.

— Venez dans mon bureau demain matin. Nous discuterons de votre nouveau poste et de votre salaire.

Puis, se tournant vers Charles, elle ajouta :

— Seriez-vous libre à déjeuner ? J'aimerais beaucoup avoir votre avis sur nos futures campagnes.

— J'en suis vraiment navré, mais je me vois dans l'obligation de décliner votre invitation. En revanche, je ferai un saut à votre bureau avant mon rendez-vous.

Il en fallait plus pour décourager la femme de tête qu'était Amanda.

— Combien de temps comptez-vous rester parmi nous ? s'enquit-elle.

— Cela dépend, éluda-t-il.

— Passez-moi un coup de fil, rétorqua Amanda avec une moue aguicheuse qu'Alice ne lui avait jamais vue auparavant. Je serais ravie de vous servir de guide.

— Merci. Il est vrai qu'il y a tant à faire à Austin !

— On dit qu'au Texas tout est mieux, même les femmes.

Charles émit un petit rire poli tandis qu'Alice fixait sur Amanda un regard abasourdi. Elle ne rêvait pas ! Sa supérieure était bien en train de flirter avec Charles et sans même tenir compte de sa présence.

Elle tenta d'ignorer la petite pointe de jalousie qui lui vrilla le cœur. Si elle devait travailler en étroite collaboration avec Charles, autant s'habituer à cette scène qu'elle jugeait pathétique. Des femmes comme Amanda, il devait en rencontrer à chaque fois qu'il mettait un pied dehors. Mais pour sa part elle ne se laisserait pas prendre au piège une seconde fois. Elle saurait rester imperméable à son charme ravageur.

Pourtant, lorsqu'elle repoussa les chaises qui la gênaient pour sortir, elle le fit avec plus de force que nécessaire.

— Tu comptes accepter son invitation ? lâcha-t-elle avec une pointe de raideur.

— Bien sûr que non, répondit-il. C'est avec toi que j'aurais aimé sortir si tu avais daigné répondre à mes messages.

— J'étais occupée.

— Tu as un bébé de quatre mois.

— Justement. J'étais occupée avec lui.

— Il est couché tôt, objecta Charles.

— Moi aussi.

— J'aime bien t'imaginer au lit, murmura-t-il.

Agacée, elle ferma les yeux et ne les rouvrit que lorsqu'elle fut certaine de pouvoir fixer le regard de Charles sans ciller.

— Pourquoi es-tu venu ? demanda-t-elle d'une voix qu'elle voulait ferme.

— Pour toi.

La sincérité de cette réponse toute simple la désarçonna. Elle sentit sa volonté faiblir à grande vitesse.

— Comment s'est passée ta visite ?

— Viens déjeuner avec moi.

— Tu ne réponds pas à ma question, Charles.

Il lui adressa un petit sourire amusé, bien loin de celui, charmeur, réservé à Amanda.

— Déjeune avec moi, et je te répondrai.

— Tu as dit à Amanda que tu n'étais pas libre.

— En effet. Je ne suis pas libre parce que c'est avec toi que je veux déjeuner.

Il lui tendit une main qu'elle rechigna à prendre.

— Je n'ai pas accepté. Qui te dit que je n'ai pas un rendez-vous galant ?

— Dis « oui », Alice. S'il te plaît.

Elle allait refuser. Il le fallait. Si elle voulait avoir une chance de préserver son cœur, elle devait impérativement instaurer entre Charles et elle une barrière infranchissable.

Mais il la regardait avec des yeux si implorants qu'elle sentit ses certitudes vaciller.

Elle avait passé la plus grande partie de sa vie à jouer la prudence, à faire ce que l'on attendait d'elle. N'avait-elle pas le droit de s'autoriser un peu de fantaisie ?

— Nous ne pouvons pas sortir du bureau ensemble, finit-elle par dire. Cela ferait jaser.

— Pourquoi ? s'enquit-il sincèrement surpris.

— Parce que les hommes comme toi n'invitent pas les femmes comme moi à déjeuner.

— C'est pourtant l'homme que je suis qui te le demande.

— Tu aimes la cuisine indienne ?

— Je te rappelle que je suis anglais. Les *currys* sont encore plus populaires à Londres qu'un *fish and chips*. Pour répondre à ta question, oui, j'aime la cuisine indienne.

— Tu m'en vois ravie. Je suis la seule à l'apprécier ici. Il y a un restaurant juste au coin de la rue. Vas-y en premier, je te rejoins dans dix minutes.

— Une rencontre clandestine… J'adore.

— Charles, je suis sérieuse. Il ne faut pas qu'on nous voie ensemble.

En guise de réponse, il posa sur elle un regard vibrant de désir.

— Si tu tiens absolument à ne pas être prise en flagrant délit, je te suggère mon hôtel. C'est à quelques rues d'ici.

— Pas question, protesta-t-elle faiblement.

— Alors, à tout de suite, Alice.

Il fit un pas vers elle puis, la prenant par surprise, lui effleura l'oreille de ses lèvres.

— Tu as vraiment été remarquable aujourd'hui, mon chou, lui murmura-t-il.

Le feu de la passion se mit instantanément à couler dans ses veines. Elle agrippa le dossier d'une chaise et attendit que les battements de son cœur se calment tandis qu'elle regardait Charles s'éloigner de sa démarche féline.

A croire qu'être père le rendait fou. Charles ne voyait pas d'autres explications à son comportement. Pourtant, la promesse qu'il avait faite à ses frères et sœurs était sincère.

Lorsqu'il avait quitté Horseback Hollow, il avait repris la route, fort de ses bonnes résolutions. Il passerait beaucoup de temps avec Alice mais juste pour le bien de Flynn.

Pourtant, lorsqu'il s'était heurté aux silences d'Alice, il s'en était irrité. En général, les femmes ne cherchaient jamais à l'éviter, bien au contraire. Aussi son comportement l'avait-il intrigué. Avait-il dit ou fait quelque chose qui l'avait froissée au point qu'elle ne voulait plus le voir ? Ou s'était-il simplement imaginé la complicité qui semblait les unir ?

A la seconde où elle avait pénétré dans la salle de conférences, les incertitudes qui l'avaient tourmenté s'étaient dissipées. Il s'était senti envahi d'une plénitude qu'aucune femme n'avait jamais suscitée en lui. C'était ce qui l'avait poussé à imposer cette collaboration à Amanda.

Lorsque Alice poussa la porte du restaurant, ses certitudes se trouvèrent renforcées. Il la trouva aussi attirante dans son tailleur bien coupé que dans les tenues décontractées qu'elle affectionnait lorsqu'elle était dans son rôle de mère. Cela éveilla encore en lui l'envie de connaître toutes les facettes de sa personnalité.

Il se leva à son approche, fasciné par sa bouche qu'il brûlait d'embrasser de nouveau.

— Parle-moi un peu de toi, lui demanda-t-il lorsqu'elle se fut assise face à lui.

— Il n'y a pas grand-chose à dire, répliqua-t-elle, un brin tendue. Tout le monde ne vit pas la vie passionnante qui est la tienne.

— Ma vie n'a rien de passionnant, tu sais. Elle est même plutôt ennuyeuse. Comme je le suis moi-même.

— Toi, ennuyeux ? Ce n'est pas ce que pensent les femmes, j'imagine.

— Je me fiche des femmes. Il n'y en a qu'une qui m'intéresse, Alice.

Visiblement troublée, elle but une longue gorgée de l'eau qui lui avait été servie.

— Tu ne devrais pas dire des choses pareilles.

— Pourquoi, puisque c'est la vérité.

Elle le considéra plusieurs secondes en silence avant de se lancer dans des confidences.

— Je suis née à Austin, commença-t-elle. Mon père enseigne l'histoire à l'université et ma mère travaille à mi-temps comme secrétaire dans une école élémentaire.

— Quelle petite fille étais-tu ?

— Tout ce que je ne voudrais pas que Flynn soit.

— Ne dis pas cela, Alice. Moi, je serais heureux, au contraire, que notre fils hérite de ton intelligence, de ta douceur et de ta gentillesse.

Elle se mordit les lèvres, de toute évidence embarrassée par tant de compliments. Heureusement, le serveur vint à point nommé pour faire diversion.

— Poulet *tikka masala*, *saag paneer* et *vindaloo*, annonça-t-il tout en plaçant les mets fumants sur la table. Nous avons également du riz basmati et du pain indien pour accompagner vos plats, ajouta-t-il en faisant signe au serveur qui le secondait de poser le tout à côté du reste.

— Merci, dit Charles. Ça m'a l'air délicieux.

Les traits d'Alice se détendirent un peu. Pour une fois que quelqu'un de sa connaissance partageait son goût de la cuisine indienne !

— Parfois, je passe prendre des plats à emporter, dit-elle, mais c'est tellement mieux d'en profiter sur place.

Il leur servit une part de chaque plat puis il regarda Alice en prendre une bouchée, les yeux à demi clos, comme pour mieux savourer ce qu'elle mangeait.

— Mumm… c'est tellement bon, lâcha-t-elle en soupirant d'aise. Tu dois me trouver ridicule, mais cette nourriture me fait voyager.

— Non, je trouve cela charmant, au contraire. Je croise tant de gens blasés, que plus rien n'étonne.

Il s'interrompit pour tremper un bout de pain dans la sauce *masala*.

— A deux pas de chez moi, il y a un restaurant indien vraiment excellent. Un jour, je t'y emmènerai.

Elle écarquilla les yeux de surprise et faillit en lâcher la fourchette qu'elle tenait à la main.

— Je ne cherche pas à te soumettre à quelque pression que ce soit, s'empressa-t-il de la rassurer. J'ai bien compris qu'il te fallait du temps.

— De toute façon, je n'ai même pas de passeport, répliqua-t-elle d'un ton faussement léger.

— Tu n'as jamais voyagé à l'étranger ?

— Non. Lorsque j'étais petite, nous allions chaque été passer quelques jours dans le chalet de mes grands-parents qui vivaient dans le Colorado. Et puis, je suis allée une fois en Californie avec mes parents, mais à part cela…

Elle haussa les épaules pour lui signifier que la situation était sans issue.

— Tu vois, je ne suis qu'une petite provinciale n'ayant jamais mis un pied hors des frontières de son pays.

De sa main libre, il couvrit la main d'Alice, dans un geste qui se voulait plein de tendresse et de compréhension.

— Tu vis peut-être au Texas, mais le choix de tes chaussures indique clairement que tu es une citadine.

Elle éclata de rire, de toute évidence reconnaissante qu'il ait égayé ce moment de tension.

— En bonne Texane qui se respecte, j'ai quand même une paire de santiags dans ma penderie.

— Je suis impatient de te les voir porter, murmura-t-il en enroulant ses doigts aux siens. J'imagine que tu as pris soin de les choisir bien loin des modèles masculins.

Il marqua une pause pour ajouter avec plus de gravité :

— Mais, tu sais, je me fiche bien que tu n'aies jamais voyagé.

Il en était même heureux et trouvait excitante l'idée qu'il puisse être celui qui lui ferait découvrir quelques-unes de ses destinations préférées. Il avait tant voyagé de par le monde que son enthousiasme et sa curiosité avaient fini par s'émousser. Voyager à travers les yeux d'Alice serait une expérience forcément enrichissante.

— Où aimerais-tu aller, Alice ? voulut-il savoir.

— N'importe où pourvu que ce soit avec mon fils, répondit-elle.

— Bien sûr. Je comprends et c'est bien ainsi que je l'entendais. Quand pourrais-je le voir ?

— En général, il est assez grognon en fin de journée, éluda-t-elle. Tout comme moi, d'ailleurs.

— Cela me va, répliqua-t-il en souriant. Même si vous êtes grognons tous les deux.

Elle le dévisagea un long moment sans rien dire, semblant chercher sur son visage la réponse à lui donner.

— Tu pourrais venir dîner ce soir, si tu veux. Ou passer plus tard si tu as déjà prévu ta soirée.

— Je n'ai rien prévu, s'empressa-t-il de dire. Je serais vraiment ravi de dîner avec vous. Je passerai chercher des pizzas. Tout le monde aime les pizzas ici, non ?

L'image primaire qu'il avait des Américains la fit rire de bon cœur.

— Il doit y avoir des exceptions à la règle mais, oui, les Américains sont friands de pizzas. Ce sera parfait.

— Deux rendez-vous le même jour, commenta-t-il en levant son verre dans sa direction. J'ai vraiment beaucoup de chance.

8

Alice venait juste d'enfiler une tenue confortable — T-shirt et pantalon de yoga — lorsque la sonnette de l'entrée retentit. Alors qu'elle passait devant le miroir en pied de sa chambre, elle regretta son choix. Elle avait l'air de ce qu'elle était, une maman fatiguée et débordée. Ces vêtements décontractés ne la montraient décidément pas à son avantage.

Dans un geste nerveux, elle fit glisser l'élastique qui retenait ses cheveux en queue-de-cheval et laissa ses boucles folles encadrer son visage trop blême.

La sonnette retentit de nouveau. Elle prit Flynn dans ses bras et alla répondre.

— Service de livraison, annonça Charles, les bras chargés des cartons de pizzas.

Elle émit un petit rire puis s'effaça pour le laisser entrer.

— Si tous les livreurs avaient ton allure, les femmes ne se nourriraient que de pizzas, plaisanta-t-elle.

En guise de réponse, il se pencha sur Flynn et l'embrassa sur le front.

— Salut, mon bonhomme.

Elle discerna, mêlés à la bonne odeur de pâte chaude, des effluves de son eau de toilette poivrée. Elle en fut si troublée qu'elle regretta presque de l'avoir invité chez elle. Si cela lui avait paru une bonne idée quelques heures plus tôt, elle se rappela pourquoi elle s'était promis de ne le rencontrer que dans des endroits publics et non plus dans l'intimité.

En effet, la seule proximité de Charles suffisait à faire

renaître son corps à la vie ainsi qu'à des sensations qu'elle pensait enfouies à jamais au plus profond d'elle-même. Tout son être lui criait le désir qu'il suscitait en elle. Elle aurait voulu se perdre en lui, avec lui.

Sa voix grave la ramena brutalement sur terre, loin des images érotiques qui lui traversaient l'esprit.

— Tu permets que je le prenne ? demanda-t-il.

— Bien sûr.

Elle déposa Flynn au creux de ses bras, mais en prenant garde à éviter le moindre contact physique. Elle le précéda ensuite dans la cuisine et l'invita à s'asseoir à table.

— Je vais chercher les assiettes et les couverts. Veux-tu un verre de vin ou une bière ?

— Une bière, s'il te plaît.

A ce moment-là, Flynn se frotta les yeux de ses petits poings serrés et commença à geindre.

— Je suis désolée, s'excusa-t-elle machinalement.

— Tu n'as pas à t'excuser, rétorqua-t-il. Je suis son père et j'imagine que ce n'est pas le pire que j'aurais à affronter au cours des prochaines années.

Il avait dit : « des prochaines années ». Elle allait devoir passer des années à contenir le désir qu'elle éprouvait pour lui et qui, visiblement, n'était pas partagé.

Elle posa deux assiettes et deux serviettes sur la petite table en bois, puis alla chercher deux bouteilles d'une bière artisanale fabriquée par un brasseur du coin.

— Je vais prendre Flynn pendant que tu manges, dit-elle en lui servant une large portion de pizza.

— Non, mange d'abord.

Il se mit alors à bercer son fils qui se calma aussitôt au point de fermer à demi les paupières.

— Il faut qu'il prenne son dernier biberon avant de s'endormir, le prévint-elle.

— Je crois que c'est de mon ressort.

— Je vais le préparer.

— Dis-moi plutôt comment m'y prendre.

Elle hésita un bref instant. Habituée à tout assumer seule, elle trouvait presque incongrue l'offre de Charles.

— Alice, laisse-moi t'aider.

Incapable de contrôler ses émotions, elle sentit les larmes lui monter aux yeux. C'était ridicule, sans doute, mais elle redoutait que Charles ne s'implique dans leur vie pour mieux en disparaître au terme d'un délai plus ou moins court. Elle mit cette perte momentanée de contrôle sur le compte de la fatigue.

Charles était le père de Flynn et, de surcroît, c'était elle qui lui avait laissé le choix de prendre ou non ses responsabilités. Elle ne pouvait tout de même pas le lui reprocher à présent.

— Il y a, au bout du comptoir, une machine qui fonctionne comme une cafetière, commença-t-elle à lui expliquer. Place un biberon sous l'embout et appuie sur le bouton rouge. Le mélange eau-lait se fera tout seul. Lorsque le biberon sera prêt, assure-toi d'abord de bien visser la tétine. Je n'ai pas été assez attentive une fois et j'ai été aspergée de lait.

— Compris, acquiesça-t-il. Maintenant, assieds-toi et prends le temps de savourer ta bière et ta pizza. Je gère. Mais rien ne t'empêche de superviser, ajouta-t-il en lui adressant un clin d'œil taquin.

Elle se laissa tomber sur sa chaise avec un soupir d'aise et mordit sans attendre dans sa part de pizza. Ces derniers temps, trop accaparée par son travail au bureau et à la maison, il lui arrivait fréquemment de sauter des repas. Et voilà que, chouchoutée par Charles, elle se payait le luxe d'en faire deux dans la même journée ! Un confort auquel elle saurait très vite s'habituer si elle n'y prenait garde.

— En fait, c'est exact. Cette machine fonctionne comme une machine à expresso, commenta-t-il. C'est formidable.

— J'ai pu me l'offrir grâce aux coupons cadeaux que j'ai reçus à l'occasion de la fête prénatale organisée par mes amies, avoua-t-elle. Elle est très utile, surtout la nuit parce qu'on peut la programmer.

— On n'arrête pas le progrès et tant mieux, pointa Charles d'un ton enjoué.

Une fois le biberon prêt, il regagna sa chaise et glissa la tétine dans la petite bouche avide de Flynn.

Elle considéra en silence les deux hommes de sa vie. Il émanait du tableau qu'ils offraient une douce quiétude qu'elle aurait aimé permanente. Malheureusement, ils n'étaient pas une famille et feindre de croire le contraire ne ferait que la précipiter d'un peu plus haut lorsque Charles partirait pour reprendre le cours de sa vie à Londres.

— J'ai fini, déclara-t-elle. Je peux m'en occuper maintenant. Mange avant que ce soit froid.

Mais il ne paraissait pas pressé de céder sa place. Il gardait les yeux baissés sur son fils, l'air attendri.

— Je ne me rends encore pas très bien compte que je suis père, murmura-t-il, comme pour lui-même. Si cet enfant tient de moi, il risque de te faire tourner en bourrique, reprit-il plus haut. Ma mère passait son temps à essayer de m'empêcher de faire des bêtises. Elle disait que j'avais de l'énergie à revendre, une façon politiquement correcte de raconter que j'étais infernal.

— C'est bon à savoir, rétorqua-t-elle en riant. Mais j'imagine que, mignon comme tu devais l'être, tu t'en tirais avec une simple réprimande.

Ce souvenir amena un sourire amusé sur les lèvres de Charles.

— C'est vrai, admit-il en toute simplicité.

Il avait chuchoté ces derniers mots de peur de réveiller Flynn qui s'était endormi sur sa tétine.

Elle le lui prit délicatement des bras.

— Je vais le changer puis j'irai le coucher, annonça-t-elle.

Lorsqu'elle revint dans la cuisine, Charles avait débarrassé la table, chargé le lave-vaisselle et même pris l'initiative de mettre les restes de pizza sous cellophane.

— Es-tu toujours aussi parfait ?

— Jamais, d'ordinaire. Tu as une bonne influence sur moi.

Ils se fixèrent un long moment durant lequel elle s'imagina entre ses bras musculeux, lascive et…

Elle secoua la tête, soucieuse de chasser les images érotiques qui affluaient, trop précises.

— Je vais y aller, déclara Charles qui, pourtant, n'esquissa pas le moindre geste.

— Tu veux que nous regardions un film à la télé ? proposa-t-elle. Quoique… Maintenant que Flynn est couché, il n'y a aucune raison pour que tu…

— Je serais ravi de regarder la télé avec toi, la coupa-t-il.

Il combla la courte distance qui les séparait et, plein de douceur, coinça une mèche rebelle derrière son oreille.

— Ce sera pour moi l'occasion d'une nouvelle expérience, reprit-il. Cela ne m'est jamais arrivé de regarder la télé ici

— Tu as sans doute des choses plus excitantes à faire.

— Rien ne m'excite plus que toi, répliqua-t-il d'une voix devenue rauque.

Elle vit son visage se rapprocher du sien, sentit son souffle tiède et attendit le contact de ses lèvres. En vain. Au lieu de l'embrasser, Charles se redressa et s'écarta légèrement.

— Eh bien, dit-il après s'être éclairci la voix, connais-tu le programme de ce soir ?

— On a le choix entre de la téléréalité et des séries policières, répondit-elle d'un ton qu'elle voulait dégagé.

— Tu ne comptes tout de même pas me soumettre à l'une de ces émissions destinées aux ménagères de moins de cinquante ans, comme ils disent ?

Cette perspective la fit éclater d'un rire joyeux.

— Non. Mais que dirais-tu d'un jeu au cours duquel les participants doivent se débrouiller seuls pour survivre dans les territoires hostiles de l'Alaska ?

— Bien en sécurité chez toi, je devrais trouver cela excitant.

Une fois installée à côté de lui sur le canapé, elle s'empara de la télécommande et mit la télé en marche.

— Bienvenue dans ce qui fait aussi partie de la culture américaine, dit-elle.

Si Charles avait apprécié le programme proposé par Alice, celui-ci ne valait pas le spectacle attendrissant qu'elle lui offrait, endormie contre lui. Elle avait sombré dans un profond sommeil avant même la première coupure publicitaire, mais il n'avait rien fait pour la réveiller.

Il avait eu trop peur que, surprise dans ce qu'elle aurait sans doute considéré comme une faiblesse, elle ne se confonde en excuses ou, pire, qu'elle lui demande de partir.

Et, la dernière chose dont il avait envie, c'était bien de se retrouver seul dans la suite luxueuse de son hôtel. Il préférait, de loin, rester dans ce minuscule appartement, en compagnie d'une Alice recroquevillée contre lui. En comparaison, la vie mondaine qu'il avait menée jusque-là lui paraissait insipide et sans aucun intérêt. Même entouré comme il l'avait été, il avait toujours éprouvé un profond sentiment de solitude.

Alice lui donnait l'impression de lui être utile. Indispensable, même. Il avait compris, à son contact, que ce qui lui avait manqué sans en avoir vraiment conscience, c'était le besoin fondamental d'être relié à quelqu'un.

Les pleurs de Flynn dans le babyphone interrompirent brusquement le cours de ses pensées. Alice remua légèrement en même temps qu'elle exhalait un petit soupir et se blottissait un peu plus contre lui.

Aussi doucement qu'il le put, il baissa le volume de l'appareil et plaça la tête d'Alice sur l'un des coussins du canapé pendant qu'il se dégageait délicatement de sa douce emprise.

A pas de loup, il se rendit dans la chambre de Flynn. C'était sans doute ridicule, mais il se sentait nerveux à l'idée de devoir se débrouiller seul avec son fils. Jusque-là, il ne l'avait fait que sous la surveillance d'Alice. Et encore n'avait-il effectué que le strict minimum, persuadé que les corvées liées à un bébé incombaient à la mère.

Depuis, il avait changé et voulait essayer.

Il s'approcha du berceau, le cœur battant. Allongé sur le dos, Flynn se mit à le regarder de ses grands yeux tout humides de larmes.

— Qu'est-ce qui ne va pas, mon bonhomme ? chuchota-t-il.

Soucieux de rassurer son fils, il le prit dans ses bras et commença à le bercer doucement.

— Là… Tout va bien, murmura-t-il en lui caressant le ventre.

L'odeur âcre de sa couche lui assaillit les narines. Désemparé, il songea un instant à aller réveiller Alice. C'était elle, l'experte, pas lui.

Puis il abaissa de nouveau les yeux sur Flynn qui se mit à le scruter, semblant le mettre au défi.

Charles fut saisi d'un sursaut de fierté. Il ne faillirait pas à sa mission.

— Nous allons y arriver, annonça-t-il.

Un rapide coup d'œil lui indiqua que la table à langer se trouvait près du berceau et paraissait équipée de tout le nécessaire. Pile de couches, lingettes pour bébé, tubes de crème et lotions, rien ne manquait, même pas la girafe en caoutchouc qui s'avérerait bien utile au cas où il lui faudrait faire diversion.

Avec d'infinies précautions, il allongea Flynn sur le dos et lui tendit le jouet. Ensuite, il lui ôta son pyjama puis dégrafa les bandes adhésives qui fermaient la couche.

— Bon sang, jura-t-il entre ses dents en contemplant le désastre.

Il prit une poignée de lingettes et s'affaira du mieux qu'il put à nettoyer les fesses souillées de son fils. Dieu merci, Flynn se laissait faire, trop heureux de mâchouiller sa girafe.

— Je me demande comment fait ta maman pour réussir cet exploit plusieurs fois par jour, marmonna-t-il, les narines pincées.

— Eh bien, crois-le ou pas, mais on s'habitue très vite, lui répliqua la voix d'Alice.

Il jeta un coup d'œil furtif par-dessus son épaule.

— Je ne voulais pas te réveiller, s'excusa-t-il.

En guise de réponse, elle lui sourit tout en s'approchant de la table à langer.

— Tu veux que je prenne la relève ?

— Ce n'est pas de refus, répondit-il, soulagé. J'avoue que les couches, ce n'est pas vraiment mon truc.

— Tu as essayé, c'est déjà bien, le félicita-t-elle.

D'une main experte, elle finit de nettoyer les petites fesses potelées et remplaça la couche sale avec une aisance tout simplement déconcertante.

Elle renfila ensuite le pyjama de Flynn puis lui prit la girafe des mains avant de le serrer contre elle.

— Tu as donné bien du mal à ton papa, mon chéri, lui chuchota-t-elle.

Papa. Ce mot, somme toute banal, prit soudain tout son sens. Certes, il avait échoué dans sa mission mais, du moins, il avait fait de son mieux. Comme n'importe quel père.

— Veux-tu le recoucher toi-même ? lui proposa-t-elle avec un sourire indulgent.

— Bien sûr.

Flynn passa des bras d'Alice aux siens sans émettre la moindre protestation.

— Ta maman a besoin de se reposer un peu, mon petit bonhomme, lui murmura-t-il à l'oreille. Que dirais-tu de dormir jusqu'à demain matin sans la réveiller ?

Comme en réponse, Flynn ferma les yeux, dès que sa petite tête toucha le matelas.

— Bonne nuit, mon bonhomme, lui susurra-t-il.

Alice éteignit la veilleuse, et il la suivit quand elle sortit de la chambre.

— Tu t'es bien débrouillé, le félicita-t-elle encore, alors qu'elle se lavait les mains dans l'évier.

— J'ai fait de mon mieux même si c'était loin d'être parfait.

Ils finirent de se laver les mains en silence, unis par une grande complicité.

— J'ai honte de m'être endormie, dit-elle tandis qu'ils retournaient au salon. Tu as dû passer la soirée la plus ennuyeuse de ta vie en ma compagnie.

— Ce n'est pas l'idée que je me fais d'une soirée ennuyeuse, protesta-t-il. Ce serait plutôt lorsque, entouré de gens imbus d'eux-mêmes, j'attends le moment propice pour pouvoir m'éclipser sans paraître rustre.

— Bien sûr, le railla-t-elle. Il est vrai que siroter du champagne millésimé en compagnie de femmes toutes aussi sublimes les unes que les autres, c'est une véritable torture. A qui veux-tu faire croire cela, Charles ?

— Je pense pourtant chacun de ces mots, se défendit-il. J'ajouterais même que je préfère largement passer mes soirées ici, en ta compagnie et celle de notre fils.

Il la vit se figer. Regretterait-elle de l'avoir invité dans sa vie et, du même coup, dans celle de Flynn ?

Alice était une femme énigmatique, qu'il n'arrivait pas à cerner. La première aussi qui lui donnait envie de vivre un amour romantique.

Il se força à reculer d'un pas, persuadé que c'était ce qu'elle souhaitait.

— Je vais te laisser aller au lit, dit-il.

Un éclair traversa alors les prunelles noisette d'Alice.

— Pourquoi ? lui lança-t-elle avec une pointe de défi. Parce que tu n'as pas envie de moi ?

Surpris par la brutalité de ses paroles, il décida lui aussi de jouer franc-jeu.

— Parce que j'essaie, comme je le peux, de me comporter en gentleman, rétorqua-t-il.

Elle le considéra un bref instant puis se mordit la lèvre inférieure. Incapable de se contenir plus longtemps, il lui tourna le dos et se dirigea vers la porte.

Il allait franchir le seuil lorsqu'elle le rattrapa et le força à se tourner vers elle.

Puis, sans qu'il s'y attende le moins du monde, elle se hissa sur la pointe des pieds et le gratifia d'un baiser passionné qui lui fit oublier ses bonnes résolutions.

9

Alice ne voulait pas que Charles se comporte en gentleman. Elle voulait l'embrasser, le toucher, le caresser bref, ne pas passer encore une fois à côté du plaisir qu'il pouvait lui prodiguer.

En dépit de sa profonde fatigue, le désir qu'elle éprouvait pour lui s'intensifiait au fil des heures. Qui pouvait l'en blâmer ? Charles était un fantasme ambulant.

Mais ce fut en le surprenant en train de se débattre avec les couches de Flynn qu'elle avait senti ses dernières résistances l'abandonner. Il n'y avait rien de plus important que Flynn, et voir Charles faire l'effort sincère de se comporter en père l'avait profondément touchée.

Elle retrouva avec bonheur le goût de sa bouche, une bouche à la fois douce et virile, faite pour être embrassée. Bien que manquant d'expérience, elle considérait les baisers comme un prélude à l'amour. Et, fort heureusement, Charles ne semblait pas pressé de passer à l'étape suivante.

Elle sentit avec délice la pointe de sa langue dessiner le contour de ses lèvres puis se glisser entre ses dents pour chercher la sienne. Les jambes flageolantes, elle se laissa plaquer contre la porte tandis que les mains fébriles de Charles plongeaient dans la masse de ses boucles folles.

— Charles, murmura-t-elle, ivre de désir, je voudrais…

Elle s'interrompit, ne sachant trop comment formuler ce qu'elle voulait, mais après tout peu importait. Son corps parlait pour elle.

Contre toute attente, Charles s'écarta, la laissant pantelante et décontenancée à la fois.

— Je suis désolé, Alice, lâcha-t-il d'une voix tendue.

— Je ne vois pas pourquoi.

— Cela n'aurait pas dû arriver, l'interrompit-il. Je ne peux pas…

Il marqua une pause pour la fixer d'un air contrit.

— Tu es une femme très attirante, mais nous ne pouvons pas nous aventurer sur ce terrain.

— Pourquoi ? s'enquit-elle, surprise par sa propre hardiesse.

— Disons que cela compliquerait les choses entre nous.

Elle laissa échapper un petit rire sardonique.

— Parce que tu trouves qu'elles sont simples ?

— Non, justement. Coucher ensemble nous ferait perdre de vue l'essentiel : Flynn.

Elle avait beau comprendre, il n'en restait pas moins qu'il venait de la rejeter. Peut-être n'avait-il pas envie d'elle, finalement. Mortifiée autant qu'embarrassée de s'être jetée ainsi à sa tête, elle ouvrit la porte en grand.

— Je comprends, souffla-t-elle. Bonne nuit, Charles.

— Alice, je…

— Bonne nuit, Charles, répéta-t-elle plus fermement en posant sur lui un regard qu'elle voulait indifférent.

Lorsqu'il leva la main dans sa direction, sans doute pour lui caresser les cheveux, elle recula d'un pas.

— Non, je t'en prie.

— Je t'appelle demain, dit-il d'une voix contrite.

Elle aurait voulu le lui interdire. Lui demander de ne plus faire intrusion dans sa vie. Malheureusement, elle ne pouvait pas priver Flynn de son père.

— A demain, acquiesça-t-elle tout bas.

Puis elle referma la porte.

Le lendemain, Charles n'appela pas, mais il vint au bureau assister à la réunion qui était prévue, en vue de finaliser les dates du lancement de la campagne publicitaire.

Lorsqu'elle le vit franchir la porte, très élégant dans son costume gris anthracite, elle eut l'impression que l'air venait à lui manquer. Il était si beau ! Si séduisant !

Il eut un mot gentil accompagné d'un sourire pour tout le personnel féminin et se montra particulièrement à l'écoute avec elle, un peu comme s'il tenait à se faire pardonner pour la veille. A vrai dire, elle ne lui en voulait pas. Tout ce qui comptait, c'était qu'il soit un père attentif pour Flynn.

Plongée dans ses pensées, elle l'entendit décliner la nouvelle invitation à déjeuner qu'Amanda lui soumettait.

— Tu viens, Alice ?

Elle le fixa, stupéfaite.

— Tu n'as pas oublié que nous devons discuter de la manière dont nous pourrions donner plus de visibilité au marché touristique texan ? insista-t-il.

— Non… non, bien sûr, balbutia-t-elle. Je n'ai pas oublié.

Elle se tourna alors vers Amanda qui darda sur elle un regard éloquent.

— Enfin, si vous n'y voyez pas d'inconvénient, ajouta-t-elle timidement à l'adresse de sa supérieure.

— Mais non, répondit Charles à sa place. N'est-ce pas, Amanda ?

Il accompagna sa demande d'un sourire renversant qu'elle lui rendit, contrainte et forcée.

— En effet, affirma-t-elle de mauvaise grâce.

— Il est fou de toi, lui murmura Meredith en se penchant à son oreille.

— Qu'est-ce que tu vas chercher ! Le seul lien qui nous unit, c'est notre fils.

Meredith ne répliqua pas. En revanche, elle lui adressa un petit sourire narquois qui en disait long.

Quelques minutes plus tard, elle retrouvait Charles qui l'attendait dans le hall d'entrée, admiré par la réceptionniste.

— Vous avez des appels, lui rappela-t-elle en tapotant sur le comptoir pour tirer la réceptionniste de sa rêverie contemplative.

— Comment voulez-vous travailler quand un canon pareil vient rôder sous votre nez ?

Lorsque Charles se retourna, sans doute attiré par le bruit de leurs voix, elle dut reconnaître que son interlocutrice avait raison. Il exerçait sur les femmes une attraction irrésistible.

Il vint à sa rencontre et la prit par le coude pour la conduire vers la sortie.

— Pour hier soir, je voulais te dire…

— Je ne veux pas parler d'hier soir, le coupa-t-elle, et surtout pas ici. Je ne sais pas si tu as remarqué, mais tu ne passes pas inaperçu.

Dehors, le soleil éblouissant de la mi-journée l'obligea à chausser ses lunettes de soleil.

— Pourquoi es-tu venu au bureau ? attaqua-t-elle d'emblée. Ça n'était pas prévu.

Sans attendre de réponse, elle dégagea son bras et le devança sur le trottoir, très encombré à cette heure-là. Lorsqu'elle se retourna pour voir s'il la suivait, elle le découvrit à ses côtés, sur la chaussée.

Elle lui lança un regard interrogateur auquel il répondit par un haussement épaules.

— Un gentleman doit toujours marcher du côté de la rue lorsqu'il est en compagnie d'une femme.

— Pour lui faciliter les choses au cas où elle voudrait le précipiter sous les roues d'une voiture ?

Ce trait d'humour grinçant le fit sourire.

— Entre autres, répliqua-t-il.

— Est-ce une coutume britannique ?

— Je n'en sais trop rien. C'est une règle que mon père m'a inculquée et que j'inculquerai à mon tour à Flynn.

Elle médita quelques secondes cette remarque.

— Tu n'as pas répondu à ma question, insista-t-elle.

— Je suis venu me joindre à la préparation de cette campagne publicitaire. Et puis aussi parce que j'avais envie de passer du temps avec toi sans me cacher.

— Pourquoi ? Tout a pourtant été dit hier soir.

— Je veux être ton ami, Alice. Notre entente est quelque chose de si rare !

Elle exhala un soupir un brin désenchanté.

— Si j'en crois ce que j'ai pu lire dans les magazines, tu ne manques pourtant pas d'amies.

— Ce sont des relations superficielles. Cela n'a rien à voir avec nous.

Il était si sincère qu'elle ne pouvait lui en vouloir. Elle se sentait à la fois flattée et frustrée. Tant pis ! Si elle devait continuer à le voir, il faudrait que ce soit en tout bien tout honneur. Elle devait s'en faire une raison.

Cette fois, ce fut elle qui le prit par le bras et l'entraîna jusqu'au croisement suivant.

— Où m'emmènes-tu ? s'enquit-il, intrigué.

— Dans le meilleur restaurant d'Austin.

— Tu aimes bien manger, à ce que je vois.

— Disons que cela me paraît incontournable si l'on veut rester en vie.

Sans doute l'avait-il sentie offensée car il s'empressa de préciser :

— Je n'ai pas voulu te froisser, tu sais. Au contraire. A Londres, je ne suis entouré que de femmes filiformes, tellement préoccupées par leurs poids que cela en devient obsessionnel.

— Elles doivent au moins se nourrir de salade verte.

— Tout à fait. Comme les tortues.

Cette comparaison la fit rire de bon cœur.

— Finalement, le sort des gens riches et célèbres ne me paraît pas si enviable. Allez, suivez-moi, monsieur Fortune Chesterfield. Je vais vous montrer, moi, que les femmes peuvent avoir un bon coup de fourchette.

10

Charles suivit Alice dans la petite allée du jardin public où elle les avait entraînés. Elle l'étonnait chaque jour un peu plus. A l'inverse des femmes qu'il avait l'habitude de fréquenter, elle ne semblait impressionnée ni par sa fortune ni par le nom qu'il portait. En toutes circonstances, elle restait simple et naturelle.

Elle lui en donna encore une fois la preuve en le conduisant devant une vieille camionnette peinte aux couleurs du Mexique.

Lui qui ne fréquentait que les bistrots branchés et les restaurants gastronomiques où les maîtres d'hôtel se précipitaient à votre rencontre, il se plaça docilement dans la file d'attente à côté d'Alice.

— Tu verras. On sert ici les meilleurs tacos de la ville. Mes préférés, ce sont ceux au poulet, garnis de guacamole, de crème et de fromage. Un vrai délice !

La femme qui attendait devant eux se tourna à demi.

— Vous avez raison, approuva-t-elle. Ce sont les meilleurs.

Puis, son regard se porta sur Charles, et elle en resta bouche bée.

— Wouah ! lâcha-t-elle dans un souffle.

— Eh oui, que voulez-vous ? Cela arrive tout le temps. Vous n'êtes pas la première et vous ne serez pas la dernière.

— Qu'est-ce qui arrive tout le temps ? s'enquit Charles.

— L'effet Charles Fortune, répondit-elle en rougissant légèrement. Sais-tu quel taco tu vas commander ?

— C'est quoi, « l'effet Charles Fortune » ? insista-t-il au lieu de répondre.

— Je vais commander pour toi, alors, éluda-t-elle.

Une fois la commande passée, il ne lui laissa pas le temps de sortir son portefeuille.

— Merci, dit-elle, mais après l'épreuve que je viens de t'infliger en te traînant jusqu'ici par une chaleur pareille je comptais t'inviter.

— Je vais peut-être te paraître démodé, mais chez moi ce sont les hommes qui invitent les femmes.

Tandis qu'ils se plaçaient sur le côté en attendant leur commande, elle lui vanta les camions de nourriture ambulants qui circulaient dans les différents quartiers de la ville.

— Tiens, d'ailleurs, nous pourrions les inclure dans notre campagne publicitaire, souligna-t-elle. La gastronomie est un point important pour les touristes venus de pays étrangers.

Mais Charles ne l'écoutait plus.

— Explique-moi « l'effet Charles Fortune », s'il te plaît.

— Eh bien, commença-t-elle, prise de court. C'est… c'est la façon dont les femmes réagissent lorsqu'elles te voient. Elles sont comme… envoûtées.

— Et pas toi ?

Le serveur qui cria son nom la sauva d'une réponse qui l'embarrassait.

— Il y a un banc près d'une fontaine non loin d'ici, s'empressa-t-elle de dire lorsqu'ils eurent récupéré leur commande. L'endroit est souvent désert.

— Vas-tu répondre à ma question à la fin ? s'insurgea-t-il en lui emboîtant le pas.

Elle prit le temps de s'installer sur le banc puis répondit d'un air détaché :

— Disons que notre amitié me rend hermétique à ton charme.

— Vraiment ? demanda-t-il, sceptique.

— Vraiment, répliqua-t-elle d'un ton peu convaincu. Maintenant, laisse-moi manger. Je n'ai qu'une heure devant moi avant de retourner au bureau. Inutile de te dire que si j'arrivais en retard Amanda ne se priverait pas de me le faire remarquer.

— Pas si tu es avec moi.

— Tu parles ! Tu ne vois donc pas qu'elle en pince pour toi ?

— Si, mais Amanda ne m'intéresse pas.

Sur ces mots, il mordit à belles dents dans son taco, heureux comme il ne l'avait pas été depuis des lustres.

— Humm, c'est délicieux, constata-t-il.

— Ce genre de nourriture existe-t-il à Londres ?

— Oui. Il faut absolument que tu te procures un passeport, Alice. Il y a tant de choses à voir dans le monde !

— Entre mon bébé et mon travail, je n'ai pas vraiment le temps de voyager, vois-tu.

— As-tu du temps pour tes prétendants ? Parce que nous n'arrêtons pas de parler de moi, mais ta vie privée reste un mystère.

— C'est qu'il n'y a pas grand-chose à en dire.

— Alors, tu n'as eu personne depuis…

De nouveau, ses joues s'empourprèrent, ce qui la lui rendit encore plus attachante.

— Non, répondit-elle. Je n'en ai ni le temps ni l'envie.

— C'est vrai ce que tu m'as dit ? Je te laisse de marbre ?

— Absolument.

Il se pencha alors à son oreille.

— Me laisserais-tu tenter de te faire changer d'avis ? susurra-t-il d'une voix basse et chaude.

Soucieuse d'échapper à l'attraction qu'il exerçait sur elle, Alice se leva d'un bond pour aller jeter l'emballage de son taco dans une poubelle toute proche.

— Non, finit-elle par répondre. C'est toi qui as décidé que nous serions simplement des amis, Charles. Et je pense que tu as raison. Aussi, contente-toi d'être un bon père pour Flynn.

Pour la première fois, elle eut l'impression que Charles

perdait tout contrôle. Il paraissait paniqué à l'idée que quelqu'un n'attende pas juste de passer un bon moment à boire et à rire en sa compagnie. Prise de remords, elle alla se rasseoir à côté de lui.

— Il y a un concert ce soir, au parc Zilker. Je vais y emmener Flynn. Ce serait bien qu'un « ami » nous accompagne.

— Volontiers, répondit-il sans hésiter.

Elle posa alors la tête au creux de son épaule, et il l'enlaça.

Ils restèrent ainsi, immobiles et silencieux, Alice faisant de son mieux pour surmonter sa frustration sexuelle et se persuader qu'il était bon d'avoir un ami sur lequel compter.

— Il faut que j'y aille, déclara-t-elle la première.

— Nous n'avons même pas abordé le sujet de la campagne publicitaire.

— Nous pouvons en parler sur le chemin du retour.

Il opina puis lui prit la main et l'invita à se lever avec lui.

En fait de travail, ils causèrent de tout et de rien sauf du sujet qu'ils étaient censés aborder.

— Je ne devrais pas t'en parler, lâcha-t-elle après qu'elle eut évoqué des lieux intimistes, inconnus du tourisme de masse. Mon travail consiste à parler de ce qui rend le Texas attractif, pas de ce que j'aime, moi.

— Nous avons cela en commun, renchérit-il. Les endroits que je préfère ne sont pas connus du grand public. J'adorerais que tu me fasses connaître ces lieux qui t'enchantent. Voudrais-tu me servir de guide ?

Elle se força à continuer à marcher, comme si de rien n'était, alors qu'elle brûlait de s'arrêter net et de l'embrasser au milieu de la foule. Charles était un homme qu'il lui serait si facile d'aimer !

Ils arrivèrent bien trop vite devant l'entrée du bureau du Tourisme.

— A ce soir, Charles, lui dit-elle.

— A ce soir, ma chérie.

Il accompagna ce mot tendre d'un baiser tout aussi tendre sur son front.

L'intimité de ce geste la fit fondre.

Au fil du temps, elle prenait conscience que la vie était bien plus excitante, avec cet homme à ses côtés.

Plus tard, ce soir-là, Alice attendait Charles au parc Zilker, sur la pelouse du jardin botanique, comme ils en avaient convenu par SMS dans l'après-midi. Il arriva alors qu'elle était occupée à baisser la capote de la poussette de Flynn, pour le protéger des rayons du soleil couchant.

Comme il en avait pris l'habitude, il se pencha sur son fils et lui embrassa tendrement le front.

— Tu as l'air d'un véritable Texan, le félicita-t-elle en découvrant sa tenue. Dommage que ton accent trahisse tes origines.

— Je peux la jouer à la John Wayne, si tu veux. Genre beau ténébreux silencieux.

Elle esquissa un sourire en voyant qu'il portait même la paire de santiags qu'ils avaient achetée ensemble, au centre commercial.

— Elles sont confortables ? s'enquit-elle en les désignant du menton.

— Oui, mais grâce au fils du concierge de l'hôtel qui les a portées pour moi, précisa-t-il en riant.

Elle désigna une aire ombragée, située un peu à l'écart de la scène.

— Si nous allions là-bas ? C'est assez loin pour que les oreilles de Flynn ne pâtissent pas du bruit, mais assez près pour que nous puissions profiter du concert.

— Et là ?

Il désigna alors dans la même zone, une bande de gazon sous les arbres où se trouvaient deux chaises longues et une couverture. A proximité on voyait un panier de pique-nique en osier accompagné d'un seau à glace rempli de canettes de boissons désaltérantes.

Elle posa sur lui un regard où se mêlaient émotion et admiration.

— C'est toi qui as organisé tout ça ?

— J'étais libre cet après-midi et j'avais à cœur que Flynn et toi soyez bien installés.

— Je... je ne sais pas quoi dire, balbutia-t-elle, bouleversée d'être l'objet de tant d'attentions. Merci.

— Service première classe, déclara-t-il en l'entraînant vers l'aire de pique-nique.

Elle n'aurait pas été plus heureuse s'il s'était agi d'un véritable rendez-vous galant. Comment un homme pourrait-il rivaliser un jour avec Charles, alors qu'il avait mis la barre si haut ? Elle installa Flynn sur la couverture. Aussitôt, les yeux de son bébé se fixèrent sur les feuillages qui bougeaient au-dessus de lui et il se mit à gigoter de contentement. Lui aussi semblait heureux de ce moment privilégié.

Tout à son rôle de parfait organisateur, Charles inclina légèrement le torse en avant en même temps qu'il suggérait :

— Je peux vous proposer de l'eau pétillante ou de la limonade, mademoiselle.

— De la limonade, s'il vous plaît.

Elle s'empara de la canette qu'il lui tendait puis s'assit à côté de Flynn tandis que Charles s'asseyait de l'autre côté. Il ouvrit ensuite le panier et en sortit un assortiment de fromages ainsi qu'un sachet de pain pré-tranché.

— C'est tout simplement parfait, s'extasia-t-elle en allongeant les jambes.

— A cette soirée magique, dit-il en levant sa canette dans sa direction.

Ils partagèrent le pain et les fromages tandis que le soleil déclinait un peu plus à l'horizon. La discussion était fluide. Il la fit parler de son enfance puis il partagea avec elle des souvenirs de ses frères et sœurs.

Enfant unique, elle était ravie à l'idée que Flynn allait grandir entouré d'oncles, de tantes et de cousins. Cette perspective fut brusquement assombrie par l'idée que Charles allait peut-être vouloir emmener son fils à Horseback Hollow ou, pire, à Londres.

Elle n'osait aborder le sujet, soucieuse de préserver la perfection de ce moment. Elle pouvait bien s'octroyer quelques jours de répit supplémentaire. Elle aurait bien le temps de s'inquiéter !

En dépit du bruit environnant, Flynn s'était endormi. Veillant à ne pas le réveiller, elle le couvrit du petit plaid qu'elle emportait toujours.

Lorsqu'elle leva les yeux, elle vit que Charles avait le regard fixé sur ses chaussures, des sandales beige à talons hauts qui découvraient la laque de son vernis. Le choix de ces sandales n'était pas anodin. Accepter d'être l'amie de Charles ne signifiait pas pour autant qu'elle renoncerait à le séduire à chaque fois que l'occasion se présenterait.

Elle tendit lascivement la jambe devant elle.

— Remarquable, lâcha-t-il dans un souffle. Mais chaque paire me donne envie de te les retirer moi-même.

Joignant le geste à la parole, il lui prit la cheville et ôta la sandale. Puis, par de légères pressions des pouces, il se mit à lui masser la voûte plantaire.

Elle le laissa faire, savourant le plaisir que lui procuraient ses mains sur elle. Malheureusement, Flynn choisit ce moment pour se manifester.

— Il a faim , constata-t-elle d'une voix que le plaisir avait rendue un peu éraillée.

Elle le prit dans ses bras tandis que Charles allait chercher le biberon de lait qu'elle avait pris soin d'emporter. Flynn le termina alors même que le quartet montait sur scène et attaquait les premières notes d'un morceau country.

Aussitôt, la foule applaudit tandis que les couples les plus téméraires gagnaient la piste de danse.

— Ils sont vraiment excellents, commenta Charles.

— C'est une musique typique du Texas, expliqua-t-elle, ravie de lui faire découvrir, et surtout aimer, ce qui faisait le charme de son pays.

Sans dire un mot, il lui tendit la main pour l'aider à se relever. Lorsqu'elle fut debout, Flynn bien calé contre son épaule, il l'entoura d'un bras et la fit doucement danser au rythme d'une ballade.

Elle se sentit emportée ailleurs, dans un monde où plus rien n'existait qu'eux trois. Mais, une fois encore, la raison l'emporta. Elle devait s'interdire de croire à ce qui n'était qu'illusions.

— Je suis si bien, ici avec vous deux, murmura-t-elle.

Mais, au moment même où elle prononça ces mots, elle les regretta.

— Excuse-moi, s'empressa-t-elle d'ajouter. Ce doit être le violon. Il produit toujours un effet romantique sur moi.

— Moi aussi, je suis bien.

— Tu veux prendre Flynn ? demanda-t-elle lorsque la chanson prit fin.

— Oui, bien sûr.

Il essaya maladroitement de le porter comme elle venait de le faire.

— On dirait que tu tiens un ballon de foot, s'esclaffa-t-elle alors qu'elle se rechaussait.

Aussitôt il redressa les épaules et rectifia la position de Flynn.

— Parle-moi plutôt de rugby, rétorqua-t-il.

— Ne dis jamais cela à un Texan. Tu serais éjecté avant même d'avoir entonné les premières notes de *God Save the Queen*.

— Ne l'écoute pas, mon petit bonhomme, chuchota-t-il à l'oreille de son fils. Je t'apprendrai, moi, ce qu'est vraiment le sport. Il est bien réveillé, ajouta-t-il, étonné. Pourtant, il commence à être tard. Il devrait être fatigué.

Elle ne put résister à l'envie d'aller caresser la joue veloutée de son bébé. Comme à chaque fois qu'elle posait les yeux sur ce petit être issu de sa chair, son cœur se mit à déborder d'un amour inconditionnel.

— Il aime être dans tes bras, expliqua-t-elle avec tendresse.

— Ou alors, c'est l'effet du violon, plaisanta-t-il.

— Nous sommes bien d'accord que le violon produit sur nous des effets étranges.

— Etranges, tu as raison, approuva-t-il.

— Surtout si nous considérons que nous ne sommes que des amis.

Il éclata d'un rire sonore qui réveilla Flynn en sursaut. Aussitôt, sa petite bouche se tordit en une moue annonciatrice de hurlements.

Dans un geste machinal, elle tendit les bras pour le reprendre, mais Charles refusa d'un signe de tête.

— Cela te dérange si j'essaie moi-même de le calmer ?

— Pas du tout.

La gorge nouée par l'émotion, elle le regarda bercer doucement son fils. Il avait beau être riche à millions, cela ne l'empêchait pas d'être avec eux, soucieux de se fondre dans son monde à elle.

Comment pourrait-elle ne pas tomber amoureuse d'un homme aussi délicat ?

Amoureuse.

Oui. Il était inutile de se voiler la face, quand bien même elle emporterait ce secret dans la tombe. Elle était amoureuse de l'homme mais aussi de tous ces petits moments d'émotion authentique qu'il avait l'art et la manière de provoquer.

Malheureusement, il demeurait celui qu'elle ne pouvait avoir. Cette pensée lui brisa le cœur.

11

— Il semblerait que tu aies perdu ton flegme britannique.

Charles s'arrêta net de mastiquer pour regarder les photos en noir et blanc qu'on venait de poser devant lui. Des clichés d'Alice et de Flynn mais aussi d'eux trois.

Alice, qu'il avait hâte de retrouver alors qu'il l'avait vue la veille au soir. En dépit de ses protestations, il avait insisté pour la raccompagner jusque chez elle.

Elle ne l'avait pas invité à entrer, mais il ne pouvait pas lui en vouloir. Il était le seul responsable de cette distance qu'elle voulait garder entre eux, même si, il le pressentait, elle éprouvait une attirance certaine pour lui. C'était lui qui avait voulu cantonner leur relation à de l'amitié. Aujourd'hui, même s'il cherchait à se convaincre que c'était mieux ainsi, il s'en mordait les doigts.

Habituellement, il se lassait très vite de ses conquêtes. Mais avec Alice c'était différent. Indépendamment du fait qu'il la désirait comme un fou, il prenait un plaisir extrême à passer du temps en sa compagnie. Pour une fois, quelqu'un lui parlait franchement, comme s'il était un être humain normal et pas l'un des héritiers les plus riches de la planète.

Lui qui, jusque-là, avait veillé à n'entretenir que des relations éphémères, voilà qu'il se surprenait à rêver d'une histoire d'amour stable et pérenne. Mais encore faudrait-il qu'il parvienne à convaincre Alice qu'il pouvait changer.

— Vous m'avez fait suivre ? s'enquit-il d'une voix qu'il s'appliqua à garder neutre.

La femme qui se tenait devant lui était l'incarnation même de l'élégance. Grande et élancée, elle avait été épargnée par le temps. Il émanait d'elle une puissance qu'il allait adorer défier.

— Je me demandais quand vous vous décideriez enfin à m'honorer de votre présence, enchaîna-t-il avec un sourire de convenance.

— Garde donc tes sourires pour tes groupies mondaines, rétorqua froidement Kate Fortune.

Elle marqua une pause durant laquelle elle jaugea la tenue qu'il portait.

— Mes hommes n'ont eu aucun mal à retrouver ta trace, malgré ton déguisement. Aussi, ne te berce pas d'illusions, il ne faudra pas longtemps à tes fans pour percer ton petit secret.

— J'ai le droit d'avoir une vie privée, que je sache, protesta-t-il. Et je n'ai pas de « petit secret », comme vous dites.

Kate le considéra un bref instant avant de demander :

— Puis-je m'asseoir ?

— Je vous en prie. Voulez-vous que je demande une carte ? Je vous recommande les gaufres, c'est la spécialité de la maison, elles sont délicieuses.

— Pas de gaufres, merci.

Il vit ses traits se radoucir un peu en même temps qu'il remarquait son extrême minceur.

— Inutile de me regarder comme cela, s'insurgea-t-elle. Je vais bien, et mon poids ne m'empêche pas de conduire mes affaires.

Elle s'interrompit pour déplier sa serviette sur ses genoux et faire signe au garçon de lui apporter un café.

— Je ne vais pas y aller par quatre chemins, Charles. Tu me plais beaucoup.

— Dans ce cas, dit-il avec un sourire narquois, je vais essayer de ne pas décevoir vos attentes.

— D'après ce que je sais de toi, c'est un fait rare.

— Vous êtes-vous montrée aussi affable avec les autres membres de la famille ?

Cette remarque acerbe amena un sourire amusé sur les lèvres de Kate.

— Evidemment non. J'adapte mes paroles en fonction de mes interlocuteurs.

— Vous avez parlé à Lucie, récemment, devina-t-il.

— Ta sœur est une jeune femme charmante, éluda-t-elle. Elle tient de votre mère. Je me demande si toi, tu ne tiens pas plutôt de ton père.

— Que savez-vous de lui ?

— Je sais que c'était un homme bien et qu'il était un bon père. J'ai fait effectuer des recherches sur chacun des membres de cette famille, mais je dois reconnaître que la branche de Londres ne m'a donné aucun mal. Vous êtes sans cesse sous les feux de la rampe. Vos moindres faits et gestes se retrouvent en première page des tabloïds.

— Ces torchons racontent n'importe quoi, s'emporta-t-il.

— Ainsi donc, ils mentiraient lorsqu'ils te présentent comme un play-boy souffrant, de surcroît, d'un fort complexe de Peter Pan ?

— Je ne... Ce n'est pas... Je ne souffre pas du complexe de Peter Pan ! s'offusqua-t-il, ayant de plus en plus de mal à conserver son calme.

Il jeta un coup d'œil inquiet aux tables environnantes, mais personne ne semblait avoir entendu l'attaque de Kate.

A vrai dire, il ne savait pas trop s'il se sentait outré ou embarrassé ou un peu des deux, mais Kate avait résumé sa vie avec une acuité telle que c'en était dérangeant.

Elle ne fit aucun commentaire et versa une goutte de lait dans son café avant de remuer le tout et de reposer sa petite cuillère sur le rebord de sa sous-tasse.

Chacun de ses gestes était d'une grande délicatesse.

Aussi ne devait-il pas s'étonner d'avoir été la cible de recherches approfondies après qu'elle avait appris l'existence d'Alice et de Flynn dans sa vie.

L'idée qu'elle avait ainsi violé sa vie privée, de manière

délibérée, suscita en lui le désir irrépressible de protéger les deux êtres qui, désormais, comptaient le plus à ses yeux.

Il allait lui en faire la remarque lorsqu'elle l'arrêta d'un geste péremptoire de la main.

— Mon intention n'est pas de te persécuter, Charles, lui assura-t-elle. Si je suis venue te trouver, c'est parce que je souhaite assurer l'avenir de mon laboratoire de cosmétiques. Je cherche quelqu'un qui serait susceptible de travailler pour moi et de prendre la relève lorsque je ne serai plus en mesure de m'occuper de mes affaires.

Il repoussa son assiette, privé soudain d'appétit.

— Je ne suis pas votre homme, lança-t-il fermement. Je n'ai nullement l'intention de sacrifier ma vie à une société dont je n'ai que faire. J'ai d'autres projets.

Elle l'avait écouté parler tout en scrutant son visage par-dessus sa tasse. Là encore, il pouvait juger de sa perfection. Nulle trace de son rouge à lèvres, pourtant rouge carmin, ne salissait le blanc immaculé de sa tasse.

— Les recherches que j'ai fait mener sur toi m'ont également permis d'apprendre que tu représentes un atout majeur pour l'industrie touristique britannique, poursuivit-elle, imperturbable. En dépit des apparences, ce rôle d'ambassadeur te tient manifestement à cœur et tu le remplis avec le plus grand sérieux.

Il fut soulagé de voir qu'il n'aurait pas à se battre pour lui faire entendre raison.

— Cependant, reprit-elle, anéantissant d'un coup ses espoirs, je me demande si tu as bien pris toute la mesure de la valeur que représente une famille ainsi que les liens que l'on se doit de maintenir toute sa vie avec elle.

— J'en ai une conscience d'autant plus accrue que, comme vous le savez, je suis père. Depuis que sa mère m'a appris la nouvelle, je me sens lié à quelqu'un comme jamais jusque-là. Il représente tant pour moi que j'ai déjà fait en sorte d'assurer son avenir matériel afin qu'il ne manque jamais de rien. J'ai mis ma vie à Londres entre parenthèses pour pouvoir me consacrer pleinement à lui. Désormais, cet enfant fait partie intégrante de ma vie et il n'en sortira plus. Je n'ai pas la prétention de vouloir me mesurer à mon père, reprit-il après avoir observé quelques secondes de silence, mais, en tout cas, je vais faire de mon mieux pour réussir l'éducation de mon enfant. Et peu importe ce que vous ou n'importe qui d'autre pouvez penser de moi.

Dans un geste qu'il n'attendait pas, Kate lui tapota gentiment la main.

— Ne m'en veux pas d'insister, mais je ne parle pas des liens qui nous unissent aux tout-petits. Je parle de ceux que l'on se doit d'entretenir plus tard, une fois devenus adultes, et qui ne sont pas toujours faciles.

— Votre discours inclut-il la famille Robinson ?

Il vit la joue de Kate tressaillir légèrement, signe qu'elle était déstabilisée.

— C'est plus compliqué que ça, éluda-t-elle.

— Je veux bien vous croire, mais nous faisons partie de la même famille.

Elle observa quelques secondes de silence durant lesquelles elle sembla réfléchir à ce qu'il venait de dire.

— Toujours d'après mes sources, finit-elle par lâcher, Ben Robinson a retrouvé la mère de Jérôme Fortune.

— C'est ce que j'ai entendu dire aussi, confirma-t-il vaguement afin de ne pas trahir les confidences de Lucie.

— Elle soutient que son fils est mort.

— Vous le croyez ?

— Non. Et toi ?

— Moi non plus. Mais, comme vous venez de le souligner, ce n'est pas simple. Du coup, j'ai vraiment pris conscience de la chance que j'avais d'avoir eu un père comme le mien. D'après ce que j'ai entendu dire, Gerald Robinson n'avait pas un caractère facile.

En fait, il ne savait pas grand-chose de cette branche des Fortune sinon ce que lui en avait raconté Lucie. Lui-même n'avait rencontré que deux de ses membres à l'occasion d'une soirée caritative. Lucie, elle, était devenue très amie avec Vivian Blair qui avait épousé Wes Robinson, responsable du développement d'une société d'informatique. Lucie l'aurait bien abreuvé de détails concernant les relations existant au sein de cette famille, mais trop accaparé par sa propre vie il avait coupé court à la discussion.

— Gerald n'avouera jamais qu'en fait Jérôme et lui ne sont qu'une seule et même personne, souligna Kate.

— Pourtant, même ses enfants en sont convaincus. A ce titre, ils ont bien raison de vouloir faire éclater la vérité.

— Sans compter que sans cette reconnaissance ils ne pourront prétendre à l'héritage.

Ils se turent pour ruminer cette conclusion.

— J'ai quelque chose pour toi, finit par dire Kate.

Elle fouilla alors dans son sac à main et en ressortit un petit pochon en velours grenat qu'elle lui tendit.

— Prends, c'est pour toi. Elle est dans la famille depuis des générations, et la tradition veut qu'on la transmette. Ce moment est venu.

Il secoua la tête en signe de refus.

— Je ne peux pas accepter.

— Tu peux accepter ce que je t'offre, lui intima-t-elle d'un ton qui n'entendait pas être discuté.

— Bien, madame, acquiesça-t-il d'un ton moqueur.

Kate fit glisser le pochon vers lui, sur la table.

— Ouvre-le.

Il obéit docilement et en sortit une émeraude sertie de diamants qui devait valoir une petite fortune. A l'intérieur de l'anneau était gravée la lettre « F ».

— Cette bague est magnifique, mais elle n'est pas à ma taille, plaisanta-t-il.

Il remit la bague dans son pochon qu'il tendit à Kate.

— Allons, ne te fais pas prier. Tu l'offriras à l'élue de ton cœur, insista-t-elle.

Immédiatement, le visage d'Alice lui apparut. Il en fut bouleversé puis, dans la seconde qui suivit, paniqué. Une bague comme celle-ci était hautement symbolique. C'était le gage d'une relation sérieuse qui ne pouvait que déboucher sur un mariage. Et il n'était pas prêt. Pas encore. De plus, s'il décevait Alice, il prenait le risque de se voir privé de son fils. Non, c'était un mauvais calcul.

— Reprenez cette bague, s'obstina-t-il, je n'en veux pas.

— Laisse-moi te donner un conseil, Charles, répliqua-t-elle en ignorant sa main toujours tendue.

— Un seul, alors, fit-il avec un sourire en coin.

— Ta réaction suffit à trahir tes sentiments. Mais, même si tu refuses de voir la vérité en face, je te demande de garder cette bague. Et de te fier à ton instinct, ajouta-t-elle en guise de conclusion.

— Mon instinct ne m'a pas été très utile, jusque-là, objecta-t-il.

— Pourtant, Alice Meyer n'est pas le genre de fille que tu fréquentes habituellement. Crois-tu que ton instinct t'a berné ?

Il observa quelques secondes de silence puis il referma la main sur le pochon avant de le ranger dans la poche de sa veste.

Cette décision lui valut un sourire victorieux de la part de la reine des cosmétiques.

— Ce n'est pas parce que je fais jeune que je n'ai pas la sagesse qui va avec mon âge, lâcha-t-elle sur le mode de la plaisanterie.

Dans un geste très aristocratique, elle lui offrit alors sa main à baiser. Il s'inclina de bonne grâce et effleura les phalanges de ses lèvres.

Lorsqu'il se redressa, il vit une lueur de malice danser au fond de ses prunelles claires.

— Je vous souhaite de trouver un successeur digne de vous.

— Merci, répondit-elle en s'éloignant d'une démarche de reine. Et bonne chance avec ta nouvelle famille, lança-t-elle sans se retourner.

Il rumina cette dernière phrase avant de décider que c'était bien le mot qu'il convenait d'appliquer à l'équipe indissociable qu'Alice, Flynn et lui formaient désormais.

Puis son appétit retrouvé, il se rassit pour terminer son repas.

— Je ne peux plus continuer comme cela, se lamenta Alice tout en plongeant dans un bol de ketchup la frite qu'elle tenait à la main. Le stress m'a fait prendre au moins deux kilos !

Ce jour-là, exceptionnellement, elle avait réussi à convaincre Meredith de venir déjeuner avec elle.

— De toute façon, tu ne parviendras pas à éviter Charles, prophétisa cette dernière. Il vient sans arrêt au bureau. Tu as remarqué ? Et le fait que tu t'obstines à l'ignorer rend Amanda hystérique.

— Mais enfin il ne comprend pas que cela va paraître suspect si on nous voit tout le temps ensemble ?

— Je ne vois pas pourquoi ce serait suspect puisque lui aussi travaille sur cette campagne publicitaire. De plus, n'oublie pas que nous avons besoin de lui et de son carnet d'adresses.

Alice prit le temps de réfléchir, puis elle rétorqua :

— C'est exact. Cependant, travailler ensemble ne justifie pas qu'il m'invite tous les jours à déjeuner et qu'il traîne autour de mon bureau jusqu'à mon départ, pour le simple plaisir — selon lui — de me raccompagner à ma voiture.

Meredith prit un air effaré.

— Quelle horreur ! s'exclama-t-elle. Un homme se comporte avec toi en gentleman. Quel être abject !

Alice leva les yeux au ciel, imperméable au trait d'humour de son amie.

— Tu comprends bien ce que je veux dire, Mer. Comment le croire sincère quand, en règle générale, je ne suis pas du genre à retenir l'attention des hommes.

— Evidemment, en dépit de tes talons hauts, tout ton corps leur lance des signaux d'alerte : « Ne me regardez pas ! Ne me touchez pas ! »

— Vraiment ? C'est ce qui se dégage de moi ?

— Oui, mais c'est aussi ce que tu recherches, non ? A ton avis, pourquoi le préservatif que je t'ai donné est-il resté deux ans au fond de ton sac ?

— Parce que lorsque je sors avec toi je n'existe pas. Les hommes ne voient que toi, Mer.

— Charles, lui, t'a remarquée. Je vois bien la façon dont il te dévore des yeux quand nous sommes en réunion. Cet homme est le feu, et tu es la glace, Alice. Comment n'aurait-il pas envie de te réchauffer un peu ?

— Arrête, tu vas me faire rougir, protesta Alice qui se sentit virer au rouge pivoine. Mais je vois ce que tu veux dire.

— Tu en es sûre ? Parce que les cernes que tu as sous les yeux ajoutés à ton humeur grincheuse me font douter.

— Je te rappelle que j'ai un bébé de quatre mois.

— Et moi, je te rappelle que tu es sexuellement frustrée.

Alice piqua du nez dans son assiette.

— Chuuut ! Arrête de proférer des énormités pareilles, protesta-t-elle tout bas.

— C'est la vérité, Alice. Il est évident que Charles te désire comme un fou, et tu es bien bête de ne pas en profiter.

Alice poussa un profond soupir.

— Ce n'est pas si simple. Charles ne tient pas à se compliquer la vie. C'est lui qui tient à ce que nous restions amis.

Elle s'interrompit pour aspirer une longue gorgée de thé froid avec sa paille.

— Il faut bien que je respecte sa volonté.

— Non. Au contraire, montre-toi plus entreprenante.

Elle secoua la tête.

— Imagine un peu qu'il se passe quelque chose entre nous et que cela affecte sa relation avec Flynn. Je ne pourrai jamais me le pardonner.

— Tu comptes vraiment vivre comme une nonne toute ta vie ? Ou, du moins, jusqu'à la majorité de ton fils ?

— En tout cas, pour l'heure, c'est ce que j'ai de mieux à faire, décida-t-elle fermement.

— Dans tes rêves, sans doute, marmonna Mer qui prit

une tomate cerise qu'elle avala avant de demander d'un ton dégagé : Il compte venir au cocktail, ce soir ?

— Oui.

Le bureau du Tourisme organisait un événement pour lancer le début des festivités estivales. Pour l'occasion, on avait loué une galerie d'art dans un quartier branché d'Austin. Les grosses huiles du monde des affaires et de la politique étaient conviées, aussi la direction n'avait-elle pas lésiné sur les dépenses.

— Tu crois qu'il viendra en smoking ?

— Je pense que oui. Pourquoi cette question ?

— Parce que Charles en smoking, ce sont tes bonnes résolutions réduites à néant. Tu ne pourras pas lui résister.

Chargée du sac à langer et de la poussette, Lynn Meyer se dirigea tout droit vers la cuisine, suivie d'Alice qui portait Flynn.

— Tu es très jolie, ma chérie, la complimenta-t-elle.

— Merci, maman. Et merci aussi de bien vouloir garder le petit pour la nuit. Tu es sûre que tu ne veux pas que je passe le récupérer, une fois le cocktail terminé ?

— Certaine. Ton père et moi sommes ravis d'avoir notre petit-fils pour nous tout seuls. N'est-ce pas, Henry ? ajouta-t-elle en tapotant l'épaule de son mari.

Henry Meyer leva les yeux du livre dans lequel il était plongé, l'esprit visiblement ailleurs.

— Oui ? Le petit va rester ici ? Combien de temps ?

Lynn secoua la tête avec, au coin des lèvres, un sourire à la fois agacé et indulgent.

— Une nuit, Henry. Je te l'ai dit la semaine dernière.

— Ah oui, c'est vrai.

Il lança un regard contrit à sa fille.

— Excuse-moi. Il m'arrive d'être un peu distrait.

— Tout va bien, papa, marmonna-t-elle en se penchant vers lui pour l'embrasser.

Lorsqu'elle se redressa, il jaugea d'un air réprobateur la robe rouge qu'elle avait choisi de porter pour l'occasion. Ajustée, certes, mais sobre et de bon goût.

— J'espère que tu vas passer un gilet. Cette robe laisse voir trop de peau.

— La seule chose que cette robe laisse voir, ce sont mes bras, papa, rétorqua-t-elle aussi calmement qu'elle le put.

— Je persiste à dire qu'elle peut donner des idées à certains hommes.

— Allons, Henry, cesse d'être rabat-joie ! le rabroua Lynn. Cette robe est ravissante et elle lui va à merveille. Tu ne voudrais tout de même pas qu'elle se rende à un cocktail en robe de bure !

— C'est justement parce que Alice est très jolie que je m'inquiète pour elle.

— Eh bien, tu t'inquiètes à tort, papa. Je n'intéresse pas les hommes.

Henry se leva de sa chaise et pointa Flynn du doigt.

— Il y en a au moins un qui s'est intéressé à toi. Et de près, encore !

Elle fut piquée au vif mais s'abstint de répliquer, jugeant préférable de ne pas mettre d'huile sur le feu.

— Henry, veux-tu bien aller chercher le lit parapluie qui est resté dans le coffre de la voiture, s'il te plaît ? intervint Lynn pour couper court à cet échange.

— J'y vais.

Au passage, il chatouilla les petits pieds de Flynn.

— Que penses-tu des documentaires sur la guerre civile, toi ?

Flynn émit un chapelet de gazouillis qui fit rire son grand-père aux éclats.

— Nous sommes d'accord, constata-t-il.

Puis, prenant sans doute conscience de ce que ses commentaires sur la tenue d'Alice avaient eu de blessant, il la serra contre lui.

— J'ignore où tu te rends, mais tu seras la plus jolie de la soirée.

— Merci, papa, fit-elle, submergée par l'émotion.

De son pas lourd et traînant, Henry sortit de la pièce.

— Enfile quand même un gilet ! cria-t-il par-dessus son épaule.

Lynn adressa à Alice un sourire contraint.

— Il croit bien faire.

— Je sais.

Lynn lui prit Flynn des bras et la regarda attentivement.

— Tu as beau nier, je suis persuadée que tu me caches quelque chose.

Alice secoua la tête.

— Rien qui vaille qu'on en parle, en tout cas.

Puis, pour couper court, elle sortit une feuille de la poche avant du sac à langer et la posa sur la table.

— Tu y trouveras toutes les indications dont tu pourrais avoir besoin, expliqua-t-elle. Il prend un dernier biberon avant d'aller au lit.

— Ne t'inquiète pas. Tout va bien se passer.

— Je peux vraiment venir le récupérer après la soirée, insista Alice dont le cœur se serrait à l'idée que, pour la première fois, elle allait passer la nuit sans son enfant.

Lynn s'approcha et l'enveloppa d'un bras qui se voulait rassurant.

— Alice, veux-tu bien me faire confiance ? Profite de cette nuit pour te reposer. Tu es une mère merveilleuse, mais même les mères merveilleuses ont besoin de faire un break de temps en temps.

— Tu as raison, maman. Merci.

Une dernière fois, elle passa en revue le contenu du sac puis elle alla vérifier que son père avait correctement déplié le petit lit. Pour finir, elle insista pour changer son fils. Alors seulement elle accepta d'être gentiment poussée vers la sortie par sa mère.

Une fois que sa voiture eut tourné l'angle de la rue, son anxiété commença à se dissiper. Le cœur enfin léger, elle glissa un CD dans le lecteur et se mit à fredonner l'un de ses morceaux favoris. Sa mère avait raison. Elle avait bien besoin de se retrouver un peu seule. Cela lui permettrait non seulement de recharger ses batteries, mais également de faire le point sur le désordre émotionnel auquel elle était plus que souvent sujette ces derniers temps.

Lorsqu'elle arriva à la galerie, elle se surprit même à songer qu'elle était prête à retrouver Charles. Avant de venir, elle avait pris la précaution de lui envoyer un SMS destiné à lui rappeler qu'ils devaient garder leurs distances afin de ne pas éveiller le moindre soupçon.

Si on les voyait trop souvent ensemble, il ne faudrait pas longtemps pour que la vérité éclate. Certes, ils ne pourraient pas cacher la vérité éternellement, mais elle voulait rester dans leur bulle aussi longtemps que possible.

Charles n'avait pas répondu à son texto, et un coup d'œil circulaire à la salle lui apprit qu'il n'était toujours pas arrivé. Peut-être s'était-il lassé de la voir osciller sans cesse entre l'envie d'être avec lui et le besoin d'être seule. Comment lui expliquer sans l'offenser qu'elle redouterait toujours de le voir se détourner d'elle pour une femme plus belle et plus intéressante ?

Plus pour se donner une contenance que par véritable envie, elle accepta la coupe de champagne qu'un serveur lui proposa.

Elle repéra Meredith qui se fraya aussitôt un passage parmi la foule déjà dense pour venir la rejoindre. Elles se mirent alors à regarder les gens aller et venir.

L'alcool commençant à produire son effet, Alice se détendit peu à peu. Elle crut même capter quelques regards masculins sur elle.

Meredith avait peut-être raison. Elle avait sans doute renvoyé jusqu'à présent l'image d'une femme sur ses gardes, peu ouverte à la séduction.

Il était grand temps que les choses changent. Etre maman ne devait pas l'obliger à porter des œillères !

Forte de cette résolution, elle abandonna Meredith et se rendit au bar, jouant des coudes pour atteindre le comptoir où un homme séduisant lui adressa un beau sourire. Mais rien de comparable avec le sourire irrésistible de Charles…

— Vous permettez que je vous offre un verre ? demanda l'inconnu.

— Les boissons sont gratuites, répondit-elle sans réfléchir.

A peine ces mots étaient-ils sortis de sa bouche qu'elle se maudissait de les avoir prononcés. C'était bien elle, ça !

Pourtant, l'homme ne parut pas s'offusquer de sa bêtise et continua à lui sourire.

— Dans ce cas, je peux commander pour vous et vous inviter à dîner demain, proposa-t-il.

Sans trop savoir pourquoi, elle baissa les yeux sur les chaussures que Charles lui avait offertes et qu'elle avait choisi de porter ce soir-là. Un désir aussi intense que subit la submergea, qui n'avait rien à voir avec l'homme en face d'elle.

— Merci. Je m'appelle Alice.

Lorsqu'il lui prit la main, elle ne chercha pas à la dégager, s'attendant à éprouver les petits frissons au creux des reins que provoquait le moindre contact avec Charles.

Mais, à sa grande déception, elle ne ressentit rien.

— Ravi de faire votre connaissance, Alice, poursuivit l'homme, bien loin d'imaginer ce qui se passait dans sa tête. Que voulez-vous boire ?

Elle allait répondre lorsqu'une main s'agrippa fermement à son avant-bras.

— Rien, répondit Charles à sa place. Elle ne boit rien.

L'inconnu considéra Charles un moment avant de lancer d'un ton dédaigneux :

— Charles Fortune Chesterfield. Tiens donc.

— Troy Warner. Si tu veux bien nous excuser…

— Arrête, protesta-t-elle tandis que Charles cherchait à l'attirer à lui.

Mais Troy, qui visiblement n'entendait pas se faire évincer de manière aussi radicale, la saisit, lui, par le poignet. Elle se retrouva donc tiraillée entre ces deux hommes qui, en se la disputant, lui donnaient l'impression d'être un objet dont ils pouvaient disposer à leur guise.

— Tu vois, elle n'a manifestement pas envie de partir avec toi, gronda Troy d'une voix sourde.

Charles avait appelé l'homme Troy Warner, ce qui signifiait qu'elle avait été invitée à dîner par l'héritier d'une des plus grosses compagnies pétrolières du Texas. Si le siège de la compagnie était à Houston, la famille Warner possédait des parts importantes dans l'industrie du tourisme ainsi que dans les clubs de sport les plus prestigieux d'Austin.

Elle eut soudain conscience des regards qui s'étaient braqués sur eux en même temps que du tableau lamentable qu'ils devaient offrir, tous les trois.

— Ça suffit ! s'insurgea-t-elle en se dégageant brutalement de cette double emprise. Nous ne sommes pas en compétition, que je sache.

Troy lança à Charles un regard mauvais.

— Vous croyez ?

— J'en suis certaine, répondit-elle tandis qu'elle croisait le regard furibond d'Amanda.

Il fallait qu'elle trouve un moyen de désamorcer cette dispute stupide, et vite !

— Je vais quitter ce comptoir, annonça-t-elle aux deux hommes. Pendant ce temps, je suggère que vous vous serriez la main ou que vous vous donniez de grandes claques amicales dans le dos, bref, que vous fassiez ce que font les hommes civilisés lorsqu'ils veulent mettre un terme à une guerre d'ego ridicule.

Elle plaqua alors un sourire faussement angélique sur son visage et fit face à Troy.

— Je vous remercie pour votre invitation à dîner, mais je vais devoir la refuser.

— Quel dommage ! Vous m'en voyez vraiment déçu.

Elle se tourna ensuite vers Charles et, dans ce que de loin on pouvait prendre pour un geste amical, elle lui planta les ongles dans la peau de son avant-bras musclé. Puis, sans se départir de son sourire forcé et en le regardant droit dans les yeux, elle grommela entre ses dents :

— Je vais te tuer.

Il ouvrit la bouche pour protester, mais elle ne lui en laissa pas le temps.

— Je vais prendre l'air, répéta-t-elle assez fort pour que tout le monde entende. Je vous laisse.

Mortifiée, les joues en feu, elle s'éclipsa en direction de la sortie aussi vite que ses jambes flageolantes le lui permettaient.

L'air était encore chaud, mais il était loin d'être étouffant comme l'ambiance qu'elle venait de quitter.

Où donc Charles avait-il la tête ? Tout le monde les pensait de simples partenaires dans une campagne publicitaire. Cette scène stupide n'allait pas manquer de soulever des interrogations auxquelles elle n'avait pas l'intention de répondre.

Elle songea un moment à déserter la soirée mais revint très vite sur sa décision. C'était tout simplement impossible. Elle ne pouvait se soustraire à un événement aussi important sans risquer, au mieux de subir les foudres d'Amanda, au pire d'être renvoyée.

Elle en était là de ses réflexions moroses lorsque la porte s'ouvrit sur Charles qui s'approcha d'elle à grands pas et scella sa bouche d'un baiser fougueux.

12

Charles plaqua Alice étroitement contre lui, brûlant de sentir ses formes voluptueuses épouser son torse athlétique.

Un mélange de désir, de colère et de frustration déferla sur lui, emportant ses dernières réticences. Ses mains fébriles se mirent à parcourir son corps, impatientes de retirer cette robe qui, bien que sublime, formait un rempart à son désir effréné.

Il en avait plus qu'assez de devoir feindre l'indifférence aux yeux de tous.

Lorsqu'il avait reçu son SMS, où elle lui recommandait une fois de plus de ne pas trahir, par un comportement équivoque, la vraie nature de leur relation, il s'était trouvé en proie à un flot d'émotions contradictoires auxquelles il n'était pas habitué. Il devait se heurter à des limites que, pour la première fois, il n'avait pas fixées lui-même.

Certes, il se devait de protéger les intérêts d'Alice.

Certes, il la respectait.

Et, certes, il avait à cœur de ne pas enfreindre les frontières qu'elle lui imposait.

Mais lorsqu'il l'avait vue au bar en compagnie de ce bellâtre de Warner son sang n'avait fait qu'un tour.

Il ne voulait pas qu'elle soit à quelqu'un d'autre que lui. Le lien qui l'unissait à elle allait bien au-delà de l'enfant qu'ils avaient conçu ensemble et il fallait qu'elle le sache. Il allait cesser de lui faire croire qu'il ne voyait en elle qu'une amie. Il allait lui prouver qu'il avait changé.

Car il avait changé. Grâce à elle. Pour elle.

Au moment précis où il l'avait surprise avec Troy, toutes les pièces du puzzle s'étaient assemblées, formant un ensemble évident. Aveuglé par la jalousie, il n'avait plus eu qu'un but en tête : la ravir à Troy.

Ce qu'il n'avait pas prévu, c'était qu'il se comporterait comme le pire des rustres et qu'Alice ne manquerait pas de le lui reprocher.

Pour s'en assurer, il lâcha ses lèvres et, à regret, s'écarta légèrement. Contre toute attente, au lieu de l'agonir d'injures, elle enroula ses longs bras graciles autour de son cou et lui offrit de nouveau sa bouche.

Il avait beau être gentleman, il n'en était pas moins homme.

Il répondit donc à son baiser avec une passion égale à la sienne. Cette fois, ce fut elle qui, au bout d'un laps de temps qui lui parut trop court, s'écarta de lui. Elle plongea dans les siens ses grands yeux voilés de désir avant que, très vite, il ne décèle au fond de ses prunelles une lueur de colère.

— Je suis extrêmement contrariée, Charles, commença-t-elle d'une voix qu'elle souhaitait sans doute neutre.

— Je suis désolé, Alice. Vraiment.

L'expérience lui avait appris qu'une femme en colère ne souhaitait qu'une chose : des excuses.

Pourtant, cela ne sembla pas lui suffire. Son regard s'assombrit un peu plus tandis qu'elle reculait d'un pas et se campait solidement devant lui, les poings sur les hanches.

— Pourquoi ?

Pendant un bref instant, il fut distrait par sa robe qui lui dévoilait ses formes de manière très subtile.

— Tu veux savoir pourquoi je te présente des excuses ? s'enquit-il, perplexe.

— Exactement.

Il se passa une main dans les cheveux, cherchant la réponse qui calmerait sa colère.

— Eh bien, je te présente des excuses pour t'avoir mise dans l'embarras, avoua-t-il.

Elle leva les yeux au ciel. La réponse était loin de la satisfaire.

— Mais encore ?

— Je me suis comporté comme le dernier des imbéciles.

— C'est un bon début, concéda-t-elle d'une voix radoucie. Mais je n'en ai pas fini avec toi. Je ne suis pas idiote. Je vois bien que pour te faire pardonner tu serais capable d'acquiescer à tout ce que je dis.

Il tira sur le col de sa chemise qui, tout d'un coup, lui parut trop serré.

— J'admets que je hais les conflits et que je deviens un expert lorsqu'il s'agit de les désamorcer.

Son regard fut soudain attiré par le bruit du pied d'Alice qui martelait le sol.

— Ces chaussures te vont vraiment très bien, la flatta-t-il.

— Ne change pas de sujet, veux-tu ?

— D'accord.

Il inspira profondément, puis expira doucement avant de lui adresser un sourire charmeur. Mais ses efforts pour tenter de l'amadouer restèrent sans effet.

— Excuse-moi, répéta-t-il d'un air penaud. J'ai fait un esclandre alors que tu m'avais demandé de rester discret. Mais sache que…

Elle l'interrompit net.

— Je ne veux plus d'excuses. Juste au moment où Amanda me donne une chance de faire mes preuves, et donc d'être promue, tu es venu tout gâcher. C'est peut-être insignifiant à tes yeux, mais ma carrière est importante pour moi.

— Alice, je le comprends tout à fait. Mon intention n'était pas de te causer du tort, mais lorsque j'ai vu Troy Warner te tourner autour comme un rapace, je ne l'ai pas supporté. Tous les hommes avaient les yeux rivés sur toi, ce soir. Il faut dire que tu es vraiment superbe.

— Tu exagères, répliqua-t-elle en rougissant.

— Pas du tout. Eux comme moi, nous étions tous fascinés.

Pour preuve de ce qu'il avançait, il porta la main d'Alice à sa bouche et l'effleura de ses lèvres.

— Tu me fascines, Alice, murmura-t-il en la regardant

droit dans les yeux. Je pense à toi, jour et nuit. Je veux être celui qui prendra soin de toi, qui te fera rire et qui saura t'embrasser comme nous venons de le faire.

Il s'interrompit pour presser les lèvres au creux de son poignet, là où il sentait les pulsations désordonnées de son cœur.

— Je veux être celui avec qui tu referas l'amour, murmura-t-il d'une voix douce.

Elle déglutit avec peine puis se mordilla la lèvre inférieure, semblant peser ses mots.

— C'est pourtant bien toi qui voulais que nous soyons des amis.

— J'ai été idiot, je l'avoue, répliqua-t-il sans hésiter.

Elle récompensa sa franchise par un sourire qui lui alla droit au cœur et lui redonna espoir.

— Je veux que personne ne soit au courant, finit-elle par dire. C'est mieux pour Flynn, et pour nous tous, d'ailleurs.

— Dois-je comprendre que tu acceptes ?

Elle acquiesça d'un léger hochement de tête.

— Accepterais-tu de venir passer la nuit chez moi ? Avec moi ?

Sa question clairement formulée, il attendit la réponse, le cœur battant.

— Oui, répondit-elle dans un souffle.

Transporté de bonheur, il la souleva du sol et la fit tournoyer tandis que leurs bouches se joignaient. Le « oui » d'Alice était d'autant plus précieux qu'elle le dispensait rarement. Aussi, en dépit des doutes et des craintes qui l'habitaient encore, était-il heureux d'occuper dans la vie d'Alice la place qu'elle voudrait bien lui accorder.

— Je vais demander au portier d'aller chercher ma voiture, annonça-t-il sans chercher à cacher son impatience.

Elle accueillit sa proposition par un éclat de rire qu'il ne comprit pas.

— Nous ne pouvons pas nous éclipser comme cela, Charles. Il faut que nous retournions à la soirée.

— Tu plaisantes ?

— Pas du tout. Si nous disparaissons tous les deux en même temps, les gens comprendront tout de suite qu'il y a quelque chose entre nous.

— Mais il y a bel et bien quelque chose entre nous.

Elle s'accrocha à son cou et lui murmura à l'oreille :

— Une heure. Je te demande juste une heure. S'il te plaît.

— Très bien. Mais laisse-moi un peu de temps pour reprendre mes esprits. Vas-y, je te rejoins.

Il s'écarta légèrement et plongea dans son regard enfin apaisé.

— Cette heure va être la plus longue de ma vie, mais tu vaux vraiment la peine que je t'attende, ajouta-t-il d'une voix que le désir rendait rauque.

Charles avait raison. Cette heure n'en finissait plus. Il lui fallait patienter encore cinq minutes avant de pouvoir enfin aller le rejoindre.

Lorsqu'elle avait fait sa réapparition dans la salle, elle avait balayé d'un haussement d'épaules désinvolte le regard interrogateur de Meredith.

Elle avait également réussi à échapper à Amanda qui avait foncé sur elle du plus loin qu'elle l'avait aperçue. Heureusement, un groupe de trois hommes l'avait alpaguée pour échanger avec elle leurs impressions sur la dernière campagne publicitaire, et elle avait profité de cette opportunité pour prolonger la discussion jusqu'à ce qu'elle voie Amanda tourner les talons et s'éloigner enfin du comptoir.

Comment arrivait-elle à suivre une conversation et à y participer ? Elle l'ignorait, tant les regards que Charles portait sur elle étaient lourds du désir qui l'habitait.

Aucun d'eux ne chercha à s'approcher de l'autre afin de ne pas courir le risque de tout planter séance tenante pour pouvoir enfin s'aimer comme ils en brûlaient.

Charles l'avait tellement rassurée sur son pouvoir de séduction qu'elle ne prit même pas ombrage de le voir discuter avec Amanda, laquelle ne se privait pas de lui exhiber son décolleté généreux sous le nez.

Si elle s'interdisait de se projeter dans un avenir avec Charles, elle avait cependant bien l'intention de profiter de la nuit qui les attendait. Certes, elle avait failli refuser — elle n'était pas du genre à se jeter à la tête d'un homme —, mais si elle avait accepté c'était parce qu'elle était amoureuse de lui.

Elle avait hésité, pressentant qu'un jour viendrait, à plus ou moins longue échéance, où Charles la remplacerait. Elle saurait sans doute gérer la souffrance de cette rupture, mais Flynn ? Comme vivrait-il de ne plus voir son papa aussi souvent et dans une ambiance aussi détendue ?

Pourtant, toutes ces craintes n'étaient pas parvenues à étouffer le désir intense qui la submergeait et qu'elle voulait voir se concrétiser sans trop se poser de questions.

Absorbée dans ses pensées, elle vit au dernier moment le serveur venu lui porter une enveloppe.

— Mademoiselle Meyer ? demanda le jeune homme.

— Oui. Qu'y a-t-il ?

— Quelqu'un m'a chargé de vous remettre ceci, répondit-il en lui tendant l'enveloppe.

Elle décacheta le billet sur lequel Charles avait griffonné quelques mots.

Cette heure a vraiment été interminable. Viens vite me rejoindre. Je t'attends devant la galerie.

Elle esquissa un sourire tandis qu'elle jetait un regard circulaire à la salle encore noire de monde. Meredith était en grande discussion avec deux collègues, tandis qu'Amanda, assise au bar en compagnie de Troy Warner, semblait enfin avoir oublié sa présence.

Impatiente de retrouver Charles, elle se fraya un passage entre les invités et parvint enfin à sortir dans la rue.

Aussitôt dehors, le portier lui indiqua la Mercedes qui

attendait un peu plus loin, phares allumés. La portière côté passager était ouverte, semblant attendre sa venue.

— Comment savez-vous qui je suis ? s'enquit-elle auprès du vieil homme.

— M. Fortune Chesterfield m'a dit qu'il fallait que je prévienne une belle femme en robe rouge.

— Merci, balbutia-t-elle, rougissante. Bonne nuit.

— A vous aussi, mademoiselle.

Le cœur battant la chamade, elle courut vers la voiture et se glissa vivement sur le siège en cuir.

— J'ai préféré t'attendre ici, l'informa Charles. J'ai pensé que c'était plus prudent.

— Tu as bien fait, approuva-t-elle tout en bouclant sa ceinture de sécurité. Pourquoi ne démarres-tu pas ?

— Parce que tu n'as pas refermé ta portière, répondit-il en lui prenant la main. Ne sois pas nerveuse, Alice. Il ne se passera ce soir que ce que tu auras voulu.

— C'est bien ce qui me rend nerveuse. Je veux tout.

Le sourire de Charles s'élargit un peu plus.

— Dans ce cas, rétorqua-t-il en enclenchant la première, ne nous éternisons pas ici. Nous avons mieux à faire.

Il ne leur fallut que quelques minutes pour atteindre l'hôtel où Charles était descendu. Dès qu'ils ralentirent sous le portique, un portier prit leur véhicule en charge, et Charles vint lui prendre le bras pour l'entraîner à l'intérieur.

Sa nervosité redoubla d'intensité. Et si elle commettait l'erreur de sa vie ? Et si elle n'était pas à la hauteur des attentes de Charles ? Car passer une nuit avec un étranger, même irrésistiblement séduisant comme Charles, et passer une nuit avec l'homme qu'on aimait étaient deux choses bien différentes.

Comme s'il avait senti ses réticences, Charles s'arrêta sur la deuxième marche de l'escalier monumental qui conduisait au perron et l'attira à elle pour lui donner un baiser dans lequel il fit passer tout le désir qu'elle lui inspirait.

— Te voilà rassurée ?

— Charles, souffla-t-elle, je voudrais tant que tout se passe bien et que…

— Ce sera merveilleux, Alice.

Il s'interrompit pour entrelacer ses doigts aux siens.

— Fais-moi confiance, reprit-il. Fais-nous confiance.

Elle hocha la tête, incapable de proférer le moindre son.

Pour tenter d'oublier son malaise, elle passa en revue le décor dans lequel elle se trouvait car lorsqu'elle était venue là avec Charles la première fois il était tard et, un peu ivre aussi, elle avait à peine prêté attention à ce lieu magnifique.

Cette fois, elle prit le temps d'admirer le tissu beige à chevrons qui tendait les murs et conférait à ce hall d'entrée une noblesse à nulle autre pareille. Tout ici affichait le luxe et l'élégance de bon goût.

Le personnel feignit d'ignorer que Charles la conduisait dans sa suite. Efficace et discret, il était à la hauteur des lieux qu'il représentait.

Lorsqu'elle était venue ici, un an plus tôt, elle s'était sentie dans la peau de Pretty Woman, tant cet endroit détonnait par rapport à ce qu'elle avait l'habitude de fréquenter. Elle ne s'était pas sentie dans son élément.

Mais ce soir, alors qu'elle se laissait conduire vers l'ascenseur, accrochée au bras musculeux de Charles, elle éprouva un sentiment d'appartenance. Demain n'existait pas car, pour une nuit trop courte, elle appartiendrait à Charles.

Portée par cette force nouvelle qu'elle sentait naître, elle eut l'audace propre aux grands timides : aussitôt qu'ils se retrouvèrent seuls dans l'ascenseur, elle se plaqua à lui et pressa sa bouche contre la sienne dans un baiser qui exprimait tout ce qu'elle n'osait pas formuler par des mots.

Il répondit à son baiser avec une fougue identique qui l'exalta. Elle se découvrait une âme de séductrice qui la transportait. Le souffle court, elle sentit une main de Charles se glisser sous sa robe tandis que l'autre effleurait le bout de ses seins tendus de désir.

Au comble de l'excitation, elle s'arc-bouta, exigeant plus.

— Encore quelques secondes, ma chérie, lui susurra-t-il à l'oreille.

Ils quittèrent de la cabine, ivres de désir et titubants. Charles fouilla dans sa poche et en sortit la clé magnétique de sa chambre. Elle constata que ses mains tremblaient.

— Tu me fais perdre la tête, s'excusa-t-il alors que la porte s'ouvrait pour eux.

Sans rien répliquer, elle lui retira sa veste de smoking tandis qu'il baissait la fermeture Eclair de sa robe. Pourtant, contre toute attente, il s'écarta.

— Nous avons tout le temps, dit-il, le souffle court. Toute la nuit, même.

Dans un geste d'une infinie tendresse, il coinça une boucle rebelle derrière son oreille.

— Je veux que cette nuit soit inoubliable pour toi, Alice.

Puis il se tut. De ses mains à la fois douces et fortes, il fit glisser les bretelles de sa robe sur ses épaules puis la laissa tomber au sol.

Se retrouver ainsi à demi-nue, en culotte, soutien-gorge et escarpins exacerba son désir pour lui.

— Juste toi et moi, lui chuchota-t-il à l'oreille.

— Charles, lâcha-t-elle dans un souffle. S'il te plaît.

Elle se retourna et darda sur lui un regard brûlant de désir dans lequel il sut lire qu'elle le voulait nu.

Elle le regarda alors se défaire de sa veste, puis de sa chemise et de son pantalon et enfin de ses sous-vêtements. Elle se pencha alors pour ôter ses chaussures, mais il l'en empêcha d'une main ferme posée sur la sienne.

— Non, dit-il. Pas encore.

Il l'attira de nouveau à lui et prit ses lèvres dans un baiser avide qui trahissait toute son impatience. Leurs bouches ainsi jointes, il l'entraîna jusqu'à son lit puis la fit basculer avec lui sur le matelas. Une fois qu'elle fut allongée sur le dos, il prit l'un de ses pieds entre ses mains et, dans un geste aussi lent qu'érotique, la déchaussa.

— Alice, tu es certaine que c'est bien ce que tu veux ? s'enquit-il en la regardant droit dans les yeux.

Elle aurait aimé lui crier qu'elle rêvait de cet instant depuis un an, mais elle lui murmura un simple « oui » qui sembla lui suffire puisque, de ses mains fébriles, il s'affaira aussitôt à lui ôter ses sous-vêtements.

Lorsqu'ils furent nus l'un contre l'autre, il prit dans sa table de chevet l'étui d'un préservatif qu'il déchira entre les dents.

— Je te félicite de prendre en charge notre contraception, plaisanta-t-elle.

En guise de réponse, il enfila la protection sur son membre dur et la pénétra d'un coup de reins qui lui fit perdre toute capacité à raisonner. Elle calqua son rythme à celui de Charles, unie à lui dans une harmonie parfaite.

Il savait jouer de son corps comme d'un instrument de musique. Elle s'abandonna, confiante, au plaisir intense que ses mains et son sexe lui prodiguaient.

Lorsque, bien plus tard, ils surfèrent ensemble sur la vague d'un plaisir indicible, elle sut avec certitude qu'il n'y aurait jamais d'autre homme dans sa vie que Charles.

Que cette relation dure une nuit ou une vie, son cœur lui appartenait à jamais.

13

Bien des heures plus tard, Alice et Charles reposaient enfin, leurs membres enchevêtrés.

Charles tenta vainement de calmer les battements désordonnés de son cœur. Il se sentait en proie à un flot d'émotions contradictoires qui lui donnait l'impression de se tenir au bord d'un précipice vertigineux.

Il n'osait parler, de peur de trahir ses sentiments.

Perdu, il chercha à se persuader que ce qu'il ressentait était seulement dû à cette formidable entente sexuelle qu'il venait de vivre avec Alice. Il n'en était pourtant pas à son coup d'essai. De nombreuses femmes avaient défilé dans son lit et, même si l'expérience s'était souvent révélée satisfaisante, jamais encore le plaisir qu'il en avait retiré n'avait égalé ce qu'il venait de vivre.

Ce qui lui posait un sérieux problème.

Car, s'il n'envisageait pas de laisser Alice lui échapper, il ne se sentait pas non plus prêt pour la grande aventure de la vie à deux. Sa façon de vivre, sa réputation, tout tendait à démontrer qu'il n'était pas homme à vouloir se caser.

Kate Fortune n'avait-elle d'ailleurs pas pointé du doigt chez lui un complexe de Peter Pan prononcé ? Et, s'il se défendait d'être l'adolescent attardé qu'elle l'avait accusé d'être, il devait admettre qu'elle avait vu juste.

Sans vouloir offenser la mémoire de son père et malgré tous ses efforts, il ne lui arriverait jamais à la cheville. C'était d'ailleurs fort de cette certitude qu'il avait préféré de ne pas essayer. Certes, il se savait capable d'être un père à mi-temps, et un bon père même. Mais Alice ne méritait pas un homme comme lui, incapable de se consacrer à une seule et même cause.

De tous les Fortune, il était le seul à qui manquait le gène de la famille. Aussi, sachant qu'il était destiné à décevoir Alice, il pouvait au moins ne pas la laisser se bercer d'illusions dès le départ.

Il en était là de ses réflexions lorsqu'elle s'agita un peu et vint se blottir plus étroitement contre lui. Mû par une infinie tendresse, il déposa un baiser plein de douceur sur ses cheveux soyeux.

— Je suis si bien, Charles, murmura-t-elle d'une voix tout ensommeillée.

En guise de réponse, il ne put qu'émettre un grognement.

— Je peux partir, si tu veux, déclara-t-elle en se raidissant.

Oui, aurait-il voulu crier. *Pars avant que je ne gâche tout. Pars avant que tu ne découvres vraiment qui je suis et que tu n'en souffres.*

Il était tellement absorbé dans ses pensées qu'il remarqua à peine qu'elle s'était dégagée de son étreinte et s'apprêtait à se lever. Heureusement, il reprit ses esprits avant qu'elle ait posé un pied par terre.

— Reste, lui dit-il d'un ton presque suppliant.

— Charles, tu as parfaitement le droit de ne pas…

Il lui caressa la joue, dans un geste qui se voulait rassurant.

— Je voudrais te dire tant de choses, mais mes pensées sont confuses. Ce que je sais, c'est que je veux revivre avec toi des nuits aussi exceptionnelles que celle-ci. Alors, reste avec moi. S'il te plaît.

Elle lui adressa un sourire rayonnant.

— D'accord.

— Dis-moi que c'était bon aussi pour toi, ma chérie.

— C'était incroyablement bon, répondit-elle sans hésiter. Mais il faut préciser que je n'ai pas de point de comparaison, ajouta-t-elle d'un ton malicieux.

Il roula sur le dos, heureux comme il l'avait rarement été.

— Il faudrait peut-être que je te montre autre chose alors.

— Tout ce que tu voudras, acquiesça-t-elle en lui piquant un baiser léger sur l'arête du nez.

Comme par magie, les doutes qui l'avaient assailli jusque-là se dissipèrent d'un coup, cédant la place à une plénitude qu'il n'avait encore jamais connue.

Lorsqu'il ouvrit les yeux le lendemain matin, Charles se pensait prêt à pouvoir se séparer momentanément d'Alice. Jusque-là, il avait toujours aimé les matinées solitaires où il recouvrait d'une nuit active, mais encore une fois Alice venait chambouler ses habitudes de toujours.

Non seulement il appréciait de sentir son corps enchevêtré au sien mais, en plus, il aspirait à passer encore plus de temps avec elle.

Il la contempla dans son sommeil, émerveillé par le spectacle qu'elle lui offrait sans le savoir. Couchée sur le côté, elle lui faisait face. Il remarqua qu'elle s'était démaquillée, ce qui lui permit de voir les minuscules taches de rousseur qui lui piquetaient le nez. Flynn hériterait-il cela de sa mère ?

Impatient de la voir se réveiller, il promena un doigt à la naissance de son décolleté puis, plus bas, dans la gorge que formaient ses seins ronds.

Elle ouvrit les yeux au moment où il baissait le drap sur son ventre.

— Bonjour, murmura-t-il en pressant la bouche sur le renflement de ses seins.

— Bonjour, répondit-elle d'une voix langoureuse. Tu t'es réveillé tôt.

— Comme chaque matin.

— C'est donc de toi que Flynn a hérité cette sale habitude. Je prendrai bien un café pour me réveiller.

— Je connais une méthode imparable, bien plus efficace

qu'une tasse de café, rétorqua-t-il en baissant tout à fait le drap. Tu verras, tu ne pourras plus t'en passer.

Elle enroula les bras autour de son cou et pressa son corps tiède contre le sien.

— Je demande à voir.

Bien plus tard, ils se firent monter un petit déjeuner complet puis prirent leur douche ensemble.

— Il faut que j'y aille, annonça-t-elle après avoir consulté sa montre. Je dois passer récupérer Flynn chez mes parents, après être passée chez moi pour me changer.

— Je t'emmène, décida-t-il en enfilant son T-shirt à l'effigie d'Austin.

— Chez moi ?

Il la regarda enfiler ses escarpins rouges, assailli d'images intimes. Il faudrait qu'il les lui achète dans plusieurs couleurs différentes.

— Merci, reprit-elle. Cela m'évitera de descendre seule, ce que je trouve gênant vis-à-vis du personnel.

— Tu n'as pas à rougir de ce que nous avons fait. Je peux me libérer si tu veux que je t'accompagne jusqu'à chez tes parents, proposa-t-il après une courte pause.

En vérité, il avait pris soin de ne prendre aucun rendez-vous, justement pour le cas où elle accepterait de passer la nuit avec lui. Une décision pour le moins inhabituelle, car il n'avait encore jamais fait passer les femmes au premier plan. Que penserait son entourage s'il apprenait que Charles Fortune Chesterfield était capable d'un tel revirement ? Il l'ignorait, mais il s'en fichait éperdument.

— Je te remercie, mais ce n'est pas une bonne idée, finit-elle par répondre.

— Pourquoi ?

— Parce que mes parents ignorent qui est le père de Flynn. De toute façon, nous étions bien d'accord pour que cela reste entre nous, non ?

— Certes. Mais pendant combien de temps encore ?

Il prit son portefeuille et ses clés qu'il avait laissés sur la commode et les fourra dans sa poche.

— J'imagine qu'ils ne nous trahiront pas de toute façon, poursuivit-il.

— Evidemment.

— Dans ce cas, pourquoi ne pas me les présenter et leur révéler qui je suis ?

— Parce que je les connais bien. Ils vont s'imaginer je ne sais quoi à notre sujet. Ce sont des gens très traditionalistes, alors me voir débarquer chez eux en compagnie du père de Flynn, qui se trouve être un richissime play-boy connu aux quatre coins de la planète, risque d'être un choc. Sans compter qu'ils ne verraient plus aucune raison à ce que je reste une mère célibataire, si tu vois ce que je veux dire. Laisse-nous un peu de temps, Charles, ajouta-t-elle après une brève pause. A moins que tu n'aies une solution miracle.

— Je suis là, maintenant, insista-t-il, sachant cet argument bien léger.

Mais pour l'heure il ne pouvait pas lui offrir autre chose que sa présence.

— J'apprécie beaucoup ton offre, Charles, mais je ne suis pas prête à cette rencontre. Pas encore.

— Comme tu voudras, capitula-t-il, en cherchant à lui cacher sa déception. Allons-y.

Ils effectuèrent le trajet jusqu'à chez elle dans un silence de plomb qui les rendait tous les deux malheureux. Il aurait voulu lui prendre la main, revivre la magie des moments qu'ils venaient de passer ensemble.

Pourtant, il ne fit rien, il ne proféra pas un mot. Il s'arrêta simplement devant chez elle et lui lança d'un ton faussement dégagé :

— Te voilà arrivée.

Elle posa la main sur la poignée, tardant à l'actionner.

— Après sa sieste, Flynn va goûter à des céréales pour la première fois, lui apprit-elle. Je sais bien qu'il y a des façons plus exaltantes de passer son samedi après-midi, mais si tu veux venir j'en serais ravie. L'opération risque de ne pas être simple.

La perspective de retrouver très vite les deux personnes qui comptaient le plus dans sa vie lui rendit le sourire.

— Je ne raterais cela pour rien au monde, se réjouit-il.

Alice venait juste de changer Flynn lorsque la sonnette de l'entrée retentit. Elle se dépêcha de lui enfiler sa grenouillère puis, après l'avoir bien calé sur sa hanche, elle alla ouvrir.

Charles était à moitié dissimulé par un carton sur lequel figurait la photo d'un bébé installé sur une chaise haute.

— Tu m'as dit que tu n'en avais pas encore, expliqua-t-il, alors…

— Tu n'aurais pas dû, protesta-t-elle en s'écartant pour lui permettre d'entrer. A vrai dire, si je n'en ai pas acheté jusque-là, c'est parce que je manque de place.

— Eh bien, justement ! Celle-ci est tout à fait adaptée. Elle a été spécialement conçue pour les petits espaces. Une fois que tu n'en as plus besoin, tu la plies et tu l'oublies.

Il avait l'air si heureux de sa trouvaille qu'elle ne trouva rien à redire. Au contraire, même, elle était extrêmement touchée qu'il se plie en quatre pour lui faciliter la vie.

— Salut, mon bonhomme, reprit-il en souriant à son fils. Tu es prêt à tester ta chaise ?

Flynn écarquilla les yeux puis se mit à gigoter et à gazouiller, manifestant ainsi son contentement de revoir son père. Visiblement, elle n'était pas la seule que la présence de Charles réjouissait.

— Merci, Charles, dit-elle, c'est très gentil à toi. Mais tu peux aussi venir les mains vides, tu sais.

— C'est que… tu n'as pas tout vu. J'ai encore trois sacs pleins dans le coffre.

Sous son regard éberlué, il posa le carton contre le canapé puis ressortit chercher le reste de ses achats.

— De quoi manquions-nous dont nous n'aurions pu nous

passer ? demanda-t-elle lorsqu'il revint, les bras chargés de ses cadeaux.

— D'après les vendeuses à qui j'ai eu affaire, notre fils va faire d'énormes progrès en quelques semaines à peine. Aussi faut-il stimuler ses facultés intellectuelles.

Tout en parlant, il sortit des sacs toutes sortes de jeux éducatifs.

— Ce n'était pas la peine, vraiment, protesta-t-elle encore.

— J'en avais envie.

Il retourna vers le carton et déballa les différents éléments de la chaise haute.

— Voyons un peu les instructions d'assemblage, murmura-t-il. Tu vas être comme un roi là-dedans pour manger… Que doit-il manger, déjà ?

— Des céréales.

— Tiens, donne-le-moi pendant que tu les lui prépares. Nous allons lire ces instructions ensemble.

Elle éclata de rire et alla chercher un plaid en polaire qu'elle étala par terre. Charles y installa Flynn et s'assit à côté de lui, offrant à Alice le plus doux et le plus joli des tableaux. Silencieuse, elle contempla un long moment les deux hommes de sa vie, regrettant qu'ils ne forment pas tous les trois une vraie famille, même si les apparences trompeuses pouvaient laisser croire le contraire.

Ne vivre que l'instant présent. Elle était presque devenue experte en la matière, sachant désormais enfouir comme personne ses attentes et ses désirs.

Elle s'éclipsa, laissant le père et le fils vivre leur tendre tête-à-tête.

Lorsqu'elle revint, le bol de céréales à la main, Flynn était installé dans sa chaise haute.

— Vous avez été très rapides, les félicita-t-elle, un sourire amusé aux lèvres.

— Il se trouve que les pièces étaient déjà pré-assemblées. Nous n'avons eu qu'à donner quelques tours de clé. En revanche, il y a un problème.

Elle avança, son bol à la main. Le petit minois de Flynn dépassait tout juste du plateau de la chaise.

— Il ne va pas en profiter longtemps ? suggéra-t-elle.

— J'en ai bien peur, confirma-t-il.

Ils s'échangèrent un sourire complice, comme tous les parents du monde en pareilles circonstances.

Elle passa le bol à Charles et ajusta les sangles de sécurité avant de les boucler. Charles abaissa les yeux sur la bouillie et y donna un tour de cuillère, l'air vaguement dégoûté.

— Tu es certaine que c'est comestible ?

— Tu devrais goûter, pour voir.

— Dois-je le prendre comme un défi ?

En guise de réponse, elle alla chercher une petite cuillère dans un tiroir et la pointa dans sa direction.

— Tu es prêt ?

Il plongea la cuillère dans le bol de céréales.

— C'est bien parce que tu insistes, marmonna-t-il en avalant une bouchée.

Elle sourit en le voyant se prêter de si bonne grâce à ce jeu puéril. Combien de personnes, dans l'entourage de Charles, pouvaient se vanter d'avoir assisté à une scène pareille ? Combien de femmes l'avaient vu baisser sa garde de la sorte ? Sans doute très peu. Elle se sentit donc privilégiée qu'il lui fasse le cadeau de cette facette si peu connue de sa personnalité.

— Alors, quel est ton verdict ? demanda-t-elle.

— A vrai dire, ce n'est ni bon ni mauvais.

Il se tourna vers Flynn qui observait ses parents avec le plus grand intérêt.

— Et toi, mon petit bonhomme ? Qu'en penses-tu ?

En réponse, Flynn se mit à battre frénétiquement des mains sur le plateau de sa chaise. Charles tendit le bol à Alice qui secoua la tête.

— Veux-tu être celui qui lui aura donné sa première cuillerée de bouillie ?

— Bien sûr, répondit-il sans hésiter. Mais tu es vraiment certaine de vouloir me laisser ce privilège ?

Chacun des moments qu'elle avait passés avec Flynn, elle les avait passés seule. C'était seule qu'elle avait changé ses couches, qu'elle l'avait consolé, qu'elle avait été témoin de son premier sourire et de ses premiers babils.

Aussi était-il temps, et surtout parce que Charles lui en offrait l'opportunité, qu'elle partage ces petits moments avec lui. Ils étaient désormais liés à vie à leur enfant. Ce fut donc avec allégresse qu'elle lui laissa expérimenter cette nouvelle « première fois ».

— Mon garçon, déclara Charles, ta maman a placé la barre très haut. Essayons de ne pas la décevoir.

Du bout de la cuillère il prit un peu de bouillie qu'il présenta à Flynn. Aussitôt, celui-ci ouvrit la bouche et, après y avoir goûté, esquissa une moue qui laissait présager le pire.

Elle retint son souffle, et Charles immobilisa la main qui tenait la cuillère à présent vide, chacun attendant la réaction de Flynn. Après quelques secondes qui leur parurent durer une éternité, les traits de son petit garçon s'adoucirent et il fit claquer sa langue avant d'ouvrir de nouveau la bouche.

— Bravo, fiston, le félicita Charles avec un mélange de fierté et d'amusement.

Il lui donna encore quelques cuillerées avant de passer le relais à Alice. Mais au bout de quelques secondes, lassé de cette nouveauté, Flynn marqua sa désapprobation en tournant la tête. Alice n'insista pas. Elle alla poser le bol et la cuillère dans l'évier pendant que Charles sortait Flynn de sa chaise haute. Elle observa alors que, sans même une suggestion de sa part, il prenait une lingette et débarbouillait les joues sales de leur bébé. Ce geste qu'elle répétait plusieurs fois par jour était on ne peut plus anodin, mais effectué par Charles il prenait une dimension qui la toucha à l'extrême.

Elle aurait voulu qu'il ne reparte jamais, qu'il fasse partie intégrante de leur vie pour former une famille.

Mieux valait chasser ces dangereuses pensées de son esprit. Si elle se préparait à leur séparation, il n'en restait pas moins qu'elle la pressentait extrêmement douloureuse.

Allons, se sermonna-t-elle, *garde ces pensées sinistres pour le jour où Charles sera reparti.*

— Veux-tu que je te fasse connaître quelque chose que tu n'auras jamais vu ailleurs ? lui demanda-t-elle d'un ton qu'elle voulait enjoué.

— A quoi penses-tu ? s'enquit-il, intrigué.

— Aux chauves-souris, répondit-elle, énigmatique.

Il fixa sur elle un regard qui trahissait la plus profonde incompréhension.

— Aux chauves-souris ?

— C'est un phénomène très connu à Austin, expliqua-t-elle. Il y a en ville, sous le pont Congress Avenue, la plus grosse concentration de chauves-souris au monde. On en compte plus d'un million. Elles arrivent au mois de mars avant de migrer vers Mexico pour l'hiver. Toutes les nuits, on peut les voir sortir au crépuscule pour aller chercher de quoi se nourrir. C'est un spectacle assez étonnant.

En guise de réponse, Charles afficha un air sceptique.

— Il est temps pour toi de prouver que tu te comportes en véritable Américain, Charles Fortune.

— Un autre défi ? Je ne peux pas résister. Allons-y, ma chérie.

Lorsqu'elle était enfant, ses parents et elle, munis d'un solide pique-nique, se rendaient sur place au moins une fois par mois pour observer le spectacle. Elle adorait ces rituels étranges et se réjouissait du fait qu'il fasse partie des attractions touristiques incontournables de la ville.

Elle guida donc Charles jusqu'au parking tout proche du pont, à l'endroit même où son père avait coutume de se garer. Puis, tous trois se joignirent à la petite foule qui se dirigeait vers les lieux. Aux yeux des promeneurs qu'ils croisaient, ils devaient passer pour une famille banale.

Une fois sur place, elle retrouva aisément l'endroit que ses parents et elle affectionnaient tout particulièrement, à une extrémité du pont. A cette heure-là, le ciel était strié de rubans mauves et pourpres se découpant sur le disque flamboyant du soleil qui plongeait derrière les immeubles environnants.

On pouvait déjà entendre, par-dessus les bruits des conversations, le grincement aigu propre aux chauves-souris.

— Ce sont elles qu'on entend ? s'enquit Charles.

Elle opina, souriant de le voir rabattre la capote de la poussette sur la tête de Flynn, en vue de le protéger.

— Il ne craint rien, tu sais.

— On ne sait jamais. Mieux vaut prendre des précautions, même si elles s'avèrent inutiles.

Puis, très tendrement, il enroula un bras protecteur autour de ses épaules.

Le bruit caractéristique des battements d'ailes se fit entendre, emplissant l'air. Une nuée de chauves-souris s'élança dans le ciel. Le spectacle était si saisissant que Charles, pourtant peu convaincu de prime abord, retint son souffle. Mû par un élan protecteur, il la serra un peu plus contre elle.

— C'est en effet fascinant, commenta-t-il, les yeux rivés sur la colonie de volatiles.

Jamais elle n'aurait pu imaginer venir un jour ici avec la famille qu'elle aurait fondée. Elle scruta le moindre détail, soucieuse de graver à jamais ce souvenir dans sa mémoire.

Ils attendirent de voir jusqu'à la dernière chauve-souris disparaître au loin pour regagner son appartement. Flynn s'était endormi dans son siège auto, aussi le changea-t-elle rapidement pour le mettre au lit.

Lorsqu'elle revint, Charles patientait sur le pas de la porte, les mains enfoncées dans les poches de son jean, visiblement prêt à partir.

— C'était la meilleure soirée que j'aie passée depuis longtemps, dit-il.

Elle éclata de rire.

— Je ne sais pas si je dois te croire, mais en tout cas je te remercie pour ces paroles.

— C'est la vérité. Tout ce que je fais avec vous est embelli par votre présence, confessa-t-il.

Il se pencha et effleura ses lèvres des siennes.

— Il est temps que je parte. Tu dois être fatiguée. Si je reste, je crains que tu ne dormes pas beaucoup, reprit-il après une brève hésitation.

Elle ne voulait pas dormir. Elle s'en fichait bien. Ce qu'elle voulait, c'était le retenir ici, dans sa maison, dans son lit. Elle ne supportait pas l'idée de le voir partir.

— On accorde trop d'importance au sommeil, assura-t-elle en cherchant sa bouche.

— Tu n'es pas obligée, Alice.

— C'est ce que je veux, Charles.

Elle caressa son torse musculeux. Prendre l'initiative n'était pas dans sa nature, mais pour Charles elle se sentait capable de toutes les audaces.

— J'ai envie de toi, lui murmura-t-elle à l'oreille.

Ces quelques mots eurent l'effet escompté. L'instant d'après, elle se sentait soulevée de terre et emportée jusqu'à sa chambre.

— A partir de cette minute, mon seul but sera de te rendre heureuse, lui promit-il.

— C'est un très bon début.

14

Le lendemain matin, Charles était assis à la table de la cuisine, Flynn dans les bras. Ce dernier venait de terminer son biberon et, après avoir fait son rot, suçait goulûment ses petits poings.

Alice vint poser devant lui une assiette dans laquelle se trouvaient une tranche de pain grillé et la moitié d'une banane.

— Je suis désolée, s'excusa-t-elle. Je n'ai rien d'autre à t'offrir.

— Cela ira très bien, répondit-il.

Curieusement, il pensait ce qu'il venait de dire. S'il était plus habitué aux petits déjeuners somptueux des grands hôtels, celui-ci, plus sommaire mais plus intime, lui convenait tout à fait, pour ne pas dire mieux.

Il se sentait si bien qu'il aurait aimé que ce moment ne finisse pas.

— Je pensais…, commença-t-il, les yeux posés sur la longue main fine d'Alice qui tenait sa tasse de café fumant.

Puis il s'interrompit si longtemps qu'Alice dut le relancer.

— Oui, Charles ? A quoi pensais-tu ?

— J'aimerais ramener Flynn à Londres avec moi, lâcha-t-il avant de mordre dans son toast.

Elle le fixa un long moment, perplexe.

— En visite, tu veux dire ?

— En quelque sorte.

Elle le regarda se lever et bercer Flynn qui commençait à s'agiter.

— Flynn, mon petit bonhomme, tu aimerais vivre outre-Atlantique ? Te promener dans les jardins de Kensington et visiter le zoo de Londres ?

Il ne leva pas les yeux lorsqu'il s'adressa à elle.

— Si je peux me permettre d'insister, je pense que cette idée n'est pas bête. Mon appartement compte trois chambres dont une que je pourrais facilement transformer en nursery. Il suffit que je le demande à mon assistante pour qu'elle prenne les dispositions nécessaires.

— Ton assistante ? répéta-t-elle, sous le choc.

— Oui ? Je ne t'en ai pas parlé ?

Il prit un hochet qu'il agita devant le visage de Flynn.

— Mary travaille pour moi depuis des années, reprit-il. C'est elle qui gère mon planning et, par voie de conséquence, un peu ma vie aussi.

— Parce que tu as besoin de quelqu'un pour gérer ta vie ?

— Je suis très occupé, vois-tu.

— Et tu voudrais que Flynn fasse partie de ce planning surchargé ? persifla-t-elle.

Alerté par la colère qui grondait en elle, il releva enfin la tête.

— Flynn et toi, bien sûr, s'empressa-t-il de préciser.

Il la vit qui se raidissait en même temps qu'elle contractait les mâchoires, signes visibles d'une vive contrariété.

Où était passée la douce et aimante Alice qu'il avait tenue entre ses bras toute la nuit ? La mère attentive qui avait placé Flynn entre eux deux, dans leur lit, afin de l'entourer de leur amour ? Pourquoi cette colère dirigée contre lui alors qu'il venait de lui proposer de former pour de bon cette famille à laquelle ils aspiraient tous les deux ?

— J'ai commencé à poser les jalons auprès d'Amanda pour qu'elle te laisse exporter ton savoir-faire en Angleterre. Tu pourrais très facilement travailler au bureau du Tourisme britannique.

— Tu as fait ça ?

Sa voix était si haut perchée que même Flynn, pressentant probablement la colère contenue de sa mère, se mit à pleurer.

— Je n'ai pas approfondi le sujet, précisa-t-il. Je n'ai fait que tâter le terrain.

— De quel droit ? Et qu'est-ce qui te laisse penser que je suis prête à tout laisser derrière moi pour te suivre ?

Son regard, habituellement si doux, se fit dur comme de la pierre.

— Alice, ne m'accuse pas du pire. Je fais du mieux que je peux. Etre père est nouveau pour moi, car je dois penser à quelqu'un d'autre que moi.

— Par quelqu'un, tu veux dire Flynn, j'imagine ?

— Flynn et toi, je te le répète. Rassure-toi, j'ai bien intégré le fait que tu es indissociable de notre fils. Et, si tu n'as pas envie de vivre sous le même toit que moi, je peux te louer un appartement à proximité de mon domicile. C'est un quartier de Londres très agréable et…

Flynn poussa en cet instant un hurlement si aigu qu'elle se précipita pour le lui prendre des bras. Instinctivement, elle le serra contre lui dans un geste aussi protecteur que possessif.

Aussitôt, Flynn se calma et enfouit son petit visage dans le cou de sa mère.

— C'est une offre très généreuse que tu nous fais, lâcha-t-elle.

— C'est normal. Comme je te l'ai déjà dit, nous formons une équipe. Je veux le meilleur pour vous et je veux m'assurer que Flynn ne manquera jamais de rien.

— Une équipe, murmura-t-elle, amère. Et ton assistante ? Elle fait partie de l'équipe, elle aussi ?

Il se contenta de hausser les épaules.

— D'une certaine manière, oui. Mais je voulais surtout parler de nous trois.

Elle hocha la tête, révélant l'ampleur de sa déception.

— Et quand voudrais-tu partir ?

— J'ai un rendez-vous avec le directeur du bureau du Tourisme britannique que je ne peux absolument pas annuler ni reporter. J'envisage donc de repartir à la fin de la semaine prochaine. Mais s'il te faut plus de temps je peux quand même partir à cette date-là et tout prévoir pour votre arrivée.

— Je vais te demander de me laisser quelques jours de réflexion, dit-elle.

— Je ne vois pas pourquoi. Flynn est mon fils autant que le tien, et je veux vous avoir auprès de moi. Ce n'est pas un crime, tout de même !

Il regretta ces paroles à l'instant même où elles sortirent de sa bouche, mais il était trop tard. Par sa maladresse, au lieu de convaincre Alice, il était en train de la braquer, de lui donner toutes les raisons de refuser sa proposition. Il eut envie de se rattraper, de la prendre dans ses bras et de lui murmurer à l'oreille des paroles rassurantes. Mais son visage fermé le fit renoncer.

— Tout cela est nouveau pour moi aussi, Charles. Je n'ai même pas de passeport.

— Ce n'est pas un problème. Je connais suffisamment de monde pour faire accélérer les choses.

— Moi, tout ce que j'ai, c'est mon bébé et mes parents, bredouilla-t-elle au bord des larmes. J'ai besoin de temps.

Il poussa un soupir résigné. Evidemment, elle avait besoin de temps. Comment avait-il pu présumer qu'elle accueillerait sa proposition sans rien trouver à y redire ? Lui qui pensait la voir folle de joie à l'idée de le suivre, son bébé sous le bras ! Comment avait-il pu se tromper à ce point ? Croire qu'elle était sur la même longueur d'onde que lui et même qu'elle partageait ses sentiments ? Après tout, peut-être ne souhaitait-elle pas voir en lui autre chose qu'un père qu'il était et l'amant occasionnel qu'il pouvait devenir ?

Cette pensée lui broya le cœur. Pour la première fois de sa vie, il se heurtait à des réticences et cela le plongeait dans la plus totale incompréhension.

L'espace d'un bref instant, il fut tenté de renoncer à ses rêves. Mais son regard se posa sur le tableau touchant que formaient Alice et Flynn, accrochés l'un à l'autre face au danger qu'il représentait.

Non. Il n'était plus question de renoncer.

Pour une fois, il franchirait les obstacles. Il ne choisirait pas la facilité. Si elle avait besoin de temps, il lui en donnerait. Mais, plus important, il devait trouver le moyen de la convaincre qu'il méritait une chance.

— Prends tout le temps qu'il te faut, Alice, dit-il d'un ton radouci. Je vais aller rendre visite à ma famille à Horseback Hollow avant de retourner en Angleterre. Je t'appellerai dans quelques jours, et nous rediscuterons à mon retour.

Ne trouvant rien à rajouter, il tourna les talons et quitta l'appartement. Il était temps qu'il devienne l'homme que son père voudrait qu'il soit.

— Il est parti comme ça ? Sans même te dire qu'il t'aimait ?

Meredith but une gorgée de sa bière et secoua la tête, incrédule.

— Il a dit qu'il m'appellerait dans quelques jours, répondit Alice.

Elle lança un regard furtif en direction du babyphone. Si au moins Flynn avait la bonne idée de se mettre à pleurer ! Cela lui donnerait une bonne excuse pour échapper à cette discussion embarrassante. Aussitôt qu'elle avait su, sa fidèle Meredith s'était précipitée chez elle, les bras chargés de bières. Mais, en dépit de sa reconnaissance, Alice n'avait pas envie — en la racontant — de revivre l'humiliation que lui avait infligée Charles.

— Il est parti après t'avoir proposé de tout plaquer pour le suivre à Londres ? insista Mer, de plus en plus sceptique.

— Il doit s'imaginer qu'il me fait une faveur. Je pourrai toujours travailler là-bas, et au moins Flynn aura son père avec lui.

— Et tu es prête à mettre un océan entre tes parents et toi ?

— Je pense d'abord à Flynn.

— Alice, le problème, c'est de savoir ce que tu veux, toi, rétorqua-t-elle en prenant dans la sienne la main de son amie.

— Je viens de te dire que…

— Je sais que tu es une très bonne mère, la coupa Mer.

Tout le monde, tes parents, Amanda, même moi, nous avons cru que tu ne t'en sortirais jamais toute seule, et tu as su nous prouver le contraire. Mais le moment est venu de penser aussi à toi, Alice. Je crois que ce serait une bonne chose pour Flynn qu'il te sente vraiment heureuse. La question est donc de savoir ce qui te rendrait heureuse, reprit-elle après une brève pause.

— Charles, affirma-t-elle sans la moindre hésitation.

— Je le savais, mais je suis contente de te l'entendre dire. Ce n'est donc pas juste dans l'intérêt de Flynn que tu partirais à Londres ?

— Ce n'est pas si simple.

— Pourquoi serait-ce compliqué ? Vous vous plaisez et vous avez envie de vivre ensemble.

— Je ne pense pas que Charles ait des sentiments pour moi. Il me place sur le même plan que son assistante. En fait, s'il veut que j'aille vivre là-bas, c'est parce que cela lui simplifierait la vie.

— C'est si mal ?

Elle se leva du canapé et se mit à arpenter la pièce d'un pas nerveux.

— Vous n'étiez pas les seuls à croire que je ne m'en sortirais pas. Même moi, je doutais. L'année que je viens de vivre a été dure, mais je ne regrette aucun des moments difficiles que j'ai traversés parce qu'ils ont fait de moi la femme forte et indépendante que je suis aujourd'hui. Où cela va-t-il me mener si j'accepte la proposition de Charles ? Quelle femme vais-je devenir ?

— Tu seras toujours Alice Meyer. La maman de Flynn et l'amoureuse de Charles.

— Et s'il ne veut plus de moi ? S'il sort avec d'autres femmes ? S'il tombe amoureux d'une autre au point de vouloir l'épouser ?

— Tu l'aimes. Je me trompe ?

— J'ai bien essayé de ne pas l'aimer, mais je n'y suis pas arrivée, répondit-elle.

— Pourquoi aurais-tu échappé à la fatalité quand la moitié de la population féminine se pâme devant lui ?

— Tu ne comprends pas, Mer. Moi, ce n'est pas de l'homme public que je suis tombée amoureuse. C'est de celui que très peu de gens connaissent : l'homme profond, plein d'attentions et de bons sentiments. Charles est un homme bien, très éloigné de celui, superficiel, qu'il veut bien laisser paraître. Je sais que je lui plais, mais ce n'est pas assez.

— Tu veux dire que tu refuses d'aller à Londres ?

— Je ne veux pas qu'il parte.

Elle s'essuya furtivement les yeux et reprit d'une voix pleine d'émotion :

— Je ne le supporterais pas.

Puis, sans plus chercher à les contenir, elle laissa couler ses larmes et alla se blottir entre les bras accueillants de son amie.

15

— Je commençais à me demander quand tu voudrais bien me faire l'honneur de ta présence, Charles.

Charles répondit au sarcasme de sa mère par un tendre baiser sur son front. La maison qu'elle avait choisi d'habiter sur les terres de Horseback Hollow était petite mais très confortable.

Josephine May Fortune Chesterfield n'avait rien perdu de son port de reine ni de ses manières élégantes. Bien qu'ayant vécu la plus grande partie de sa vie en Angleterre, elle avait su s'adapter à ce coin reculé du Texas.

Elle n'avait découvert que quelques années plus tôt qu'elle était la troisième de triplés dont l'aîné n'était autre que James Marshall Fortune, un illustre homme d'affaires d'Atlanta, et la deuxième, Jeanne-Marie Fortune Jones qui avait passé sa vie à élever une nombreuse progéniture à Horseback Hollow.

La branche britannique des Fortune avait découvert cet endroit du Texas à l'occasion du mariage de leur cousin et tous, excepté Charles, y étaient revenus pour y trouver l'amour qui les avait retenus ici.

Josephine était venue les rejoindre, poussée par l'envie de se rapprocher de ses enfants et de ses petits-enfants. Depuis peu, elle-même avait trouvé l'amour en la personne d'Orlando Mendoza, commandant de bord aujourd'hui retraité. Mais, malgré un emploi du temps bien rempli, Josephine n'aimait rien tant que de jouer au chef de tribu, rôle qui lui permettait de laisser s'exprimer toute la compassion et la sollicitude dont elle débordait.

— Je suis désolé, maman, marmonna-t-il en se laissant tomber dans le fauteuil, près du canapé où elle avait pris place.

— Tiens-toi droit, Charles, lâcha-t-elle d'un ton sans réplique.

Amusé de jouer au petit garçon sage, il obéit docilement.

— Je n'ai pas pu venir avant, reprit-il. Le bureau du Tourisme m'a pris beaucoup de temps, ces dernières semaines.

Elle leva un sourcil sceptique.

— Le bureau du Tourisme, dis-tu ? Est-ce vraiment tout ce qui t'a retenu à Austin ?

— Je vois qu'une fois de plus Lucie n'a pas su tenir sa langue. Pourtant, elle m'avait promis…

— La question n'est pas là, Charles, le coupa-t-elle. Quand comptais-tu m'en parler ? Et surtout quand as-tu l'intention de me présenter à mon petit-fils ?

— C'est-à-dire que, vois-tu… la situation est un peu compliquée.

— Je n'attendais pas d'autre réponse de ta part.

Il poussa un profond soupir. Il était finalement soulagé d'apprendre que sa mère était au courant et même content à l'idée de pouvoir bénéficier de ses conseils avisés.

— Je suis désolé, maman, de ne pas t'avoir annoncé la nouvelle moi-même.

Josephine balaya ses excuses d'un geste vague de la main.

— Et la mère ? s'enquit-elle. Qui est donc cette femme qui a attendu plus d'un an pour t'apprendre que tu avais un enfant ?

— Ne la juge pas mal, maman, s'empressa-t-il de la défendre. Je ne lui ai donné aucune raison de penser que je me réjouirais d'être père. Ce n'est pas moi qui vais t'apprendre mon image dans la presse à scandale.

— Je comprends. Et si je me fie à la façon dont tu la défends j'en conclus que les choses se sont arrangées entre vous.

Il opina en silence.

— Elle s'appelle Alice Meyer. Nous nous sommes rencontrés, l'an dernier, à l'occasion d'une conférence sur le tourisme. Elle est très différente des femmes que j'ai l'habitude de fréquenter.

— Enfin ! s'exclama Josephine sans chercher à cacher la satisfaction qu'une telle nouvelle lui procurait.

— Si je ne vous l'ai pas encore présentée, c'est parce qu'elle est timide et qu'elle appréhende mon style de vie. Elle est issue d'un milieu modeste, et rien ne lui fait plus plaisir que de passer une soirée tranquille chez elle. Les mondanités lui font horreur. Je sais… Enfin je pense qu'elle m'aime bien. Ou, du moins, je voudrais qu'elle m'aime bien.

— Charles, tu es l'homme le plus digne d'amour que je connaisse. Si elle n'est pas capable de s'en rendre compte…

— A vrai dire, je suis un peu perdu. Je ne sais pas quoi penser au juste. Elle se fiche de ma popularité, ce serait même un point négatif à ses yeux, elle n'a pas envie d'être surprise en ma compagnie… Bref, elle me donne l'impression d'être normale.

— Je vois, fit Josephine en hochant la tête. Je le comprends d'autant mieux que ton père et moi avons été traqués toute notre vie par les paparazzis.

Il quitta son fauteuil pour aller s'asseoir à côté d'elle.

— Papa et toi avez été les meilleurs parents au monde, dit-il. J'ai très peur de ne pas être à la hauteur pour mon fils.

— Tu n'as aucune crainte à avoir, Charles. Je sais, moi, que tu seras un bon père.

— C'est aussi ce qu'affirme Alice.

— Je l'aime déjà, cette petite, lâcha-elle avec un sourire. Tu m'as l'air de tenir à elle, c'est peut-être là que réside toute la difficulté.

Sa mère était douée d'une telle perspicacité qu'elle en était parfois dérangeante. Mais au lieu de nier il préféra se lancer :

— Je ne me souviens pas d'avoir déjà ressenti quelque chose de semblable pour quelqu'un, tenta-t-il d'expliquer. Alice tient une place importante dans ma vie. Mais j'ai bien peur de ne pas savoir m'y prendre avec elle. Jusqu'à présent, tout a été si facile pour moi ! Je n'ai jamais eu à me battre pour obtenir tout ce que je voulais.

— Quand cesseras-tu donc de te sous-estimer ? le rabrouat-elle gentiment. Lui as-tu parlé de ce que tu ressentais pour elle, au moins ?

— Je lui ai proposé de venir vivre à Londres avec Flynn et moi.

— Que ferait-elle à Londres ?

— Je peux la faire entrer au bureau du Tourisme britannique.

— Elle a accepté ?

— Pas exactement, admit-il. Mais l'idée fera son chemin, j'en suis certain. Il le faut, maman. Je ne supporte pas l'idée d'être séparés d'eux.

— Mais ce n'est pas ce que tu lui as dit, objecta-t-elle.

— Je ne l'ai pas formulé ainsi, mais elle a bien compris.

— Tu en es sûr ?

— Oui, répondit-il. Elle doit bien deviner que je ne lui aurais pas fait une proposition pareille si elle ne comptait pas pour moi, tout de même.

Par la pertinence de ses questions, sa mère avait instillé le doute en lui. Il se leva pour aller se planter devant les photos de famille alignées sur l'une des étagères de la bibliothèque.

— Qu'est-ce que je fais maintenant ? s'enquit-il en revenant près d'elle.

— Cela dépend, Charles. Que veux-tu exactement ?

— Je veux qu'Alice, Flynn et moi formions une vraie famille. Je veux que nous restions ensemble.

Elle se rapprocha de lui et lui caressa tendrement la joue.

— Eh bien, tu n'as qu'à le lui dire tel que tu viens de me le dire, mon chéri.

Elle jeta un coup d'œil furtif à sa montre avant d'ajouter :

— J'aimerais bien les voir avant que tu quittes le Texas, si c'est vraiment ce que tu comptes faire. Je tiens absolument à rencontrer la femme qui a su faire battre ton cœur. Je dois retrouver Orlando pour dîner avec Deke et Jeanne-Marie. Veux-tu te joindre à nous ?

— C'est gentil, mais j'ai prévu de rendre visite à Amelia et sa petite Clémentine.

— Si je comprends bien, tu comptes rester quelques jours à Horseback Hollow ?

— Oui. Alice m'a demandé un peu de temps pour réfléchir avant de me donner sa réponse.

— Et si la réponse est « non » ?

— Je ne peux pas l'envisager. C'est la chose la plus belle et la plus importante qui me soit arrivée. Aussi, crois-moi, je n'ai pas l'intention d'abandonner facilement. Je vais me battre et je saurai la convaincre.

Josephine lui adressa un sourire empli d'amour et de bienveillance qui lui fit chaud au cœur.

— Ton père serait fier de toi, dit-elle.

Alice se trouvait en réunion ce mardi-là lorsque son téléphone portable se mit à vibrer. Elle jeta un coup d'œil rapide à l'écran. Le numéro affiché lui était inconnu.

Elle reporta de nouveau son attention sur Amanda qui, trônant en bout de table, dissertait sur les incidences d'un problème environnemental lié au tourisme local.

Quelques secondes plus tard, son téléphone recommença à vibrer. Un nouveau coup d'œil lui apprit qu'il s'agissait du même mystérieux inconnu.

— Alice, ratons-nous quelque chose d'important ? la reprit sèchement Amanda.

— Excusez-moi, bredouilla-t-elle de l'air contrit d'un enfant qui aurait commis une bêtise.

Trente minutes plus tard, alors qu'elle regagnait son bureau, elle rallumait son téléphone que le rappel à l'ordre d'Amanda l'avait poussée à éteindre.

Son écran affichait douze appels en absence.

Levant les yeux, elle vit alors que tous les regards étaient braqués sur elle. Que s'était-il donc passé, en si peu de temps, pour qu'elle devienne ainsi le centre d'intérêt général ?

Meredith l'attendait devant son bureau.

Alice se figea en voyant sur son écran d'ordinateur la une

d'un journal à scandale illustrée d'une photo où elle figurait en compagnie de Flynn et de Charles. La photo avait été prise au concert en plein air du parc Zilker et la représentait portant Flynn alors que Charles les entourait tous les deux d'un bras protecteur. Personne ne pouvait nier l'intimité qui existait entre eux à ce moment-là.

Un frisson la parcourut.

Son attention fut attirée par le gros titre au-dessus de la photo.

« L'enfant de l'amour de "l'irrésistible lord Charles". »

— Oh ! non ! Tout le monde sait, à présent, murmura-t-elle, abasourdie.

Meredith hocha la tête.

— La nouvelle est tombée pendant que tu étais en réunion, annonça-t-elle. Presque tous les tabloïds en ligne se sont emparés de l'affaire. Le téléphone n'a pas arrêté de sonner, et la réceptionniste a dû faire appel aux services de sécurité pour surveiller la porte d'entrée. Les paparazzis t'attendent dehors.

Alice sentit un poids douloureux lui comprimer la poitrine.

— C'est un véritable cauchemar, Mer.

— Je comprends, mon chou. Je suis vraiment désolée pour toi.

Mon Dieu ! Flynn.

De ses doigts tremblants, elle fourra son téléphone dans son sac à main et sortit son trousseau de clés.

— Flynn est chez mes parents. Il faut absolument que j'arrive chez eux avant les journalistes.

Amanda surgit à cet instant-là, le visage fermé, en proie à la plus vive contrariété.

— Rejoignez-moi sur-le-champ dans mon bureau, lui ordonna-t-elle d'un ton sec. Il faut que nous parlions.

Alice sentit une boule d'angoisse se former dans sa gorge.

— Je ne peux pas, répliqua-t-elle.

Amanda croisa les bras sur son opulente poitrine et la fixa d'un regard menaçant.

— C'est vrai ce que racontent ces torchons ? Charles est vraiment le père de votre enfant ?

— Oui, répondit-elle tout bas.

— Comment est-ce possible ?

— Nous vous ferons un cours sur la reproduction plus tard, intervint Meredith. Pour le moment, il faut qu'Alice aille de toute urgence récupérer son fils chez ses parents.

De la tête, Amanda lui signifia son refus de la voir partir.

Quelque chose se passa alors en Alice qui la poussa à tenir tête à sa supérieure. La détermination l'avait emporté sur la panique.

— Je ne peux pas rester, répéta-t-elle d'une voix plus forte. Il faut que je parte tout de suite.

Amanda la considéra quelques instants en silence, puis elle lâcha d'un ton radouci :

— Evitez l'entrée principale. La rue grouille de journalistes qui font barrage.

— Comment vais-je regagner ma voiture, alors ? demanda-t-elle dans un sanglot étouffé.

— Prenez la mienne, lui suggéra Amanda. Inutile de me regarder comme cela, ajouta-t-elle tandis que son regard offensé allait de Meredith à Alice. Je ne suis pas un monstre, tout de même.

— Je ne sais comment vous remercier, balbutia Alice.

— Vous me remercierez plus tard, rétorqua Amanda d'un ton bourru.

Puis elle la pressa vers son bureau.

— Je suis très impressionnée, confessa-t-elle tout en lui tendant ses clés de voiture. Je ne vous aurais jamais crue capable d'accrocher un homme comme Charles Fortune.

— Ça n'était pas mon intention, répliqua Alice qui savait bien que, malgré ses dénégations, les gens qui la connaissaient peu la verraient forcément comme une opportuniste. Je voulais juste que mon fils rencontre son père. Ce n'était pas du tout pour…

— Je plaisantais, Alice. Tous ceux qui vous connaissent savent bien que vous êtes le contraire d'une opportuniste.

— Cela n'empêchera pas les gens de jaser.

— Ceux-là, oubliez-les, lui conseilla Amanda.

Puis elle sortit un bâton de rouge à lèvres de son sac et en appliqua une couche généreuse sur sa bouche pulpeuse.

— Je vais aller trouver ces journalistes pour tenter de faire diversion, annonça-t-elle. J'ai toujours rêvé de passer à la télévision, ajouta-t-elle en riant. Pendant ce temps, dépêchez-vous d'aller au parking chercher ma voiture avant qu'on se rende compte que vous avez pris la tangente.

— Pourquoi faites-vous cela pour moi ? s'enquit Alice après avoir observé quelques secondes de silence.

— Parce que, même si parfois je me montre un peu dure à votre égard, je vous considère comme un très bon élément. Je ne doute pas une seconde que vous devez aussi être une très bonne mère. Quant à l'attirance que Charles et vous éprouvez l'un pour l'autre, sachez qu'elle n'est plus à prouver.

Charles. Il n'était toujours pas rentré de Horseback Hollow. La presse était-elle allée le traquer jusqu'à ce coin reculé du Texas où vivaient la plupart des membres sa famille ? Eux qui étaient venus s'installer là pour échapper aux paparazzis, comment allaient-ils prendre cette intrusion dans leur vie privée ? Qu'allaient-ils penser de la femme qui était à l'origine de tout ce tapage ?

Mais l'heure n'était pas aux interrogations. Il fallait foncer récupérer Flynn chez ses parents.

Tandis qu'elle sortait du garage au volant de la voiture d'Amanda, elle put mesurer l'étendue de la menace qui planait sur eux. Inquiète, elle n'attendit pas davantage pour téléphoner à sa mère et l'informer de son arrivée imminente. Elle appela ensuite Charles, mais tomba directement sur sa boîte vocale. Elle lui laissa un message, déçue de ne pas pouvoir le joindre en un moment pareil.

Lorsqu'elle parvint en vue de la maison familiale, elle poussa un profond soupir de soulagement. La rue était vide.

Dès qu'elle la vit arriver, sa mère ouvrit la porte et vint l'attendre sur le seuil, Flynn dans les bras.

— Mon bébé, murmura Alice tandis qu'elle le prenait des bras de sa mère et le serrait contre elle à l'étouffer.

— Ce sont les voisines qui nous ont prévenus. Elles prétendent que…

— Je sais ce qu'elles prétendent, la coupa Alice. Où est papa ? Il faut que je vous parle.

Elles trouvèrent Henry dans son bureau, les yeux rivés à l'écran de son ordinateur. Cette fois, on voyait Alice en ville, marchant à côté de Charles. Le regard amoureux qu'elle lui lançait était des plus éloquents.

Elle fut mortifiée de voir à quel point l'amour qu'elle portait à Charles se lisait sur son visage. Elle qui mettait un point d'honneur à se vouloir une femme indépendante n'ayant besoin de personne, voilà qu'un simple regard proclamait le contraire.

Sa mère lui posa sur le bras une main qui se voulait aussi réconfortante qu'aimante.

— Papa, murmura Alice.

Au son de sa voix, Henry pivota sur son fauteuil à roulettes. Contre toute attente, elle ne vit sur son visage aucune trace de déception, mais la plus vive inquiétude.

— Tout va bien, Alice ?

Elle discerna tant d'amour dans sa voix que ses yeux se brouillèrent de larmes. Sa mère la guida jusqu'au fauteuil qui faisait face à son père, celui-là même où, enfant, elle avait passé des heures à lire ses bandes dessinées préférées tandis que son père effectuait des travaux de recherche.

— Tout va bien, papa, répondit-elle en essuyant furtivement ses joues humides de larmes. Je savais bien que ce jour finirait par arriver, mais je refusais d'y croire.

— Ainsi donc, c'est vrai ? s'enquit sa mère. C'était donc lui, l'homme d'une nuit ?

— Oui, Charles est bien le père de Flynn.

— On dirait bien qu'il a dépassé le stade de « simple

aventure », si l'on se fie aux images qui défilent en boucle depuis des heures.

— Lorsque j'ai appris que j'étais enceinte, j'ai préféré ne rien lui dire. Mais à la naissance de Flynn j'ai pensé que je n'avais pas le droit de lui cacher sa paternité. Non seulement il a bien pris la nouvelle, mais il a passé beaucoup de temps avec Flynn, au cours de ces dernières semaines.

Lynn alla se percher sur le coin du bureau et la scruta attentivement.

— Avec toi aussi, du coup.

— Oui, avoua-t-elle dans un souffle. Je…

— Tu l'aimes, la coupa sa mère. C'est lui, l'homme avec qui tu ne peux pas envisager l'avenir, n'est-ce pas ?

En guise de réponse, Alice pointa l'écran du menton. On y voyait des images d'elle qui se mélangeaient aux images d'autres femmes que Charles avait fréquentées.

— Comment voulez-vous que je soutienne la comparaison ?

— Tu as raison, intervint son père. Tu es beaucoup plus belle.

— Sans compter que tu n'as pas leur air stupide, renchérit sa mère.

Alice fut touchée et réconfortée de constater que ses parents, loin de la dénigrer, montaient au créneau pour prendre sa défense.

— C'est un homme si bon, si plein d'attentions. Il n'a rien à voir avec l'image que la presse à scandale veut donner de lui. J'aime la femme que je suis lorsque nous sommes ensemble. Il fait tout son possible pour être un bon père pour Flynn, et je ne voudrais pas que cela cesse. Mais…

— Mais ? s'enquit son père.

— Il m'a demandé d'aller vivre à Londres avec lui.

— Oh…

L'espace d'un bref instant, les épaules de Lynn s'affaissèrent tandis que son dos se voûtait. Cependant, elle se redressa d'un coup.

— Si c'est ce que tu souhaites, ma chérie, nous te soutiendrons.

— Je suis d'accord avec ta mère, Alice.

— En fait, je ne sais pas encore ce que je veux. Je souhaite de tout mon cœur partir avec lui, mais je crains qu'il ne m'ait fait cette proposition que pour être près de son fils.

Elle caressa la petite tête duveteuse de Flynn qui s'était endormi comme un bienheureux entre ses bras rassurants.

— Cela peut paraître stupide, mais je voudrais qu'il éprouve à mon égard les sentiments que j'ai pour lui. Je ne veux pas qu'il me voie simplement comme la mère de son fils.

— Je te comprends, ma chérie, et ce n'est pas stupide du tout. C'est très légitime, au contraire.

— Si cet homme ne comprend pas à quel point tu es une femme rare, c'est qu'il est idiot, trancha Henry.

— Je crois que nous avons besoin d'un peu de temps. Maintenant que notre vie est étalée à la une de tous les journaux…

Elle s'interrompit, incapable de poursuivre tant l'émotion était vive.

— Henry, éteins cet ordinateur, veux-tu ? Tu as parlé à Charles ? ajouta-t-elle à l'adresse de sa fille.

— Je n'ai pas réussi à le joindre. Il est parti pour quelques jours dans sa famille. La connexion n'est peut-être pas bonne, là-bas.

— Il est donc possible qu'il ignore tout de ce tapage ?

C'était en effet difficile à croire mais, la seule alternative étant que Charles cherchait à l'éviter, elle préférait opter pour la première hypothèse.

— Je suppose, oui. Il y avait une meute de journalistes devant le bureau tout à l'heure. J'imagine qu'ils ont dû repérer où j'habite.

— Ici, tu ne risques rien. Tu es en sécurité, déclara Henry.

— Mais oui, ma chérie. Pourquoi ne resterais-tu pas ici en attendant que les choses se calment, proposa Lynn que la perspective de profiter à temps plein de sa fille et de son petit-fils réjouissait manifestement.

— Je crois que c'est en effet ce que je vais faire, accepta Alice. Merci.

— Si tu veux te changer avant de passer à table, il y a encore quelques affaires à toi dans la penderie de ta chambre. Pendant ce temps, je m'occupe de Flynn.

Elle lui passa son bras libre autour des épaules.

— Ne t'inquiète pas, ma chérie. Les choses vont s'arranger.

De peur d'éclater en sanglots si elle essayait de parler, Alice opina en silence. Elle alla prendre une douche et enfila un vieux pyjama. Puis elle descendit rejoindre ses parents. La soirée se passa, calme et rassurante.

Une fois de retour dans sa chambre, elle vérifia ses appels. Sa boîte vocale était saturée de messages émanant de gens qui, tous, cherchaient à la joindre. Tous, sauf celui dont elle aurait aimé entendre la voix.

Pensive, elle plaça son téléphone dans le tiroir de sa table de chevet et s'allongea entre les draps. Il s'en dégageait une bonne odeur de lessive, celle que sa mère utilisait depuis toujours. Elle se sentait à l'abri, ici, dans cette maison où elle avait passé une grande partie de sa vie, et ce sentiment la réconforta un peu.

Elle se tourna sur le côté pour contempler son bébé à travers les barreaux de son petit lit. Il dormait d'un sommeil paisible, sans la moindre conscience de la tempête que traversait sa mère.

Elle détestait l'idée de le voir grandir sous les objectifs intrusifs des photographes. En tombant désespérément amoureuse de Charles Fortune Chesterfield, avait-elle trahi la promesse qu'elle s'était faite de toujours protéger son fils ? Quelle serait leur vie si elle acceptait d'aller vivre à Londres ?

Tandis qu'elle était assaillie de doutes dans le silence assourdissant de sa chambre de jeune fille, ses pensées retournèrent vers Charles. Etait-il toujours à Horseback Hollow ? Pourquoi ne l'avait-il pas appelée ? La perspective d'une vie à trois s'était-elle refermée avant même d'avoir été ouverte ?

16

— Hé, James Bond, pourrais-tu lever un peu le pied dans les virages ? demanda Jensen en s'agrippant à la poignée de sa portière. Mon pick-up ne se manie pas vraiment comme une Aston Martin.

Mais au lieu de ralentir Charles accéléra, aiguillonné par la vue de la pancarte qui indiquait la direction de l'aérodrome.

— Tu ne seras plus d'aucune utilité à Alice et à ton fils lorsque tu nous auras écrasés contre un arbre.

L'argument fit mouche. Il releva enfin le pied de la pédale d'accélérateur. Cela faisait maintenant vingt-quatre heures qu'il avait appris que la nouvelle de sa paternité faisait la une de tous les journaux. Malheureusement, avant ce moment-là, il se trouvait en randonnée équestre avec son beau-frère en ayant eu la mauvaise idée de laisser son portable au ranch.

Compte tenu de l'heure tardive, ils s'étaient ensuite directement rendus dans un restaurant des environs où le réseau téléphonique était inexistant.

Lorsqu'il était parvenu chez Amelia, aux environs de minuit, il avait compris, aux visages décomposés des membres de sa famille réunis là, qu'il s'était passé quelque chose. La première, Lucie l'avait informé du tapage médiatique autour de son histoire avec Alice et de l'enfant qu'ils avaient eu ensemble.

Ce fut donc avec beaucoup de retard qu'il avait pris connaissance des trois messages qu'Alice lui avait laissés sur un ton extrêmement angoissé.

Ensuite, il avait commis l'erreur d'attendre le lendemain

matin pour la rappeler, soucieux de ne pas réveiller Flynn à une heure aussi tardive.

Depuis, ses tentatives pour essayer de la joindre étaient restées vaines. Il tombait directement sur sa boîte vocale. En désespoir de cause, il remua ciel et terre pour obtenir le numéro des Meyer. Lorsque Lynn Meyer lui répondit enfin, il dut d'abord la convaincre de son identité. Ensuite, il lui fallut écouter sans l'interrompre une leçon de morale d'où il ressortait qu'il était un homme bien décevant d'avoir laissé Alice affronter seule la meute des journalistes.

Enfin, au bout d'un long moment, il put s'exprimer et tenter d'expliquer la situation et les raisons qui l'avaient empêché de joindre Alice plus tôt.

Un vent de panique s'abattit sur lui lorsque Lynn lui apprit que sa fille envisageait de quitter Austin pour fuir la presse. Il n'eut alors plus qu'une idée en tête, obsessionnelle : la retrouver avant qu'elle ne mette son plan à exécution pour pouvoir lui dire qu'il l'aimait.

Cette prise de conscience avait jailli comme une évidence au beau milieu de la tempête médiatique. Il se fichait bien désormais de la vie superficielle qu'il menait avant. Ce qu'il voulait, c'était une vie tranquille avec Alice et Flynn, loin des mondanités qui avaient jusque-là rempli sa vie.

Sa décision était prise en même temps que ses priorités changeaient. Il devait retrouver Alice et la convaincre qu'à ses yeux seule comptait la perspective de former avec elle et Flynn le foyer dont tous les deux rêvaient.

Après un temps qui lui parut durer une éternité, ils arrivèrent enfin en vue du parking de l'aérodrome. Aussitôt son pick-up garé devant les portes coulissantes du hall des départs, il en jaillit pour embarquer au plus vite à bord du jet privé qu'Orlando Mendoza avait généreusement proposé de piloter lui-même pour le ramener sans tarder à Austin.

— Merci pour ton aide, mon vieux, cria-t-il à son frère.

— Attends-moi. Je t'accompagne.

— Ce n'est pas la peine.

— Tu vas avoir besoin d'être épaulé, et je veux être là pour toi, insista Jensen. Comme tous les autres, d'ailleurs.

En parlant, il avait pointé du doigt la vitre derrière laquelle se pressaient Brodie, Oliver, Amelia et Orlando.

— Ce n'est pas sérieux, balbutia Charles, profondément touché par cette marque d'affection.

— Lucie nous attendra à l'aéroport d'Austin.

— Vous ne connaissez même pas Alice, protesta-t-il faiblement.

— Raison de plus pour que nous venions tous. Ce sera l'occasion de faire sa connaissance.

Puis sans attendre Jensen franchit les portes de l'aérogare, ne laissant d'autre choix à Charles que de lui emboîter le pas.

Une fois à bord, il s'empressa d'aller prendre place à côté d'Orlando, dans le poste de pilotage. Il n'était pas d'humeur à écouter les bons conseils que sa famille ne se priverait pas de lui prodiguer afin qu'il gère au mieux les débordements de la presse.

Lorsque l'avion se fut posé sur le tarmac, Orlando, plutôt taciturne, prit la parole :

— Je vous souhaite bonne chance, Charles. Sachez que votre mère est fière que vous vous battiez pour récupérer la femme que vous aimez.

— Alice est la première femme à m'avoir appris que l'amour valait la peine qu'on se batte pour lui. Je regrette juste d'avoir perdu trop de temps à le comprendre.

— Je crois pouvoir dire que votre père aussi serait fier de vous, ajouta Orlando en le gratifiant d'une accolade amicale.

Ces quelques mots suscitèrent une vive émotion en Charles. Ils étaient identiques à ceux de sa mère, mais les entendre prononcer par cet homme bienveillant qu'il connaissait à peine lui alla droit au cœur.

Comme promis, Lucie les attendait devant un énorme monospace prévu pour les accueillir tous.

— Alors ? s'enquit Charles aussitôt qu'ils se furent engouffrés à l'intérieur.

— Tu as réussi à joindre Alice ? demanda Lucie en guise de réponse.

— Je l'ai appelée plusieurs fois, mais elle ne décroche pas. D'après ce que m'a confié sa mère, elle est bouleversée.

— Evidemment ! On le serait à moins, non ? lança Lucie alors qu'ils s'engageaient sur la voie express.

Amelia se pencha pour mieux se faire entendre.

— Nous avons été un jour ou l'autre la proie des photographes. Alors, imaginez un peu ce que peut ressentir cette jeune femme qui n'en a pas l'habitude.

Imaginer Alice seule face à tous ces vautours lui retourna l'estomac. Ruminer des regrets ne servait à rien, mais Charles ne pouvait s'empêcher de culpabiliser énormément de son absence lorsque Alice et Flynn avaient eu besoin de lui.

Cette pensée lui était tellement insupportable qu'elle le poussa à accélérer jusqu'à provoquer des cris de panique dans l'habitacle.

— Je ne veux pas vous entendre, leur intima-t-il. Et, si vous tenez vraiment à me coller aux basques, que ce soit en silence.

Brodie éclata d'un rire sonore.

— Tu parles comme un véritable Américain, dis-moi.

— Tu tiens à être le premier à sortir de cette voiture ? lui lança Charles en même temps qu'il lui jetait un regard mauvais dans son rétroviseur.

A son grand étonnement, la menace parut faire son effet, et ils effectuèrent le reste du parcours dans un silence quasi religieux.

Alice ne fut pas surprise lorsqu'elle entendit retentir la sonnette au moment même où elle refermait sa valise.

Encore un de ces maudits photographes !

Depuis qu'elle s'était retrouvée nez à nez avec l'un d'eux qui, plus malin que les autres, avait réussi à se faufiler à l'intérieur de la résidence, elle avait décidé d'ignorer toute autre tentative d'intrusion chez elle.

Elle était rentrée le matin même, à l'aube. Par elle ne savait trop quel miracle, elle avait réussi à atteindre son appartement sans encombre. Mais devoir prendre de telles précautions pour pénétrer chez elle l'oppressait à l'extrême. Combien de temps encore devrait-elle craindre la présence de photographes indiscrets embusqués dans chaque recoin de son immeuble ?

Car, quand bien même le tapage finirait sans conteste par se tasser un jour, il n'en restait pas moins qu'elle avait perdu à jamais son anonymat. Leur fils présenterait toujours un grand intérêt pour les médias. Comment la famille Fortune avait-elle pu s'habituer à être ainsi épiée quotidiennement ?

Charles avait-il été, lui aussi, traqué par les journalistes à Horseback Hollow ? Elle aurait tellement aimé pouvoir lui parler ! Mais la crainte de découvrir encore les dizaines de SMS et de mails qui devaient saturer ses boîtes avait pris le pas sur l'envie d'entendre sa voix.

La sonnerie incessante finit par réveiller Flynn qui se mit à hurler dans son petit lit. Elle alla le chercher et le serra dans ses bras pour le rassurer. Elle traversa le salon, les yeux rivés sur la porte d'entrée derrière laquelle devait se presser une meute de journalistes impatients.

— Alice, tu es là ? Alice, mon amour, je t'en prie ouvre moi.

Son cœur s'arrêta de battre en même temps qu'un profond soulagement la vidait de toutes ses forces. Charles saurait s'y prendre avec les paparazzis, lui.

Mais aussitôt le soulagement céda la place à une profonde colère doublée d'une vive déception. Pourquoi n'était-il pas venu plus tôt à leur rescousse ? Pourquoi avoir attendu tout ce temps, la laissant seule pour gérer un événement qu'elle n'était pas en mesure d'affronter ?

En proie à un flot d'émotions contradictoires, elle se décida quand même à aller lui ouvrir et resta bouche bée lorsqu'elle vit que non seulement il n'était pas seul, mais que, de surcroît, il était accompagné de deux femmes et de trois hommes qu'elle reconnut comme étant ses frères et sœurs.

Son appartement n'était pas assiégé par des photographes,

comme elle l'avait pensé, mais par tous les membres du clan Fortune.

— Alice, Dieu merci, tu es encore là.

— En effet, acquiesça-t-elle sèchement. Mais j'étais sur le point de partir. J'emmène Flynn à l'abri de tout ce tapage, chez une de mes tantes.

— Tu ne peux pas partir comme cela, répliqua Charles d'une voix implorante.

— Pourquoi cela ?

L'une des femmes, une beauté brune aux yeux noisette, se pencha pour répondre :

— A moins que vous ne sachiez jouer les femmes invisibles, je ne vois pas bien comment vous pourrez sortir d'ici sans alerter la nuée de journalistes qui fait le pied de grue devant votre immeuble.

— Ce ne sont pas des journalistes qui vont me retenir prisonnière chez moi, rétorqua-t-elle fièrement.

— Elle a du cran, constata l'un des frères de Charles. Je crois bien que je l'aime déjà.

— C'est un fait, intervint le plus grand des trois. Charles ne la mérite pas. Alors, si j'étais lui, je mettrais le paquet pour essayer de rattraper le coup.

— Ce qui signifie ? demanda Alice dont le regard perplexe se mit à fixer tour à tour chacun des membres de cette curieuse famille.

Elle éprouva une étrange sensation à se retrouver face à ces étrangers, agglutinés sur le pas de sa porte. Dans un élan protecteur, elle serra un peu plus son fils contre elle.

— Qu'il est mignon ! s'extasia Amelia en caressant la petite joue rebondie de Flynn.

— Merci.

— Il paraît qu'il ne fait pas encore ses nuits, reprit Amelia. C'était pareil pour Clémentine, et je me suis souvent demandé...

— Voulez-vous bien vous taire ? tonna Charles. J'aimerais pouvoir parler à Alice sans que vous vous en mêliez.

Le silence se fit.

— Tu ne peux pas partir, répéta-t-il en veillant à détacher chacun des mots qu'il prononçait. Parce que tu vas t'envoler pour Londres avec moi. Là-bas, je ne laisserai personne vous importuner, Flynn et toi.

— Je n'ai pas accepté ta proposition, Charles. Je t'avais dit que j'allais y réfléchir, mais…

— Il le faut, Alice, insista-t-il. Ce qui vient de se produire prouve bien que tu as besoin de moi.

Elle le dévisagea.

— J'ai besoin de toi, dis-tu ?

— Flynn a besoin de moi, corrigea-t-il.

Sans doute perméable à la tension qui régnait entre ses parents, Flynn se mit à pleurer.

— Donnez-le-moi, proposa gentiment Amelia en tendant les bras. Je vais m'en occuper.

Voyant dans ce geste une menace, Alice resserra un peu plus son étreinte sur son fils.

— Flynn reste avec moi, répliqua-t-elle plus durement qu'elle ne l'aurait voulu. Je suis sa mère.

Elle avait beau s'en défendre, elle devait bien admettre que les Fortune seraient plus à même de protéger son enfant des déchaînements médiatiques.

Le problème, c'était qu'elle aimait Charles et qu'il lui serait trop douloureux de le côtoyer au quotidien sans réellement faire partie de sa vie. Parmi toutes les bonnes raisons qu'il venait de lui donner pour l'inciter à le suivre à Londres, il y en avait une qu'il n'avait pas mentionnée : son amour pour elle.

Sa décision était prise. Elle inspira profondément, le regarda droit dans les yeux et se contenta de dire : « non ».

Charles sentit un poids énorme lui broyer le cœur tandis qu'Alice prononçait cette simple syllabe.

— Tu seras un père merveilleux, ajouta Alice, les yeux mouillés de larmes. Et je veux que tu continues à passer le plus de temps possible avec notre fils. Mais en ce qui me concerne je veux plus.

Elle voulait plus. Mais que pouvait-il lui offrir de plus alors qu'il lui offrait déjà tout ce qu'il avait ? Tout ce qu'il était.

La vérité, c'était qu'elle ne voulait pas de lui.

Il avait perdu, il n'avait plus qu'à repartir.

Mais il sentit alors le coude de Lucie s'enfoncer dans ses côtes.

— Tu lui as dit ? s'enquit-elle.

— Quoi ?

— Que tu l'aimais, sombre crétin, intervint Jensen.

— Mais elle le sait bien, que je l'aime !

— Tu m'aimes ?

Il fixa sur Alice un regard plein d'incompréhension.

— Je t'ai demandé de venir vivre à Londres avec moi. Pour quelle autre raison t'aurais-je fait cette proposition ?

— Pour avoir Flynn auprès de toi, répondit-elle.

— Allez, dis-lui, l'encouragea Lucie à l'oreille.

Bien sûr qu'il aimait Alice. Comment pourrait-il ne pas l'aimer ? Mais Lucie avait raison. Les femmes aimaient à se l'entendre dire.

Le visage de son père lui apparut alors. S'il était encore de ce monde, il l'aurait poussé à se battre pour prouver à la femme qu'il aimait qu'elle faisait le bon choix. Il ne devait pas le décevoir. Pas plus qu'Alice, qui méritait le meilleur de lui-même.

Il fut tenté de la pousser dans sa chambre et de refermer la porte sur eux afin de leur ménager un peu d'intimité. Mais finalement il renonça. Les paroles qu'il avait sur le bout de la langue, il les lui dirait devant témoins.

— Alice, je t'aime, déclara-t-il. Et, même si je ne voulais pas l'admettre, je crois bien que je suis tombé amoureux de toi au premier regard.

Un sourire ému vint flotter sur les lèvres d'Alice tandis que ses yeux se mouillaient de nouveau.

— Vraiment ?

— Tu es la lumière qui me guide quand je manque de discernement, reprit-il. Celle qui m'inspire lorsque je dois faire des choix importants. Tu m'as donné la confiance en moi qui me faisait défaut. Et, grâce à toi, j'ai compris que je valais mieux que le type superficiel dont raffole la presse à scandale.

Il marqua une pause destinée à dissiper la boule qui se formait dans sa gorge.

— Si je veux veiller sur toi et sur Flynn, reprit-il lorsqu'il fut en mesure de pouvoir parler de nouveau, ce n'est pas parce que tu n'en es pas capable, c'est parce que vous êtes les deux personnes qui comptez le plus dans ma vie. Et je te demanderai d'être patiente parce que en dépit de tous mes efforts je suis bien capable de commettre quelques erreurs.

Il entendit l'un de ses frères tousser pour le rappeler à l'ordre.

— Mais je te fais la promesse de lutter de toutes mes forces pour ne pas trébucher à chaque pas, s'empressa-t-il d'ajouter. Je ferai tout ce qui est en mon pouvoir pour te rendre heureuse, pour être l'homme et le père que Flynn et toi méritez. Je t'en prie, Alice, donne-moi cette chance de vous rendre heureux.

Toutes ses craintes s'évanouirent d'un coup.

Il posa un genou à terre et prit dans sa poche le petit pochon en velours que lui avait donné Kate Fortune et qui ne le quittait jamais. Il en sortit l'émeraude sertie de diamants et plongea dans le regard d'Alice.

— Alice Meyer, prononça-t-il d'un ton solennel, veux-tu me faire l'immense honneur de devenir ma femme ?

— Oui, répondit-elle, au comble de l'émotion. Je t'aime, Charles. Je t'aime tant.

— Veux-tu que je prenne ton fils pendant que tu embrasses ta fiancée ? proposa Jensen.

— Ce ne sera pas la peine, répondit Charles tandis qu'il enveloppait Alice et Flynn de ses bras aimants.

Épilogue

— Pas trop nerveux ? s'enquit Alice tandis qu'elle voyait Charles inspirer profondément pour la troisième fois.

Trois jours s'étaient écoulés depuis qu'il l'avait demandée en mariage, et l'heure était venue de le présenter à ses parents.

Le tapage médiatique autour de ce que la presse n'avait pas hésité à qualifier de « nouvelle explosive » s'était un peu calmé grâce surtout à la déclaration publique de Charles, au cours de laquelle il avait annoncé son prochain mariage avec la mère de son fils.

Ses futures belles-sœurs, Lucie et Amelia, l'avaient conseillée sur l'attitude à adopter face aux photographes. Ce soutien inébranlable des membres de la famille Fortune l'avait rassurée quant à ses capacités futures à épauler Charles dans les différents aspects de sa vie publique.

Mais, pour l'heure, c'était Charles qui paraissait mal à l'aise.

— Bien sûr que je suis nerveux, répondit-il. Je te rappelle que je vais rencontrer tes parents. Ce n'est pas rien.

Elle entrelaça ses doigts aux siens tandis qu'ils remontaient l'allée pavée qui menait à la maison familiale.

— Tu as rencontré des chefs d'Etat, des patrons du CAC 40, des gens du spectacle plus célèbres les uns que les autres et tu redoutes de rencontrer un couple ordinaire des faubourgs d'Austin ? le taquina-t-elle.

— J'appréhende de les rencontrer parce qu'ils sont importants dans ta vie, Alice. Et je souhaiterais non seulement qu'ils m'apprécient, mais également qu'ils m'aiment. Tu m'as dit l'autre jour qu'ils étaient plutôt traditionnels, et nous n'avons pas vraiment fait les choses dans l'ordre. Notre fils est arrivé avant le mariage. Que vont-ils penser de moi ?

Elle éclata de rire.

— Mais parents ne pensent qu'à mon bonheur, répondit-elle. Et si c'est par toi qu'il passe ils vont forcément t'aimer.

Depuis que Charles était venu la trouver, entouré de ses frères et sœurs, elle ne pouvait pas être plus heureuse. La déclaration qu'il lui avait faite semblait l'avoir rendu plus fort, plus sûr de lui. Formuler tout haut l'amour qu'il lui portait paraissait avoir libéré en lui quelque chose qu'il avait gardé trop longtemps enfoui.

Un raclement de gorge discret les amena à se retourner sur Lynn et Henry Meyer qui les attendaient sur le seuil de leur maison, immobiles mais impatients.

— Monsieur et madame Meyer, commença-t-il

Lynn ignora la main qu'il lui tendait pour les entourer de ses bras, sa fille et lui, dans une étreinte qui se voulait aussi tendre que bienveillante.

— Je vous en prie, dit-elle, appelez-moi Lynn. Je suis si heureuse que notre Alice soit tombée sur un homme comme vous, Charles. Je sais que vous saurez veiller sur elle et sur votre bébé.

Alice vit que les paroles de sa mère redonnaient à Charles la confiance dont il avait besoin.

— Je vous en fais le serment, déclara-t-il avec solennité. Votre fille et Flynn me sont si précieux.

Lynn fit alors un pas en arrière et se mit à le contempler sans rien dire, les deux mains posées sur son cœur.

— Encore « l'effet Charles Fortune », lui chuchota Alice avant de serrer son père contre elle.

Puis les deux hommes s'échangèrent une poignée de main à la fois franche et cordiale.

— J'aimerais bien savoir ce que vous, les Britanniques, pensez de la guerre d'Indépendance, attaqua Henry.

— Je serais très honoré d'en discuter avec vous, répondit Charles sans se démonter.

Alice comprit alors que Charles était accepté.

Une heure plus tard, il vint la rejoindre dans la cuisine alors qu'elle aidait sa mère à préparer le repas.

— Tout va bien ? s'enquit-elle.

Son père l'avait entraîné dans son bureau dès qu'ils avaient pénétré dans la maison, et elle s'inquiétait un peu de ce que son père avait bien pu raconter à Charles. Elle espéra secrètement qu'il s'en était tenu aux détails de l'histoire américaine.

— Très bien, fit Charles. Pourrais-je te parler en privé, Alice ? ajouta-t-il, un brin nerveux.

Son cœur s'emballa. Elle prit Flynn avec elle et le conduisit à l'écart, dans le patio.

— C'est mon père ? Il t'a… ?

— Ton père t'adore, Alice. Tout comme ta mère.

D'un doigt léger, il caressa la joue de Flynn, puis il prit la main d'Alice et l'effleura de ses lèvres.

— Je ne peux pas les séparer de toi et de Flynn. Je n'en ai pas le droit.

— Ma place est à tes côtés, Charles.

Elle s'interrompit pour prendre quelque chose dans sa poche.

— Il est arrivé aujourd'hui.

Elle lui tendit le passeport qu'elle avait fait établir à son nom et à celui de Flynn.

— Nous pouvons partir quand tu le souhaiteras.

Elle ferma les yeux quelques secondes pour tenter de refréner l'émotion qui la submergeait.

Elle pensait vraiment ce qu'elle venait de dire. Elle ne doutait pas une seconde qu'elle serait heureuse à Londres avec l'homme de sa vie. Même si elle souffrait de devoir laisser derrière elle tout ce qu'elle avait réussi à construire ici.

Lorsqu'elle rouvrit les yeux, Charles la couvait d'un air si plein d'amour que les larmes se mirent à couler sans qu'elle puisse les retenir.

— Je vais bien, Charles. Je t'assure.

— J'ai quelque chose à te montrer, dit-il.

Il sortit son téléphone portable et lui en montra l'écran.

— Qu'en penses-tu ?

C'était la photo d'une superbe maison à étage de style victorien, entourée d'un jardin fleuri.

— Elle est magnifique, lâcha-t-elle dans un souffle. Mais je n'ai pas besoin d'un manoir anglais pour être heureuse.

— Cela tombe bien, ma chérie, parce que cette maison se trouve dans la périphérie d'Austin.

Il lui prit le menton entre deux doigts et la força à le regarder dans les yeux.

— Je ne porterai sans doute jamais de stetson, reprit-il, mais je ne vous séparerai jamais de votre famille, Flynn et toi. Ni, du coup, de la mienne.

— Oh ! Charles, merci ! Merci infiniment !

Ivre de bonheur, elle se blottit entre les bras qu'il lui ouvrait et où elle se savait à sa place.

— Merci à toi, murmura-t-il contre ses cheveux. Merci d'être la femme que j'aime. Merci d'être mon foyer, mon ancre. Je t'aime, Alice.

— Moi aussi, Charles, je t'aime. Je t'aime tant.

Flynn, qui ne voulait pas être en reste, se mit à agiter ses petits membres, à la plus grande hilarité de ses parents.

NANCY ROBARDS THOMPSON

Pour une idylle avec toi

INTÉGRALE

LES SECRETS DES FORTUNE - VOL 2

Traduction française de
AURE BOUCHARD

SAGAS
HARLEQUIN

Titre original :
FORTUNE'S PRINCE CHARMING

Ce roman a déjà été publié en 2017

1

— Zoe Robinson ! Tu aurais pu choisir n'importe quel homme dans ce restaurant. Pourquoi fais-tu donc une fixation sur le seul que tu ne pourras pas avoir ?

Zoe se mordit les lèvres, puis testa la théorie de son amie Veronica en balayant rapidement du regard la salle du restaurant Gilded Pig. L'établissement rustique était bondé, avec sa clientèle d'habitués de l'heure du déjeuner. L'ambiance était résolument provinciale : beaucoup de travailleurs d'âges divers, aux silhouettes et styles tout aussi variés. Ici, où l'on servait probablement les meilleures grillades d'Austin, on relevait ses manches et on coinçait sa serviette en papier dans l'encolure de sa chemise. Même si la salle offrait un large éventail de spécimens masculins, pas un seul dans cette ancienne grange transformée en restaurant n'attirait le regard de Zoe. Chacun de ces hommes possédait sans doute de nombreuses qualités, et méritait très certainement de recevoir l'amour d'une femme… Mais aucun n'intéressait Zoe.

Pas même ce beau brun qui lui adressait un sourire derrière son sandwich à l'émincé de porc braisé. Le tout sur les notes d'une chanson — Tim McGraw, peut-être ? — qui parlait d'un *vrai bad boy au cœur tendre*. Après un sourire poli à l'homme qui la fixait, Zoe se retourna vers Ronnie.

— Pourquoi cette fixation sur Joaquin Mendoza ? Mais parce que j'ai ce type dans la peau. Tout simplement.

Ronnie eut cette grimace typique caractéristique des leçons de morale qu'elle réservait de temps à autre à Zoe.

— Tout cela serait très romantique, Zoe, si ce type t'invitait à sortir avec lui. Ou, mieux, s'il acceptait de parler d'autre chose que de boulot avec toi !

Certes, Ronnie marquait un point. Pourtant, Zoe avait craqué pour Joaquin Mendoza dès l'instant où il avait franchi le seuil de chez Robinson Tech, quelques mois plus tôt. A vrai dire, il l'avait captivée dès leur première rencontre, un an auparavant, lors du mariage de Rachel, la sœur de Zoe, avec Matteo, le frère de Joaquin. Tous deux étaient leurs témoins. Mais, sur le moment, tout le monde n'avait d'yeux que pour les jeunes mariés. Et puis, Zoe ne pouvait alors se douter que son père finirait par engager Joaquin comme programmeur sur un projet de Robinson Tech.

Ce n'était pas juste son expression assurée, sa silhouette élancée, élégante — autant le dire : cet homme était *canon*. Il y avait quelque chose d'autre dans son allure décontractée… Sans parler de son étonnante capacité à mettre tous les sens de Zoe en émoi dès l'instant où il se trouvait dans la même pièce qu'elle. Un peu comme s'il détenait un super pouvoir. Et, depuis que Joaquin Mendoza avait resurgi dans sa vie trois mois plus tôt, elle ne posait plus les yeux sur aucun homme. Malheureusement, il semblait plus intéressé par son travail que par la perspective de faire connaissance avec elle.

Naturellement, il n'avait pas cherché délibérément à bouleverser sa vie. A vrai dire, même après tout ce temps, il ne semblait pas s'être aperçu qu'elle était une femme, susceptible de s'intéresser à un homme.

A un homme bien précis.

— D'accord, si tu es décidée à persévérer, tu devrais peut-être au moins prendre les choses en mains. Pourquoi devrais-tu attendre que ce soit lui qui t'invite à sortir ? reprit Ronnie d'une voix suraiguë pour couvrir la musique. Après tout, si ce type te plaît, c'est peut-être à toi de briser la glace, de lui montrer que tu t'intéresses à lui. Jusque-là, tu as toujours su faire comprendre tes intentions à un homme.

Zoe inspira profondément, puis souffla tout en observant

la décoration du Gilded Pig. Dix ans plus tôt, le bâtiment hébergeait un marché aux puces. Fidèle à ses racines, le Gilded Pig était décoré de bibelots anciens : bancs d'église en bois sculpté autour des tables, vastes miroirs donnant l'illusion d'agrandir les volumes de la salle, déjà immense, vieilles commodes et placards accueillant serviettes, couverts, condiments, cafetières et carafes de thé glacé.

— Je ne sais pas, Ronnie. Là, c'est différent.

— Comment ça ? interrogea son amie.

Zoe réfléchit un instant, sans toutefois trouver les mots pour expliquer son ressenti. Elle savait que Ronnie était persuadée qu'elle s'intéressait à Joaquin uniquement parce que celui-ci ne l'avait pas courtisée comme tous les autres. Cela dit, cet homme ne ressemblait à aucun de ceux qu'elle avait l'habitude de côtoyer. Cette fois, c'était différent. Elle le sentait au plus profond d'elle-même.

— Crois-moi. Avec lui, je pense qu'une approche de type « vieille école » sera plus efficace que le « rentre-dedans ». Il est un peu plus âgé que moi, et j'ai l'intuition qu'il apprécie de prendre l'initiative. Voilà donc le nouveau préambule sur ma « liste pour trouver le mari idéal » : lui laisser le rôle du chasseur qui vient réclamer sa proie.

— Tu as un nouveau préambule sur ta liste ? demanda Ronnie d'un ton blasé.

— Tout à fait, approuva Zoe.

Depuis toujours, Zoe tenait à jour une liste des qualités qu'elle recherchait chez un homme. Au fil des ans, la liste du petit ami idéal était devenue la « liste pour trouver un mari idéal » et contenait des critères comme : *il devra aimer les animaux, me faire rire, s'investir passionnément dans son travail, sans toutefois donner la priorité à son métier par rapport à moi.*

— D'où te viennent ces réticences soudaines ? Tu n'as jamais eu le moindre scrupule auparavant à faire le premier pas. A ta place, je ne resterais pas chez moi à attendre un homme qui n'a pas l'air de réagir à la moindre perche que tu lui tends.

— Qui te dit que je reste chez moi, à l'attendre ? Ce n'est pas parce que j'attends que le prince charmant m'invite à sortir que je me morfonds, seule chez moi.

— Tout ce que je dis, c'est que même Cendrillon a dû se faire remarquer pour arriver à ses fins.

Zoe sourit et se redressa un peu sur son siège.

— Je me sens exactement comme dans *Cendrillon*. Pas dans le rôle que tu crois, mais dans celui de la personne qui cherche celui qui répondra à toutes mes attentes. Je suis la Cendrillon 2.0 !

La formule lui plaisait beaucoup.

Ronnie but une longue gorgée de son thé, avant d'adresser à Zoe un de ces regards dont elle avait le secret.

— Dans mon livre à moi, la Cendrillon 2.0 n'a même pas besoin d'un prince. C'est une femme indépendante, avec une garde-robe tendance, qui n'a besoin que d'une nuit de détente de temps en temps.

Toutes deux pouffèrent. Cela dit, Zoe ne voyait rien de drôle à ce que Joaquin l'ignore systématiquement, à moins que ce ne soit elle qui engage la conversation. Dès qu'elle lui parlait, il se montrait toujours charmant et avenant. Autrement dit, au moins, il ne la *détestait* pas. Or il devait bien exister un moyen d'attirer son attention. Car, à force, elle finissait par douter de son sex-appeal. Autrement dit, elle n'était pas prête à jeter l'éponge sans avoir au moins tenté sa chance pour de bon. Enfin, « tenté sa chance » au sens d'inciter Joaquin à faire le premier pas.

La serveuse vint les resservir en thé glacé, avant de déposer devant elles une montagne de gâteau aux fruits rouges orné de crème glacée. La part était si copieuse qu'elle aurait aisément pu rassasier quatre adultes affamés. Mais, par anticipation de ce petit plaisir, Zoe s'était contentée d'une frugale salade de poulet grillé. Car, dès son arrivée ici, elle avait eu l'intention de se gaver du fameux dessert du Gilded Pig.

— Y a-t-il autre chose que je puisse faire pour vous, les filles ? demanda la serveuse.

Volontiers. Donnez-nous la recette imparable pour conquérir l'homme le plus sexy de la planète.

— Tout va bien, merci, répondit Zoe.

La serveuse sourit.

— Si vous avez besoin de quoi que ce soit, vous n'avez qu'à m'appeler !

Elle s'éloigna, se dirigeant vers une table où un client lui faisait signe.

Zoe s'adossa contre les coussins rouge vif disposés le long de la banquette en bois massif.

— Alors, pas question pour nous de quitter ce restaurant sans un plan en béton pour arriver à faire en sorte que Joaquin Mendoza m'invite à sortir.

Veronica poussa un soupir en s'accoudant à la table, puis plongea vigoureusement sa fourchette dans le gâteau.

— Et c'est à moi que tu demandes ? Je n'y connais rien, moi, Zoe. C'est toujours toi qui repars avec les hommes, pas moi.

— Seule la victoire est belle, rétorqua Zoe. Mais Joaquin est obsédé par son travail ; il ne lève jamais la tête de son ordinateur.

— N'est-ce pas pour cette raison que ton père a fait appel à ses services ?

Certes. Cela dit…

— Je crois que tu es sur la bonne voie, Ronnie !

— Ah bon ? Si tu le dis…

— Je me demande comment je n'y avais pas pensé avant !

— Je ne te suis pas vraiment depuis ma première bouchée de gâteau, et ce que tu as dit au sujet de Joaquin et son ordi…

— Mon père. Je l'ai entendu se féliciter du professionnalisme de Joaquin, mais il a aussi dit qu'il espérait l'engager pour de bon chez Robinson Tech.

— Il a dit ça ?

Zoe acquiesça.

— Mot pour mot. Enfin, presque. Disons qu'il a vanté

sa vivacité d'esprit et dit qu'il espérait lui trouver un poste permanent une fois qu'il aurait terminé sa mission de consulting. J'en ai donc déduit qu'il avait l'intention de *l'engager*, précisa-t-elle avant de plonger à son tour sa fourchette dans l'immense gâteau. Moi, je ne vois aucun mal à ce que Joaquin *s'engage*. Avec moi !

Elle savoura sa bouchée fondante de gâteau.

— Je ne sais pas, Zoe. Tu ne crois pas que tu devrais faire attention ?

— Comment ça ? articula-t-elle en déglutissant.

— Je me demande… Tu ne crois pas que ça risque de se terminer comme avec les autres ?

Du bout de sa fourchette, Zoe zébra le glaçage blanc de marques ressemblant à des empreintes d'oiseau sur la neige.

— Les autres ?

— Allons, Zoe, ne joue pas l'innocente. Tu sais bien que ce que tu préfères, c'est le frisson de la conquête. Une fois le type séduit, tu passes à autre chose.

Ce n'était pas entièrement faux, mais cela n'avait rien de volontaire. Car elle croyait bel et bien au prince charmant. Elle savait exactement ce qu'elle attendait d'un homme, mais à quoi bon rester avec quelqu'un qui n'avait pas les mêmes affinités que soi ? Une fois que l'on sentait qu'une relation n'avait pas d'avenir, pourquoi laisser l'autre personne se faire des illusions ? Quel mal y avait-il à rester honnête envers les gens, envers soi-même ?

— C'est peut-être l'impression que je donne, mais ce n'est pas ce que tu crois. J'ai de bonnes raisons.

Arquant un sourcil, Ronnie afficha un sourire complice. Cependant, Zoe n'avait aucune envie de discuter de ces fameuses raisons. Pas même avec Ronnie. Car elles ne regardaient qu'elle.

Et puis, pourquoi les gens la jugeaient-ils ainsi ? D'autant qu'ils ne connaissaient pas toute l'histoire. Certes, elle appréciait les jeux de séduction, mais avant tout elle était jeune, libre, et elle avait certaines exigences.

En outre, elle n'avait pas à s'en excuser.

Comment était-elle censée rencontrer un jour son prince, si elle n'embrassait pas d'abord quelques crapauds ? D'ailleurs, en parlant d'embrasser…

— J'ai un plan ! Je vais demander à Joaquin de m'aider à concevoir le site web pour le lancement de la nouvelle tablette FX350.

Ronnie fronça les sourcils.

— Ce n'est pas Phil, du service web, qui est censé s'en occuper ?

— Peut-être. Mais pas cette fois. Et puis, Phil est noyé sous une montagne de projets. Il sera probablement content d'avoir de l'aide. Comme Joaquin est un vrai geek, il saura forcément comment concevoir un simple site web. Il ne pourra que prêter main-forte à une demoiselle en détresse. Un gentleman ne peut pas se dérober dans ce genre de situation.

Elle battit des cils avant de s'essuyer avec sa serviette.

La réunion avait duré plus longtemps que prévu, et Joaquin avait du retard dans le rapport qu'il devait remettre. Il allait devoir donner un bon coup de collier. Mais rien de nouveau sous le soleil… Depuis qu'il avait débarqué à Austin, il travaillait tard tous les soirs. Depuis trois mois qu'il avait quitté Miami, il avait remplacé ses dîners dans les restaurants de South Beach par des surgelés passés au micro-ondes et avalés à la va-vite sur un coin de bureau.

Les quelques coups frappés à la porte de l'open space le tirèrent du souvenir des nuits chaudes de Miami. Il leva les yeux et aperçut Zoe Robinson, toute de noir et de rose vêtue. Décidément, cette fille avait une classe folle.

— Tu es occupé ? demanda-t-elle.

— Je suis toujours occupé, répondit-il en baissant la luminosité de son écran, plus par habitude que par besoin d'intimité. Mais entre, je t'en prie.

Il aurait dû se douter que l'heure de sa visite était arrivée.

Tous les après-midi, elle s'arrangeait pour traîner dans les parages, à la même heure. Cela ne le dérangeait pas, même si elle ne faisait aucun mystère de la raison de ses déambulations à proximité de son bureau. Et il avait assez d'expérience pour savoir quand une femme flirtait avec lui.

Pour être tout à fait honnête, il était flatté d'avoir attiré l'œil d'une femme comme elle. Mais cela n'irait pas plus loin. Zoe était une chic fille. Et elle était particulièrement agréable à regarder. Soit, avec ses longs cheveux reflets de miel qui tombaient sur ses épaules, elle était sexy en diable. Sans parler de ses yeux couleur chocolat à la lueur fiévreuse, qui changeaient de teinte selon son humeur, et l'incitaient à soutenir son regard de façon trop prolongée.

Mais hors de question. Cette fille n'était vraiment pas pour lui. Car, regard hypnotique ou pas, jupes courtes ou pas, elle était bien trop jeune pour lui. Quand il avait accepté cette mission pour Robinson Tech en février, tous ses collègues de bureau lui avaient fêté ses vingt-cinq ans. Autrement dit, Joaquin en avait neuf de plus qu'elle.

Et, si la différence d'âge ne suffisait pas à le calmer, il n'avait qu'à se rappeler que Zoe était la fille du patron. Pas question de s'embarquer dans ce genre d'histoire. Car il avait déjà eu suffisamment de déboires à Miami. Il avait retenu la leçon, et était bien décidé à ne pas commettre une seconde fois la même erreur. D'autant plus que son frère avait épousé Rachel, la sœur de Zoe. Le cocktail était explosif.

— Que puis-je faire pour toi, Zoe ? demanda-t-il tandis qu'elle pénétrait dans son bureau.

Elle était encore plus jolie aujourd'hui que d'habitude. Sa jupe dévoilait ses jambes bronzées, mais il n'eut aucun mal à rester accroché à son regard, pour ne pas se perdre en zone interdite.

— C'est ton jour de chance, Joaquin ! déclara-t-elle en se plantant devant le fauteuil face à son bureau.

Elle avait les yeux qui pétillaient et son large sourire était contagieux.

— Ah bon ? s'étonna-t-il. Raconte-moi donc…

Elle s'assit, puis se pencha vers lui d'un air de conspiratrice.

— De tous les ingénieurs, c'est toi que j'ai choisi pour me donner un coup de main sur un projet, annonça-t-elle avec un sourire qui laissait entrevoir une dentition aussi blanche que parfaitement alignée.

Elle haussa un sourcil, laissant entendre qu'elle s'apprêtait à lui faire une offre qui ne se refusait pas.

Sur ses gardes, Joaquin s'appuya au dossier de son fauteuil, attendant qu'elle veuille bien lui révéler le motif de sa présence.

— Voilà, tu te souviens de la tablette FX350, que mon père a présentée lors de la réunion de la semaine dernière ?

Joaquin acquiesça.

— La date de commercialisation va être avancée, et il me faut quelqu'un pour créer le site web dédié.

Il attendit le moment où elle allait éclater de rire, pour lui signifier qu'il s'agissait d'une plaisanterie. Mais rien.

Tiens donc. Voilà qui devenait intéressant. Il n'était évidemment pas contre l'idée de donner un coup de main, mais le tarif horaire qu'il facturait à Robinson Tech était largement au-dessus de ce que valait ce genre de mission. Sans parler du fait que l'entreprise disposait d'un service dédié de conception web, et qu'il ne souhaitait marcher sur les plates-bandes de personne.

Il chercha une manière humble de formuler tout cela quand Zoe esquissa un nouveau sourire, large.

— Je t'ai bien eu ! lança-t-elle. Je plaisantais. Si seulement tu avais vu ta tête ! Ça valait le coup ! Je sais bien que ce n'est pas dans tes cordes. Cela dit, tu seras tout à fait le bienvenu dans l'équipe de conception web si tu veux.

— Dis donc, tu as un sacré humour, toi !

— Comme je viens de le dire, tu es le bienvenu dans l'équipe, si tu veux en être. Cela dit, j'étais vraiment venue te demander un conseil.

Il la trouvait vraiment adorable, à passer ainsi du coq à l'âne, mais là, il avait du mal à la suivre.

— A quel sujet ?

De l'autre côté du couloir, le ronronnement de la photocopieuse couvrait à peine la discussion de deux collègues qui parlaient d'un match, probablement de football — mais Joaquin ne connaissait pas suffisamment l'équipe locale pour en être certain.

— Ça t'ennuie si je ferme la porte ? demanda Zoe.

Ce n'était probablement pas une bonne idée, mais elle s'était déjà levée. Une fois la porte claquée, les bruits du couloir furent étouffés, et ils se retrouvèrent en tête à tête.

Ils disposaient de quelques minutes devant eux.

A 15 heures, Joaquin avait une réunion avec Gerald, le père de Zoe. Personne ne pouvait se permettre d'arriver en retard à une réunion avec le patron. Dans ses meilleurs jours, Gerald Robinson était bourru. Et Joaquin n'avait aucune envie de savoir comment il réagirait face à un collaborateur qui débarquait en retard pour cause de flirt avec sa fille.

Autrement dit, il ne pourrait pas accorder plus d'une quinzaine de minutes à Zoe.

Dix même. Car il lui faudrait quelques instants pour rassembler ses idées et ses notes avant de rejoindre le bureau de Gerald.

— Qu'est-ce que tu as en tête ? demanda-t-il.

Zoe contempla ses mains un instant. Soudain, elle lui parut inhabituellement sombre.

— Cela fait… Combien ? Trois mois que tu travailles ici ?

— A peu près. Je suis arrivé en février.

En décembre dernier, il avait quitté Miami pour Horseback Hollow, Texas, petite ville juste à la périphérie de Lubbock. Tous ses frères sauf un, ainsi que sa sœur, étaient venus s'y installer pour se rapprocher de leur père, lequel travaillait désormais à la Redman Flight School. A la suite de la mort de sa femme, la mère de Joaquin, il avait décidé qu'un changement de cadre serait le bienvenu. Horseback Hollow avait si bien réussi à son père que Joaquin avait décidé de quitter Miami pour s'essayer à son tour aux charmes de la vie provinciale.

Car, parfois, l'agitation de la Floride devenait suffocante. Et puis, il avait fait suffisamment d'excès là-bas pour toute une vie. Il aspirait désormais à plus de calme. Mais, si Horseback Hollow avait convenu à son père et à ses frères et sœur — son père était retombé amoureux, et ses frères et sa sœur y avaient eux aussi trouvé l'amour —, Joaquin avait fini par s'y ennuyer.

Malgré son envie de prendre un nouveau départ, il s'était très vite senti à l'étroit dans cette petite ville texane. Quand Rachel, l'épouse de son frère Matteo, lui avait proposé de parler de ses talents à Robinson Tech, Joaquin avait sauté sur l'occasion : Gerald Robinson en personne lui avait ainsi offert une mission temporaire en tant que consultant, et Joaquin était parti tenter sa chance à Austin.

— Depuis ton arrivée ici, poursuivit Zoe, tu as travaillé en étroite collaboration avec mon père, et tu as appris à le connaître.

— Je n'ai pas tellement travaillé en direct avec lui. Ton père est un génie de l'informatique, et c'est un honneur pour moi d'avoir eu l'opportunité de travailler pour Robinson Tech.

Zoe agita un doigt en l'air.

— Voilà précisément où je veux en venir. Mon père est tellement intelligent… Trop même. Comment le dire avec diplomatie ? Comme j'adore mon père, je veux ce qu'il y a de mieux pour lui.

— Bien sûr, fit Joaquin. Tout le monde sait que ton père et toi êtes très proches.

— Joaquin, pourrais-tu m'aider à conseiller mon père sur son image ? On ne peut pas dire qu'il soit très doué en relations humaines, et ça commence à l'handicaper.

Oh non ! Pitié, pas ça ! C'était la catastrophe assurée. Lui-même n'avait rien d'un diplomate ; il était plus à l'aise devant un ordinateur que face à des personnes.

— L'autre jour, par exemple, j'ai appelé un client de Robinson qui travaille pour le festival South by Southwest, car je voulais l'interviewer pour ce blog *lifestyle* que je tiens sur le site de Robinson Tech. Mais devine ce qui s'est passé ?

Joaquin secoua la tête.

— Que s'est-il passé ?

— Le type m'a raccroché au nez ! Enfin, il m'a demandé si Robinson Tech appartenait à Gerald Robinson et, quand je le lui ai confirmé, il a traité mon père de tous les noms, et a déclaré qu'il ne voulait rien avoir à faire de près ou de loin avec lui, avant d'annoncer qu'il confierait ses prestations à la concurrence. Ensuite, il m'a raccroché au nez. Tu te rends compte ? Mon père commence même à faire fuir ses propres clients. On ne peut pas rester sans rien faire. Il faut agir, et vite !

— Tu veux que je t'aide à organiser un stage de relations clientèle pour ton père ?

Gerald Robinson était un vieux génie grincheux et bourru qui n'apprécierait en aucun cas de voir un collaborateur indépendant se mêler de ce qui ne le regardait pas. Ce serait pour lui la meilleure façon de se faire virer sur-le-champ. Fin de l'aventure.

Et pourtant, il lui suffit de poser les yeux sur le visage empreint d'espoir de Zoe pour comprendre que cette fois elle ne plaisantait pas. Il allait devoir trouver une bonne raison pour décliner sans la vexer.

Alors, il sourit tout en secouant la tête.

— Zoe, tu dois me prendre pour quelqu'un que je ne suis pas. Moi, je suis doué avec les ordinateurs. Pas avec les gens. A vrai dire, ces quelques astuces que tu essaies de mettre en place pour ton père me feraient le plus grand bien. Il s'agit d'un sujet délicat. Toi, tu es sa fille, tu peux te permettre d'aborder ce genre de questions. Mais nous autres… Enfin, si je m'en mêle, je t'assure que ça ne va pas être beau à voir.

Elle ne répondit rien, se contentant de fixer ses mains posées sur ses genoux. Il détestait la décevoir ainsi, mais ce qu'elle lui demandait dépassait largement ses compétences.

— Ce site web dont tu parlais tout à l'heure ? reprit-il. Je préférerais faire ça. C'est plus dans mes cordes que de travailler à redorer l'image de ton père.

Elle releva les yeux.

— Tu es en train de me dire que tu vas m'aider à faire ce site ? demanda-t-elle, ravie.

— Attends... Quoi ? Non !

— Mais tu viens de dire que tu préférerais faire ça... Et je ne plaisantais qu'à moitié quand je t'ai parlé de ce projet tout à l'heure... Phil est vraiment débordé, et un peu d'aide lui ferait le plus grand bien. Sans cela, je vais devoir externaliser ce projet. Je suis capable de rédiger du contenu, mais toutes ces histoires d'HTML, c'est du charabia pour moi ! Tu veux bien m'aider, Joaquin ? S'il te *plaît* !

Elle fronça le nez et lui adressa un sourire qui semblait indiquer qu'elle resterait en apnée tant qu'il ne lui aurait pas répondu.

Cette femme était une force de la nature. Il n'était pas certain de comprendre ce qu'elle venait de faire — ni même ce que lui faisait — quand il s'entendit répondre :

— Bien sûr, je t'aiderai à concevoir le site. Organisons donc dès maintenant une réunion.

Il crut déceler une lueur de surprise dans le regard de Zoe.

— Oh ! Merci ! Demain, 15 heures, ça te convient ?

Il ouvrit l'appli « calendrier » sur son téléphone.

— Je peux me libérer une demi-heure.

— Dans ce cas, nous ferons au mieux dans ce court laps de temps.

Avec un sourire lumineux, elle se leva en rajustant sa jupe. Ce fut plus fort que lui : il suivit des yeux le trajet des mains de Zoe le long de ses cuisses. Quand il prit conscience de ce qu'il était en train de faire, il s'empressa de relever les yeux vers son visage.

Ne venait-elle pas de le piéger ? Car, en comparaison de l'organisation d'un stage en relations publiques pour le grand Gerald Robinson, la perspective de concevoir un site web s'apparentait à une promenade de santé.

La lueur victorieuse qui pétillait dans les yeux de Zoe lui donna envie de rétropédaler, mais il n'en fit rien. A présent, une seule chose était certaine : il devrait faire preuve de la plus grande prudence.

Inutile de le nier : cette femme l'attirait. Il faudrait être mort pour rester de marbre face à elle. Zoe était une femme superbe, mais il ne s'engagerait pas sur ce terrain. Le temps d'une réunion d'une demi-heure, il saurait faire preuve de self-control.

— Alors, chez toi ou chez moi ? reprit-elle d'une voix on ne peut plus enjôleuse.

Avant qu'il puisse répondre, quelqu'un frappa puis ouvrit la porte.

— Désolée de te déranger, mais… Oh !

Steffi-Anne Bunting, la responsable des services généraux, avait passé sa crinière blonde dans l'embrasure, mais ne finit pas sa phrase : elle s'arrêta net en apercevant Zoe.

Elle plissa les yeux, regardant tour à tour Joaquin et Zoe.

— Tu avais besoin de quelque chose, Steffi-Anne ? demanda Joaquin.

— Je venais juste, euh…, bafouilla-t-elle en désignant alors le bloc-notes qu'elle tenait. Je viens de m'apercevoir que je n'avais pas reçu ta réponse à l'invitation pour le stage de cohésion d'équipe à Cowboy Country. Nous partons dès jeudi après-midi, et il me faut le nombre exact de participants. Tu seras des nôtres ?

Comme Zoe, Steffi-Anne avait elle aussi le chic pour passer très régulièrement le voir à son bureau. Elle aurait tout à fait pu lui poser cette question par mail… Mais comme elle était là…

— A vrai dire, j'ai renvoyé l'invitation en exprimant mes regrets la semaine dernière. Tu ne l'as pas reçue ?

— Si, expliqua Steffi-Anne, je l'ai bien eue, mais…

— Tu ne viens pas ? s'écria en même temps Zoe. Mais il faut que tu viennes !

Joaquin secoua la tête.

— Il s'agit d'une sortie destinée à renforcer la cohésion d'équipe. Je ne suis qu'un consultant temporaire. Je ne trouvais pas appropriée ma présence à ce genre d'événement.

— Au contraire, elle est totalement appropriée ! insista Steffi-Anne d'un ton légèrement condescendant. C'est bien pour cela que tu y as été invité ! Et c'est la raison pour laquelle je te relance.

En vérité, ces stages à visée psychologisante pour renforcer l'esprit d'équipe n'étaient pas sa tasse de thé. Ils le mettaient mal à l'aise. Non, *mal à l'aise* n'était pas un qualificatif assez fort. Ils lui donnaient l'impression d'être un animal enfermé en cage. Et tout ce qu'il avait envie de faire quand il se sentait acculé de la sorte, c'était prendre ses jambes à son cou.

Il observa ces deux femmes séduisantes dans son bureau. Il aurait dû être flatté de l'intérêt qu'elles lui manifestaient. Il n'y a pas si longtemps, il les aurait même peut-être fréquentées toutes les deux. En même temps, peut-être. Tout en gardant sous le coude un certain nombre d'autres prétendantes, au cas où…

Mais ça, c'était avant…

Il avait appris à son détriment que des liaisons sur le lieu de travail menaient généralement au désastre. Et il savait tout aussi bien qu'ouvrir son cœur était aussi le meilleur moyen de s'assurer un aller simple destination l'enfer.

— Je suis sûr que vous vous amuserez bien à Cowboy Country, mais j'ai beaucoup de travail à abattre, et très peu de temps pour le faire. Donc, je vous remercie, mais je vais devoir décliner.

— C'est ce que nous verrons, reprit Steffi-Anne avec un sourire en décalage total avec son ton tranchant.

— Arrête de le harceler, intervint Zoe. S'il n'a pas envie de venir, rien ne l'y oblige.

Serrant son bloc-notes contre sa poitrine, Steffi-Anne posa sa main libre sur sa hanche fine.

— Ecoutez, M. Robinson tient à ce que tous les cadres de l'entreprise participent à ce stage. Si cela peut te convaincre, Joaquin, c'est pour le travail. Pas pour se la couler douce. Je crois qu'il faut que tu revoies ton emploi du temps.

A cet instant, il croisa le regard de Zoe. Malgré la façon

dont elle venait de le défendre, il décela comme une lueur d'espoir dans ses yeux. Naturellement, elle serait à Cowboy Country. Et soudain, la perspective de se joindre à l'équipe lui parut nettement moins insupportable.

2

Le lendemain après-midi, Zoe déposa deux cappuccinos ainsi que plusieurs sachets de sucre et d'édulcorant sur le coin de son bureau. Puis elle se dirigea vers la porte pour observer le tout sous l'angle de vue de la personne arrivant dans la pièce.

— Non, ça fait trop mis en scène, marmonna-t-elle en revenant à son bureau. Enfin… Bien sûr que c'est mis en scène, mais… Mieux vaut le naturel et la simplicité.

Elle prit un gobelet en carton et but une gorgée du breuvage chaud, en s'assurant de bien laisser une marque de rouge à lèvres sur le rebord. Puis elle posa le gobelet près de son clavier d'ordinateur. Ainsi, elle ne donnerait pas l'impression qu'elle attendait Joaquin pour boire son café.

Elle rapporta la tasse de Joaquin et les sachets sur le plateau derrière son bureau.

Et s'il n'aimait pas le cappuccino ? N'y avait-il pas quelque chose de présomptueux à lui offrir ainsi un café ? N'était-elle pas en train de devenir folle, à essayer de tout prévoir ?

Elle posa une main sur sa poitrine. Son cœur battait à tout rompre. Alors, elle prit une grande inspiration par le nez. Et souffla lentement l'air par la bouche.

Ce n'était pas un rendez-vous amoureux. Et puis, ce n'était pas comme si elle débarquait à l'improviste dans le bureau de Joaquin avec deux tasses de café. Il venait l'aider pour le site web. Il lui rendait service.

Et, s'il n'aimait pas le café, elle n'aurait qu'à l'offrir à quelqu'un d'autre.

— Qu'est-ce que tu regardes comme ça ?

Elle sursauta en entendant Joaquin, qui venait d'arriver et se trouvait derrière elle.

Elle se retourna vers lui, et soudain tout devint limpide.

— Tu veux la vérité ?

— Bien sûr.

— Je t'ai pris un cappuccino quand je suis allée m'en chercher un pour moi, et je m'aperçois que je ne sais même pas si tu aimes le café… Est-ce que tu en bois ?

— J'adore le café. Et, pour tout dire, un bon shoot de caféine me fera le plus grand bien, là, maintenant.

Elle lui désigna alors le plateau derrière le bureau.

— Eh bien, je t'en prie, il est pour toi.

Il se servit, et elle remarqua qu'il n'ajoutait pas d'édulcorant à son café.

Voilà qui est bon à savoir. Pour l'avenir.

— Je te remercie.

Il but une longue gorgée, puis posa la tasse sur le bureau de Zoe. Il fit alors pivoter le fauteuil réservé aux visiteurs pour le placer à côté du sien, devant le bureau, de sorte qu'ils puissent s'asseoir côte à côte. Elle ne put s'empêcher de remarquer ses biceps qui se contractaient sous la manche de sa chemise blanche. Le tissu clair contrastait avec sa peau hâlée, et soudain Zoe l'imagina sur la plage de South Beach, à Miami, vêtu d'un simple short de surf. A l'université, elle y était allée pendant son « spring break ». Dommage qu'elle ne l'ait pas connu à cette époque.

Elle se demanda soudain à quoi ressemblait sa vie avant son arrivée chez Robinson Tech. Enchaînait-il les aventures sans lendemain ? Avait-il quelqu'un dans sa vie ?

— On commence ? lança-t-il en lui faisant signe de s'asseoir.

Elle prit place, et il s'approcha. Il était suffisamment près pour qu'elle sente le parfum subtil de son après-rasage. S'appuyant sur l'accoudoir, elle se pencha vers lui, pour humer à fond cette fragrance, s'en délecter tandis qu'il tirait le clavier sans fil vers lui.

Manifestement, il ne remarqua rien, tout concentré qu'il était sur son travail. En quelques minutes, il fit apparaître la page dont ils avaient besoin, puis entra quelques identifiants sur un écran auquel Zoe ne comprit rien.

Elle se redressa sur son siège, bien décidée à agir en bonne professionnelle qu'elle était, et non en groupie enamourée. Exactement la stratégie inverse à celle de Steffi-Anne. Zoe savait bien que sa collègue en pinçait pour Joaquin. Comme toutes les femmes du bureau. Mais, là où Zoe avait tendance à l'idolâtrer et à perdre ses moyens, Steffi-Anne se comportait en véritable dominatrice.

Il était intéressant d'observer comment Joaquin ne réagissait ni à l'une ni à l'autre de leurs sollicitations.

Zoe se retranchait derrière son professionnalisme. Elle avait obtenu son poste au mérite, et non parce qu'elle était la fille du patron.

Bien sûr, Steffi-Anne glissait régulièrement quelques allusions relatives à un supposé népotisme. Au début, Zoe en avait été déstabilisée. Mais, par la suite, ses résultats avaient parlé d'eux-mêmes.

Voilà pourquoi il fallait que ce site web soit une réussite. Voilà pourquoi elle s'en était remise à l'expertise de Joaquin.

Elle lui avait adressé par mail le cahier des charges et quelques pistes de conception pour le nouveau site, ainsi qu'un début d'iconographie. Bref, elle avait fait sa partie, et n'avait pas la moindre idée de ce que les chiffres et autres symboles qu'il entrait dans l'ordinateur signifiaient. Pour l'instant, elle ne serait pas d'une grande aide à Joaquin.

C'était donc le moment d'alimenter un peu la conversation.

— Donc, tu es un buveur de café, dit-elle. Qu'y a-t-il d'autre que je ne sache pas encore à ton sujet ?

— Comment ça ? demanda-t-il sans quitter l'écran du regard tout en continuant de pianoter sur le clavier.

— Eh bien, je m'aperçois que cela fait trois mois qu'on travaille ensemble, mais je ne sais presque rien de toi.

— Je suis d'un naturel discret.

— Cela veut-il dire que tu préfères ne rien me dire ? Tu sais, je veux parler de ces petites banalités que s'échangent les gens, quand ils font connaissance. Ne serait-ce que pour faire la conversation.

— Ah bon, parce qu'on est en train de faire connaissance ? Ou de se faire la conversation ?

— J'aimerais en savoir plus à ton sujet.

Comme il ne protesta pas, elle décida d'aller plus loin.

— Et si je te posais une question, et toi, après m'avoir répondu, que tu m'en poses une à ton tour ?

— Pourquoi devrais-tu commencer ? demanda-t-il sèchement.

— Si tu y tiens, à toi l'honneur. Je t'en prie.

Il s'arrêta de pianoter, puis leva les yeux vers elle. Enfin, il allait se prêter au jeu ! Pour la première fois depuis que Joaquin avait franchi les portes de Robinson Tech, elle éprouva un semblant d'espoir.

D'un air détaché, elle s'appuya sur l'autre accoudoir tout en continuant de humer discrètement son parfum.

— Honneur aux filles. J'y tiens.

— Quel gentleman !

Il y avait un million de choses qu'elle avait envie de lui demander. Mais elle savait qu'en commençant par les questions les plus croustillantes, les plus intimes, elle courait le risque qu'il se replie sur lui-même.

Elle décida donc de rester en terrain neutre.

— Qu'as-tu décidé pour le séjour à Cowboy Country ? Tu y vas ou pas ?

— A vrai dire, je pense que je vais y aller.

— C'est vrai ? Tu n'en peux plus d'avoir Steffi-Anne sur le dos ? Cette femme n'accepte pas le moindre refus, hein ? A l'écouter, on dirait que c'est sa petite fête personnelle.

— Je n'en sais rien. Mais, comme j'ai de la famille à Horseback Hollow, je me dis que ce sera l'occasion de leur rendre visite. Mais, au lieu de prendre le bus avec tout le monde jeudi, je pense que je m'y rendrai en voiture et que je dormirai chez mon père. Je raterai le dîner de jeudi, mais je me rattraperai vendredi, avec toute l'équipe.

— Tu vivais à Horseback Hollow avant de t'installer ici, n'est-ce pas ?

— A l'origine, je suis de Miami, mais, oui, j'y ai passé quelques mois auprès de ma famille avant de venir à Austin. Horseback Hollow était un peu trop calme à mon goût.

Elle pouvait le comprendre. A côté de Miami, la petite ville texane manquait d'animation. Même Austin n'avait pas grand-chose à voir avec la Floride. Et Zoe appréciait ce zeste de folie que Joaquin avait apporté dans son monde.

A cette idée, elle sentit un trouble la gagner.

Oui, la présence de Joaquin lui faisait du bien. Peut-être que, s'il continuait à l'aider sur des projets comme ce site, son père pourrait lui trouver un poste permanent à l'issue de sa mission de consulting ? Ainsi, il pourrait s'installer pour de bon à Austin…

— Est-ce que tu te plais à Austin ? demanda-t-elle.

Il haussa les épaules, absorbé par les codes qui défilaient sur l'écran devant lui.

— Jusqu'à présent, ça va.

Sa réponse n'était pas des plus enthousiastes. Son visage, son langage corporel ne laissaient pas paraître grand-chose. Difficile d'insister…

Le mieux était peut-être de changer de sujet.

Horseback Hollow était un peu trop calme à son goût ? Il s'y était rendu pour se rapprocher de sa famille. Cette idée plaisait à Zoe. Pour elle, la famille était une priorité, même si ses frères et sœurs avaient parfois des penchants autoritaires.

Comme son frère aîné, Ben, par exemple, qui rebattait les oreilles de tout le monde sur le fait que plusieurs membres du clan Fortune vivaient à Horseback Hollow. Obsédé par cette illustre famille, il était persuadé que leur propre père avait un lien de parenté avec ce clan. Aidé de Rachel, qui vivait à

Horseback Hollow, son frère aîné avait réussi à rallier toute la fratrie à sa cause, au prix cependant d'une tension dans les relations avec leur père, ce dernier assurant à qui voulait l'entendre que pas une seule goutte du sang des Fortune ne coulait dans ses veines.

Même si Zoe soutenait son père et respectait ses démentis, elle se dit qu'il serait intéressant de connaître l'avis de Joaquin sur la question.

— Tu dois connaître la famille Fortune, j'imagine ? demanda-t-elle. Vous êtes liés, n'est-ce pas ?

Il la dévisagea, comme pour chercher à lire dans ses pensées.

— C'est une très grande famille, mais oui, j'en connais quelques membres depuis que mon frère Cisco a épousé Delaney Fortune Jones, et que ma sœur, Gabriella, est mariée à Jude Fortune Jones. Mais, pour être honnête, je n'ai passé que peu de temps auprès d'eux. Pourquoi cette question ?

— Le nom des Fortune circule beaucoup ces derniers temps dans ma propre famille.

— Vraiment ? Pour quelle raison ?

Elle poussa un soupir.

— C'est une histoire longue et compliquée.

Joaquin tourna de nouveau son regard vers l'ordinateur.

— Si tu n'as pas envie d'en parler, je comprends. Je ne les connais que de loin. A bien y réfléchir, mon frère a épousé ta sœur. Autrement dit, toi et moi, on est liés au même degré que je le suis avec les Fortune.

Cette remarque aurait pu la vexer s'il n'avait pas haussé les sourcils tout en affichant un sourire renversant.

Elle se remémora alors sa première rencontre avec Joaquin. C'était un an auparavant, pour le mariage de Rachel. Zoe était demoiselle d'honneur et Joaquin était le témoin de Matteo — honneur qui lui avait sans doute été décerné parce qu'il était l'aîné de la fratrie. Elle se demanda ce qu'il avait ressenti en étant l'aîné et en voyant trois de ses quatre cadets convoler avant lui.

Elle, en tout cas, se satisfaisait parfaitement de sa place

parmi les plus jeunes de son clan, car, depuis quelque temps, les choses avaient tendance à se précipiter du côté d'Austin. En plus du mariage de Rachel l'an dernier, ses frères Ben et Wes avaient trouvé l'âme sœur ces derniers mois et filaient le parfait amour chacun de leur côté.

A ce rythme, elle allait finir cataloguée « vieille fille » avant l'heure, et risquait d'être la dernière à passer devant l'autel. Du coin de l'œil, elle observa le profil magnifique de Joaquin, et son estomac se noua comme à chaque fois qu'elle prenait conscience de sa proximité avec lui.

— Y a-t-il des Fortune à Miami ?

Il secoua la tête.

— Pas à ma connaissance. Mais j'ai l'impression que cette histoire te tracasse plus que tu veux bien l'admettre. Tu es certaine de ne pas avoir envie d'en parler ?

Elle se laissa happer par son regard, et se dit qu'elle adorerait pouvoir tout lui raconter. De toute façon, elle apprécierait même de discuter avec lui de cet imbuvable charabia qui s'affichait à l'écran… Enfin, pour le coup, elle l'écouterait lui parler plus qu'elle ne parlerait elle-même, étant donné qu'elle n'y connaissait strictement rien.

— Est-ce que tu sais garder un secret ? finit-elle par demander.

Il la regarda d'un air méfiant.

— S'il s'agit de quelque chose que tu ne devrais pas me raconter, alors je préfère ne rien savoir.

— Non, ce n'est pas *vraiment* un secret. Ce n'est pas une affaire d'Etat, sinon je ne dirais rien. Je voulais juste savoir si cela pouvait rester entre nous. Même si je me rends bien compte que tu n'es pas du genre à alimenter les ragots de bureau.

— C'est clair que ce n'est pas mon truc, s'esclaffa-t-il.

Cette fois, il l'écoutait attentivement. Il continua de siroter son café sans la quitter des yeux, et elle sentit sa bouche s'assécher.

Elle but une nouvelle gorgée avant de reprendre :

— Voilà : mes frères et sœurs se sont rangés à cette idée

absurde que notre père serait d'une façon ou d'une autre apparenté aux Fortune.

Il fronça les sourcils, semblant aussi interloqué qu'elle l'avait été quand elle avait appris la nouvelle.

— Ah bon ? C'est une famille nombreuse. Ils ont des parents un peu partout. Je ne serais pas surpris d'apprendre que certains sont établis à Austin.

— Ce n'est pas le cas. Il n'y a pas de lien de sang entre les Robinson et les Fortune. Mon père a été on ne peut plus clair à ce sujet. Je ne comprends pas précisément comment mes frères et sœurs se sont mis cette idée en tête, mais je pense qu'ils devraient arrêter d'en faire toute une affaire, comme le leur a demandé notre père.

— Mais ils insistent malgré tout ?

— En effet. Ben est allé jusqu'à traquer une vieille dame nommée Jacqueline Fortune. Il est persuadé qu'il s'agit de notre grand-mère cachée. Mais tu sais quoi ? Elle a eu un fils prénommé *Jerome* - et non *Gerald*, n'est-ce pas — et, quand Ben a voulu lui parler de lui, elle a répondu que son fils Jerome était mort. Et ce, depuis plusieurs décennies. Mais crois-tu que cela aurait suffi à convaincre mon frère de mettre un terme à cette stupide croisade ? Non ! Il continue d'insister, quand bien même il fait chou blanc. Il reste persuadé que Jacqueline Fortune se trompe.

A ces mots, Joaquin eut un mouvement de recul.

— Comment ça ? Une mère est bien placée pour savoir si son enfant est mort, non ?

— C'est ce que je me dis ! Apparemment, Ben a retrouvé cette Jacqueline dans une institution pour malades d'Alzheimer. Je crois qu'elle souffre d'une forme de démence sénile.

Joaquin avait un don pour recueillir des confidences, et Zoe lui en fut reconnaissante. Il soupira.

Comme il ne disait rien, elle finit par demander :

— Quoi ? Qu'y a-t-il ?

— Je constate que tu n'es pas totalement convaincue que

ton père dise la vérité. Mais je ne comprends pas pourquoi tu me demandes ce que je sais des Fortune.

— Je ne cherche pas de nouvelles preuves, si c'est ce que tu insinues.

— Non, pas du tout.

Elle haussa les épaules.

— Je crois que je suis juste curieuse. Mais, tu sais… Imaginons juste que mon père soit apparenté aux Fortune, et que pour une raison ou une autre il nous l'ait caché… *Primo*, pourquoi t'avoir engagé comme consultant, alors que tu es lié à cette famille ? *Secundo*, il s'est clairement construit sa propre vie et a expressément demandé à ses enfants d'abandonner cette enquête. Je ne vois pas pourquoi mes frères et sœurs continuent à aller à l'encontre de ses souhaits, et à douter de sa parole en s'efforçant de découvrir de preuves de son supposé mensonge. S'il affirme qu'il n'est pas un Fortune, je crois que sa famille devrait le respecter et arrêter de fouiner dans le passé. Qu'est-ce que ça change, de savoir ce qu'il était dans le passé ?

Le regard de Joaquin s'assombrit alors qu'il s'appuyait au dossier de son fauteuil.

— Tu me demandes mon avis, ou ce ne sont là que des questions rhétoriques ?

— J'aimerais bien savoir ce que tu en penses, répondit-elle.

Comme pour peser ses mots, il prit une grande inspiration.

— Personnellement, je trouve qu'une famille a le droit de connaître ses racines, même si une personne a de bonnes raisons de dissimuler ses origines. Je crois qu'il est mieux que la vérité éclate au grand jour.

— A t'écouter, tu sembles parler d'expérience, se risqua-t-elle à remarquer.

— Moi ? fit-il en secouant la tête. Il ne s'agit pas de moi. Je dis juste que je trouve que ce n'est pas bien de dissimuler des informations aussi fondamentales.

Pendant un instant, il parut sur le point d'ajouter quelque chose, mais sembla se raviser.

— Je trouve aussi touchante la façon dont tu t'inquiètes pour ton père, ajouta-t-il. Quels qu'aient pu être ses choix de vie, il s'est bien débrouillé pour élever une fille comme toi.

Aussitôt, le cœur de Zoe se mit à battre la chamade. Etait-ce un compliment ? Finalement, peut-être que ce quelque chose d'étrange qui le poussait vers lui n'était pas complètement sans espoir ?

Vendredi matin, Joaquin arriva à Cowboy Country, le parc à thème façon western qui avait ouvert un an plus tôt à Horseback Hollow. Il devait retrouver ses collègues de travail devant le pavillon Sagebrush, à l'intérieur du complexe.

Il avait effectué le trajet de six heures depuis Austin en voiture, la veille au soir, après le travail. Arrivé chez son père, Orlando Mendoza, vers 23 heures, il avait passé la nuit chez lui, puis avait entrepris de rejoindre les employés de Robinson Tech comme convenu après leur petit déjeuner.

Ses collègues avaient embarqué dans un bus spécialement affrété la veille, peu après midi, et avaient réservé la nuit dans des appartements Cowboy Country. Joaquin avait été soulagé de constater que Steffi-Anne ne le harcelait pas au sujet de sa décision de ne pas passer la nuit sur les lieux, avec le reste de l'équipe. Parfois, cette femme se montrait autoritaire, pour ne pas dire envahissante, mais au moins elle avait le mérite de se déclarer vaincue le cas échéant, et de reconnaître les efforts diplomatiques de Joaquin.

Une fois à l'intérieur du parc, il se dirigea sur Main Street, et longea les restaurants et autres bars et boutiques de souvenirs à thèmes. En approchant d'une clôture en bois indiquée sur la carte que Steffi-Anne avait fournie avec l'invitation, il entendit des coups de feu, suivis d'éclats de voix et de cris. A une vingtaine de mètres de Main Street, un couple de cowboys, l'un vêtu de blanc de la tête aux pieds, et l'autre vêtu de noir, sortirent en titubant du saloon, laissant les portes battre derrière eux.

— C'est le concours de tir de Main Street, déclara une employée du parc habillée en cow-girl. Vous êtes pile à l'heure. N'hésitez pas à vous rapprocher, mais je dois vous prévenir, il leur arrive de prendre quelques badauds innocents en otage…

Joaquin se demanda si tous les employés du parc se devaient de jouer un rôle toute la journée.

— A vrai dire, je suis venu assister au séjour de Robinson Tech. Selon cette carte, je suis censé rencontrer quelqu'un ici, qui m'indiquera le chemin jusqu'au pavillon Sagebrush. Suis-je au bon endroit ? Etes-vous cette personne ?

— Absolument ! Puis-je voir votre carton d'invitation, s'il vous plaît ? Et je vous indiquerai la suite du chemin.

Il balaya l'écran de son smartphone, puis montra la page d'invitation à la jeune femme. Satisfaite, elle lui tendit une carte du complexe, sur laquelle le chemin à suivre apparaissait sous forme de flèches. Puis elle ouvrit la clôture et s'écarta pour le laisser passer.

— Vous n'avez qu'à suivre la carte, et elle vous mènera au bon endroit. Le pavillon Sagebrush se trouve juste derrière les bâtiments administratifs. Vous ne pourrez pas le rater.

A peine eut-elle refermé le portail dans son dos qu'il se trouva propulsé de la petite ville de cow-boys du XIXe siècle vers une zone un peu plus contemporaine, en coulisse. Là, les gens n'étaient plus en costume, et allaient et venaient entre des bâtisses blanches et carrées qui lui rappelèrent les classes en préfabriqué de son école.

Au loin, il apercevait encore la partie supérieure de montagnes russes et entendait les cris des touristes enfermés dans une voiture qui faisait le grand huit. *Heureusement, personne ne me forcera à monter là-dedans…*

Quoique… Ce ne serait peut-être pas pire que les affres des jeux de « cohésion d'équipe » qui l'attendaient.

Il détestait ce genre de grand raout. La proximité forcée avec des collègues avec qui il ne partageait rien l'agaçait au plus haut point. Ce genre de stage était-il vraiment efficace ? Les gens se rapprochaient-ils vraiment après avoir été contraints de partager les mêmes jeux, les mêmes divertissements ?

Steffi-Anne avait organisé une journée entière de divertissements obligatoires pour l'équipe de Robinson Tech. Elle avait fourni à Joaquin tout un emploi du temps quand il était venu lui annoncer sa participation, à condition de ne pas être obligé de prendre le bus ni de dormir sur place.

Le père de Joaquin avait été heureux de l'accueillir, malgré son arrivée tardive. Ils avaient discuté quelques instants avant de prévoir de se retrouver pour dîner ce soir au Coyote Steakhouse, juste devant l'entrée de Cowboy Country. A cette heure-là, l'équipe de Robinson Tech serait remontée dans le bus du retour.

Cowboy country était sans doute un lieu de divertissement, mais ce n'était pas à proprement parler la porte à côté depuis Austin. Joaquin se demanda pourquoi Gerald Robinson avait choisi ce lieu pour le stage.

Il repensa à ce que Zoe lui avait révélé quant aux possibles liens entre son père et la famille Fortune. Dans la mesure où Horseback Hollow grouillait de membres du clan Fortune, pourquoi Gerald aurait-il donné son accord pour une telle retraite s'il avait quoi que ce soit à cacher ? Quoi qu'il en soit, le grand patron n'avait probablement pas organisé lui-même l'événement et, si cette histoire avec les Fortune le gênait vraiment, il n'aurait jamais fait appel à ses services de consultant, vu ses propres liens avec cette famille. Car, en plus du mariage de Cisco avec une fille Fortune, le père de Joaquin entretenait une liaison avec Josephine Fortune Chesterfield. D'ailleurs, elle devait se joindre à eux deux ce soir pour le dîner. Cette femme était merveilleuse et, dans la mesure où son père semblait très épris d'elle, Joaquin avait hâte de faire sa connaissance.

Cependant, il y avait aussi un certain nombre de choses dont il voulait discuter avec son père. Des questions qu'il avait repoussées depuis trop longtemps. Curieusement, les confidences de Zoe avaient fait remonter à la surface ses propres histoires de famille.

Que se cachait-il donc derrière la brouille qui opposait depuis trois décennies son père à son frère Esteban ? Joaquin en avait une vague idée. Et il était temps que la vérité éclate au grand jour. Car, si l'intuition de Joaquin se révélait exacte, la querelle qui opposait son père à Esteban dépassait largement le cadre d'un simple désaccord entre frères.

Il passa devant une série de bâtiments modernes, puis tourna sur sa gauche après le dernier. Tout en se dirigeant vers la zone à l'écart où le parc accueillait les groupes, il aperçut Gerald Robinson marchant plus loin devant lui. Il trouvait étrange de voir un P-D-G assister à ce genre d'événement, mais Zoe lui avait expliqué que son père avait des réunions prévues avec des responsables de Cowboy Country. Joaquin accéléra le pas pour le rattraper. Cela ne lui ferait pas de mal de saluer en personne l'homme qui signait ses chèques d'honoraires, et de lui montrer qu'il savait aussi faire preuve d'esprit d'équipe.

Petit à petit, Austin déteignait sur lui. Il aimait l'ambiance décontractée de cette ville, ainsi que la liberté créative que lui offrait Robinson Tech. Et, si cette entreprise avait un poste permanent à lui proposer à l'issue de sa mission, il réfléchirait sans doute sérieusement à la question.

Gerald avait trop d'avance pour qu'il puisse le rattraper, et il ne tarda pas à s'engouffrer dans une porte sur laquelle était apposé un écriteau : « Cuisine visiteurs ».

Arrivé à son niveau, Joaquin voulut passer une tête par la porte pour lancer un simple « bonjour ». Car ce n'était pas tous les jours que l'on avait la possibilité de se trouver en tête à tête avec Gerald Robinson. De plus, il était certainement de bonne humeur, loin du bureau, sur ce terrain d'amusement censé renforcer la cohésion de ses équipes. Même si Joaquin pressentait que le grand patron détestait ce genre d'événements autant que lui.

Mais là était l'avantage d'être le grand patron : on n'était pas obligé de s'appliquer les principes que l'on prêchait. C'était peut-être le moment idéal pour lui poser quelques questions au sujet du logiciel qu'il était en train de mettre en œuvre pour Robinson Tech.

Joaquin poussa la porte, et fut accueilli par une bouffée d'air frais. Il cligna des yeux. D'abord, pour ajuster sa vue à la semi-obscurité qui régnait dans la pièce. Mais surtout par surprise. Car, à l'autre bout de la salle, il aperçut Gerald Robinson en train d'embrasser une autre femme que la sienne, Charlotte.

3

Te voilà donc au mauvais endroit, au mauvais moment, pensa Joaquin en s'éclipsant en silence. Il n'eut guère le temps d'identifier la silhouette frêle et rousse qui se lovait dans les bras robustes de son patron. Il recula à pas de loup, retenant sa respiration dans l'espoir de ne pas se faire repérer du couple dont il venait de surprendre l'étreinte.

Tout de même : quelle drôle d'idée que d'emmener sa maîtresse à un stage de cohésion d'équipe !

Joaquin revint sur ses pas en secouant la tête. Il aurait mieux fait de ne jamais s'écarter du sentier menant au pavillon Sagebrush. A l'angle du bâtiment, la première personne qu'il aperçut fut Zoe, reconnaissable à sa chevelure chatoyante. En la voyant, le dégoût qu'il venait d'éprouver en surprenant Gerald se mua en compassion pour elle. C'était une chic fille, généreuse, enjouée, qui avait un don pour mettre en valeur ce qu'il y avait de meilleur chez les gens, et notamment chez son père.

D'après la conversation qu'ils avaient eue l'autre jour à son bureau, Zoe était persuadée que son père était quelqu'un de bien. Et la seule idée de lui raconter la scène dont il venait d'être témoin brisait le cœur de Joaquin.

Mais après tout, à quoi bon la lui raconter ?

Au fait, Zoe, je viens de surprendre ton père en train d'embrasser une femme qui n'est pas ta mère…

Impensable.

D'ailleurs, il ne dirait rien à personne. A quoi cela servirait-il ? Cela ne réparerait rien ni ne servirait de leçon à Gerald. Joaquin n'avait rencontré Charlotte Robinson qu'une fois, brièvement. De ce qu'il savait, Gerald et elle formaient un couple « libre ». Même s'il ne comprendrait jamais comment une femme pouvait s'amouracher d'un homme aussi volage.

Vraiment, ça le dépassait. La raison d'être d'un mariage, n'était-elle pas justement de se jurer fidélité ? Ceux à qui cela ne convenait pas n'avaient qu'à rester célibataires. Comment pouvait-on mentir à l'autre, se mentir à soi-même à ce point ?

Car Joaquin savait ce que l'on ressentait en étant trompé. Et cela n'avait rien d'amusant. Il savait aussi qu'avoir plusieurs partenaires à la fois n'était amusant qu'en théorie. Parfois, on a beau être honnête sur ses intentions, les gens persistent à n'entendre que ce qui les arrange.

Il l'avait appris à ses dépens. Car il avait été tour à tour dans les deux situations, ce qui l'avait définitivement vacciné.

Non seulement il n'imaginait pas se marier un jour, mais il ne se voyait pas non plus multiplier les partenaires. Encore moins faire à une femme des promesses qu'il ne pourrait pas tenir.

A cet instant, il revit le visage de Zoe, avec son sourire sublime, confiant. Typiquement le genre de femme avec qui il pourrait sortir. Mais il savait que ce n'était pas ce qu'elle cherchait. Les femmes comme elle recherchaient la stabilité, l'engagement.

Trop de choses les séparaient. Sans parler du fait qu'elle était la fille du patron. Et que Joaquin n'avait aucune envie de se lancer dans une relation sérieuse à ce moment de sa vie — il ne savait même pas ce qu'il se passerait pour lui au terme de cette mission. Et puis, il y avait désormais ce secret qu'il venait de découvrir au sujet de son père. Une relation avec Zoe serait vouée à l'échec.

Car Joaquin détestait tricher. Autant qu'il détestait les tricheurs.

Oh ! il n'avait rien d'un saint. Avant de demander Selena en mariage, il avait fait des choses dont il n'était pas fier. Il connaissait bien les dégâts que pouvait causer le mensonge. Et il ne voulait infliger à personne ce genre de souffrances.

Approchant de ses collègues, il secoua la tête pour s'efforcer de penser à autre chose. Franchement, quoi de plus ridicule que de s'imaginer une liaison avec une femme comme Zoe Robinson ? Ou ne serait-ce que se rapprocher d'elle ? Passer du temps avec elle ? Embrasser ses lèvres gourmandes… Ou plus, si affinités.

Elle fut la première à le voir quand il pénétra dans le pavillon. Son regard s'illumina, et elle sourit tout en lui faisant signe de la main.

Dans son petit short rose et son débardeur orange, elle avait une classe naturelle et était à croquer ! Sa crinière châtaine était maintenue en arrière par un bandeau orange et rose. Quelle que soit l'occasion, Zoe donnait toujours l'impression de sortir des pages d'un magazine de mode. Oh ! elle ne jouait pas les divas. Simplement, son allure de jeune femme simple et avenante la rendait irrésistible.

Il ne put s'empêcher de répondre à son sourire, mais parvint à se retenir d'aller la rejoindre. Car la seule chose qu'il ferait, s'il lui avouait ce qu'il venait de voir, ce serait lui briser le cœur. Alors, il détourna les yeux.

Sans même parler de liaison, c'était précisément la raison pour laquelle Joaquin n'aimait pas se lier avec ses collègues : il préférait éviter de savoir des choses sur eux. A présent, à chaque fois qu'il regarderait Zoe, il penserait qu'il lui cachait quelque chose.

— Bonjour, Joaquin ! lança Steffi-Anne. Tu arrives pile au bon moment ! Nous nous préparions justement à faire des équipes de deux pour notre premier jeu ! Si tu veux bien rejoindre le groupe B, là-bas, nous allons pouvoir commencer.

Steffi-Anne s'adressa à tous à la cantonade.

— Nous allons faire une chasse au trésor ! Tous les membres de l'équipe A vont devoir piocher un nom dans ce sac, expliqua-t-elle en levant un élégant petit sac à poignées marron. Il s'agira du nom de leur partenaire du groupe B. Zoe, tu veux bien commencer ?

Son sourire avait quelque chose de faux, surfait. Et Joaquin eut le pressentiment qu'elle manigançait quelque chose. Car cette femme ne faisait jamais rien gratuitement.

Tout en plongeant sa main dans le sac de Steffi-Anne, Zoe dirigea son regard vers Joaquin. Comme il était beau dans ce T-shirt blanc, qui mettait en valeur son teint hâlé, et surtout ce jean moulant… qui donnait envie de lui empoigner les fesses pour vérifier si elles étaient aussi fermes et musclées qu'elles en avaient l'air.

Elle ne put réprimer un sourire à cette idée. Si seulement elle pouvait tirer au sort le nom de Joaquin… En étant la première à piocher, elle avait encore toutes ses chances. Même si la probabilité de tomber sur lui parmi tous ces noms était faible.

Du bout des doigts, elle palpa les dizaines de bouts de papier, en priant pour retirer le seul sur lequel était inscrit le nom Joaquin Mendoza. A cet instant, le regard de braise de Joaquin croisa le sien, et elle saisit aussitôt un morceau de papier, persuadée d'avoir fait le bon choix.

Retenant son souffle, elle le sortit du sac puis lut à haute voix.

— Sissy Hanson…

Sissy ? Du service comptabilité ? Oh non ! Elle n'avait pas droit à une seconde chance ? Enfin, elle n'avait rien contre Sissy. C'était une gentille fille… Mais ce n'était pas Joaquin.

Alors que Sissy venait la rejoindre, Zoe fit de son mieux pour dissimuler sa déception. Tout se passerait bien. Enfin, tant que Steffi-Anne ne se retrouvait pas en équipe avec Joaquin.

Il fallut bien cinq minutes pour former la totalité des binômes. A chaque fois que le nom de Joaquin n'était pas appelé, augmentant un peu plus les probabilités qu'il se retrouve en binôme avec Steffi-Anne, Zoe sentait sa tension s'accroître.

Joaquin n'avait toujours pas de coéquipier alors qu'il ne restait plus que Steffi-Anne et Jill Winski, qui était l'avant-dernière à piocher.

Quand celle-ci retira sa main du sac, elle fronça les sourcils et regarda à l'intérieur.

— Je crois qu'il manque un nom. Je viens de retirer le dernier morceau de papier.

— On va se débrouiller, déclara Steffi-Anne un peu trop rapidement.

Les deux seuls candidats encore libres du groupe B étaient Homer Martin, du service informatique, et Joaquin.

Bien entendu.

Zoe était prête à parier que le bout de papier entre les doigts de Jill portait l'inscription « Homer Martin ».

Elle sentit son estomac se nouer.

Jill secoua le sac, mais Steffi-Anne le lui arracha des mains sans ménagement.

— Non, regarde : le voilà ! Il reste encore un bout de papier !

Un sourire victorieux apparut sur ses lèvres.

— Joaquin ! Tu feras équipe avec moi pour la chasse au trésor !

Quelle surprise…

Avant même que qui que ce soit puisse protester, Steffi-Anne aboya ses ordres, énumérant les règles du jeu : il s'agissait avant tout d'un travail d'équipe, et le duo gagnant remporterait un superbe lot. A savoir, un déjeuner au Copper Kettle.

La chasse au trésor démarra aussitôt. Zoe s'aperçut que ses collègues femmes prenaient le jeu très au sérieux.

Quand Jill et Homer franchirent la ligne d'arrivée, après avoir répondu à toutes les énigmes de la liste, Sissy lança malicieusement :

— Tu sais, Jill ne s'est pas donné tout ce mal seulement pour déjeuner avec Homer… Mais pour empêcher Steffi-Anne de remporter ce repas avec Joaquin.

Aïe. C'était donc ça, la tournure que prenait ce stage ? Un grand jeu d'évitement et de coups bas ? En matière de cohésion d'équipe, on pouvait s'attendre à mieux. Mais Zoe avait bien l'intention de faire sa part.

S'efforçant de ne pas être mauvaise perdante, Steffi-Anne lança aussitôt l'activité suivante : la course à trois jambes. Voilà qui allait lui donner une bonne raison de se coller à Joaquin, de le prendre dans ses bras, de ne faire plus qu'un avec lui, jusqu'à atteindre le point de non-retour…

Le *point de non-retour* ? Mais qu'est-ce qui lui prenait ?

Elle ferait mieux de se reprendre *illico presto* ! songea Zoe. Cette façon dont son esprit était directement passé de la course à trois jambes à une évocation plus sensuelle en disait long sur la frustration qu'elle éprouvait dans sa vie amoureuse.

Elle risqua un regard du côté de Joaquin.

Franchement, quelle femme normalement constituée ne fantasmerait pas sur un homme comme lui ?

Sentant un frisson brûlant lui remonter la nuque, elle prit une grande inspiration pour se calmer avant que quelqu'un remarque son trouble.

Oui, Joaquin Mendoza lui plaisait terriblement. Mais allait-elle rester plantée là, à en rougir ? Ou, plutôt, à essayer de tenter sa chance ?

— Zoe, veux-tu bien recommencer en piochant le nom de ton partenaire pour la course ?

— Tu sais quoi, Steffi-Anne ? Puisque Jill et Homer ont remporté le round précédent, il me paraît juste de leur laisser l'honneur de piocher en premier. Puisqu'ils sont si forts ensemble, autant s'assurer qu'ils ne se retrouvent pas de nouveau associés, qu'en dis-tu ?

Steffi-Anne frappa dans ses mains.

— Puis-je avoir votre attention, s'il vous plaît ? Il nous reste quelques exercices en équipe à effectuer avant le repas. Ensuite, nous aurons un peu de temps libre, dans le parc. Puisque cela prend un peu de temps de piocher les noms pour chaque épreuve, pourquoi ne pas rester jusqu'à la fin avec le coéquipier que vous allez maintenant tirer au sort ?

Cela simplifiera les choses et nous laissera plus de temps pour flâner dans le parc.

Tandis que le sac passait de main en main autour du cercle, Zoe s'éloigna en direction d'une table de pique-nique. Dos au groupe, elle tendait l'oreille à l'énoncé de chaque nom tiré au sort. Puis elle sortit un stylo de son portefeuille, ainsi que le bout de papier qu'elle avait pioché lors de l'épreuve précédente. Et qu'elle avait gardé dans la poche de son short.

Rapidement, discrètement, elle plia le papier puis arracha la partie sur laquelle était noté le nom de Sissy. Et, sur la partie vierge, elle griffonna : « Joaquin Mendoza ».

Si, par chance, il était appelé par l'un des derniers candidats, Zoe reconnaîtrait sa défaite. Mais son intuition lui soufflait que les dés étaient pipés. Elle avait l'intention de piocher juste avant Steffi-Anne et, si elle avait vu juste, il ne resterait qu'un morceau de papier au fond du sac. Avec le nom de Joaquin inscrit dessus.

Elle resta donc à la table de pique-nique jusqu'à ce que le sac ait fini de tourner parmi les participants. Et, ô surprise, Joaquin n'avait toujours pas été appelé.

Zoe était consciente de courir un certain risque en défiant ainsi Steffi-Anne. Mais quelles étaient les probabilités pour que, sur plus de cinquante noms, celui de Joaquin se retrouve dernier deux fois de suite ?

Non, il y avait définitivement quelque chose de pourri au royaume de Cowboy Country.

Zoe souleva le sac marron puis, en faisant bien attention de garder son bout de papier caché entre le pouce et la paume de sa main droite, elle fouilla à l'intérieur et fit semblant de piocher.

— Joaquin Mendoza ! lut-elle à haute voix. Joaquin, viens donc me rejoindre !

— Quoi ? s'écria Steffi-Anne en lui lançant un regard assassin.

Zoe avait donc vu juste. Steffi-Anne n'avait pas glissé le nom de Joaquin avec les autres. Croyait-elle vraiment que personne ne s'étonnerait de la voir finir en duo avec lui deux fois de suite ? Pire : n'avait-elle pas anticipé le risque que Joaquin trouve cela malsain de la voir truquer ainsi le tirage, afin de se retrouver avec lui ?

Cela n'avait plus d'importance, à présent que Zoe serait celle qui ferait équipe avec Joaquin, non seulement pour la course à trois jambes, mais pour le reste des épreuves de la matinée.

Alors qu'elle pivotait sur ses talons pour le rejoindre, elle sentit une main sur son épaule.

— Bien joué, Zoe. Très bien joué, souffla Steffi-Anne d'une voix basse et venimeuse qui contrastait avec le sourire figé qu'elle affichait.

— Que veux-tu dire ? demanda Zoe d'une voix sucrée mais avec suffisamment de piquant pour avertir Steffi-Anne que tout cela n'avait rien d'un jeu.

— Tu sais très bien de quoi je parle. Je sais ce que tu as fait.

— Ah, tu veux parler de la façon dont les dés étaient pipés ?

Avant qu'elle puisse répondre, Joaquin vint se placer entre elles.

— Tout va bien ?

Il les dévisagea tour à tour, pressentant que quelque chose clochait.

— Tout va pour le mieux. Tu t'amuses bien, Joaquin ? minauda Steffi-Anne en lui prenant le bras. Tu ne regrettes pas d'être venu, dis-moi ?

Il suffisait de voir l'expression de Joaquin pour comprendre qu'il ne se laissait pas abuser une seule seconde par son petit numéro de charme.

— Non, bien sûr que non. C'est agréable de passer la journée dehors. Je n'en ai pas souvent l'occasion.

— Bon. Tu sais, j'étais justement en train d'expliquer à Zoe combien les concours de tir de Cowboy Country peuvent être hyper réalistes, articula-t-elle sans quitter Zoe du regard. Il y a de quoi se méfier, je pense… Bref, Joaquin, n'oublie pas de me réserver une place à côté de toi sur les montagnes russes, d'accord ?

Elle conclut par un petit rire qui sonnait faux.

— Les montagnes russes ? répéta-t-il en secouant la tête. Désolé, je ne suis pas un grand fan. En revanche, j'ai hâte de m'essayer à la course à trois pieds !

Il ponctua ses propos d'un petit clin d'œil à Zoe.

4

— C'était quoi, ce numéro ? demanda Joaquin à Zoe dès que Steffi-Anne s'éloigna.

Zoe parut sur le point de lui révéler quelque chose, mais elle se ravisa.

— Rien du tout. Elle m'expliquait le fonctionnement de Cowboy Country. C'est la première fois que je viens ici. Et toi ? Tu as peut-être tenté l'expérience quand tu vivais à Horseback Hollow ?

— Non. C'est ma première fois, à moi aussi.

Elle haussa un sourcil.

— Tiens donc… Ça me fait plaisir de partager cette *première fois* avec toi. Ça rend les choses… disons *spéciales*.

Avait-elle conscience du double sens de ses propos ?

Quelle question ! Evidemment. Zoe se comportait parfois en séductrice compulsive. Et, quand elle se mettait à jouer à ce petit jeu, elle le prenait de court. En l'occurrence, il ne savait que répondre. Mieux valait ne pas l'encourager sur cette voie. Et pourtant, Joaquin n'avait qu'une envie : attiser le feu qui couvait en elle.

Alors, il opta pour cette seconde solution.

— S'il te plaît, vas-y doucement avec moi, lança-t-il sur un ton de boutade. Les sensations fortes, ce n'est pas mon truc. Je ne suis pas ce genre de mec…

Elle soutint son regard, les yeux pétillants de malice.

— Alors comme ça, tu n'aimes pas quand ça va trop vite, ou trop fort ?

Décidément, rien ne lui faisait peur.

— Non. Je préfère que les choses soient lisses, sans à-coups.

— C'est vrai ? Et si tu me racontais ?

Il sentit un frisson de désir le traverser.

Le sourire de Zoe était irrésistible. Manifestement, elle avait compris qu'elle le déstabilisait, ce qui semblait attiser son ardeur. Et, au passage, celle de Joaquin. L'espace d'un instant, il envisagea même de la prendre dans ses bras pour lui montrer de façon très concrète comment les choses pouvaient évoluer facilement entre eux. Mais, quelque part au fond de son cerveau embrumé de désir, il savait que cela ne contribuerait qu'à troubler un peu plus leur relation.

D'autant qu'il lui dissimulait déjà un secret. Si les choses entre eux évoluaient vers plus d'intimité — et il lui fallait rassembler une volonté impressionnante pour ne pas céder à cette tentation —, il serait contraint de lui révéler ce dont il avait été témoin en arrivant ici.

A moins que…

Il était tellement absorbé par son propre désir pour elle qu'il ne savait plus où il en était. La seule solution était de mettre un terme à tout ça. Dès maintenant.

Il recula d'un pas.

— J'ai l'impression que Steffi-Anne ne sera pas du tout lisse avec nous si on gagne sa course, déclara-t-il. Son planning ne nous laisse pas beaucoup de temps morts. Alors, si on s'y mettait dès maintenant ?

Comme il s'en doutait, Steffi-Anne était d'humeur massacrante : le visage fermé, elle avait rassemblé ses cheveux blonds en une queue-de-cheval négligée, et sa tunique jaune était tachée. Et sous cet angle, sous la lumière éblouissante du soleil, son air renfrogné lui donnait dix ans de plus.

— D'accord. Allons-y !

Zoe se rapprocha de lui, plaquant ses jambes longilignes et bronzées contre les siennes jusqu'à ce qu'ils se retrouvent hanche contre hanche. Enfin presque. Car elle était si frêle qu'en réalité ses hanches lui arrivaient à mi-cuisse. Et il adorait la façon assez impudique dont elle venait envahir son espace. Mais l'autre bonne nouvelle, c'était qu'il savait à présent à quel point elle semblait avoir été conçue pour se retrouver entre ses bras. Comme si sa place était ici.

Et puis, oh, ses jambes… Moins longues que les siennes, certes, mais quel galbe !

Il se plaqua contre elle, sentant une nouvelle onde de désir le traverser. La senteur de son shampoing, légère et fleurie, monta à ses narines, avec celle de son savon — à moins que ce ne soit son parfum ? Enivré, il mourait soudain d'envie de s'allonger près d'elle pour enfouir son visage dans le creux délicat de son cou.

Quelle belle surprise que de se retrouver ainsi, enlacés, à savourer ce contact… Soudain, toutes ces niaiseries de cohésion d'équipe lui parurent tout à fait intéressantes.

Même si fricoter avec la fille du patron n'était pas une bonne idée, cela ne signifiait pas pour autant qu'il ne pouvait pas profiter de ces moments où il se retrouvait attaché — littéralement — à Zoe Robinson. Et que le meilleur gagne !

On prétend parfois que la façon dont une personne danse révèle quelque chose de son aisance au lit. Zoe ne put s'empêcher de se demander si cette règle s'appliquait aussi aux gens pratiquant la course à trois jambes ou le lancer de ballons à eau. Parce que si tel était le cas… Alors Joaquin et elle avaient des moments prometteurs entre les draps !

Ils avaient gagné toutes les épreuves nécessitant de mettre en commun leurs capacités physiques. Bien sûr, ils avaient été aidés en cela par l'obligation de franchir certaines limites que la bienséance les empêchait de transgresser en temps normal, dans le contexte professionnel où ils se côtoyaient.

Pourquoi les stages de cohésion d'équipe n'avaient-ils pas lieu tous les jours ?

Mais, si tel avait été le cas, Steffi-Anne aurait probablement trouvé une façon de s'assurer qu'elle seule jouerait en duo avec Joaquin.

Car à peine furent-ils invités à l'issue des épreuves à rejoindre le barbecue offert par Cowboy Country que Steffi-Anne s'empressa de le rejoindre.

Tout naturellement, Zoe et lui avaient regagné le buffet ensemble. Une fois qu'ils eurent rempli leurs assiettes — poulet, poitrine de bœuf, haricots blancs, coleslaw et salade de pommes de terre —, ils se trouvèrent deux places à une table.

Steffi-Anne arriva avec son assiette à la table où Joaquin et Zoe s'étaient joints à six autres collègues. Zoe était assise à côté de Joaquin, qui se trouvait en bout de table.

— Poussez-vous, s'il vous plaît, lança-t-elle en bousculant doucement Tracy, du service comptabilité.

— Il reste plein de places aux autres tables, fit remarquer Tracy.

— Oui, mais c'est la seule table à l'ombre, rétorqua Steffi-Anne avec une mine dépitée qui ne tarda pas à émouvoir toute la tablée.

Tracy se leva en grommelant pour rejoindre une autre table. A peine eut-elle disparu que Steffi-Anne accapara Joaquin.

— Alors, tu es content d'être venu aujourd'hui ?

— Finalement oui, concéda-t-il en souriant à Zoe. Je m'amuse beaucoup.

Lorsqu'il posa son regard sur elle, Zoe sentit son cœur s'emballer.

— Et moi, je meurs d'envie d'essayer les montagnes russes ! déclara Steffi-Anne. J'attends ça depuis ce matin !

— Quant à moi, j'attends les churros ! lança Zoe. J'en suis complètement accro !

Steffi-Anne la dévisagea comme si elle venait d'annoncer qu'elle s'apprêtait à dévorer un seau de carcasses de poissons.

— Les churros ? répéta-t-elle en grimaçant. Autant avaler un litre d'huile et un kilo de sucre d'un coup ! Pour l'instant, tu es jeune, ma jolie, mais, si tu continues à t'empiffrer de choses de ce genre, tu le regretteras plus vite que tu le crois…

Depuis quand manger des beignets était devenu un péché capital ?

— Un de temps en temps, je ne vois pas où est le problème, riposta Zoe. Ce n'est pas un gâteau tous les cinq ans qui mettra ma ligne en péril.

— A toi de voir, répliqua Steffi-Anne en haussant les épaules avant de balayer du regard l'aire de pique-nique. Oh ! regarde donc, Zoe : voilà Ron Lowell. Vous ne sortiez pas ensemble à un moment ? Il est pas mal, dans le genre premier de la classe...

— On a dîné ensemble deux ou trois fois, répondit Zoe un peu déstabilisée par ce changement inopiné de sujet. C'est un chic type, mais il n'y a jamais rien eu de sérieux entre nous.

— Tu vois quelqu'un en ce moment ? insista Steffi-Anne.

— Personne.

— Je croyais que tu avais un petit ami ?

— Non. Je suis complètement libre.

La façon dont Steffi-Anne tripotait la nourriture dans son assiette lui fit penser à une sorcière qui remuerait son chaudron magique. A tout moment, elle pourrait dégainer sa pomme empoisonnée en lui expliquant qu'elle serait nettement plus saine que des churros.

— Ça m'étonne que tu n'aies toujours pas trouvé chaussure à ton pied, poursuivit-elle. On t'a pourtant vue en compagnie de nombreux hommes. Comme Jake, par exemple, ou George Simpson, du service marketing.

Elle parlait en les désignant de la pointe de sa fourchette.

— Et pourquoi ça n'a pas marché avec Franck ? Je trouvais que vous alliez particulièrement bien ensemble, ajouta Steffi-Anne avant de se tourner vers Joaquin. Je ne suis pas en train de dire que cette fille est une Marie-couche-toi-là, mais c'est vrai qu'elle est très populaire au bureau. D'ailleurs, si tu es intéressé, Joaquin, tu ferais bien de prendre un ticket...

Non, mais quelle peste ! Si Zoe avait toujours su que Steffi-Anne était la reine de l'hypocrisie, elle n'avait jamais imaginé qu'elle puisse se montrer aussi mesquine. Cela dit, elle ne s'était jusqu'à présent jamais retrouvée en compétition contre elle pour un homme…

— C'est à ça que ça sert, de sortir ensemble, rétorqua Zoe. On fait connaissance, on évalue si on a des affinités. Si ce n'est pas le cas, il n'y a pas lieu de donner suite.

Depuis le jour où Zoe avait commencé à travailler pour son père chez Robinson Tech, elle avait toujours mis un point d'honneur à ne pas jouer la fille à papa. Car elle était consciente d'avoir eu la chance de naître dans une famille influente, privilégiée. Si elle en éprouvait une forme de reconnaissance, elle avait cependant toujours tenu à faire ses preuves, à montrer l'étendue de ses compétences, de son expertise dans le travail, afin de mériter son avancement professionnel. Le népotisme, ce n'était pas pour elle. Jamais elle n'avait tenté de profiter de son statut de fille du patron. Voilà pourquoi elle avait toujours travaillé dur, et fait de nombreux efforts pour se faire apprécier de ses pairs.

Or il arrivait que certaines personnes, comme Steffi-Anne, jouent du fait qu'elle ne riposterait pas et la provoquent plus que quelqu'un qui n'aurait pas hésité à les remettre à leur place.

Aujourd'hui, Steffi-Anne n'y allait pas de main morte. Le concours de coups bas battait son plein. Zoe n'avait aucune intention de se lancer dans un crêpage de chignons avec elle, car c'était exactement ce que sa rivale attendait. Quel manque de professionnalisme ! En outre, les autres convives ne semblaient attendre que cela : de quoi nourrir les ragots les plus croustillants !

Zoe n'avait pas terminé son assiette, mais elle avait perdu l'appétit. La meilleure chose à faire était peut-être de se jeter sur les churros en savourant chaque calorie comme si c'était la dernière… D'une certaine façon, elle détestait abandonner Joaquin entre les griffes de Steffi-Anne, mais, s'il se laissait attirer dans de tels filets, alors il n'était peut-être pas un homme pour elle, en définitive. Autant être fixée maintenant. Même si son cœur se serrait.

Elle posa sa serviette, se leva et débarrassa sa place.

— Je crois que je vais aller me servir le dessert dès maintenant.

A sa surprise, Joaquin se leva aussitôt.

— Pas étonnant que Zoe soit populaire. Cette fille a tout pour elle. Les hommes qui ont pu la fréquenter ont de la chance, lança-t-il avant de se retourner vers Zoe. Moi aussi, j'ai bien envie de churros. Je peux me joindre à toi ?

Zoe s'arrêta devant la poubelle pour jeter ses restes. Puis elle prit une grande inspiration en s'efforçant de ne pas se laisser décontenancer par les propos de Steffi-Anne. Difficile de ravaler sa colère quand on était attaqué de la sorte. Mais pas question de s'abaisser au niveau de sa rivale.

Joaquin avait dû lire dans ses pensées, car, après s'être à son tour débarrassé de ses restes, il déclara :

— Viens, partons d'ici.

Ils gagnèrent en silence la sortie de l'aire de repas, mais, juste avant de rejoindre l'entrée du parc, Zoe aperçut son père, à qui elle fit signe.

— Où allez-vous comme ça, tous les deux ? s'enquit Gerald.

Sous ses airs un peu bourrus, Zoe savait qu'il cachait un cœur généreux. Si seulement plus de gens pouvaient le connaître comme elle le connaissait…

— Chercher des churros, expliqua Zoe en plantant un baiser sur sa joue. Quand es-tu arrivé ?

— Hier soir en voiture, répondit Gerald. J'avais à faire dans le coin. Bonjour, Joaquin.

Les deux hommes échangèrent une franche poignée de main.

— Bonjour, monsieur.

Joaquin plaisait à son père. Un bon point supplémentaire aux yeux de Zoe. Comme si Joaquin avait besoin d'être repêché sur la liste du mari idéal… Mais soudain, les choses lui parurent plus simples, plus légères que quelques minutes plus tôt.

— Le déjeuner est terminé ? demanda Gerald. Je tenais à dire quelques mots à mes collaborateurs.

— Non, le groupe est encore à table, reprit Zoe. Nous

nous sommes échappés un peu en avance pour aller chercher les desserts.

— Tant mieux, je craignais d'arriver trop tard. J'ai été très occupé toute la matinée. Je n'ai pas pu me libérer plus tôt. Je vous laisse donc aller chercher vos desserts. Joaquin, prenez bien soin d'elle. C'est ma petite fille adorée.

Sa voix était sèche, mais Zoe savait qu'il n'y avait aucune malice dans les propos paternels. Et elle appréciait la façon dont Joaquin soutenait le regard inquisiteur de son père.

Encore un point pour lui…

— Bien sûr, monsieur.

Après un bref hochement de tête, son père tourna les talons. Joaquin et Zoe franchirent la barrière qui les séparait de Main Street, et il déclara :

— Ton père est très protecteur.

Elle eut envie de répondre quelque chose comme : « Oui, mais ne le laisse pas t'impressionner. »

— Tu sais comment sont les pères, non ? Est-ce que tu es proche de tes parents ?

Des hurlements retentirent autour d'eux, alors que les voitures en forme de rondin de l'attraction du Ravin de la mort franchissaient la dernière cascade en arrosant de gerbes d'eau les alentours. A côté, les *pan pan* du stand de tir de Main Street ressemblaient à une douce musique.

— On est très liés, répondit Joaquin, alors qu'ils passaient devant une boutique où un joli chapeau de cow-girl en paille attira le regard de Zoe. J'ai dormi chez mon père hier soir, et j'y retourne ce soir. Dès que nous aurons bouclé le programme de Steffi-Anne, je le retrouve pour dîner au Coyote Steakhouse, juste à l'entrée du parc.

Ainsi donc, en plus d'être beau et intelligent, cet homme était très famille. Pouvait-il être plus parfait encore ?

Les cases de sa liste se cochaient les unes après les autres. Enhardie à cette idée, enivrée par l'odeur des churros qui étaient en train de frire sur un stand non loin de là, Zoe dut se forcer à ne pas fermer les yeux.

— Je peux te poser une question personnelle ? demanda-t-il.

Elle sentit son cœur bondir dans sa poitrine.

— Bien sûr, articula-t-elle, le souffle court. Tout ce que tu voudras.

Elle était sincère.

Il pouvait l'inviter à dîner.

Il pouvait lui demander de l'épouser.

Il pouvait lui demander de…

— Pourquoi laisses-tu Steffi-Anne se comporter de la sorte avec toi ?

Oh non… Tout sauf ça…

— Je ne la laisse pas faire, assura Zoe d'une voix délibérément ferme mais sans animosité. Je choisis de ne pas répondre à ses provocations. Parce que, en lui répondant, on ne fait que lui donner ce qu'elle désire. Tu ne comprends donc pas ? Elle cherche à me faire sortir de mes gonds. Hors de question que je lui donne ce plaisir.

Joaquin la dévisageait intensément. Puis il hocha la tête, comme pour marquer son assentiment.

— A vrai dire, si tu veux savoir, elle se donne autant de mal pour me pousser à bout que pour te faire réagir, toi, reprit Zoe. Je suppose que tu as compris qu'elle rêve que tu l'invites à sortir avec toi.

A son grand plaisir, il tressaillit. Comme si cette idée ne lui avait jamais effleuré l'esprit. Et son cœur manqua de s'arrêter quand, fronçant les sourcils, il déclara :

— Aucune chance. Steffi-Anne ne m'intéresse pas.

Zoe aurait aimé pouvoir appuyer sur la touche « pause » pour savourer ce moment où l'homme de ses rêves lui annonçait n'avoir aucune vue sur son ennemie jurée. Mais il anéantit ses espoirs en ajoutant :

— Je ne sors jamais avec les femmes avec qui je travaille.

Dans ce cas, pourquoi m'envoies-tu tous ces signaux contradictoires ? Pourquoi t'être assis à côté de moi pour le déjeuner ? Pourquoi me défendre face à Steffi-Anne ? Pourquoi ce numéro de charme ?

Mais avant même qu'elle puisse réagir, ou ne serait-ce que dissimuler son immense déception, un artiste de rue grimé en costume d'époque vint se planter devant eux.

— Oyez, oyez, braves gens ! Approchez, approchez ! Il semble que je viens de dégoter l'heureux couple qui sera la prochaine victime, euh, je veux dire les deux veinards que j'aurai l'honneur de déclarer mari et femme dans le Hall des mariages de Cowboy Cooooountry !

Non sans une réelle habileté, l'homme qui portait un badge nominatif sur lequel était écrit « Révérend D. Peace » glissa son bras sous celui de Zoe et de Joaquin. Sans perdre un instant, il les entraîna vers une petite estrade qui trônait en pleine rue.

— Mais qu'est-ce que c'est que ça ? bredouilla Zoe.

— Notre ravissante et innocente mariée serait-elle envahie par le doute ? Je vous en prie, dites-moi que je me trompe ! Ma jolie, votre fiancé, lui, semble plus que prêt à vous passer la bague au doigt ! Je crois deviner qu'il est impatient d'être à la nuit de noces !

Tandis que le bouffon proférait de nouvelles blagues, un orgue se mit à jouer une version solennelle de la *Marche nuptiale*. Une femme en costume d'époque se mit à déclamer des vers. Puis elle lança un voile en tulle sur les cheveux de Zoe, lui plaça un bouquet de fleurs fatiguées entre les mains, et coiffa Joaquin d'un chapeau haut de forme.

Attirée par la musique et les pitreries des deux artistes, une foule de badauds ne tarda pas à se constituer autour d'eux.

— Ce n'est pas vrai, bafouilla Zoe. Que ça nous plaise ou non, je crois que l'on est devenu une attraction à nous tout seuls.

— On ne vit qu'une fois ! répliqua Joaquin en ajustant son chapeau pour jouer le jeu. J'ai peut-être dit que je ne sortais pas avec mes collègues de bureau, mais je ne suis pas forcément contre l'idée d'en épouser une !

5

Pour Zoe, le meilleur souvenir de cette escapade à Cowboy Country était le moment où le pasteur de pacotille l'avait déclarée épouse de Joaquin. Bien que ce mariage ne soit qu'un simulacre, sans la moindre valeur juridique, elle avait adoré ces quelques heures passées à jouer le rôle de sa femme, en voyages de noces à Cowboy Country.

Elle emporta même avec elle en souvenir la grosse bague en plastique aux couleurs criardes. Tout cela était à la fois romantique et kitsch. Non seulement Joaquin avait joué le jeu, mais il en avait même rajouté… Et Zoe avait alors découvert une facette de lui qu'elle ne connaissait pas.

Tout en patientant parmi ses collègues attendant le bus qui devait ramener toute l'équipe à Austin, son doigt caressa machinalement sa fausse alliance. Joaquin avait pourtant été clair : il ne sortait pas avec ses collègues de travail. Cependant, il avait ajouté que le mariage n'était pas totalement exclu. Certes, ce genre de déclaration n'engageait à rien, pas plus que cette fausse bague qu'elle portait à l'annulaire. Et cela ne changeait rien aux sentiments qu'elle éprouvait pour lui. Au contraire. Même s'il était évident pour tout le monde que Steffi-Anne s'était aussi placée sur les rangs. Et qu'il y avait, au bureau, une bonne dizaine de femmes intéressées par lui, mais qui avaient au moins le bon goût de rester discrètes.

Quoi qu'il en soit, Joaquin ne semblait pas du tout enclin à user de ses charmes. Une qualité d'autant plus séduisante chez ce genre d'hommes. En plus, il avait le bon sens d'être conscient de la difficulté d'entretenir une relation amoureuse sur son lieu de travail. Voilà pourquoi Zoe tenait à ne pas brusquer les choses. Comme Steffi-Anne l'avait si justement rappelé, Zoe avait eu son lot de relations avec des collègues, lesquelles n'avaient jamais débouché sur des histoires sérieuses. Elle avait adoré le moment où il avait pris sa défense, à midi, en affirmant qu'il était normal de fréquenter plusieurs personnes avant de trouver chaussure à son pied. Il avait raison. Comment rencontrer un jour son prince sans embrasser quelques crapauds en chemin ?

— Tu t'es bien amusée, Zoe ? demanda Steffi-Anne avec un sourire qui sonnait aussi faux que sa voix haut perchée, tout en cochant son nom sur la liste des passagers.

— J'ai passé de super moments, merci, répliqua Zoe d'une voix chaleureuse, bien décidée à lui opposer toute la gentillesse du monde. Regarde ce joli chapeau de cow-girl que je me suis offert !

En fouillant dans son petit sac, Zoe s'aperçut que le portefeuille dans lequel étaient glissés son téléphone, ses cartes de paiement et tout son argent avait disparu. Elle chercha vainement dans son sac. Très vite, elle se laissa gagner par la panique.

— Steffi-Anne, je ne trouve plus mon portefeuille, lança-t-elle en remontant la file de ses collègues qui attendaient le bus. Je vais essayer de le retrouver. Je reviens dans un instant.

Mentalement, elle refit son trajet. Elle l'avait peut-être posé au moment du mariage ? Mais non, puisqu'elle était ensuite retournée à la petite boutique où elle avait repéré le petit chapeau de paille avec son ruban rose, pour se l'acheter. Après quoi, Joaquin et elle avaient flâné avant de s'arrêter chez Les gâteaux de Fanny, où ils s'étaient gavés de churros. Ensuite, ils s'étaient dirigés vers le stand Barrique magique, où ils s'étaient désaltérés. Puis ils s'étaient dit au revoir, et il était parti rejoindre son père. Autrement dit, Zoe avait perdu ses affaires soit au stand de gâteaux, soit au pub. Or c'était Joaquin qui avait réglé toutes leurs consommations.

Son portefeuille pouvait se trouver n'importe où.

Elle gagna d'un pas rapide la pâtisserie, située à l'autre bout du parc.

— Excusez-moi, je suis venue tout à l'heure, et je crois avoir oublié mon portefeuille et mon téléphone. Il est petit, rose, et je l'accroche en général à mon poignet, expliqua Zoe en montrant son bras. Je vous en prie, dites-moi que quelqu'un l'a récupéré !

La jeune femme secoua la tête.

— Désolée, personne ne nous a rien ramené. Essayez peut-être le bureau des objets trouvés.

La cliente derrière Zoe lui adressa un regard compatissant.

Zoe sentit son cœur se serrer. L'heure tournait. Et elle était en train de retarder le bus. Peut-être ferait-elle mieux de renoncer à ses recherches pour le moment. Elle aurait bien appelé Steffi-Anne, pour lui annoncer qu'elle arrivait dans un instant, mais elle n'avait même plus son téléphone…

— Où est situé ce bureau ? demanda-t-elle en espérant qu'il se trouve à proximité.

— Tout près de la sortie, répondit la vendeuse.

Cette indication ne suffit pas à rassurer Zoe qui paniquait déjà à l'idée de ne pas retrouver son téléphone. Car, en plus de tous ses contacts privés et professionnels, l'appareil contenait son agenda, bref, toute sa vie… Et, sans lui, elle allait perdre tous ses repères.

Elle remercia la vendeuse, puis courut vers les grilles principales. D'abord, elle passerait expliquer la situation à ses collègues, avant de se précipiter au bureau des objets trouvés. Si ses affaires n'y étaient pas, peut-être que le personnel pourrait l'aider en contactant les différentes attractions du parc.

Quand enfin elle arriva devant les grilles, elle était à bout de souffle. Haletante, elle marcha jusqu'au point de stationnement du bus.

Enfin, jusqu'au point où était *censé* stationner le bus.

Car il n'était plus là.

Paniquée, elle regarda partout autour d'elle, cherchant en

vain le bus qui avait disparu. Cowboy Country n'était pas si vaste ; ce n'était pas Disney World. Il n'y avait qu'une aire de stationnement pour les bus, et celle-ci était vide.

Seraient-ils repartis sans elle ?

Son cœur se mit à tambouriner dans sa poitrine. Tandis que l'effroi cédait peu à peu la place à la fureur, elle comprit que le véhicule était bel et bien reparti. Sans elle.

Voilà qu'elle se retrouvait sans argent, sans téléphone, ni aucun moyen de contacter qui que ce soit… C'est alors que ses yeux se posèrent sur l'enseigne du Coyote Steakhouse. Le restaurant où Joaquin devait dîner avec son père.

Soit, elle mourait d'envie de passer plus de temps auprès de Joaquin, mais pas dans ces conditions. Elle se refusait à le déranger pendant qu'il était en famille. En outre, elle n'avait aucune envie de le contraindre à jouer le rôle de chevalier blanc.

Non seulement elle aurait l'air bête, mais, pire encore, toute cette situation ressemblerait à un traquenard. A un canular du même niveau que ceux orchestrés par Steffi-Anne. Sauf qu'elle n'avait guère le choix — à moins de décider de rentrer à Austin en auto-stop.

Prenant une grande inspiration, elle se prépara mentalement à affronter l'humiliation qui allait suivre.

— Ton nouveau boulot a l'air de te réussir, fiston, déclara Orlando Mendoza en étalant du beurre sur sa tartine.

— C'est vrai que ça me plaît beaucoup, dit Joaquin. Sauf qu'il n'a plus grand-chose de nouveau, puisque cela fait déjà trois mois que j'y suis.

Une bonne odeur de steak grillé emplissait le restaurant, ce qui mit Joaquin en appétit. La salle était décorée dans une thématique western, version chic. Sur les murs peints en vert foncé, des têtes de bovins empaillées se mêlaient à des photos de chanteurs de country ou de champions de rodéo.

— Déjà trois mois ? s'étonna Josephine Fortune Chesterfield

avec son très élégant accent anglais. C'est fou ce que le temps passe vite…

Voilà un bon bout de temps que son père fréquentait Josephine : depuis qu'Orlando avait quitté Miami pour le Texas deux ans plus tôt. Non seulement ils paraissaient heureux ensemble, mais leur relation semblait sérieuse. Même si Joaquin n'avait aucune idée de la façon dont une « relation sérieuse » se traduisait concrètement pour quelqu'un comme son père. Il ne l'imaginait pas marié à une autre femme que sa mère. Or il ne souhaitait que son bonheur, et il n'aurait pas pu tomber sur une femme plus merveilleuse pour lui que Josephine.

Soudain, il ressentit une appréhension désormais familière. Il devait avoir une discussion avec son père. Ces questions qu'il avait enfouies pendant trop longtemps et qui méritaient des réponses. Car Joaquin méritait la vérité.

Voilà quatre ans que sa mère était décédée. Le drame avait ôté à son père sa joie de vivre. La mort de sa femme l'avait anéanti. Et Joaquin ne s'était pas senti d'ajouter à sa souffrance en faisant remonter certains sujets à la surface.

D'autant que ce soir Orlando et Josephine se tenaient la main et se regardaient comme un couple qui a dépassé l'engouement du début d'une relation, et qui sait désormais quel chemin il veut suivre.

Le père de Joaquin avait enfin, et durablement, retrouvé le sourire.

Voilà pourquoi Joaquin était réticent à lui gâcher son bonheur en lui annonçant qu'il savait qu'il n'était pas son père biologique. Peut-être Orlando connaissait-il la vérité ? Si ce n'était pas le cas, cela signifiait que sa femme — l'amour de sa vie — l'avait trompé. Et Joaquin avait sa petite idée quant à l'homme avec qui elle avait commis sa faute.

Le sujet était trop important pour ne pas tirer les choses au clair. Mais pas ce soir, évidemment. Pas en la présence de Josephine. Pourquoi pas ce week-end ? Il lui fallait encore peser le pour et le contre.

— As-tu réfléchi à ce que tu allais faire une fois ta mission terminée ? demanda Orlando.

Joaquin but une longue gorgée de bière. Il avait soif après cette longue journée passée dehors, et cela lui ouvrit l'appétit. Même si Zoe et lui s'étaient empiffrés de churros et de bière aux plantes, il avait envie d'un vrai repas.

Même si, au contact de Zoe, il avait aussi eu faim d'autres choses… S'il était tout à fait honnête envers lui-même, il mourait d'envie de la revoir. Cela aussi, il devrait en peser le pour et le contre. Car, vu la façon dont les choses avaient tourné pour lui à Miami, il aurait dû retenir la leçon : on ne sort pas avec la fille du patron… Sauf que Zoe Robinson n'avait rien en commun avec Selena Marks.

Non, Zoe n'était évidemment pas du genre à tromper son fiancé avec son meilleur ami. Selena était une enfant gâtée, prête à tout pour arriver à ses fins, sans se soucier des personnes qu'elle blessait en chemin. Zoe était aussi légère et franche que Selena pouvait être sournoise et sombre. Voilà pourquoi Joaquin se sentait à deux doigts de briser sa règle numéro un : ne pas mêler travail et vie privée.

— C'est marrant que tu me poses cette question, fit Joaquin, parce que je réfléchis justement à l'avenir. Si Robinson Tech me proposait un poste salarié, je pense que j'accepterais. Gerald Robinson est quelqu'un d'étonnant.

A ces mots, il se tourna vers Josephine pour voir si elle réagissait à l'évocation de Gerald Robinson. Elle se contenta de lui sourire, semblant attendre qu'il précise sa pensée.

— Josephine, j'ai appris quelque chose d'intéressant au sujet de Gerald Robinson. Vous vous souvenez de lui, au mariage de Matteo et de Rachel ? C'est le beau-père de Matteo.

— Oui, bien sûr, dit Josephine.

— Selon la rumeur, Gerald aurait un lien de parenté avec les Fortune. Aviez-vous entendu parler de ça ?

Josephine inclina sa chevelure argentée sur le côté.

— Pas du tout. Mais les Fortune forment un clan vaste, et qui s'élargit constamment. Avec eux, tout est possible. Il n'y a qu'à voir ma propre histoire, et la façon dont j'ai découvert que j'étais apparentée à eux.

Elle n'avait pas tort. L'histoire de Josephine avait tout d'une saga romanesque. Après avoir vécu un demi-siècle en Angleterre, elle avait appris qu'elle avait été adoptée. Et qu'elle faisait partie d'une fratrie de triplés — deux filles et un garçon. Avec sa sœur, Jeanne Marie, elle avait été confiée à l'adoption alors qu'elles étaient encore bébés. Et, toutes ces années plus tard, leur frère, James Fortune, avait appris leur existence et n'avait dès lors reculé devant aucun obstacle pour retrouver les sœurs dont il avait été séparé.

Quand Josephine, alors veuve, avait découvert la vérité sur sa famille, elle était venue s'installer à Horseback Hollow pour se rapprocher des siens. C'est là qu'elle avait rencontré Orlando. De ce que Joaquin avait compris, ils avaient eu un coup de foudre, mais leur relation avait mis du temps à éclore.

Se pouvait-il que Gerald Robinson soit lui aussi apparenté aux Fortune sans le savoir, à l'instar de Josephine et de sa sœur ? Zoe était persuadée qu'une telle chose était impossible. Joaquin n'aurait probablement même pas dû aborder le sujet avec Josephine. Il valait sans doute mieux changer de sujet.

— Dans l'ensemble, Robinson me donne carte blanche dans mon travail, expliqua-t-il. Il me laisse une totale autonomie. Bien sûr, je respecte les délais qui me sont impartis, donc il n'a pas de raison de me fliquer. Mais l'ambiance est bonne. C'est stimulant, et je m'entends bien avec mes collègues.

Tandis qu'il prononçait ces mots, le visage de Zoe lui apparut à l'esprit. A vrai dire, il n'avait pas réellement cessé de penser à elle. Ses grands yeux marron, son sourire, son rire mélodieux… Il avait eu terriblement envie de l'embrasser en haut de la grande roue, cet après-midi. L'espace d'un instant, il avait même failli lui proposer de ne pas rentrer en bus et de passer le week-end avec lui, ici, à Horseback Hollow. Mais, très vite, il avait retrouvé ses esprits. Il avait mis ce moment d'égarement sur le compte de l'altitude, au sommet de la grande roue… Piètre excuse, bien sûr.

Certes, cela aurait été une folie.

Mais une folie tellement tentante.

Sauf que l'époque où il cédait à la tentation sans résister était bel et bien révolue. Pour le bien de Zoe, et pour son bien à lui, mieux valait oublier cette belle journée, parenthèse hors du temps, et se concentrer sur le menu du jour. Puis réfléchir à la meilleure façon d'aborder avec son père la question de sa paternité et de la brouille qui opposait Orlando à Esteban. Et cela, dès qu'ils auraient raccompagné Josephine.

Alors qu'il étudiait la carte avec attention, Joaquin aperçut du coin de l'œil une femme à l'autre bout de la salle de restaurant mal éclairée. Une femme qui lui faisait penser à Zoe.

Voilà qu'il se mettait à la voir partout. Cela n'augurait rien de bon. Pourtant, à bien y regarder, la nouvelle venue aurait pu être sa jumelle. D'autant qu'elle était aussi vêtue d'une tunique orange et d'un short rose, et que…

Oh ! mais c'était bien elle ! En outre, elle semblait dans tous ses états.

Aussitôt, il se leva et lui fit signe de la main. Dès qu'elle le vit et se dirigea vers lui, elle parut soulagée.

— A qui fais-tu signe ? demanda Orlando en regardant du côté de l'entrée.

— C'est Zoe. La fille de Gerald Robinson. D'ailleurs, je vous remercie de ne pas mentionner devant elle notre conversation au sujet des rumeurs qui entourent son père.

— Je me souviens bien de Zoe, au mariage de Matteo et de Rachel, déclara Orlando. Tu peux compter sur ma discrétion.

Josephine hocha la tête pour marquer son accord, puis Orlando se leva au moment où Zoe arriva devant leur table.

— Bonsoir. Excusez-moi de débarquer comme ça, lança Zoe en les regardant tour à tour. Je m'appelle Zoe et je travaille avec Joaquin. Je suis vraiment navrée d'interrompre votre dîner. Mais j'ai une petite urgence. J'ai juste besoin d'emprunter son téléphone à Joaquin.

— Bonsoir ! Non, non, ne t'en fais pas, répondit Joaquin. Tu n'interromps rien, nous n'avons pas encore passé commande. Qu'est-ce qui t'arrive ?

A cet instant, Orlando se mit à toussoter.

— Ah, Zoe, voici mon père, Orlando Mendoza, ainsi que Josephine Fortune Chesterfield. Je crois que vous avez déjà été présentés lors du mariage de Rachel et de Matteo.

Le regard de Zoe s'illumina quand il prononça le nom « Fortune », et elle se tourna vers Josephine. Elle fut si discrète que Joaquin fut sans doute le seul à remarquer quoi que ce soit. Notamment parce qu'elle affichait son sourire le plus avenant.

— Enfin, bien sûr, je me souviens de vous. Je vous en prie, passez donc votre commande, ne vous retardez pas à cause de moi. Joaquin, si tu veux bien me prêter ton téléphone, je vais m'isoler dans le hall pour passer mon appel.

Il lui tendit son appareil.

— Pas de problème. Mais qu'est-ce qui t'arrive ?

D'habitude, elle gardait toujours son smartphone sur elle. D'ailleurs, elle l'avait aujourd'hui lors de leur balade dans le parc, puisqu'elle avait même eu peur de le mouiller quand ils avaient fait ensemble l'attraction du Ravin de la mort.

— Je ne sais pas, bredouilla-t-elle d'une voix tremblotante avant de se couvrir le visage d'une main. Je suis tellement gênée… J'ai dû le perdre dans le parc. Je m'en suis aperçue au moment de monter dans le bus. Avant de partir à sa recherche, j'ai expliqué à Steffi-Anne que je n'en avais pas pour longtemps, mais… Elle n'a pas dû m'entendre parce que le bus est reparti sans moi. Du coup, je me retrouve coincée ici sans téléphone ni argent. Heureusement que tu es encore là… Je ne sais pas ce que j'aurais fait sinon. Enfin, comme Rachel habite à Horseback Hollow, j'ai bien essayé de l'appeler avec le téléphone du restaurant, mais elle n'est pas joignable.

— Vous ne nous dérangez pas du tout, protesta Orlando. La raison pour laquelle vous ne pouvez joindre votre sœur, c'est que Matteo et elle ne sont pas en ville ce soir. Mais vous n'avez pas à vous inquiéter. Nous allons nous occuper de vous. Joignez-vous à nous pour le dîner, je vous en prie.

A ces mots, Orlando désigna de la main le siège vide à côté de Joaquin.

— Oh ! je vous remercie. C'est très gentil à vous de me proposer ça, mais je ne peux pas m'imposer comme ça.

— On dirait que tu n'as pas vraiment le choix, remarqua Joaquin sur le ton de la plaisanterie. Tu ferais bien d'accepter.

— Merci, reprit Zoe, le visage écarlate. Mais je vais d'abord appeler Steffi-Anne et lui demander si le bus peut faire demi-tour et venir me chercher.

Elle ferma les yeux un instant, et Joaquin comprit que cette idée était affreusement humiliante pour elle. Mais qu'est-ce qui avait pris à Steffi-Anne de lui faire un coup pareil ? De l'abandonner ici, seule et sans recours ?

— Tu es sûre de vouloir faire ça ? insista-t-il.

— Non. Bien sûr que non. Mais, comme tu le disais toi-même, je n'ai pas trente-six solutions.

— Connais-tu son numéro de téléphone ? Parce que, moi, je ne l'ai pas dans mes contacts, expliqua Joaquin.

Zoe plissa le front.

— Non, je ne le connais pas par cœur. Bon, je crois qu'il est temps de recourir au plan C. Veux-tu bien me prêter un peu d'argent pour que je trouve un hôtel pour ce soir ? Je te rembourserai dès que Rachel rentrera chez elle. Ensuite, elle me ramènera à Austin.

— Cela n'a pas de sens ! s'exclama Orlando. Les chambres les plus proches sont au *bed and breakfast* de Vicker's Corners. Inutile de prendre une chambre là-bas alors que j'ai de la place chez moi ! Non seulement j'insiste pour vous héberger ce soir, mais également pour que vous dîniez avec nous.

Orlando ponctua sa phrase de son sourire irrésistible, qui sembla faire son effet sur Zoe : elle poussa un long soupir, et son visage se décrispa enfin. Elle se tourna vers Joaquin, comme pour s'assurer qu'il était d'accord avec l'invitation de son père.

Ce soir, donc, ils dormiraient tous deux sous le même toit… A cette idée, il sentit un frisson le parcourir. Et si leurs corps se rencontraient ? Et s'il se réveillait demain avec Zoe dans ses bras ? Mais Joaquin s'empressa de chasser cette idée de son esprit : il n'aurait pas de réponse à ces questions ce soir. Zoe se trouvait en position vulnérable. Elle dépendait de lui. Jamais il ne tirerait profit d'une telle situation. Et la voir ainsi suscitait en lui un élan protecteur dont il ne se serait pas cru capable.

— S'il te plaît, reste avec nous, articula-t-il une dernière fois. Il y a une place libre, là, juste à côté de moi. Elle n'attend que toi.

6

Quelle étrange façon d'être présentée aux parents… Zoe souhaita une bonne nuit à Orlando depuis le canapé au coin du feu qui trônait au centre du vaste séjour, dans sa demeure de style ranch. Cet homme était adorable. Il avait tout fait pour qu'elle se sente chez elle. A aucun moment, il ne lui avait rappelé à quel point elle devait avoir l'air d'une idiote qui avait égaré son porte-monnaie, raté son bus, pour finalement s'imposer dans un repas familial. Pourtant, elle avait le sentiment d'être le « boulet » de la soirée.

Pire encore, il aurait pu la prendre pour une manipulatrice, qui avait inventé cette excuse pour passer du temps avec son fils. Oh ! mais de quoi avait-elle donc l'air ?

Heureusement, Orlando et Joaquin s'étaient montrés extrêmement avenants avec elle, allant jusqu'à ouvrir en son honneur une bouteille de vin après le repas et à allumer un feu de cheminée rien que pour elle.

Même si la journée avait été radieuse, les nuits étaient fraîches. Et les murs épais de la vaste maison ne suffisaient pas à réchauffer l'atmosphère.

A présent qu'Orlando s'apprêtait à se coucher, Joaquin et elle allaient se retrouver seuls pour terminer la bouteille de merlot. Cette perspective la laissait sans voix. Elle s'efforça néanmoins d'exprimer sa reconnaissance à Orlando.

— Encore merci pour le dîner, et pour votre hospitalité, Orlando. Je ne sais vraiment pas ce que j'aurais fait si vous et Joaquin n'aviez pas été là.

Après le dîner, ils s'étaient tous les quatre rendus au bureau des objets trouvés, mais personne n'avait rapporté son portefeuille ni son téléphone. Le responsable avait noté le nom et un numéro où joindre Zoe, puis lui avait promis de la contacter s'il y avait du nouveau.

— Mais ce fut un véritable plaisir et un grand honneur de pouvoir accueillir une invitée aussi adorable, affirma Orlando. J'espère que vous serez à votre aise cette nuit. S'il vous manque quoi que ce soit, n'hésitez pas à demander. Joaquin ou moi nous ferons un plaisir de vous aider.

Avec un sourire chaleureux, il lui fit un dernier signe de la main avant de quitter la pièce. Zoe comprit alors d'où Joaquin tenait son charme et ses manières de gentleman.

Josephine, quant à elle, avait été tout aussi adorable. Douce, avenante, elle était d'une conversation agréable. Si tous les Fortune étaient à son image, alors faire partie de cette famille ne devait pas être si terrible que cela… Mais Zoe s'était bien gardée d'évoquer les possibles liens entre son père et l'illustre clan.

Vu la véhémence avec laquelle son père avait démenti les allégations de Ben, mentionner cette hypothèse équivalait à une trahison aux yeux de Zoe. Et puis, comment savoir ce que pensait Josephine de ces rumeurs — à supposer, d'ailleurs, qu'elle en ait eu connaissance. Pourquoi prendre le risque de gâcher un dîner agréable par des spéculations potentiellement blessantes, voire scandaleuses ?

Zoe s'était retrouvée bloquée à Cowboy Country, et ces gens l'avaient secourue. Elle était touchée par leur accueil chaleureux, et leur proposition de l'héberger en attendant qu'elle puisse joindre Rachel, laquelle serait, selon Orlando, de retour dès le lendemain matin.

Or tout cela lui paraissait maintenant à des années-lumière. Car, en cet instant, Joaquin et elle se retrouvaient seuls, en tête à tête. Il y avait de la musique douce en fond sonore et de l'électricité entre eux. Etait-elle en train de rêver ? Allait-elle vraiment *finir la soirée* avec Joaquin ?

Cette seule idée lui donna le tournis. Il y avait de quoi être intimidé. En dehors du cadre de Robinson Tech, ils ne s'étaient jamais retrouvés ainsi, seul à seul. A vrai dire, jusqu'à aujourd'hui, elle n'avait même jamais été sûre de l'amitié de Joaquin. Cet homme était pour elle une énigme. Il pouvait tour à tour se montrer bourru, mutique, et puis soudain faire preuve d'une incroyable générosité.

Et voilà qu'ils se trouvaient à présent en tête à tête, à partager une bouteille de vin et une conversation qui, pour une fois, n'avait rien de professionnel.

Aujourd'hui, elle avait découvert une nouvelle facette de Joaquin. Une facette plus intime, plus humaine. Et elle adorait le voir sous ce jour plus détendu. Elle adorait le naturel avec lequel les choses évoluaient entre eux.

Cependant, en dépit du temps qu'ils avaient passé tous les deux à Cowboy Country, elle avait bien conscience qu'elle ignorait énormément de choses à son sujet.

Mais il ne se passerait rien de plus ce soir, malgré cette alchimie entre eux. Non, il n'était pas question de flirter… Quoi qu'il en soit, elle avait la ferme intention de ne pas repartir d'ici sans en avoir appris un peu plus sur Joaquin Mendoza.

— Tu reprendras un peu de vin ? proposa-t-il en versant du vin dans son verre sans même attendre sa réponse.

— Tu essaies de me soûler ? plaisanta-t-elle. Parce que je ne suis pas une grande buveuse.

Esquissant un vague sourire, il remplit son propre verre et se cala sur le canapé.

Voilà qui était bon signe. Il avait l'intention de rester un peu en sa compagnie, avant de rejoindre sa chambre, située tout à l'opposé de la chambre d'amis, au bout du couloir.

Quand ils étaient rentrés du restaurant, Orlando avait montré à Zoe sa chambre avec salle de bains privative. Il lui avait apporté du linge de toilette et une brosse à dents neuve, avant de demander à Joaquin de sortir une couverture supplémentaire du placard de sa chambre. Joaquin avait promis d'obtempérer dès qu'ils auraient terminé la bouteille, ainsi que de lui prêter un T-shirt pour dormir. Pour l'heure, ils étaient assis devant le feu, suffisamment éloignés l'un de l'autre pour éviter toute ambiguïté… Mais suffisamment proches pour entretenir le trouble entre eux. Cet homme s'intéressait-il à elle de façon platonique ? Ou bien quelque chose était-il possible entre eux ?

A présent qu'ils n'étaient plus que tous les deux, Zoe se sentit obligée de s'excuser de nouveau :

— Je suis vraiment navrée pour ce dérangement.

Il but une gorgée de vin avant de demander :

— Quel dérangement ?

— J'ai débarqué alors que vous étiez en plein dîner, et tu t'es retrouvé plus ou moins obligé de m'inviter. Ma sœur devrait rentrer dès demain. Je débarrasserai le plancher dès son retour.

— Ne t'en fais pas, répondit-il. A vrai dire, si tu veux, tu peux rester jusqu'à dimanche. Et rentrer à Austin avec moi.

Un jour de plus au paradis ? Suivi d'un trajet de six heures avec lui dans une voiture ? Jamais la tentation n'avait été aussi forte…

— Rachel devait se rendre à Austin demain pour y voir ma famille, expliqua Zoe. On se réunit régulièrement à propos de ce que je t'ai révélé au sujet de mon père. Mais je te remercie pour l'invitation. Je ne voulais pas que tu t'imagines que j'avais manigancé tout ça exprès.

A la seconde où les mots franchirent ses lèvres, elle se demanda si elle n'en faisait pas un peu trop.

— C'est vrai ? murmura Joaquin.

Elle aurait aimé disparaître dans un trou dans le sol quand elle le vit esquisser un demi-sourire. Ouf, il plaisantait… Joaquin Mendoza avait le sens de l'humour ! Encore une case à cocher sur la colonne « sexy à en mourir » de sa liste.

— Pour être tout à fait franche, *non*, je ne l'ai pas fait exprès. Je suis sûre que c'est l'impression que cela donne. Surtout après que Steffi-Anne s'est donné tant de mal à répertorier tous les hommes avec lesquels je suis sortie.

— Si ça peut te rassurer, j'ai tout de suite compris que

tu n'aurais jamais jeté ton portefeuille et ton téléphone juste pour passer la soirée avec moi.

— Et, pour être plus précise encore, je n'ai passé la nuit avec aucun des hommes qu'elle a cités. Même si c'est l'impression qu'elle a voulu donner.

— C'est bon à savoir.

— Eh bien, pour tout te dire, j'ai été surprise que tu n'aies pas le numéro de téléphone de Steffi-Anne dans ton téléphone.

— Je n'ai pas de contacts avec elle en dehors du travail. Je ne vois pas pourquoi j'aurais eu son numéro.

— Je pensais qu'elle te l'aurait donné. Pour s'assurer que tu peux la contacter. Tu vois ce que je veux dire… En cas d'urgence. Simple déformation professionnelle.

— Je vois…

Tous deux savourèrent leur vin devant le crépitement du feu, tandis que la musique continuait de jouer. Zoe reconnut le morceau, tiré d'un album de Ray Lamontagne, mais impossible de se souvenir du titre. En tout cas, sa mélodie était tout à fait adaptée à l'ambiance.

Elle n'avait pas la moindre idée de la façon dont pouvaient évoluer les choses à présent. Ni même si elles évoluaient. Voilà pourquoi elle tenait à savourer ces instants, comme pour les prolonger. Car tout ceci, se retrouver en tête à tête avec Joaquin, baisser sa garde, était la chose la plus agréable qui soit.

— Tu as besoin de prévenir quelqu'un que tu es restée ici ? Car, quand ils se seront rendu compte que tu n'étais pas dans le bus, les collègues vont s'inquiéter, non ? Surtout s'ils t'appellent sur ton téléphone et que tu ne réponds pas.

— Quand j'étais au restaurant, avant de te trouver, j'ai appelé mon frère, Ben. J'ai laissé un message sur sa boîte vocale en lui expliquant que j'avais perdu mon portefeuille, mais que je me ferais raccompagner à Austin demain, par Rachel.

Joaquin fronça les sourcils.

— Il ne risque pas de s'inquiéter s'il sait que Rachel n'est pas en ville ? Et que personne ne peut te joindre ?

— Non. Ce n'est que pour une nuit. Pas de souci.

De toute façon… Comment le lui expliquer ? S'ils étaient tous deux assez proches de leur famille, ils n'entretenaient pas le même type de relations les uns avec les autres. La famille de Joaquin était manifestement très soudée. Exactement le genre de famille qu'elle rêvait d'avoir un jour. Mais, dans sa famille à elle, tout le monde était tellement pris par ses diverses occupations que personne ne s'apercevrait qu'elle était injoignable le temps d'une nuit.

A cette idée, elle se demanda l'impression que sa famille pouvait donner de l'extérieur. Sans doute passaient-ils pour des gens chanceux. Et il est vrai qu'ils n'avaient jamais manqué de rien. Pourtant, les parents de Zoe ne partageaient pas grand-chose. Un peu comme deux trains partageant les mêmes voies, ils étaient rattachés à la même gare, mais allaient et venaient selon des plannings différents. On pouvait dire la même chose de ses frères et sœurs. S'ils travaillaient ensemble, ils ne se voyaient que peu en dehors du bureau. Sauf Rachel, qui s'était construit une vie enviable, ici à Horseback Hollow. Bref, Zoe ne connaissait pas les projets de sa sœur et de Matteo ce soir, et n'avait pas la moindre idée de l'endroit où ils se trouvaient. Non qu'ils aient des comptes à lui rendre. Simplement, ils ne fonctionnaient pas de la même façon que Joaquin avec sa famille. A cette idée, elle songea qu'elle aimerait bien voir les liens entre les membres de sa famille se resserrer.

D'autant que cette « chasse au Fortune » menée par certains de ses frères et sœurs prenait des proportions inouïes. Le plus impliqué étant Ben. A l'extrême opposé, Zoe n'avait de cesse de défendre le droit de son père à mener une vie paisible. Quant aux autres de ses frères et sœurs, soit ils avaient pris le parti de Ben, soit ils plaidaient pour un consensus.

Et si elle était celle par qui la réconciliation arriverait ? Et si elle réconciliait tout le monde d'ici leur réunion familiale de lundi ?

— A quoi tu penses ?

La voix de Joaquin la tira de ses pensées. Il la dévisageait et, quand elle s'en aperçut, elle eut des papillons dans le ventre.

— J'étais en train de réfléchir à la façon dont je pourrais t'expliquer que, même si nous sommes proches, ma famille et moi, nous sommes très différents les uns des autres.

— C'est-à-dire ?

Elle haussa les épaules.

— C'est difficile à expliquer. C'est sûr qu'ils s'inquiéteraient s'ils venaient à penser qu'il ait pu m'arriver quoi que ce soit. Mais ma famille n'est pas du genre à se suivre à la trace. D'un autre côté, si je téléphone à mon père en lui annonçant que le bus ne m'a pas attendu, il va péter un plomb. Et virera probablement Steffi-Anne. Je ne plaisante pas... Il est très protecteur à mon égard. Peut-être parce que je suis l'une des benjamines. A moins que ce ne soit parce que, malgré son caractère bourru, lui et moi nous sommes toujours compris. Enfin, je devrais peut-être dire que, moi, je le comprends, et qu'en échange il me protège... Bref, il ne faut pas qu'il soit au courant pour le bus, d'accord ?

Joaquin la regarda, l'air surpris.

— Malgré toutes les crasses que te fait Steffi-Anne, tu comptes la laisser s'en tirer à si bon compte ?

— Ne t'y trompe pas, cette fille ne me fait pas peur. C'est seulement que je me refuse à être impliquée dans le licenciement de qui que ce soit. On ne sait jamais ce qui pousse les gens à se comporter comme ils le font. Peut-être un sentiment d'insécurité. Peut-être la jalousie — même si je ne prétends pas qu'elle est jalouse de moi. Enfin, si elle savait que je me trouve ici, assise auprès de toi devant un feu de cheminée, elle en ferait sans doute une jaunisse...

Une mèche de cheveux était tombée sur le front de Joaquin, et Zoe tendit la main pour la remettre à sa place. Il lui saisit le poignet et l'attira vers lui.

L'instant d'après, il posa ses lèvres sur les siennes. Ce fut d'abord un baiser timide, hésitant. Comme si Joaquin avait voulu tester le terrain. Et, comme elle se laissa aller contre lui en entrouvrant les lèvres en une invitation silencieuse, il appuya son baiser. Le monde autour d'eux s'évapora un instant, et pour Zoe il n'y eut soudain plus que la sensation des lèvres de Joaquin sur les siennes. Et la saveur à la fois inattendue et familière de quelque chose qu'elle attendait depuis toujours. Le temps se suspendit, et elle eut l'impression qu'il n'y avait plus qu'eux, ensemble.

Impossible de dire combien de temps avait duré ce baiser. Un bref instant ? Une éternité ? En tout cas, quand enfin ils s'écartèrent l'un de l'autre pour reprendre leur souffle, elle comprit que quelque chose en elle avait changé. Et pour toujours.

Certes, il ne s'agissait que d'un simple baiser. Pourtant, ce qui venait de se passer entre eux allait bien au-delà. Car, aussi innocente qu'ait été cette étreinte, Zoe venait d'offrir à Joaquin une partie d'elle qu'elle ne voulait pas récupérer. Elle avait même envie de lui offrir plus encore.

Raison pour laquelle il eut sans doute raison de couper court à leur trouble mutuel et de se lever en déclarant :

— On devrait sans doute aller dormir… Je vais t'apporter la couverture et un T-shirt.

Mais qu'est-ce qui lui avait pris ? Il avait embrassé Zoe !

Même trois jours plus tard, lundi matin, en s'asseyant à son bureau, Joaquin ne pouvait s'empêcher de ressasser. Quel idiot… Il aurait dû se contrôler. Zoe méritait mieux. Sans doute méritait-elle mieux que ce qu'il avait à lui offrir. En tout cas, il y avait en elle quelque chose qui lui faisait perdre ses moyens.

La sœur de Zoe avait téléphoné à l'aube, samedi. Avant que Zoe et lui aient le temps de discuter de ce baiser et de la façon dont devait évoluer leur relation, Rachel et Matteo avaient débarqué pour récupérer Zoe, tout en le remerciant de l'avoir prise en charge.

Il avait alors passé le reste du week-end à se flageller et à tenter de reprendre ses esprits. Il ne l'avait pas revue depuis que Rachel et Matteo étaient venus la chercher, mais il avait décidé d'attendre de voir sa réaction avant de déterminer s'ils avaient besoin de se parler pour clarifier les choses. Après tout, avec le recul, elle regrettait peut-être autant que lui le fait qu'ils aient franchi cette ligne. Certes, c'était peu probable, à en juger par la façon dont elle s'était comportée le samedi matin.

Car elle avait eu une mine magnifique, le teint radieux, au naturel. Voilà sans doute le visage qu'il aurait découvert s'ils avaient fini la nuit ensemble.

Calé dans son fauteuil, il croisa les mains derrière la tête et contempla le plafond. A vrai dire, il ne *regrettait* pas exactement ce qui s'était passé entre eux. Le terme était exagéré. Certes, il s'en voulait d'avoir été à l'origine de ce baiser et de les avoir mis dans l'embarras, mais ce serait se mentir à lui-même que de ne pas admettre qu'il ne s'était pas délecté de chaque seconde de cette brève étreinte. Sauf qu'il avait déjà connu ce sentiment. Il avait déjà commis l'erreur de flirter avec la fille du patron. Et, s'il en avait retenu une chose, c'était qu'il ne fallait pas jouer avec les sentiments des gens.

Il aurait dû s'en souvenir. Pendant longtemps, il avait compté parmi les séducteurs de Miami, jusqu'au jour où une femme aussi riche que belle l'avait conquis. Le séducteur s'était retrouvé séduit à son tour. Et sa belle lui avait infligé la pire des leçons. Une leçon qu'il s'était juré de ne pas oublier.

Zoe méritait un homme capable de lui offrir tout ce qu'elle désirait. Or, à ce jour, Joaquin ne pouvait pas lui faire une telle promesse. Il ne savait même pas ce qu'il ferait au terme de sa mission chez Robinson Tech. En plus, connaissant Gerald, si jamais il faisait souffrir sa fille, il aurait très certainement affaire au père.

Bref, il se devait avant tout d'y voir plus clair pour lui-même avant de savoir ce qu'il pouvait offrir à une femme. Et, bien sûr, il y avait ce problème avec son propre père. Il devait clarifier toute cette affaire avant d'envisager d'aller de l'avant. Et, si son pressentiment à ce sujet se confirmait, la donne en serait radicalement changée. Raison pour laquelle il s'était abstenu d'aborder le sujet avec son père après le départ de Zoe. Josephine était passée leur préparer un petit déjeuner royal. Orlando ne s'était pas départi de son sourire, et Joaquin en était à présent certain : son père avait retrouvé l'amour. Ce qui était quasiment inespéré, dans la mesure où la mort de sa femme semblait lui avoir ôté jusqu'au goût de vivre. Car Luz avait été le grand amour de la vie d'Orlando.

Quoi qu'il en soit, c'était une bombe nucléaire que s'apprêtait à lâcher Joaquin. Mais, quand ce dernier voyait la façon dont son père couvait du regard Josephine, il doutait du bien-fondé de faire éclater la vérité au grand jour. Car, si sa mère avait bel et bien trompé son père, ce dernier hésiterait peut-être à s'engager dans une nouvelle relation. Tout comme Selena avait bouleversé la faculté de Joaquin à accorder sa confiance à une femme.

Or il ne s'agissait pas uniquement d'une question de confiance. Car le secret qu'il pensait avoir mis au jour ne risquait pas seulement d'affecter Orlando et Josephine. Et il ne pouvait pas continuer à garder ces interrogations si lourdes pour lui tout seul.

Il baissa les yeux vers l'écran de son ordinateur, prêt à se mettre au travail, quand une notification de message apparut en bas à droite de celui-ci.

C'était Zoe. Et son cœur se serra quand il cliqua sur l'icône.

Toujours partant pour une réunion au sujet de site web à 9 heures ?

Le site web ?

Ah oui… La semaine dernière, ils étaient convenus de faire un point à ce sujet.

Il comprit alors qu'ils ne pourraient faire l'économie d'une petite discussion sur ce qui était arrivé ce week-end. Même s'il n'avait aucune envie que cette conversation ait lieu ici, au bureau. Le mieux qu'il puisse faire, ce serait de lui montrer que cela n'avait rien changé pour lui.

Mon bureau, ou le tien ?

Il attendit sa réponse, mais celle-ci arriva sous la forme d'un coup frappé à sa porte.

— Entre ! s'écria-t-il.

Zoe ferma la porte derrière elle, et pénétra dans le bureau avec un air radieux. Ses longs cheveux châtains retombaient en ondulations souples sur ses épaules. Elle portait une robe rouge avec une veste courte noire, une tenue qui oscillait entre le professionnel et le sexy, et qui lui allait à merveille. Son rouge à lèvres, vif et brillant, était d'une nuance assortie à sa robe.

Il sentit sa bouche s'assécher et son cœur bondir dans sa poitrine. La Zoe professionnelle était magnifique, mais jamais elle n'avait été plus belle que ce samedi matin, naturelle et sans maquillage, au réveil.

Le seul fait d'y penser lui rappela le baiser qu'ils avaient échangé, le goût de ses lèvres charnues, et la façon dont elle s'était lovée dans ses bras, comme si ceux-ci avaient été conçus pour l'accueillir.

L'espace d'un instant, il eut envie de la serrer de nouveau contre lui, et se surprit à chercher une raison, n'importe laquelle, qui justifierait un nouveau baiser.

Heureusement, il finit par recouvrer ses esprits, et la logique reprit ses droits.

— Bonjour ! lança-t-elle avec un sourire chaleureux.

D'emblée, il se sentit à l'aise.

— Tu as passé un bon week-end ?

— J'ai passé un bon bout de temps à faire opposition sur toutes mes cartes de crédit, mais, cela mis à part, c'était bien. Cela aurait été encore mieux si nous avions pu passer un peu plus de temps tous les deux.

Il sentit son cœur se serrer. Il réfléchit à une réponse qui ne la vexerait pas, mais qui ne la pousserait pas non plus vers ce à quoi il l'avait poussée vendredi soir.

Avant qu'il puisse articuler le moindre mot, elle dit :

— Je me suis procuré un téléphone neuf. Je voulais t'appeler, mais je n'ai plus ton numéro.

Elle se percha sur l'accoudoir d'un fauteuil face au bureau.

— Et tu sais quoi ? reprit-elle.

— Je t'écoute, bredouilla-t-il.

— Le fait de ne pas connaître ton numéro m'a fait prendre conscience qu'il y a beaucoup de choses que j'ignore à ton sujet. Et j'ai pensé à quelque chose de très simple pour y remédier.

Il prit un air renfrogné tout en sirotant son café.

Les mots lui brûlaient la langue.

Voilà ce qui n'allait pas chez lui ! Il n'avait pas eu sa dose de café ce matin… De même, son moment d'égarement vendredi soir s'expliquait par la fatigue d'une journée éprouvante combinée à un peu trop de vin.

Hum… Même lui avait du mal à y croire. Mais il n'avait pas mieux.

Et que pouvait-il espérer d'une tasse de café brûlant face à cette femme plus sexy que jamais ?

— Je viens de décider de lancer une nouvelle rubrique dans la newsletter des employés, reprit Zoe, nullement perturbée par son silence prolongé. Je vais l'intituler « Et si on faisait connaissance ? ». Je compte interviewer un employé différent chaque semaine pour rédiger son portrait, et devine par qui je vais commencer ? Par *toi* !

Il grimaça.

— Oh ! allons ! Ce n'est pas si terrible… En fait, cela va se passer très naturellement. Je te le promets. Il ne s'agit que de cinq petites questions.

— Zoe, souffla-t-il.

— Allons, Joaquin, j'essaie juste de te montrer que rien n'a changé entre nous. Alors, ne rends pas les choses plus bizarres, d'accord ? Enfin, à moins que tu n'aies même plus envie que nous soyons amis ? C'est ça ? Parce que, pour le coup, cela rendrait les choses encore plus bizarres.

Leurs regards se croisèrent par-dessus le bureau.

Non, ce n'était pas ce qu'il voulait. Ce qu'il désirait plus que tout, c'était continuer à plaisanter, à rire avec elle. Cette femme était drôle, rafraîchissante, optimiste. Exactement le genre de personne dont il avait besoin dans sa vie.

Et puis, elle ne manquait jamais de le surprendre. Car, pour tout avouer, il ne s'était pas du tout attendu à la voir se comporter de façon aussi franche, professionnelle, à prendre les choses en main comme elle venait de le faire ce matin. Manifestement, il l'avait sous-estimée.

— Evidemment que je veux que l'on reste amis, affirma-t-il. Mais, puisque tu en parles, il faut que l'on soit francs entre amis. Et à ce titre, je te dois des excuses.

— Des excuses ? Mais pourquoi donc ?

— Pour ce baiser, l'autre soir.

Elle recula d'un pas.

— C'était nul à ce point ?

— Non, c'était merveilleux. Mais ça ne doit pas se reproduire.

Son visage se décomposa un instant, mais elle se ressaisit rapidement.

— Bon, lâcha-t-elle en lui tendant une main. Alors, amis ?

Il hocha la tête et lui donne une franche poignée de main.

— Amis ! Mais je ne peux pas t'accorder cette interview maintenant. Il faut que l'on avance sur le site web, car je vais courir de réunion en réunion le reste de la journée. Même chose pour demain.

— Dans ce cas, rejoins-moi devant un verre à l'Iguana Café ce soir.

— Non, Zoe, dit-il en secouant la tête. Ce n'est pas une bonne idée.

— Joaquin, les *amis* se retrouvent pour boire des verres ensemble tout le temps ! Et puis, nous aurons des chaperons. Plein de chaperons. Mes frères et sœurs viennent dîner là-bas ce soir. Tu sais, il s'agit de cette réunion de famille dont je t'avais parlé.

— Un dîner de famille à l'Iguana Café ? Ça ne m'a pas l'air très intime, comme cadre…

L'établissement fonctionnait avec une première salle faisant office de *cantina*, où les gens pouvaient se retrouver autour d'un verre ou commander une restauration légère, ainsi qu'un vaste restaurant tex-mex à l'arrière. L'ambiance décontractée et son excellente cuisine en faisaient un endroit prisé, très fréquenté sept jours sur sept.

— Il y a une salle à manger privée à l'arrière. Ben l'a réservée. Il s'est dit que ce serait sympa de se réunir en territoire neutre, pour une fois, expliqua-t-elle d'un air désabusé. Je n'ai pas vraiment hâte… Je ne sais pas combien de fois mon père devra leur répéter qu'il ne fait pas partie du clan Fortune avant que mes frères et sœurs mettent un terme à cette mascarade.

— Pourquoi continues-tu d'assister à ces grands raouts ?

— Parce qu'on dirait que je suis la seule à porter la voix de la raison. Ce qui n'a rien de drôle. Alors, veux-tu bien te comporter en *ami*, et me rejoindre là-bas ? Au moins, tu me serviras d'alibi si les choses devaient s'éterniser. Je leur dirai que je dois filer car j'ai rendez-vous avec un ami.

Elle avait raison. Les amis pouvaient régulièrement se retrouver pour trinquer, mais il avait déjà pu constater ce qui se passait quand il se retrouvait seul avec elle… Et la limite entre amitié et plus si affinités était ténue…

Malgré le signal d'alarme qui retentissait dans son cerveau, un désir brut le poussait à jouer de nouveau avec cette limite. Et manifestement, son cerveau ne pouvait rien contre cet irrésistible désir.

7

— Zoe, Rachel me dit que tu as dîné avec Josephine Fortune Chesterfield ce week-end ? demanda Ben Fortune Robinson en posant sa fourchette sans quitter Zoe du regard.

La salle de restaurant privée de l'Iguana Café devint soudain si calme que l'on aurait pu y entendre une mouche voler. Wes, Graham, Kieran, Olivia et Sophie la dévisagèrent alors avec insistance.

Seule Rachel ne semblait guère pressée de connaître la réaction de Zoe. Les yeux dans ses enchiladas, elle paraissait captivée par son plat.

Encore merci, Rach. C'est bien la dernière fois que je te fais des confidences.

Zoe eut beau chercher sa sœur du regard, celle-ci ne releva pas la tête.

— C'est vrai, finit-elle par admettre. Mais ce n'est pas pour cette raison que tu nous as réunis aujourd'hui, Ben. Si tu nous expliquais plutôt ce que tu as en tête ? Je dois repartir dans quelques instants. Alors, peut-on en venir aux faits ?

Ben repoussa son assiette, puis se pencha au-dessus de la table.

— Je vais y venir dans un instant. Comment ça s'est passé avec Josephine ?

Fronçant les sourcils, Zoe s'efforça de ravaler la colère qui montait en elle.

— Très bien, Ben. Comment voulais-tu que ça se passe ? Je me suis retrouvée par le plus grand hasard à ce dîner, parce que Joaquin Mendoza et son père, Orlando, ont eu la gentillesse de m'inviter une fois que j'ai raté le bus de retour de Cowboy Country. Je n'allais tout de même pas, après m'être imposée à ce dîner, tourmenter cette pauvre femme au sujet de son arbre généalogique. J'ai un peu plus d'éducation que ça, Ben. Le simple fait que tu aies pu penser une telle chose est d'une inélégance…

Ben ne parut nullement perturbé par ses paroles. Il s'accrochait à cette histoire de filiation comme un bouledogue à son os. Zoe en avait assez d'entendre parler de l'identité secrète de leur père et de la famille Fortune. Leur père avait tout démenti, et elle avait choisi de le croire. Même si ses frères et sœurs s'acharnaient à fouiner dans son passé, dans son dos et contre sa volonté.

— Vous êtes tous au courant que Josephine Fortune Chesterfield a été adoptée, et n'a découvert il n'y a que quelques années qu'elle était une Fortune, n'est-ce pas ? Eh bien, je crois qu'il pourrait en être de même pour papa.

Zoe soupira suffisamment fort pour que tout le monde se tourne vers elle. Même Rachel, qui était celle par qui le scandale était arrivé l'année précédente, quand elle était tombée sur des indices laissant penser que leur père s'appelait en réalité Jerome Fortune. Il n'en avait pas fallu plus à Ben pour démarrer cette véritable « chasse au Fortune ». Et cela, malgré les dénégations de leur père et les démentis du reste du clan Fortune. Ben était déterminé à découvrir coûte que coûte ce qu'il estimait être la vérité.

Zoe aurait préféré le voir déployer autant d'énergie dans son travail de directeur d'exploitation chez Robinson Tech. D'ailleurs, compte tenu de la façon dont il s'opposait aux décisions de leur père, elle était surprise qu'il ne l'ait pas encore licencié ou, du moins, rétrogradé.

Chaque fois qu'il trouvait une nouvelle piste, celle-ci se terminait en impasse. Très récemment, au prix de beaucoup de temps et d'énergie, Ben avait localisé une certaine Jacqueline Fortune, qui était la mère de ce fameux Jerome. Selon Ben, il s'agissait à coup sûr de la grand-mère de Zoe et de ses frères et sœurs.

Peu lui importait que la pauvre femme, nonagénaire, vive dans un institut médicalisé et souffre de démence sénile. Cela n'empêchait pas Ben de continuer à insister, à peine perturbé par le fait qu'à la seule évocation de Jerome la pauvre Jacqueline avait totalement perdu pied et s'était mise à hurler que Jerome Fortune était mort.

A ce stade, toute personne sensée aurait jugé qu'il était temps de classer l'affaire. Mais pas Ben, oh, non ! Son frère s'obstinait, encore et encore, à fouiller dans la boue.

Selon ses dernières allégations, leur père devait avoir des enfants illégitimes un peu partout dans le monde. Il tenait cela d'un Anglais, un certain Keaton Whitfield, que Ben avait rencontré au cours de cette odyssée qui ne semblait que vouée à une chose : traîner leur père dans la boue.

Petit à petit, Zoe sentait monter la colère qu'elle s'était efforcée de contenir. Jusqu'à présent, elle avait délibérément refusé de se laisser entraîner dans cette folie et préférait jouer les pacificateurs. Elle persistait à assister à ces réunions mensuelles organisées par Ben en se disant qu'elle serait la voix de la raison. De manière générale, elle préférait se concentrer sur les choses positives. Sauf que, cette fois, Ben était allé trop loin.

Elle se leva d'un bond, et fit crisser sa chaise sur le parquet.

— Ecoute, Ben, s'il s'agit de ressasser les mêmes éléments qui ont déjà conduit à des impasses, alors je vous souhaite à tous une bonne soirée.

Elle prit son sac, puis son téléphone pour consulter l'heure… Et pour voir si Joaquin lui avait adressé un SMS afin de lui annoncer qu'il était arrivé.

Or, pas de nouvelles. Sans doute parce qu'ils n'avaient rendez-vous que dans une demi-heure. Mais elle n'en pouvait plus, il fallait qu'elle sorte. Pas moyen d'écouter ne serait-ce qu'une minute de plus son frère en train de tout faire pour faire passer leur père pour un menteur doublé d'un mari volage.

Et puis quoi ? Même à supposer que leur père se fût appelé Jerome Fortune dans une autre vie, qu'est-ce que cela changeait ? Il avait toujours été un bon père. Il avait mis sa famille à l'abri du besoin, permettant à ses enfants non seulement de manquer de rien, mais aussi de faire carrière, pour ceux qu'ils le souhaitaient, dans l'entreprise familiale. Tout en leur laissant la possibilité, sans pression aucune, de suivre leur propre voie si tel était leur désir. Rachel en était l'exemple même.

— Assieds-toi, Zoe. Ce n'est pas pour cela que je nous ai tous réunis ce soir. Il se trouve que je suis sur une nouvelle piste, et que cela pourrait déboucher sur la vérité que je cherche depuis le début.

Zoe leva les yeux au ciel.

Tiens donc. J'ai déjà entendu ça...

Seule la curiosité la fit se rasseoir. Quel genre de salades Ben allait-il de nouveau leur servir ? Depuis le jour où il leur avait présenté cet homme qui prétendait être leur demi-frère — sous-entendant qu'il pouvait y en avoir d'autres —, elle tenait à s'assurer qu'il n'avait pas poussé la bêtise, par exemple, à lui proposer de venir s'installer sur la propriété des Robinson. Mais, à ce stade, elle s'attendait à tout.

— J'ai trouvé une vieille amie de Jacqueline Fortune. Elle s'appelle Marian Brandt. C'était la voisine de Jacqueline. Marian et moi avons eu une très longue conversation.

Zoe leva les yeux vers son frère, qui tenait une photo entre ses mains. Elle plissa les yeux. Mais pas moyen de distinguer quoi que ce soit depuis le bout de la table.

Pas de panique. Si Ben s'était donné la peine d'apporter des photos, il ne manquerait pas de les partager avec tout le monde. Zoe jeta un dernier regard dans son miroir de poche, le referma et rangea son maquillage.

— Son fils, Eddie, et Jerome Fortune jouaient ensemble quand ils étaient petits. Elle a même accepté de me montrer cette photo.

Ben tendit le cliché à Olivia, assise à sa droite.

— Jacqueline et Marian ont beaucoup de choses en

commun. Toutes deux se sont retrouvées veuves très jeunes, et toutes deux ont perdu leur fils unique. Ces deuils prématurés peuvent expliquer la nature de leurs liens.

La photo circula autour de la table, jusqu'à Zoe. Bien sûr, il était impossible de dire si le petit garçon sur le cliché était leur père. Mais Zoe songea alors qu'elle n'avait jamais vu de photo de son père, jeune. Quoi qu'il en soit, cela ne prouvait rien.

Tout en tendant la photo à Wes, elle songea à demander à Ben s'il avait déjà vu des photos de leur père enfant, mais elle se ravisa. Inutile de lui donner du grain à moudre.

— Même à présent que Jacqueline est clouée au lit, Marian est restée une amie proche, et lui rend visite plusieurs fois par semaine. Quand elle a appris que j'étais allé voir Jacqueline, elle a obtenu mon numéro via les infirmières, m'a appelé, et a accepté de me rencontrer autour d'un déjeuner.

— C'est elle qui t'a donné cette photo ? demanda Kieran.

— Elle a apporté l'original et m'a autorisé à le photographier avec mon téléphone. Je l'ai ensuite imprimée.

Zoe se demanda alors si son frère possédait un de ces tableaux pêle-mêle similaires à ceux des agents enquêteurs du FBI. Quoi qu'il en soit, Ben se donnait beaucoup de mal pour faire passer leur père pour un criminel.

— T'a-t-elle appris quelque chose de nouveau ? s'enquit alors Sophie.

Ben haussa les épaules.

— Techniquement, non. Elle m'a expliqué que Jerome avait envoyé une lettre de suicide à sa mère, et que le bateau qui avait été retrouvé à la dérive sans personne à bord appartenait aux Fortune. N'oubliez pas que, même si Jerome Fortune a été déclaré mort, son corps n'a jamais été retrouvé.

— Sérieux, Ben ? grogna Zoe. La voisine te confirme ce que la police t'a déjà dit — à savoir que Jerome Fortune s'est embarqué sur le bateau familial pour se suicider —, et cela ne suffit toujours pas à te convaincre qu'il est temps pour toi de mettre un terme à cette obsession ridicule ?

Il l'ignora.

— Je vais voir si la police possède une copie de la lettre de suicide dans ses archives. Et je la ferai comparer par un graphologue avec l'écriture de papa.

— Jerome Fortune est mort depuis plus de trente ans, insista Sophie. Tu penses vraiment que la police a conservé ces archives ?

De nouveau, Ben haussa les épaules.

— Je ne le saurai qu'en posant la question. Mon intuition me dit que Jerome Fortune est toujours bien en vie, et qu'il s'agit de notre père. Je continuerai mes recherches tant que je n'aurai pas trouvé de preuves irréfutables, dans un sens ou dans un autre.

Cette fois, c'en est trop.

Zoe glissa son sac à main sous son bras, puis se leva.

— Je trouve que tu es ridicule et qu'il est largement temps pour toi d'arrêter toutes ces bêtises. Si cela t'amuse de partir à la recherche du fantôme de Jerome Fortune, c'est ton problème. Mais, tant que tu n'auras aucune preuve à nous fournir, je n'assisterai plus à tes réunions. Vous devriez tous avoir honte de traîner ainsi notre père dans la boue, alors qu'il n'a jamais fait preuve d'autre chose que de générosité à votre égard.

Elle ignora les tentatives de justifications et autres explications de ses frères et sœurs, et quitta la salle. Chacun avait certainement de bonnes raisons de soutenir la démarche de Ben, mais elle en avait assez entendu. Elle n'en pouvait plus de ces maladresses et de ce manque de respect.

Certes, certains pouvaient considérer Gerald Robinson comme un tyran, et, oui, elle savait qu'elle avait toujours été sa préférée… Mais ils formaient une famille ! Même si elle avait conscience des nombreuses maladresses de son père, elle refusait de connaître les détails dégoûtants. Tout cela, c'était entre lui et leur mère. Oh ! elle n'était pas dupe : les relations entre ses parents étaient tendues. Mais, si Ben continuait d'insister, ils finiraient par atteindre le point de non-retour. Bref, si ses frères et sœurs pouvaient arrêter de semer la zizanie, la famille pourrait enfin se retrouver. Une famille, c'était solidaire. Si un de ses membres sombrait, alors les autres sombraient avec lui…

Zoe ne comptait pas rester là, à regarder ses frères et sœurs s'appliquer à détruire les deux personnes qui leur avaient donné la vie.

Elle se fraya un chemin parmi les nombreux clients de la *cantina* de l'Iguana Café. La musique était à fond, et l'endroit vibrait d'une énergie propre aux bars la nuit. Plissant les yeux, elle balaya du regard la salle à l'éclairage tamisé pour voir si Joaquin l'attendait déjà. Mais elle avait un peu d'avance. Elle fut tentée de quitter les lieux pour revenir plus tard, mais un bref coup d'œil à son téléphone lui indiqua qu'ils devaient se retrouver dans moins d'un quart d'heure. Autant rester ici et l'attendre.

Et elle avait besoin de se détendre après tout le stress de la réunion avant de se préparer à voir Joaquin. Habituellement, elle buvait peu, mais en l'occurrence rien ne lui ferait plus de bien qu'une bonne margarita bien fraîche.

Elle se dirigea vers le bar et commanda :

— Une Iguana-rita, s'il vous plaît !

Moins d'une minute plus tard, le barman vint déposer un verre de la taille d'un bocal à poisson devant elle.

— Oh ! mais il y a de quoi boire pour quatre personnes ! s'esclaffa-t-elle en tendant un billet au serveur. Je n'imaginais pas que vos portions étaient aussi copieuses…

— Vous êtes déjà venue ici, hein ? dit le barman, plutôt beau garçon en dépit de son catogan et de ses bras tatoués.

— Oui, en effet. J'aime beaucoup cet endroit.

— Il me semblait bien vous avoir déjà vue, dit-il d'une voix traînante en s'accoudant face à elle.

Elle fixa la tête de mort incrustée d'une horloge qu'il arborait fièrement sur son biceps droit. Captivée, elle pensa soudain qu'elle n'était jamais sortie avec un homme tatoué. A ce propos… Est-ce que Joaquin dissimulait quelques tatouages le long de son corps de rêve ? Hum… Elle rêvait de le découvrir un jour. Sur le mode d'une chasse au trésor.

— Vous n'avez pas commandé de Désoif-Iguana ? s'enquit Catogan-man.

— Non, dit-elle en secouant la tête. J'ai commandé une Iguana-rita. Je suppose que c'est la même version que ce bocal à poisson, mais en plus petit.

— Je me suis trompé, admit Catogan-man. Vu que je n'ai pas su honorer votre commande, c'est la maison qui vous l'offre.

— Non, je vous remercie, je peux payer, assura-t-elle avant de goûter une première gorgée.

Le liquide, glacé, était délicieux. Pour peu, elle aurait pu vider son grand verre d'un trait. Mais la boisson était sans doute bien plus alcoolisée que son goût suave le laissait deviner. Il valait mieux rester sur ses gardes, sous peine de risquer de rouler sous le bar.

Même s'il lui arrivait régulièrement de sortir le week-end, elle n'était pas une grande buveuse. Elle n'avait jamais touché à la drogue non plus. Certains aimaient à dire qu'elle tenait à rester maîtresse d'elle-même. Elle préférait considérer que la vie était suffisamment grisante.

A cet instant, un client à l'autre bout du comptoir fit signe au barman.

— Bon, ben, bonne soirée. Comment tu m'as dit que tu t'appelais, déjà ?

— Je ne te l'ai pas dit, rétorqua-t-elle.

— Eh bien, bonne soirée, mademoiselle « je ne te l'ai pas dit ». Est-ce que tu permets que je t'appelle « Jenet » ? C'est plus court.

Zoe pouffa de rire avant de prendre une nouvelle gorgée de sa boisson.

— Comme tu voudras.

— A la fin de mon service, je pourrais peut-être t'aider à le terminer, ce Désoif-Iguana ?

— Elle n'aura pas besoin de ton aide, déclara Joaquin en s'installant sur le tabouret à côté d'elle. Mais merci pour la proposition.

Dès le premier regard, Joaquin détesta le barman, avec ses bras tatoués et ses longs cheveux noués en catogan. Quel genre d'hommes se coiffait ainsi ? Ce type avait tous les attributs d'un don Juan. Sans doute avait-il aidé un certain nombre de clientes à terminer leur verre. Probablement une chaque soir.

— Il ne t'importunera plus, déclara Joaquin. Bref, comment vas-tu ? Comment s'est passée ta réunion ?

Zoe leva les yeux vers lui en fronçant les sourcils.

— Qu'est-ce qui te fait dire qu'il m'importunait ?

Devant son ton piqué, il marqua un temps d'arrêt.

— Il était en train de te draguer.

Elle se mordit les lèvres, puis haussa un sourcil de cet air défiant qu'il commençait à bien connaître.

— Et ça t'ennuie qu'il me drague ? demanda-t-elle.

— Comment ça ? Ce type te plaît ?

— Ne réponds pas à ma question par une autre question, riposta-t-elle entre deux gorgées de margarita.

— Il n'a pas l'air d'être ton genre.

Elle planta une main sur sa hanche.

— Et quel est mon genre, au juste, Joaquin ?

Leurs regards se croisèrent, et l'espace d'un instant l'électricité entre eux devint palpable. Il se retint tant bien que mal de répondre quelque chose comme : « Ton genre, ce serait un homme comme moi. » Car la repartie aurait été grossière.

Mais, comme il ne répondait rien, elle reprit :

— Moi, j'ai l'impression que c'est toi qui es importuné par le fait que ce type me fait du gringue…

Touché. Oui, cela l'embêtait. Il avait beau savoir qu'il n'avait aucun droit sur elle dans la mesure où il lui avait fait comprendre qu'il ne cherchait pas de relation… Même si, en vérité, il en pinçait plus pour elle que ce maudit barman tatoué.

D'ailleurs, le gaillard se trouvait à l'autre bout du comptoir, en train de bavarder et de rire avec une nouvelle cliente. Zoe méritait mieux que ça.

Mieux qu'un barman volage, ou bien mieux qu'un type qui l'embrassait avant de prendre ses jambes à son cou ?

Mieux que les deux.

Car ce type n'était qu'un beau parleur. Mais Joaquin avait neuf ans de plus qu'elle. Il lui fallait un homme jeune, un homme qui n'était pas absorbé par ses propres problèmes.

Quand il se retourna vers elle, il la surprit en train d'observer à son tour le barman. Difficile de dire si elle paraissait déçue ou simplement blasée.

— Je pensais te rendre service en te sortant des griffes de ce genre de type.

— Merci, mais ce n'est pas parce que j'ai raté le bus à Horseback Hollow que tu dois te sentir obligé de me secourir à tout bout de champ.

Il hocha la tête.

— C'est vrai. Tu es une femme forte, intelligente et habile.

Il se mordit les lèvres assez tôt pour ne pas ajouter « *et très belle* ».

— Merci du compliment, soupira-t-elle avant de prendre un air contrit. Ecoute, ne m'en veux pas, mais je suis de mauvaise humeur, et je ne voudrais pas que cela déteigne sur toi. Ma réunion de famille ne s'est pas très bien passée. Et si on recommençait tout depuis le début ?

Elle prit une profonde inspiration et lui tendit la main.

— Bonsoir, Joaquin, je suis heureuse de te revoir.

Voilà qui ne lui ressemblait guère. D'ordinaire, Zoe était toujours tellement enjouée que sa bonne humeur, sa générosité, son effervescence étaient contagieuses. Mais personne n'était parfait. Elle avait bien le droit d'être d'humeur maussade.

— Est-ce que tu as envie d'en parler ?

Elle le dévisagea longuement sans rien dire. Il eut alors l'impression qu'elle allait refuser.

— A vrai dire, pourquoi pas ? Je pense que ça ne me fera pas de mal.

Au même instant, une table se libéra dans un coin.

— Et si on s'installait là-bas ?

A peine furent-ils installés qu'une serveuse s'approcha d'eux. Joaquin commanda une bière.

— Tu as envie de quelque chose ? demanda-t-il à Zoe.

— Merci, mais je crois que j'ai ce qu'il me faut pour la soirée, dit-elle en levant son énorme verre devant lui. Et même jusqu'à la semaine prochaine ! Les doses sont énormes ! Je ne vois pas comment j'arriverai à finir ce verre ! N'hésite pas à me donner un coup de main…

— Pourriez-vous nous apporter des chips avec de la sauce ? demanda Joaquin à la serveuse avant de se tourner de nouveau vers Zoe. Ça nous aidera à éponger tout cet alcool…

Alors qu'il repoussait le verre sur le côté, Joaquin éprouva une satisfaction irrationnelle à être celui qui partagerait sa boisson avec elle, et non ce maudit barman.

Une fois que la serveuse se fut éloignée, il déclara :

— Qu'est-ce qui se passe avec ta famille ?

Ses jolis yeux s'assombrirent, et elle abaissa ses cils tout en dessinant des formes abstraites sur le Formica.

— Je ne comprends pas pourquoi Ben est tellement déterminé à prouver que notre père ment au sujet de son identité. Voilà qu'à présent il profère à qui veut l'entendre que papa a des enfants naturels un peu partout. Comment ne voit-il pas à quel point tout cela est humiliant pour notre mère ? Même si je ne suis pas sûre qu'elle soit au courant de ses allégations. On dirait que Ben a décidé de briser notre famille. Il s'évertue à traîner mon père dans la boue en fouillant dans son passé. Et, quand il ne trouve rien, il invente… Il faut vraiment qu'il arrête ! Mais imaginons, ne serait-ce qu'un instant, que mon père est bien Jerome Fortune… Manifestement, il ne souhaite pas que cela se sache. Il a demandé à Ben à de multiples reprises de s'arrêter. Pourquoi mon frère s'obstine-t-il ainsi ? Quelle différence cela ferait-il, si on apprenait tous que mon père a bien un passé dont il n'est pas fier ? A quoi bon faire du mal à tout le monde ?

Joaquin fit de son mieux pour rester neutre. Il savait que Ben s'était donné pour mission de prouver la parenté de son père avec les Fortune. Or, jusqu'à cet instant, il ne s'était pas rendu compte à quel point les problèmes de famille de Zoe faisaient écho aux siens. Et cela le fit réfléchir.

— Je ne connais que très peu Ben, mais je ne l'imagine pas semer délibérément la zizanie dans votre famille…

Zoe le dévisagea comme s'il venait de cracher dans son verre.

— Tu es en train de me dire qu'il a raison d'insister, alors que mon père lui a expressément demandé d'arrêter ?

Joaquin secoua la tête.

— Je ne pense pas que certains ont raison et d'autres tort. Ce que j'essayais de dire, c'est qu'il me paraît naturel d'avoir envie de connaître ses origines, son histoire…

— Eh bien, en faisant ça, il est en train de tous nous monter les uns contre les autres. Ou du moins ça ne va pas tarder.

Quand de telles questions devaient être soulevées, il y avait forcément quelqu'un qui en souffrait. Mais cela ne faisait de bien à personne de faire comme si de rien n'était.

— Tant que la soirée n'est pas encore trop avancée, reprit Zoe, on ferait bien de débuter l'interview. Puisque c'était la raison pour laquelle nous avions décidé de nous retrouver ici.

Bonne idée. Dans la mesure où ils n'avaient manifestement pas la même opinion au sujet de leurs histoires de famille, ils risquaient de finir par se vexer, l'un l'autre. Au même instant, la serveuse apparut alors avec la bière qu'il avait commandée.

Comme Zoe ne voulait plus rien boire, il paya directement l'addition.

— Alors, quelle est ta première question ?

Elle sortit une petite tablette de son sac. Tandis qu'elle prenait des notes sur l'écran tactile du bout de ses ongles roses, elle sembla se détendre un peu.

— Qu'est-ce qui te plaît le plus dans ta collaboration avec Robinson Tech ?

— Le projet sur lequel je travaille est intéressant. J'adore la liberté créative que l'on me laisse chez Robinson.

Elle leva les yeux vers lui, puis hocha la tête, avant de noter sa réponse.

— Ta couleur préférée ?

— En quoi est-ce lié au travail ?

— Couleur préférée, répéta-t-elle. Je ne t'ai jamais dit que cette interview ne devait concerner que la sphère professionnelle. C'est ennuyeux, Joaquin. Il faut un peu épicer les choses avec des touches qui révèlent ta personnalité. Donc, ta couleur préférée ?

Il sourit, avant de secouer la tête.

— Le bleu.

— C'est vrai ? fit Zoe tout en enregistrant sa réponse. J'aurais dit que c'était le vert… Mais le bleu te va bien aussi. Et ton plat préféré ?

— Il n'y a pas grand-chose que je n'aime pas. J'adore à peu près tout, d'un bon steak jusqu'aux sushis, en passant par la cuisine exotique. Je suis un vrai gastronome.

Zoe appuya son coude sur la table, le menton dans la main.

— Je trouve ça très sexy, un homme qui n'hésite pas à être aventureux dans ses choix culinaires.

Il pouffa de rire.

— C'est ce que tu comptes écrire dans ton article ?

— Peut-être… Et quelle serait la journée idéale pour toi ?

Voilà tellement longtemps qu'il ne s'était pas accordé une vraie journée de plaisir qu'il dut réfléchir un instant avant de répondre.

— Passer du temps avec quelqu'un à qui je tiens. A explorer des lieux nouveaux, ou à flâner dans un lieu qui nous plairait à tous les deux.

Il se remémora alors les journées passées à la plage, ou sur un bateau, en Floride. Il se souvenait de la façon cruelle dont Selena lui avait annoncé leur rupture. Curieusement, le souvenir s'estompait peu à peu. Sur le moment, l'humiliation avait été totale… Mais la douleur finissait par s'effacer. Et il ne s'en était pas rendu compte jusqu'à maintenant.

— Je ne suis encore jamais allé au Driskill Hotel, poursuivit-il. Il paraît que c'est un endroit à voir.

— Vraiment ? s'exclama-t-elle. C'est mon endroit préféré

à Austin ! On pourrait peut-être s'y retrouver pour boire un verre un de ces jours ?

— Pourquoi pas.

Et voilà. De nouveau cette énergie qui circulait entre eux. S'il n'y prêtait pas attention, il allait finir par prendre ça pour de l'alchimie. Soit. A quoi bon le nier de toute façon ? L'alchimie entre eux était *palpable*. Et le fait d'en avoir conscience était le premier garde-fou. Contre l'envie de franchir cette maudite ligne. Une envie qui le taraudait de plus en plus.

— De quoi es-tu le plus fier ? demanda-t-elle ensuite.

Il lui fut reconnaissant de ce changement de sujet.

— Ça, c'est facile : ma famille.

— Tu vois, tu es bien d'accord que la famille passe avant tout. *Avant tout.*

Sa mésaventure avec Selena lui avait en effet ouvert les yeux. Les femmes avaient eu beau aller et venir dans sa vie, sa famille était toujours restée une constante pour lui.

— Est-ce que tu as déjà été marié ?

— J'ai donné mon accord pour répondre à cinq questions. Or il s'agit là de la sixième.

Elle referma sa tablette avant de la ranger dans son sac.

— Celle-ci n'est que pour mon information. Pas pour la newsletter.

Entre deux gorgées de bière, il hésita. Avait-il ou non envie de parler de ça ? Mais il lui suffit de poser de nouveau ses yeux sur le visage de Zoe pour céder.

— A une époque, j'ai été fiancé.

— *A une époque* ? répéta Zoe.

Il acquiesça.

— Comment s'appelait-elle ?

— Selena Marks.

Aussitôt, Zoe écarquilla les yeux.

— De la famille de Marks Telecom à Miami ? C'est bien pour eux que tu travaillais avant, non ?

— Comment es-tu au courant ? s'étonna-t-il.

— J'ai mes sources… Est-ce à cause de ces fiançailles

rompues que tu ne veux plus sortir avec des collègues de bureau ?

Zoe avait beau être une femme enthousiaste et pleine de gaieté, elle n'en était pas moins perspicace. Il vida sa bouteille de bière et la reposa sur la table.

— Tout à fait. D'ailleurs, je pense que nous avons fait le tour de la question pour la soirée. Veux-tu que je te raccompagne chez toi ?

— Non, bien sûr que non. Je suis venue en voiture.

— Tu vas pouvoir conduire ?

— Si j'ai bu trois gorgées de margarita, c'est un maximum. Ce cocktail était bien trop fort pour que je puisse en venir à bout. Je suis tout à fait apte à prendre le volant.

— Bon, dans ce cas, je te raccompagne à ta voiture.

Ils se frayèrent un chemin dans la *cantina*, puis il lui tint la porte avant de sortir.

Une fois arrivés devant sa BMW décapotable coupé sport, elle se tourna vers lui, et déclara d'une voix douce et légèrement saccadée :

— Je ne sais pas ce qui a causé la fin de tes fiançailles, mais je suis désolée que cela t'ait autant affecté. Et je suis navrée de constater que cela te freine pour un éventuel nouveau départ dans ta vie sentimentale.

Un long silence s'installa entre eux. Dans le halo du lampadaire de rue, elle paraissait à la fois fragile et angélique. Elle avait raison. Il avait laissé Selena l'empêcher d'aller de l'avant. Sauf que ce soir Zoe lui avait permis de prendre conscience du chemin qu'il avait malgré tout parcouru.

— Je peux être franc avec toi ? demanda-t-il.

— Mais bien sûr. Je n'en attends pas moins de toi.

Il hocha la tête.

— Il se trouve que travailler chez Robinson Tech me plaît beaucoup. Je ne m'en suis aperçu qu'à l'approche de la fin du projet : je n'ai pas vraiment envie de repartir.

Cette fois, elle ouvrit des yeux tout ronds.

— Tu veux dire que tu espères un poste permanent ?

— J'ai rendez-vous avec Gerald dans la semaine, et je comptais lui en parler.

— J'ai une idée ! s'empressa-t-elle d'ajouter. Qu'est-ce que tu fais jeudi soir ?

— Je ne sais pas. Pourquoi ?

— Mon père organise un dîner pour une poignée de cadres de l'entreprise. Tu devrais venir !

— Alors toi, tu es incroyable ! s'esclaffa-t-il. Je ne peux pas m'incruster au dîner de ton père. Il ne m'y a pas invité. Merci, mais je discuterai de tout ça avec lui, lors de notre prochain rendez-vous.

— Mais il va t'inviter ! Donc, réserve ta soirée jeudi…

Il secoua la tête, et tenta d'y voir plus clair.

— Juste comme ça, il va m'inviter ? Simplement parce que tu le lui auras demandé ?

Elle fit une petite moue, comme si la réponse était évidente.

Il ne put s'empêcher de sourire de la voir aussi sûre d'elle. Encore une chose qu'il adorait chez Zoe. Elle n'était jamais arrogante ni méchante. Il n'y avait pas une once de méchanceté chez elle. Simplement, elle avait cette faculté d'analyser les situations et d'en tirer parti.

— Tu obtiens toujours ce que tu veux, pas vrai ?

Elle inclina la tête sur le côté.

— A t'entendre, ce serait un défaut ?

— Non, à vrai dire, pas du tout. Je te trouve assez épatante.

— C'est vrai ? Tu trouves ?

Il dut faire un effort surhumain pour ne pas se jeter sur elle et lui voler de nouveau un baiser. Heureusement, il parvint à se ressaisir.

— Tu es une vraie amie, une fille attentive à ses parents, et tu es douée pour ton métier. Je considère donc que l'on peut te qualifier de fille « épatante ».

— Alors comme ça, je suis une « vraie amie » ?

Il s'efforça d'ignorer la lueur déçue dans son regard qui démentait le demi-sourire au coin de ses lèvres, oh, tellement charnues…

— Eh bien, Joaquin, le seul fait que tu me cantonnes à la catégorie « amie » démontre bien que je n'obtiens pas *toujours* ce que je veux. Mais il faut que tu saches que je n'en ai pas fini avec toi.

Décidément, elle allait vraiment avoir sa peau…

— Il faut aussi que tu saches que je suis connue pour mon énergie débordante et ma persévérance, lâcha-t-elle entre deux silences. Et je ne compte pas te laisser me cantonner au rôle de gentille amie.

Il se pencha pour déposer un baiser sur son front.

— Bonne nuit, Zoe.

— Sérieux ? C'est le mieux que tu puisses faire ?

— Tu t'attendais à autre chose ?

— Joaquin, on aurait dit un frère qui m'embrassait…

— Vu que ta sœur a épousé mon frère, on est plus ou moins beau-frère et belle-sœur, maintenant, non ?

Elle planta ses mains sur ses hanches.

— Pas du tout. Tu es un latino, très *hot*, de Miami. Je m'attendais à mieux qu'un simple baiser sur le front.

Il se mit à rire.

— Tu crois que je te faisais du gringue, là ? Ça montre à quel point tu es innocente. Parce que, quand je passe à l'action avec une femme, crois-moi, elle le sait tout de suite.

8

En tant que consultant free-lance qui n'avait jusque-là bénéficié que de rares tête-à-tête avec Gerald Robinson, Joaquin ne sut quoi penser quand le grand patron passa une tête dans son bureau dès le mardi matin pour l'inviter à son dîner du jeudi.

Il était certain que Gerald ne l'aurait jamais invité si Zoe ne le lui avait pas suggéré. D'un autre côté, il savait que cet homme, aussi attaché puisse-t-il être à sa fille, n'aurait jamais ouvert sa maison à quelqu'un contre son gré.

Joaquin allait peut-être devoir mettre son orgueil dans sa poche : on ne refusait pas une invitation susceptible de relancer une carrière. Robinson Tech était une entreprise de pointe dans son domaine. Une entreprise d'avenir. Celle où tous les développeurs rêvaient de faire carrière.

En tout cas, en arrivant à la propriété des Robinson le jeudi suivant, Joaquin se sentit immédiatement comme un poisson hors de l'eau : avec ses hauts murs en pierre, ses immenses grilles en fer forgé et son allée qui serpentait jusqu'à la demeure, la splendide bâtisse avait des allures de château méditerranéen. Il lui fallut quelques instants pour se ressaisir. A Miami, il avait mené une vie confortable, n'avait jamais manqué de rien. Or jamais il n'avait vu une telle opulence.

Pas même avec Selena.

Mais là n'était pas le sujet. La dernière chose dont il avait envie, c'était de s'amouracher une nouvelle fois d'une fille riche et gâtée. Même si, pour être tout à fait honnête envers lui-même, plus il apprenait à connaître Zoe, plus il s'apercevait qu'elle n'avait rien d'une enfant gâtée. Car, si elle obtenait presque toujours ce qu'elle désirait, elle gardait néanmoins les pieds sur terre. Zoe était toujours de bonne humeur, drôle, en effervescence. Un véritable exemple d'optimisme, de philosophie. Même quand elle n'avait pas le moral, comme l'autre soir, à l'Iguana Café, elle ne s'épanchait guère, et gardait toujours à l'esprit l'intérêt des gens.

En approchant de la maison, Joaquin aperçut deux majordomes debout à l'entrée. Il comprit alors que la soirée s'annonçait sous le signe du plus grand raffinement.

Une fois sorti de sa voiture, il tendit les clés au portier et s'apprêta à lui offrir un pourboire, mais le jeune homme refusa.

— Merci, mais c'est M. Robinson qui nous rémunère. Je vous souhaite une bonne soirée, monsieur.

Monsieur ? Ce type était à peine plus jeune que lui — même s'il devait être plus proche de l'âge de Zoe. Il s'agissait probablement d'une marque de respect envers ceux qui avaient l'honneur d'être invités chez les Robinson.

Le portier sauta dans la voiture de Joaquin, qu'il démarra avec précaution pour aller la garer. Joaquin contempla alors la haute porte en bois massif. Zoe était-elle déjà arrivée ? A cette question, il s'aperçut qu'il ne savait même pas si elle vivait dans ce quasi-palais, ou si elle possédait son propre appartement.

Il ignora le nœud qui se formait dans sa gorge. Il se redressa, puis sonna à la porte. Un autre majordome, en costume noir, vint lui ouvrir en le saluant d'une révérence.

— Bonsoir, monsieur. M. Robinson suggère que tout le monde se réunisse au salon où sont servis des petits-fours en attendant le dîner.

Joaquin suivi le chemin que lui indiqua le majordome, le long d'un vaste couloir au parquet en bois massif, puis rejoignit les invités, parmi lesquels il ne connaissait personne. Robinson Tech était une énorme société, et Joaquin n'avait pas vraiment eu l'occasion de rencontrer ses collègues, préférant se concentrer sur son travail. En revanche, ici, tout le monde semblait se connaître et se mélanger avec aisance.

Il balaya du regard la vaste salle aux parquets recouverts de tapis persans, jusqu'aux immenses plafonds voûtés. Les meubles anciens étaient ornés d'œuvres d'art — un véritable musée de collectionneur. Le tout donnait une impression de raffinement désuet, que Joaquin n'avait aperçu jusque-là que dans les grands hôtels ou les musées.

Cependant, il manquait un élément essentiel : Zoe. Cet après-midi, elle était pourtant passée à son bureau en lui disant : « A ce soir ! » Pourvu qu'elle n'ait pas eu d'empêchement… Jusqu'à présent, il ne s'était pas rendu compte à quel point elle lui manquait. Il s'empressa de chasser cette idée de son esprit. Ce soir, il s'agissait d'un dîner de travail. Ce n'était certainement pas le moment d'explorer des sentiments étranges dont il ne savait que faire.

Il avait besoin d'une bonne bière. Ce qui n'était pas bon signe. Il se dirigea vers le bar où il commanda sa boisson, que le serveur lui versa à partir d'une tireuse. Et, quand Joaquin tourna les talons, Zoe venait d'entrer dans la pièce. Elle semblait tout droit sortie d'un magazine de mode, avec sa petite robe noire et ses sandales à lanières. Son baume à lèvres était d'un rouge vif et brillant, et elle avait attaché ses cheveux en une queue-de-cheval fantaisie. Elle était tout simplement magnifique…

Le visage de Zoe s'illumina quand elle l'aperçut. En proie à un trouble intense, il fut incapable de détacher son regard d'elle alors qu'elle traversait la pièce dans sa direction. Il n'en revenait pas qu'une femme aussi sublime, qui n'avait qu'à claquer des doigts pour avoir tous les hommes à ses pieds, s'intéresse à lui. *A lui.* Et ce serait mentir que nier que cet intérêt était mutuel, même s'il avait tout fait pour se persuader du contraire. Tout cela parce qu'il s'était juré de ne plus jamais sortir avec la fille du patron.

Cela n'avait rien à voir avec la famille de Zoe, ni avec le fait que Gerald était son père. Rien à voir avec ce véritable palais, encore moins avec le fait que Zoe pouvait le mettre en relation avec l'homme susceptible de donner un élan inédit à sa carrière. Tout cela n'était rien comparé à la façon dont il voyait ses yeux s'illuminer dès qu'elle les posait sur lui. Cela lui faisait un effet incroyable. De plus en plus, il se sentait chavirer, corps et âme.

Et, à voir Zoe aussi belle ce soir, il avait l'impression de redécouvrir le soleil.

Après ses fiançailles rompues, après l'enfer qu'il avait traversé après Selena, ce soir il s'apercevait qu'il était de nouveau capable d'éprouver des sentiments. Il avait l'impression d'avoir été frappé par la foudre, car, pour la première fois depuis deux ans, il sentait son cœur battre la chamade. Ce qui ne pouvait signifier qu'une seule chose : le passé était désormais derrière lui. Il avait renversé la vapeur. Et, même s'il n'avait pas la moindre idée de ce qui l'attendait, pour la première fois depuis si longtemps, il se sentait prêt à aller de l'avant.

— Bonsoir, Joaquin ! lança-t-elle en déposant un baiser sur sa joue.

A son tour, il l'embrassa sur la joue. Elle sentait bon. Un doux parfum de rose, de miel, de soleil… Il inspira profondément, pour bien imprégner sa mémoire de son odeur.

— Tu t'es fait beau, déclara-t-elle en s'écartant de lui tout en lui faisant une œillade des plus sensuelles.

— Tu n'es pas mal non plus, répondit-il. Puis-je t'offrir un verre ?

— Un verre de vin blanc serait parfait, merci !

Il s'éloigna vers le bar pour passer commande, mais, quand il revint à Zoe, Gerald venait d'arriver auprès de ses convives.

— Bonsoir, tout le monde. Bienvenue à tous. Je vous remercie d'avoir volé un peu de temps à vos plannings bien chargés pour vous joindre à ce dîner ce soir. J'espère que vous avez tous faim, car notre chef nous a préparé un véritable festin. Sans plus attendre, je vous propose de me suivre jusqu'à la salle à manger. Le dîner est prêt !

Dans un murmure d'approbations, la quinzaine d'invités emboîtèrent le pas à Gerald, qui prit le temps d'accueillir personnellement chacun d'eux par un mot ou une attention. Il offrait ce soir un visage bien plus chaleureux que celui du patron bougon qu'il affichait généralement au travail. Apparemment, le patron tyrannique se révélait aussi être un hôte généreux en son domaine. Et Joaquin était heureux de découvrir cette facette plus humaine de celui que certains médias avaient surnommé « l'Attila des nouvelles technologies ». Ils étaient peu nombreux à avoir ce privilège.

Joaquin commençait à comprendre pourquoi Zoe avait un jour débarqué dans son bureau en sollicitant son aide pour retravailler l'image de son père. Elle connaissait cette facette plus humaine, plus généreuse, et elle tenait à ce que le monde entier y ait aussi accès. Cela dit, Joaquin était persuadé que Gerald se moquait bien de savoir ce que les gens pensaient de lui.

— Joaquin ! Content de vous voir ! lança Gerald en lui serrant vigoureusement la main. Je vous ai prévenu tardivement, mais je suis heureux que vous ayez pu être des nôtres.

— Merci pour l'invitation, rétorqua-t-il en prenant soin de ne pas avoir l'air flagorneur.

— Nous avons toujours rendez-vous demain ? J'ai hâte que nous discutions de ce que vous comptez faire à la fin de votre mission, reprit Gerald avant de se tourner vers sa fille. Bonsoir, princesse ! C'est toujours un plaisir de te voir à mes dîners.

— Salut, p'pa, fit Zoe en nouant les bras autour du cou de son père.

C'était la première fois que Joaquin voyait une expression si douce sur le visage de Gerald. Mais elle disparut bien vite, et il retrouva très vite son énergie habituelle.

— Entrez donc vous installer pour le dîner ! lança-t-il à Joaquin. Ne retardez pas les autres convives.

Il n'y avait pas de plan de table, et les invités étaient libres de s'asseoir où ils le désiraient. Quand Zoe et Joaquin arrivèrent dans la salle à manger, les places autour de Gerald étaient déjà occupées. Dommage. Les deux seules chaises encore inoccupées se situaient à l'autre bout de l'immense table.

Avec chaque couvert se trouvait un petit carton détaillant le menu : huîtres gratinées, velouté de châtaignes, duo de steak et homard, salade de jeunes pousses et mousse au chocolat sur son coulis de framboises. Chaque plat était accompagné d'un vin différent.

Pendant le dîner, les conversations allèrent bon train, mais Gerald demeurait calme, visiblement plus intéressé par le contenu de son assiette que par ses invités. Tandis que tout le monde — excepté Zoe et Joaquin — cherchait à attirer son attention en relatant toutes sortes d'anecdotes et autres histoires croustillantes, personne n'osait interrompre Gerald dans sa mastication appliquée.

Quand on servit le dessert, Joaquin se dit qu'il n'allait plus pouvoir se lever de table tant il avait mangé. Mais le verre de calvados servi en digestif apporta une merveilleuse touche finale à ce repas exquis.

Quand il eut terminé de manger, Gerald prit la parole.

— Comme la plupart d'entre vous le savent déjà, je suis un self-made-man, déclara-t-il. J'ai fondé Robinson Tech en partant de rien, de mes propres mains. Au départ, je n'avais que mes mains, mon T-shirt et quelques billets dans ma poche. Personne ne m'a jamais aidé, et je n'ai d'ailleurs jamais rien demandé.

Joaquin décela une pointe d'amertume dans ses propos, et se demanda si cela avait à voir avec sa supposée parenté avec les Fortune. Autour de la table, tous les convives hochèrent la tête en signe de solidarité. Se doutaient-ils du possible double sens des propos de Gerald ?

Si cet homme était bel et bien un Fortune, comme les frères et sœurs de Zoe en étaient convaincus, qu'avait-il pu ressentir en tournant le dos à cette illustre dynastie pour tout reconstruire ? Etait-il seulement parti de son plein gré ? Ou bien y avait-il été poussé ? Selon Zoe, cette question était sans intérêt.

Zoe qui se retrouvait au milieu d'une tempête familiale. Néanmoins, elle continuait de rester positive en toutes circonstances. Et d'accorder le bénéfice du doute à ceux qu'elle aimait.

Elle était confrontée à des enjeux assez similaires à ceux de Joaquin. Et, l'espace d'un moment, il se demanda si cela valait vraiment la peine de faire éclater la vérité au grand jour. Qu'en retireraient-ils tous ?

Il observa Zoe, qui écoutait attentivement son père. Dans le cas de Gerald, la révélation d'un passé enfoui aurait probablement des répercussions négatives. En outre, cela ferait du mal à Zoe. En résumé, aux yeux de Joaquin, ce « Fortune-gate » ne serait pas souhaitable. Alors que tirer au clair la situation de son propre père lui apparaissait incontournable.

— Je respecte le travail acharné, le don de soi, poursuivait Gerald. C'est cela qui m'a mené où j'en suis aujourd'hui. J'aimerais que Robinson Tech reflète cet état d'esprit de persévérance, d'indépendance. C'est pour cela que j'ai invité chacun d'entre vous ce soir. Parce que je reconnais une telle détermination dans votre travail. Je tiens à ce que cette entreprise explore de nouveaux territoires. On ne survit pas dans le secteur des nouvelles technologies en copiant ses concurrents. C'est là que vos talents interviennent. C'est vous qui apportez sa fraîcheur, son originalité à Robinson Tech. Dans les prochaines semaines, je rencontrerai chacun d'entre vous en tête à tête, et nous ferons le point sur votre avenir au sein de cette entreprise.

Gerald se leva soudain, posant sa serviette en lin près de son assiette vide.

— Mais, pour l'heure, c'est le moment pour vous de rentrer chez vous. Excellente fin de soirée à tous !

Jamais Zoe n'avait à ce point espéré la fin d'un dîner. Et, quand ce moment arriva enfin, elle se réjouit au plus profond d'elle-même. Car il était encore tôt.

Stanley, qui travaillait au service des Robinson depuis aussi longtemps que Zoe se souvienne, escorta les invités jusqu'à la porte, et elle en profita pour prendre la main de Joaquin afin de l'entraîner vers l'office des domestiques.

— Où va-t-on ? demanda-t-il.

— Loin d'ici, murmura-t-elle, heureuse qu'il n'ait pas cherché à retirer sa main de la sienne.

Elle mêla alors ses doigts aux siens, sentant sa paume large et chaleureuse contre la sienne.

Après avoir traversé l'office, elle l'entraîna jusqu'au couloir qui desservait le vaste séjour.

— Allons prendre l'air, suggéra-t-elle. Il fait bon ce soir.

— Bonne idée, répondit-il en souriant.

Main dans la main, ils traversèrent le porche, puis descendirent les quelques marches qui menaient à la piscine, avant de s'arrêter au niveau du banc qui surplombait Lake Austin.

— Ce panorama est ce que je préfère dans cette maison, avoua Zoe. Parfois, quand j'ai besoin de réfléchir, je viens m'asseoir ici un moment.

— La vue est belle, acquiesça Joaquin. Et à quoi est-ce que tu réfléchis quand tu viens ici ?

Ils étaient si proches l'un de l'autre que la cuisse de Joaquin effleura la sienne. Et elle se délecta de ce contact. Elle aimait le sentir près d'elle.

— Ça dépend. En ce moment, je rêve de décrocher une promotion. C'est une des raisons pour lesquelles j'ai assisté à ce dîner aujourd'hui. Ce n'est pas parce que je suis la fille du patron que j'ai droit à un traitement de faveur. Je dois mériter mon avancement, comme tout le monde. Et c'est bien normal. Pourquoi devrais-je être privilégiée ?

Il hocha la tête.

— Quoi ? reprit-elle. Tu t'imagines que, si je suis venue ce soir, c'était pour te voir ?

— Je l'espérais…

Incroyable. Avait-elle bien entendu ? Son estomac se noua et son cœur se mit à battre la chamade, mais elle s'efforça de garder son sang-froid. Même si elle mourait d'envie de se jeter dans ses bras pour lui montrer à quel point elle était heureuse qu'ils soient ensemble ce soir.

— Mais tu habites ici, reprit-il. Je m'attendais donc à te croiser ce soir.

— Non, je ne vis plus là, rectifia-t-elle. C'est ici que j'ai grandi, mais j'ai mon propre appartement à présent. N'empêche, cette maison est magnifique, tu ne trouves pas ? Pour les enfants, c'est génial. Bon, et toi, tu as passé une bonne soirée ?

Il acquiesça.

— J'ai trouvé ça intéressant. J'ai découvert une facette de ton père que je ne connaissais pas, ce qui m'a permis d'étoffer mon opinion à son sujet.

— Tu n'imagines pas à quel point ça me fait plaisir. Si seulement tout le monde pouvait lui donner sa chance…

— Merci de l'avoir convaincu de m'inviter.

Elle agita la main.

— A vrai dire, je n'ai fait que lui demander si tu serais de la partie ce soir. C'est lui qui a décidé de te convier au dîner. Je ne lui ai rien demandé. Tu lui plais vraiment, Joaquin. Et tu me plais aussi…

Elle le vit déglutir péniblement. Il garda le silence, longuement, tout en la dévisageant d'un air indéchiffrable. L'espace d'un instant, elle craignit qu'il la cantonne de nouveau à la zone « amie ».

— Tu me plais aussi, Zoe. Tu sais ce que j'aime le plus, chez toi ?

Elle secoua la tête.

— Tu décèles toujours ce qu'il y a de mieux chez les gens. Même moi. Et pourtant, je sais que je suis quelqu'un d'assez secret.

Elle se mit à rire. Certes, il ne se livrait pas facilement, mais il se sous-estimait manifestement.

— Je n'ai rien d'héroïque, c'est facile de voir que tu es un chic type. Franchement, la moitié des femmes au bureau sont folles de toi !

Cette fois, il afficha une moue incrédule.

— Ou du moins Steffi-Anne, reprit-elle. Si tu n'es pas au courant, alors tu es vraiment aveugle… Mais bon, si c'est le cas, tu peux compter sur moi pour…

Elle s'interrompit, se mordant les lèvres. Avant de dire une bêtise. Mais à quoi bon se censurer, au juste ?

— Joaquin, je n'ai pas envie de te partager. Ni avec Steffi-Anne, ni avec quiconque.

Pour toute réponse, il se pencha vers elle et posa ses lèvres sur les siennes. Et ce baiser-là embrasa aussitôt toutes les fibres de son corps.

Quand enfin il reprit son souffle, il déclara :

— Si tu avais encore des doutes, là, je viens de passer à l'action.

9

A la suite de ce dîner chez Gerald Robinson, Zoe et Joaquin devinrent inséparables. En dehors du bureau, du moins. Plus il passait de temps avec elle, plus il se demandait pourquoi il lui avait fallu autant de temps pour avoir les idées claires. Elle le rendait tellement heureux qu'il ne s'imaginait plus passer une seule journée, une seule nuit sans la voir.

Voilà pourquoi, quand elle avait proposé de lui faire visiter ses endroits préférés à Austin, il avait accepté avec enthousiasme de se laisser guider. Un soir, elle l'avait emmené dîner au Botticelli's, sur South Congress. Le lendemain, ils avaient arpenté le quartier de SoCo pour écouter un de ses groupes préférés. Ils avaient ensuite bu quelques verres au Driskill Hotel. Et ce soir, après le travail, ils avaient visité le Harry Hansom Center, un musée en bordure du campus de l'université du Texas, et qui ouvrait en nocturne le jeudi. Après quoi, ils grignotèrent un petit snack en vitesse.

A une époque, quand il commençait à sortir avec une femme de façon régulière, la proximité lui donnait assez rapidement l'impression de suffoquer et d'avoir besoin d'espace. Mais, après le repas, quand il raccompagna Zoe à sa voiture qu'elle avait laissée sur le parking de Robinson Tech, il n'hésita pas un instant quand elle lui proposa un dernier verre chez elle.

En fait, la seule perspective de lui dire au revoir créait en lui une grande impression de vide. Alors, il la suivit jusque chez elle, une jolie maison de ville située à une quinzaine de minutes du bureau.

Une fois chez elle, il lui emboîta le pas dans le petit couloir jusqu'au séjour. Elle se tourna alors vers lui. Et le regard sensuel qu'elle lui adressa le rendit fou. Il s'approcha d'elle, puis l'enlaça, glissant ses mains dans ses cheveux. Il l'embrassa avec toute la fougue, toute la passion qu'il retenait en lui depuis le premier jour où il avait posé les yeux sur elle.

Quand ils reprirent leur souffle, elle recula d'un pas, l'air un peu désorienté. Une mèche de cheveux lui était tombée sur les yeux, et il la repoussa derrière son oreille, en se retenant de la prendre de nouveau dans ses bras.

— Assieds-toi, murmura-t-elle en lui désignant le canapé bleu clair. Je vais nous chercher du vin.

Le salon était ouvert sur la cuisine, et il la regarda sortir deux verres à vin d'un placard.

— Tu as besoin d'un coup de main ? proposa-t-il.

— Non merci, dit-elle par-dessus le comptoir. J'arrive dans deux secondes.

Il regarda autour de lui, attentif au moindre détail. Le plafond était haut, orné de moulures. Les murs étaient peints en bleu clair, et le mobilier était tout à la fois classique et fantaisie. A l'image de Zoe. L'endroit était chaleureux, décoré avec goût avec beaucoup de couleurs et de motifs floraux.

Pour la première fois, il pénétrait dans le monde de Zoe. Il savait désormais où elle vivait. Et cet endroit lui ressemblait tellement qu'il ne l'imaginait plus désormais vivre ailleurs.

Elle revint avec deux verres de vin et une bouteille, qu'elle posa sur la table basse afin de faire le service. Après lui avoir tendu un verre, elle ôta ses sandales, puis vint se lover contre lui sur le canapé.

Ils trinquèrent, et burent chacun une gorgée.

— Je me souviens de la première fois où je t'ai vu, dit-elle. C'était pour le mariage de Matteo et de Rachel. Tu étais en retard parce que ton vol n'avait pas atterri à l'heure — tu t'en souviens ?

Il hocha la tête. Il s'était alors dit qu'elle était la plus belle femme qu'il ait jamais rencontrée, avec ses grands yeux bruns et ses longs cheveux châtains.

— Quand je pense que nous ne nous sommes revus que grâce à ma mission chez Robinson Tech…

Ils se mirent à rire, puis trinquèrent de nouveau.

— Le jour du mariage, je n'aurais jamais imaginé que les choses entre nous prendraient cette tournure. Mais je suis heureuse que ce soit le cas. Qui l'eût cru ?

Sur le moment, il ne s'était pas imaginé un instant que Zoe ait pu le remarquer. D'autant qu'il était encore sous le coup de sa rupture avec Selena, renfermé sur lui-même, à tenter de soigner son cœur brisé. A l'époque, cela faisait à peine deux mois qu'il avait retrouvé son célibat. A y repenser, cette période de sa vie était assez trouble. Malgré le traumatisme de cette rupture, il avait tenu à rester le témoin de son frère. Car Matteo était fou amoureux de Rachel. A croire que les filles de la famille Robinson avaient jeté un sort aux Mendoza…

— Tu n'es pas très bavard, ce soir. Tout va bien ?

— Mieux que jamais ! Je profite simplement de ces moments en ta compagnie.

Elle appuya son visage contre son épaule. Se délectant de la sentir contre lui, il passa un bras autour de ses épaules.

— Donc, si on inclut le mariage, on peut dire que cela fait plus d'un an que nous nous connaissons, reprit-elle en levant les yeux vers lui. A moins que… Tu n'étais plus fiancé, à l'époque, hein ?

— Non, assura-t-il. Nous venions de rompre.

— Si c'était aussi récent, cela n'a pas dû être facile pour toi de te retrouver ainsi au cœur des festivités…

— J'étais heureux pour mon frère et Rachel. Et puis, c'est la famille. On fait ce qu'on a à faire.

— C'est une des choses que je préfère chez toi ! Ta famille est tellement importante à tes yeux.

Elle posa un doigt sur les lèvres de Joaquin, les effleurant doucement. Sans la quitter des yeux, il entrouvrit les lèvres et prit son doigt dans sa bouche pour le suçoter.

— Donc… On se connaît depuis un an, mais c'est la première fois que l'on se retrouve en tête à tête. Je veux dire, vraiment seul à seule.

Il l'attira à lui.

— Il était temps, non ?

Il huma son parfum, et eut envie de se fondre en elle. Du bout des doigts, il traça une ligne imaginaire le long de son décolleté, jusqu'à la naissance de ses seins. Elle poussa un soupir lascif, qu'il étouffa en plaquant de nouveau ses lèvres contre les siennes.

Oh ! comme il aimait le goût de ses lèvres… Comme il avait envie de s'enivrer, encore et encore…

A travers le tissu de son chemisier, il sentit la pointe de ses seins se durcir. Il s'aventura sous le vêtement, plaquant d'abord sa paume sur son ventre, avant de remonter vers sa poitrine.

Comme elle était belle… Jamais il n'avait éprouvé un désir aussi intense.

— J'ai envie de toi, murmura-t-il contre ses lèvres.

Il s'écarta doucement pour interroger son regard… Dans lequel il décela une lueur de désir qui faisait écho à son irrépressible envie. Cette femme le désirait ! Non seulement il n'en revenait pas, mais cela ne fit qu'attiser son désir pour elle.

Ivre de désir, il captura de nouveau ses lèvres avant de la serrer si fort contre lui qu'il sentit leurs deux cœurs battre à l'unisson. Elle glissa une main fébrile dans ses cheveux, et il crut se consumer sur place.

Sans rompre le charme, il l'allongea sur le canapé avant de se débarrasser d'un geste vif de sa propre chemise. Oh ! comme il brûlait d'envie de sentir sa peau contre la sienne…

Il défit les deux premiers boutons de son chemisier, avant de le lui faire passer par-dessus la tête. Jamais il ne s'était senti aussi impatient. C'est tout juste s'il ne le lui avait pas arraché.

Mais, alors qu'elle retirait son chemisier, il eut l'impression qu'elle était gagnée par le doute.

— Ça va ? demanda-t-il.

Sans doute avait-il un peu précipité les choses. Il avait

tellement envie d'elle… Or rien ne pressait. Il tenait à savourer chaque instant de sa première fois avec elle. Surtout, il tenait à ce qu'elle en garde un souvenir inoubliable.

— Il faut que je te dise un truc, articula-t-elle d'une petite voix.

Protection !

Bon sang ! Comment n'y avait-il pas pensé plus tôt ? Sans doute parce qu'il n'avait pas prévu ce qui était en train d'arriver. Pourtant, c'était à présent une évidence.

— Si tu n'as rien, je peux sortir en acheter…

Elle le dévisagea d'un air interrogateur.

— On parle bien des préservatifs ? reprit-il.

— Oh… Non, pas vraiment… Enfin, oui, il va en falloir, bredouilla-t-elle d'une voix tremblotante.

Il s'écarta d'elle pour mieux la regarder. Elle se redressa en croisant les bras.

— Si on va trop vite, je peux ralentir les choses, lui murmura-t-il.

— Je sais que je vais avoir l'air vieux jeu, mais, pendant très longtemps, j'ai voulu me préserver pour ma nuit de noces…

Se préserver ? Mais de quoi ?

Oh…

— Tu veux dire que tu n'as jamais…

Elle secoua la tête.

— Ne me regarde pas comme une bête de foire…

— Non, jamais de la vie ! Je suis juste… surpris, c'est tout.

— Pourquoi ? demanda-t-elle.

Sans doute ferait-il mieux de se taire, car il n'allait apparemment qu'aggraver la situation.

Elle haussa les épaules.

— Excuse-moi, si j'ai l'air sur la défensive. Ce n'était pas mon intention. Toutes les insinuations de Steffi-Anne et son listing méticuleux de tous les hommes avec qui je suis sortie t'auront sans doute donné une mauvaise impression…

Oh ! non. Elle pensait vraiment ce qu'elle disait ?

— Tu crois que je t'ai suivie chez toi en pensant que tu étais une fille facile ?

Un rire nerveux s'échappa de ses lèvres magnifiques.

— J'ai l'impression d'être retournée au lycée… Tu me prends vraiment pour une Marie-couche-toi-là ?

— Zoe… Ne dis pas de bêtises.

— Je plaisante. Mais, s'il te plaît, ne rends pas les choses plus difficiles qu'elles le sont déjà. Bon allez, je me jette à l'eau : je suis sortie avec un certain nombre d'hommes, mais je n'ai jamais passé la nuit avec personne. En fait, en général, j'arrête dès qu'on dépasse le stade du baiser…

Il se cala sur le canapé.

— Tu es en train de me dire que tu me largues ?

— Parce que je suis ta petite amie ?

— Ben, je croyais… Mais, si tu veux faire ça façon lycéenne, il faut que je te demande de sortir avec moi, alors ? Je sais qu'il m'a fallu du temps pour en arriver là… Mais j'aimerais bien tenter ma chance. On peut prendre notre temps. Ça ne me gêne pas du tout. J'ai juste envie que tu sois d'accord pour… pour *nous*.

Elle parut soudain hésitante, mal à l'aise.

Il ramassa alors son chemisier par terre, et le lui rendit.

— Merci, dit-elle tout en le gardant sur ses genoux.

Elle resta assise, là, en soutien-gorge, sans chercher à se rhabiller, ni même à se cacher.

— J'espère que tu ne me prends pas pour une dingue, lâcha-t-elle.

— Pas du tout, assura-t-il en lui prenant la main. Bien sûr que non.

— Quand j'étais à la fac, une de mes amies s'est brûlé les ailes à cause d'un type qui avait promis de l'aimer pour toujours. Alors, elle s'est donnée à lui, corps et âme. Ça a duré à peine trois mois. Il l'a brisée. Je sais bien que la vie n'est pas forcément un conte de fées… Mais je l'ai vue tellement anéantie, que je me suis toujours dit que je ne pouvais réserver ce cadeau si particulier qu'à l'homme qui le mériterait. Si tu trouves ça bizarre, je comprendrai. Mais je suis comme ça. Et je ne pourrai pas être quelqu'un d'autre.

Il lui releva le menton et la regarda dans les yeux.

— Je prends tout ça très au sérieux, Zoe. Je me sens prêt à explorer ce qui se passe entre toi et moi. J'ai envie de passer du temps auprès de toi, mais ne nous précipitons pas.

Elle lui sourit.

— Tu es vraiment un prince, hein ?

Il répondit par un tendre baiser.

Après s'être promis de se revoir le lendemain soir pour préparer ensemble un dîner, il lui souhaita une bonne nuit et la laissa chez elle. Peu à peu, il s'apercevait qu'il n'avait effectivement pas envie de brûler les étapes. Les femmes comme Zoe ne couchaient pas avec le premier venu. Avant que les choses aillent plus loin entre eux, lui-même devait être certain d'être prêt au genre d'engagement qu'elle attendait de lui.

Le lendemain, Zoe eut le soulagement de constater que Joaquin se comportait de façon tout à fait normale. Elle n'était peut-être pas encore prête à aller jusqu'au bout avec lui, mais, après qu'il l'avait laissée hier soir, elle avait compris avec certitude qu'elle ne voulait pas le perdre.

Quand elle l'avait appelé « prince », elle était sincère. Car elle avait embrassé suffisamment de crapauds pour être sûre de ce qu'elle ressentait à présent.

Elle s'était arrêtée au *coffee shop* et avait commandé deux cappuccinos. C'était une proposition de trêve. Ou du moins un geste signifiant qu'elle tenait vraiment à ce que tout se passe bien entre eux.

Quand elle était arrivée à son bureau et qu'il lui avait demandé de fermer la porte, elle s'était d'abord inquiétée. Elle avait eu peur qu'il ait fini par réfléchir, et par changer d'avis. Car, d'après sa maigre expérience, quand un homme apprenait qu'elle était vierge, il avait deux façons de réagir : soit il battait rapidement en retraite, soit il se faisait un défi de la convaincre qu'il était inutile, voire ridicule, d'attendre le mariage…

Mais, dès qu'elle eut refermé la porte, Joaquin lui prit les deux tasses de café des mains, pour les poser sur le bureau. Puis il l'enlaça et l'embrassa comme si le sort du monde en dépendait… Au point qu'elle se demanda s'il était vraiment judicieux d'attendre le mariage, en fin de compte…

Car ils étaient tellement bien tous les deux.

Incroyablement bien.

Bien au point d'en ressentir des étincelles.

Bien au point d'avoir envie de se réveiller tous les matins pour recevoir un baiser comme ça.

Zoe sentait son cœur tambouriner contre sa poitrine… A moins que ce ne soit quelques coups frappés à la porte ?

— Excusez-moi ?

Oh non… Steffi-Anne !

Ils s'écartèrent l'un de l'autre, mais Joaquin garda son bras autour de Zoe.

— Bonjour, Steffi-Anne, lâcha-t-il. Que puis-je faire pour toi ?

La jeune femme donna l'impression d'avoir avalé un cobra.

— Elaine Baker, du service du personnel, et moi avons besoin de vous voir tous les deux dans son bureau.

Ce soir-là, Zoe s'assit dans la cuisine de Joaquin pour examiner la déclaration commune de relation qu'Elaine Baker et sa chère amie Steffi-Anne leur avaient expressément demandé de signer.

Apparemment, quand deux employés se mettaient en couple, ils étaient dans l'obligation de le déclarer — même si l'un d'eux n'exerçait qu'en free-lance, et que l'autre s'avérait être la fille du patron.

— Cette procédure a été fixée par les avocats de M. Robinson, avait précisé Steffi-Anne, pour éviter les procès pour harcèlement sexuel sur le lieu de travail. Zoe, tu es la fille de Gerald, tu devrais mieux que quiconque mesurer l'importance de ces précautions.

— Je ne compte faire de procès à personne, avait protesté Joaquin.

Steffi-Anne avait alors poussé le document sur le bureau jusqu'à lui.

— Dans ce cas, tu n'auras aucune objection à apposer ta signature au bas de ce formulaire.

— C'est la première fois que j'en entends parler, avait remarqué Zoe. Pourtant, je suis sortie avec plusieurs employés de Robinson Tech. Pourquoi ne m'avait-on jamais rien demandé avant ?

— Peu importe, avait rétorqué Elaine, il faut que vous me signiez cela au plus vite.

— Nous ne signerons rien sans avoir pris le temps de lire l'intégralité du document avec attention, avait déclaré Zoe. Vous comprendrez toutes les deux que nous ne pouvons prendre une telle procédure à la légère.

— Mais je vous en prie, avait reniflé Steffi-Anne. En fait, prenez tout le week-end. Mais il nous faudra récupérer vos deux déclarations à la première heure lundi matin.

Sinon quoi ? avait eu envie de répliquer Zoe. *Tu vas nous virer ? J'aimerais bien voir ça…*

De toute sa vie, elle n'avait jamais eu autant envie de jouer la carte de la fille du patron. Jamais, depuis le premier jour où elle avait été engagée chez Robinson Tech, elle n'avait été aussi tentée de hurler à Elaine et à Steffi-Anne de se calmer sans quoi elle les ferait licencier. Car il lui aurait suffi de suggérer la chose à son père, il aurait suivi son avis. D'autant qu'il appréciait particulièrement Joaquin.

Or elle savait qu'elle ne devait ce coup monté qu'à la jalousie maladive des deux femmes, aussi refusa-t-elle de faire une entorse à ses principes à cause d'elles.

Car elle se faisait une fierté d'être traitée comme tous les autres employés, à grimper les échelons au mérite. Dès lors, hors de question de battre en retraite à présent. Même si

Joaquin semblait quelque peu réticent à signer ce document qui équivaudrait à officialiser leur relation. Elle se refusait à exercer sur lui une quelconque pression.

Comment instruire un procès pour harcèlement sexuel, alors qu'ils n'avaient même pas couché ensemble ? Elle manqua même d'en plaisanter, mais se ravisa. Difficile de deviner si le silence de Joaquin traduisait son agacement devant ce formulaire, ou si l'aveu de sa virginité avait fini par le faire changer d'avis. Elle avait bien tenté d'aborder le sujet, tout à l'heure, mais il avait botté en touche et parlé d'autre chose.

Puisqu'ils étaient censés cuisiner ensemble ce soir, mieux valait sans doute oublier ce formulaire et profiter du temps en sa compagnie. Ensemble, ils avaient préparé le plat préféré de Joaquin : *arroz con pollo*, c'est-à-dire une poule au riz. Le plat était aromatisé de poivrons rouges et petits pois marinés dans une sauce au vin, au safran et au concentré de tomate. En d'autres termes, c'était une invitation au voyage, un concentré de Miami dans une assiette.

Le dîner fut tellement exquis que l'atmosphère s'en trouva immédiatement allégée. Et Zoe n'avait aucune intention de gâcher l'ambiance en se risquant à mentionner de nouveau la déclaration conjointe qu'ils étaient censés signer.

Ils avaient tout le week-end pour y songer. Pour l'heure, elle se contentait de rester lovée contre lui sur le canapé. Tandis qu'il regardait une émission politique à la télé, elle feuilletait un magazine acheté lors de sa pause déjeuner, attirée par sa couverture qui titrait sur « Bonnie lord Charlie » Fortune Chesterfield et sa fiancée, Alice Meyers.

Ces moments étaient si simples, si doux, qu'elle ne put s'empêcher de penser : *Voilà à quoi ressemblerait ma vie si je vivais avec Joaquin.* A cette idée, son cœur fit un bond dans sa poitrine.

Se laissant aller au bien-être que déclenchait en elle cette pensée, elle continua de feuilleter le magazine jusqu'à tomber sur l'article sur Charlie et Alice. Charles Fortune Chesterfield n'était pas véritablement un prince, même si les médias adoraient l'affubler de ce titre. En revanche, il descendait bien d'une longue lignée d'aristocrates britanniques, et était d'une beauté renversante, à moins d'être insensible aux grands bruns ténébreux au regard océan. Personnellement, Zoe préférait les Latins… Elle leva les yeux pour contempler longuement le profil de Joaquin, avant de replonger dans l'article qui détaillait la romance éclair entre Charles et Alice. Leur histoire donnait envie de croire aux contes de fées.

Un autre détail la captivait : Charles était en fait le plus jeune fils de Josephine Fortune Chesterfield, avec qui elle avait dîné à Cowboy Country. Quand Joaquin avait aperçu la couverture du magazine, il avait aussitôt plaisanté sur « Bonnie lord Charlie », sans toutefois ajouter de commentaire particulier.

A vrai dire, Joaquin avait eu beau avoir la courtoisie de la présenter à son père quand elle s'était retrouvée coincée à Cowboy Country, il lui avait si peu parlé de sa famille qu'elle avait fini par avoir le sentiment qu'il lui cachait certaines choses. Curieusement, lire un article sur le fils de la future belle-mère de Joaquin lui donnait l'impression d'en apprendre un peu plus sur la famille de ce dernier.

Charles et Alice étaient nés en Europe. Zoe contempla une photo du couple avec leur petit garçon, Flynn, qui avait hérité des cheveux noir de jais et des yeux bleus de son père. Tous trois formaient une famille adorable. Avec sa chevelure blonde ondulée qui tombait en cascade sur ses épaules et son regard azuré, Alice était une femme magnifique, grande, élancée, avec des jambes interminables. C'était la *lady* idéale pour « Bonnie lord Charlie ».

Zoe faisait de son mieux pour ne pas repenser à la grande « chasse au Fortune », et à l'entêtement de Ben en dépit des mises en garde de leur père. Elle n'avait pas reparlé à son frère depuis la réunion de famille de la semaine précédente. Mais tout finirait par rentrer dans l'ordre, une fois que Ben aurait admis que Gerald Robinson n'était pas Jerome Fortune. A présent, il était temps pour elle de prendre du recul par rapport à toute cette histoire.

Pensive, elle tourna les pages de son magazine, admirant les photos et lisant les légendes. Car l'histoire de Charles et d'Alice était improbable, et… Elle s'arrêta sur un portrait en gros plan de la bague de famille que Charles avait reçue en héritage et offerte à Alice pour leurs fiançailles. Zoe leva le magazine en pleine lumière pour regarder de plus près. La légende expliquait que le bijou avait été transmis à Charles par la célèbre Kate Fortune.

En pleine lumière, Zoe distingua la pierre d'émeraude, ainsi que la lettre F gravée sur l'anneau.

Elle manqua de s'étouffer.

Non. C'est impossible ! Ce doit être une incroyable coïncidence.

— Quelque chose ne va pas ? demanda Joaquin.

Elle ne répondit pas. Car elle n'aurait pas su comment expliquer son malaise. Si jamais ses souvenirs étaient exacts… Oh ! non. Elle se sentit saisie d'un léger vertige.

Du bout de la télécommande, Joaquin éteignit la télé.

— Zoe, ça va ? On dirait que tu viens de voir un fantôme !

Oh ! Joaquin était si perspicace… Sans doute pourrait-il l'aider à y voir plus clair. Et puis, si leur relation était vouée à évoluer, alors elle pouvait s'en ouvrir à lui. Et dire que tout à l'heure encore elle le trouvait peu enclin à lui parler de sa famille. Pour le coup, elle tenait là l'occasion de lui montrer l'exemple.

— Regarde cette bague, articula-t-elle en lui tendant le magazine. Je l'ai déjà vue quelque part. Ou du moins sa réplique parfaite. Je l'avais trouvée quand j'étais petite, alors que je jouais dans le bureau de mon père. Elle était magnifique, un véritable trésor. Quand j'avais demandé à papa si je pouvais l'avoir, il me l'avait arrachée des mains en criant et en me demandant où je l'avais prise. Je lui avais répondu qu'elle se trouvait dans une boîte sur son bureau, et il m'avait alors demandé comment j'avais pu l'ouvrir, car elle était censée être fermée à clé.

Joaquin l'écoutait attentivement. Elle fit une pause, réfléchissant à la façon dont elle devait relater la suite.

Elle prit une grande inspiration.

— Je m'en souviens comme si c'était hier. Parce que c'est la seule fois de ma vie où mon père m'a crié dessus. Même s'il a l'habitude de crier sur à peu près tout le monde à longueur de journée.

Elle voulut en rire, mais des sanglots lui échappèrent, et les larmes se mirent à couler le long de son visage.

— Zoe, ne pleure pas, murmura Joaquin en essuyant ses larmes. J'aimerais t'aider, mais je ne suis pas sûr de comprendre.

Cela lui brisa le cœur de devoir s'expliquer.

— Cette bague, sur cette photo… C'est exactement la même que celle de mon père. Je crois que je viens de trouver la preuve que Ben recherche depuis des mois…

Un nouveau sanglot lui noua la gorge, et elle dut toussoter avant de poursuivre :

— Tu ne vois pas ce que dit la légende ?

Il prit le magazine et lut en silence.

— Kate Fortune a offert à Charles une bague de famille qui est la même que celle que j'avais vue, petite, dans le bureau de mon père, reprit-elle. Est-ce que tu en tires la même conclusion que moi, Joaquin ?

Fronçant les sourcils, il finit par acquiescer lentement, à mesure que la vérité lui apparaissait. Qu'était-il censé répondre ? Zoe savait qu'il ne dirait jamais de mal de son père devant elle. Et, même après tout ce qu'elle venait de comprendre, elle préférait de rien savoir.

— Je crois que mon père nous ment depuis le début. Mais pourquoi donc ? Je ne comprends pas pourquoi…

Il baissa les yeux, mais Zoe eut le temps de percevoir la lueur sombre dans son regard. Joaquin était un homme si complexe qu'il était difficile de savoir ce qu'il pensait. Peut-être avait-elle eu tort de se confier à lui ?

— Si tout cela se révèle vrai, déclara-t-il, la seule personne qui pourra te répondre, c'est ton père. Ce que je peux te dire, c'est que dans toutes les familles il y a des secrets. Ta famille à toi n'est pas pire que les autres.

Zoe avait l'impression que son esprit bouillonnait.

— Dans toutes les familles, il y a des secrets ? Et quel est ton secret, Joaquin ? demanda-t-elle entre deux hoquets.

Il se renfrogna, haussa les épaules et fuit son regard. Elle dut se retenir de lui relever le menton, pour le forcer à la regarder.

Cette question l'avait manifestement pris de court, mais, plutôt que d'y répondre, il se pencha vers elle et déposa un baiser sur ses lèvres.

— Mon secret, c'est… c'est que je suis en train de tomber amoureux de toi.

10

Joaquin était un homme bourré de contradictions. D'un côté, il prétendait être tombé amoureux d'elle. De l'autre, alors que la soirée de dimanche touchait à sa fin, il n'avait toujours pas signé la déclaration de relation mutuelle. Zoe en avait vaguement parlé samedi en fin de soirée, persuadée qu'après sa déclaration d'amour Joaquin serait plus enclin à signer les documents. Après tout, ils formaient un couple à présent, non ? Enfin, certes, ils n'avaient pas encore partagé le même lit. Peut-être Joaquin avait-il une autre définition du couple que la sienne ? Car, quand elle avait de nouveau évoqué la question, il avait éludé le sujet.

Ainsi, elle allait lui poser la question une dernière fois. Pour l'heure, elle avait d'autres soucis à régler. Et remettre en cause les sentiments de Joaquin n'arrangerait rien.

Tout d'abord, elle se devait de réfléchir à ce qu'elle pouvait faire de l'information qu'elle avait découverte à propos de la bague que Charles Fortune Chesterfield avait offerte à sa fiancée. Quelles étaient les chances pour qu'il s'agisse uniquement d'une coïncidence ? Si la bague que Zoe avait découverte sur le bureau de son père quand elle était petite n'avait pas eu de valeur particulière, pourquoi son père s'était-il mis alors dans un tel état ? C'était la seule fois de sa vie où il l'avait grondée. Sa colère, ce jour-là, était si froide, si profonde, qu'elle ne l'avait jamais oubliée. Elle se souvenait de cette bague comme si c'était hier, et c'était la même qui ornait l'annuaire gauche d'Alice Meyers sur la photo du magazine.

Alice portait-elle la bague de son père ? Gerald l'aurait-il vendue ? Mise en gage ? Pourtant, cela ne lui ressemblait pas : il n'avait pas besoin d'argent. A moins qu'il l'ait offerte en cadeau ? Mais comment ce bijou avait-il atterri dans les mains de la famille Fortune ? La famille dont Ben était persuadé qu'elle était liée à Gerald…

Cette seule idée la fit frissonner.

Zoe songea à convoquer un conseil de famille en urgence, mais se ravisa aussitôt : si elle révélait sa découverte avant même d'en avoir parlé à son père, ce serait ouvrir la boîte de Pandore. Or pas question d'endosser le rôle de celle par qui le scandale arrivait. Elle avait l'impression de laisser tomber son père. Non, pire : elle avait l'impression de le trahir.

Voilà comment elle s'était retrouvée dans le couloir de la grande propriété des Robinson, à quelques mètres de la porte du bureau de son père. Elle était venue pour lui parler, mais il n'était pas à la maison, car elle n'avait pas vu sa voiture en se garant. D'ailleurs, en découvrant sa place de parking inoccupée, elle en avait éprouvé un vif soulagement.

Sans doute aurait-elle dû téléphoner avant de venir, mais elle n'en avait pas eu le courage. Elle avait préféré venir directement, en espérant que tout se passerait pour le mieux. Elle tenait à confronter son père, les yeux dans les yeux, au moment où elle lui annoncerait ce qu'elle avait découvert. C'était la seule manière pour elle de savoir s'il disait, ou non, la vérité.

Même si la voiture de son père n'était pas là, elle frappa deux coups à la porte du bureau. Comme prévu, personne ne répondit. Cependant, en frappant, elle avait légèrement entrebâillé la porte. Suffisamment pour voir que les lumières étaient éteintes et que la pièce était déserte, éclairée seulement par des rayons de lumière qui filtraient à travers les persiennes. Suffisamment pour distinguer les bibliothèques aux murs, les meubles en cuir, et son bureau, sur lequel elle avait trouvé cette fameuse bague des années auparavant. Intemporelle, cette pièce, avec son élégance classique, était restée intacte depuis son enfance. C'était comme si elle faisait un voyage dans le temps.

Finalement, elle n'était peut-être pas venue pour rien. Si elle retrouvait la bague de son père, peut-être se rendrait-elle compte qu'elle s'était trompée ? Malgré sa ressemblance avec celle qu'elle avait vue dans le magazine, ce n'était peut-être pas tout à fait la même. D'ailleurs, pour en être certaine, elle était même prête à la prendre en photo avec son téléphone. Ainsi, elle pourrait la comparer avec celle de Charles Fortune Chesterfield. Elle avait arraché la page du magazine pour l'emporter avec elle, mais aurait besoin de plus de lumière pour comparer les deux en détail.

Elle devait en avoir le cœur net. Car, après tout, à quoi bon courir le risque de contrarier son père alors qu'elle n'était pas encore sûre qu'il s'agissait des mêmes bagues ?

Elle avança dans la pièce, avant de refermer la porte derrière elle. Gagnant le bureau de son père, elle retrouva le coffret en acajou — celui que Zoe considérait comme une boîte au trésor, surtout depuis le jour où elle y avait découvert la bague.

Elle se souvenait encore de la joie qu'elle avait éprouvée, en trouvant ce bijou dans le bureau de son père. Elle avait été fascinée par la magnifique pierre verte et par le gros anneau en or massif. Persuadée que la bague avait des pouvoirs magiques, elle l'avait passée à son doigt en faisant un vœu. Puis elle avait couru jusqu'à son père pour lui montrer le trésor qu'elle venait de découvrir et lui demander si elle pouvait le garder. Evidemment, elle était à mille lieues de se douter qu'il allait se fâcher.

Même si l'épisode remontait à longtemps, et que son père et elle l'avaient vite oublié, cet incident l'avait durablement marquée.

Aujourd'hui, elle tenta de soulever le couvercle, mais celui-ci ne bougea pas. Elle ouvrit donc le premier tiroir, pour y chercher une clé. En vain. Alors, à l'aide d'un presse-papiers, elle décida de tenter d'en forcer la serrure. Elle se sentait un peu coupable, mais l'enjeu était trop important.

Refermant le tiroir, elle s'assit dans le fauteuil de son père en gardant le coffret sur ses genoux. Elle venait d'insérer le presse-papiers entre la serrure et le couvercle quand la porte du bureau s'ouvrit brusquement.

Son père alluma, puis sursauta en la voyant.

— Bon sang, Zoe ! Qu'est-ce que tu fabriques ici ?

Soudain, elle eut de nouveau l'impression d'avoir six ans. Prise la main dans le sac. Sauf que, cette fois, elle ne pouvait pas s'en sortir en disant qu'elle ne savait pas que c'était interdit.

Avant même qu'elle puisse bafouiller une excuse — elle n'avait jamais su mentir —, elle eut un éclair de lucidité. Presse-papiers en main, elle se leva pour aller à la rencontre de son père.

— Papa, il faut qu'on parle.

— La seule chose dont nous allons parler, c'est la raison de ta présence dans mon bureau, à essayer de forcer la serrure de mon coffret personnel.

Mais, aujourd'hui, elle était adulte. Et ne se laissa pas impressionner par le ton de son père.

Il contourna le bureau, et lui reprit le coffret en le tournant entre ses mains pour inspecter la serrure.

— Qu'est-ce que tu fabriques, Zoe ?

Peut-être aurait-elle mieux fait de lui parler avant de venir ? Même si elle avait la désagréable impression de connaître la réponse à cette question, il fallait qu'elle la lui pose. Quoi qu'il en soit, elle aurait préféré disposer de preuves irréfutables avant d'ouvrir ce placard plein de squelettes. Désormais, la seule façon de gérer la situation, c'était de jouer la franchise.

— Je cherche cette bague en émeraude. Tu sais de laquelle je parle, n'est-ce pas ? Celle qui a un F gravé dans son anneau en or.

— Je n'ai pas la moindre idée de ce dont tu veux parler. Je crois que tu ferais mieux de sortir. Et que je ne te reprenne plus jamais à fouiller dans mes affaires !

— Ne me fais pas croire que tu ne sais pas de quelle bague je veux parler ! Il s'agit de celle sur laquelle j'étais tombée quand j'avais six ans. Elle était juste là, dans ce coffret, affirma-t-elle avant de sortir de son sac la photo arrachée du magazine. C'est exactement la même bague que celle que Charles Fortune Chesterfield a offerte à sa fiancée !

— Je viens de te dire que je n'ai pas la moindre idée de ce dont tu parles. Tu es donc sourde ? Je t'ai aussi demandé de sortir d'ici.

Zoe prit son sac.

— Très bien, si tu refuses de me parler, je raconte tout à Ben. Je pense qu'il s'agit là de la pièce manquante à son puzzle. De la preuve que tu es bien, en réalité, apparenté aux Fortune.

Elle passa devant son père, puis se dirigea vers la porte, sachant pertinemment que son père savait qu'elle bluffait. Mais il savait aussi que, s'il la laissait repartir sans s'expliquer, elle se précipiterait chez Ben pour lui montrer les photos.

Gerald la laissa remonter quelques mètres du couloir avant de la rappeler.

— Zoe ! Reviens ici !

Sans perdre une seconde, elle pivota sur ses talons et retourna dans le bureau. Après avoir refermé la porte derrière elle, elle attendit qu'il reprenne la parole.

— Ecoute, je ne veux pas que tu repartes en colère, déclara Gerald d'un ton apaisé. Tu sais que toi et moi, on a toujours eu une relation spéciale.

Evidemment, il était soudain doux comme un agneau. Et s'apprêtait à jouer à fond la carte de l'enfant préférée. Car il ne voulait pas qu'elle révèle aux autres l'existence de cette bague. En fait, elle avait toujours été sa petite fille adorée, sa préférée, celle qui l'avait toujours aimé de façon inconditionnelle. Et Zoe avait toujours tout fait pour lui plaire. Sauf cette fois, car elle était bien décidée à ne pas se laisser amadouer.

— Je sais que c'est la même bague, papa. Est-ce que tu veux bien m'expliquer ?

Il continuait de fuir son regard.

— Allez, papa. Tu peux me le dire, à moi. Je ne suis pas

du genre à divulguer les secrets. Tu peux me faire confiance, je garderai ton secret. Mais tu me dois une explication.

Pour la première fois de sa vie, elle vit une expression abattue sur le visage de son père. Il restait planté devant elle, bouche bée, l'air confus, à regarder ses pieds.

Elle décida de garder le silence. Et d'attendre qu'il se décide à parler.

Après deux longues minutes d'un silence inconfortable, il finit par reprendre la parole.

— Je n'ai jamais été accepté par la famille Fortune.

Ainsi… tout était vrai !

Elle avait eu beau avoir le temps de s'y préparer, cet aveu la bouleversa. Il lui fallut consentir à un effort surhumain pour se retenir d'exiger de lui qu'il lui explique les raisons de son mensonge. Mais elle se ravisa, malgré son cœur qui tambourinait dans sa poitrine, malgré toutes les questions qui surgissaient dans son esprit. Etait-il Jerome Fortune ? Si oui, pourquoi s'était-il fait passer pour mort ?

Gerald lui fit signe de s'approcher du canapé, où ils s'assirent tous les deux.

Son père appuya ses coudes sur ses genoux, puis regarda par terre, comme s'il réfléchissait.

— Mon père était un homme violent, lâcha-t-il d'une voix tremblante. J'étais son fils unique, et il tenait à me voir suivre ses traces, et reprendre un jour l'entreprise familiale. Il voulait être mon mentor. Pour pouvoir me contrôler. Il possédait une entreprise de courtage. Un monde qui ne m'intéressait pas du tout. Et il ne supportait pas de savoir que je ne marcherais pas dans ses pas. J'étais fasciné par les ordinateurs. Pas par les gens. Moi, je ne supportais pas tous ces arrangements avec la vérité, tous ces discours qu'il fallait servir aux gens pour les convaincre d'investir leur argent. Mais, au moins, j'ai essayé. J'ai travaillé un temps pour la société de mon père. Ce fut un échec total. Les clients n'appréciaient guère mon francparler. Je n'étais pas un lèche-bottes, et cela a fait perdre des clients à mon père. Chaque jour de ma vie, il s'appliquait à me rappeler que j'étais une déception pour lui. Il n'avait pas la moindre idée de ce dont j'étais capable. Alors, j'ai décidé de le lui montrer.

Il soupira lourdement. Zoe n'osait pas bouger. C'est à peine si elle osait respirer, de crainte de faire sortir son père de l'état de transe dans lequel il semblait désormais plongé.

— J'avais découvert comment pirater certains pare-feu relativement sophistiqués, poursuivit-il. Je me disais qu'en piratant certains systèmes informatiques mon père pourrait avoir accès à certaines données qui lui permettraient de doubler la mise pour ses clients. Cela me permettait non seulement de me racheter pour les clients qu'il avait perdus par ma faute, mais aussi de lui faire gagner beaucoup d'argent et de se démarquer de la concurrence. A l'époque, je ne considérais pas cela comme un délit d'initiés. Je me voyais plutôt comme précurseur de ce que l'on appelle aujourd'hui le trading à haute fréquence. Bref, c'est ce que j'ai fait pendant quelques mois, à la grande satisfaction de tout le monde. Mon père était épaté par mes progrès miraculeux. Moi, je me détestais. Je savais que tout cela n'était que mensonge. Alors, j'ai fini par décider de lui dire la vérité. Là, il est devenu dingue et m'a lancé un ultimatum. Soit je laissais tomber les ordinateurs, soit je partais… Bref… je suis parti.

Depuis longtemps, Zoe avait entendu dire que son père ne travaillait pas toujours selon des méthodes orthodoxes, qu'il ne pouvait pas brasser de telles sommes d'argent sans s'être affranchi de certaines règles. Elle avait toujours considéré que ces rumeurs provenaient de jaloux. Sans doute avait-elle été naïve. Mais obtenir la confirmation que son père était aussi malhonnête que les gens le disaient la bouleversa au plus haut point. Car, enfin, c'était son père ! Il était censé être quelqu'un de bien. Elle avait toujours cru en lui.

— Ma mère m'a dit que, si je partais, ce n'était plus la peine de revenir. Que je serais mort à leurs yeux.

Zoe avait beau être anéantie par le reniement qu'avait subi son père, elle ne put s'empêcher de compatir. Car il avait manifestement beaucoup souffert. Certes, il était assez bourru, et parfois un peu trop obsédé par son travail, mais jamais il n'avait traité aucun de ses enfants de *loser*, jamais il ne les avait entravés dans l'expression de leurs divers talents. A tous, il avait offert un poste au sein de Robinson Tech, mais il n'en avait pas fait une affaire personnelle quand certains avaient préféré suivre leur propre chemin.

Et puis, il avait construit cette entreprise en partant de rien. Cet homme était un génie. Avec Robinson Tech, il avait peu ou prou changé la face du monde. Et cela n'avait été au détriment de personne. Toutes ces grandes choses qu'il avait accomplies avaient peut-être fini par effacer ses transgressions…

Non. Une fois encore, Zoe se laissait aller à la naïveté.

— C'est donc ce que Jaqueline Fortune voulait dire en déclarant que son fils était mort ? demanda Zoe.

Gerald redressa brusquement la tête, une expression de surprise sur le visage.

— Comment as-tu entendu parler de Jacqueline Fortune ?

— Ben l'a retrouvée et l'a contactée. Je pensais que tu étais au courant… Il s'agit de ta mère, n'est-ce pas ?

— Non, Ben ne m'a rien dit. Que t'a-t-il raconté exactement ?

Zoe nota qu'il évitait soigneusement de répondre. Mais elle ne comptait pas lâcher l'affaire.

Elle prit une grande inspiration, tout en tentant de garder les idées claires. Son père lui avait toujours affirmé que ses parents étaient morts. Et pourtant, durant toutes ces années, leur grand-mère était bien vivante… sans possibilité de connaître ses petits-enfants.

— Ben nous a expliqué qu'elle vit dans une maison de retraite médicalisée, et qu'elle souffre de démence sénile. Quand il lui a parlé de Jerome Fortune, elle est devenue hystérique tout en se montrant catégorique : son fils était mort… Tu lui as envoyé une lettre de suicide, et tu l'as laissée vivre seule pendant toutes ces années ?

Gerald acquiesça.

— Pourquoi avoir laissé croire une chose pareille à ta

propre mère ? Cela a dû lui briser le cœur, insista-t-elle d'une voix plus tranchante qu'elle l'aurait souhaité. Comment as-tu pu lui faire une chose pareille ? Lui laisser croire pendant toutes ces années que tu étais mort ?

Son père la dévisagea longuement, mais son regard semblait perdu dans le vide. Il finit toutefois par reprendre la parole.

— Maintenant que j'ai révélé une partie de l'histoire, je me dois de te raconter la suite. Une fois que mes parents m'ont dit qu'ils me considéraient comme mort à leurs yeux et qu'ils m'ont fichu à la porte, je leur ai *emprunté* de l'argent. Je comptais les rembourser, mais je me suis retrouvé à la rue. J'avais besoin d'argent pour tenir le coup, le temps de trouver un travail. Ne serait-ce que pour manger et avoir un toit. Je n'avais rien d'un flambeur. J'estimais que c'était la moindre des choses, ce coup de pouce financier. Ils m'ont mis au monde, et puis ils m'ont fichu à la porte. J'avais à peine dix-huit ans. Quand mon père s'est aperçu que je lui avais emprunté cet argent, il est venu me trouver. On s'est disputés. Il a dit qu'il allait appeler les flics et me faire arrêter. Je lui ai répondu que, s'il faisait ça, j'alerterais les autorités au sujet du délit d'initiés. Ces mots ont à peine eu le temps de franchir mes lèvres que mon père s'est effondré sous mes yeux, terrassé par une crise cardiaque.

Zoe avait le souffle coupé.

— C'est affreux… Je suis navrée que tu aies eu à vivre une chose pareille.

Son père haussa les épaules.

— Si je suis tout à fait honnête, sa mort ne m'a guère affecté. Avec son attitude outrancière, c'était un peu l'hôpital qui se moquait de la charité. Car toutes les transactions qu'il effectuait n'étaient pas à cent pour cent honnêtes. Mon père avait une conception fluctuante de l'honnêteté. Il détestait la technologie, les ordinateurs parce qu'il n'y comprenait rien, et qu'il ne maîtrisait pas leur fonctionnement. Et ce qu'il ne maîtrisait pas le rendait fou. Mais je crois que, le pire, c'est que ma mère m'a tenu responsable de la mort de mon père.

Elle m'a dit que je l'avais assassiné et qu'elle ne voulait plus jamais me revoir. Elle m'a accusé de l'avoir tué pour pouvoir obtenir mon héritage. Certes, mon père était richissime, mais je n'avais que faire de sa fortune. Ses accusations m'ont tellement déchiré de l'intérieur que j'ai décidé de la faire payer. Donc j'ai quitté la ville. Je me suis servi de mes compétences de pirate informatique pour me créer une nouvelle identité, puis j'ai mis en scène ma propre mort pour que personne ne me retrouve. J'ai envoyé à ma mère une lettre où je lui expliquais ne plus pouvoir me regarder dans un miroir depuis que j'avais causé la mort de mon père, et j'ai conclu en disant que sa vie serait plus légère sans moi.

— Oh ! papa ! C'est affreux. Tu es sûr que tu n'inventes rien ?

Il secoua la tête.

— J'ai embarqué sur un bateau sans équipage appartenant à ma famille, et quand il est rentré, dérivant, vide, au port, Jerome Fortune a été déclaré mort.

Zoe essuya les larmes qui embuaient ses yeux.

— C'est l'histoire la plus triste que j'aie jamais entendue, hoqueta-t-elle entre deux sanglots.

— En ce qui me concerne, Jerome Fortune est mort, répéta son père. Il est mort le jour où je suis devenu Gerald Robinson. Mais ne sois pas triste pour moi, princesse. Gerald Robinson a eu une vie magnifique. Mon succès a dépassé mes espérances les plus folles. J'ai fondé une famille et, si c'était à refaire, je ne changerais rien.

Incapable de réprimer ses pleurs, Zoe laissa le chagrin la submerger.

— Tu ne changerais pas le fait que tu as menti à tes enfants au sujet de ton identité ? De *notre* identité ? Ni même le fait que tu as laissé ta propre mère croire que tu étais mort ? Quelle douleur elle a dû endurer…

Mais Gerald ne l'entendait pas de cette oreille.

— Elle m'a accusé de meurtre, princesse, rappela-t-il d'une voix si blasée qu'elle en était méconnaissable. Elle m'a dit qu'elle ne voulait pas être la mère d'un assassin. Elle a été on ne peut plus claire. Elle m'a déshérité.

Zoe se leva et remua les mains pour lui demander d'arrêter.

— Je dois y aller, papa… Ça fait trop de choses… Je croyais en toi, papa. J'ai pris ta défense quand Ben est allé à l'encontre de ta volonté pour enquêter sur tes liens avec les Fortune. Mais c'est lui qui avait raison. Depuis le début.

Elle se souvint alors de la rumeur au sujet des nombreux enfants illégitimes auxquels son père avait peut-être donné naissance. Mais elle ne lui posa même pas la question. Elle ne voulait pas savoir. Car elle craignait de ne pas supporter la vérité.

Qui était donc cet homme, qui était il y a peu de temps encore son héros ? Elle ne le reconnaissait plus… Alors elle ouvrit son sac à main, prit un mouchoir et se tamponna les yeux avant de se moucher.

— Est-ce que tu comptes tout raconter à tes frères et sœurs ?

A ces mots, elle eut l'impression que les murs de la pièce s'effondraient sur elle.

— Non, je n'en ai pas l'intention. Mais ce n'est pas pour te protéger. C'est toi qui leur dois cette explication. Ils ont besoin de l'entendre de tes lèvres. La balle est dans ton camp, papa.

11

Pendant une bonne heure, Zoe conduisit au hasard des rues dans Austin, encore sous le choc des révélations de son père. Les idées se bousculaient dans son esprit, elle ne savait plus que penser. D'un côté, son père avait vécu des choses très dures avec ses parents. Ce qui avait fait de lui un homme incroyablement cruel. De l'autre, non seulement il avait menti à sa famille depuis des années, volant à ses enfants leur propre histoire familiale, les privant d'une relation avec leur grand-mère.

Désormais, Zoe se retrouvait avec la tâche monumentale de réfléchir à la façon dont elle devait gérer cette information. Devait-elle, oui ou non, la partager avec ses frères et sœurs ? Sous le choc, elle avait promis à son père de garder le silence. Non pour le protéger, lui ou sa famille — et certainement pas non plus parce qu'elle aurait éprouvé des difficultés à admettre qu'elle s'était trompée en reprochant à ses frères et sœurs leur croisade. Simplement, ce n'était pas à elle de raconter cette histoire. Une histoire qui n'appartenait qu'à son père, et lui seul. C'était à lui de faire cet aveu.

Et pourtant, Zoe n'arrivait pas à rester sereine face à ce choix.

Elle avait besoin d'en parler à quelqu'un. Quelqu'un de neutre. Une personne dont l'avis lui inspirerait confiance.

Presque machinalement, elle se gara sur le parking de l'immeuble où habitait Joaquin et, sortant son téléphone, elle lui envoya un SMS.

Tu es chez toi ?

Oui.

Regarde par la fenêtre.

Elle vit les rideaux s'ouvrir au niveau de son appartement, au deuxième étage.

Content de te voir. Je voulais te parler de quelque chose. Monte !

Son accueil chaleureux lui permit instantanément de se sentir mieux. Joaquin avait un don pour illuminer ses journées. Surtout celles qui s'avéraient difficiles.

Quand elle arriva sur son palier, il l'attendait déjà devant sa porte. Il était vêtu d'un jean et d'un T-shirt portant l'inscription *Life is Good* représentant un chien assis près d'un feu de camp. Cela l'amusa, car elle n'avait jusque-là pas imaginé Joaquin comme un homme d'extérieur. Elle ne le voyait jamais autrement qu'enfermé des heures durant dans son bureau. Sans compter qu'elle n'aurait rien contre l'idée de s'enfermer des heures avec lui, dans une chambre, pour faire des folies de son corps.

Cette pensée la fit rougir. Jusqu'à présent, aucun autre homme ne lui avait fait un tel effet. Jamais elle ne s'était laissé envahir par des idées aussi coquines. Or il ne s'agissait pas de n'importe qui. Mais bien de Joaquin.

Joaquin qui avait déclaré être tombé amoureux d'elle. Et, ce faisant, avait ouvert grand la porte à toutes sortes de débordements sentimentaux.

Elle se jeta dans ses bras, humant son parfum délicieux, avec l'impression qu'elle avait enfin trouvé l'homme dont elle avait besoin.

— Hé là, qu'est-ce qui t'arrive ? demanda Joaquin. Est-ce que ça va ?

Il la dévisagea un long moment. Et, comme elle ne répondait pas, il insista :

— Allons, Zoe, dis quelque chose !

Il l'entraîna à l'intérieur de l'appartement, un simple meublé qu'il avait loué pour six mois, la durée de sa mission chez Robinson Tech. Si la décoration n'avait rien de très original, l'endroit était propre, fonctionnel. Il lui avait expliqué quelques jours plus tôt que, si jamais il devait rester à Austin, alors il chercherait à acheter un logement. Il lui avait même demandé quels étaient les quartiers les plus agréables. Et, même s'il n'avait rien dit de concret au sujet de la possibilité pour eux d'emménager ensemble, elle pressentait qu'ils avaient un avenir en commun.

Alors qu'elle nageait en pleine confusion familiale, Joaquin représentait pour elle un repère stable, son phare au cœur de la nuit tempétueuse.

Elle s'assit sur le canapé et fut quelque peu surprise de le voir s'installer dans le fauteuil face à elle, et non à côté d'elle. Il semblait sincèrement préoccupé.

— Zoe, qu'est-ce qui se passe ?

L'espace d'un instant, elle demeura incapable de parler. Elle ne savait par où commencer, ni comment lui expliquer que le seul homme en qui elle ait toujours eu confiance lui avait menti, à elle comme à ses frères et sœurs, et ce, depuis le jour de leur naissance.

Finalement, elle articula les mots fatidiques.

— Je vais te révéler quelque chose. S'il te plaît, promets-moi que ce que je vais te dire restera strictement entre nous. Parce que j'ai confiance en toi, Joaquin.

Il hocha la tête, toujours inquiet.

— Bien évidemment, lui assura-t-il.

— Il se trouve que mon père est bien Jerome Fortune, en définitive.

Il écarquilla les yeux. L'espace d'un instant, il la fixa comme si elle venait de lui annoncer qu'elle avait rencontré le yeti.

— Qu'est-ce que tu racontes ?

— Je ne peux pas être plus claire : Gerald Robinson est en réalité Jerome Fortune.

Il secoua la tête.

— Ce que je voulais dire, c'est : comment l'as-tu appris ? Comment en es-tu si sûre ? Tu étais tellement contre l'idée de voir tes frères et sœurs enquêter sur votre arbre généalogique… Ont-ils fini par trouver une preuve venant confirmer leur hypothèse ?

— Non. C'est moi qui suis tombée dessus. A vrai dire, il s'agit même d'une preuve irréfutable.

De nouveau, il ouvrit grand les yeux. Et puis, son visage s'éclaira.

— C'est à propos de cette bague ? Est-ce que tu as parlé à ton père ?

Elle acquiesça. Et les larmes qu'elle ne pouvait plus contenir roulèrent le long de ses joues.

— Je suis allée le voir ce matin, et nous avons eu une discussion à cœur ouvert. D'abord, il a tenté de nier, mais, quand je l'ai menacé d'apporter cette photo à Ben, il m'a tout avoué. Et la bague n'est que la partie émergée de l'iceberg.

Elle hésita à tout lui raconter. Car, en relatant l'intégralité de cette sordide histoire, Joaquin allait découvrir toutes les choses odieuses dont son père était capable. Toutes les horreurs qu'il avait faites.

Tant pis. Elle avait besoin de ses conseils. Elle avait besoin d'y voir plus clair. Alors elle inspira profondément, et lui relata ce qu'elle avait appris.

— Maintenant, je ne sais plus quoi faire, dit-elle après plusieurs minutes. Je lui ai promis de ne rien dire à mes frères et sœurs. Et, quand je suis venue ici, je ne savais pas si je devais tout te raconter ou…

— Evidemment que tu as bien fait, l'interrompit-il. Il faut que tu parles à tes frères et sœurs, Zoe. Tu leur dois bien ça.

Elle le regarda, perplexe.

— Ce que j'étais justement en train de te dire, Joaquin, c'est qu'à présent que j'ai tout découvert je suis en train de me dire que ce n'est pas mon rôle. Ce n'est pas à moi de leur apprendre une telle chose. C'est à mon père d'assumer cette responsabilité.

Il secoua résolument la tête.

— Je ne suis pas d'accord avec toi.

Aussitôt, elle sentit l'agacement bouillonner au creux de ses veines. Pourquoi se comportait-il ainsi ? Certes, elle était venue le voir pour lui demander conseil, mais, en même temps, elle ne lui avait rien demandé *explicitement*. Et elle s'apercevait à présent qu'elle n'en voulait pas, de ses conseils. Ce dont elle avait besoin, c'était d'une oreille amie.

— Je ne voudrais pas être désagréable, articula-t-elle, mais je ne t'ai pas demandé ce que tu en pensais.

Elle vit son visage se renfermer.

— Dans ce cas, qu'es-tu venue faire ici ?

Ces paroles lui firent l'effet d'une gifle.

— Je ne voulais surtout pas te vexer, dit-elle. Je suis venue ici parce que j'avais besoin de me confier à quelqu'un. J'étais à mille lieues de m'imaginer que cela te mettrait à ce point en colère ou que tu me jugerais.

En effet, pourquoi se mettait-il ainsi en colère ? Cette affaire ne le concernait en rien. C'était d'ailleurs la raison pour laquelle elle avait décidé de venir tout lui raconter. Enfin, ça, et aussi le fait que, si les choses devaient devenir sérieuses entre eux, ils devraient apprendre à se faire confiance, à tout se dire. En revanche, elle n'avait aucun besoin de subir des remontrances acerbes.

Il tapota l'accoudoir du fauteuil.

— Ecoute, Zoe, tu as dit toi-même que la raison pour laquelle tu en voulais à ton père, c'est qu'il t'a caché tes origines pendant toutes ces années. A cause de ça, tu ne connaîtras jamais ta grand-mère. Tu es bien placée pour savoir que ce n'est pas bien de dissimuler un secret pareil aux gens que l'on aime. Maintenant, même si c'est douloureux pour toi, tu te dois de révéler à tes frères et sœurs ce que tu as découvert.

— Joaquin, ce n'est pas à moi de briser un tel secret.

Il haussa alors les épaules.

— Bon. Puisque l'on parle de ton père, il y a quelque chose que je dois te dire.

— Je t'écoute, dit-elle. Tu peux tout me dire.

— Tu n'as peut-être pas envie d'entendre ça, mais… Le jour où nous étions à Cowboy Country, j'ai surpris ton père dans une posture compromettante avec une femme qui n'était pas ta mère.

Elle sursauta. Les écarts de conduite de son père n'étaient un secret pour personne. Même si cela lui faisait mal, même si cela était gênant, cela ne concernait que son père et sa mère. Elle n'avait aucune envie d'en discuter avec Joaquin. Surtout après ce qu'elle était venue lui révéler.

— Je te remercie de me l'avoir dit, mais ce n'est rien comparé à ce que je viens d'apprendre aujourd'hui.

Cette fois, il plissa les yeux en la dévisageant.

— La fidélité, pour toi, n'est qu'un détail ?

Elle leva les yeux au ciel.

— Ne me fais pas dire ce que je n'ai pas dit !

Tous deux restèrent assis là, dans un silence de cathédrale. Il campait sur ses positions. Tout comme elle. Elle appréciait l'honnêteté dont il faisait preuve, mais la dernière chose dont elle avait besoin, c'était que la situation se complique plus encore. En cet instant, elle était même incapable de regarder Joaquin en face. En fait, elle regrettait de s'être confiée à lui.

Alors, elle se leva.

— Il faut que j'y aille. S'il te plaît, oublie tout ce que je viens de te raconter.

En s'avançant vers la porte d'entrée, elle aperçut du coin de l'œil son exemplaire de la déclaration de relation extraprofessionnelle, posé sur le bar qui séparait la cuisine du séjour. Il ne l'avait toujours pas signé. Génial. Elle allait devoir le lui rappeler. Or elle n'avait aucune envie que cela devienne un sujet de discorde.

Allaient-ils avoir leur première dispute ?

— Zoe, je ne veux pas avoir l'air de t'enfoncer. Mais les secrets ne donnent jamais rien de bon. Tes frères et sœurs ont eu l'intuition que votre père était Jerome Fortune, et il s'avère qu'ils avaient raison. Le fait que tu leur dissimules la vérité ne changera rien aux faits. Il ne s'agit plus de rumeurs ni de ragots. Tu ne les blesseras pas en leur révélant la vérité. Au contraire, tu leur offriras l'opportunité de découvrir qui ils sont vraiment. En fait, c'est si tu te tais que tu leur feras du mal.

Manifestement, ils n'étaient pas d'accord. Joaquin avait sans doute raison quand il affirmait que garder le secret ne changerait rien aux faits, mais elle demeurait persuadée que ce n'était pas à elle de révéler l'histoire de son père. Celui-ci avait eu beau être un menteur, il n'en demeurait pas moins son père. Il avait toujours été bon avec elle. Et, de façon assez implicite, elle lui avait promis de lui laisser la possibilité de raconter à ses enfants la vérité, à sa manière, et quand il se sentirait prêt. Et elle ne voyait pas en quoi Joaquin s'imaginait la soutenir quand il l'incitait à renier cette promesse.

— On se verra demain, Joaquin.

— Je te parle en connaissance de cause, Zoe.

Sans réfléchir, elle se tourna d'un bond.

— Comment peux-tu prétendre que tu as une idée de ce que je traverse en ce moment ? Tu as grandi dans une famille idéale. J'ai rencontré ton père. Il est génial. Je suis certaine qu'il n'a jamais simulé sa propre mort, qu'il ne s'est jamais créé une nouvelle identité, et qu'il n'a jamais fait semblant d'être quelqu'un qu'il n'était pas. Alors, s'il te plaît, ne me dis pas que tu sais de quoi je parle. Il faut comparer ce qui est comparable.

— Tu as raison, Orlando est un homme bien. Sauf que, parfois, il ne faut pas se fier aux apparences. Alors, même si je n'ai pas vécu exactement la même chose que toi, moi je suis confronté au défi de côtoyer une personne proche *qui n'est pas qui elle croit être*, expliqua-t-il d'un ton radouci. Mais bon, tu ne peux pas le deviner, puisque je ne t'en ai jamais parlé.

— Joaquin, mais qu'est-ce que tu racontes ?

Ces lèvres qu'elle adorait tant se pinçaient maintenant, et il semblait agité d'un trouble quasi palpable. Il paraissait à présent aussi bouleversé qu'elle.

Elle retourna vers le canapé, et se rassit.

— S'il te plaît, dis-moi ce qui se passe, implora-t-elle. De quoi est-ce que tu parles ?

Il la dévisagea d'un air si blessé qu'elle eut soudain envie de le prendre dans ses bras pour l'assurer que, quel que soit son secret à lui, ensemble, ils arriveraient à le surmonter. Mais elle ne dit rien. Elle attendit qu'il se sente prêt à lui parler.

— Pour faire court, j'ai une très bonne raison de penser qu'Orlando n'est pas mon père biologique. Je ne sais pas s'il est au courant. Ce que je sais, c'est que dans le passé ma mère a eu une brève histoire avec mon oncle Esteban, qui lui a apparemment fait une cour assidue. J'ignore si mon père a volé ma mère à mon oncle. Je ne sais pas ce qui s'est passé entre eux. Mais j'ai découvert qu'une personne ayant le groupe sanguin d'Orlando ne peut pas avoir d'enfant appartenant à mon groupe sanguin.

— Comment t'en es-tu aperçu ?

— Quand ma mère est tombée malade. Elle avait besoin d'une transfusion sanguine, et Orlando n'était pas compatible avec son groupe sanguin. Moi, en revanche, je l'étais. Au passage, les médecins ont mentionné le groupe sanguin auquel mon père appartenait, et j'ai été terrassé : j'avais quelques souvenirs de mon cours d'initiation à la génétique du lycée : il n'y avait aucune chance que son groupe sanguin combiné à celui de ma mère engendre un enfant appartenant à mon groupe sanguin.

Zoe lui prit la main.

— Tu en as parlé à ton père ?

— Pas encore.

— Depuis combien de temps ta mère est-elle décédée ?

— Quatre ans.

Elle se retint de froncer les sourcils.

— Cela fait longtemps. Pourquoi n'avoir encore rien dit à ton père ?

— Bonne question. Je ne connais pas toute l'histoire. Mais j'ai des raisons de penser que ma mère aurait pu le tromper. Il le sait peut-être aussi. Et c'est peut-être pour cela qu'il m'a éconduit la première fois où je l'ai questionné à l'hôpital. Sauf que ma mère était mourante, et mon père anéanti par le chagrin. Elle était la femme de sa vie. Et, s'il est au courant de quelque chose, il lui a manifestement pardonné… Pendant longtemps, j'ai enfoui cette question en me disant que, s'il lui avait pardonné, alors il n'y avait pas grand-chose à dire. Mais plus le temps passait, plus cela me pesait. Si ce n'est pas lui mon père biologique, alors qui est-ce ? Certes, Orlando est le meilleur père dont on puisse rêver, mais j'en suis venu à la conclusion que connaître la vérité au sujet de mon père biologique ne devait pas nécessairement me conduire à renier tout l'amour et la reconnaissance que je ressens pour Orlando.

— Mais alors… Pourquoi hésites-tu autant à aborder ce sujet avec lui ?

— Comment est-ce qu'on demande à son père si notre mère — son épouse, son âme sœur — lui a été infidèle ? Et c'est même plus compliqué que ça. Car je crois savoir qui est mon père biologique.

Les yeux écarquillés, elle se pencha vers lui.

— Qui ?

— Tout me porte à croire que ma mère a eu une aventure avec mon oncle Esteban, le frère de mon père. En assemblant les pièces du puzzle, ça fait sens. Mon père et mon oncle sont fâchés depuis des années — depuis ma naissance en fait. Personne ne m'a jamais dit pourquoi ils ne se parlent plus. Je me demande même si quelqu'un le sait. En plus, ni mon père ni mon oncle ne sont de nature rancunière. Or le contentieux entre eux me paraît profond. Et c'est la seule raison que j'ai trouvé susceptible d'expliquer leur brouille. Alors, depuis un peu plus d'un an, je me demande si Esteban ne serait pas mon père. Et si mon père ne m'a pas caché la vérité pendant toutes ces années.

Elle compatissait sincèrement. Quel fardeau Joaquin devait porter ! Elle comprenait son hésitation à aborder un tel sujet après toutes ces années de silence. Même si son problème était différent du sien, leurs situations se rejoignaient en plusieurs points, et elle comprenait l'angoisse qu'il devait ressentir. Curieusement, il l'encourageait à faire éclater la vérité au sein de sa famille, alors que lui-même n'avait pas encore trouvé la force d'affronter ses propres démons.

— J'ai envisagé d'en parler à Esteban, mais je sens que mon devoir est d'abord de questionner mon père.

— Je comprends tout à fait, affirma Zoe. Mais alors… tu comptes aborder le sujet avec ton père ?

Il haussa les épaules.

— Je ne sais pas. J'attends le moment propice. Au début, Orlando a été tellement accablé que j'ai bien cru qu'il ne se remettrait jamais de la mort de ma mère. La dernière chose dont il avait besoin, c'était de me voir débarquer en claironnant : « Au fait, savais-tu que ta femme t'a peut-être trompé, *et aussi* que je ne suis pas ton fils biologique ? »

De nouveau, elle hocha la tête.

— Ma sœur Gabi a eu un problème de santé. Elle était encore fragile au moment où ma mère est décédée. Mon père venait de perdre sa femme et redoutait de perdre aussi sa fille. Ce n'était pas le moment. Quand il a été certain que la situation de Gabi était stabilisée, il est venu s'installer à Horseback Hollow. Comme je vivais encore à Miami, je ne le voyais plus que rarement. Je ne voulais pas que le peu de temps que nous passions ensemble soit assombri par la révélation que je ne suis pas son fils. Et puis, je suis venu à mon tour à Horseback Hollow, avec la ferme intention de découvrir la vérité. Mais il commençait tout juste à se remettre de son deuil. Il est tellement épanoui avec Josephine. Je ne pouvais quand même pas le replonger dans les ténèbres ! Il est heureux aujourd'hui. Je crois que, la dernière fois où je l'ai vu aussi épanoui, c'était avant le décès de maman et la maladie de Gabi.

— Tu te rends bien compte qu'il n'y aura jamais de moment idéal pour lui parler de tout ça ? demanda Zoe d'une voix douce. Mais, puisque ça te pèse autant, je crois que tu devrais rendre visite à ton père, et lui en parler tout simplement. Il est heureux aujourd'hui. Et, s'il prenait mal la chose, il aurait Josephine pour le soutenir.

Elle secoua la tête avant de lui adresser un sourire triste, et de reprendre :

— A présent, c'est mon tour d'être autoritaire : crois-moi, je sais ce dont je parle. Tu crois que ce sera douloureux d'exhumer le passé, mais en vérité c'est pire de le garder enfoui. Le silence est tellement corrosif. Il te ronge de l'intérieur, toi et ceux que tu aimes. Regarde les failles que les mensonges de mon père ont ouvertes entre mes frères et sœurs et moi, et entre lui et nous. Je connais la vérité, mais je reste persuadée que c'est à mon père de la leur dire. Or, la vérité, c'est la seule chose qui pourra te libérer. Et la seule façon de la connaître, cette vérité, c'est d'aller parler à Orlando. Sinon, toutes ces casseroles que tu traînes vont continuer à se dresser en obstacle entre toi et la vie que tu rêves de mener. Le passé ne changera rien à tout l'amour qu'Orlando t'a donné, et n'empêchera pas ta relation avec lui de se poursuivre. Crois-en mon expérience…

Elle avait prononcé cette dernière phrase en écho à celle qu'il avait dite tout à l'heure, pensant alléger l'atmosphère. Mais Joaquin restait assis face à elle, livide.

— Ecoute, je crois qu'il va falloir que nous acceptions de ne pas être d'accord l'un avec l'autre, déclara-t-il. Moi, je pense que tu devrais parler à tes frères et sœurs, et que ce n'est pas encore le bon moment pour évoquer avec mon père la question qui me taraude.

— Tu crois que j'ai tort de ne pas briser le secret de mon père, mais tu refuses toi-même d'évoquer ta paternité biologique avec le tien ?

— Bon, reprit Joaquin, ce sont des situations similaires mais qui doivent être réglées différemment. La seule raison pour laquelle je t'ai confié mon problème, c'est parce que je sais ce que ça fait de ne pas connaître sa véritable origine.

Personne ne mérite ça, Zoe. Personne. Ce n'est pas moi qui cautionnerais une telle chose.

— Pourtant, si tu ne dis rien à ton père, c'est bien ce que tu fais…

Il secoua la tête.

— C'est quand même différent. Tu es au courant. Et tu perpétues ce mensonge tant que tu ne le révèles pas.

Mais qui est donc cet homme ?

Pas plus tard que la veille au soir, il lui avait déclaré son amour. Or voilà qu'aujourd'hui il la condamnait et la rangeait dans la même catégorie de menteurs invétérés que son père.

— Alors, tu continues de considérer que c'est de ma responsabilité ? Tu n'as même pas l'intention de remédier à ton propre problème et tu me juges coupable de garder le secret de mon père ? Ah, bravo, Joaquin. Je crois qu'il vaut mieux arrêter cette discussion. Je te verrai demain, au bureau.

Les larmes lui montaient aux yeux.

A peine eut-elle posé sa main sur la poignée de la porte que Joaquin déclara :

— Je ne pense pas que signer ce formulaire soit une bonne idée.

Elle se retourna, et son cœur se serra quand elle découvrit son visage.

— Tu veux parler de la déclaration de relation extraprofessionnelle ?

Il hocha la tête.

— Je suis navré de t'en parler maintenant. Je sais que tu as beaucoup de soucis, mais Steffi-Anne va nous réclamer ce papier demain, et je me suis dit qu'il fallait que, toi et moi, on soit d'accord, ou même qu'on anticipe en allant lui parler demain matin.

— Mais… lui parler de quoi ? bafouilla Zoe en ne cherchant même pas à dissimuler son irritation.

Car l'émotion était trop forte. Pour commencer, il faisait le rapprochement entre leurs deux situations familiales, mais affirmait qu'elle devrait révéler le secret de son père, alors que lui-même n'avait aucune intention de faire de même de son côté. Ensuite, il prétendait être amoureux d'elle, mais refusait de signer un simple bout de papier attestant qu'ils entretenaient une relation.

Cette journée était en train de virer au cauchemar. Tout s'écroulait autour d'elle.

— J'y ai réfléchi toute la matinée, expliqua-t-il. Je ne sais toujours pas ce que je vais faire quand ma mission se terminera, dans une quinzaine de jours. A vrai dire, j'y réfléchis depuis que Steffi-Anne nous a donné ce document à signer. Je pense que tu es une fille géniale, Zoe. Tu es une des femmes les plus épatantes que j'aie jamais rencontrées. Tu es adorable, jamais tu n'es blasée. Tu crois encore aux contes de fées et aux happy ends. Et tu mérites un homme capable de t'offrir tout ça. J'étais sincère hier soir, quand je t'ai dit que je tombais amoureux de toi. Simplement, je ne sais pas si je suis l'homme dont tu as besoin. L'homme qui te mérite.

Les mains sur la poignée de la porte, elle sentit son cœur se briser en millions de morceaux irrécupérables. Pour la première fois, elle savait avoir trouvé la perle rare, l'homme qui lui avait donné envie de croire aux contes de fées… Mais voilà qu'il renonçait ?

En pleine confusion, elle s'entendit lui rétorquer entre deux sanglots :

— Ne fais pas ça, s'il te plaît, Joaquin… Je t'aime. Prends le temps de réfléchir à ce que toi tu veux. Mais je ne renoncerai pas à toi.

Elle l'entendit prétexter quelque chose au sujet de son propre bien, de sa volonté de lui épargner un chagrin d'amour… Mais elle se contenta d'ouvrir la porte et de sortir.

Il ne chercha pas à la retenir.

Il la laissa s'en aller.

Sans doute était-elle ridicule, de s'accrocher à un homme qui avait été on ne peut plus clair au sujet du fait qu'il ne voulait pas d'elle. Pourtant, son cœur en lambeaux portait encore l'espoir, infime, irrationnel, que l'amour finirait par triompher de tous ces obstacles.

Elle n'avait pas prononcé ces paroles en l'air : même si leur situation paraissait désespérée, elle aimait Joaquin. Alors pas question pour elle de renoncer à lui.

12

Si Joaquin avait cru souffrir le martyre lorsqu'il avait surpris Selena au lit avec son meilleur ami, ce n'était rien à côté de l'abîme de désespoir dans lequel il plongea dimanche soir après sa dispute avec Zoe.

Au cours de cette nuit blanche, il était arrivé à la conclusion qu'il venait de commettre une grave erreur en laissant partir Zoe. A ses yeux, il s'agissait d'un véritable casse-tête : ce serait une folie pour lui de ne pas avoir cette femme dans sa vie, mais la voix de la raison lui soufflait que Zoe méritait mieux qu'un homme comme lui. Elle avait tellement illuminé sa vie… Et n'avait nul besoin qu'un homme aussi compliqué vienne brider son élan vital.

Il s'en voulait affreusement de s'être montré aussi dur avec elle, la veille. Elle n'avait pas mérité ça, et il se hâterait de s'excuser dès qu'il retournerait au bureau. Elle était venue chercher du soutien auprès de lui, mais il s'était laissé déborder par ce besoin pressant de lui expliquer qu'il ne signerait pas le formulaire de Steffi-Anne, et par l'écho que la situation qu'elle traversait avec son père avait eu avec sa propre vie.

Ce qui suffisait à démontrer qu'il ne méritait pas cette femme.

Qui était-il donc pour lui dicter ce qu'elle devait faire ? Et avec une telle arrogance… Alors même qu'il était incapable de décider de l'attitude à adopter face à ses propres soucis ?

Mais ses tergiversations n'apaisaient en rien le manque qu'il ressentait désormais. Voilà à peine vingt-quatre heures qu'il l'avait laissée partir, et déjà son cœur semblait vide. Il avait eu largement le temps de réfléchir à tout cela sur le trajet qui l'avait mené jusque chez son père, à Horseback Hollow.

Après avoir médité toute la nuit les paroles de Zoe, il s'était rendu compte qu'elle avait raison. Il n'y aurait jamais de moment idéal. La seule façon pour lui d'alléger son fardeau, c'était de parler ouvertement à son père.

Comme Orlando était toujours très matinal, Joaquin savait qu'il pouvait débarquer dès 5 heures du matin en ce lundi. En fait, ce serait sans doute le meilleur moment pour lui parler, juste avant qu'il se mette en route pour la Redman Flight School.

Quand il avait demandé à son père s'il avait quelque chose de prévu pour le déjeuner car il souhaitait venir le voir, celui-ci avait répondu que, même s'il avait eu des projets, il les aurait annulés pour pouvoir déjeuner avec son fils aîné. Il avait paru très heureux d'apprendre que Joaquin prenait le temps de lui rendre visite. En approchant de Horseback Hollow, Joaquin hésita de nouveau sur le bien-fondé de poser la question de la paternité à son père. Mais les paroles de Zoe ne cessaient de tourner dans sa tête.

Ce ne sera jamais le bon moment.

Il avait peut-être tout fichu en l'air avec Zoe. Après la façon dont il s'était comporté hier avec elle, il n'y avait guère de doutes… Mais il ne retrouverait plus jamais la paix s'il n'avait pas cette conversation avec son père.

Pour éviter que celle-ci ait lieu dans un lieu public, il s'arrêta chez un traiteur de Vicker's Corner, un petit village voisin de Horseback Hollow. Il y acheta deux sandwichs au rosbif sauce béarnaise, une salade de pommes de terre, des chips maison, ainsi que deux grandes bouteilles de thé glacé fait maison.

Il alla chercher son père à son travail, puis ils rejoignirent Hanging Moss Park, une petite oasis de verdure à quelques centaines de mètres de la Redman Flight School. Ils s'installèrent à une table de pique-nique, et se régalèrent. Joaquin patienta jusqu'à la fin de leur collation pour aborder enfin le sujet qui lui tenait tant à cœur.

Tout en emballant ses restes dans le sac avec lequel Joaquin était venu, Orlando déclara :

— Eh bien, tu m'as fait une bien agréable surprise ! Ce n'est pas tous les jours que j'ai l'occasion de déjeuner en tête à tête avec mon fils aîné.

Cette fois, Joaquin se devait de saisir la perche qu'il lui tendait.

— Après tout, nous n'avons pas tellement d'occasions de passer du temps tous les deux, répondit-il. L'autre jour, je me disais que je n'avais jamais pris le temps de te remercier pour la façon dont tu m'avais élevé.

Ces propos semblèrent déconcerter Orlando.

— Mais je t'en prie ! D'où te vient une telle idée ?

Le moment fatidique était venu.

— Papa, tu sais que, quoi qu'il arrive, je t'aime, et que rien ne pourra changer cela ?

A présent, Orlando le dévisageait en plissant les yeux.

— Il y a quelque chose dont je voulais te parler depuis quelques années… Je ne l'ai pas fait parce que le moment ne semblait jamais bien choisi. Mais j'ai fini par comprendre qu'il n'y aurait jamais de moment idéal. C'est pour cela que j'ai décidé en ce lundi de faire six heures de route pour déjeuner en tête à tête avec mon *père*.

Il insista sur ce dernier mot, guettant la moindre réaction chez Orlando. Mais ce dernier ne broncha pas. Il demeura assis, à fixer Joaquin, sans avoir la moindre idée de la tournure que s'apprêtait à prendre cette discussion.

— Tu te souviens, à l'hôpital, quand maman a eu besoin d'une transfusion ? Je lui ai donné du sang, car mon groupe sanguin était compatible avec le sien. Contrairement au tien.

Une lueur s'alluma alors au fond des yeux de son père.

— Je vais faire court, papa : selon la génétique, il n'y a aucune possibilité pour que ton groupe sanguin associé à celui de maman ait pu engendrer un enfant avec mon groupe sanguin. Autrement dit, tu ne peux pas être mon père biologique. Je ne suis pas certain de ce que cela signifie. Mais ça fait des années que je me ronge les sangs en me disant que maman a eu une aventure au moment où j'ai été conçu.

Retenant son souffle, Joaquin continua de guetter la moindre réaction chez son père. Chaque seconde qui s'écoulait équivalait pour lui à un coup de couteau dans le cœur, tandis qu'il anticipait la réponse d'Orlando.

Finalement, son père déclara :

— Je suis navré que tu aies porté seul ce fardeau pendant tout ce temps, mon fils. Si seulement tu avais pu venir m'en parler plus tôt… Mon Dieu, j'aurais dû aborder cette question avec toi au moment où tu as donné ton sang à ta mère. Je n'ai aucune excuse, hormis le fait d'avoir voulu te protéger au moment de ce deuil. J'étais en deuil moi aussi. Nous l'avons perdue trop tôt… A l'époque, j'ai eu l'impression d'être happé dans un vrai trou noir. Je ne savais pas comment tu réagirais en apprenant la vérité ; alors, comme tu ne m'as jamais posé de questions, je me suis dit que tu ne désirais pas savoir. Je me suis réfugié derrière ce grand bouleversement dans nos vies, derrière notre deuil, pour fuir cette opportunité de jouer cartes sur table avec toi. Mais, si ton souhait est de connaître la vérité, alors je suis prêt à tout te dire.

Le cœur de Joaquin tambourinait si fort, si furieusement, qu'il l'entendant résonner à ses oreilles.

— Oui, je veux savoir. Mais je refuse que cela change quoi que ce soit entre nous. Peut-être que mon père biologique est un autre homme, mais tu es et resteras toujours mon père.

Orlando afficha un sourire forcé en hochant la tête. Joaquin vit à quel point il peinait à déglutir.

— Rien ne pourra jamais changer l'amour que j'éprouve pour toi, affirma Orlando en effleurant une écharde qui sortait d'une planche à la surface de la table de pique-nique.

Puis il garda le silence un long moment, avant de finalement reprendre la parole.

— C'est Esteban, ton père biologique. Mais ce n'est pas ce que tu crois. Ta mère ne m'a pas trompé avec lui. Elle ne m'a jamais caché quoi que ce soit. J'ai toujours su que tu étais le fils d'Esteban.

Les questions se bousculaient dans la tête de Joaquin.

— Je savais que maman était brièvement sortie avec Esteban, mais je n'ai jamais compris ce qui s'était passé, ni la façon dont vous deux avez fini par vous marier... C'était comme un sujet tabou. Il a toujours été évident que vous deux, vous étiez faits l'un pour l'autre. C'est comme si elle n'avait jamais aimé personne d'autre que toi. Mais tu veux bien m'expliquer ce qui s'est passé ? Parce que, si elle ne t'a pas trompé, je ne comprends pas comment elle a pu concevoir un enfant avec lui.

Orlando acquiesça d'un signe de tête.

— Je comprends tes interrogations. C'est un peu compliqué, mais je vais faire de mon mieux pour te raconter.

Son père but alors une longue gorgée de thé glacé, reposa son verre, puis le regarda droit dans les yeux.

— Depuis toujours, toujours, j'aimais ta mère. On se connaissait depuis l'enfance. Je crois même que mon premier souvenir, c'est d'être tombé amoureux d'elle. Mais Luz a toujours eu un faible pour Esteban. Ton oncle, on peut dire que c'était un drôle d'oiseau... Il lui a fait une cour assidue. Elle avait pour habitude de me confier ses sentiments pour mon frère. Moi, je l'aimais tellement que je me contentais de n'être que son confident. C'était la seule façon pour moi de me rapprocher d'elle. Esteban a toujours considéré Luz comme acquise. Il savait qu'il pouvait la conquérir, mais il était aussi très populaire. Toutes les filles lui couraient après. Bref, Luz et Esteban ont fini par sortir ensemble. J'ai cru que j'allais mourir. Parce que mon frère n'était pas vraiment amoureux d'elle. Il continuait à voir d'autres filles. En fait, lui et moi, on se disputait tout le temps à ce sujet. Mais il se justifiait en disant que Luz et lui formaient un couple « libre ». Bref, ta maman s'est retrouvée enceinte. Mais elle ne s'en est aperçue qu'après qu'Esteban l'avait laissée tomber pour une autre fille. Quand Luz m'a annoncé sa grossesse, je l'ai épousé, et j'ai décidé d'élever son enfant comme si c'était le mien. Je savais que j'avais suffisamment d'amour en moi pour elle et pour toi. Esteban venait de se marier. A quoi bon lui dire la vérité ? Ta mère et moi, nous nous sommes promis de ne jamais révéler à quiconque que notre bébé n'était pas le mien. Et, en ce qui me concerne, tu es mon fils au même titre que mes autres enfants.

Joaquin savait qu'Orlando était quelqu'un de bien. Il avait toujours idolâtré son père, mais jamais il n'aurait cru possible de le vénérer plus encore. Or, dans les secondes qui suivirent cet aveu, Orlando Mendoza — son père — devint un véritable saint à ses yeux.

— Et qu'en est-il de la brouille entre Esteban et toi ? Est-ce qu'il connaît la vérité ? Est-ce que c'est à cause de ça que vous ne vous parlez plus tous les deux ?

Orlando poussa un soupir résigné.

— A cause de la grossesse de Luz et de son accouchement prématuré, Esteban a cru que Luz et moi couchions ensemble alors qu'il sortait encore avec elle.

Joaquin manqua de s'étrangler.

— Mais c'est ridicule ! Et pour le moins hypocrite ! D'après ce que tu décris, c'est lui qui trompait maman en papillonnant !

Son père acquiesça.

— Oui, c'est vrai. Mais tout ce qu'il voyait, c'était que je l'avais trahi. Je n'ai jamais regardé une autre femme que ta mère, donc je ne sortais presque jamais avec personne. Oh ! j'ai bien essayé, ici et là, mais mon cœur n'appartenait qu'à ta maman. Comme Luz et moi étions amis, il en a automatiquement déduit que je couchais avec elle à la même période où ils étaient ensemble… Tu sais, pendant des années, j'ai eu l'impression qu'il était normal de ne pas dire à Esteban que tu étais son fils. Je voulais protéger ta mère, l'empêcher de souffrir, parce que je me doutais que ça allait devenir délicat le jour où quelqu'un découvrirait la vérité. Luz était l'amour de ma vie. Je vénérais cette femme, et j'aurais pu donner ma vie pour sauver la sienne. Quand je l'ai perdue, je n'imaginais pas avoir la force de lui survivre. Mais, à présent que plusieurs années se sont écoulées depuis sa disparition, je m'aperçois que nous avons eu tort de vous cacher la vérité, à toi et à Esteban. Mais je ne savais pas comment réparer cette erreur. Il s'était passé tellement de temps que je ne savais plus si cela améliorerait ou empirerait la situation. Je n'attends pas de toi que tu me pardonnes, mais seulement que tu arrives à comprendre pourquoi j'ai agi ainsi. Quand on aime quelqu'un comme j'ai aimé ta mère — comme je t'aime —, on est prêt à faire absolument tout pour protéger cette personne. Mais, fiston, je ferai ce que tu me diras de faire. Si tu souhaites tout raconter à Esteban, nous le ferons. Nous agirons comme tu le souhaites.

Le soleil de la mi-journée filtrait à travers les branches du chêne qui ombrageait leur table de pique-nique. Tel un bon présage, ces rayons s'associaient à une douce brise qui semblait leur apporter un baiser de réconfort de la mère de Joaquin.

— Il n'y a rien à pardonner, déclara Joaquin. Tu as fait du mieux que tu as pu, en fonction de la situation dans laquelle tu t'es retrouvé. Si tu n'avais pas été là, qui sait ce qui serait arrivé à maman, et à moi ? Que puis-je faire d'autre que t'exprimer ma reconnaissance ?

L'expression de soulagement extrême qu'il lut sur le visage de son père manqua de le faire fondre en larmes.

Joaquin s'éclaircit alors la gorge.

— Quoi qu'il en soit, Esteban mérite de connaître la vérité. Quand penses-tu pouvoir aller à Miami pour que nous lui parlions ?

Orlando hocha la tête.

— Si tu es libre, nous pouvons partir dès maintenant. En embarquant à bord d'un avion Redman, nous pouvons y être dans quelques heures.

— Alors, c'est parti ! lança Joaquin.

Moins de trois heures plus tard, Joaquin et Orlando atterrissaient au Miami Executive Airport. Ils avaient téléphoné à Esteban avant de décoller pour s'assurer qu'il était en ville, et disposé à les recevoir. Joaquin lui avait expliqué avoir une affaire de famille urgente à traiter avec lui, et Esteban avait exprimé son accord pour les recevoir chez lui.

Une fois à Miami, ils louèrent une voiture, se rendirent à l'hôtel qu'ils avaient réservé — Orlando n'aimait pas voler de nuit —, puis prirent la route de la maison d'Esteban dans l'espoir de remédier à cette brouille qui n'avait que trop duré.

Joaquin fut surpris de la façon dont cette ville, avec ses néons à tous les coins de rue, ses palmiers au port altier, et ses bougainvillées colorées, lui paraissait à la fois familière et inconnue. Sur le trajet menant au quartier de son oncle, ils passèrent devant de nombreux lieux qui avaient été autrefois de véritables QG pour Joaquin, mais qui lui paraissaient aujourd'hui étrangers, un peu comme des anciens amis surgis d'une autre vie.

Il ne s'attendait pas à trouver Miami si froide. Il comprit qu'il ne s'y sentait plus chez lui. Curieusement, il fallait parfois quitter son environnement pour s'apercevoir à quel point on y était attaché. Or, en l'occurrence, c'était désormais à Austin que Joaquin se sentait chez lui.

Ils arrivèrent devant la maison en brique de style ranch d'Esteban à l'heure de leur rendez-vous. En coupant le contact de la voiture de location, Joaquin se tourna vers son père, qui affichait une expression sombre.

— Est-ce que ça va ? demanda-t-il.

Orlando hocha vigoureusement la tête.

— J'aurais dû faire ça il y a longtemps. Même s'il me dit qu'il ne veut plus jamais me revoir, au moins, j'aurai fait ce qu'il faut. Et, au moins, il connaîtra la vérité.

Joaquin et Orlando avaient été surpris par l'enthousiasme dont Esteban avait fait preuve quand ils lui avaient annoncé leur visite. Et, pour tout dire, ils furent épatés par l'accueil chaleureux que celui-ci leur réserva à leur arrivée. Ce qui leur facilita la tâche dans les révélations qu'ils étaient venus lui faire.

— Quand ma mère est tombée malade, elle a eu besoin d'une transfusion sanguine, expliqua Joaquin. Maman et moi étions tous les deux donneurs universels, ce qui signifiait que je pouvais lui donner mon sang. Contrairement à Orlando qui est du groupe AB. Lequel est incompatible avec le mien.

A ce stade, Joaquin marqua un silence et décela une lueur de compréhension au fond du regard d'Esteban.

— Je ne suis pas un expert en génétique, articula alors Esteban, mais, si je me souviens bien de mes cours de biologie du lycée, il est impossible pour deux parents appartenant aux groupes O+ et AB d'avoir un enfant étant lui aussi O+…

Joaquin confirma d'un hochement de tête.

Fronçant les sourcils, Esteban regarda dans le vague. Puis une expression d'acceptation résolue passa sur son visage.

— Pas plus tard que le mois dernier, j'ai eu une prise de sang pour mon bilan de santé annuel. Le labo m'a suggéré de donner mon sang car je suis O+, et ce groupe est très demandé.

Sa voix s'éteignit, et une lueur triste passa dans ses yeux.

Orlando s'éclaircit la voix.

— J'aurais dû tout te dire il y a longtemps, mais…

Esteban secoua la tête.

— Non. J'étais déjà marié à Ginger à l'époque où tu as épousé Luz. Ça n'aurait fait que compliquer les choses.

Puis il se tourna vers Joaquin d'un air contrit.

— Ça ne signifie pas que je me serais défaussé de mes obligations de père envers toi, précisa-t-il. C'est juste que…

Cette fois, sa voix se brisa.

— C'est compliqué, termina Joaquin. Je sais que c'est compliqué.

— Je suis désolé, reprit Orlando.

— Tu as fait le bon choix, déclara Esteban. Tu as soutenu Luz et tu as élevé Joaquin comme ton propre fils. Je ne sais pas si j'aurais eu autant de courage que toi, à l'époque.

Ils restèrent un moment à se dévisager en silence, qu'Esteban finit par rompre.

— Tu n'as jamais eu d'aventure avec elle à l'époque où je sortais avec elle, pas vrai ?

Orlando secoua la tête.

— Je ne l'ai pas touchée avant notre nuit de noces.

— J'ai honte d'avoir pu penser qu'elle me trompait à l'époque où elle était avec moi… J'aurais dû savoir que jamais tu ne me trahirais. Et Luz avait trop de classe pour me faire une chose pareille, ajouta-t-il, les larmes aux yeux. Je voulais venir à son enterrement. J'ai failli venir, mais au final j'ai eu peur que ça ne te rende les choses plus difficiles, mon frère. Après la façon dont je l'avais traitée, j'estimais que je ne méritais pas de lui dire un dernier adieu.

— J'aurais aimé que tu sois là, assura Orlando. Je t'aurais accueilli à bras ouverts.

Il se rapprocha de son frère et lui donna une vigoureuse accolade.

— A présent, nous savons tous les deux que nous aurions pu nous épargner une bonne dose de rancœur si seulement nous nous étions parlé plus tôt, reprit Esteban. J'en ai assez de te faire la guerre, Orlando. Il ne reste plus aucune animosité en moi. Le simple fait que tu me tendes ainsi la main signifie beaucoup pour moi.

Joaquin savait qu'il était nécessaire que les deux frères se réconcilient avant de parler de la paternité d'Esteban. Orlando et son frère étaient fâchés depuis la naissance de Joaquin. Et, malgré cette brouille, Orlando n'avait jamais empêché Joaquin de passer du temps avec son oncle et ses cousins. Esteban avait cinq fils. Et il lui faudrait sans doute un peu de temps pour intégrer le fait qu'il en avait un sixième. Joaquin était prêt à lui laisser tout le temps qu'il lui faudrait. Il se trouvait lui-même à présent en position de découvrir qu'il n'avait non pas un, mais deux pères. Car Orlando, l'homme qui l'avait si généreusement élevé, demeurerait toujours son père.

En balayant du regard le séjour d'Esteban, les meubles un peu fanés, et les piles de *National Geographics* impeccablement alignées sur la table basse, à côté du *Miami Herald* ouvert à la rubrique « sport », à côté des quatre télécommandes servant à divers appareils high-tech, il s'aperçut que la maison n'avait pas changé depuis l'époque où il venait jouer avec ses cousins. Et entendre Esteban et Orlando se remémorer sa mère avec tendresse l'émut au plus haut point.

Très vite, la conversation s'orienta vers les regrets d'Esteban de n'avoir pas su garder l'amour de Luz.

— Elle a fini avec le meilleur d'entre nous, affirma Esteban. J'étais un électron libre. Une fois que je l'ai conquise, je n'ai pas supporté l'idée de m'engager. C'est pour ça que je n'ai compris combien elle m'était précieuse qu'une fois que j'ai épousé Ginger. Je suppose qu'elle aussi aurait mérité mieux que moi. A l'époque, j'étais incapable de traiter une femme comme elle le méritait. J'étais trop occupé à me regarder le nombril. Il n'y avait que ça qui comptait. C'est pourquoi Ginger a fini par me quitter. Elle m'a supporté pendant bien trop longtemps. Je n'ai pas mérité de passer toutes ces années à son côté, pas plus que je ne méritais Luz. Mais toi, Orlando, tu la méritais.

Esteban se mura ensuite dans un profond silence. Pendant un long moment, seuls les tic-tac de la vieille horloge et de l'air conditionné résonnèrent dans la pièce.

— Je dois reconnaître qu'apprendre que Luz ne m'a jamais trompé est un soulagement pour moi. Elle en aurait eu le droit, mais c'était une fille bien, affirma-t-il, avant de se tourner timidement vers Joaquin. Découvrir que tu es mon fils, c'est un peu comme si une partie de Luz revenait dans ma vie… Ton père est un homme admirable d'avoir ainsi protégé ta mère. La pire erreur de ma vie aura été de la laisser tomber. Je crois qu'au fond de moi j'ai toujours su qu'elle méritait mieux que moi. Dans la vie, on n'obtient que ce qu'on mérite…

Alors que le soleil déclinait, Esteban dut s'excuser car il avait un rendez-vous prévu de longue date — avec une femme de son quartier. Ils allaient dîner. Non, rien de sérieux. Juste histoire de passer un peu de temps ensemble.

Au moins, certaines choses ne changeaient jamais…

Il expliqua à Orlando et Joaquin qu'ils étaient les bienvenus s'ils souhaitaient rester, mais ceux-ci le remercièrent et préférèrent rentrer.

Même si Joaquin avait eu un peu de temps pour se faire à l'idée qu'Esteban était son père, il était encore sous le coup de l'émotion : heureux que la vérité ait enfin éclaté au grand jour, soulagé qu'Esteban ait aussi bien réagi, et surtout enchanté que son père et son oncle soient enfin réconciliés. Pourtant, difficile pour lui d'ignorer toutes ces incertitudes qui venaient à présent bousculer l'équilibre de sa vie.

— Réunissons donc toute la famille pour Noël ! suggéra Orlando en donnant de nouveau l'accolade à son frère. Et puis non, n'attendons pas si longtemps. C'est dans plus de six mois !

Alors que Joaquin reculait sa voiture dans l'allée d'Esteban, il repensa à ce qui venait de se passer, et à la façon dont, même si rien n'avait changé, tout était différent — et pour le mieux, d'ailleurs. Lui et Esteban connaissaient la vérité. Orlando était toujours, et resterait à jamais son père. Son seul regret était de ne pas avoir agi plus tôt… Mais qui sait, peut-être qu'alors les choses ne se seraient pas déroulées aussi naturellement qu'aujourd'hui. Peut-être qu'Esteban et lui n'auraient pas été prêts.

Tout arrivait pour une bonne raison. Et à point nommé.

En tout cas, il pouvait remercier Zoe. Il songea à l'appeler en retournant à l'hôtel, mais, avant de partager avec elle la grande nouvelle, il se devait de s'excuser de la façon dont il l'avait traitée.

Aujourd'hui, il avait appris deux choses. Quand on a la chance de tomber sur la femme de sa vie, on la traite comme une reine. Et le temps n'attend pas. Si l'on n'agit pas quand on en a l'opportunité, on risque de perdre l'amour de sa vie.

Lundi, Zoe ne chercha même pas Joaquin. A vrai dire, elle avait même envisagé de se faire porter pâle pour ne pas avoir à le revoir. Et puis, elle avait décidé qu'elle ne lui donnerait pas cette satisfaction : elle n'allait pas se cloîtrer chez elle, à pleurnicher pour lui. Certes, il n'était pas du genre à se réjouir du malheur d'autrui, mais tout de même… Elle était mal à l'aise de s'être abaissée à dire qu'elle ne renoncerait pas à lui, alors qu'il était clair qu'il ne voulait plus rien avoir à faire avec elle.

Alors, elle était venue travailler, tête haute, se plongeant délibérément dans un projet pour ne pas avoir à se trouver dans l'aile de l'immeuble dans laquelle se trouvait le bureau de Joaquin.

Mais mardi, à environ 14 heures, elle ne put plus éviter cette zone car elle devait récupérer de la papeterie à en-tête de l'entreprise. Elle passa devant son bureau, en faisant semblant de ne rien voir, mais sans pouvoir s'empêcher de remarquer que sa porte était ouverte et les lumières éteintes. Soit il était absent, soit il prolongeait de façon inhabituelle sa pause déjeuner. A moins qu'il ne soit parti plus tôt que prévu ?

Pourquoi ne lui avait-il donné aucune nouvelle, pas même par SMS ?

Soit, elle n'avait toujours pas renoncé à lui, mais cela ne signifiait pas pour autant qu'elle n'attendait pas de lui qu'il fasse le premier pas en vue d'une réconciliation. S'il ne se battait pas pour elle, alors elle n'était pas sûre que cet homme soit vraiment l'homme de sa vie. Sans doute allait-elle devoir réfléchir à cela…

Comme elle n'avait toujours pas la moindre nouvelle mercredi matin, sa colère céda la place à l'inquiétude. Où était donc passé Joaquin ?

Pourvu qu'il ne lui soit rien arrivé.

Alors, ravalant sa fierté, elle appela Steffi-Anne. La mort dans l'âme. Mais elle craignait qu'il soit malade, ou qu'il lui soit arrivé quelque chose. Sa famille ne vivait pas à Austin. Et s'il avait glissé sous la douche, heurtant sa tête et souffrant d'amnésie ? Peut-être errait-il dans les rues de la ville, perdu, désorienté ?

Certes, elle se perdait en conjectures… Mais, si elle-même

devait disparaître durant trois jours — bon, techniquement, cela faisait deux jours plus une matinée —, elle apprécierait que des gens s'inquiètent pour elle.

— Oui, Zoe ? lâcha Steffi-Anne de son habituelle voix monocorde et irritée.

— Bonjour, Steffi-Anne, répondit-elle sur un ton le plus souriant possible. J'espère que tu passes une bonne matinée.

— Qu'est-ce que tu veux, Zoe ? Je suis sûre que tu ne me téléphones pas simplement pour savoir si je passe une bonne journée.

— Bien vu, rétorqua-t-elle, toujours aussi chaleureuse et enthousiaste. Je n'appelais pas pour prendre de tes nouvelles. Mais pour savoir quand Joaquin reviendra au bureau.

Elle ferma les yeux et serra les dents. Peu lui importait de se ridiculiser aux yeux de cette mégère si cela lui permettait de découvrir quand Joaquin devait revenir.

— Que se passe-t-il ? Y aurait-il de l'eau dans le gaz ? J'aurais pensé que toi, plus que quiconque, tu aurais su comment ne pas perdre la trace de ton don Juan. A propos, je n'ai toujours pas reçu votre formulaire. Y aurait-il du changement dans vos relations ?

Zoe se retint de lui raccrocher au nez et parvint à articuler :

— Quel humour, Steffi-Anne ! Tu fais souvent cette blague ? Tu ne crains pas qu'elle soit un peu périmée ?

— Ce n'est pas une blague, Zoe. A moins que tu n'obtiennes un traitement de faveur en tant que fille du patron, il me faut ces documents signés sur mon bureau avant demain soir.

Toujours de la chaleur, le sourire dans la voix, et bientôt… les petits oiseaux qui chantaient en bruit de fond. Si cela continuait, elle allait ressembler à Blanche-Neige, Cendrillon et la Belle au bois dormant réunies.

— Oh ! Steffi-Anne, tu es très observatrice. C'est vrai, je suis la fille du patron, et il vaut mieux que tu t'en souviennes. Nous ne comptons pas signer tes stupides documents. Alors ne m'en reparle plus, veux-tu ? Suis-je assez claire ?

— Parfaitement.

Zoe coupa la communication, prise d'un sentiment de vertige et de nausée. Elle n'avait pas réussi à obtenir les informations qu'elle cherchait au sujet de Joaquin, mais elle était désormais à peu près certaine que c'était la dernière fois que Steffi-Anne essaierait de l'intimider.

A 16 heures, elle n'avait toujours pas eu la moindre nouvelle de Joaquin. Alors, remisant sa fierté, elle lui adressa un SMS.

Salut, bel inconnu. Tu travailles toujours ici ?

Son cœur manqua de s'arrêter quand il lui répondit aussitôt :

Oui. J'ai fait un aller-retour à Miami. Suis rentré tard hier soir. Ai déjeuné avec ton père. Te raconterai plus tard.

Qu'était-il allé faire à Miami ? Elle se souvenait qu'il lui avait expliqué ne pas trop savoir que faire à l'issue de son contrat de consulting chez Robinson Tech, d'ici deux semaines. Avait-il eu un entretien d'embauche ?

Et pourquoi avait-il déjeuné avec son père aujourd'hui ? Elle n'avait pas reparlé ni à l'un ni à l'autre depuis dimanche. Pourvu qu'il ne soit pas en train de donner sa démission…

Il avait été si affecté par les aveux que Gerald avait faits à sa fille… Elle espérait qu'il n'avait pas eu la malencontreuse idée d'aller lui dire ce qu'il pensait de toute cette situation.

L'espace d'un instant, elle sentit les battements de son cœur s'accélérer. Si Joaquin quittait Austin, alors il n'avait rien à perdre en livrant à son père le fond de sa pensée.

13

Mercredi soir, la dernière chose dont Zoe avait envie était de sortir faire des mondanités. Mais Veronica lui avait passé un coup de fil à 16 h 45 en insistant pour qu'elle l'accompagne boire quelques verres au Driskill Hotel.

Le Driskill en plus… Le simple fait d'y penser lui donna le cafard. Car, la dernière fois où elle s'y était rendue, c'était en compagnie de Joaquin.

C'était donc à cela que sa vie ressemblerait désormais ? Elle se souviendrait de lui à chaque coin de rue, éviterait tous ses lieux préférés parce qu'ils lui rappelleraient Joaquin ?

— Merci, Ronnie, mais je n'ai pas envie de sortir.

— Je ne crois pas, rétorqua-t-elle avec une insistance particulière. Il y a ce barman, là-bas… J'aimerais bien qu'il m'invite à sortir avec lui. Allez, Zoe. Tu m'en dois une. Sois ma compagne de virée ce soir !

Voilà donc pourquoi son amie insistait tant… Zoe aurait dû se douter que, derrière ce projet urgent, il y avait un homme. Et elle savait que, quand Ronnie était dans cet état, il n'y avait pas moyen de lui échapper. Alors, pourquoi ne pas l'accompagner, juste pour un verre ? Ou deux ?

Après s'être radoucie, Ronnie demanda :

— Pourquoi est-ce que tu as cette voix d'enterrement ? Il y a de l'eau dans le gaz ?

— Mais ce n'est pas vrai ! C'est le thème de la journée, ou quoi ?

— Je n'en sais rien, fit Ronnie. C'est donc le cas ?

Comme Zoe ne répondait pas, elle insista :

— Tout va bien avec Joaquin ?

Zoe arrêta son ordinateur d'un geste fébrile.

— Nous aurons tout le temps de bavarder au Driskill. Je t'y rejoins à 20 heures.

— A vrai dire, que dirais-tu si je te proposais de passer chez toi pour te récupérer ? proposa Ronnie.

— Pourquoi ? Tu dois passer devant le Driskill pour arriver chez moi. Ce n'est pas du tout ton chemin. Je te retrouverai là-bas.

— Non, ça ne me dérange pas. Sincèrement. Je viendrai te chercher chez toi à 18 h 30 pétantes. Oh ! et j'ai bien envie de m'habiller chic ce soir. Alors, soigne ta tenue !

Une fois qu'elles arrivèrent au Driskill, Zoe se réjouit que Ronnie ait insisté pour passer la prendre, car cela signifiait qu'elle pourrait boire de l'alcool. Sans doute Ronnie n'avait pas anticipé cet aspect-là des choses quand elle avait insisté pour venir la chercher. Cela lui apprendrait à être aussi autoritaire.

Mais Zoe savait pourquoi son amie avait à ce point insisté : elle redoutait qu'elle lui pose un lapin. Et même si ce n'était pas son genre habituellement, ce soir, elle aurait bien été tentée de laisser tomber son amie. Car, une fois qu'elle était rentrée dans son appartement vide, impossible de penser à autre chose qu'à la soirée lors de laquelle Joaquin et elle s'étaient enlacés sur le canapé.

Peut-être irait-elle acheter un nouveau canapé ce week-end… Cela faisait longtemps que sa sœur Sophie convoitait le sien. A n'en pas douter, elle serait ravie de le récupérer.

Zoe avait très sérieusement envisagé de faire l'amour avec Joaquin, sur ce canapé… Et le simple fait d'y repenser l'emplit d'une tristesse quasi insoutenable. Car elle *aimait* cet homme. Et elle l'avait cru, quand il lui avait déclaré être tombé amoureux d'elle.

Mais, vu combien elle souffrait à présent, elle n'avait guère de peine à imaginer à quel point elle aurait souffert si elle avait fini par succomber à ses charmes.

C'est ainsi qu'elle finit par se dire que Ronnie allait lui sauver la vie. Car cet appartement vide était le dernier lieu où elle avait envie de se trouver ce soir : si elle restait seule, elle allait sombrer dans le plus profond des désespoirs.

— Bon, c'est moi qui offre les boissons ce soir, déclara Zoe alors qu'elle et son amie s'installaient sur une banquette dans un coin calme du bar à la déco kitsch à la thématique western.

— Quoi ? Mais en quel honneur ? s'étonna Ronnie avant de se reprendre et d'agiter une main en l'air. Oh ! et puis, comme tu voudras. Ce n'est pas moi qui refuserai de boire gratuitement ! Quoique… Attends, la seule raison pour laquelle tu m'offres à boire, c'est que tu sais que c'est moi qui prendrai le volant ! *Bien vu !* Non mais, sérieusement, Zoe, qu'est-ce qui t'arrive ce soir ? Tu n'as pas l'air d'être toi-même.

Zoe balaya ces paroles d'un revers de main.

— Je refuse de jouer les rabat-joie. Ce soir, je suis ta compagne de virée ! D'ailleurs, tu ne crois pas que l'on devrait s'installer encore plus loin du bar ? Comment comptes-tu jouer de tes charmes à un kilomètre de distance de ta cible ?

Ronnie chassa une mèche blonde ondulée de son visage, avant de consulter son téléphone pour la quinzième fois depuis qu'elles étaient entrées dans le bar. Cette fois, elle répondit à un SMS.

— Allô, Ronnie ? Ici la terre. Est-ce qu'il faut que je te confisque ton joujou ?

— Hein ? Euh, désolée, c'était important.

Artiste plasticienne spécialisée dans l'art abstrait sur toiles acryliques, l'amie de Zoe ne travaillait pas forcément de 9 heures à 17 heures. Il n'était pas rare que Ronnie doive s'entretenir avec ses clients en dehors des heures de bureau. Même si, ce soir, Zoe aurait aimé voir son amie moins distraite.

— Tu as intérêt à ce que ce soit un client… Ou mieux : un canon ! plaisanta Zoe. D'ailleurs, où se cache-t-il, cet homme de tes rêves ? Il me tarde de le voir !

Ronnie pencha la tête, balayant du regard la grande salle assez peu fréquentée en ce début de soirée.

— Je ne sais pas. J'ai l'impression qu'il ne travaille pas ce soir.

Pourquoi diable n'avait-elle pas téléphoné avant de venir pour s'assurer que…

— Comment s'appelle-t-il ? Comment l'as-tu rencontré ?

— Oh ! euh, bafouilla-t-elle en observant toujours le bar, distraite. Il s'appelle, euh, John.

— Tu n'en es pas sûre ?

— Bien sûr que si ! Mais assez parlé de moi. Raconte-moi ce qui se passe entre Joaquin et toi. Aux dernières nouvelles, vous étiez amoureux. Et c'est pour cela que ça fait au moins deux semaines que je ne t'avais vue.

Zoe savait très bien que, si elle ne lui racontait pas tout, son amie allait la harceler. En plus, Ronnie offrait toujours une oreille attentive et de bons conseils.

— Je ne sais pas où j'en suis avec Joaquin. On s'est disputés dimanche. Une grosse dispute. Mais qui ne se dispute jamais ? J'ai voulu croire que ce n'était pas parce que nous avions un désaccord que les choses seraient finies entre nous. Mais depuis, je n'ai plus de nouvelles de lui. Enfin, presque plus. J'ai craqué aujourd'hui, et je lui ai envoyé un SMS.

Ronnie la dévisagea avec compassion.

— Il t'a répondu ?

Zoe haussa les épaules.

— Oui, mais très brièvement. En allant à l'essentiel. Il m'a expliqué avoir passé deux jours à Miami. C'est sa ville d'origine. Puis il m'a dit qu'il avait déjeuné avec mon père. C'est tout. J'ai pensé qu'il m'en dirait plus avant la fin de la journée, mais non. Et puis, tu m'as appelée, et on s'est retrouvées ici.

— C'est bizarre, commenta Ronnie.

— Tu trouves ?

— Pourquoi penses-tu qu'il a déjeuné avec ton père ?

— Je n'en sais rien, dit-elle avec désinvolture. Dimanche, il me disait encore ne pas savoir ce qu'il comptait faire après la fin de sa mission chez Robinson Tech. Je sais que mon père envisage de lui proposer un poste fixe et de le convaincre de rester. C'était peut-être l'objet de ce rendez-vous. Mais c'est curieux qu'il ait manqué deux journées de travail pour se rendre à Miami. A mon avis, ça sent l'entretien d'embauche à plein nez… J'espère qu'il n'a pas annoncé à mon père qu'il rentrait à Miami.

Ou pire encore.

Cela dit, si Joaquin avait fait la moindre allusion au sujet de Jerome Fortune à son père, celui-ci aurait très certainement appelé immédiatement Zoe pour lui reprocher d'avoir révélé un secret de famille à un étranger. Elle s'en voulait un peu d'avoir douté de la confiance de Joaquin, mais elle était rassérénée. Ce n'était pas le genre de Joaquin. Et elle le savait bien.

— Pourquoi aurait-il envie de retourner à Miami alors que Robinson Tech est l'entreprise où rêvent de travailler la plupart des concepteurs web, qui seraient prêts à vendre père et mère pour une place chez nous ? Ça ne tient pas debout. Oh ! Ronnie, c'est affreux, je l'aime… Je ne sais pas quoi faire.

Elle avait l'impression que tout s'était effondré autour d'elle.

— Laisse-le un peu respirer. J'ai le sentiment qu'il est fou de toi, lui aussi. Tout va s'arranger. N'oublie pas ce que je te dis, car tu sais que mes intuitions sont souvent justes. Mais où sont passés les serveurs ici ? Doit-on se déplacer au bar pour commander nos boissons ?

— Ça te dérange d'aller au bar ?

— Je pourrais demander si Steve travaille ce soir.

— Steve ? Je croyais qu'il s'appelait John ?

Ronnie reçut un nouveau SMS.

— Oh ! excuse-moi, je dois passer un coup de fil. Je reviens tout de suite.

Tandis qu'elle s'éloignait, Zoe lui cria :

— Qu'est-ce que je te commande ? Je vais aller au bar pendant que tu téléphones.

Ronnie éloigna l'appareil de son oreille.

— Non, reste assise. On risquerait de se faire piquer notre table.

Avant que Zoe ait le temps de lui faire remarquer qu'il y avait de nombreuses autres tables de libres, et plus proches du bar, Ronnie disparut dans le couloir.

Décidément, Ronnie se comportait bizarrement, ce soir. Non seulement elle paraissait distraite, mais, à présent qu'elles étaient ici pour voir ce Steve — ou John, ou peu importe son nom —, elle semblait en avoir perdu toute envie. Elles ne s'étaient même pas installées près du bar.

Zoe soupira. Elle devait être à fleur de peau. Peut-être était-elle simplement en train de projeter sa propre nervosité sur son amie.

Elle repensa alors à ce vieil adage : « L'enfer, c'est les autres. » Sans doute avait-elle besoin de se détendre. Ronnie avait bien le droit de passer un appel. Elle ne tarderait pas à revenir. Zoe n'était attendue nulle part, et elle n'était guère pressée de rentrer chez elle pour s'affaler sur son canapé.

Elle s'adossa au canapé en cuir. Levant les yeux, elle tomba sur une tête de taureau empaillée. Fuyant cette vision d'horreur, elle se leva pour regarder en direction du bar.

Un couple était en train de s'attabler non loin de là. Tournant la tête, elle aperçut un groupe de six jeunes femmes agglutinées sur une banquette dans un coin. Elles semblaient célébrer un anniversaire, ou peut-être un enterrement de vie de jeune fille. Derrière elles, elle aperçut un homme sirotant sa bière qui la dévisageait. Quand leurs regards se croisèrent, il lui lança un sourire enjôleur et lui fit un petit signe de la main.

Beurk. Non merci.

Puisque même s'intéresser à ce qui se passait autour d'elle ne semblait pas une bonne idée, elle sortit son téléphone de son sac. Peut-être aurait-elle un message de Joaquin ?

Non, malheureusement.

Elle commençait à peine à consulter ses e-mails quand elle reçut un SMS de Ronnie.

Rejoins-moi dehors. J'ai besoin de toi.

Le cœur de Zoe ne fit qu'un bond. Que se passait-il ?

Tout va bien ? J'arrive tout de suite.

Zoe prit son sac, traversa la grande salle du Driskill, puis le vaste couloir offrant un escalier monumental et un plafond en vitrail. Elle se précipita vers la sortie, cherchant Ronnie du regard. Elle découvrit alors la calèche et le cheval, devant lesquels se tenait un homme qui aurait pu être le frère jumeau de Joaquin.

Oh ! mais *c'était* Joaquin !

Zoe s'immobilisa, en se demandant si elle ne venait pas de découvrir quelque chose qu'elle n'était pas censée voir — un possible rendez-vous de Joaquin avec une autre femme. Ronnie l'avait-elle déjà vu tout à l'heure, et était-ce ce qui expliquait son comportement aussi étrange ? Mais alors, pourquoi lui demander de la rejoindre dehors ?

Pourtant le carrosse était vide, et Joaquin s'avançait vers elle. Tout sourires, il lui tendit la main. Main dans laquelle il tenait une longue rose rouge…

Son cœur battait si fort qu'elle se sentit au bord du malaise.

— Va le rejoindre, souffla Ronnie. Tu me remercieras plus tard !

Zoe cilla. Elle ne s'était pas rendu compte que son amie se tenait auprès d'elle.

Elle comprit alors qu'à aucun moment Ronnie n'avait eu l'intention de faire d'elle sa compagne de virée ce soir. Si elle lui avait demandé de soigner sa tenue, si elle avait insisté pour venir la chercher, si elle avait passé tout ce temps accaparée par son téléphone, cela n'avait rien d'innocent.

Tout cela faisait partie d'un plan. D'une surprise savamment orchestrée.

Joaquin se planta devant elle et plaça la rose entre ses mains.

— Zoe, je suis désolé pour ce qui s'est passé dimanche. Tu as tout à fait le droit de ne plus vouloir me voir à présent, mais je t'aime. Et, dimanche, tu m'as dit que tu m'aimais aussi. Si tu peux trouver au fond de ton cœur la force de me pardonner, acceptes-tu de faire une promenade en carrosse avec moi ? J'ai tellement de choses à te dire.

Paralysée par l'émotion, Zoe garda le silence.

— C'est à ce moment que tu déclares : « Oui, Joaquin, j'adorerais faire une balade en carrosse avec toi », souffla Ronnie comme au théâtre. Et moi, c'est ici que je vous laisse. Amusez-vous bien, les enfants !

Tandis que Joaquin remerciait Ronnie, Zoe parvint enfin à hocher la tête. Car elle était encore en train de digérer ce qui venait de se passer. Sans doute les choses entre eux allaient-elles s'arranger… Sinon, pourquoi se serait-il donné la peine de contacter sa meilleure amie, qu'il n'avait jamais rencontrée auparavant, pour l'aider à organiser cette fabuleuse surprise ?

Et puis, il y avait cette calèche. Lui avait-elle déjà dit combien elle aimait les balades à cheval ? Impossible de se souvenir…

Mais peu importait. Car, pour l'heure, ils se retrouvaient tous les deux. Joaquin l'aida à monter à bord de l'attelage. Elle remarqua alors le seau à champagne et les deux flûtes sur un plateau spécial.

Joaquin fit signe au cocher de s'élancer, et le carrosse quitta doucement l'allée du Driskill.

— Zoe, avant de partir pour Miami, je suis passé voir mon père à Horseback Hollow. Je l'ai fait, car tu m'as permis de comprendre que je ne pourrais jamais me délester de mes soucis tant que je ne lui aurais pas parlé. Tu avais complètement raison. Et j'ai l'impression d'être un homme neuf !

— C'est super, Joaquin, finit-elle par articuler en recouvrant peu à peu ses esprits. Donc, je suppose que ça s'est bien déroulé ?

Il acquiesça.

— Ça n'aurait pas pu mieux se passer.

— Raconte-moi !

— Avec plaisir, mais, avant ça, il faut que je sache… Est-ce que tout va bien entre nous ?

Il lui suffit d'un seul regard pour comprendre à son visage

sublime et anxieux que c'était avec lui, et lui seul, qu'elle voulait être. Pour la première fois depuis qu'elle l'avait laissé à son appartement, dimanche, elle se sentait vivante. Certes, ces trois derniers jours avaient été un enfer, mais, s'il lui avait fallu ce temps-là pour arriver à y voir clair, alors ça en valait la peine. Manifestement, il avait fait bon usage de ce temps.

— Je t'ai dit que je ne renoncerai pas à toi, et j'étais sincère. Mais si ça doit fonctionner, et je tiens à ce que ce soit le cas, tu comprends bien que ce ne sera pas notre dernière dispute, hein ? Même les couples les plus solides se disputent.

Il hocha la tête.

— Je veux que tu me promettes que c'est la dernière fois que nous passerons trois jours sans nous parler.

Zoe le vit déglutir.

— Je te le promets. Et tout un tas d'autres choses encore. Car je ne veux plus passer une seule journée loin de toi. Voilà ce que j'ai compris au cours de ces trois jours.

Il lui raconta alors être allé à Horseback Hollow lundi et lui relata les aveux de son père. Puis il s'était rendu à Miami en compagnie d'Orlando, qui s'était réconcilié avec son frère, suite à la brouille qui avait opposé les deux frères, tous deux amoureux de la mère de Joaquin.

— Mais mon oncle… enfin, mon *père*… euh, Esteban, était un véritable coureur de jupons qui n'a pas compris qu'il était en train de perdre la meilleure chose qui lui soit jamais arrivée. A côté de cela, mon père, Orlando, aimait tellement ma mère qu'il s'est décidé à se sacrifier pour la protéger… Et si j'ai retenu une chose pendant ces trois jours, Zoe, c'est que tu mérites d'être aimée au moins aussi fort qu'Orlando a aimé Luz. Et je sais aujourd'hui que je suis capable de t'aimer ainsi, si tu m'y autorises.

Il se pencha pour l'embrasser, et elle se laissa aller contre lui. Ses lèvres étaient si douces, si gourmandes…

— Aussi… J'ai vu ton père aujourd'hui.

Elle se crispa aussitôt. Mais elle comprit qu'il n'allait pas lui demander si elle avait révélé à ses frères et sœurs l'identité de Gerald.

— Vous avez évoqué l'éventualité d'un poste fixe au sein de Robinson Tech ?

— On peut le dire, lâcha Joaquin avec un sourire.

— Comment ça ?

— Je lui ai demandé la permission qu'il m'accorde ta main.

Bouche bée, elle porta ses mains à ses lèvres et s'aperçut alors qu'elle tremblait.

— Et qu'a-t-il dit ?

— Il a dit qu'il n'y voyait pas d'inconvénient, mais que la décision te revenait.

Joaquin sortit alors un petit écrin bleu de la poche de son veston. Le monde s'arrêta de tourner autour d'eux alors qu'il s'agenouillait tant bien que mal à l'intérieur du carrosse qui avançait cahin-caha.

— Zoe Robinson, me feras-tu l'honneur de devenir ma femme ? Si tu acceptes, je promets de t'apporter autant de bonheur que tu m'en apportes.

Les larmes coulant le long de ses joues, elle noua les bras autour de son cou. Tandis que la calèche avançait dans les rues, des passants remarquèrent ce qui était en train de se passer, et se mirent à applaudir sur leur passage.

Quand il revint s'asseoir près d'elle, il lui glissa le traditionnel solitaire en diamant à l'annulaire, avant de déboucher la bouteille de champagne.

— Je n'ai pas envie d'attendre des mois pour me marier, déclara Zoe. A vrai dire, que dirais-tu de la Journée du souvenir ? C'est un long week-end. Nous devrions pouvoir réunir nos deux familles. Tu penses que c'est possible ?

Il l'enlaça.

— Sans doute. Mais, en ce qui me concerne, on pourrait même s'enfuir à Las Vegas.

Elle se blottit contre lui.

— Je veux un vrai mariage. J'ai toujours rêvé de ce jour si spécial. En réalité, j'organise notre mariage depuis l'âge de neuf ans. Alors, je ne devrais avoir aucun souci à tout préparer en deux semaines.

— Ce que je veux, c'est que tu puisses avoir le mariage de tes rêves, conclut-il. La seule chose qui m'importe, c'est ton bonheur.

S'il s'agissait là d'un rêve, elle espérait qu'elle ne se réveillerait jamais.

14

Quand Joaquin et Zoe annoncèrent la nouvelle autour d'eux, tout le monde se réjouit pour eux. Rachel et Matteo décidèrent même de venir de Horseback Hollow pour les emmener fêter l'événement autour d'un dîner, qui ne tarda pas à se transformer en dîner de famille à la propriété des Robinson.

Pour la première fois depuis longtemps, les frères et sœurs de Zoe se réunissaient pour autre chose que la « grande chasse au Fortune ».

Non seulement ce prochain mariage apportait une touche de romantisme et d'enthousiasme, mais il offrait un bol d'air frais bienvenu à une famille qui se trouvait au bord de la guerre civile.

C'était comme s'ils avaient appuyé sur le bouton « reset ».

Du moins, pour le moment.

Si ces fiançailles n'avaient pas déjà rempli le cœur de Zoe de bonheur, elle aurait peut-être éprouvé un certain soulagement de voir le secret dont l'avait chargé son père passer en arrière-plan. Mais là, elle n'y pensait même plus.

Evidemment, son dilemme quant à savoir si elle devait ou non divulguer ce secret n'avait pas disparu pour autant. Elle ne savait toujours pas comment se positionner. Le seul changement, c'était que ce problème n'était plus sa première préoccupation le matin au réveil, ni la dernière au coucher.

A présent, elle ne réfléchissait plus qu'à des choix de robes de mariage, de compositions florales, de petits-fours, de recettes de cocktails, de menus et autres cartons d'invitation. Et, si cela représentait beaucoup de travail, ce n'était finalement pas si difficile que cela en avait l'air. Car elle avait pratiquement déjà tout prévu depuis ses neuf ans… Et jusqu'à récemment, la seule chose qui lui manquait, c'était le marié ! En tout cas, à présent qu'elle avait rencontré son prince, tout, ou presque, était fin prêt !

Elle s'avança donc, bras dessus, bras dessous, avec Rachel, sur les marches du perron de la maison de ses parents, tout en discutant des robes assorties que porteraient ses trois sœurs et sa meilleure amie, qui lui feraient l'honneur d'être ses témoins.

Toutes deux étaient suivies de Matteo et de Joaquin, qui parlaient entre eux de la réconciliation entre Orlando et Esteban — Joaquin avait raconté à son frère l'histoire de sa filiation avec Esteban, et ils en avaient conclu que cela ne changeait rien, sinon le fait que la brouille entre Orlando et Esteban était terminée.

Rachel suggéra alors à Zoe :

— Moi, j'ai la solution idéale à ton problème. Puisque je suis mariée, je serai ta « dame d'honneur ». Quant à Olivia, Sophie et Ronnie, elles se débrouilleront pour savoir qui sera LA demoiselle d'honneur. Ou si tu préfères régler la question simplement, puisque je suis l'aînée de toutes les sœurs, je pourrais obtenir une distinction spéciale, et elles avoir le statut de demoiselles d'honneur. Comme je me suis déjà mariée, j'ai déjà de l'expérience en la matière. Je connais le rôle d'une « dame » d'honneur sur le bout des doigts !

Finalement, la proposition de Joaquin de s'enfuir pour se marier en douce à Las Vegas n'était peut-être pas une si mauvaise idée.

Zoe adorait chaque seconde passée à réfléchir aux détails de son mariage. Car on ne se mariait qu'une fois. Et elle avait bien l'intention de faire en sorte que tout soit parfait.

Soudain, son estomac se noua. Cette fois, elle allait vraiment franchir le pas. Elle avait rêvé de ce mariage depuis si longtemps qu'elle avait du mal à croire que cela lui arrivait enfin.

— On va trouver une solution, assura-t-elle à Rachel. Je ne veux blesser personne.

Elle se retourna vers son fiancé, qui plaisantait avec Matteo, peu concerné par les détails d'organisation du mariage qui se déroulaient devant eux. Cette fois, Zoe eut des papillons dans le ventre.

Cet homme sublime, épatant, elle allait bel et bien passer le restant de ses jours avec lui ? L'homme qu'elle avait attendu toute sa vie…

C'est lui, l'homme de ma vie.

L'homme de ma vie.

Matteo était en train de parler à Joaquin, mais Zoe échangea un regard avec son fiancé. Et aussitôt, elle sentit un brûlant désir la gagner.

Depuis qu'il lui avait fait sa demande en mariage, quand elle n'était pas en train de réfléchir aux préparatifs, Zoe ne pensait qu'à une chose : se donner corps et âme à Joaquin.

Elle l'avait attendu si longtemps. Et elle l'admirait tellement d'avoir le cran d'honorer son désir d'attendre leur nuit de noces. Mais il n'était guère facile pour elle de lui résister. Combien de fois, quand ils se retrouvaient en tête à tête, avait-elle failli succomber à son désir ?

Rachel ouvrit la porte, puis s'écarta pour laisser entrer Zoe et Joaquin en premier. Une délicieuse odeur de cuisine vint chatouiller les narines de Zoe, qui s'aperçut qu'ils étaient les premiers arrivés, car il n'y avait pas d'autres voitures stationnées dans l'allée.

Elle allait devoir rappeler à ses autres frères et sœurs les règles de ponctualité, notamment en vue du mariage. Mais, quand elle bifurqua vers le séjour, elle fut accueillie par un assourdissant : « Surprise ! »

Cela n'avait plus rien d'un repas de famille. Manifestement, quelques personnes bien intentionnées avaient invité tout ce que Joaquin et elle comptaient d'amis à une espèce de surprise-partie de fiançailles.

Non seulement Zoe fut touchée, mais surtout prise de court

par ce geste affectueux : tous leurs amis s'étaient réunis en ce samedi soir pour célébrer leur amour !

Cette fois, elle avait vraiment l'impression d'être Cendrillon. Et elle recevait vœux de bonheur après vœux de bonheur. Et se ferait un devoir de remercier une à une toutes ces personnes qui avaient eu la gentillesse d'être présentes ce soir.

Tandis qu'elle s'acquittait de sa mission, des serveurs commencèrent à circuler avec des plateaux ornés de flûtes de champagne. Au bout d'une heure, son père, accompagné de sa mère, Charlotte, prit la parole devant tout le monde.

— Je suis proche de chacun de mes enfants, déclara Gerald, mais ce n'est un secret pour personne que Zoe et moi partageons un lien singulier.

Il regarda longuement Zoe, qui n'arrivait pas à déterminer s'il avait simplement le trac ou si quelque chose d'autre se tramait. Car il y avait sur son visage une expression peu en phase avec le discours qu'il s'apprêtait sans doute à donner concernant sa fille bientôt mariée.

Sans doute était-elle la seule à l'avoir remarqué, car Gerald Robinson n'était ni réputé pour sa chaleur ni pour son émotivité. Peut-être cette impression lui venait-elle du fait que son père et elle ne s'étaient pas revus depuis leur confrontation dans son bureau, une semaine plus tôt. Peut-être était-ce là sa façon de lui adresser un message. Un avertissement ?

Quoi qu'il en soit, tous les soucis familiaux remontèrent brusquement à la surface. Elle avait décidé de ne plus y penser jusqu'au mariage, car cela la perturbait. D'une certaine façon, elle n'avait toujours pas intégré le fait que, malgré toutes ses dénégations, son père était bien Jerome Fortune. Et il lui était difficile d'admettre que son héros, toutes ces années durant, avait menti à sa famille.

Non ! Pas question de repenser à tout cela maintenant ! Joaquin avait glissé son bras autour de sa taille et, quand elle leva les yeux vers lui, son sourire réveilla les papillons dans son ventre. Comme elle se sentait vivante auprès de lui. Prenant une grande inspiration, elle leva son verre pour trinquer avec lui, refusant de laisser Jerome Fortune lui gâcher sa fête, la fête de Joaquin. Car pas question pour elle de laisser l'affaire Jerome Fortune s'inviter à son mariage. Pour les deux semaines à venir, ce nom et ce prénom seraient bannis de son vocabulaire.

Affichant un sourire de circonstance, elle poussa les soupirs émus que chacun s'attendait à entendre de la part de la petite fille à son papa, désormais future mariée.

Quand tout le monde leva son verre à la santé des futurs époux, elle sentit un profond sentiment de joie l'envahir face à cette marée de sourires enthousiastes.

Elle remarqua alors un visage inconnu parmi les convives. Un beau jeune homme se tenait un peu à l'écart, une flûte de champagne à la main, en pleine conversation avec Ben.

Elle embrassa alors son père, comme tout le monde s'y attendait, puis sa mère.

— Je vais dire bonjour à Ben, déclara-t-elle à Joaquin. Je reviens dans un instant.

Elle se dirigea alors vers son frère et le jeune homme. Ben était resté relativement discret ce soir. En approchant, elle remarqua l'accent anglais de l'inconnu.

— Et si j'assistais à votre prochaine réunion de famille pour que nous annoncions la nouvelle à tout le monde ?

Zoe s'immobilisa, intriguée. Ben n'était quand même pas en train de parler de leurs secrets de famille à un inconnu ? Qui plus est, lors de la soirée surprise censée célébrer ses fiançailles ?

Elle resta plantée là, pour espionner leur conversation en espérant trouver la preuve que non, que ce n'était pas ce qu'elle pensait. Mais Ben leva les yeux et l'aperçut.

— Zoe ! lança-t-il en lui faisant signe d'approcher. J'aimerais te présenter à Keaton Whitfield. Keaton, voici ma sœur, Zoe.

Keaton Whitfield ?

Si c'était une blague, elle la trouvait de très mauvais goût.

— Ah, Zoe. Ravi de vous rencontrer. Félicitations pour

vos fiançailles. Je suis heureux de pouvoir célébrer l'événement avec vous.

Son accent anglais ne fit que confirmer à Zoe que la soirée virait au cauchemar.

Oui, il s'agissait bien de Keaton Whitfield. Le type que Ben avait trouvé quelque part et qui affirmait être leur demi-frère, et même connaître l'existence *d'autres* enfants illégitimes de Gerald.

Sans doute était-ce cette *chose*-là qu'il comptait annoncer au reste de la famille en demandant à Ben de pouvoir assister à leur prochaine réunion de famille.

— Mais qu'est-ce que tu fabriques, Ben ?

Son frère l'interrogea du regard.

— Euh, je te présente Keaton ?

— Ne joue pas au plus malin, rétorqua-t-elle. Tu sais ce que je veux dire. Pourquoi l'as-tu fait venir ici, ce soir ? *Ce soir*, Ben ! Pourquoi me fais-tu ça ?

Mal à l'aise, Keaton se balançait d'un pied sur l'autre.

— Je m'aperçois que cela vous contrarie, Zoe. Je suis sincèrement désolé. Je vais prendre congé de ce pas.

Zoe fut incapable de relever les yeux vers Keaton alors qu'il s'éloignait. En revanche, elle foudroya Ben du regard. Son frère demeura planté devant elle, apparemment aussi agacé qu'elle.

— Pourquoi me fais-tu un coup pareil le soir de ma fête de fiançailles ? reprit-elle en chuchotant. Qu'est-ce que tu essaies de prouver ? C'est une façon pour toi de mener ta croisade sous le nez de papa ? Et maman, alors ? Qu'est-ce que tu t'imagines qu'elle ressentira quand elle apprendra que tu as fait venir Keaton Whitfield dans notre maison ? Tu ne t'es jamais dit que tu pouvais faire une pause, au moins le temps que le mariage ait lieu ? Ça ne représente que deux semaines, Ben. Si tu n'as pas suffisamment d'empathie ou de bon sens pour distinguer ce qui est approprié et ce qui est déplacé, alors il vaut peut-être mieux que nous ne nous voyions plus pendant un moment. Je vais faire un tour quelques instants. Quand je reviendrai, je veux que tu sois parti.

Elle ne lui laissa même pas l'occasion de répondre. Les larmes lui montaient aux yeux, et elle se devait de s'éclipser avant que quelqu'un ne remarque quoi que ce soit.

Tête baissée, elle dissimula tant bien que mal ses larmes en regagnant le couloir pour rejoindre la porte d'entrée. Elle n'allait quand même pas quitter sa propre fête…

Elle irait faire un tour, le temps de se ressaisir et de laisser à son frère l'occasion de quitter les lieux.

Mais qu'est-ce qui lui avait pris d'inviter Keaton Whitfield à cette soirée ? Leur mère était là. Il n'avait donc pas la moindre considération pour elle et la souffrance qu'il lui infligerait en faisant venir le fils illégitime de son père dans leur propre maison ?

Elle sortit dans la nuit humide et aperçut deux majordomes. Ils devaient avoir reçu pour instruction de se faire discrets jusqu'à son arrivée avec Joaquin. Les deux jeunes hommes se redressèrent en la voyant approcher.

— Bonsoir, dit le plus grand. Puis-je aller vous chercher votre voiture ?

Heureusement, avec cette luminosité entre chien et loup, ils ne voyaient sans doute pas ses yeux embués. Elle parvint même à afficher un sourire pour donner l'impression que tout allait bien.

— Non merci. Je sors juste faire quelques pas.

Parce que toutes les futures mariées ont besoin de prendre l'air le soir de leur fête de fiançailles.

— Passez une bonne soirée, mademoiselle, conclut-il avec un hochement de tête.

Elle marcha jusqu'au jardin sur l'aile ouest de la propriété, où elle savait qu'elle trouverait un peu de tranquillité.

Elle avait beau essayer, elle n'arrivait pas à accorder à son père le bénéfice du doute au sujet des accusations d'infidélité et des preuves concernant d'éventuels enfants illégitimes que Ben aurait découverts.

Elle n'avait pas encore digéré le fait que son père leur ait menti au sujet de son passé et lui avait demandé de garder le secret.

Car le mensonge et la trahison allaient à l'encontre de toutes les valeurs en lesquelles Zoe croyait. Bien entendu, elle n'avait aucune envie de voir le scandale éclater lors de cette soirée, ni même lors de son mariage. Mais les dégâts étaient là. Et elle ne pouvait plus ignorer la brusque réalité qui lui nouait l'estomac : à cause du comportement de son père, elle doutait à présent de tout.

Et ce doute permanent faisait remonter à la surface des incidents passés qu'elle avait pourtant enfouis profondément.

Comme cette fois où elle avait surpris son père avec leur voisine, Mme Caldwell. Zoe n'y avait plus repensé depuis qu'elle avait six ou sept ans.

Ses parents fêtaient alors le nouvel an, comme chaque année. Au moins cent cinquante invités vêtus de leurs plus beaux habits s'étaient réunis dans la propriété des Robinson. Une soirée digne des plus belles pages de *Gatsby le Magnifique.*

Zoe était censée être au lit, mais elle s'était levée pour boire et avait aperçu son père en train d'enlacer Mme Caldwell sur le palier du deuxième étage. Sans doute s'étaient-ils crus à l'abri des regards. La jeune femme pleurait, et Zoe avait cru l'entendre marmonner quelque chose au sujet d'un bébé. Dès qu'ils avaient aperçu Zoe, Mme Caldwell avait poussé un cri et dévalé les escaliers telle une Cendrillon en larmes courant pour échapper aux douze coups de minuit.

— Qu'est-ce qu'elle a, Mme Caldwell, papa ? avait demandé Zoe alors que son père lui remplissait au lavabo son verre à l'effigie d'une princesse.

— Elle est triste. Et j'étais en train de la consoler, avait expliqué son père d'une voix si calme qu'elle n'avait à aucun moment imaginé qu'il puisse lui raconter autre chose que la vérité.

Pourtant, alors qu'il la remettait au lit, Zoe avait insisté :

— Est-ce qu'un bébé a rendu Mme Caldwell triste ?

— Qu'est-ce qui te fait penser ça, princesse ?

— Parce que je l'ai entendue parler d'un bébé.

— Ma puce, tu as dû mal entendre.

— Mais alors, pourquoi est-ce qu'elle était si triste, papa ?

Zoe se souvenait comment il lui avait alors caressé les cheveux avant de lui sourire tristement.

— Je n'ai pas le droit de te le dire, princesse. C'est le secret de Mme Caldwell. Elle serait très contrariée si je trahissais son secret. Tu me comprends, hein ?

Non, elle n'avait pas compris, mais avait tout de même hoché la tête. Car elle était alors certaine d'avoir bien entendu le mot *bébé*.

— Je crois que Mme Caldwell était gênée que tu l'aies vue pleurer. Est-ce que tu me promets de ne dire à personne que tu l'as vue pleurer ? Parce que ça la rendrait encore plus triste. Je sais que tu es trop gentille pour faire pleurer les gens, ma puce. Et puis, on n'a qu'à se dire que c'est notre secret à toi et moi, maintenant. Tout comme le fait que, de tous mes enfants, tu es ma préférée, hein ?

Il avait alors planté un baiser sur son front, avant de lui pincer le nez, ce qui l'avait fait rire.

— Toi et moi, on *sait* que tu es ma préférée, mais, si tu le dis à tes frères et sœurs, ça va les rendre tristes. Alors, ça aussi, c'est notre secret. D'accord ?

Zoe avait adoré avoir ainsi des petits secrets avec son père. Elle avait l'impression d'être spéciale. Ils avaient ainsi scellé leur secret en mêlant leurs doigts.

Quand Zoe était petite, ce genre de serment était sacré. Et la parole de son père était tout pour elle. Elle était sa petite princesse, et lui son chevalier servant. Alors, c'est tout naturellement qu'elle croyait tout ce qu'il lui disait. Parce que les héros ne mentent jamais.

Elle avait gardé son secret pendant toutes ces années. A présent, même s'il lui avait avoué son mensonge au sujet de son identité, il lui avait de nouveau demandé de se faire complice d'un secret. Sauf que, désormais, son image de valeureux chevalier en avait pris un coup. Et qu'elle ne croyait plus aux contes de fées.

Si, véritablement, il avait bel et bien eu des enfants hors mariage, cela signifiait que la situation était plus grave qu'elle l'avait cru dans un premier temps. Même si ses parents n'avaient jamais été démonstratifs en public, elle avait toujours cru que leur couple était solide, inébranlable.

Or, au vu des aveux que lui avait faits son père, et de ce que Keaton Whitfield avait sans doute sous-entendu en parlant de la nouvelle à annoncer, Zoe ne put s'empêcher de se demander si Mme Caldwell s'était retrouvée enceinte de son père. Avait-elle un autre demi-frère caché quelque part ? Son père continuait-il à mentir sur toute la ligne ?

Elle ne savait plus que penser, que croire. Elle ne faisait plus la différence entre la réalité et les illusions. Entre ses rêves, naïfs, et… leur désillusion.

Tout ce qu'elle savait, c'était qu'elle devait partir. Comment rester encore en faisant comme si tout allait bien, alors qu'elle avait l'impression que le monde s'écroulait autour d'elle ?

Manifestement, plus rien n'était sacré. Apparemment, sa tendance à toujours voir ce qu'il y avait de meilleur chez les gens ne s'apparentait en fait qu'à de la naïveté. Comment avait-elle pu se montrer aussi bête ? Aussi aveugle ?

N'était-elle pas en train d'aller trop vite, avec Joaquin ? Jusqu'où croyait-elle le connaître ? Certes, ils s'étaient rencontrés il y a un an, mais elle ne le connaissait vraiment que depuis quelques semaines. Il ne l'avait d'ailleurs jamais spontanément invitée à sortir en public. Elle avait dû user de tous ses charmes pour le convaincre de franchir le pas. Et puis, il avait disparu pendant trois jours avant de réapparaître avec une bague de fiançailles.

Elle en avait la tête qui tournait.

Sa demande en mariage avait été tout ce qu'on pouvait rêver de romantique. Mais tout était arrivé si vite…

Peut-être devrait-elle faire un pas de côté, et réfléchir à ce qu'ils étaient en train de faire. Leur mariage devait être célébré dans moins de deux semaines. En annulant tout dès demain à la première heure, ils pouvaient encore se faire rembourser une partie des frais engagés.

Elle avait l'intention de se marier une fois, et une seule. Ce qu'elle voulait, c'était vieillir auprès d'un homme, et d'un seul. D'un homme qui tenait à passer le restant de ses jours auprès d'une seule femme : elle.

Or, compte tenu de tout ce qui s'était passé avec son père, elle commençait à se dire que cette vision idyllique du couple relevait de la plus grande naïveté. Il était grand temps pour elle d'ouvrir les yeux, et de voir le monde et les gens tels qu'ils étaient en réalité.

Du coin de l'œil, Joaquin aperçut la chevelure chatoyante de Zoe qui disparaissait dans le couloir. Quelque chose dans sa démarche l'alerta : il y avait un problème.

Après avoir porté un toast, elle avait déclaré aller dire bonjour à Ben. Et voilà qu'elle semblait quitter les lieux à toute vitesse.

— Veuillez m'excuser, ma future épouse a besoin de moi, dit Joaquin au petit groupe de convives agglutinés autour de lui pour lui demander quels étaient ses projets d'avenir avec Zoe.

Une fois dans le couloir, il ne trouva Zoe nulle part. D'instinct, il sortit et reconnut les deux portiers qui l'avaient accueilli le soir du dîner donné par Gerald pour les cadres de Robinson Tech. Mais Zoe n'était pas là non plus.

— Vous n'auriez pas vu passer une femme magnifique il y a quelques instants ?

— Cheveux châtains, robe blanche ?

— C'est elle ! s'enflamma Joaquin.

— Elle est partie dans cette direction, expliqua un des majordomes en désignant le jardin.

— Merci, dit Joaquin en se précipitant là-bas.

S'éloignant de l'allée, il appela :

— Zoe ? Tu es là ?

Il entendit quelque chose bouger derrière un buisson, et se précipita dans cette direction. En approchant, il aperçut un bout de tissu blanc.

— Zoe, c'est moi. Est-ce que ça va ?

Il traversa un buisson de glycine fleurie, et vit Zoe assise sur un banc de pierre, tête baissée, ses cheveux retombant sur son visage.

— Zoe ? Qu'est-ce qui ne va pas ?

Comme elle ne relevait pas la tête, il remarqua que ses épaules tremblaient. Est-ce qu'elle pleurait ?

Il s'approcha à son niveau et passa ses bras autour d'elle.

— Hé là, qu'est-ce qui se passe ?

Comme il essayait de lui relever le menton, elle s'écarta de lui.

— Mais qu'est-ce qui t'arrive ?

— Je crois que je ne suis pas capable d'aller au bout, lâcha-t-elle.

— De quoi est-ce que tu parles ?

— Du mariage, articula-t-elle entre deux sanglots. Je crois qu'il faut que l'on reporte tout.

— Pas question, lâcha-t-il, le cœur battant à tout rompre.

— Bon, alors dans ce cas, j'annule tout, reprit Zoe. Je ne peux pas t'épouser maintenant, Joaquin. Tout arrive trop vite.

— Est-ce qu'on peut en discuter ?

— Mais pour dire quoi ?

— Je t'aime. Voilà ce qu'il y a à dire. Est-ce que j'ai fait quelque chose qui t'a fait changer d'avis ?

Elle poussa un soupir tremblotant.

— Tu n'as rien fait de mal. Tu n'as jamais été autre chose que merveilleux.

— Et c'est pour ça que tu veux annuler notre mariage ? Parce que j'ai été merveilleux ?

— Non, dit-elle d'une voix brisée avant d'éclater en sanglots.

Comme il détestait la voir pleurer… Cela lui faisait perdre tous ses moyens.

— Il ne faut pas que tu fasses partie de ma famille. Je

t'aime tellement que je ne veux pas que tu aies affaire à des gens comme eux… Moi, je n'ai pas le choix, mais toi, si. Alors, prends tes jambes à ton cou tant que tu le peux encore.

— C'est de la folie ! Si tu décides d'annuler notre mariage, la moindre des choses, c'est de m'en parler. Ecoute, ma voiture est encore dans l'allée. Tu veux qu'on aille faire un tour pour parler de tout ça ?

C'est lui qui avait conduit Zoe, Rachel et Matteo jusqu'à la propriété.

Les larmes roulant sur ses joues, elle hocha faiblement la tête. Il retira son veston qu'il plaça sur les épaules de sa fiancée, et tous deux se dirigèrent vers la voiture.

Les portiers eurent la décence de détourner le regard et de rester de l'autre côté de l'allée pour leur offrir un peu d'intimité. Joaquin ouvrit la portière passager puis aida Zoe à monter à l'intérieur, avant de s'installer lui-même au volant.

Il démarra dans un grand silence, à peine brisé par le ronflement du moteur et les hoquets occasionnels de Zoe. Finalement, quand ils arrivèrent aux abords de Lake Austin, Joaquin se gara sur le rebord de la route, coupa le moteur, puis se tourna vers Zoe.

— Je t'aime plus que je n'aimerai jamais personne dans ma vie, Zoe. Je ne veux pas te perdre. Je n'ai pas peur de ta famille.

— Et moi, je ne sais même plus ce que je ressens…

Puis elle lui raconta sa rencontre avec Keaton Whitfield.

— Chaque jour qui passe, une de mes certitudes vole en éclats. Je ne sais plus où j'en suis. Notre histoire est arrivée si vite. Je t'aime, mais on ne risque pas de précipiter les choses ? Et si je me réveille un jour pour découvrir que tout ça aussi, ce n'était qu'un mensonge ?

— Ce n'est pas un mensonge. Je n'ai jamais été aussi sûr de moi, Zoe. De toute ma vie. Mais, si tu ne te sens pas prête à te marier, alors je ne te forcerai pas la main. Tu n'as qu'à dire un mot, et on annule le mariage. C'est la dernière chose que j'ai envie de faire, mais, si c'est ce dont tu as besoin, c'est ce que nous ferons. Quoi qu'il advienne, je vais te répéter ce que quelqu'un de très raisonnable m'a dit un jour : prends le temps de réfléchir à ce que toi tu veux. Mais je ne renoncerai pas à toi.

Épilogue

Deux semaines plus tard

Joaquin n'avait pas renoncé.

Et, une fois au pied du mur, Zoe n'avait pas non plus renoncé à lui.

A présent, elle savait qu'elle ne pourrait jamais plus renoncer à *eux*. Car ils étaient si bien, l'un avec l'autre.

Dès la première fois où elle l'avait vu, elle avait craqué sur lui. Et, quand elle arriva à l'entrée de la chapelle et qu'elle le vit devant l'autel, dans son costume de marié, elle crut que la terre s'arrêtait de tourner.

Joaquin était son prince.

L'amour de sa vie.

Ils avaient surmonté les obstacles qui s'étaient dressés devant eux au cours de leur histoire et en était sortis plus forts que jamais.

Et voilà qu'aujourd'hui ils prenaient l'ultime engagement, devant toute leur famille et leurs amis réunis. Aujourd'hui, ils avaient mis de côté leurs différences. Elle avait même permis à Ben d'inviter Keaton Whitfield à condition que celui-ci reste discret et se tienne à l'écart de Charlotte, leur mère.

Après avoir pris le temps d'y réfléchir calmement, Zoe s'était dit que, puisque Keaton était probablement son frère, elle devait apprendre à faire sa connaissance. En l'invitant à son mariage, elle tâtait le terrain. Elle avait cependant pris soin d'exiger de Ben qu'il n'y aurait aucun scandale ni drame familial. Elle lui avait aussi demandé de transmettre le message à Keaton : elle ne voulait entendre parler d'aucune « nouvelle » tant que le mariage n'était pas passé. Elle était disposée à discuter avec Keaton des sujets qui fâchent dès son retour de lune de miel. Mais en aucun cas avant.

Elle avait pensé que ses conditions conduiraient peut-être Keaton à décliner l'invitation, mais, tandis qu'elle attendait sa sœur Rachel, qui avait insisté pour remplir son rôle de « dame d'honneur » pour la seconder jusqu'à l'autel, elle aperçut Keaton assis au dernier rang, mêlé aux invités, tout comme elle le lui avait demandé.

Il lui adressa un sourire suivi d'un hochement de tête. Elle répondit par un sourire avant de chercher son père du regard, pour voir si celui-ci avait conscience de la présence de Keaton. A vrai dire, elle ne savait même pas si son père connaissait son existence. Car, tout comme elle avait tenu parole en gardant son secret — du moins jusqu'à son retour de voyage de noces —, elle n'avait pas dit à son père que Ben avait retrouvé Keaton Whitfield.

Alors que la harpiste entamait la traditionnelle marche nuptiale, Zoe chassa de son esprit tout ce qui avait trait à ces histoires de famille. Elle avait attendu ce jour depuis si longtemps, et pourtant ces secrets de famille avaient presque fini par prendre le pas sur sa magnifique histoire d'amour. Heureusement, grâce à l'amour et au soutien de Joaquin, elle avait réussi à prendre du recul.

Et voilà qu'elle rejoignait l'homme de sa vie devant l'autel.

Joaquin l'attendait. Comme il le lui avait promis.

Elle remonta l'allée d'un pas léger, avec l'impression d'être Cendrillon dans sa robe de bal, sa robe de princesse. La chapelle était illuminée par des centaines de bougies blanches, et merveilleusement décorée de roses blanches et roses, de pivoines, de marguerites et d'orchidées entrelacées à des guirlandes de salsepareille et de lierre.

Il y avait de la magie dans l'air.

Quand son père et elle atteignirent l'autel, le pasteur demanda :

— Qui donne cette femme en mariage ?

Le père de Zoe répondit fièrement :

— Sa mère et moi.

Alors qu'il soulevait son voile, déposait un baiser sur sa joue puis plaçait sa main dans celle de Joaquin, Zoe comprit qu'elle ne serait désormais plus la petite fille à son papa. Et cela lui convenait bien. Elle était sur le point d'épouser l'amour de sa vie, de devenir sa femme.

La cérémonie se déroula comme dans un nuage romantique. Le moment qui lui plut le plus fut celui où Joaquin et elle se promirent de s'aimer et de se protéger mutuellement jusqu'à ce que la mort les sépare.

Et, bien sûr, il y eut le baiser.

Oh ! ce baiser à en perdre la tête…

Quand le pasteur les déclara mari et femme, toute l'assemblée résonna d'un tonnerre d'applaudissements qui étouffa presque la prestation de la harpiste… Mais ce fut la plus belle musique que Zoe ait jamais entendue…

Quelques instants plus tard, après la séance photo avec la famille et les témoins — ils avaient même réussi à obtenir une photo d'Orlando et d'Esteban se prenant par l'épaule, en souriant à l'objectif —, Joaquin et Zoe se dirigèrent vers la propriété des Robinson, où se tenait la réception.

L'organisatrice du mariage avait érigé une vaste tente blanche sous laquelle étaient disposées des dizaines de tables recouvertes de nappes en lin autour d'une piste de danse en bois massif. Depuis la pelouse, la tente offrait une vue magnifique sur Lake Austin.

A l'invitation du chef d'orchestre, Joaquin et Zoe ouvrirent le bal en dansant leur première valse en tant que mari et femme. Et, tandis que Joaquin la faisait virevolter sur la piste, Zoe aperçut son père qui discutait avec Keaton. Si elle n'avait pas été aussi comblée de bonheur, elle se serait sans doute demandé ce qu'ils pouvaient se dire, mais curieusement elle s'en moquait. Et de toute façon, quand elle regarda de nouveau dans leur direction, ils avaient disparu.

De toute façon, elle avait des choses plus importantes à gérer : sa nuit de noces, par exemple. Car, peu importait ce que son père pouvait raconter à Keaton, peu importait qui s'avérait être sa famille — Robinson ou Fortune —, Zoe venait d'épouser l'homme de sa vie. Elle était devenue l'épouse de Joaquin Mendoza. Ils formaient une famille à présent. Et c'était tout ce qui comptait pour elle.

Plus tard dans la soirée, une Rolls Royce vint chercher Joaquin et Zoe, qui portait toujours sa robe de cérémonie, pour les emmener au Driskill où ils devaient passer leur nuit de noces.

Ils avaient fait livrer à l'avance leurs bagages à l'hôtel et, dès l'aube le lendemain matin, ils devaient s'envoler pour Paris. Mais, pour l'heure, ils étaient enfin en tête à tête. Et ils avaient toute cette belle nuit devant eux.

L'estomac noué d'excitation, Zoe regarda Joaquin déverrouiller la porte de la suite nuptiale. Alors, il la souleva dans ses bras, avant de l'embrasser fougueusement, tel un prélude à ce qui devait suivre. Heureusement, il ne tarda pas à entrer dans la suite, poussant la porte d'un coup de hanche. Car Zoe éprouvait à cet instant un si vif désir qu'elle aurait été capable de le laisser lui faire l'amour, là, tout de suite, dans le couloir.

Enfin, presque…

Quand il la reposa à terre, il resta plaqué tout contre elle, au beau milieu du séjour. Elle avait l'impression de connaître cet homme depuis toujours… Son contact, ses lèvres, son odeur… tout lui semblait si familier. Une évidence. Et pourtant, cela était si nouveau pour elle… Ivre de désir, elle crut que ses jambes allaient se dérober sous elle.

Joaquin s'écarta à peine d'elle pour murmurer :

— Tu ne perds rien pour attendre… Je vais chercher le champagne.

Elle arqua un sourcil.

— Il y a une seule chose dont j'ai envie, là, maintenant, susurra-t-elle en lui mordillant la lèvre inférieure. Et si on gardait le champagne pour plus tard ? J'ai l'impression que l'on risque d'avoir très soif.

Il pressa son front contre le sien. Il suffisait qu'il la regarde avec cet œil brillant pour qu'elle se sente fondre sur-le-champ.

— Garde des forces, mon amour, répondit-il avant de l'embrasser de nouveau avec une passion qui contredisait ses résolutions de ralentir les choses. Dans un instant, je vais t'aimer jusqu'à t'en faire oublier ton nom. On ferait bien de déguster le champagne dès maintenant.

Ces paroles déclenchèrent en elle une nouvelle salve de désir. Et, tout en regardant son superbe époux déboucher le champagne de ses mains puissantes, elle ne put s'empêcher d'anticiper le contact de ses paumes sur son propre corps. Sa peau était déjà en effervescence, et une onde de chaleur la traversa.

Qu'était-elle censée faire, au juste ? Elle se leva pour aller visiter la chambre, décorée en des tons crème et jaune pâle. Des petites lampes de chevet ornaient de chaque côté du lit les tables en marbre. Mais, en découvrant l'immense lit à baldaquin au style très romantique, elle ne put réprimer un soupir. Drapé dans d'épaisses tentures, le ciel de lit semblait avoir été cousu dans du fil d'or : sa couche nuptiale était tout simplement parfaite.

Presque aussi parfaite que son époux.

Joaquin Mendoza était peut-être son prince sans jamais avoir été un crapaud, mais il serait et resterait son seul et unique amour. Et elle allait se donner à lui, là, dans ce lit.

Avec lui, ce serait pour toujours.

Cela avait valu la peine d'attendre. *Il* valait la peine d'attendre. Car elle savait, sans le moindre doute possible, qu'il ressentait la même chose pour elle. Il le lui avait prouvé, notamment en attendant ce soir pour vivre leur première nuit d'amour. Leur première fois. Oh ! ce serait le paradis, elle n'en doutait pas un instant…

Elle avait aimé cet homme du plus profond de son âme dès la première fois où elle l'avait vu. Et puis, il avait été si patient avec elle. Il lui avait offert le mariage de ses rêves. Et maintenant, enfin, ils se retrouvaient seul à seule. Et, pour être sûre que leur nuit de noces serait magique, Zoe avait commencé à prendre la pilule quelques jours après la demande en mariage de Joaquin. Le médecin lui avait assuré qu'ils seraient protégés au bout d'une semaine. Si elle avait hâte de fonder une famille avec Joaquin, ils avaient néanmoins besoin dans un premier temps de profiter de leur vie de couple.

Soudain, elle sentit son mari approcher dans son dos. Il lui tendit une coupe de champagne. Ils trinquèrent et burent à peine deux gorgées avant de se retrouver de nouveau dans les bras l'un de l'autre.

Ils renversèrent leurs flûtes à terre et, en quelques secondes, se retrouvèrent mêlés l'un à l'autre. Plus rien d'autre ne comptait à présent, sinon la mise au diapason de leurs corps embrasés de désir.

— Fais-moi l'amour, Joaquin.

En quelques secondes, ils se débarrassèrent de leurs vêtements. Enfin, plus rien ne les séparait. Joaquin l'allongea sur le lit. Repoussant une de ses mèches derrière son oreille, il chercha son regard. Il la scruta longuement, le visage irradiant d'amour, comme pour lui poser la question fatidique.

Oui, je suis prête !

Alors, elle lui répondit par un baiser ardent.

Ils prirent tout le temps de se découvrir, l'un, l'autre, d'apprendre à connaître et reconnaître leur corps, leur intimité. De ses mains expertes, Joaquin la couvrit de caresses enamourées qui emplirent Zoe d'une délicieuse exaltation. Enfin, quand elle fut prête à le recevoir, il s'invita en elle d'un délicat coup de reins. Elle n'éprouva aucune douleur. En fait, c'était comme si quelque chose dont elle avait toujours manqué venait s'agréger à elle. Pour la première fois de sa vie, elle était comblée.

Joaquin déposa une pluie de baisers sur ses lèvres tout en lui murmurant des mots d'amour. Tendrement, il initia le plus exquis des va-et-vient et, instinctivement, Zoe se mit au diapason. Ensemble, leurs corps fabriquaient de la magie. Finalement, une sensation d'extase dont elle n'aurait jamais osé rêver s'empara de son corps pour se répandre en elle, l'emportant vers la jouissance, avant de décroître… pour recommencer.

Là, elle comprit que plus rien ne serait jamais comme avant.

Evidemment.

Elle était amoureuse. Et l'amour, le grand amour, le seul, le vrai vous changeait pour le meilleur. Et pour toujours.

Quand ils se rallongèrent, en sueur, épuisés, elle se délecta de la chaleur du corps puissant et musclé de Joaquin. Il se redressa sur un coude pour la dévisager avec une incroyable révérence.

— Zoe Mendoza, je t'aime…

Elle repoussa une de ses mèches brunes de son front, le corps vibrant d'une sensation de plénitude totale.

— Je t'aime aussi.

Et, en cet instant divin, elle remercia le ciel en silence de lui avoir fait rencontrer son prince charmant.

JUDY DUARTE

L'époux dont elle rêvait

INTÉGRALE

LES SECRETS DES FORTUNE - VOL 2

Traduction française de
NATALIA DELYS

SAGAS

HARLEQUIN

Titre original :
WED BY FORTUNE

Ce roman a déjà été publié en 2017

1

Graham Robinson venait de passer une matinée harassante à cause des exploits d'un adolescent qui avait perdu le contrôle d'une Cadillac Escalade après une soirée arrosée.

Le gosse avait ainsi défoncé une portion de la clôture du ranch Galloping G où vivait Graham. Il avait ensuite abandonné le véhicule et pris la fuite.

Le shérif, qui venait tout juste de repartir, était sûr qu'il s'agissait d'un adolescent car un sac à dos élimé avait été retrouvé sur le siège passager, à côté d'un gant de base-ball et d'une invitation indiquant l'adresse d'un ranch à une dizaine de kilomètres de là.

C'est le genre de choses qui auraient pu m'arriver quand j'avais dix-sept ans, songea Graham. Ce passé tumultueux était la raison qui l'avait conduit à s'associer à Roger Gibault, son ami et propriétaire du ranch, pour transformer le Galloping G en un lieu d'accueil pour adolescents difficiles.

Du temps où ils étaient eux-mêmes adolescents, Graham et Peter — le fils défunt de Roger — étaient des rebelles dans l'âme. Le père de Graham, le patriarche des Robinson d'Austin et membre présumé de la famille Fortune, ne s'était guère montré indulgent à l'époque envers les frasques de son fils.

Tout avait changé après le décès tragique de Peter. Graham s'était assagi. Et aujourd'hui, plutôt que de faire des siennes, il réparait les bêtises des autres, comme en cet instant, en déterrant plusieurs poteaux endommagés.

Après un dernier coup de maillet, il souffla longuement puis observa le beau hongre appaloosa broutant dans la prairie. Il était d'abord venu ici à bord du Gator ATV, son vieux véhicule utilitaire, mais celui-ci avait eu plusieurs ratés de moteur. Alors, après avoir déchargé ses outils et son matériel, il l'avait ramené jusqu'à la grange pour que Roger l'examine, puis il était revenu ici en montant le hongre.

En entendant le grondement familier du moteur du Gator dans son dos, Graham sourit. Roger avait, une fois de plus, mis ses talents de mécanicien en œuvre.

Heureux de faire une pause, il adressa un clin d'œil à son ami qui descendait du véhicule.

— Es-tu venu pour vérifier que je ne flemmardais pas ?

— Tu parles ! Plutôt pour m'assurer que tu ne te tuais pas à la tâche !

Roger ôta son stetson noir usé et passa une main dans ses cheveux grisonnants.

Il ne lui avait pas rendu son sourire, ce que Graham ne manqua pas de remarquer.

— Que se passe-t-il ?

Roger resta silencieux quelques secondes.

— Sasha-Marie vient d'appeler, annonça-t-il. Elle est en route pour le ranch.

Graham faillit laisser tomber le maillet qu'il tenait. Roger et sa nièce, Sasha-Marie, avaient été très proches par le passé, mais ils s'étaient éloignés depuis le mariage de la jeune femme.

— Vit-elle toujours en Californie ?

— Je ne crois pas… Je n'en suis pas sûr.

Alors qu'elle n'était encore qu'à l'école maternelle, Sasha-Marie avait perdu ses parents dans le crash d'un avion de tourisme. Ses grands-parents maternels, qui vivaient à Austin, avaient obtenu sa garde, mais la petite fille passait le plus clair de ses vacances scolaires chez Roger, son oncle paternel.

Roger et sa défunte épouse n'ayant eu qu'un enfant — un fils, arrivé tard dans leur vie —, Sasha-Marie était devenue la fille que le couple n'avait jamais eue.

Roger, qui l'adorait, avait été très fier lorsqu'elle était

entrée à l'université. En revanche, il n'avait guère apprécié le jeune homme avec lequel elle avait commencé à sortir à la fac et qu'elle avait fini par épouser. Après le mariage, le couple avait quitté le Texas, et Roger n'avait plus parlé que rarement de Sasha-Marie.

Graham n'avait jamais eu l'occasion de rencontrer le mari de la jeune femme. Bien qu'ayant été invité à leurs noces, il n'avait pu s'y rendre, souffrant de la grippe. A en croire Roger, cela avait été un mariage en grandes pompes. Bref, le genre d'événements que Graham faisait de son mieux pour éviter.

Le matin de la cérémonie, alors qu'il était descendu dans la cuisine du Galloping G pour se servir un verre d'eau, il était tombé sur Roger, vêtu d'un smoking de location et arborant un air renfrogné. Celui-ci était censé accompagner la future mariée jusqu'à l'autel et n'en avait pas la moindre envie.

— Tout ça ne me dit rien qui vaille, avait-il marmonné.

— Tu parles de tout le tralala qui entoure ce mariage ? s'était enquis Graham.

Roger avait secoué la tête et fait claquer sa langue.

— J'ai bien essayé de dissuader Sasha d'épouser ce type, mais elle ne veut rien entendre. Elle se croit maligne parce qu'elle a fait des études, sauf qu'elle est surtout aveuglée par le glamour et le clinquant qui entourent sa nouvelle famille. Elle est incapable de se rendre compte à quel point l'homme qu'elle s'apprête à épouser est un imbécile !

Ayant grandi au sein du foyer de Gerald Robinson, un magnat de l'industrie high-tech, Graham avait eu son lot de glamour et de clinquant. Il avait côtoyé des centaines de gens superficiels qui passaient leur temps à afficher leur richesse.

C'était la raison pour laquelle il était si heureux d'être un cow-boy et de diriger le Galloping G pour Roger.

Quoi qu'il en soit, le retour de Sasha était une nouvelle de taille !

— Le mari de Sasha vient-il aussi ? s'enquit-il.

— Non.

Roger remit son chapeau sur sa tête pour se protéger les yeux des rayons du soleil.

Graham attendit que le vieil homme développe sa réponse, mais celui-ci n'en fit rien. Cela n'était pas vraiment surprenant. Roger n'avait pas beaucoup parlé de Sasha depuis le mariage, qui avait eu lieu près de huit ans plus tôt. Graham avait bien essayé de le pousser à se confier pour que Roger évacue sa colère et sa déception, mais il avait dû renoncer. Il respectait le silence de son ami et compatissait grandement.

Lorsque Sasha avait donné naissance à un bébé — une fille, si Graham avait bonne mémoire —, Roger était allé lui rendre visite en Californie. Il avait envie non seulement de rencontrer sa petite-nièce, mais aussi d'essayer de renouer les liens avec Sasha. Deux jours plus tard, il était revenu au ranch, aussi silencieux que lorsqu'il était parti.

Quand Graham avait demandé comment la visite s'était passée, il n'avait obtenu pour toute réponse que les deux mots suivants : « Pas bien ».

Il n'avait alors pas insisté.

Graham jeta un regard vers Roger. Il le considérait davantage comme son père que son propre père. Tous deux avaient traversé ensemble l'épreuve de la mort de Peter, se soutenant l'un l'autre pour surmonter leur chagrin. Leurs liens étaient forts et indéfectibles.

Roger avait le regard fixé sur la route à deux voies qui menait à la maison principale du ranch, dans laquelle il vivait seul désormais. Cherchait-il à distinguer la voiture de Sasha ? Ou bien songeait-il au différend qui l'avait opposé au mari de celle-ci ? Graham ne savait pas vraiment ce qui s'était passé le jour du mariage, mais ce dont il était sûr c'était que Gabe, le marié, avait intimé à Roger de sortir de la vie de Sasha.

Depuis lors, cette rupture avait pesé lourd dans la vie de Roger.

— C'est plutôt bon signe que Sasha ait décidé de t'appeler, non ? demanda Graham.

— C'est vrai, acquiesça Roger en soupirant. Elle ne m'a pas expliqué la raison de ce brusque revirement, mais peu importe.

— En tout cas, je suis heureux qu'elle vienne sans son mari.

Roger émit un grognement.

— J'ai toujours pris Gabe pour un dragueur invétéré qui finirait par lui briser le cœur. Et pourtant, j'espérais me tromper.

— Tu ne vas pas faire de reproches à Sasha, n'est-ce pas ?

— Non, bien sûr que non, mais laisse-moi te dire une chose, Graham : j'ai terriblement souffert quand elle a quitté le Texas. Alors, même si je suis heureux qu'elle revienne, je ne vais pas pour autant lui sauter au cou tout de suite.

— Combien de temps va-t-elle rester ?

— Je n'en ai pas la moindre idée. Autant qu'elle le souhaite, lui ai-je dit.

Graham se rappelait Sasha comme une gamine plutôt mignonne. Quand Peter et lui étaient ados, elle ne cessait de les suivre et de leur casser les pieds ! Elle avait probablement presque trente ans maintenant mais, pour lui, elle était toujours cette enfant maigrichonne avec des bagues sur les dents et des taches de rousseur sur le nez.

Roger plissa les yeux en regardant de nouveau la route.

— Sais-tu quelle voiture elle a ? demanda Graham.

— Pas du tout.

Le vieil homme esquissa un sourire en coin.

— Ça se voit que je guette son arrivée, c'est ça ?

— Juste un peu.

Lorsqu'un moteur se fit entendre dans le lointain, ils se retournèrent d'un même mouvement et aperçurent une Honda Civic blanche remonter la route. Une femme blonde était au volant, mais la distance était trop importante pour qu'ils puissent distinguer son visage.

— Cela doit être Sasha-Marie, dit Roger.

— Bon, je vais terminer ce que j'étais en train de faire, déclara Graham. Pourquoi ne retournes-tu pas à la maison pour l'accueillir ?

— Sûrement pas. Je veux que tu viennes avec moi. Tu rangeras tes outils plus tard. Allez, en selle !

Graham étudia la clôture dont il avait entrepris la réparation et se fit la réflexion qu'elle n'allait pas s'envoler.

— D'accord, mais pourquoi veux-tu que je sois là ?

Roger leva les yeux au ciel.

— Parce que je n'ai jamais su garder mes opinions pour moi. Or, si je sors quelque chose du genre : « Je te l'avais bien dit » au sujet du salaud que Sasha a épousé, je doute que cela améliore nos relations. Alors, si tu me crois à deux doigts de sortir une bêtise, je t'autorise à me rudoyer pour m'en empêcher.

Roger n'avait pas tort. C'était un homme bon, travailleur et honnête, mais il n'avait pas une once de diplomatie.

Graham abandonna alors ses outils et enfourcha l'appaloosa.

— Très bien, allons-y !

Ils n'étaient pas certains que la femme blonde derrière le volant soit bien Sasha mais, si tel était le cas, ils seraient là tous les deux pour lui souhaiter la bienvenue.

Sasha Gibault Smith gara son véhicule à côté de la grange de son oncle Roger et coupa le moteur. Bien qu'ayant besoin de se dégourdir les jambes, elle resta assise sur le siège, les mains agrippées au volant, et observa le ranch où elle avait tant aimé venir étant plus jeune.

Elle était partie de Los Angeles la veille et avait passé la nuit à El Paso. Le voyage n'avait pas été aisé, car elle revenait un peu à reculons.

Elle adorait oncle Roger mais, à chaque fois qu'elle avait agi contre l'avis de celui-ci, il avait eu pour habitude de répéter : « Je te l'avais bien dit ! » ou « Bon sang, pourquoi ne m'écoutes-tu donc jamais ? » Elle devait admettre qu'il avait eu tout particulièrement raison dans son jugement sur Gabe Smith.

Inutile de préciser qu'elle n'avait pas très envie qu'oncle

Roger lui fasse des réflexions qui alourdiraient encore la culpabilité qu'elle éprouvait déjà. C'était pour cela qu'elle ne l'avait appelé qu'une demi-heure auparavant pour lui annoncer son arrivée.

Elle n'était pas entrée dans les détails sur les raisons de sa venue au Texas. Pas plus qu'elle ne s'était excusée de quoi que ce soit, en son nom ou au nom de son mari, dont elle était aujourd'hui séparée. Elle avait simplement demandé si elle pouvait rester quelque temps au Galloping G.

Avant de répondre à cette question, Roger lui en avait posé une autre :

— Gabe vient-il avec toi ?

Elle avait répondu par la négative, expliquant qu'elle viendrait seulement accompagnée de Maddie.

— Reste aussi longtemps que tu le souhaites, lui avait dit oncle Roger. La ville n'est en effet pas l'endroit idéal pour élever un enfant.

Il s'était interrompu, puis avait repris en relativisant quelque peu :

— Ce que je veux dire, c'est que vivre en ville offre, certes, des avantages pour le shopping, la culture… Mais le bon air pur et les activités de plein air feront du bien à Maddie.

Elle avait souri. Roger était l'homme le plus bourru, mais aussi le plus gentil qu'elle connaissait. Elle avait hâte de resserrer les liens avec lui, ce qu'elle aurait dû faire depuis bien longtemps. Hélas, à cause de Gabe, cela n'avait pas été possible.

Son ex-mari lui avait rendu la vie si difficile…

Dans le rétroviseur, elle regarda Maddie assoupie sur la banquette arrière. Sa fille de sept ans et l'enfant qu'elle attendait étaient les seuls bonheurs de sa relation avec Gabe. Elle ne pouvait donc regretter de l'avoir épousé.

Oui, mais… Pourquoi n'avait-elle pas écouté oncle Roger quand il l'avait mise en garde au sujet de Gabe ?

Sans doute parce qu'elle avait été éblouie par son charme et qu'elle était tombée amoureuse de l'idée même de l'amour.

Elle avait perdu ses parents très jeune et avait toujours rêvé de fonder une famille.

Ce rêve s'était, hélas, transformé en cauchemar.

Elle s'était montrée terriblement naïve en refusant de voir que Gabe n'était capable d'aimer personne en dehors de lui-même. Qu'elle ait signé le contrat de mariage censé apaiser le père de Gabe n'avait fait qu'empirer les choses.

Que penserait Roger quand il apprendrait ce détail ? Elle n'avait aucun mal à l'imaginer.

Elle posa la main sur son ventre rond, qui avait rendu la conduite difficile, notamment parce qu'elle avait eu du mal à atteindre la pédale d'accélérateur.

Sa seconde grossesse avait précipité la rupture. Gabe, qui n'avait jamais réellement voulu d'enfants, éprouvait moins de répugnance à assumer financièrement sa progéniture qu'à revenir chaque soir auprès de son épouse et de sa fille. En réalité, après la naissance de Maddie, il avait commencé à passer de plus en plus de temps au bureau. Elle avait tenté de ne pas s'en formaliser, se convainquant qu'il le faisait dans l'unique but de subvenir aux besoins de sa famille. Rapidement, pourtant, elle avait compris que le malaise était plus profond.

Gabe avait déjà eu du mal à s'habituer à être le père de Maddie alors, dès qu'il avait appris que Sasha était à nouveau enceinte — d'une autre petite fille —, il avait fait ses bagages et pris le large.

Cette grossesse n'avait pas été planifiée. En réalité, Sasha s'étonnait même que cela ait pu arriver, étant donné le peu de rapports qu'ils avaient eus au cours des derniers mois.

Enfin, tout cela n'avait plus guère d'importance. Sa priorité était désormais de s'occuper de ses enfants, à qui elle entendait bien prodiguer amour et sécurité. Et il n'y avait pas de meilleur endroit au monde que le Galloping G pour cela.

Elle espérait de tout son cœur qu'oncle Roger serait d'accord. Elle n'avait pas beaucoup de doutes là-dessus mais ne serait pas fixée tant qu'elle n'aurait pas abordé le sujet avec lui.

A nouveau, elle jeta un coup d'œil dans le rétroviseur. Elle ne voulait pas interrompre la sieste de Maddie. Sa fille avait eu du mal à s'endormir la nuit dernière, dans la chambre du motel. Alors, pour lui permettre de se reposer quelques instants supplémentaires, elle abaissa les vitres pour permettre à l'air frais d'entrer dans l'habitacle de la voiture. Puis elle retira la clé du contact et la mit dans son sac à main.

A cet instant, un tracteur Gator pénétra dans la cour, suivi d'un cow-boy à cheval. Elle identifia l'homme conduisant le Gator : c'était oncle Roger.

Quant au cow-boy…

Un stetson dissimulait le visage de l'homme qui avait de larges épaules et un corps robuste. Lorsqu'il releva le bord de son chapeau, elle reconnut Graham Robinson.

Elle retint soudain sa respiration.

La selle de son cheval craqua lorsqu'il plaça les mains sur le pommeau et se pencha en avant pour l'étudier, sans l'ombre d'un sourire.

Elle ne sourit pas non plus. Parler à oncle Roger n'allait déjà pas être facile. Elle n'avait vraiment pas besoin qu'un intrus assiste à la discussion.

Mais qu'est-ce que Graham faisait ici ? N'avait-il pas renoncé à jouer au cow-boy pour intégrer *Robinson Tech* et faire fortune, au rythme trépidant de la vie citadine ?

Certes, Graham avait toujours plus ou moins vécu au Galloping G. Il y passait le plus clair de son temps au cours des étés où elle était venue y séjourner. Peter, son cousin, et Graham étaient les meilleurs amis du monde… Après la mort de Peter, Graham avait emménagé ici à temps complet.

Sasha avait été très amoureuse de Graham pendant son adolescence, mais il ne la considérait que comme une gamine agaçante. Rétrospectivement, elle comprenait pourquoi. Graham remportait un large succès parmi ses camarades de collège, alors pourquoi se serait-il intéressé à elle ? Peter et lui parlaient sans cesse des fêtes où se réunissaient les jeunes du coin. Une fois, elle les avait même entendus parler d'aller prendre un bain de minuit avec deux *cheerleaders*. Non, en effet, Graham ne l'avait jamais considérée autrement que comme une petite peste !

Oncle Roger s'approcha le premier de la voiture. Elle arracha son regard de Graham, qui paraissait plus à l'aise sur un cheval que dans le dernier modèle de BMW qu'il était certainement en capacité de s'offrir. Dans son souvenir, il n'avait jamais été à court d'argent, car son père, qui possédait une entreprise de haute technologie, était à la tête d'une grosse fortune. Ce qui était sans doute encore le cas.

Lorsque Roger parvint tout près de la voiture, elle marqua un instant d'hésitation. Elle ne lui avait pas parlé de sa grossesse.

Roger retira son chapeau, révélant des cheveux striés de bien plus de fils d'argent qu'il n'en avait la dernière fois qu'elle l'avait vu. Elle constata aussi que son visage avait été marqué par le passage des années.

Son cœur se serra à la pensée que Gabe et elle avaient peut-être contribué à ce vieillissement prématuré.

— Tu as fait bon voyage ? lui demanda-t-il.

Elle leva une main pour se protéger les yeux des rayons du soleil.

— Cela s'est bien passé, mais c'était long.

Oncle Roger se pencha pour jeter un coup d'œil sur la banquette arrière.

— On dirait que Maddie s'est assoupie. Tu ne la réveilles pas ?

— J'attends un peu. Elle n'a pas bien dormi la nuit dernière, dans le motel où nous sommes descendues. Il y avait un relais routier à côté, c'était plutôt bruyant. En tout cas, elle est ravie de venir ici et de faire ta connaissance.

Tandis que Roger étudiait sa fillette endormie, elle coula un regard vers Graham qui était en train de descendre de cheval.

Il a plutôt bien vieilli, se dit-elle en retenant son souffle quand il passa sa jambe musclée par-dessus la selle. Pendant quelques secondes, les sentiments qu'il faisait naître en elle quand elle était une petite fille resurgirent avec une puissance intacte, lui faisant presque tourner la tête.

Elle n'avait jamais rencontré aucun homme dont le pouvoir de séduction puisse égaler celui de Graham. Si elle n'était pas enceinte de sept mois et encore mariée — tout du moins légalement —, elle tenterait sa chance.

Quoique... Elle y réfléchirait peut-être à deux fois. Elle était plus mûre et plus réfléchie aujourd'hui, et elle avait appris à ses dépens qu'aucun homme n'était parfait. De toute façon, elle était bien décidée à renoncer à l'amour et à se consacrer à ses enfants dans les années à venir.

— Tu vas rester assise dans ta voiture toute la journée ? lui demanda son oncle.

A contrecœur, elle ouvrit la portière, attrapa son sac à main et s'extirpa de sa Honda Civic.

En découvrant son ventre, oncle Roger laissa alors échapper un sifflement. Curieusement pourtant, ce n'était pas la réaction de Roger qui inquiétait Sasha, mais celle de Graham qu'elle regarda droit dans les yeux, guettant ce qu'il allait manifester.

La première chose que remarqua Graham lorsque Sasha se dressa dans la lumière du soleil d'après-midi, ce fut qu'elle n'avait plus rien à voir avec le garçon manqué de ses souvenirs.

Sasha était une femme blonde magnifiquement belle.

Mais ce n'était pas tout. Sasha était aussi... enceinte !

Il avait beau ne pas être expert en la matière, il était presque sûr qu'elle était sur le point d'accoucher.

Etait-il prudent pour une femme enceinte d'entreprendre un aussi long voyage en voiture ?

Roger s'écarta de la Honda de Sasha et marcha vers Graham.

— Donne-moi les rênes, dit-il en tendant la main. Je vais m'occuper de ton cheval.

Pardon ? Roger entendait le laisser faire la conversation avec sa nièce ?

Comprenant que Roger préférait sans doute s'éloigner plutôt que de proférer quelque parole désagréable avant même d'avoir pu essayer de se réconcilier avec Sasha, Graham lui céda les rênes et s'avança vers la jeune femme.

— Je vais m'occuper de tes bagages, annonça-t-il.

— Ils sont dans le coffre, indiqua-t-elle, une main posée sur le ventre.

Il alla ouvrir le coffre et découvrit deux valises. Manifestement, elle n'avait pas l'intention de rester longtemps.

— C'est tout ? fit-il.

— Je… J'ai fait expédier tout le reste, expliqua-t-elle en haussant les épaules.

« Tout le reste » ? Qu'entendait-elle par là ? Comptait-elle emménager au ranch ?

Il souleva les deux valises et laissa Sasha refermer le coffre. Puis il lui emboîta le pas tandis qu'elle se dirigeait vers la maison.

Il observa la jolie blonde à la dérobée.

La petite fille maigrichonne avec des bagues sur les dents s'était épanouie en une femme terriblement séduisante. Rien qu'à la regarder, il sentit son rythme cardiaque s'accélérer au point qu'il éprouva quelque chose comme un début d'excitation sexuelle.

Qu'est-ce que cela disait de lui ? Quel genre d'homme trouvait une femme enceinte attirante ?

Bon, ce n'était pas le moment de s'appesantir sur ce genre de pensée. Pourtant, il était réellement surpris de constater à quel point Sasha avait changé.

— Ne devrais-tu pas sortir ta fille de la voiture ? lui suggéra-t-il.

— Je vais la laisser dormir encore quelques minutes, le temps de déposer mes bagages dans la chambre. Ou plutôt dans la salle de séjour. Je ne sais pas si oncle Roger veut nous installer dans la chambre où j'avais l'habitude de dormir.

— Je pense qu'il n'y aura pas de problème, fit Graham en ouvrant le chemin.

D'après ce qu'il savait, Roger n'avait pas touché à cette chambre depuis la dernière fois que Sasha y avait mis les pieds. Il avait tenu à ce que tout reste comme elle l'avait laissé, l'été de ses dix-sept ans, depuis les murs lavande décorés de posters jusqu'au bric-à-brac qui encombrait la pièce. Après avoir obtenu son bac, elle était restée à Austin pour préparer son entrée à l'université.

En pénétrant dans la chambre, Sasha déclara qu'elle était fidèle au souvenir qu'elle en avait gardé. Graham posa les valises sur le lit recouvert d'un édredon en plumes d'oie. Elle effleura de la main la coiffeuse en chêne.

— Merci d'avoir monté mes valises, dit-elle à Graham.

— Pas de problème.

Ils restèrent silencieux, comme pris dans une étrange distorsion du temps.

— Je ferais mieux d'aller réveiller Maddie, lâcha-t-elle enfin.

Il la suivit dehors, les yeux fixés sur l'ourlet de sa robe jaune effleurant ses jolis mollets. A la voir de dos, on ne pouvait pas deviner qu'elle était enceinte.

Une fois sous le porche, elle s'arrêta et inspira profondément en regardant autour d'elle.

— Cet endroit m'a tellement manqué, murmura-t-elle.

Il hocha la tête. Roger aurait été heureux d'entendre ça. Ce serait plus facile pour Sasha et lui de reléguer le passé derrière eux.

— Cela faisait longtemps, en effet, admit-il. Comment vas-tu ?

— Bien.

Elle se tourna pour lui faire face en se mordillant la lèvre inférieure. Elle ne lui disait manifestement pas tout.

— Et toi, comment vas-tu ? Toujours à traîner au Galloping G ?

— Je vis ici maintenant. Dans la maison du contremaître. On peut dire que je suis le bras droit de ton oncle.

Elle hocha pensivement la tête.

— J'imagine que certaines choses n'ont pas changé.

Il tiqua. Elle avait tort. En réalité, beaucoup de choses avaient changé, et de plus grands changements s'annonçaient encore.

— Comment va ta famille ? s'enquit-elle.
— Toujours pareil, éluda-t-il.

C'était une réponse évasive qui lui évitait d'entrer dans les détails. Sasha ignorait qu'il n'avait jamais été proche de son père — et encore moins maintenant qu'il avait décidé de ne pas travailler à *Robinson Tech*, comme la plupart de ses frères et sœurs.

Il décida néanmoins de lui donner quelques nouvelles plus précises.

— Mon frère Ben et mes sœurs Rachel et Zoe se sont mariés récemment. Quant à mon frère Wes, il s'est fiancé.

— C'est chouette, se contenta-t-elle de répondre. Cela fait combien de temps ?

— Ça s'est fait au cours des six derniers mois ! Et nous allons peut-être bientôt changer de nom de famille, ajouta-t-il sans réfléchir.

Sasha fronça les sourcils.

— Que veux-tu dire ?

Comme il était trop tard pour faire marche arrière, il lui révéla la troublante vérité.

— Il apparaît que mon père serait un membre du clan Fortune. Un mouton noir disparu de la circulation depuis des années… Il s'appellerait en fait Jerome, et non Gerald.

Il décida de ne pas préciser que Ben, ainsi que d'autres, avaient adopté le nom Fortune. Lui n'était pas prêt à le faire, d'autant que son père refusait d'admettre ce lien.

— Quelle histoire ! commenta-t-elle. Et vous n'en saviez rien ?

— Non. Papa ne nous en a jamais parlé. De ça, et d'autres choses encore.

Il n'en dirait pas plus pour le moment. Peut-être même jamais. Il n'était pas particulièrement fier que son père — considéré par la plupart des gens comme un magnat excentrique — ait huit enfants légitimes, ainsi qu'un nombre encore indéterminé d'enfants illégitimes.

— Comment prends-tu tout ça ? lui demanda-t-elle en se

rapprochant de lui, au point que des effluves de son parfum à la fleur d'oranger vinrent lui chatouiller les narines.

Il poussa un gros soupir, cherchant à oublier la senteur envoûtante, tout comme son inquiétude à l'idée de n'être qu'un rameau insignifiant dans une famille aussi célèbre.

— J'ai mis du temps à m'y faire, admit-il. C'est pourquoi la vie au Galloping G exerce sur moi un attrait encore plus grand qu'avant.

— Je comprends… Une nouvelle comme celle-ci peut être très déstabilisante. Et tes frères et sœurs, comment réagissent-ils ?

— Certains sont ravis, d'autres pas.

Lui, évidemment, faisait partie du second groupe.

Il s'interrompit, se rappelant que Sasha n'avait pas de frère, ni de sœur — et plus de cousin non plus. Il ne voulait donc pas paraître blasé de son importante parentèle.

— Je suppose qu'on ne peut se plaindre d'avoir une grande famille, reprit-il. La vie n'est pas facile, alors mieux vaut être entouré.

Sasha ne commenta pas, pas plus qu'elle ne sourit.

Elle resta immobile tandis que ses yeux s'emplissaient peu à peu de larmes.

Atterré, il ne sut quelle attitude adopter. Pensait-elle à ses parents ? A Peter ?

Elle s'essuya les yeux avec le revers de la main.

— Désolée. Ce sont les hormones qui me travaillent.

C'était sans doute ça. Il se sentit soulagé de ne pas être le seul responsable de ces larmes.

— Tu es enceinte de combien ? s'enquit-il.

— De sept mois.

— Ton mari doit être ravi.

Sasha fixa ses pieds sans piper mot.

Il craignit d'avoir à nouveau fait une gaffe. Mais laquelle, au juste ? Sasha n'était-elle pas heureuse d'attendre un bébé ?

— Je suis désolé si j'ai été maladroit, déclara-t-il.

Elle secoua la tête, puis elle la releva et le fixa de ses yeux brillants.

— Gabe et moi avons rompu, annonça-t-elle.

Elle posa une main sur son ventre et caressa doucement la bosse sous laquelle son enfant grandissait.

— En fait, il m'a quittée.

Comment un homme pouvait-il quitter sa famille au moment où sa femme était enceinte ? Il n'avait jamais rencontré Gabe Smith, mais ce que lui en avait dit Roger avait suffi à lui donner une piètre opinion de ce type.

Evidemment, il n'en dirait rien à Sasha.

— Cela doit être difficile, commenta-t-il.

— Nous nous en sortons. Et puis, le côté positif des choses, c'est que je peux maintenant rendre visite à oncle Roger. Maddie est tellement excitée à l'idée de vivre dans un vrai ranch, avec des chevaux.

Avant qu'il ait pu répondre quoi que ce soit, une petite fille les rejoignit en courant.

Elle tendit la main à Graham en souriant, révélant une dent manquante.

— Salut, monsieur le cow-boy !

Il fut aussitôt captivé par la mine réjouie de l'enfant, par ses cheveux blonds et des yeux aussi bleus que ceux de sa maman.

Quelle sorte d'homme pouvait abandonner un duo aussi adorable ? Gabe Smith allait forcément reprendre ses esprits et venir les chercher.

Pour une raison étrange, cette pensée lui noua la gorge. Tendant la main à son tour, il serra celle de la petite fille.

— Tu dois être Maddie, dit-il.

— Oui ! Et toi, tu es oncle Roger !

2

Maddie n'était bien évidemment pas en mesure de savoir qui était Graham ou même oncle Roger, mais la simple idée que l'on puisse confondre les deux hommes amena un sourire sur les lèvres de Sasha.

Elle posa une main sur la tête de sa fille et caressa ses longues mèches blondes.

— Ce n'est pas oncle Roger, Maddie. C'est son ami Graham.

L'enfant pencha la tête et observa l'intéressé depuis son chapeau noir jusqu'à ses bottes poussiéreuses. Un sourire creusa deux fossettes sur ses joues tandis que ses yeux s'allumaient d'une lueur curieuse.

— Alors, tu es un vrai cow-boy, comme mon oncle ?

— Je crois qu'on peut dire ça, mademoiselle Maddie, répondit Graham en souriant.

— Tu peux dire quelque chose comme un vrai cow-boy ?

— Chérie, Graham n'est pas là pour te divertir.

Sasha se redressa et se tourna vers lui.

— Maddie adore les chevaux et tout ce qui est lié aux cow-boys.

— Cette visite au Galloping G arrive donc à point nommé, commenta Graham.

Elle acquiesça. En effet, cela ferait beaucoup de bien à sa fille, et elle espérait que cela lui en ferait à elle aussi. Elle avait besoin de se reconstruire. Et puis elle avait aussi un lien à renouer.

Alors pourquoi ne semblait-elle pas capable de s'éloigner du cow-boy sexy qui se montrait si gentil avec sa fille ?

Elle jeta un coup d'œil vers l'écurie où oncle Roger avait disparu.

— J'aime les chevaux, décréta Maddie. Surtout les vrais.

Graham s'esclaffa.

— Es-tu déjà montée sur un vrai cheval ?

— Non, pas encore. Mais j'ai une fausse selle que je mets sur le dossier du canapé à la maison et je fais semblant de monter à cheval.

Graham regarda Sasha, comme pour chercher confirmation de cette histoire.

Elle sourit et hocha la tête.

— Maddie passerait son temps sur cette selle si je la laissais faire.

Certes, sa fille adorait les chevaux et admirait les cow-boys, mais si elle n'y prenait pas garde Maddie risquait d'importuner Graham et oncle Roger.

— Graham a beaucoup de choses à faire, ma chérie, déclara-t-elle. Nous devons le laisser travailler.

— Ce n'est rien, intervint Graham. Je suis content de faire une petite pause. D'ailleurs, si Maddie en a envie, je peux lui faire visiter le ranch et lui montrer ce que fait un « vrai » cow-boy, comme réparer une clôture, par exemple…

— C'est gentil de ta part, mais nous venons juste d'arriver et devons nous installer, objecta-t-elle. Et puis Maddie doit apprendre à faire preuve de patience.

— Ecoute, pendant que vous défaites vos bagages, je vais aller terminer de réparer ma clôture, déclara Graham. Ensuite, je viendrai vous chercher pour vous faire faire un tour du Galloping G.

Il adressa un clin d'œil à Maddie.

— Ta maman peut venir aussi, ajouta-t-il.

Sasha hésita, consciente qu'elle devrait refuser. Il fallait absolument qu'elle discute avec oncle Roger. Cela dit, elle ne pourrait avoir une conversation en tête à tête avec lui qu'une fois Maddie couchée.

Pour la troisième fois depuis son arrivée — à moins que ce ne soit la trente-troisième ! —, elle tourna son regard vers Graham qu'elle trouvait plus grand que par le passé et fort bien bâti. Son T-shirt gris mettait en valeur son torse développé ainsi que ses biceps saillants. L'un de ses bras était toujours marqué par la cicatrice qu'un fil barbelé lui avait causée des années plus tôt, alors qu'il montait à cheval.

Tout chez Graham — son chapeau, son jean, et même son sourire — faisait de lui l'incarnation parfaite du cow-boy.

Elle avait toujours admiré Graham et même éprouvé pour lui une attirance irrésistible. Elle se souvenait de lui comme d'un garçon franc et direct. Et, même si sa famille était riche, il n'avait jamais fait montre d'aucune prétention ni d'aucune hypocrisie.

Il disait ce qu'il pensait et faisait ce qu'il disait.

En cela, il était bien différent de Gabe, et ça ne le rendait que plus attirant. Ce qui constituait une bonne raison de garder ses distances avec lui. En outre, elle était une mère célibataire enceinte et arrivait au Galloping G avec de lourds bagages — et pas que des valises ! Graham avait certainement autre chose à faire que de se préoccuper de sa détresse émotionnelle. Il avait toujours su s'y prendre avec les filles. Il devait être du genre célibataire libre multipliant les aventures.

Malgré tout, elle se surprit à hocher la tête pour accepter son offre.

— OK pour un tour du ranch, une fois que tu auras terminé ton travail et que nous nous serons installées.

Il lui lança un sourire en coin qui lui coupa presque le souffle. Mais comment pouvait-il lui faire cet effet-là ? Elle n'était tout de même plus une gamine énamourée ! Et elle avait suffisamment mordu la poussière avec Gabe pour envisager d'avoir ne serait-ce que le début d'une liaison avec qui que ce soit.

Et pourtant, quand Graham fit volte-face et s'éloigna, elle sentit son cœur bondir dans sa poitrine et son pouls s'accélérer.

Manifestement, il avait toujours le pouvoir de bouleverser ses sens.

En arrivant près de la clôture endommagée par le SUV, Graham retrouva le shérif qui était venu accompagné d'un camion de dépannage. Laissant le garagiste remorquer la voiture, le shérif s'entretint avec Graham.

— Le véhicule va être évacué rapidement. Le propriétaire a été informé et a déjà contacté sa compagnie d'assurances.

Graham hocha la tête pensivement.

— J'imagine que c'est son fils qui conduisait.

— En effet. D'après ce que je sais, il s'est fait retirer son permis et va être privé de sorties pour le reste de l'été.

— Je peux le comprendre.

Cela dit, Graham pouvait également comprendre l'attrait d'une soirée non encadrée pour des ados. Lui-même en avait vécu de mémorables. Néanmoins, en tant qu'adulte, il connaissait le danger de mélanger alcool et conduite, et ce quel que soit l'âge.

Après le départ du shérif et de la dépanneuse, il récupéra son matériel qu'il alla ranger dans la grange. Il aurait préféré pouvoir terminer la réparation de la clôture, mais il était heureux de faire visiter le ranch à Sasha et sa fille. Heureusement qu'il n'y avait pas de chevaux dans cette prairie pour le moment. Il y en aurait à partir de vendredi, lorsque son ami Chase Parker leur en amènerait.

Chase, son « ami » ? Si le lien entre les Robinson et la famille Fortune se confirmait, Graham et Chase seraient alors plus que des amis. Il y aurait entre eux un lien familial, puisque Chase était marié à Lucie Fortune Chesterfield.

Après avoir rangé ses outils, il partit à la recherche de Roger qu'il trouva en train de ramener Lady Jane à l'écurie.

— Que fais-tu ? lui demanda Graham. Je pensais que

tu serais en train de discuter avec Sasha-Marie et de faire connaissance avec Maddie.

— C'est ce que j'ai fait, pendant un petit moment.

— Comment ça s'est passé ?

— Pas mal. Maddie est une petite pipelette, ce qui pourrait s'avérer utile pour comprendre la situation. Elle m'a dit que son papa avait quitté la maison parce qu'il voulait emménager dans un appartement proche de son travail.

— Je pense que c'est vrai. Sasha m'a appris que Gabe et elle étaient séparés.

Roger hocha la tête et continua à avancer vers l'écurie en tenant les rênes de la jument.

— Que veux-tu faire avec Lady Jane ? s'enquit Graham.

— La petite fille aime les chevaux, et je suis sûr qu'elle préférerait en monter un vrai, plutôt que le dossier du sofa de sa mère. Je mets donc Lady Jane à l'écurie pour qu'elle soit plus proche de la maison.

— Bonne idée. Lady est très douce. Elle sera une monture idéale pour une petite débutante.

Une fois dans l'écurie, Graham ouvrit la porte d'une stalle vide.

— Avez-vous pu parler un peu, Sasha et toi ? demanda-t-il à Roger.

— Juste assez pour briser la glace, mais pas assez pour repartir sur de bonnes bases.

— J'ai comme l'impression qu'elle envisage de rester un moment.

— Ouais.

Roger ôta la longe du licol de Lady Jane, puis referma la porte de la stalle.

— Je suppose que Sasha-Marie est venue ici pour panser ses blessures, ce qui ne me dérange pas. Le Galloping G est l'endroit idéal pour lui permettre de reprendre pied.

Roger avait parfaitement raison. C'était au ranch que les deux hommes avaient réussi à surmonter la terrible épreuve qu'avait été le décès de Peter. C'était là également qu'ils espéraient aider de jeunes garçons perturbés à trouver leur voie.

— Tu n'as pas idée comme je suis heureux que Sasha-Marie ait finalement rompu avec cet abruti ! s'exclama Roger. Je savais que cela arriverait, mais tu seras heureux d'apprendre que j'ai réussi à ne pas m'en vanter devant elle.

Graham posa la main sur l'épaule de son ami et sourit.

— Je devine à quel point cela a dû être dur pour le vieux bonhomme bourru que tu es. Parce que tu as quand même le don de donner ton avis, surtout quand on ne te le demande pas !

— Et comment ! Et puis je n'ai pas non plus chanté *Alléluia* quand Maddie a annoncé que Gabe avait pris ses cliques et ses claques…

— Encore heureux que tu te sois retenu ! Tu chantes comme une casserole.

Le vieil homme ricana.

— Tu n'as pas tort. Je l'aurais sûrement fait fuir !

Graham n'en croyait rien. Sasha avait toujours apprécié ses séjours au Galloping G. Il n'était donc pas du tout étonné qu'elle vienne se réfugier ici pour reprendre pied.

— Je me demande quels sont ses projets, déclara-t-il, l'air pensif. J'espère au moins que Gabe l'aide financièrement.

— Je ne serais pas surpris qu'après avoir foutu le camp ce type tire définitivement un trait sur sa famille. En ce qui me concerne, cela ne me dérangerait pas le moins du monde ! Sous une apparence mielleuse, Gabe Smith cache un sale tempérament. Sasha n'a pas besoin d'un homme comme lui dans sa vie. Je vais m'occuper d'elle, moi. Et puis elle a tout de même un diplôme de l'enseignement supérieur. Elle dispose des armes pour s'en sortir.

— Tu auras tout le temps de lui demander ce qu'elle compte faire. Pour l'instant, profite de vos retrouvailles et du temps qu'il vous est donné de passer ensemble.

— J'en ai bien l'intention. Bon, je vais aller préparer le dîner. J'avais prévu de faire un pain de viande et des pommes de terre au four. Si j'avais su que Sasha-Marie et Maddie seraient là, j'aurais décongelé des steaks. Il faut fêter cet événement.

Graham se fit la réflexion que, si Roger avait le cœur en joie, ce n'était certainement pas le cas de Sasha qui semblait moins heureuse que lui de sa rupture avec Gabe.

— Peut-être devrais-tu ne pas trop en faire, lui conseilla-t-il. Sasha a épousé cet homme, elle était donc certainement amoureuse de lui. Elle n'a sans doute pas très envie de faire la fête.

— Je n'ai jamais dit que je voulais célébrer le fait que ce type soit sorti de sa vie — même si, au fond de moi, je jubile ! Je suis simplement heureux que Sasha soit de retour au ranch. Elle m'a beaucoup manqué, et j'ai regretté de n'avoir pas pu faire connaissance plus tôt avec la petite Maddie. Elle est mignonne, n'est-ce pas ?

Graham hocha la tête en souriant.

— Elle ressemble beaucoup à sa maman.

— Tu as raison. Et elle semble avoir la même audace.

Au moment où Graham s'apprêtait à renchérir, Sasha et Maddie sortirent de la maison.

— Ah, c'est l'heure de la visite du ranch, déclara-t-il. Si Sasha n'avait pas été enceinte, j'aurais proposé que nous fassions le tour à cheval. Cela aurait plu à Maddie. Mais je pense qu'il est préférable de prendre le Gator.

— Bonne idée. J'ai fait naître des centaines de veaux et de poulains, mais je n'ai pas la moindre idée de la façon dont on fait venir un bébé au monde.

A la seule pensée de Sasha en train d'accoucher au ranch, loin de tout équipement médical de pointe, Graham sentit sa gorge se nouer. Il lui faudrait suggérer à la jeune femme de trouver un médecin à Austin, et ce rapidement. Car, à voir la taille de son ventre, elle allait en avoir bientôt besoin.

C'était fou à quel point sa grossesse n'altérait en rien sa beauté ! Comment avait-il pu ne jamais remarquer la couleur maïs de ses cheveux, ainsi que le bleu de ses yeux tellement expressifs ?

— Nous sommes prêtes pour la visite, annonça Sasha en avançant en compagnie de sa réplique miniature.

Elle marchait lentement tandis que Maddie sautillait de droite et de gauche.

— Tu viens avec nous, oncle Roger ? s'enquit la petite. Tu vas nous montrer tous tes chevaux ?

Roger sourit à l'enfant et lui posa sur la joue une main rugueuse et tavelée de taches de vieillesse.

— Non, pas cette fois, ma chérie. Moi, je vais préparer le dîner. Mais ne t'inquiète pas, Graham connaît le ranch comme sa poche.

Maddie observa Graham avec des yeux pleins d'espoir. La couleur de ses iris faisait penser à celle d'un champ de lupins.

— Tu sais où sont les chevaux d'oncle Roger ?

— En fait, nous n'en avons pas beaucoup pour le moment. Mais ce week-end, cinq nouveaux chevaux arriveront au ranch.

Maddie écarquilla les yeux.

— Tout un troupeau ? s'exclama-t-elle.

Il s'amusa de son enthousiasme.

— Pas exactement un troupeau… Disons un petit troupeau. Cela suffira à nous occuper pour le moment.

En dépit de ses attentes, loin d'apaiser la curiosité de l'enfant, sa réponse ne fit qu'amener une nouvelle question.

— Où est-ce que vous allez les chercher ? s'enquit Maddie. Dans la montagne ou dans le désert ?

Graham réprima un rire.

— Mon ami Chase Parker recueille des chevaux dans son ranch. C'est lui qui va nous les amener.

— J'ai hâte de les voir !

— Nous ferons en sorte que tu sois là quand ils arriveront. En attendant, allons faire le tour du ranch.

Graham jeta un coup d'œil à Sasha.

— Venez, nous allons prendre le Gator.

— Il y a des alligators au Texas ? s'écria Maddie, qui courait pour rester à sa hauteur. Est-ce qu'ils mordent ?

— Nous n'avons pas d'alligators au Galloping G, la rassura Graham. Je parlais de notre tracteur tout-terrain.

Il les mena derrière l'écurie où il avait garé le Gator. Après avoir installé Maddie sur la banquette arrière et attaché la ceinture de sécurité, il aida Sasha à s'asseoir sur le siège passager.

Puis il monta à son tour et démarra le véhicule.

Quelle tournure inattendue avait prise cette journée ! Sa matinée avait pourtant commencé comme à l'accoutumée. Il s'était douché et avait pris son petit déjeuner avant d'aller parcourir la prairie dans laquelle ils comptaient mettre les nouveaux chevaux.

Lorsqu'il avait découvert la clôture défoncée, ainsi que la Cadillac Escalade cabossée et embourbée dans le pré, il avait deviné que cette journée n'allait pas être banale.

Rien, pourtant, ne l'avait préparé à l'arrivée de Sasha et Maddie, quelques heures plus tard.

Une chose était sûre : la vie au Galloping G dans les jours à venir n'aurait plus rien d'ordinaire.

Il faisait de son mieux pour slalomer entre les nids-de-poule qui jalonnaient le chemin. Soudain, le Gator fit une brusque embardée. Sasha s'agrippa au tableau de bord pour conserver son équilibre.

Elle jeta un coup d'œil par-dessus son épaule.

— Ça va, Maddie ?

— Oui !

La petite fille tapota sa ceinture de sécurité en adressant à sa mère un large sourire laissant voir sa dent manquante.

— Je suis bien attachée ! claironna-t-elle.

— Désolé, s'excusa Graham. Il a beaucoup plu, il y a deux jours. Cela a mis la route dans un piteux état.

— Je me souviens des orages d'été dans mon enfance, fit Sasha d'un ton rêveur. J'adorais ça.

Le grondement du tonnerre et les éclairs qui déchiraient le ciel constituaient pour elle un magnifique spectacle son et lumière. Certaines personnes avaient peur de l'orage, surtout la nuit, mais elle n'en faisait pas partie.

Et quelque chose lui disait que Maddie était comme elle.

Graham donna un coup de volant pour éviter une grosse flaque d'eau.

— Est-ce que ma conduite est trop brutale pour toi ? s'enquit-il en coulant un regard vers son ventre.

Elle le rassura d'un sourire.

— Non, ça va. Crois-le ou pas, mais le bébé semble apprécier autant que Maddie.

— J'ai l'impression que Maddie ressemble beaucoup à sa maman, et pas que physiquement.

Graham lui lança un sourire espiègle.

— Je me souviens de toi comme d'un garçon manqué qui essayait toujours de nous convaincre, Peter et moi, que tu étais une dure à cuire !

— *Anything You Can Do…*, répondit-elle, faisant allusion à la chanson portant ce titre.

Graham s'esclaffa.

— Tu nous la chantais sans cesse.

C'était vrai. Elle les taquinait avec cette chanson endiablée, tirée de la comédie musicale *Annie du Far West*. Elle n'avait jamais vu la vraie comédie musicale à Broadway mais, un été où elle résidait au ranch, oncle Roger les avait emmenés voir un spectacle local, et Sasha avait adoré la performance des deux adolescents qui avaient chanté cette mélodie.

— C'est drôle, fit Graham, j'avais complètement oublié cette chanson.

Dire que la chanter à Graham avait fait partie des multiples stratagèmes que Sasha avait imaginés pour attirer son attention !

Hélas, cela n'avait jamais marché. Or aujourd'hui, curieusement, cela semblait l'interpeller !

Graham tourna dans un chemin étroit et désigna la verte prairie sur la droite.

— Là-bas, c'est la clôture que je suis en train de réparer.

Il faut que je termine rapidement, car nous comptons mettre les chevaux dans ce pâturage.

Maddie laissa échapper un petit cri.

— On pourra revenir pour les voir ?

— Bien sûr.

Graham lança à Sasha un regard interrogateur.

— Enfin, si ta maman est d'accord.

— Oui, oui, bien sûr. Maddie sera ravie de voir les chevaux brouter dans le pré.

Le sourire radieux de Sasha atteignit Graham en plein cœur. Il cherchait seulement à faire plaisir à Maddie, mais que Sasha s'en rende compte et semble heureuse de ses attentions le prit au dépourvu.

Perturbé, il décida de mettre un terme à la visite du ranch pour aujourd'hui et s'engagea sur le chemin du retour.

Dix minutes plus tard, il gara le Gator à côté des écuries.

— Qu'est-ce que c'est que ça ? s'enquit Sasha en désignant des fondations de béton. Oncle Roger a-t-il entrepris une nouvelle construction ?

— Il s'agit de nouveaux baraquements pour les garçons. Nous avions envisagé de rénover les anciens, mais nous nous sommes rendu compte qu'ils étaient en trop mauvais état.

Sasha fronça les sourcils.

— Les garçons ?

Il comprit que Roger ne lui avait pas fait part de leur grand projet.

— Nous ne comptons pas seulement recueillir des chevaux, expliqua-t-il. Nous voulons accueillir des adolescents difficiles et leur apprendre à apprivoiser les chevaux. Nous pensons que cela peut les aider à rentrer dans le droit chemin.

— Vraiment ? s'exclama Sasha en écarquillant les yeux. C'est un projet magnifique !

Il regretta de ne pas avoir laissé Roger annoncer la nouvelle à Sasha. Enfin, ce qui était fait était fait.

Il haussa les épaules.

— L'idée nous est d'abord venue pour honorer la mémoire

de Peter. Puis notre projet s'est affiné peu à peu. Nous avons pris contact avec plusieurs établissements scolaires et avec le service de probation pour mineurs.

— Il ne va pas être facile de gérer ces garçons, fit remarquer Sasha. Enfin, vous n'aurez sans doute pas de mal à établir une relation de confiance avec eux. Cela dit, vous devrez aussi vous occuper de toute la paperasse administrative.

— Nous le savons, répondit-il avec un sourire en coin. Laisse-moi te rappeler en passant que tu n'es pas la seule à avoir fait des études.

— C'est vrai, s'esclaffa-t-elle. Je l'avais oublié !

Il avait beau aimer vivre au Galloping G aux côtés de Roger, il avait une autre ambition dans la vie que de travailler dans le ranch de quelqu'un d'autre.

— En quoi es-tu diplômé ?

— J'ai une maîtrise en administration des entreprises. Je me suis donc chargé de toute la partie administrative.

— J'ai toujours pensé que tu finirais par travailler pour ton père.

— Non, ça, jamais.

Il rêvait de créer sa propre société un jour. Une affaire qui n'aurait aucun lien avec *Robinson Tech*. Il se sentait incapable de travailler pour son père. Gerald Robinson et lui avaient peut-être enterré la hache de guerre ces dernières années, il n'en restait pas moins que Graham détestait le côté buté de son père.

En réalité, il était très fier du projet que Roger et lui essayaient de monter et il entendait bien utiliser ses compétences et ses relations pour le développer.

— Maman, fit Maddie. Est-ce que je peux aller dans la cuisine ? Oncle Roger veut peut-être que je l'aide à préparer le dîner.

— Bien sûr, ma chérie, lui répondit Sasha. Vas-y. Je te retrouve dans quelques minutes.

Une fois que sa fille eut disparu, Sasha se tourna à nouveau vers lui.

— Dis-m'en un peu plus sur ce projet. Je trouve que c'est très généreux de ta part, mais j'avoue que cela me surprend un peu.

Il devinait que ce n'était pas seulement son projet qui l'étonnait, mais plutôt le fait qu'il vive toujours au ranch. Il aurait pu s'en trouver offensé, mais aimait au contraire l'idée de parvenir à la déstabiliser.

— Je crois comprendre que tu t'es un peu méprise à mon sujet. Peut-être ne faut-il pas trop se fier aux apparences, tu sais.

Pendant quelques secondes, leurs regards se soudèrent. Il s'attendait à ce qu'elle lui réponde, le titille… Il avait du mal à définir ce qui se tramait derrière ces jolis yeux bleus.

Sasha ne commenta pas.

— Comment as-tu eu l'idée de ce projet ? s'enquit-elle.

— Si tu te souviens bien, Peter et moi avions un côté rebelle, tous les deux. J'imagine que nous nous serions assagis avec le temps, mais je ne peux en être certain. J'avais vraiment un caractère explosif à cette époque.

— Je n'ai jamais compris pourquoi. Pour moi, tu avais tout ce qu'un gamin pouvait rêver d'avoir.

Il ne la contredit pas. Effectivement, il n'avait pas eu une enfance malheureuse. Son père avait subvenu aux besoins de sa famille dans tous les domaines, hormis le domaine affectif. Gerald Robinson, ou plutôt Jerome Fortune — bon sang, s'habituerait-il un jour à ce nom ? —, était toujours au bureau ou en voyage d'affaires. Cette absence était en partie la cause de la rébellion de Graham. Mais ce n'était pas tout. Il y avait un autre passif entre son père et lui. Des griefs dont il n'avait parlé à personne, et qu'il n'était pas disposé à partager avec Sasha.

— Peut-être suis-je né rebelle, déclara-t-il.

— Et Peter aussi ? fit-elle en secouant lentement la tête, comme si elle n'en croyait pas un mot.

Peter et lui s'étaient rencontrés au collège et étaient devenus amis. Ils étaient pleins d'énergie tous les deux et très créatifs. Ils se faisaient très souvent remarquer en classe — dans le mauvais sens du terme. Et ils passaient le week-end à faire la fête.

Roger avait toujours considéré leur indiscipline avec une certaine résignation teintée d'indulgence. Pour lui, les garçons se comportaient souvent ainsi. Pour son père, en revanche, il s'agissait de rébellion pure et simple. Gerald était d'autant plus furieux qu'il était conscient que Graham était probablement son enfant le plus brillant. Selon lui, c'était du gâchis.

— On peut dire que j'ai parfois détourné Peter du droit chemin, reprit-il.

Ce n'était pas tout à fait vrai, mais il ne souhaitait pas poursuivre cette conversation. Sasha attendant manifestement qu'il s'ouvre davantage, il opta pour un nouveau sujet.

— Combien de temps envisages-tu de rester ici ?

— Je n'en sais rien. Jusqu'à ce que je décide de ce que je souhaite faire de ma vie, sans doute.

— Quoi qu'il en soit, je suis heureux que tu sois revenue et que tu nous aies amené Maddie. Cela va faire du bien à Roger.

Il avait prononcé ces mots pour lui faire plaisir. Néanmoins, elle le transperça du regard. Elle semblait lui demander quelque chose avec les yeux.

Hélas, Graham n'avait pas la moindre idée de ce dont il s'agissait.

3

Graham avait raison, songea Sasha. Sa visite au Galloping G pourrait s'avérer positive pour Roger.

Une chose était sûre aussi : cette visite lui ferait tout autant de bien, à elle. Et également à Maddie.

Et toi ? fut-elle tentée de demander à Graham. *Que penses-tu de mon retour ?*

Aussitôt après avoir conçu cette question, elle l'enfouit bien au fond de sa tête. Les jours insouciants de ses rêveries énamourées étaient depuis longtemps révolus. Et ce même si Graham était encore plus beau et plus séduisant aujourd'hui qu'il ne l'avait été par le passé.

De toute façon, même lorsque la vie était simple et heureuse, ce stupide béguin qu'elle avait eu pour lui ne s'était jamais concrétisé. Jamais Graham ne l'avait considérée autrement que comme une gamine casse-pied. D'ailleurs, la dernière fois qu'elle l'avait vu au Galloping G — quand il était venu dire « au revoir » à Roger avant d'entrer à l'université —, il l'avait appelée « Sassy Pants » et avait tiré sa queue-de-cheval.

A l'époque, elle avait quinze ans mais n'était pas encore formée et paraissait plus jeune que son âge. C'était d'ailleurs toujours le cas car, alors même qu'elle approchait de la trentaine, on la prenait souvent pour la baby-sitter de Maddie.

Essayant de rassembler ses pensées vagabondes, elle remercia Graham pour la visite du ranch.

— Cela a beaucoup plu à Maddie. Et à moi aussi.

— C'était un plaisir. Je t'expliquerai plus en détail notre projet lorsque Chase amènera les chevaux vendredi.

Elle hocha la tête sans esquisser le moindre geste pour descendre du Gator. Quelque chose la taraudait. Elle devait des excuses à Graham.

— Je suis désolée si j'ai pu te laisser penser que je ne vous croyais pas capables, oncle Roger et toi, de diriger un foyer pour adolescents difficiles. Ou que vous n'auriez pas su effectuer les démarches administratives nécessaires. Je suis sûre que tu as tout prévu. J'étais juste étonnée d'apprendre cette nouvelle, voilà tout.

Les poignets appuyés sur le volant, Graham l'étudia un long moment.

— Je ne suis pas vexé, rassure-toi. Tu as toujours été quelqu'un de direct. Et au fait, ton oncle n'est pas le seul à être heureux de ton retour.

Elle sentit son cœur se dilater. Cela faisait longtemps qu'elle ne s'était pas sentie appréciée. Gabe ne lui avait jamais procuré ce sentiment, au cours des années qu'avait duré leur mariage.

— Merci pour ces mots, Graham. Que tu les penses ou pas, cela me fait plaisir de les entendre.

— Je ne disais pas ça juste pour te faire plaisir, Sassy Pants !

Elle sourit en entendant Graham utiliser ce surnom qui l'avait tant agacée par le passé. Aujourd'hui, elle avait presque l'impression qu'il lui susurrait un mot doux !

Sans doute était-elle tellement en manque d'affection et de reconnaissance qu'elle se jetait sur le premier élément de langage positif et l'interprétait comme un compliment ! Tout était sa faute. Elle ne pouvait s'en prendre qu'à elle-même si elle était restée prisonnière d'une relation qui s'était éteinte des années plus tôt.

En réalité, son mariage avait commencé à s'effilocher dès le jour où ils étaient rentrés de leur lune de miel.

A l'époque, elle pensait aimer Gabe et s'imaginait que ses sentiments étaient réciproques. Hélas, son rêve de fonder enfin un foyer et d'avoir une famille à elle avait vite volé en éclats, et la réalité crue avait surgi dès l'instant où le chatoiement des noces s'était éteint.

Des larmes perlèrent à ses paupières, l'obligeant à ciller pour les chasser.

— Que se passe-t-il ? s'enquit Graham. Ça ne va pas ?

Elle répugnait à ce qu'il pense qu'elle s'apitoyait sur son sort, alors qu'elle s'inquiétait surtout pour ses enfants qui devraient grandir sans père. Ses filles auraient pourtant besoin d'une présence masculine dans leur vie.

Elle se força à sourire.

— Je vais bien. Ce sont des larmes de bonheur. Je suis tellement contente d'être de retour au ranch.

C'était tout à fait vrai. Mais cela ne signifiait pas qu'elle ne pleurait pas aussi sur la famille heureuse qu'elle avait cru pouvoir fonder.

Elle renifla, puis descendit du Gator.

— Je vais rentrer retrouver Maddie. J'imagine qu'elle est en train de faire tourner ce pauvre oncle Roger en bourrique !

— Je suis sûr que tout va bien.

Peut-être Graham avait-il raison, mais elle ne pouvait s'attarder indéfiniment avec lui.

— Te joindras-tu à nous pour le dîner ? lui demanda-t-elle.

— Je prends la plupart de mes repas avec ton oncle, qui est vraiment un cuisinier hors pair. Alors, oui, je serai là.

Elle lui adressa un signe de tête avant de se détourner et de marcher vers la maison. Ce faisant, elle inspira et expira profondément, emplissant ses poumons du bon air de la campagne.

Oui, c'était bon d'être de retour. Pendant qu'elle résiderait au ranch, peut-être trouverait-elle la sérénité nécessaire pour envisager son avenir. Elle avait un diplôme de travailleur social, elle pourrait sans doute le mettre à profit.

Le problème, ce seraient les frais de garde pour son bébé. Gabe avait promis qu'il verserait une somme supplémentaire à cet effet, mais elle n'était pas certaine de pouvoir compter là-dessus. Au moins, elle savait qu'elle toucherait une pension alimentaire assez élevée. C'était un élément sur lequel ils s'étaient mis d'accord quand ils avaient entamé la procédure de divorce.

Jamais elle n'avait voulu se retrouver mère célibataire, mais la vie ne prenait pas toujours le chemin espéré. Quoi qu'il arrive, elle créerait une nouvelle famille avec ses filles… avec ou sans papa !

Elle n'avait pas d'autre choix. Le bonheur de ses filles dépendait entièrement d'elle.

Oncle Roger qui, pendant sa jeunesse, avait été cuisinier dans la marine, se surpassa pour la préparation du dîner. Elle se rendit compte à cette occasion à quel point ces repas partagés au ranch lui avaient manqué.

— J'aimerais que tu me donnes la recette de ton pain de viande, dit-elle. Ma grand-mère Dixon en faisait aussi, mais elle avait la fâcheuse habitude de l'ensevelir sous de la sauce aux champignons. Je préfère de loin le tien.

— J'essayerai de t'écrire la recette, mais je ne connais pas vraiment les proportions. Je fais tout au feeling.

— Alors tu as un grand sens des proportions. Tu es vraiment un excellent cuisinier !

Oncle Roger sourit. Ses yeux brillèrent, effaçant le passage des ans sur son visage.

— Merci, Sasha-Marie.

Elle ne se contenta pas d'apprécier le pain de viande.

— Ça faisait des années que je n'avais pas mangé de pommes de terre au four avec autant d'accompagnements ! s'extasia-t-elle en pointant le doigt en direction de petits bols remplis de divers ingrédients.

— Beurre, fines herbes, crème aigre, cheddar râpé, bacon… Tu n'as pas lésiné !

Comme son oncle ne commentait pas, elle releva les yeux et surprit le regard échangé entre Roger et Graham. Elle tenta de déchiffrer leur expression. Sans succès. Avaient-ils, au fil des années, créé un langage sans paroles commun ?

Enfin, elle était bien consciente qu'il y avait un abcès à crever entre son oncle et elle. Tous ceux qui étaient présents dans cette pièce le savaient. Tous, sauf Maddie qui, elle, ne se rendait pas compte de la tension ambiante et mangeait avec un bel appétit.

— Merci de t'être donné autant de mal pour moi, oncle Roger. C'est vraiment un dîner parfait pour un retour au bercail.

— Je suis heureux que tu sois de retour parmi nous, répondit Roger en souriant à nouveau.

— Moi aussi, admit-elle.

Bien qu'il ait été blessé par son comportement, oncle Roger lui ouvrait ses bras et son cœur, exactement comme il l'avait fait lorsque ses parents étaient morts.

Elle piqua sa fourchette dans une feuille de laitue et un morceau de tomate en provenance du potager. Elle les porta à sa bouche et ferma les yeux. Elle ne s'était pas attendue à retrouver le goût familier de la vinaigrette…

— Oh ! tu as fait la sauce de tante Hélène ! Je suis vraiment impressionnée.

Une lueur étincela dans les yeux bleus de Roger.

— C'était pour qu'elle soit, d'une certaine façon, avec nous ce soir.

— Quelle belle pensée !

Une fois le plat principal terminé, Roger alla chercher le dessert : de la glace aux pépites de chocolat accompagnée de cookies au beurre de cacahuète.

— Vraiment, oncle Roger, je n'avais pas mangé un aussi bon repas depuis longtemps.

— Attends un peu le petit déjeuner, renchérit-il. Je vais te concocter des pancakes comme quand tu étais petite.

Il avait toujours été un magicien des fourneaux, se mettant en quatre pour faire plaisir à ceux qui partageaient sa table.

Même si elle estimait qu'elle pourrait prendre le relais de

Roger pour ranger la cuisine, elle se dit qu'il serait judicieux de saisir l'occasion pour discuter avec lui en privé.

— Je vais t'aider à faire la vaisselle, annonça-t-elle à son oncle.

— Ce n'est pas nécessaire. Je peux m'en occuper seul.

— Mais j'aimerais te parler.

Comme Roger hochait la tête lentement, Graham saisit la balle au bond et se tourna vers Maddie.

— Comme toi et moi sommes dégagés des corvées matérielles, que dirais-tu d'aller dans le salon pour regarder du sport à la télé ?

Maddie fronça le nez.

— J'aime pas trop le sport ! Tu ne veux pas regarder des dessins animés à la place ?

Graham s'adossa à sa chaise et croisa les bras.

— Comment ça, tu n'aimes pas le sport ? Pas même le rodéo ?

Maddie ouvrit de grands yeux.

— Je croyais que tu parlais de foot ou de basket. Si, j'adore le rodéo !

— J'en étais sûr.

Graham tourna la tête vers Sasha à qui il adressa un clin d'œil complice.

Elle sentit son cœur se dilater. Graham n'avait certainement pas idée à quel point cette brève connexion entre elle et lui la touchait.

Il s'adressa à Maddie :

— On va faire un marché, ma belle. Si nous ne trouvons pas de rodéo à la télé, je te laisserai la télécommande.

Sa fille applaudit avec enthousiasme.

— D'accord !

— Alors qu'attendons-nous ? demanda Graham en se levant. Sortons d'ici avant que ta maman et oncle Roger nous donnent du travail à faire.

Maddie glissa de sa chaise et suivit le cow-boy jusqu'au salon, laissant Sasha et Roger seuls.

Pendant que son oncle nettoyait la table, Sasha prit la parole :

— Je te dois des excuses.

Roger se contenta de la regarder, attendant qu'elle poursuive.

— Tu as essayé de me mettre en garde plusieurs fois au sujet de Gabe. J'aurais dû t'écouter, mais j'étais jeune et têtue… Et puis j'étais totalement amoureuse de l'idée du mariage.

— Oui, je savais que cet idiot n'était pas quelqu'un de bien.

Roger s'éclaircit la gorge et fit une pause, cherchant manifestement à contenir sa colère. Puis il laissa échapper un long soupir.

— Enfin, tout cela, c'est du passé. De l'eau est passée sous les ponts depuis.

— Je le sais, mais il faut que nous en parlions pour crever l'abcès.

— Tu as sans doute raison. Enfin, je dois t'avouer quelque chose. Quand j'avais ton âge et que je suis tombé amoureux de ta tante, personne n'aurait pu me dissuader de l'épouser. Alors je ne peux te blâmer de ne pas m'avoir écouté.

— Je suis heureuse que tu te montres si compréhensif, mais ce n'est pas la seule raison pour laquelle je te dois des excuses.

Roger haussa un sourcil broussailleux.

— Je suis désolée de ne pas avoir gardé le contact avec toi, reprit-elle en empilant les assiettes sales sur le comptoir près de l'évier. J'aurais pu te rendre visite et t'appeler de temps en temps.

— Oui, en effet.

Roger était immobile, les sourcils froncés, comme perdu dans ses pensées. Puis il haussa les épaules.

— Les lignes téléphoniques marchent dans les deux sens, ironisa-t-il. J'ai ma part de responsabilité. Et puis je n'aurais probablement pas dû attiser le feu le jour de ton mariage.

— Je me suis rendu compte que quelque chose s'était passé ce jour-là, mais j'ignorais quoi. Tu étais si calme et si sombre…

Elle se pencha pour récupérer le liquide vaisselle sous l'évier.

— Quant à Gabe, reprit-elle, il était extrêmement tendu et en colère.

— Nous avons eu quelques mots, en effet, admit Roger. Et j'ai bien failli lui casser la figure. Le témoin et les garçons d'honneur ont dû me maîtriser pour m'empêcher de lui régler son compte.

Il émit un petit rire.

— Je suis surtout désolé qu'on m'ait empêché d'arriver à mes fins. J'aurais adoré lui flanquer un œil au beurre noir. Mais il est préférable que cela ne soit pas arrivé, car ça aurait définitivement gâché ta journée de noces.

Elle ne put s'empêcher de rire à la pensée de Gabe, devant l'autel, avec un bel œil au beurre noir !

— Tu as raison, je n'aurais pas été très heureuse.

— Quoi qu'il en soit, ma chérie, j'aurais dû tenir ma langue. Et contenir mon humeur.

Elle devint songeuse. Cela ne ressemblait pas à son oncle de se bagarrer, surtout dans une église et vêtu d'un smoking.

— Qu'est-ce qui a provoqué cette envie de le frapper ?

— Des choses qu'il a dites. Des choses pour me narguer.

Il haussa les épaules de plus belle, comme pour signifier que ça n'avait plus d'importance.

Mais cela en avait pour elle, surtout s'ils voulaient prendre un nouveau départ.

— Que t'a dit Gabe ? insista-t-elle.

Roger réfléchit un long moment. Alors qu'elle pensait le voir esquiver, son oncle lâcha le morceau.

— J'ai voulu lui parler avant la cérémonie. Je me disais que, puisque ton père et ton grand-père n'étaient plus là, il me revenait de le faire. Je l'ai trouvé en compagnie de ses amis dans une petite salle paroissiale, en train d'attendre le début de la cérémonie. Ils étaient déjà habillés et avalaient des verres de whisky à la queue leu leu, comme si la fête d'enterrement de vie de garçon battait encore son plein.

Elle se souvint d'avoir senti une odeur d'alcool dans l'haleine de Gabe. Elle s'était alors figuré qu'il était nerveux et avait seulement cherché à calmer ses nerfs.

— Je dois admettre que je ne suis pas totalement abstinent

moi-même, quand il s'agit d'alcool, poursuivit Roger. Cependant, j'ai estimé que le pasteur et le bon Dieu n'auraient pas apprécié que ces types s'alcoolisent ainsi à l'église, un samedi matin. Alors je le leur ai dit. Gabe n'a pas apprécié la remontrance. Et quand je lui ai demandé si je pouvais lui parler en privé…

— Qu'a-t-il répondu alors ?

— Que ses amis et lui n'avaient rien à faire de mes remarques.

— Gabe peut être assez insolent quand il a bu, admit Sasha. Surtout s'il est avec ses amis. Que s'est-il passé ensuite ?

— Je lui ai juste demandé de bien se comporter avec toi et de te respecter. Et je l'ai prévenu que si ce n'était pas le cas il aurait affaire à moi !

Cette nouvelle ne l'étonna pas le moins du monde. Roger Gibault était peut-être un peu bourru, mais il avait un grand cœur et beaucoup d'estime pour les femmes.

— Apparemment, reprit Roger, Gabe s'est senti offensé par mes propos qu'il a considérés comme une menace.

Il ouvrit le robinet et laissa l'eau chaude couler pour remplir le bac de l'évier dans lequel il versa quelques gouttes de liquide vaisselle.

— Bon, il n'avait pas tort. C'était vraiment une menace ! En tout cas, il n'a pas du tout apprécié.

Une fois le bac rempli d'eau, Sasha ferma le robinet.

— Gabe n'écoutait jamais son père non plus, raconta-t-elle. Il détestait qu'on lui dicte son comportement.

— Cela ne me surprend pas. Il ne m'a pas fallu cinq minutes pour comprendre que ce type se prenait pour la huitième merveille du monde. Et pour deviner que c'était une grande gueule. En revanche, je n'avais pas encore décelé quel abruti il était. Si cela avait été le cas, j'aurais anticipé ce qui s'est passé ensuite.

— Que s'est-il passé ?

— Gabe m'a violemment bousculé et m'a envoyé valser contre le mur. J'ai eu une grosse bosse à l'arrière du crâne.

— Oh mon Dieu ! s'exclama Sasha. J'espère qu'il s'est excusé !

— Absolument pas. Et ce qu'il m'a lancé alors m'a rendu fou.

— Qu'a-t-il dit ?

— Tu veux les mots exacts ?

Elle hocha la tête, se préparant au pire. Roger plissa les yeux et répéta d'un ton lugubre :

— « Pour qui te prends-tu, mon vieux ? Tu n'es rien pour moi. Sache-le… J'ai réussi à avoir ta petite Sasha-Marie exactement où je le voulais, c'est-à-dire dans mon lit et sous ma coupe ! Alors ferme-la et n'essaye pas d'interférer dans nos vies ou je ferai en sorte que tu ne la revoies jamais. »

Elle devint livide. Si elle avait eu connaissance de cet incident le jour des noces, qu'aurait-elle fait alors ? Aurait-elle dit à Gabe que le mariage n'était plus à l'ordre du jour ?

Non, hélas. Sans doute n'aurait-elle pas voulu croire le pire à son sujet. Ce jour-là, elle était tellement émerveillée, tellement pleine d'espoir en l'avenir.

Huit ans plus tard, elle comprenait que Roger lui racontait la vérité.

— J'ai eu envie de le tuer, reprit ce dernier. Alors, quand j'ai retrouvé mon équilibre, j'ai bondi sur lui. J'ai réussi à lui mettre un beau coup de poing au menton, même si je visais le nez ! Il pensait sans doute que je n'étais qu'un vieil homme, mais je suis un vrai cow-boy ! Je crois que je l'aurais massacré si ses amis ne nous avaient pas séparés.

— Je suis désolée, oncle Roger. J'ignorais alors quel salaud égoïste était Gabe.

— Le passé est le passé. Après coup, je me suis rendu compte que tu aurais été très embarrassée si ton futur époux s'était présenté devant l'autel couvert d'ecchymoses.

Elle sourit tristement.

— Je regrette presque que tu ne lui aies pas cassé la figure.

— Moi aussi, renchérit-il. Ma mère et mon père m'ont donné une bonne éducation, mais il arrive parfois que mon impulsivité reprenne le dessus.

Elle sourit à nouveau et ouvrit les bras.

— Puis-je te serrer contre moi ?

— Tu as plutôt intérêt ! répondit-il en avançant vers elle.

Ils restèrent de longues secondes dans les bras l'un de l'autre. Tout du moins jusqu'à ce que le bébé dans le ventre de Sasha se manifeste d'un petit coup de pied… ou de poing !

Roger s'écarta en s'esclaffant.

— Eh bien ! J'ai l'impression que je ne suis pas le seul de la famille à avoir un côté fougueux. Ce petit être a un bon coup de pied.

— Elle est forte, ça c'est sûr ! Et elle fait souvent remarquer sa présence.

— J'ai hâte de la rencontrer. J'aurais tant aimé côtoyer Maddie quand elle était bébé.

Il se tut et secoua la tête avec amertume.

— Tu es venu nous rendre visite juste après sa naissance, se remémora-t-elle. Et puis tu es reparti très rapidement. Est-ce Gabe qui t'a chassé ?

— Il n'a pas réellement proféré de paroles désagréables cette fois-là. Peut-être parce qu'il n'était pas alcoolisé ou parce qu'il n'était pas entouré de sa bande de copains. Néanmoins, il me lançait sans cesse des regards meurtriers, alors j'ai décidé de mettre un terme à ma visite et de ne pas revenir. Ce n'est pas toi que je voulais éviter, mais je savais que si je revenais cela contrarierait ton époux, et j'avais peur qu'il ne s'en prenne à toi.

— Alors tu as fait ce sacrifice pour moi ?

— C'est ce qu'on fait quand on aime quelqu'un, Sasha-Marie.

Elle posa une main sur son bras et tâta la flanelle de sa chemise élimée.

— J'espère que tu sais à quel point je t'aime moi aussi, murmura-t-elle.

Les yeux de Roger brillèrent d'émotion.

Le ressentiment qu'il avait éprouvé semblait s'être atténué. Il avait beau prétendre que sa colère était dirigée contre Gabe, il lui en avait certainement voulu à elle aussi de ne pas l'avoir écouté. De ne pas l'avoir appelé non plus. De ne pas lui avoir rendu visite.

Mais Roger avait raison. Le passé était le passé.

— Je vais aller voir ce que fait Maddie, soupira Sasha. Elle est capable d'embêter Graham encore plus que je ne le faisais autrefois !

Roger s'esclaffa.

— Il est vrai que tu étais une pile électrique quand tu étais gamine !

Elle hocha la tête en souriant. Certes, elle avait été une petite fille vive avec un fichu caractère, mais aussi un cœur d'or. Exactement comme Maddie, qui lui ressemblait par bien des aspects, et pas seulement par ses yeux bleus et ses cheveux blonds.

Elle entra dans le salon où elle pensait trouver Maddie et Graham en train de regarder la télé, persuadée que le cow-boy allait sauter sur l'occasion pour échapper à sa fille.

Aussi fut-elle particulièrement surprise de découvrir Graham et Maddie assis par terre côte à côte, en train de faire du coloriage.

Ce spectacle fit bondir son cœur dans sa poitrine.

— Je n'en crois pas mes yeux, commenta Roger. Je n'aurais jamais cru que tu ferais un aussi bon baby-sitter, Graham.

Celui-ci releva les yeux, et un sourire bon enfant se dessina sur son visage.

— J'apprécie ce moment, mais je ne gagnerais pas ma vie comme ça. N'allez pas vous faire d'idées !

Hélas, des idées, elle s'en faisait des tas ! Et elles n'avaient rien à voir avec le fait d'embaucher Graham pour s'occuper de ses enfants.

Oui, mais voilà, elle ne pouvait laisser ses vieux sentiments se réveiller, d'autant plus qu'ils étaient destinés à rester sans retour.

Guidé par la lumière de la lune, Graham emprunta le chemin menant à son pavillon avec un sentiment de satisfaction.

Roger et Sasha semblaient s'être rabibochés. Il avait hâte de savoir comment leur discussion s'était déroulée. Il demanderait à Roger de la lui raconter demain, pendant qu'ils effectueraient leurs corvées du matin.

En retour, il aurait lui-même des choses à révéler à Roger car, en faisant du coloriage avec Maddie tout à l'heure, il avait appris pas mal de choses.

Eh oui, en plus d'être mignonne à croquer, la petite fille était particulièrement bavarde.

Sasha serait probablement contrariée si elle apprenait que Maddie lui avait raconté quelques secrets de famille… Il avait ainsi compris que Gabe était souvent en déplacements professionnels et donc très peu présent dans son foyer. Les rares fois où il était là, Maddie devait rester tranquille et jouer dans sa chambre. « Chut ! lui répétait sa mère. Papa est fatigué et il ne faut pas l'agacer ! »

— C'était dur pour toi de rester calme ? lui avait demandé Graham.

— Non, parce que maman et moi, on sortait. On allait faire des courses ou jouer au parc. Et on achetait souvent de la glace ou un goûter avant de rentrer à la maison.

— On dirait finalement que c'était chouette quand ton papa rentrait à la maison ?

— Pas toujours, parce que souvent il criait après moi ou après maman.

Graham n'avait jamais rencontré l'homme que Sasha avait épousé, mais il faisait confiance à Roger, qui avait un bon jugement. Et ce que venait de lui apprendre la petite Maddie ne faisait que corroborer la piètre idée qu'il s'était forgée de Gabe Smith.

Une fois devant son pavillon, il se retourna pour contempler le ranch qui serait bientôt rebaptisé « Peter's Place ». Il était certain que Peter serait fier du projet que Roger et lui étaient en train de réaliser.

Comme il s'apprêtait à rentrer chez lui, son téléphone portable sonna. Il le sortit de sa poche, consulta l'écran, mais ne reconnut pas le numéro.

— Monsieur Gibault ? demanda une voix masculine.

— Non, je suis Graham Robinson.

— Ah, excusez-moi. Je suis Brad Taylor, agent de probation pour mineurs. J'aimerais amener un jeune garçon au Galloping G, demain. Il a déjà passé les étapes de sélection. Etes-vous prêts à l'accueillir ?

Le baraquement n'était pas terminé, mais il y avait un pavillon de deux chambres où l'adolescent pourrait s'installer. Graham avait aussi décidé d'embaucher un conseiller psychologue à plein temps, ainsi qu'un professeur pour faire la classe. Roger et lui avaient déjà reçu plusieurs candidats mais n'avaient pas encore pris de décision définitive.

Néanmoins, il n'hésita pas plus de deux secondes avant de répondre :

— Bien sûr, nous sommes prêts à l'accueillir.

— Parfait. Je vais vous envoyer son dossier par mail, ainsi que son évaluation psychologique, pour que vous puissiez en prendre connaissance avant son arrivée. Nous viendrons demain vers 13 heures.

— Entendu, répondit-il.

Il était très impatient d'apprendre à Roger que leur grand projet se concrétisait enfin.

Après avoir raccroché, il observa à nouveau le ranch et remarqua que Sasha était sortie de la maison et se tenait sous le porche, accoudée à la balustrade.

Elle avait le regard perdu dans l'obscurité.

Il glissa son portable dans la poche de son jean tout en l'observant. Il la vit se diriger vers la balancelle où elle s'assit avant de lui imprimer un lent mouvement de va-et-vient.

A quoi pouvait-elle bien penser ?

Lorsqu'elle était gamine, elle s'asseyait souvent le soir à cet endroit. Une fois, il l'avait taquinée : « Qu'est-ce que tu fais, Sassy Pants ? Tu penses à un garçon ? » — « Peut-être. » — « Il sait que tu l'aimes bien ? » — « Malheureusement, il ne sait même pas que j'existe. »

L'été précédant l'entrée de Graham à l'université, elle

s'asseyait là tous les soirs, et il supposait qu'elle rêvassait toujours au sujet de ce garçon pour qui elle avait un faible.

Etait-ce ce qu'elle faisait en ce moment même ? Pensait-elle à Gabe ? Se demandait-elle s'il viendrait la retrouver ? Cherchait-elle un moyen de le reconquérir ?

Il avait beau espérer qu'elle était plus futée que ça, il n'en restait pas moins qu'elle était enceinte du bébé de Gabe. Il n'était donc pas insensé qu'elle ait envie d'arranger les choses avec ce dernier.

Il était terriblement tenté de traverser la cour pour lui expliquer qu'elle était mieux sans Gabe. Il pourrait aussi lui assurer qu'il prendrait soin d'elle jusqu'à ce qu'elle retombe sur ses pieds.

Mais qu'est-ce qui lui faisait croire que la jeune femme apprécierait cette offre ? Car, jusqu'à preuve du contraire, elle n'avait pas de faible pour lui.

Dommage !

Pour une raison totalement inconnue, une partie de lui le regrettait.

4

Graham se rendit à l'écurie pour réparer le gond d'une porte de stalle. Chase l'avait appelé un peu plus tôt ce jeudi pour lui annoncer qu'il amènerait les chevaux en fin d'après-midi. Selon lui, certains d'entre eux n'étaient pas prêts à aller dans les pâturages ou les corrals. Il faudrait donc les mettre à l'écurie.

Il était en train de resserrer un boulon quand il entendit une voiture entrer dans la cour. Sans doute était-ce l'agent de probation qui amenait leur premier pensionnaire.

Abandonnant ses outils sur une balle de paille, il sortit dans la cour et découvrit une Sedan blanche arborant des plaques d'immatriculation du gouvernement. Un adolescent était assis sur le siège passager.

L'homme au volant devait être Brad Taylor, celui qui l'avait appelé pour lui demander s'ils étaient prêts à accueillir leur premier adolescent. Il descendit de voiture et s'approcha de Graham, qui lui serra la main et se présenta.

— Ravi de vous rencontrer et de vous amener Jonah, lui lança Taylor, un quarantenaire avenant. Vous nous avez fourni d'excellentes garanties.

— Je suis heureux de l'entendre. Je vous ai dit que nous étions prêts à accueillir les jeunes, et nous le sommes. Je tiens cependant à vous préciser que le professeur que nous avons embauché ne commencera à travailler que lundi prochain.

— Aucun problème, le rassura Taylor en enfonçant ses mains dans les poches de son pantalon kaki. Jonah est en retard sur certaines unités de valeur, mais il pourra les rattraper rapidement s'il travaille avec un professeur particulier.

— Je l'espère. En attendant, il aura le temps de s'installer et de se familiariser avec les règles du ranch.

— Merci beaucoup de l'accueillir. Evidemment, il n'était pas emballé à l'idée de venir ici, mais comme je vous l'ai expliqué au téléphone il ne lui restait pas vraiment d'autres options.

Le rapport qu'il avait reçu par mail l'avait renseigné sur le passé de l'adolescent. Jonah Wright était issu d'une famille éclatée. Le père avait déserté le foyer plusieurs années auparavant, laissant sa femme élever Jonah et trois autres enfants plus jeunes. Comme elle ne recevait aucune pension alimentaire, la mère de Jonah avait été dans l'obligation de cumuler deux emplois pour joindre les deux bouts. Elle aurait bien eu besoin de l'aide de son aîné mais, au lieu d'agir de façon responsable, Jonah avait commencé à faire des bêtises et à sécher l'école. Lorsqu'il avait été pris sur le fait en train de voler un appareil photo dans son lycée, sa mère avait commencé à craindre qu'il n'exerce une mauvaise influence sur ses autres enfants.

Puis, après l'arrestation de Jonah pour vol à l'étalage et les poursuites qui s'étaient ensuivies, sa mère avait fait part de son impuissance au tribunal. Brad Taylor était alors entré en scène. Il avait suggéré que l'adolescent soit placé dans un ranch pour y travailler et retrouver le sens des réalités.

Voilà comment Jonah se retrouvait aujourd'hui à Peter's Place.

Jonah attendit que Brad ouvre la porte côté passager pour descendre de voiture. Il était vêtu d'un T-shirt noir orné d'une tête de mort et d'un jean porté si bas sur les hanches qu'il tomberait certainement au premier éternuement. Les lacets détachés de ses tennis noires usées étaient effilochés et sales à force d'avoir été piétinés.

Tout dans son apparence criait la rébellion, et son air renfrogné indiquait qu'il n'avait pas l'intention de coopérer.

Graham lui tendit la main et serra fortement la sienne.

— Je suis heureux de t'accueillir. Nous attendons l'arrivée de chevaux dans quelques heures et nous aurons besoin de toute l'aide possible.

— Je ne connais rien aux chevaux ni au bétail, répliqua Jonah. Alors si vous cherchiez un cow-boy, c'est raté !

Roger, qui était en train d'approcher, entendit cette dernière tirade. Mais, tout comme le père aimant et indulgent qu'il avait été pour Peter, il ne s'arrêta pas à l'attitude du jeune garçon — une sagesse que Graham avait toujours aimée et admirée chez lui. Certes, il s'était parfois emporté contre Peter et lui, mais il avait le plus souvent fait preuve de modération et de mansuétude.

— Ce n'est pas très difficile d'apprendre à s'occuper de chevaux, mon garçon, déclara-t-il. Tu vas prendre le coup de main en un rien de temps !

Jonah se contenta de lever les yeux au ciel et de détourner la tête.

— Bien, lâcha Brad. Je reviendrai dans quelques jours pour voir comment tu t'adaptes, Jonah.

Le gamin émit un clappement de langue.

— Ouais, c'est ça.

— En fait, reprit Brad en se tournant vers Graham et Roger, vous me verrez peut-être plus tôt que prévu. Il se peut que j'aie un autre garçon à placer. J'en saurai un peu plus la semaine prochaine. Je vous tiens au courant.

Graham lui serra la main.

— Comme je vous l'ai expliqué, nous avons actuellement de la place pour six pensionnaires. Et lorsque le dortoir sera terminé, le mois prochain, et que nous aurons embauché du personnel, nous pourrons en accueillir plus de vingt.

Brad acquiesça avant de prendre congé. Après son départ, Sasha sortit à son tour de la maison et se dirigea vers le nouvel arrivant. Elle avait apparemment envie de faire, elle aussi, la connaissance de Jonah. En tant que maman, elle voulait probablement essayer d'amadouer le jeune inconnu qui allait vivre sous le même toit qu'eux.

— Bonjour, dit-elle en lui tendant la main. Je m'appelle Sasha. Je vis ici, moi aussi, avec ma fille.

L'adolescent étudia sa main tendue d'un air soupçonneux avant de la prendre avec réticence.

— Vous aussi, vous avez fait des bêtises ? s'enquit-il.

Sasha sourit.

— J'ai fait quelques mauvais choix dans ma vie, mais j'ai l'intention d'agir différemment à partir de maintenant. Vivre à Peter's Place va m'y aider. J'espère qu'il en sera de même pour toi.

Jonah haussa les épaules, mais son expression s'était quelque peu adoucie en présence de Sasha.

La côtoyer avait en effet quelque chose d'apaisant. Mais pas seulement… Ces cheveux blonds, brillants, qui tombaient sur ses épaules, ces yeux bleus expressifs, ce parfum envoûtant de pêches mûres avaient aussi sur Graham un effet… stimulant.

N'oublie pas qu'elle porte le bébé d'un autre, lui rappela une petite voix entêtante.

— J'espère que tu aimes les spaghettis, dit Sasha à Jonah. Ma fille et moi allons préparer le dîner ce soir.

— Ça va, mais je préfère la pizza.

Graham était contrarié par l'attitude du gamin envers Sasha, mais il se retint de le réprimander.

— Jonah, intervint Roger, nous allons te montrer où tu vas t'installer. Prends ton sac et suis-nous.

L'adolescent attrapa le petit sac fourre-tout qui contenait ses affaires et suivit les deux hommes vers le pavillon nouvellement sorti de terre et composé de deux chambres.

— Puisque tu es le premier à emménager, tu peux choisir ta chambre et ton lit.

Jonah étudia l'une des deux petites pièces meublées d'étagères remplies de livres, de deux chaises et d'un fauteuil.

— Où est la télé ?

— Il n'y en a pas, répondit Roger. Tu ne passeras pas beaucoup de temps ici, sauf pour y dormir. Si tu veux te distraire, tu trouveras plein de bons livres… *Moby Dick*, par exemple, qui est l'un de mes favoris.

A nouveau, Jonah leva au ciel des yeux exaspérés.

— Mais comment je vais pouvoir jouer aux jeux vidéo que j'ai apportés ?

— Je crains que tu ne puisses pas, répliqua Graham en souriant. Mais, comme te l'a expliqué Roger, tu n'auras guère le loisir de le faire quand tu rentreras ici. Tu auras bien trop envie de dormir.

Le jeune gars ne parut guère ravi par la nouvelle.

— Nous prenons le petit déjeuner dans la grande maison à 6 heures du matin, poursuivit Roger. Si tu te lèves trop tard, tu devras attendre le déjeuner à midi. Je te conseille donc de mettre un réveil.

Jonah secoua la tête d'un air excédé.

— Mais c'est les vacances d'été ! protesta-t-il. Pendant les vacances, on a le droit de faire la grasse matinée !

— Pas au Galloping G, répliqua Roger. Allez, pose tes affaires et viens avec nous. Nous allons te faire faire le tour du ranch et te donner des tâches à exécuter.

Jonah laissa échapper un juron.

Graham soupira. Il avait affirmé à Brad Taylor que Roger et lui-même étaient prêts à accueillir leur premier pensionnaire.

Peut-être s'était-il montré un peu présomptueux !

Il était presque 16 heures lorsque Chase Parker arriva avec ses chevaux. Le rancher de haute taille et aux cheveux noirs était l'incarnation parfaite du cow-boy. Pourtant, Chase ne gérait pas seulement un ranch recueillant des chevaux en détresse, il était aussi l'héritier de *Parker Oil*. A y regarder d'un peu plus près d'ailleurs, on remarquait ses bottes luxueuses en lieu et place de celles, poussiéreuses et usées, que portaient habituellement les cow-boys.

Graham serra la main de son ami et le présenta à Jonah. Ce dernier n'accorda pas beaucoup d'attention à Chase, mais son visage s'éclaira lorsqu'il vit le premier cheval descendre de la remorque.

— Pourquoi est-il si maigre ? demanda-t-il en montrant le beau rouan.

— Il s'agit de Barney, précisa Chase. Il était dans un hôpital équin avant de venir dans mon ranch. Il va mieux maintenant. Si tu l'avais vu il y a deux mois !

— Il était malade ? s'enquit le garçon.

— Non, il a été négligé et maltraité. Il n'avait plus que la peau sur les os. Mais il a eu plus de chance que les deux autres chevaux qui vivaient au même endroit que lui. Ceux-là étaient tellement mal en point qu'il a fallu les euthanasier.

Jonah grimaça.

— C'est nul de traiter des animaux comme ça. Qu'est-ce qui est arrivé au propriétaire ?

— Il a été inculpé pour cruauté et négligence, répondit Chase.

L'adolescent émit un juron sous cape.

— J'espère qu'il restera en prison toute sa vie !

— Je ne pense pas qu'il risque aussi cher. Mais il va être puni, c'est sûr.

— Tiens, fit Chase en tendant la longe de Barney à Jonah. Je vais chercher un autre cheval.

— Qu'est-ce que je dois faire avec lui ? demanda le jeune garçon.

— Caresse-le doucement, lui conseilla Graham. Montre-lui qu'il peut avoir confiance en toi et que tu ne lui feras pas de mal. Barney et les autres chevaux que nous allons accueillir ne sont pas habitués à être traités avec douceur. Alors ils prennent vite peur. Il faut leur parler avec une voix douce.

L'espace d'un instant, il crut que le gamin allait l'envoyer balader, mais Jonah se rapprocha du cheval et lui caressa l'encolure.

— Quand Brad m'a dit que vous recueilliez des chevaux, j'ai cru qu'il parlait de chevaux sauvages, déclara-t-il.

— Le bureau de l'Environnement impose des règles très strictes pour les corrals et les clôtures si l'on veut avoir des mustangs. Mais nous en aurons sans doute un jour.

Chase revint en tirant une jument marron derrière lui.

— Voici Suzy Q.

— Que lui est-il arrivé ? s'enquit Jonah. Elle ne paraît pas aussi maigre que Barney.

— Suzy Q vient d'une ferme du Canada. Elle a été fécondée à plusieurs reprises pour qu'on puisse recueillir son urine et fabriquer des médicaments comme le Premarin, qui traite la ménopause. Suzy a été confinée dans une stalle pendant six des onze mois de sa grossesse. Elle ne pouvait ni se tourner, ni se coucher. Et le volume d'eau qu'elle buvait était régulé pour qu'elle produise de l'urine avec une haute teneur en œstrogènes.

— Punaise ! jura le garçon. Quelle vie pourrie !

— En effet, son sort n'était guère enviable, commenta Chase en tapotant l'encolure de l'animal. Les Etats-Unis ont des règles très strictes en la matière, et le Canada commence à sévir à son tour. En revanche, ce business est très florissant en Chine.

— Quel business ?

— Celui consistant à récupérer l'urine de juments enceintes, expliqua Chase. On fixe une sorte de cathéter sur l'urètre de la jument qui est maintenue en place par des sangles destinées à limiter ses mouvements. Une fois qu'elle a mis bas, on ne lui accorde que très peu de temps avant de la féconder à nouveau. Lorsqu'une jument n'est plus capable d'enfanter, elle est généralement vendue à un abattoir.

— Comment est-elle arrivée ici ? demanda Jonah.

— Il y a eu une descente dans la ferme du Canada où elle se trouvait. Je l'ai récupérée, ainsi que Ginger, dont tu vas faire la connaissance dans une minute.

— Comme tu le vois, Jonah, ces chevaux vont devoir être traités avec beaucoup de douceur et d'amour, fit remarquer Graham.

Les sourcils froncés, l'adolescent lui tendit la longe de Barney, puis marcha vers la remorque d'où Chase faisait descendre un appaloosa.

Lorsque Jonah tendit la main pour caresser l'animal, celui-ci rejeta la tête en arrière.

— Tout doux, tout doux, murmura Jonah. Je ne vais pas te faire de mal.

— Il a juste besoin d'un peu de temps pour apprendre à te connaître, expliqua Graham.

Une fois que les cinq chevaux eurent rejoint le corral ou l'une des stalles de l'écurie, il remercia Chase.

— C'est un plaisir, répondit celui-ci. Je suis heureux de savoir que ces bêtes ont trouvé un foyer où elles seront bien traitées.

— Tu peux en être sûr ! Comment va ta femme ?

Un sourire s'étira sur le visage de Chase.

— Lucie est en pleine forme. Nous ne pourrions être plus heureux.

— Ravi de l'entendre.

Chase avait épousé Lucie Fortune Chesterfield dix ans plus tôt en Ecosse, sur un coup de tête. Alors qu'ils avaient cru leur union annulée, tous deux avaient découvert récemment que leur mariage était toujours valable. Ils avaient renoué et décidé, au bout du compte, de rester mariés.

Lucie travaillait pour la Fondation Fortune, qui avait proposé de sponsoriser Peter's Place. Cependant Graham n'était pas sûr de vouloir de ces financements, car il craignait d'avoir trop de comptes à rendre. Il était en effet quelqu'un de farouchement indépendant.

— Je vais rentrer, déclara Chase. Lucie et moi avons des projets pour ce soir.

Ils se serrèrent la main, puis Chase remonta dans son pick-up et partit en tirant sa remorque désormais vide.

Graham consulta sa montre avant de se tourner vers Jonah.

— Il est presque l'heure de dîner. As-tu faim ?

— Oui mais… et les chevaux ? Il faut leur donner du foin ou des céréales ? La plupart sont tellement maigres.

— Comme ils ont déjà mangé ce matin, nous les nourrirons après le dîner. Je te montrerai comment faire, puisque cela sera ta mission, tant que tu séjourneras ici. Et demain matin, avant le petit déjeuner, tu pourras le faire tout seul.

— Donc ce n'était pas une plaisanterie… Le petit déjeuner est bien à 6 heures ?

— En effet, s'esclaffa Graham. Mais tu ne seras pas déçu, crois-moi ! Roger nous prépare un vrai festin tous les matins.

— C'est nécessaire, renchérit le vieux rancher. Il faut avoir de l'énergie pour effectuer toutes les tâches d'avant le déjeuner.

— Punaise !

Cette fois, Jonah ne leva pas les yeux au ciel mais se rapprocha du corral pour observer Suzy Q et Ginger, les deux juments qui étaient en train de découvrir leur nouvel environnement.

Graham lança un coup d'œil à Roger qui lui sourit en retour tout en hochant la tête. Pour le moment, Peter's Place semblait avoir exactement l'effet qu'ils avaient escompté.

Une fois le dîner terminé, Graham attendit que Jonah ait aidé Sasha à essuyer la vaisselle. Puis, comme il l'avait promis au jeune garçon, il l'emmena pour lui montrer comment nourrir les chevaux. Non seulement Jonah écouta les instructions avec attention, mais il posa aussi quelques questions. Graham le renseigna du mieux qu'il le put.

Certes, l'adolescent semblait bien s'adapter au Galloping G, mais Graham était conscient qu'il ne fallait pas attendre un changement complet d'attitude de sitôt. Pour l'heure, néanmoins, il était satisfait de la façon dont les choses se déroulaient.

Une fois les dernières tâches accomplies, il raccompagna Jonah jusqu'à son pavillon et le regarda régler le réveil sur 5 h 30.

— Il y a du savon dans la salle de bains, indiqua-t-il, ainsi que des serviettes. Tu as tout ce qu'il te faut.

Jonah, qui s'était montré plutôt agréable quelques minutes plus tôt, secoua la tête en fronçant les sourcils.

— Je n'arrive pas à croire qu'il n'y ait pas de télé ici. Ni de wi-fi. Je ne vois pas ce que je vais pouvoir faire le soir. Comment je vais m'endormir ?

— Pourquoi n'essayes-tu pas de lire ? Moi, ça m'aide.

Graham se dirigea vers les étagères qu'il avait, à dessein, remplies de romans destinés aux adolescents.

— Tu devrais essayer *Le Seigneur des Anneaux*.

— Non, je n'ai pas envie de lire ça. J'ai vu le film un million de fois. Je connais l'histoire par cœur.

Graham faillit insister. Lui expliquer que les livres étaient parfois dix fois plus riches que les films, mais il décida de se taire.

— Et l'un des *Harry Potter* ? Je suis sûr que tu peux trouver quelque chose qui t'intéresse.

Jonah haussa les épaules, et son visage resta fermé.

— Je vais voir… Sinon, je vais mourir d'ennui avant demain matin !

— Ne te laisse pas embarquer dans une histoire au point de veiller trop tard. Je t'assure que ton réveil sonnera bien assez tôt.

— Je n'aime pas spécialement lire. Enfin, pas depuis le collège, quand mon père nous a laissés tomber et que ma vie est devenue un enfer.

— Je suis désolé qu'il en soit ainsi, Jonah, mais tu es le seul à pouvoir changer le cours des choses maintenant.

— Vous parlez comme M. Taylor !

Ce qui n'était pas très étonnant. Cela dit, il n'avait pas l'intention de faire la leçon au gamin. Il préférait lui montrer l'exemple.

— Bonne nuit et à demain.

— Oui… bonsoir, répondit Jonah en se dirigeant vers les étagères.

Graham le laissa seul et referma la porte du pavillon. Tout en marchant vers le sien, il regarda comme à son habitude la maison principale et la fenêtre de la chambre de Roger. La lumière était éteinte, signe qu'il était déjà couché.

En revanche, de la lumière brillait sous le porche.

Il aperçut alors Sasha, assise cette fois encore dans la balancelle. Plutôt que de passer son chemin, il changea de direction et traversa la cour pour la rejoindre.

— Tu veux de la compagnie ? demanda-t-il.

Elle fit ralentir le rythme de la balancelle et lui sourit.

— Bien sûr.

Il regarda autour de lui, ne sachant où s'installer.

— Tu peux t'asseoir à côté de moi, si tu veux, proposa Sasha en tapotant le coussin.

Il eut un instant d'hésitation. Avait-il envie d'une telle proximité ? Etonnamment, oui. Il prit alors place à ses côtés, faisant osciller la balancelle.

— A quoi pensais-tu ?

C'était probablement la meilleure façon de savoir à qui elle pensait.

— A mes filles.

Ouf ! Elle ne pensait donc pas à Gabe. Quel soulagement ! Sans doute ne l'admettait-elle pas encore, mais elle serait probablement plus heureuse sans ce type dans sa vie.

— Je réfléchis à la façon dont je vais pouvoir subvenir à nos besoins à toutes les trois. J'ai un diplôme de travailleur social et je pourrais sans doute trouver un poste à Austin. Le problème, c'est que les frais de garde sont très élevés, surtout pour un nourrisson. Et puis ce sera vraiment dur pour moi de laisser mon bébé à quelqu'un d'autre…

— Tu ne vas pas toucher de pension alimentaire ? s'enquit Graham.

— Je suis censée, en effet, mais je préfère ne pas trop compter dessus. Gabe n'a jamais su garder un job. Et il a toujours refusé de travailler pour son père.

Il s'abstint de commenter. Lui non plus n'avait aucune intention de travailler pour son père chez *Robinson Tech*. Jamais il n'aurait cru avoir quelque chose en commun avec l'ex de Sasha !

Ils restèrent silencieux pendant un bon moment, bercés par la légère oscillation de la balancelle, comme envoûtés par le grincement régulier de ses chaînes et ressorts. A moins qu'il ne soit troublé par la présence de la jolie jeune femme à côté de lui.

Il se débarrassa de cette pensée perturbante, ne souhaitant pas s'interroger sur sa signification.

— Que penses-tu de Jonah ? s'enquit-il.

— Il est en colère contre le monde entier, mais je crois que c'est lié à la défection de son père. Et au fait qu'on attendait de lui qu'il fasse le ménage, la cuisine et s'occupe de ses jeunes frères et sœurs pendant que sa mère travaillait.

— Je le pense aussi. Cela dit, il doit accepter le départ de son père et admettre que sa mère fait du mieux qu'elle peut.

— Je crois qu'il y a un autre élément pour expliquer son comportement. Pendant qu'il m'aidait à faire la vaisselle, Jonah m'a confié qu'il avait été un excellent lanceur dans son équipe de base-ball du lycée. Il n'était qu'en seconde, mais jouait déjà en équipe universitaire. Malheureusement, il a été exclu de l'équipe parce qu'il ne pouvait assister à tous les entraînements, car il devait s'occuper de ses frères et sœurs. Je crois que sa rébellion s'explique sans doute aussi par du ressentiment à ce sujet.

— Moi aussi, ça m'aurait mis en colère, commenta-t-il.

Enfin… Tout ce que Gerald Robinson attendait de lui avait eu le don de le mettre en colère.

— Je sais que Peter et toi avez eu pas mal de problèmes quand vous aviez l'âge de Jonah. Tu devrais avoir des facilités à comprendre les gosses que tu vas accueillir ici.

— Tu as raison. D'ailleurs, si Peter n'était pas décédé, nous aurions fini avec des agents de probation à nos basques.

— Que veux-tu dire ? Quel genre de bêtises faisiez-vous ?

— Des courses de dragsters sur Smoke Tree Lane, des noubas tous les week-ends… La nuit où Peter est mort, nous avions pris le buggy que Roger nous avait aidé à construire et nous sommes allés camper à Vista Verde. C'était le week-end de la fête du Travail.

Il ne parlait pas souvent de cette période de sa vie mais, ce soir, il s'épanchait librement. Partager ses souvenirs avec Sasha lui semblait tout naturel.

— J'ai l'impression qu'oncle Roger vous laissait beaucoup de libertés.

— En effet. Mon père, lui, m'avait interdit de quitter le Galloping G, ce week-end-là, mais je lui obéissais rarement et je n'avais pas davantage l'intention de le faire ce jour-là… Hélas, désobéir s'est avéré lourd de conséquences, cette fois.

— Que s'est-il passé ? demanda Sasha. Je sais que Peter a eu un accident avec le buggy, mais oncle Roger n'a jamais voulu me donner d'autres détails.

— Je ne lui en ai pas trop donné non plus, expliqua-t-il. Je lui ai juste dit que Peter avait beaucoup bu et décidé de faire un tour en buggy au clair de lune.

— Si tu préfères ne pas en parler, je le comprendrai, murmura Sasha en se penchant pour lui prendre la main.

Ce geste le surprit autant qu'il le réconforta.

— J'essaye de ne pas trop y penser, mais parfois les souvenirs m'assaillent, admit-il.

Tenant toujours la main de Sasha, il laissa les souvenirs refaire surface et revécut la scène comme si elle s'était déroulée la veille. Il s'agrippait à la jeune femme pour qu'elle l'empêche de retomber dans l'horrible culpabilité où il s'était embourbé pendant près de un an après l'accident.

— Nous avons pris une série de mauvaises décisions ce jour-là. La consommation d'alcool, la conduite dans l'obscurité, Peter n'avait pas attaché sa ceinture… J'aimerais pouvoir remonter le temps et prendre de meilleures décisions pour lui et moi, mais hélas, c'est impossible.

— C'est la faute de Peter s'il a bu et conduit ce buggy sans attacher sa ceinture, pas la tienne !

Il baissa la tête. Sasha avait raison. Et Roger avait affirmé la même chose.

L'accident s'était produit en une fraction de seconde, et il aurait été impossible de rembobiner la séquence, même si Graham était prêt à sacrifier sa propre vie pour en avoir l'opportunité.

Sasha lui caressa le dessus de la main avec son pouce,

échauffant sa peau et mettant ses sens en émoi. Si elle avait caressé l'intérieur de son poignet, elle aurait pu sentir son pouls affolé.

— J'espère que tu ne te sens pas responsable de la mort de Peter, murmura-t-elle.

— Cela a été le cas, pendant un certain temps, mais plus aujourd'hui.

— Je suis heureuse de l'entendre. Et tu étais à ses côtés jusqu'à la fin. Cela a beaucoup réconforté mon oncle de savoir que son fils n'était pas mort seul.

C'était vrai. Mais rester à tenir Peter dans ses bras en essayant désespérément d'empêcher le sang de couler était le moins qu'il pouvait faire. Hélas, il n'avait pas réussi à le sauver.

— Peter voulait que je monte avec lui, mais je ne me sentais pas très bien. J'avais pas mal bu… Dès que j'ai entendu le choc, j'ai dessoûlé rapidement et couru vers le lieu de l'accident. Peter avait été éjecté du buggy et s'était lourdement cogné la tête. J'ai appelé les secours avec mon portable, mais ils sont arrivés trop tard…

— Est-ce que Peter a souffert ? s'enquit Sasha.

— Non, il était inconscient. Le fait qu'il n'ait pas souffert a aussi quelque peu apaisé Roger.

Roger, qui à l'époque était un veuf d'une soixantaine d'années, avait été dévasté par la mort de son fils unique. Quant à Graham, il avait cruellement souffert de perdre son meilleur ami, d'autant plus qu'il était conscient que l'accident aurait pu être évité.

Sasha continuait à lui caresser la main avec son pouce, le titillant jusqu'à ce que ses pensées se détachent de cette terrible nuit pour revenir vers l'instant présent.

— J'étais en Californie quand j'ai appris l'accident, raconta-t-elle. J'aurais voulu être ici avec toi et oncle Roger, mais mon grand-père a refusé.

Il lui serra brièvement la main.

— C'était sans doute mieux que tu ne sois pas là. Ça a

été un moment très difficile, mais Roger et moi nous sommes épaulés mutuellement, et ça nous a aidés.

Il n'avait *a contrario* pas reçu le moindre signe de compassion de la part de son propre père. Ce à quoi il eut droit, en revanche, ce furent des sermons et des remontrances. « Tout cela est ta faute, avait déclaré son père. J'espère que ça te servira de leçon et que tu vas enfin devenir responsable ! »

Par la suite, il s'était, certes, assagi, mais il l'avait fait par respect pour Peter et Roger, et non pour plaire à Gerald Robinson.

Au cours des deux années qui avaient suivi le décès de Peter, Roger et lui s'étaient beaucoup rapprochés. Il se sentait beaucoup mieux au Galloping G que chez lui.

Ce qui était toujours le cas aujourd'hui.

— Je suis contente que tu sois auprès de Roger. Je n'aimerais pas le savoir seul.

— Je n'envisage pas de vivre ici toute ma vie, mais pour le moment j'y suis bien.

— Vas-tu finir par travailler pour la société de ton père ?

— Non. Cette vie n'est pas faite pour moi.

Arrivée à ce point, la conversation se tarit. Il s'était rembruni en pensant à son père. Au bout d'un moment, il jeta un coup d'œil à Sasha. Elle avait les sourcils froncés et le regard dans le vide.

Perdus tous les deux dans leurs pensées, ils n'avaient pas songé à séparer leurs mains. Il aurait dû rompre ce contact, il en était conscient, mais il ne pouvait s'y résoudre.

— La lune est belle ce soir, fit remarquer Sasha en tendant le cou pour mieux l'apercevoir. C'est la raison pour laquelle j'aime m'asseoir ici. La lune et le parfum du jasmin.

— Quand tu étais gamine, tu t'asseyais très souvent là.

Sasha se tourna vers lui. Ce faisant, son genou poussa le sien, le réchauffant jusqu'aux entrailles et affolant ses sens.

— Parfois, je te voyais m'observer, mais tu ne m'adressais jamais la parole.

— J'avais peur que tu me racontes tes problèmes avec les garçons.

Elle sourit en secouant doucement la tête.

— Je ne t'aurais jamais parlé de ça.

L'espace d'un instant, il fut tenté de tirer sur sa main pour l'inciter à le regarder dans les yeux et… Quoi ? L'embrasser ?

Non ! Cela serait vraiment un geste stupide ! D'après ce qu'il en savait, Sasha n'avait pas tiré un trait sur son mari. Et puis il ne devait pas oublier qu'en plus de Sasha il y avait deux petites filles dans le package.

Pourtant, malgré ses efforts pour s'extraire des pensées romantiques qui l'assaillaient, il n'y parvenait pas. Il n'était pas aidé, il fallait bien le dire, par la pleine lune au-dessus de leur tête, et par le parfum du jasmin.

Pourtant, au lieu d'embrasser Sasha — ce qu'il avait été terriblement tenté de faire —, il lui retira doucement sa main.

Quand elle tourna son visage vers lui, il lui posa une paume sur la joue.

— Au fait, je voulais te dire… Gabe est vraiment un abruti.

Les lèvres de Sasha s'entrouvrirent, comme si elle envisageait soudainement de l'embrasser elle aussi.

Arrête ! Tu es fou, se morigéna-t-il.

Alors, pour ne pas céder à la tentation, il lâcha la joue de Sasha et se leva.

— Je vais rentrer. Il sera l'heure de se lever avant que nous ayons eu le temps de nous coucher.

Puis il descendit les marches du porche et se dirigea vers son pavillon sans un regard en arrière.

5

La veille, après que Graham avait quitté Sasha, elle était restée longtemps sous le porche.

Elle ne s'était pas attendue à ce qu'il la rejoigne et partage avec elle ses douloureux souvenirs sur l'accident de Peter, mais elle était heureuse qu'il se soit ouvert à elle. Quand il avait commencé à se confier, son cœur s'était gonflé de compassion, et sans réfléchir le moins du monde aux conséquences de ce geste elle lui avait pris la main.

Dès l'instant où elle avait refermé ses doigts sur les siens, elle s'était rendu compte qu'il pourrait la repousser, comme il l'avait toujours fait, chaque fois qu'elle avait tenté de le toucher par le passé. Pourtant, cette fois, non seulement il avait accepté ce geste de réconfort, mais il avait même semblé l'apprécier.

Sa main dans celle de Graham, elle s'était laissé peu à peu envahir par sa chaleur et par l'intimité de leur conversation. Et son cœur endurci était revenu à la vie.

Pour la première fois depuis des années, elle avait évacué Gabe Smith et ses agissements égoïstes de ses pensées.

Puis, quand Graham lui avait posé une main sur la joue et avait plongé ses yeux dans les siens, son cœur n'avait pas été le seul à réagir. Son désir pour lui avait resurgi, aussi fort que par le passé, et ses pensées s'étaient engagées sur une pente dangereuse.

Si le bébé dans son ventre n'avait pas choisi ce moment précis pour lui donner un coup et lui rappeler qu'elle était enceinte de sept mois, elle aurait presque pu croire que…

Non, elle se faisait des idées. Graham avait juste essayé de se montrer amical et de se comporter comme l'aurait fait son cousin Peter, s'il avait été vivant et assis dans cette balancelle. Il avait juste voulu la réconforter et confirmer ce qu'elle savait déjà : que Gabe ne valait pas la peine qu'elle se morfonde.

Graham avait raison, bien entendu. C'était une conclusion à laquelle elle-même était arrivée des années avant leur rupture effective. Elle aurait probablement dû l'admettre hier soir, mais elle avait été à ce point surprise et fascinée par l'intensité du regard de Graham que ses rêveries de jeune fille avaient pris le dessus.

Après qu'il l'avait quittée, elle s'était laissée aller au plaisir de revivre en pensée ce qu'ils venaient de partager. Et, quand elle s'était enfin décidée à rentrer pour la nuit, elle avait jeté un coup d'œil vers le pavillon de Graham. Toutes les lumières étaient éteintes, signe qu'il était probablement endormi.

Pourquoi ne l'aurait-il pas été ? Il n'était sans doute pas assailli de pensées romantiques et de désirs charnels comme elle !

Son regard avait glissé vers le pavillon où Jonah s'était installé. La lumière y brillait encore. Sa rébellion l'avait poussé dans une situation délicate, mais il était aujourd'hui entre de bonnes mains. Plus elle réfléchissait à ce que Roger et Graham souhaitaient faire du Galloping G, plus elle avait envie de faire partie du projet. En raison de ce qu'ils avaient vécu et de leur personnalité, les deux hommes seraient sans aucun doute de solides mentors pour des adolescents un peu perdus.

Après avoir éteint la lumière du porche, elle était montée dans sa chambre où elle s'était couchée, épuisée par toutes les émotions de la journée. Mais ses pensées étaient restées fixées sur Peter's Place jusqu'à ce qu'elle trouve le sommeil. Le ranch fut même le sujet central de ses rêves.

Quand elle se réveilla le matin suivant, elle avait pris une décision. Elle resterait au Galloping G et travaillerait aux côtés de son oncle et de Graham pour aider ces jeunes garçons à tracer leur avenir. Non seulement elle avait le diplôme adéquat pour apporter sa pierre à l'édifice, mais elle avait toujours eu un faible pour les adolescents rebelles, comme Graham et Peter autrefois.

Pendant qu'elle se douchait, elle se rendit compte que le fardeau qu'elle portait en arrivant au ranch avait totalement disparu. Un sourire se dessina sur son visage tandis qu'elle continuait à réfléchir à son plan. Elle s'habilla à la hâte. Elle était tellement impatiente de partager la nouvelle avec Graham et oncle Roger !

C'était incroyable… Le ranch ne lui avait pas seulement permis de rassembler ses pensées et de songer à l'avenir : le Galloping G — ou plutôt, Peter's Place — constituait son avenir !

Pour la première fois depuis des années, elle envisageait le futur, le cœur rempli d'espoir.

L'estomac de Graham se manifesta, lui rappelant que la banane qu'il avait mangée tôt ce matin ne lui permettrait pas de tenir jusqu'au déjeuner.

Cependant, ne souhaitant pas se retrouver en présence de Sasha, il avait évité la cuisine de la grande maison où Roger préparait quotidiennement un petit déjeuner pantagruélique.

Sasha avait-elle compris qu'il avait été à deux doigts de l'embrasser la veille au soir ? Sans doute n'avait-elle pas la moindre idée du fait qu'il était resté éveillé presque toute la nuit, étendu dans l'obscurité, ses pensées tournées vers elle, à s'interroger sur le brusque accès de romantisme qu'elle éveillait chez lui.

Ne parvenant pas à comprendre ce qui lui arrivait, ni à se débarrasser de ces pensées perturbantes, il avait décidé d'éviter Sasha du mieux qu'il le pouvait.

Dans l'écurie, il vérifia les paddocks où se trouvaient Barney et King, le deuxième hongre. Apparemment, Jonah avait écouté ses conseils. Le seau d'avoine était correctement mis en place.

Au moment où il ressortait de l'écurie, son portable sonna. Le nom de son frère s'afficha sur l'écran. Ben Fortune Robinson était le directeur général de *Robinson Tech*, un poste qui allait comme un gant à cet homme d'affaires expérimenté ayant pris une position dominante aussi bien dans la famille qu'au sein de l'entreprise.

Après s'être salués, ils échangèrent les banalités d'usage.

— Alors, comment ça se présente à Peter's Place ?

Graham lui raconta l'arrivée de Jonah, sans pour autant entrer dans les détails de l'histoire tumultueuse du garçon.

— Il n'est là que depuis hier, mais il semble s'adapter. Et puis il se comporte bien avec les chevaux.

— Combien en as-tu ?

— Chase vient d'amener les cinq premiers. J'espère en avoir davantage d'ici la fin du mois.

— Je suis heureux d'entendre ça.

Graham savait que son frère ne l'avait pas appelé pour bavarder de tout et de rien. Ce n'était pas son genre.

— Qu'est-ce qui se passe, Ben ?

— Alors… Zoe m'a demandé d'organiser une nouvelle réunion de famille.

Depuis qu'ils avaient appris que leur père était peut-être Jerome Fortune — le mouton noir de cette famille huppée —, ses frères et sœurs avaient bien du mal à s'habituer à cette nouvelle.

D'abord, Jerome Fortune était censé être mort. Ben avait suivi pistes et indices pendant plusieurs mois, décidé à prouver que le vrai nom de leur père n'était pas Gerald Robinson, mais Jerome Fortune. Ben en était tellement convaincu qu'il avait lui-même adopté le nom de Fortune.

Graham, lui, n'était pas certain de l'imiter un jour, même si ces présomptions se révélaient vraies.

Pour compliquer encore les choses, plusieurs demi-frères et sœurs illégitimes s'étaient fait connaître au cours des derniers mois. Comme si ce n'était déjà pas suffisant d'être huit frères et sœurs !

Graham avait toujours regardé d'un mauvais œil les frasques de son père, et ce depuis que, tout gamin, il l'avait surpris en train d'embrasser la nounou dans le vestiaire de la piscine. D'une certaine façon, il continuait à se rebeller contre son père, tout comme Jonah contre le sien.

Bien qu'à deux doigts de dire à Ben qu'ils pouvaient se réunir sans lui et qu'il se fichait comme d'une guigne de savoir qui était vraiment Gerald, il choisit la diplomatie.

— Quand et où ? s'enquit-il.

— Chez moi. Ce n'est pas facile d'organiser quelque chose avec les emplois du temps surchargés des uns et des autres, mais j'envisage de nous réunir samedi en huit, à 14 heures. Est-ce que cela te convient ?

D'autres adolescents seraient probablement arrivés au ranch d'ici là, mais ils avaient déjà embauché un professeur et s'apprêtaient à recevoir un ou deux conseillers psychologues en entretien. Il ne laisserait donc pas Roger dans la panade.

— OK, Ben. Je serai là.

— Super ! J'ai une autre nouvelle à t'annoncer. Une bonne.

— Laquelle ?

— Ella attend un bébé.

Une émotion inattendue étreignit Graham, l'empêchant de parler. Son frère allait avoir un enfant avec la femme qu'il aimait. Certes, il était heureux pour Ben, bien sûr, mais il ne pouvait s'empêcher de ressentir une pointe de jalousie.

C'était curieux. Il avait rarement envié qui que ce soit. Or, pour une raison étrange, il avait presque envie d'échanger sa place contre celle de Ben.

— Félicitations, lâcha-til avec peine. C'est une bonne nouvelle, en effet.

C'en était une, à n'en pas douter. Alors pourquoi ce soupçon de jalousie ?

Au beau milieu de cette interrogation, la porte de la maison s'ouvrit et Sasha sortit, la main posée sur son ventre rond.

Ce fut à cet instant que la réalité de la situation le frappa de plein fouet : il regrettait que ce ne soit pas son enfant, dans le ventre de Sasha.

Bon sang ! Que lui arrivait-il donc ? Il n'était pourtant pas le genre d'homme à rêver d'être un mari ou un père. Son propre père n'avait vraiment pas été un bon modèle, et le mariage de ses parents avait souvent été tendu. Sans qu'il y ait eu de réelle hostilité entre son père et sa mère, leur mariage ne pouvait pas pour autant être qualifié d'aimant, ni même de chaleureux.

Il supposait que, si sa mère avait pu supporter les insuffisances de son mari — ses longues absences, son manque d'affection —, c'était parce qu'elle affectionnait les avantages financiers et sociaux liés au statut d'épouse de Gerald Robinson. Elle n'avait donc pas voulu faire quoi que ce soit pouvant mettre en péril sa propre situation.

Quoi qu'il en soit, si sa mère avait peut-être eu du talent pour feindre d'être heureuse en public, il n'en avait pas été de même à la maison. Il avait été un enfant observateur, et il lui avait semblé que plus sa mère faisait preuve de froideur envers son père, plus celui-ci s'éloignait. Et plus Gerald était absent de la maison, plus la situation se dégradait au sein du couple.

— Je vais te laisser travailler, reprit Ben. Je ne voudrais pas lire dans le journal que l'un de tes protégés a mis le feu au Galloping G pendant que tu parlais au téléphone.

Graham sourit.

— Je n'ai pas l'intention d'accueillir de pyromanes. Mais tu as raison, j'ai du boulot.

— A très bientôt alors, lâcha Ben avant de mettre fin à la communication.

Après avoir rangé son portable dans sa poche, Graham ne put penser à autre chose qu'à la nouvelle que son frère venait de lui apprendre. Ella allait mettre au monde le bébé de Ben… Ils allaient regarder son ventre s'arrondir, avec la conscience qu'ils avaient tous deux créé un petit être humain. Un petit garçon ou une petite fille.

Il chercha Sasha du regard. Elle était maintenant dans le

corral où elle avait rejoint Jonah qui incitait Maddie à caresser Suzy Q. L'adolescent sourit à un propos de Sasha.

Il aurait tellement voulu entendre leur conversation ! Pourtant, plutôt que d'aller les retrouver, il choisit de se détourner et de rentrer dans l'écurie.

Il était contrarié d'éprouver des sentiments aussi intenses pour une femme qu'il avait toujours considérée comme une petite sœur. Sans parler du fait qu'elle était encore légalement mariée et enceinte de l'enfant d'un autre homme.

Il allait devoir garder ses émotions inappropriées et son désir physique sous contrôle. Pour le moment, la solution était de se tenir à distance…

Mais bon sang comme il avait faim ! Et pas seulement parce que c'était l'heure du petit déjeuner !

Guidée par l'odeur alléchante du café et des saucisses, Sasha pénétra dans la cuisine où oncle Roger s'affairait à préparer le petit déjeuner. Sur le comptoir se trouvait un saladier jaune plein de pâte, à côté du vieux moule à gaufre qu'elle avait toujours connu. Roger jeta un coup d'œil vers la cuisinière où des saucisses étaient en train de griller dans une poêle à frire en fonte.

Les cheveux encore tout ébouriffés, mais déjà habillée pour la journée, Maddie se tenait debout sur une chaise qu'elle avait positionnée à côté de Roger pour l'observer en train de cuisiner.

Assis à la vieille table en chêne, Jonah attendait patiemment, sans toucher à son grand verre de jus d'orange frais.

— Où est Graham ? s'enquit Sasha.

Il devait vaquer à quelques occupations à l'extérieur et ne tarderait pas à rentrer.

— Il était là tout à l'heure, lui apprit oncle Roger en baissant le feu sous la poêle. Il a emporté du café et une banane et il est ressorti. Il a prétendu qu'il n'avait pas faim…

Elle s'abstint de tout commentaire, mais elle était intriguée.

Le petit déjeuner était pourtant le plus gros repas de la journée au ranch. Et Graham avait lui-même déclaré qu'il le prenait la plupart du temps avec Roger.

Essayait-il de l'éviter ? S'était-il senti embarrassé après lui avoir dit que Gabe était un abruti ? Avait-il cru qu'elle allait le regarder avec des yeux de chiot énamouré ?

Car peut-être l'avait-elle fait… sans le vouloir !

Oui, mais voilà : la gentillesse dans les yeux de Graham ainsi que la douceur de sa peau avaient éveillé en elle quelque chose de profondément enfoui.

Cela dit, il n'était pas le seul à se sentir embarrassé ou ridicule. Il en allait de même pour elle, car elle avait un faible pour cet homme qui n'avait jamais été intéressé par elle et qui ne risquait pas de l'être maintenant. N'était-il pas célibataire et sans entrave, alors qu'elle serait bientôt divorcée et maman de deux petites filles ?

Graham avait seulement cherché à lui montrer son soutien. Et elle, idiote qu'elle était, s'était imaginé qu'il avait eu envie de l'embrasser !

Rassemblant sa dignité, elle chassa ces rêveries stupides de son esprit et porta son attention sur sa fille, qui devait figurer en tête de ses priorités. Bien que fervente adepte des robes et des ballerines, Maddie avait adopté avec enthousiasme le jean et la parfaite panoplie d'une cow-girl miniature. Elle se plaisait beaucoup au Galloping G et avait déjà pris sa première leçon d'équitation. Par conséquent, si Sasha avait l'intention de rester au ranch pour quelque temps, il était hors de question qu'elle se laisse aller à rêver à des choses inaccessibles.

Plutôt que se torturer l'esprit en se demandant où était Graham, elle entra dans la cuisine et alla chercher la théière pour la remplir d'eau. Puis, après l'avoir posée sur un brûleur, elle sortit des sachets de tisane.

— Qu'y a-t-il pour le petit déjeuner ? demanda-t-elle, même si elle pouvait voir par elle-même ce que Roger était en train de préparer.

Maddie, toujours debout sur la chaise, se tourna vers elle et la gratifia d'un magnifique sourire édenté.

— Des gaufres à la banane ! s'exclama-t-elle en s'emparant du pot de chantilly. Et moi, je vais mettre de la crème dessus !

— Ça a l'air succulent, commenta Sasha avant de se tourner vers Jonah, qui venait d'avaler d'une traite son verre de jus d'orange. Bonjour, Jonah. Tu as bien dormi ?

L'adolescent haussa les épaules.

— On peut dire que oui… Mais je ne suis pas habitué au silence. Notre appartement à Austin se trouve dans une rue très bruyante. Et puis je dors avec la télé allumée.

Elle ressentit un élan de compassion envers le gamin. Mais bien vite, elle songea aussi à la mère de Jonah, qui travaillait si dur pour subvenir aux besoins de ses enfants en l'absence de leur père. Elle n'avait aucune difficulté à s'identifier à cette femme.

Elle se demanda si Graham avait pris en compte les parents des enfants rebelles qu'il allait accueillir. Il faudrait certainement que quelqu'un serve de médiateur pour aider parents et enfants à se parler à nouveau… Quelqu'un comme elle, qui était désormais une mère isolée tentant d'élever seule ses enfants.

Plus elle y réfléchissait, plus elle avait envie de jouer un rôle dans ce projet. Elle avait envisagé d'en parler à Graham après le petit déjeuner, mais autant aller lui parler maintenant, si elle parvenait à le trouver. Dans la mesure où elle comptait l'entretenir de quelque chose d'important, elle se comporterait comme si rien ne s'était passé la veille au soir.

Rien ne s'était passé d'ailleurs !

— Je reviens, annonça-t-elle.

Elle sortit et partit à la recherche de Graham. Elle le trouva près de l'écurie, en train de charger des poteaux en bois et des outils dans le Gator. Elle nota tout de suite chez lui une intensité et une détermination qu'elle n'avait pas remarquées auparavant. Ses gestes assurés et le froncement de ses sourcils le rendaient encore plus attirant.

Comme s'il ne l'était déjà pas assez, avec son corps musclé et son visage aux traits bien dessinés !

— Bonjour, lança-t-elle en approchant.

Graham releva la tête. Esquissant à peine un sourire, il se contenta d'un léger signe de tête et d'un bonjour murmuré. Puis il se remit à entasser des poteaux à l'arrière du Gator, ses biceps gonflant sous l'effort.

Faisant fi du malaise qui s'installait en elle, elle reprit :

— J'aimerais te parler.

Il cessa de s'affairer et la regarda avec une expression teintée d'appréhension.

Oh mon Dieu !, songea-t-elle, effarée. Il ne s'imaginait tout de même pas qu'elle allait lui demander de sortir avec elle ?

— Me parler de quoi ? s'enquit-il.

— De quelques idées que j'ai eues pour Peter's Place.

A ces mots, le visage de Graham s'adoucit, et il lui accorda toute son attention.

A nouveau, elle se demanda s'il faisait tout pour l'éviter parce qu'il avait perçu son attirance pour lui. Une supposition qu'elle chassa de son esprit pour lui expliquer son idée d'emménager au ranch et de mettre ses compétences au service de leur projet, à Roger et à lui.

Il pencha légèrement la tête sur le côté.

— Si je te comprends bien, tu souhaiterais t'investir ici en tant que professionnelle du travail social ?

— C'est ça. J'ai pensé que je pourrais également développer un programme de soutien pour les parents des jeunes garçons qui seront accueillis au ranch.

Graham souleva son chapeau et passa ses doigts dans ses cheveux coupés très court. Il resta silencieux plusieurs secondes.

Pourquoi mettait-il autant de temps à répondre ? Il n'était pas obligé de sauter sur l'aide qu'elle lui proposait, mais il ne pouvait tout de même pas y être opposé. Peut-être voulait-il seulement s'entourer de collaborateurs masculins ? Si tel était le cas, elle pourrait mettre en avant l'argument que les garçons devaient aussi apprendre à communiquer avec les femmes.

— C'est une bonne idée, déclara-t-il finalement. Les parents auront besoin de conseils si leurs fils retournent chez eux. Selon Roger, tu as un diplôme de travailleur social…

— Je n'ai pas d'expérience, admit-elle, puisque je n'ai jamais travaillé, mais j'ai obtenu d'excellents résultats à mes examens. J'ai envisagé de trouver un poste pour l'Etat ou le comté, mais tu sais, je crois qu'on s'épanouit mieux là où sont nos racines. Et les miennes sont indubitablement ici.

Un sourire lent se dessina sur les lèvres de Graham.

— Je comprends, acquiesça-t-il. Et je sais que Roger sera ravi que tu rejoignes notre équipe.

— Mais toi ? fit-elle. Je ne veux pas contrarier tes plans.

Il haussa les épaules.

— En fait, il sera sûrement plus facile de travailler avec quelqu'un qu'on connaît plutôt qu'avec un étranger.

Avant qu'elle ait pu se réjouir de sa victoire, la porte vitrée de l'arrière de la maison s'ouvrit et se referma bruyamment. Ils firent tous deux volte-face pour voir Maddie s'avancer vers eux d'un pas vif. Coiffée d'un chapeau de cow-boy qui couvrait ses boucles emmêlées, elle tenait quelque chose entre ses mains.

— Graham ! appela-t-elle. Je t'ai apporté à manger.

Arrivée devant lui, elle lui tendit une assiette enveloppée dans une serviette en papier.

— Oncle Roger a dit que tu devais avoir faim.

— Qu'est-ce que c'est ?

— Une gaufre avec du beurre et du sirop d'érable. Je voulais mettre plein de chantilly, mais oncle Roger ne m'a pas laissée faire. Il a dit que ce serait trop difficile à porter.

— Il a eu raison, commenta Graham en prenant la gaufre. Merci beaucoup, Maddie.

— Jonah m'a raconté qu'il allait travailler avec les chevaux qui ont eu des problèmes, reprit la petite fille. Il paraît qu'il faut juste les caresser et leur donner des friandises. Je peux le faire, moi aussi ?

Graham se tourna vers Sasha. Soit il requérait son opinion,

soit il ne savait comment refuser, ayant à cœur de ne pas heurter la petite fille.

— Je pense qu'il vaut mieux que tu prennes quelques leçons d'équitation avec un autre cheval d'abord, intervint Sasha.

Faisant fi de la réponse de sa mère, Maddie s'adressa à nouveau au beau cow-boy en plissant les yeux à cause des rayons du soleil.

— J'ai hâte de monter à cheval, mais est-ce que je pourrais juste donner des morceaux de pomme à Suzy et à Ginger ? Jonah dit que c'est facile. Il faut bien ouvrir la main, comme ça, pour ne pas se faire mordre les doigts.

Tout en parlant, elle étirait sa paume au maximum.

Graham sourit.

— En effet, tu as très bien compris.

— Super ! Et est-ce que je peux venir vous aider à réparer la clôture ? Je suis très forte.

Pour le prouver, elle contracta le biceps de son bras droit.

Graham tendit la main et tâta le petit bras entre son pouce et son index. Il laissa échapper un sifflement.

— Eh bien, en effet, Maddie ! Tu m'as l'air très forte ! Mais je ne pense pas que tu sois prête à t'attaquer à la clôture.

— Alors je peux regarder ? Je serai très sage.

A nouveau, Graham se tourna vers Sasha.

— C'est à ta maman de décider.

Sasha pensa qu'il cherchait à se montrer gentil et ne voulait pas décevoir Maddie en lui disant « non ».

— J'aime mieux que tu restes près de la maison aujourd'hui, décréta-t-elle. J'ai de la cuisine à faire et je vais sans doute avoir besoin de ton aide.

Maddie fit la grimace. Elle préférait manifestement le travail de rancher à celui des fourneaux !

— Si tu veux, intervint Graham, je te donnerai deux ou trois petites choses à faire pour m'aider, quand ta maman n'aura plus besoin de toi à la maison.

— OK ! s'exclama Maddie dont le visage s'éclaira. Vous pouvez compter sur moi, mon pote.

Graham sourit de nouveau.

Qu'il cherche à faire plaisir à sa fille faisait fondre le cœur de Sasha. En tout cas, Maddie était clairement amoureuse de Graham.

L'ironie, c'était qu'elle-même ne l'était pas moins.

Graham semblait apprécier Maddie et ne pas être contrarié pas sa présence ou son attitude envers lui. En tout cas, pas encore. Mais ne finirait-il pas par être agacé quand même, comme cela avait été le cas avec Gabe ?

— Maddie, voudrais-tu rentrer pour dire à oncle Roger que je suis partante pour manger une gaufre ? Avec des bananes et de la chantilly.

— OK, je m'en occupe ! décréta Maddie.

Elle fit aussitôt demi-tour et regagna la maison en courant, laissant à Sasha l'opportunité de parler à Graham de la fascination que sa fille semblait éprouver pour lui.

— Je sais que tu as beaucoup de boulot. J'espère que Maddie ne va pas se montrer trop casse-pieds.

— Comme tu l'étais à l'époque ? l'interrogea-t-il avec un sourire taquin.

— Oui. Parce que tu ne t'intéressais pas à moi.

Leurs regards se soudèrent. Le cœur de Sasha s'emballa et les sentiments d'autrefois, qu'elle avait tant essayé de juguler, resurgirent avec une force décuplée.

Aujourd'hui, cependant, ils n'étaient plus des enfants.

Elle croisa les bras, pour tenter de dissimuler tout ce qu'elle avait sur le cœur.

— De toute façon, si tu t'étais mal conduit avec moi, mon oncle t'aurait botté les fesses ! s'esclaffa-t-elle.

— C'est pas faux, répondit Graham en lui adressant un clin d'œil.

— En tout cas, ne t'inquiète pas. Je trouverai plein de choses à faire faire à Maddie pour qu'elle reste à la maison.

— C'est une petite fille très mignonne, et cela ne me déplaît pas du tout de bavarder avec elle. Maddie a le don de me surprendre, je ne sais jamais ce qu'elle va dire. Si elle devient un peu trop envahissante, je te le ferai savoir, ne t'inquiète pas.

— S'il te plaît.

Il l'étudia un moment avant de prendre un air perplexe.

— On dirait que tu crains vraiment que ta fille ne m'enquiquine !

— C'est un peu ça.

— Ne te fais pas de souci pour moi. J'ai sept frères et sœurs, tu sais.

Elle se fit la réflexion que, comme il n'en parlait pas souvent, on s'imaginait aisément qu'il était fils unique.

— En effet, acquiesça-t-elle. C'est juste que le père de Maddie ne faisait pas preuve de beaucoup de patience avec elle.

— C'est surprenant, car c'est une enfant très agréable.

— Cela m'étonnait, moi aussi.

Elle aurait pu dresser la liste de tous les défauts de Gabe, mais elle s'en abstint. Car cela n'aurait fait que mettre en évidence sa propre incapacité à choisir un compagnon fiable et aimant.

— Est-ce en raison de l'impatience de Gabe que vous avez rompu ? s'enquit Graham.

— En partie, j'imagine.

Bien que répugnant à révéler les détails douloureux de sa vie d'avant, elle se résolut à en partager au moins un.

— Pour ton information, sache que c'est Gabe qui est parti.

— Je suis désolé.

— Ne le sois pas. C'est probablement mieux ainsi.

Comme Graham ne la questionnait pas davantage, elle ajouta d'elle-même :

— Je suis la première à admettre que notre vie commune était loin d'être parfaite, mais en l'épousant je m'étais engagée à rester auprès de lui sur le long terme.

— Lui n'a manifestement pas considéré les choses de la même façon.

— C'est peu de le dire.

Si Gabe avait cru sincèrement dans les vœux qu'il avait

prononcés, il ne l'aurait pas quittée avec autant de facilité lorsqu'il avait appris qu'elle était à nouveau enceinte.

— Enfin, reprit Sasha, assez parlé de Gabe. Revenons à Maddie. Elle n'a jamais été proche de son père, et je pense que cela explique pourquoi elle cherche ta compagnie, ainsi que celle d'oncle Roger. Pour autant, je ne veux pas qu'elle devienne trop collante, alors préviens-moi si cela arrive.

Graham posa une main sur sa joue.

Tandis que son pouce calleux y traçait de petits cercles, elle sentit toutes les terminaisons nerveuses de son corps se réveiller et une onde de chaleur la parcourir.

— Ne t'inquiète pas. Ta fille est adorable. Elle ne me dérange pas le moins du monde.

Elle hocha la tête. Graham semblait être un homme doté d'un grand cœur et de la patience de Job quand il était en présence d'enfants et d'adolescents.

Mais elle, dans tout cela, pouvait-elle côtoyer Graham sans que les sentiments qu'elle éprouvait encore pour lui ne soient trop transparents ? Des sentiments qu'elle ne pouvait plus désormais attribuer à une amourette enfantine.

Il le faudrait bien. Graham Robinson était certainement en mesure d'avoir toutes les femmes qui l'intéressaient. Il était donc illusoire de croire qu'il pourrait jeter son dévolu sur une femme enceinte jusqu'aux dents.

Enfin… Même si sa condition physique était un obstacle indéniable à toute possibilité d'idylle, la vérité était ailleurs. Graham ne l'avait jamais considérée comme une femme attirante et ne le ferait sans doute jamais.

6

Le vendredi suivant, en fin d'après-midi, Brad Taylor appela Graham.

— Bonjour, Graham. Je viens aux nouvelles. Comment Jonah s'adapte-t-il à la vie au ranch ?

— Plus vite que je ne l'aurais cru. Il prend peu à peu ses marques. Il a l'air d'aimer travailler avec les chevaux. Et il a très bon appétit ! Sa seule récrimination, c'est qu'il n'a ni la télé ni la wi-fi dans son pavillon.

— Il est en plein sevrage de jeux vidéo, si je comprends bien, s'esclaffa Taylor.

— Exactement. Il va survivre et ne s'en portera que mieux après. D'ailleurs, quand je suis passé le voir tout à l'heure, il était en train de lire *Sa Majesté des mouches* !

— Super. On dirait que nous avons fait le bon choix en l'envoyant à Peter's Place.

Taylor s'interrompit quelques secondes et s'éclaircit la gorge.

— Etes-vous prêts à accueillir un nouveau pensionnaire ?

Graham n'hésita pas plus d'une seconde.

— Bien sûr !

— Son nom est Ryan Maxwell. Il a seize ans et a été surpris en train de détruire du matériel sur un chantier de construction près de chez lui.

— Et quelle était son excuse ? L'ennui ?

— Plus ou moins. Je pense que c'est plus profond que ça. C'est souvent le cas. D'après son dossier scolaire, il a été un excellent élève jusqu'à il y a deux ans, date à laquelle ses parents ont été tués dans un accident de la route.

— Vous pensez qu'il se rebelle parce qu'il n'a pas surmonté son chagrin ?

— Dans une certaine mesure, peut-être. Il a aussi beaucoup de colère en lui. Il a été confié à son oncle maternel, qui s'avère peu digne de confiance. Cet homme n'est pas capable de garder un travail et préfère passer ses soirées au bar plutôt que de rester avec Ryan. C'est la première fois que ce gamin enfreint la loi, et j'espère bien que ce sera la dernière.

— Nous allons réfléchir à la façon de l'aider.

— Je vous envoie un rapport social sur Ryan, ce soir, précisa Taylor. Et je l'amène au ranch lundi, vers 15 heures.

A peine Graham avait-il raccroché que quelqu'un frappa à la porte de son pavillon. Il ouvrit, pensant qu'il s'agissait de Jonah, mais il se retrouva nez à nez avec Sasha. Elle portait une assiette recouverte de papier aluminium.

— Salut, lança-t-il.

— Je ne sais pas ce que tu avais l'intention de manger ce soir, mais oncle Roger a fait des asada tacos, du riz et des haricots rouges. Comme il en restait pas mal, je t'en ai apporté.

De toute évidence, elle n'avait absolument pas deviné qu'il faisait tout son possible pour l'éviter, même si cela le condamnait à dîner d'une soupe en boîte et d'un sandwich au jambon.

Il prit l'assiette et la remercia.

— J'ai déjà mangé, en fait, mais j'ai encore un peu de place pour un taco.

Elle lui adressa un sourire qui lui remua les entrailles.

— As-tu réfléchi à l'idée que je t'ai soumise ? s'enquit-elle. Celle de me laisser travailler avec les adolescents et leurs parents.

A dire vrai, il n'avait pas eu l'idée d'en discuter avec Roger, mais il était persuadé que celui-ci serait ravi. Et, même s'il n'allait pas être simple pour Graham de travailler aux côtés de Sasha, il ne pouvait pas lui dire « non ».

— Je suis d'accord avec ta proposition. Quand souhaiterais-tu commencer ?

— En fait, j'ai déjà discuté un peu avec Jonah. Je pense qu'il m'apprécie. Il s'est un peu ouvert à moi.

— Je suis heureux de l'entendre, et sache que tu vas avoir du pain sur la planche. Brad Taylor, l'agent de probation de Jonah, va nous amener un nouveau pensionnaire lundi.

Le visage de Sasha s'éclaira.

— C'est bien. Je suis certaine que Jonah sera content d'avoir la compagnie d'un garçon de son âge.

— En effet.

— Le Galloping G est un endroit idéal pour permettre à un jeune garçon de devenir un homme, ajouta-t-elle.

Cet endroit avait certainement aidé Graham à mûrir et à rentrer dans le droit chemin. Cela dit, même s'il souhaitait voir se développer le projet que Roger et lui avaient imaginé pour le ranch, ses compétences professionnelles le destinaient davantage à monter des dossiers de subventions pour soutenir leur initiative.

Il n'envisageait pas de travailler ici le restant de sa vie.

— Il faut que tu saches que je soutiens Peter's Place à cent pour cent, mais je ne vivrai pas toute ma vie dans une des dépendances du ranch, déclara-t-il.

— Vas-tu te construire une maison ? l'interrogea-t-elle. Il est vrai que ce serait plus confortable pour toi.

Il secoua la tête. Elle ne comprenait pas, de toute évidence.

— Une fois que le projet aura pris son rythme de croisière, j'irai m'installer à Austin, expliqua-t-il. Néanmoins, je ne me contenterai pas de superviser les choses de loin, je viendrai souvent en visite.

Sasha écarquilla les yeux.

— Qu'as-tu l'intention de faire en ville ?

— J'ai grandi dans une famille férue de technologie, j'ai moi-même un certain savoir-faire en la matière. J'ai également une maîtrise en administration des entreprises… Alors, même si j'aime travailler dans un ranch, je ne pense pas faire ça toute ma vie.

— Veux-tu monter ta propre société ?

Elle fronça soudain les sourcils et secoua la tête.

— Je suis désolée. Je ne suis pas en train de sous-entendre que tu n'as pas le sens des affaires, c'est juste que je croyais que tu aimais…

Sa voix traîna. Il devina ce qu'elle s'apprêtait à dire.

— J'aime travailler la terre, m'occuper de chevaux et passer du temps avec Roger, mais cela ne signifie pas pour autant que j'envisage de jouer au cow-boy jusqu'à ma mort.

— Je…

Elle s'interrompit et se mordilla la lèvre.

— Ce n'est pas ce que je voulais dire…

— Je ne vais pas partir demain, cela dit, nuança-t-il.

Elle parut réfléchir à cette précision, puis finit pas hocher la tête.

— Oui, bien sûr. Comment comptes-tu financer Peter's Place ? Avant d'annoncer à oncle Roger que j'envisage de rester et d'aider, je tiens à m'assurer que le projet est viable.

— Ne te fais aucun souci pour ça. Je ferai en sorte que le ranch soit solvable. Sache que la Fondation Fortune a proposé de nous aider. Nous n'avons pas encore pris de décision officielle à ce sujet, mais nous ne devrions pas avoir de problèmes financiers.

Pourtant, elle ne semblait pas rassurée. Son visage était fermé, et son cerveau semblait tourner à toute allure. Quelque chose devait la contrarier.

Mais quoi au juste ?

L'annonce de Graham avait fait à Sasha l'effet d'un coup de poing en plein visage.

Certes, elle n'aurait pas dû être aussi surprise qu'il envisage de quitter le ranch. N'était-il pas un Robinson après tout ? Ce statut lui offrait une multitude d'opportunités, la plupart à Austin. Bon, évidemment, elle ne s'était pas imaginé que Graham resterait toute sa vie au Galloping G, mais il faisait tout autant partie intégrante du ranch qu'oncle Roger.

S'agissait-il d'une décision prise de longue date ? Ou bien comptait-il partir parce qu'elle avait annoncé qu'elle restait ?

Cette décision le mettait-elle mal à l'aise ?

Graham l'étudiait attentivement, comme s'il cherchait à lire en elle.

— Quelque chose ne va pas ? demanda-t-il.

Elle ne pouvait bien évidemment pas admettre qu'elle éprouvait des sentiments pour lui et qu'elle espérait secrètement que…

Elle secoua lentement la tête.

— Tout va bien, je t'assure.

Elle était une grande fille. Elle se remettrait du départ de Graham. Elle était plus inquiète en revanche pour Maddie, qui avait tant d'amour à donner. Même si sa fille n'avait jamais été très liée à Gabe, Sasha craignait que la défection prochaine de celui-ci ait des effets négatifs sur ses relations futures avec les hommes.

Maddie semblait rechercher une influence masculine. Dès qu'elle avait rencontré Graham, elle avait jeté son dévolu sur lui. Dans un sens, cela ne dérangeait pas Sasha, car il ne pouvait avoir sur elle qu'une influence positive. Il avait beau avoir été un mauvais garçon par le passé, il s'était totalement assagi.

Cependant, l'adoration que Maddie semblait éprouver pour Graham l'inquiétait tout de même un peu. Sa fille était déterminée à s'en faire un ami et ne cessait de parler de travailler avec lui ou de prendre des leçons d'équitation. En fait, si elle ne l'avait pas empêchée à plusieurs reprises d'aller importuner Graham, Maddie aurait suivi son cow-boy du lever au coucher du soleil !

Alors comment régirait-elle en apprenant que Graham allait quitter le bateau, comme son père l'avait fait ?

— J'ai l'impression que quelque chose te contrarie, Sassy

Pants, remarqua Graham en se rapprochant d'elle au point que des effluves de son parfum vinrent lui chatouiller les narines.

Elle ne pouvait se départir de l'impression que son héros l'abandonnait, elle aussi.

Enfin, pour l'instant, il n'allait nulle part.

Il s'était même rapproché d'elle !

— Es-tu soucieuse que je vous laisse, ton oncle et toi, vous occuper seuls des jeunes garçons ? reprit-il. Si tel est le cas, ne t'inquiète pas. J'ai déjà étudié les candidatures qui nous sont parvenues et je suis sûr de pouvoir recruter des personnes compétentes pour vous aider. Et puis, comme je l'ai dit, je reviendrai souvent.

— Ce n'est pas ça…

Comme il était hors de question de lui avouer tout ce qu'elle avait sur le cœur, elle opta pour une semi-vérité.

— Je suis préoccupée pour Maddie. Elle semble avoir créé un lien très fort avec toi, et j'ai peur qu'elle ne soit déçue par ton départ.

— Je comprends. C'est une enfant adorable, et cela m'ennuierait qu'elle soit triste à cause de moi.

Des larmes lui emplirent les yeux, qu'elle essuya d'un revers de main.

— Je suis désolée, murmura-t-elle. Son père l'a plus ou moins abandonnée, en fait…

Gabe l'avait également abandonnée, elle, mais elle ne pouvait pas affirmer que cela lui avait véritablement fait mal. Par bien des côtés, cela avait plutôt été un soulagement.

— Ne t'inquiète pas, je ferai attention de ne pas blesser Maddie. Je ne partirai pas sans un regard en arrière, lui assura-t-il.

Il posa une main sur son épaule. La chaleur de ce contact se propagea dans son bras, puis dans tout son corps. L'intensité du regard qu'il posa sur elle et la promesse qu'il venait de faire lui procurèrent une douce sensation de chaleur.

Mais pas seulement. Elle soupira.

Ils venaient à peine d'entamer une relation amicale, comme deux adultes raisonnables, et elle espérait déjà qu'ils… qu'il…

Oh bon sang ! Elle n'osait exprimer son désir, même dans le secret de son cœur.

Comme Graham continuait à la fixer, elle espéra que son visage ne trahissait pas ses pensées et ses émotions.

— Je ne suis pas comme Gabe, déclara-t-il.

— Je le sais.

C'était en grande partie pour cela qu'elle était attirée par lui. Bien sûr, elle avait toujours été en adoration devant Graham. Parfois, tard le soir, quand Gabe était en voyage d'affaires ou à un rendez-vous qu'elle soupçonnait de n'être pas si professionnel que ça, elle éprouvait un sentiment de solitude et d'abandon. Alors, dans ces moments-là, elle se laissait aller à rêver au bel adolescent qu'avait été Graham et à imaginer l'homme qu'il était devenu.

Elle était consciente de l'avoir idéalisé quand elle était gamine. Elle avait fait la même chose avec Gabe, dans les premiers temps de leur relation.

Même si elle était arrivée à la conclusion que son mariage avait été une erreur, elle ne le regrettait pas pour autant, car sans épouser Gabe elle n'aurait jamais eu Maddie, ni le bébé qui allait bientôt naître.

— Ne te méprends pas, murmura-t-elle en posant une main sur son ventre pour sentir le fœtus changer de position. Je tenais à Gabe, mais j'avais du mal à éprouver du respect pour lui. Il était tellement déterminé à réussir seul, sans l'aide de son père, qu'il a toujours refusé de travailler pour l'entreprise familiale.

— Je serai le dernier à critiquer un homme qui refuse de travailler avec son père, commenta Graham d'un ton ironique.

Elle s'arrêta quelques instants, songeant qu'en effet les deux hommes avaient ce point commun.

Peut-être, mais ils étaient bel et bien différents pour le reste. Tout le reste !

— Je ne dis pas qu'il aurait dû travailler pour son père.

Je comprenais son envie de trouver sa propre voie. Le problème, c'était que Gabe semblait incapable de se tenir à un travail. Chaque fois que quelque chose n'allait pas comme il l'entendait, il démissionnait. Crois-le ou non, pendant les huit ans que nous avons été mariés, il a eu pas moins de dix employeurs différents !

— Je comprends que cela t'ait perturbée, acquiesça Graham. Parfois, un homme doit savoir ravaler sa fierté et apprendre à s'adapter.

Il tendit le bras et lui caressa l'épaule, certainement pour lui communiquer son empathie et…

A nouveau, son esprit s'emballa, et elle imagina toutes sortes de motivations derrière ces incroyables yeux bleus.

— Comme je l'ai déjà dit, Gabe est un abruti, déclara Graham. Il n'a pas compris la chance qu'il avait…

Son cœur se mit à vibrer dans sa poitrine, si fort qu'elle craignit que cela n'impacte les mots qui sortaient de sa bouche.

— Tu n'as pas idée à quel point tes paroles me réconfortent.

— Je le pense mot pour mot.

Il lui posa une main sur la joue et se pencha pour déposer un baiser sur son front, dans un geste certainement amical ou fraternel.

Bien qu'elle sache ce mouvement risqué, elle leva les yeux vers lui. Quand leurs regards se croisèrent, celui de Graham lui parut exprimer bien plus que des mots ne l'auraient fait…

Avant qu'elle ait pu s'appesantir sur la signification de ce regard, il approcha son visage du sien.

Dès l'instant où leurs lèvres se touchèrent, toute notion d'amitié ou de fraternité se volatilisa. La tête de Sasha se mit à tourner, et la terre trembla sous ses pieds. Mais à peine avait-elle eu le temps de goûter à la saveur de Graham et noué les bras autour de son cou qu'il la repoussa doucement.

— Je suis désolé, souffla-t-il. C'était déplacé de ma part. Je ne sais pas pourquoi j'ai fait ça. Cela ne se reproduira pas.

Avait-il momentanément oublié à quel point il serait compliqué de vivre une relation amoureuse avec elle ?

Sasha, elle, l'avait totalement évacué de ses pensées. Hélas, la réalité n'avait pas tardé à reprendre ses droits.

— Ecoute, reprit-il en faisant un signe de tête vers le Gator. J'ai apprécié de discuter avec toi, mais je dois reprendre le boulot.

Sur ces mots, il la laissa plantée, sidérée par le désir dévastateur qui se déchaînait en elle et par la force des sentiments que ce baiser fugace avait suscités.

Alors qu'elle le regardait s'éloigner, réduisant à néant l'espoir qu'elle avait osé concevoir, son cœur se contracta.

Graham avait traité Gabe d'abruti, mais c'était elle, l'abrutie. Graham pouvait avoir toutes les filles qu'il désirait, surtout s'il déménageait à Austin. Pourquoi choisirait-il une femme bientôt mère de deux enfants ?

Sa raison avait beau lui répéter que c'était mieux ainsi, son cœur refusait de l'entendre, et des larmes lui montèrent aux yeux. Elle ne savait pas quelle était la nature exacte des sentiments qu'elle avait éprouvés pour Graham quand elle était jeune mais, aujourd'hui, elle était adulte et savait sans l'ombre d'un doute qu'elle était en train de tomber follement amoureuse de lui.

Elle était bien avancée, elle qui n'allait pas tarder à ressembler à une grosse vache !

De toute façon, Graham n'était pas intéressé par elle. Et, à supposer que ce soit quand même le cas, quel homme sensé voudrait prendre en charge une gamine de sept ans et un enfant qui n'était même pas encore né ?

Graham était l'incarnation du célibataire séduisant dont toutes les femmes raffolaient. Ayant atteint la trentaine, il avait probablement été courtisé par de nombreuses prétendantes. Par conséquent, s'il avait eu envie de fonder une famille, il l'aurait déjà fait.

Cette prise de conscience réduisit à néant le petit espoir qu'elle entretenait encore.

Avant de retourner dans la maison, elle essuya ses larmes

et fit de son mieux pour juguler la douleur qui lui étreignait la poitrine.

Son amour pour Graham resterait un secret qu'elle porterait jusqu'à la fin de ses jours.

Le baiser qu'il avait échangé avec Sasha ne quittait plus l'esprit de Graham. Il avait beau n'avoir duré que quelques secondes, ce qu'il avait provoqué en lui le déstabilisait complètement. Malgré tous ses efforts, il ne parvenait pas à se concentrer sur autre chose depuis hier.

Il avait dérapé et laissé ses hormones prendre le contrôle de son cerveau. Bon sang ! Comment un geste fraternel avait-il pu se transformer en quelque chose d'aussi ambigu ! Grâce à Dieu, il s'était rapidement repris.

Depuis, il se tenait occupé en permanence et restait éloigné au maximum de la maison et de la cour. Cette mise à l'écart volontaire s'apparentait pour lui à une torture. Et une fois réfugié dans son pavillon, il ne pouvait échapper au souvenir de ce baiser. Il ne cessait de revivre en boucle ce précieux moment. Le baiser avait peut-être été court, mais il lui avait donné un aperçu très clair de la passion qui couvait entre Sasha et lui. Il craignait, par conséquent, que ce simple baiser ne suffise pas à étancher la soif qu'il avait d'elle.

Mais qu'est-ce qui lui avait pris ?

Il n'avait tout bonnement pas réfléchi.

Pourtant, avec le recul, il se disait maintenant que peu lui importait que Sasha soit enceinte d'un autre homme et qu'elle ait une petite fille désirant ardemment un papa. Curieusement, sa maternité ne faisait qu'exacerber l'attraction qu'elle exerçait sur lui.

C'était pour cela qu'il s'efforçait dorénavant de garder ses distances et prenait ses repas dans son pavillon. Peut-être que, s'il avait été meilleur cuisinier, cela ne lui aurait pas autant pesé.

Non, mais de qui se moquait-il ? Ce n'étaient pas les bons petits plats de Roger qui lui manquaient !

Heureusement pour lui, il avait une excellente raison de quitter le ranch cet après-midi : il avait rendez-vous chez Ben avec les autres membres de sa famille.

Il était en retard car il avait dû emmener Jonah chez le médecin, l'adolescent s'étant blessé avec du fil barbelé en réparant une clôture.

Arrivé à Austin, il se gara dans la rue où se trouvait la maison de Ben. L'étroit bâtiment de quatre étages était coincé entre un gratte-ciel et une petite épicerie familiale qui était là depuis des années. Pourquoi son frère aîné préférait-il vivre ici plutôt que dans un grand appartement-terrasse ?

Peut-être Ben envisagerait-il de déménager, maintenant qu'il était marié et allait bientôt devenir papa.

— Vous êtes en retard, lui dit la gouvernante avec une expression austère. Tous les autres sont arrivés.

En réalité, il n'avait que cinq minutes de retard. Il aurait pu donner toute une série d'excuses à Mme Stone, mais il préféra ne pas broncher, suivre la gouvernante dans l'escalier et monter jusqu'à l'étage où le bureau au style suranné de Ben était situé.

Il y retrouva ses sœurs Sophia et Olivia, ainsi que Rachel qui avait fait le déplacement depuis Horseback Hollow. Ben était assis derrière son bureau, tandis que Wes, son jumeau, avait pris une chaise près de la fenêtre. Les deux hommes étaient de corpulence similaire et avaient les mêmes yeux bleus, mais ils différaient dans leur caractère.

Kiernan, leur plus jeune frère, était assis à côté de Wes.

La seule personne restée debout était Zoe, qui se tenait près de la fenêtre et semblait absorbée dans la contemplation de la rue.

— Votre attention, s'il vous plaît, lança Ben. Maintenant que Graham est arrivé, nous pouvons commencer.

Graham s'assit à son tour, mais Zoe resta plantée près de la fenêtre sans bouger.

— Zoe ? fit Ben. As-tu entendu ?

— Pardon, dit-elle en se détournant, sans pour autant prendre une chaise.

Elle posa les mains sur ses hanches et s'éclaircit la gorge.

— Bien, explique-nous pourquoi tu as souhaité que nous nous réunissions, lui demanda Ben.

— Très bien.

Elle se mordilla la lèvre inférieure comme si ce qu'elle s'apprêtait à dire n'était pas évident.

— J'ai un aveu à vous faire. J'ai gardé pour moi certaines informations.

Tous les yeux se fixèrent sur elle avec étonnement. Zoe poussa un long soupir avant de reprendre :

— Je sais avec certitude que papa est bien Jerome Fortune.

Cette annonce fut accueillie par un silence ahuri, puis tous se mirent à parler en même temps.

Ben, dont l'autorité était l'un des traits de caractère, intima le silence.

Lorsque les murmures cessèrent, il se tourna vers Zoe.

— Comment le sais-tu ? l'interrogea-t-il.

— J'ai reconnu l'anneau avec la lettre F gravée que Charles Fortune Chesterfield a donné à sa fiancée, Alice. Papa en a un identique. Et quand je l'ai confronté aux faits il a fini par avouer.

Graham hocha lentement la tête. Il avait du mal à croire que toute cette histoire puisse être vraie mais, à bien y réfléchir, il n'était pas surpris que leur vieux père soit capable d'une telle duperie. S'il avait appris cette vérité quelques années plus tôt, alors qu'il était encore un adolescent rebelle, il aurait immédiatement quitté l'assemblée, sous l'effet de la colère et du dégoût.

Cela dit, il avait beau s'être assagi et savoir se maîtriser aujourd'hui, il détestait ce sentiment d'avoir été trahi. Il haïssait l'idée que leur père ait ainsi vécu dans le mensonge.

Car il n'était pas le seul concerné. Ils avaient tous vécu dans le mensonge !

— Je suis désolée de ne pas vous en avoir parlé plus tôt, reprit Zoe, mais papa ne voulait pas que cela se sache.

— Et tu t'es soumise à sa volonté ? attaqua Wes. Nous avions le droit de savoir. Jamais il n'aurait dû garder ce secret pour lui !

— L'histoire est plus compliquée qu'il n'y paraît, se défendit Zoe. Papa souhaitait tellement se soustraire à l'emprise de sa famille qu'il a mis en scène sa propre mort pour couper définitivement les ponts avec les Fortune.

Graham haussa un sourcil incrédule. Pour quelle raison leur père en était-il arrivé à une telle extrémité ?

Ses frères et sœurs s'étaient mis à parler avec animation. Ils étaient manifestement sous le choc de la révélation de Zoe. A nouveau, Ben dut réclamer le calme.

— Bon, nous sommes fixés, à présent. Une autre question doit maintenant être abordée. Devons-nous en parler à Kate Fortune ?

Agée de quatre-vingt-dix ans, Kate Fortune était à la tête d'une entreprise de cosmétiques qui connaissait un succès constant grâce à la commercialisation du sérum de jeunesse qu'elle avait créé. Malgré son âge, Kate Fortune avait toujours l'esprit vif et acéré, et elle était déterminée à trouver le membre de la famille Fortune le plus apte à diriger *Fortune Cosmetics*. Ses enfants travaillaient déjà avec elle, mais elle estimait que sa société avait besoin d'idées nouvelles. C'était la raison pour laquelle elle avait rencontré ces derniers temps plusieurs membres de la famille Fortune afin de dénicher la perle rare.

Si elle apprenait que les Robinson étaient en réalité des Fortune, peut-être souhaiterait-elle les rencontrer également. Cela dit, Gerald — ou plutôt Jerome, nom sous lequel il était connu autrefois — avait manifestement été le mouton noir de la famille.

— Je doute qu'elle puisse sérieusement considérer l'un d'entre nous, commenta Wes. Et même si tel était le cas, papa ferait une crise à la pensée que l'un de ses enfants puisse travailler pour l'ennemi.

— Malheureusement, intervint Zoe, la décision de le révéler à untel ou pas est sans doute déjà hors de notre contrôle.

— Qu'est-ce qui te fait penser ça ? demanda Graham.

— Parce que…

Zoe prit une profonde inspiration.

— Je l'ai dit à Keaton Whitfield.

— Tu as fait quoi ?

Le visage de Ben s'empourpra sous l'effet de la colère. Graham comprenait pourquoi. Ben s'était mis en quête des enfants illégitimes de leur père, et c'était lui qui avait trouvé Keaton, un de leurs demi-frères vivant en Angleterre.

Ben étouffa un juron, mais Zoe ne se laissa pas démonter.

— J'ai eu l'occasion de discuter avec Keaton après que Joaquin et moi sommes revenus de notre lune de miel. Il m'a appris qu'il avait retrouvé la trace de deux autres descendants potentiels de Gerald Robinson. L'un d'entre eux se souvenait aussi d'un anneau avec la lettre F.

Ben secoua la tête, visiblement agacé.

— Je n'ai pas tout raconté à Keaton, nuança Zoe. J'ai seulement laissé entendre que la piste Fortune était la bonne.

— Je n'arrive pas à croire que Keaton soit venu te trouver plutôt que moi, fit Ben avec un brin d'amertume.

Graham, lui, était surtout préoccupé par l'idée qu'il y avait sans doute d'autres Robinson — ou plutôt Fortune — dans la nature.

Ils discutèrent des derniers rebondissements de l'affaire. Certains étaient heureux de la nouvelle, d'autres se montraient plus inquiets. Graham, lui, n'était ni l'un ni l'autre. De toute façon, il ne s'était jamais vraiment senti appartenir à cette famille. Ses différends avec son père y étaient pour beaucoup.

Lorsque Ben appela Mme Stone pour lui demander d'apporter des rafraîchissements, Graham informa son frère qu'il ne pouvait rester davantage.

— Je dois retourner au ranch, s'excusa-t-il.

— Il faut que je parte moi aussi, renchérit Zoe.

Graham posa une main dans le dos de sa jeune sœur.

— Je te raccompagne.

Ils prirent congé de leur famille et descendirent ensemble l'escalier.

Graham jeta un œil à la dérobée à Zoe qui était maintenant mariée et plus du tout une enfant. Elle avait toujours été proche de leur père, refusant d'admettre qu'il puisse avoir des défauts. On ne pouvait pas vraiment la qualifier de naïve, c'était juste quelqu'un qui avait tendance à voir le meilleur chez autrui.

Aujourd'hui, comme tous les autres Robinson-Fortune, elle commençait à découvrir le vrai visage de Gerald Robinson. Cette vérité était difficile à admettre pour celle qui avait toujours mis leur père sur un piédestal.

— J'imagine que cela a été dur pour toi de faire cette annonce, lui dit-il.

— Ce n'était pas facile, admit Zoe, mais dès que j'ai su la vérité j'ai eu besoin de la partager.

— La loyauté est une qualité, Zoe. Admettre qu'on a tort en est une autre. Si je devais un jour avoir besoin d'aide, j'espère que tu serais là pour moi.

— Merci, murmura-t-elle avec un sourire.

Ils marchaient lentement vers leurs véhicules. Soudain, Zoe s'arrêta et se tourna vers Graham.

— Tu avais des doutes concernant papa depuis plusieurs années, n'est-ce pas ? l'interrogea-t-elle.

Graham s'arrêta à son tour et hocha la tête.

— Tu te souviens de Suzette, la jeune fille au pair qui venait de France ?

— Oui, un peu. Elle était très jolie, avec de longs cheveux noirs et des yeux bleus. Son accent était très étrange. Je la considérais presque comme une princesse. Pourquoi me parles-tu d'elle ?

— J'ai surpris papa en train de l'embrasser dans le vestiaire de la piscine.

Zoe accueillit cette révélation par un silence.

— Quel âge avais-tu ? demanda-t-elle au bout d'un moment.

— Onze ou douze ans.

— Qu'as-tu fait en découvrant cela ?

— Pas grand-chose. Papa a décrété que j'avais mal interprété ce que j'avais vu et que j'aurais de gros problèmes si j'en parlais à qui que ce soit.

— Cela a été le cas ?

— Tu veux dire : est-ce que j'ai mal interprété ce que j'avais vu ?

Graham secoua la tête avec un sourire amer.

— Non. Je n'étais pas stupide.

Zoe laissa échapper un soupir.

— Quand j'étais petite, j'ai vu papa en train de serrer notre voisine, Mme Caldwell, dans ses bras, un soir de Saint-Sylvestre. Elle pleurait et parlait d'un bébé.

— Le bébé de qui ?

— Je ne sais pas, mais maintenant je me pose des questions.

Ils échangèrent un regard entendu.

— Je comprends à présent que papa m'a menti, reprit Zoe. Il m'a raconté qu'il ne faisait que la réconforter parce qu'elle était triste. Il m'a demandé de n'en parler à personne sous prétexte que Mme Caldwell était gênée qu'il l'ait vue en train de pleurer. Il m'a fait croire aussi que lui et moi étions unis par un lien spécial.

— Et le bébé ?

— Papa a prétendu que j'avais mal compris. De toute évidence, notre père est vraiment un être incompris !

— Ouais… tu crois ? fit Graham d'un ton sarcastique.

Et pourtant, il n'en revenait pas de découvrir toutes les frasques de son père.

— As-tu gardé son secret ? s'enquit Zoe.

— J'ai essayé d'en parler à maman, à demi-mot. Mais elle n'a pas relevé.

— Je ne serais pas surprise qu'elle ait fait comme si elle ne comprenait pas. Elle avait huit enfants et tenait probablement à sauver son mariage. C'est ce que la plupart des mères feraient, j'imagine.

Il hocha la tête. Non seulement leur mère avait sans doute

été au courant des écarts de son mari, mais jamais — à sa connaissance — elle n'avait abordé ce sujet avec lui.

— Quoi qu'il en soit, reprit-il, j'ai perdu tout respect pour papa à partir de ce jour-là.

— Est-ce la raison pour laquelle tu étais aussi rebelle ?

Un sourire en coin se dessina sur les lèvres de Graham.

— Je suis probablement né rebelle mais, après avoir découvert qui était vraiment papa, j'ai décidé de le décevoir autant qu'il m'avait déçu.

Sa sœur réfléchit quelques instants à ses paroles.

— Si j'avais surpris papa en train d'embrasser une autre femme que maman, j'aurais certainement été tentée de faire des miennes moi aussi.

Il en doutait un peu. Zoe avait toujours été une fille sage.

— Alors, raconte-moi plutôt comment se passe ta vie de femme mariée.

A cette question, le visage de Zoe s'illumina, lui rappelant à quel point elle pouvait être drôle et enjouée.

— C'est merveilleux. J'aime Joaquin un peu plus chaque jour. Tu devrais vraiment envisager de te caser, toi aussi.

Vraiment ? Il n'y avait jamais pensé avant mais, tandis qu'il réfléchissait à cette idée, Sasha, Maddie et le bébé à naître s'insinuèrent dans son esprit.

Seulement, Sasha n'était pas prête pour une autre relation. Son mariage venait à peine de se terminer. Elle avait besoin de temps, et il devait le respecter.

— Je n'ai jamais pensé être fait pour le mariage, expliqua-t-il à sa petite sœur. Mais ton bonheur fait vraiment envie. Alors, si une femme spéciale se présentait sur le pas de ma porte, je pourrais l'envisager.

Tandis qu'ils continuaient à marcher, il s'imagina marié, rentrant chaque soir auprès de sa femme et de ses enfants.

A nouveau, l'image de Sasha s'imposa dans son esprit. Avait-il, en fait, déjà trouvé cette femme « spéciale » ?

7

Du pas de la porte, Sasha observait Graham en grande discussion avec Brad Taylor.

Elle avait été surprise de découvrir le deuxième adolescent que l'agent de probation venait de leur amener. Graham lui avait permis de consulter le dossier qu'il avait reçu au sujet de Ryan Maxwell et, à la lecture du dossier, elle s'était imaginé que celui-ci aurait l'attitude sûre de lui et hostile d'un délinquant en puissance.

Cependant, Ryan ne ressemblait en rien à Jonah. Il paraissait moins dur et moins renfermé. Il avait constamment la tête baissée, comme s'il portait le poids du monde sur les épaules. Pas très grand pour un garçon de quinze ans, il était particulièrement maigre. Ses lunettes, qu'il remontait sans cesse sur son nez, étaient bien trop grandes pour son visage.

Son apparence chétive et fragile ne diminuait en rien la gravité du délit qu'il avait commis. Les dommages causés au matériel de chantier avaient tout de même coûté près de dix mille dollars à la société de construction. Elle ignorait ce qui avait bien pu pousser cet adolescent autrefois studieux à mettre de la terre dans des réservoirs de tracteurs, mais elle était bien décidée à le découvrir.

Taylor posa la main sur l'épaule de Ryan et s'adressa à Graham.

— Où souhaitez-vous qu'il mette ses affaires ?

— Il va partager le pavillon de Jonah, expliqua Graham avant de se tourner vers l'écurie pour appeler l'autre adolescent.

Jonah s'approcha sans hâte, les sourcils froncés, jaugeant le nouvel arrivant.

— Jonah, je te présente Ryan, déclara Graham. Veux-tu l'emmener jusqu'au pavillon et lui montrer où s'installer ?

Jonah, qui venait à peine de commencer à se départir de son attitude hostile, se raidit et se dissimula à nouveau derrière une apparence de gros dur.

— Ouais, fit-il d'un ton sec. Suis-moi.

Ryan prit son sac et suivit Jonah. Ils avaient à peine parcouru quelques mètres que Graham lui lança :

— Dès que Ryan aura déposé ses affaires, ramène-le ici.

Jonah poursuivit son chemin sans se retourner, mais fit de la main un geste signifiant qu'il avait compris.

— OK, patron !

Sasha choisit ce moment pour rejoindre les deux hommes.

Une fois les adolescents hors de portée de voix, Graham se tourna vers Brad Taylor.

— Le dossier ne le mentionnait pas, mais je devine que Ryan n'a pas beaucoup d'amis.

— Avant la mort de ses parents, il était très actif au sein d'un club de mathématiques et de sciences. Je suppose donc qu'il avait des amis qui partageaient les mêmes centres d'intérêt que lui. Tout cela a changé quand il a emménagé chez son oncle et a dû changer d'école. Aujourd'hui, c'est un solitaire.

— Le rapport dit qu'il a endommagé le matériel tout seul, intervint-elle.

— Je l'ai noté moi aussi, renchérit Graham. C'est curieux. Quand j'étais ado et bien décidé à faire des miennes, j'étais bien plus courageux avec un pote à mes côtés.

Un pote comme Peter, songea-t-elle.

A cet instant, oncle Roger sortit de la maison et traversa la cour pour rejoindre le petit groupe.

— Ce nouveau gamin est beaucoup trop maigre. Je vais faire de mon mieux pour l'engraisser.

Elle sourit au vieil homme qui aimait tant faire la cuisine.

— Si quelqu'un a les talents culinaires pour le faire, c'est bien toi ! approuva-t-elle.

— Jonah ayant déjà un gros appétit, tu vas devoir augmenter tes proportions, s'esclaffa Graham. C'est une bonne chose que je mange de mon côté ces derniers temps, sinon je prendrais certainement du poids.

Elle doutait que la peur des calories superflues ait un quelconque rapport avec la décision de Graham d'éviter les repas de Roger. Elle décida néanmoins de ne pas relever.

Reprenant le sujet initial de leur conversation, elle déclara :

— D'après ce que j'ai cru comprendre, Ryan a sauté une classe quand il était en primaire, et c'était un très bon élève. Je suppose que sa vie a été bouleversée par la mort de ses parents et par le fait de devoir vivre avec un oncle alcoolique et peu motivé pour le soutenir. Sa peine s'est transformée en colère, et il a eu envie de s'en prendre à quelque chose pour évacuer sa haine.

Brad Taylor hocha la tête.

— Ryan est au Galloping G, maintenant, intervint Roger, et nous allons tenter de l'aider à maîtriser son énergie et de le remettre sur les rails.

— Je compte sur vous, renchérit Taylor. Je vous appellerai dans quelques jours pour prendre des nouvelles des garçons.

— Tout se passera bien, lui assura Roger en le raccompagnant jusqu'à sa voiture. Ryan a besoin d'un ami, et Jonah n'est pas aussi dur et inaccessible qu'il voudrait le laisser penser.

Le véhicule de Brad Taylor avait à peine disparu dans un nuage de poussière que les deux adolescents étaient de retour.

— Vous voulez que Ryan m'aide à finir le travail à l'écurie, patron ? demanda Jonah à Graham.

— Je préférerais qu'il fasse le tour du ranch d'abord. Tu crois que tu peux t'en charger ?

Jonah redressa les épaules.

— Bien sûr que je peux le faire !

La porte de la maison s'ouvrit, et Maddie apparut sur le seuil. Elle s'approcha du nouveau venu avec un sourire et se présenta tout en le scrutant de la tête aux pieds, s'arrêtant sur le pantalon treillis et le T-shirt noir avec une image de Chewbacca.

Elle se tourna vers Graham.

— Il va falloir lui trouver des vrais habits de cow-boy, hein ?

Sasha sourit. On pouvait compter sur Maddie pour faire en sorte que tout le monde s'habitue vite à la vie au ranch.

Graham attrapa l'une des nattes de sa fille et tira doucement dessus.

— Tu as raison, mon chou. J'ai comme l'impression que nous devrions organiser une expédition shopping à Austin.

— Je n'ai besoin de rien, objecta Ryan.

— Le jour où l'un de nos chevaux t'écrasera le pied, décréta Roger, tu regretteras de ne pas porter de bottes, je te le garantis.

L'adolescent jeta un coup d'œil à ses tennis usées dont la place était plus dans une poubelle qu'aux pieds d'un jeune garçon.

Et dire qu'il prétendait n'avoir besoin de rien !

Outre de nouveaux vêtements et de la bonne nourriture, Ryan allait avoir besoin de gentillesse et de sollicitude. C'était un adolescent qu'il allait falloir guider. Heureusement qu'il était arrivé à Peter's Place avant de s'enfoncer davantage dans le pétrin.

— J'ai encore une stalle à nettoyer, annonça Jonah. Je lui ferai voir le ranch quand j'aurai fini.

— Bonne idée, commenta Graham. Je suis content que tu prennes tes responsabilités au sérieux et que tu aies à cœur de terminer le travail que tu as commencé.

Jonah s'esclaffa.

— Ouais, ramasser le fumier, c'est vraiment un travail merdique !

Même le triste visage de Ryan se dérida à ce jeu de mots.

— Si je veux terminer, reprit Jonah, c'est parce que c'est la stalle de Barney. Ce cheval mérite d'avoir une stalle propre. J'en ai pour cinq minutes.

Après son départ, oncle Roger suggéra que Maddie retourne à la cuisine pour terminer ce qu'il lui avait demandé de faire.

— D'accord, fit-elle, de bonne grâce. J'aime bien éplucher les haricots verts.

Sasha se présenta à son tour à Ryan et lui expliqua qu'elle souhaitait le rencontrer de façon régulière pour discuter de choses et d'autres.

— De quel genre de choses ? demanda-t-il.

— De ta vie, du passé, du présent. Et de l'avenir.

— Ma vie n'est pas vraiment intéressante. Et je n'ai pas d'espoir en l'avenir. J'ai fait une grosse bêtise et je le regrette. Mais au moins, cela m'a permis de quitter la maison de mon oncle.

— Tu t'es puni tout seul, déclara-t-elle. Il y a deux ans, tes bons résultats pouvaient te permettre d'envisager d'intégrer n'importe quelle université et te voilà maintenant avec une condamnation sur les bras.

Ryan se renfrogna et croisa les bras.

— J'étais en colère, OK ? Et je voulais que tout le monde le sache.

— En colère ou blessé ? J'ai perdu mes parents moi aussi, alors crois-moi, je sais exactement ce que tu ressens.

— Ah oui, vraiment ?

Ryan se redressa de toute sa hauteur et la foudroya du regard.

— Est-ce que vos parents avaient contracté une police d'assurance pour vous permettre d'aller à l'université et d'acheter une voiture ou une maison ? railla-t-il. Et est-ce que votre oncle a tout dilapidé pour se payer de la drogue et des prostituées ?

Ses mots faillirent la déstabiliser, mais elle parvint à se reprendre assez vite.

— Je serais très en colère moi aussi, si tel était le cas, Ryan. Mais il est inutile de t'en prendre à tout le monde. Cela ne t'aidera pas.

L'adolescent la fixa avec intensité, comme si ses paroles faisaient leur chemin en lui.

— L'opportunité t'est donnée de prendre un nouveau départ. Mais c'est une décision qui ne relève que de toi seul.

Ryan ne pipa mot, pourtant son cerveau paraissait en ébullition.

Elle savait qu'elle disposait de temps pour aider l'adolescent, mais elle avait le sentiment qu'ils venaient d'ores et déjà de faire un pas en avant.

Ils n'eurent pas le loisir de poursuivre leur discussion, car Jonah revint de l'écurie en s'essuyant les mains sur son jean.

— C'est bon, j'ai terminé. Je vais te faire visiter le ranch maintenant.

Ryan lui emboîta le pas sans un mot.

Elle se fit la réflexion qu'ils ne paraissaient enclins, ni l'un ni l'autre, à sympathiser. Pourtant, elle avait bon espoir qu'ils deviennent amis.

— Je vais aller retrouver Maddie, annonça Roger. Elle a beau aimer éplucher les haricots verts, je crains qu'elle ne m'ait laissé tomber.

Demeurée seule en compagnie de Graham, elle s'attendit à ce qu'il trouve une bonne excuse pour la planter là.

A son grand étonnement, cependant, il n'en fit rien et resta silencieux à ses côtés. Avant qu'il lui échappe, elle chercha à prolonger l'instant :

— Alors, qu'en penses-tu ?

Au son de la voix de Sasha, Graham releva les yeux. Il avait été tellement absorbé par ses pensées au sujet des deux adolescents qu'il avait dû rater quelque chose.

— Qu'est-ce que je pense de quoi ? De Ryan et du délit qu'il a commis ?

— Oui. Penses-tu qu'il va bien s'adapter ici ?

Il souleva son stetson et passa les doigts dans ses cheveux avant de le remettre.

— Ryan est un gamin intelligent. Je pense qu'il va se faire à la vie au ranch et s'en sortir. Tout comme toi…

Elle pencha légèrement la tête.

— Moi ? Je ne te suis pas…

Les rayons du soleil firent chatoyer ses cheveux blonds, mais il refusa de se laisser distraire.

— J'ai observé Ryan attentivement pendant que tu lui parlais. Je crois que tes mots ont fait mouche.

— Tu crois ?

Il ne se souvenait pas de Sasha comme de quelqu'un manquant de confiance, aussi le fait qu'elle semble douter de ses capacités le surprit-il. Il était impressionné par la façon dont elle s'y était prise avec les deux adolescents, mais il ne voulait pas non plus trop la complimenter. Il était un peu tôt pour savoir comment elle s'en sortirait sur le long terme.

— Oui, j'ai bien aimé ce que tu as dit à Ryan.

— Merci, dit-elle avec un sourire rayonnant. J'espérais avoir été convaincante, mais il est difficile d'en avoir la certitude, surtout avec des adolescents.

— C'est vrai. Ryan a reçu un gros choc à la mort de ses parents, et je pense que personne ne l'a aidé à surmonter cette épreuve. Alors, quand son oncle a anéanti son avenir, il n'a probablement pas vu d'autre issue que la révolte.

Elle hocha lentement la tête.

— J'ai appris au cours de mes études que la base de la santé mentale, c'est de savoir que plusieurs options s'offrent à nous. Or Ryan en a plein. Surtout maintenant qu'il est ici.

Sasha était diplômée mais, comme elle n'avait pas encore eu l'opportunité de mettre ses connaissances en application, il avait tout de même conçu quelques doutes quant à sa capacité à travailler pour Peter's Place. Maintenant qu'il l'avait vue à l'œuvre avec Jonah, puis avec Ryan, il était totalement rassuré. Il était inutile désormais d'organiser des entretiens avec des candidats au poste de conseiller psychologue.

Sasha tiendrait ce rôle à merveille.

— Il y a à Austin un foyer pour mineurs délinquants avec lequel j'ai été en contact, reprit-il. Peut-être pourrais-tu te rapprocher des éducateurs qui exercent là-bas afin qu'ils t'aident à monter ton protocole.

— C'est une bonne idée, convint-elle en souriant à nouveau.

Quand elle souriait ainsi et que cette lueur s'allumait dans ses yeux, une douce chaleur se répandait en lui, titillant ses terminaisons nerveuses.

Elle croisa les bras, lui rappelant ainsi qu'elle était enceinte. Les pensées qu'elle lui inspirait étaient donc totalement inappropriées. Cela lui fit également prendre conscience d'un autre problème : l'accouchement de Sasha était imminent. Serait-elle assez disponible pour s'occuper des adolescents accueillis au ranch ? Peut-être devrait-il finalement maintenir la série d'entretiens prévus.

— Il n'y a pas d'urgence, nuança-t-il.

Elle devait comprendre ce qu'il sous-entendait, à savoir qu'elle n'allait pas être en mesure de travailler à temps complet pendant un certain temps. Il ignorait quelles seraient les restrictions médicales, mais ressentait soudain le besoin de s'en enquérir et de s'assurer qu'elle prendrait bien soin d'elle et du bébé.

Oui mais voilà, avait-il un quelconque droit de fureter ainsi dans sa vie ?

Ils restèrent silencieux au milieu de la cour. Il étudia Sasha, qui, les sourcils froncés, se mordillait la lèvre inférieure. De toute évidence, elle réfléchissait à quelque chose de sérieux.

C'était fou ! Même inquiète ou contrariée, elle était magnifique à regarder.

Il se secoua pour dissiper cette fascination.

— Peut-être cela ne me regarde-t-il pas, commença-t-il, mais as-tu pris rendez-vous avec un médecin pour suivre ta grossesse ?

Elle le fixa de ses yeux bleus exprimant une myriade d'émotions qu'il ne savait interpréter.

— Es-tu inquiet au sujet de ma grossesse ?

A dire vrai, oui. Certes, elle paraissait en bonne santé,

mais il était préoccupé par son bien-être et celui de son bébé. En cet instant précis, tout ce qui la concernait le préoccupait.

— Pour quand l'accouchement est-il prévu ?

— Pour le 15 août.

Soit dans huit semaines. Sa seule expérience en la matière, il l'avait acquise auprès de juments poulinières. Ce qui n'avait rien à voir.

Non, absolument rien à voir !

— Pour ton information, j'ai rendez-vous vendredi avec un obstétricien d'Austin.

— Parfait, commenta-t-il, soulagé.

— Je ne pourrais pas être négligente avec quelque chose d'aussi important, déclara-t-elle.

Non, bien sûr, il ne la croyait pas négligente, mais il avait entendu dire que le stress pouvait provoquer d'importantes complications chez une femme enceinte.

Or, Sasha devait avoir eu son lot de stress au cours des derniers mois.

— J'aimerais…

Il s'interrompit, ne sachant plus, tout d'un coup, ce qu'il avait voulu dire. Qu'il aimerait connaître le diagnostic du médecin ?

— Je… Je suis curieux de savoir comment se passera cet examen, c'est tout.

— Veux-tu venir avec moi ?

Oh ! grand Dieu, non ! Il n'avait pas songé à se montrer aussi présomptueux ! Quoique… L'idée n'était pas si mauvaise, après tout, bien qu'il soit totalement effrayé de l'admettre.

— Je pourrais t'y conduire, proposa-t-il, et t'attendre sur le parking. C'est comme tu veux.

Bon sang, il venait d'ouvrir la boîte de Pandore ! Voilà pourquoi il devait absolument éviter Sasha… Car non seulement sa présence faisait naître en lui de curieux sentiments, mais elle l'amenait aussi à proférer des paroles totalement déplacées !

— Je dois admettre que conduire depuis la Californie a été un peu difficile. Mon ventre est devenu tellement gros que je dois reculer le siège pour qu'il ne frotte pas contre le volant. Et du coup, mes pieds ont du mal à atteindre les pédales.

Il n'avait aucune idée de la façon dont ils en étaient arrivés à avoir cette conversation, mais il était trop tard pour rétropédaler.

— Je serai heureux de te conduire à ton rendez-vous vendredi, affirma-t-il.

Et, pour une raison totalement mystérieuse, il avait même hâte d'y être.

Le lendemain, Graham pénétra dans la maison à l'heure du petit déjeuner, ce qui ne manqua pas de surprendre Sasha, en même temps que cela l'emplissait de joie.

— Bonjour, le salua-t-elle. Tu arrives juste à temps pour déguster les œufs rancheros d'oncle Roger !

— C'est super bon ! s'enthousiasma Jonah. Vous feriez mieux de vous dépêcher avant qu'on mange tout, Ryan et moi.

Elle observa le plus chétif des deux garçons, qui était en train de terminer son assiette. Son appétit montrait qu'il s'adaptait bien à son nouvel environnement.

Jonah poussa Ryan du coude.

— Tu as aimé aussi, non ?

Ryan cessa de manger le temps de hocher la tête. Ce geste fit tomber ses lunettes sur son nez, l'obligeant à les remonter avec son index, comme il le faisait sans cesse. Elle se demanda depuis combien de temps le pauvre Ryan n'avait pas consulté un ophtalmologiste, ni même un médecin.

Roger, qui se tenait près de la cuisinière et remplissait une assiette pour Graham, ricana.

— On dirait que tu t'es finalement lassé de ton bol de céréales froides. Ce n'est pas trop tôt. Assieds-toi.

Graham ne releva pas. Il se servit du café noir et s'installa à côté de Jonah.

— Moi, j'aime bien les céréales, affirma Maddie. Parce que, aujourd'hui, la cuisine d'oncle Roger est trop piquante.

Graham s'esclaffa.

— Il est vrai que ton oncle est habitué à cuisiner pour des cow-boys et des ouvriers. Il a dû oublier que le palais des petites filles est trop délicat pour les plats pimentés et les sauces épicées.

— Je propose des repas variés, protesta Roger, feignant d'être vexé. On ne peut pas manger des pancakes tous les matins. Enfin, il est bon pour la santé de manger des céréales de temps en temps.

Il prit un torchon et essuya le comptoir avant d'ajouter :

— Quoi qu'il en soit, je vous annonce que ce soir vous aurez droit à mes fameux spaghettis façon oncle Roger !

Un sourire complice se dessina sur le visage de Graham.

— Alors ça, ce n'est pas rien ! s'écria-t-il. Vous n'imaginez pas à quel point les spaghettis d'oncle Roger sont délicieux. Je suis très tenté de me joindre à vous…

Sasha sourit. Elle était pour sa part très tentée d'entraîner Graham hors de la cuisine afin de se retrouver seule avec lui et de lui dire ce qu'elle ressentait.

Oui, mais voilà, elle était bien trop raisonnable pour ça.

— Dis-moi, Maddie, fit soudain Graham en se tournant vers sa fille, est-ce que ta maman a des projets pour toi aujourd'hui ?

Maddie parut ravie d'être l'objet de l'attention de son cow-boy favori.

Elle se tourna vers sa mère avec un air interrogateur.

— Pas vraiment, répondit celle-ci en regardant Graham. Pourquoi ?

— Il me semble que le moment est venu de donner à Maddie sa deuxième leçon d'équitation.

A ces mots, sa fille laissa échapper un cri aigu et frappa dans ses mains.

— Je vais monter à cheval aujourd'hui ? s'exclama-t-elle.

Graham but une gorgée de café.

— Si tu es prête et si ta maman est d'accord.

— Je suis déjà prête, décréta l'intéressée en repoussant son assiette et en se levant de table.

Graham chercha son assentiment du regard.

Comment aurait-elle pu refuser ? Si elle en avait la possibilité, Maddie monterait à cheval du lever au coucher du soleil.

— Bien sûr, si cela ne te dérange pas.

— Parfait ! Dès que j'aurai terminé mon petit déjeuner, nous irons retrouver Lady Jane.

Elle était émue par la gentillesse de Graham envers sa fille. Il avait déjà accordé davantage d'attention à Maddie en deux semaines que Gabe en sept ans.

Rien que pour ça, elle avait toutes les raisons de tomber amoureuse de lui. Enfin, « amour » n'était peut-être pas le mot approprié, même si cela ressemblait fortement à ce qu'elle ressentait.

Maddie mit son bol dans l'évier avant de retourner s'asseoir. Elle posa les coudes sur la table et appuya le menton sur ses mains retournées. Elle observait Graham, impatiente qu'il termine de manger.

Gabe aurait probablement trouvé le comportement de sa fille agaçant et l'aurait envoyée dans sa chambre. Maddie ne semblait pas énerver Graham en revanche, qui lui lançait souvent des coups d'œil complices.

Quand il eut terminé son petit déjeuner, il mit son assiette et sa tasse sales dans l'évier.

— OK, mon chou, je suis prêt. Est-ce que ta maman a envie de venir nous regarder ?

— Tu parles que j'en ai envie !

Elle n'aurait raté cela pour rien au monde, et pas seulement parce qu'elle voulait voir sa fille faire une activité qui la rendait aussi heureuse.

Elle suivit Graham et Maddie dehors. En apercevant la jument déjà sellée près du corral, elle comprit que la leçon d'équitation avait été planifiée depuis un certain temps.

— Je t'aime, chuchota Maddie à Lady Jane. Tu es le meilleur cheval du monde.

Sasha sourit, se souvenant que Maddie avait déjà déclaré

sa flamme au cheval imaginaire qu'avait constitué le dossier de leur ancien sofa.

Graham souleva sa fille et l'installa sur la selle. La petite saisit le pommeau et laissa Graham régler ses étriers. Puis il commença à faire avancer le cheval. Les yeux écarquillés, Maddie se tenait droite et fière sur sa monture.

Combien de temps la passion de sa fille pour les chevaux et les cow-boys durerait-elle ? Pour l'heure, en tout cas, c'était comme si Graham lui avait décroché la lune.

Sasha aperçut Ryan et Jonah qui se dirigeaient vers l'écurie, parlant avec animation. Elle aurait pu être intéressée par leur interaction, mais elle était trop subjuguée par la joie pure qui illuminait le visage de sa fille. Trop reconnaissante également envers Graham de s'occuper ainsi de Maddie.

Les sentiments qu'elle éprouvait pour lui grandissaient de jour en jour.

Comment sa fille et elle allaient-elles réagir le jour où il quitterait le ranch ?

8

Un pressentiment envahit Sasha dès l'instant où son portable sonna, jetant une ombre sur cette journée jusque-là parfaite.

Car elle sut qui appelait sans même avoir consulté l'écran. Et elle eut beau avoir terriblement envie de rejeter l'appel, elle répondit quand même, prête à affronter celui qui était encore son mari.

Son intonation ne fut pas des plus enjouées lorsqu'elle le salua :

— Bonjour, Gabe.

— Salut. Comment ça va ?

Elle fut surprise qu'il s'enquière de leur bien-être, Maddie et elle ayant toujours été en bas de sa liste de priorités. Enfin, au moins, Gabe tenait sa promesse de l'appeler une fois qu'elle se serait installée au ranch.

— Nous allons bien, Gabe. Et toi ?

— Très occupé, comme toujours.

Rien d'étonnant à cela. Gabe avait commencé à construire sa propre vie bien avant qu'ils se séparent. Il avait invoqué son esprit aventureux, un trait de caractère qu'elle avait trouvé attirant quand elle l'avait rencontré lors de sa première année d'université. Mais, avec le temps, elle avait compris que Gabe était surtout quelqu'un d'instable, un esprit tourmenté qui passait d'un centre d'intérêt à un autre, et — plus grave — d'un emploi à un autre.

— Quoi de neuf ? demanda-t-elle.

— J'ai eu une discussion avec mes parents, l'autre jour.

Ça, *a contrario*, c'était plutôt inhabituel. Gabe n'avait jamais été proche de son père, ni de sa mère, d'ailleurs. Pour cette raison, ni Sasha ni Maddie n'avaient réellement créé de liens avec les parents de Gabe, tout du moins pas de la façon dont elle avait pu le souhaiter.

Avaient-ils été contrariés d'apprendre que Gabe et elle allaient divorcer ? Si tel était le cas, ils n'avaient pas pris la peine de l'appeler pour s'enquérir de son état d'esprit.

— Comment vont-ils ? demanda-t-elle.

— Bien. Enfin, mieux ! Ma mère s'est fait opérer d'une tumeur au sein, il y a quelques semaines. Elle est sous traitement, mais semble se remettre. Quant à mon père, il a eu un petit accident cardiaque, la semaine dernière.

— Désolée de l'apprendre.

— Oui, moi aussi. Alors je me suis dit que le moment était peut-être venu pour moi d'accepter leur proposition de travailler pour la société familiale.

Il est temps !, pensa-t-elle. Il avait donc fallu que ses parents aient des problèmes de santé pour que Gabe daigne prendre leur offre en considération ? En tout cas, c'était une bonne chose pour lui et pour son père, mais elle se demandait combien de temps leur coopération durerait.

— Je suis certaine que ton père sera heureux d'apprendre ta décision.

— Je la lui ai déjà annoncée. Au fait, ma mère m'a demandé quels étaient nos projets pour Noël.

— « Nos » projets ?

— Elle voudrait que nous… ou plutôt que j'amène les filles pour les fêtes.

Sasha avait bien évidemment supposé qu'elle fêterait Noël avec ses filles. En huit ans de mariage, ils n'avaient passé qu'une fois ou deux les fêtes avec les parents de Gabe.

— Je sais que je n'ai jamais été très fan des réunions familiales, mais j'ai décidé de tourner la page, annonça-t-il.

Elle ravala une réplique sarcastique et fit de son mieux pour réprimer sa colère. Pourquoi n'avait-il pas pensé à tourner cette page bien avant, quand il y avait encore de l'espoir pour que leur mariage perdure ?

— Je suis heureuse de l'entendre, répondit-elle néanmoins.

Pour le bien de Maddie, elle espérait que ce n'était pas encore une fantaisie passagère.

— Ma mère souhaite que nous ayons un Noël traditionnel cette année. Elle aimerait que Maddie l'aide à confectionner des cookies, enfin, ce genre de choses. Je sais qu'il est un peu tôt pour faire des projets, mais j'ai pensé que nous pourrions commencer à réfléchir à un planning de visites.

— Tu peux avoir Maddie pour le réveillon de Noël, mais je la veux avec moi le jour de Noël.

— D'accord. Je la ramènerai à la maison le matin.

Elle se garda bien d'annoncer à Gabe qu'elle avait décidé de rester au Texas. Le moment n'était pas encore venu : elle préférait attendre que leur divorce soit prononcé.

Et puis Noël n'était tout de même que dans six mois !

— Et… et pour le bébé ? reprit Gabe.

Le « bébé » avait un prénom. Elle lui avait dit à plusieurs reprises qu'elle souhaitait l'appeler Sydney mais, de toute évidence, cela lui était sorti de l'esprit !

— Eh bien ?

— Maman voudrait l'avoir aussi à Noël.

Son cœur se serra. Il était hors de question qu'elle laisse un nourrisson à Gabe. Elle était même sidérée qu'il ose le suggérer.

Maddie avait été un bébé difficile, qui avait requis beaucoup de temps et d'attention. Or, Gabe s'était défilé aussi souvent qu'il l'avait pu. Si Sasha avait eu envie d'attiser une dispute, elle aurait rappelé à Gabe à quel point il s'était montré agacé par les pleurs de Maddie, et même jaloux de ne plus occuper la première place dans l'esprit de sa femme.

Il était donc difficile de croire que ses filles devenaient soudain importantes à ses yeux.

— Je suis désolée, répliqua-t-elle. Je n'ai pas envie de

te laisser prendre Sydney plus d'une heure. Elle n'aura que quelques mois, et j'ai l'intention de l'allaiter.

— Je comprends. Crois-moi, je sais ce que c'est quand les bébés deviennent ingérables. Mais ma mère pourrait aider, bien sûr.

Sasha ne nourrissait pas de ressentiment particulier envers la mère de Gabe, même si Claire Smith lui avait toujours semblé très accaparée par ses parties de bridge, ses leçons de golf et son association de bienfaisance. Jamais elle n'avait semblé faire de sa famille une priorité. Peut-être la peur de mourir l'avait-elle poussée à réfléchir à sa vie et à souhaiter la changer.

Gabe semblait, lui aussi, vouloir évoluer. Cela devrait être bon pour les enfants, non ?

Cela dit, elle craignait qu'une visite en Californie ne gâche son premier Noël depuis des lustres au Galloping G. Elle n'avait pas partagé de réveillon de Noël avec oncle Roger depuis… Elle ne se souvenait même plus quand ! Elle avait projeté de se lancer dans la décoration d'un superbe sapin avec Maddie, dans la confection de chaussettes de Noël et dans la préparation d'un succulent dîner.

Et puis il y avait Graham…

Enfin qui sait où il serait dans six mois ! Ne lui avait-il pas annoncé qu'il s'installerait à Austin dans un futur proche ?

— Je ne sais pas, soupira-t-elle enfin. J'ai besoin d'un peu de temps pour réfléchir. Pourrais-tu, de ton côté, envisager de fêter Noël le week-end précédent ou bien le suivant ?

— Si c'est le seul accord auquel nous puissions parvenir, alors peut-être le fêterons-nous la semaine précédente, oui… J'ai bon espoir que maman surmonte ce fichu cancer, mais bon, personne ne peut savoir.

Sasha avait beau en vouloir terriblement à Gabe, elle ne pouvait pas, légalement, l'empêcher de voir ses enfants. De toute façon, elle était consciente qu'il n'était pas bon pour un enfant d'être coupé de son père ou de ses grands-parents.

— Nous allons nous organiser, déclara-t-elle.

— Bien. J'apprécie ta coopération. Cela pourrait être sympa que tu viennes avec les filles pour Thanksgiving. Ma mère en serait vraiment heureuse.

Elle ne pouvait pas en dire autant. Elle en avait soupé de ces dîners de famille embarrassants au cours desquels Gabe et son père se disputaient avant de s'enfermer dans un silence buté. En outre, le fait que leur divorce soit prononcé rendrait probablement la situation encore plus inconfortable.

— Nous en reparlerons une autre fois, décréta-t-elle. Dis-moi, M. Stanley est-il de retour ?

L'avocat de Sasha avait suggéré des modifications dans leur accord, mais Ron Stanley, l'avocat de Gabe, était en vacances quand elle avait quitté la ville.

— Je n'en sais rien. Comme je te l'ai dit, j'ai été débordé. Je vais appeler son cabinet pour essayer de lui parler.

Elle aurait aimé pouvoir le croire. Gabe avait toujours négligé certaines questions, surtout si c'était quelque chose qui tenait à cœur à Sasha.

— Appelle-le aujourd'hui, s'il te plaît, insista-t-elle. Je ne veux pas traîner. Et je sais que tu as une tendance à la procrastination.

— Y a-t-il une raison pour laquelle tu souhaites finaliser notre divorce si rapidement ?

L'image de Graham surgit dans son esprit. A nouveau, elle se laissait emporter dans de vaines aspirations !

— Oui. J'aimerais mettre ça derrière moi une bonne fois pour toutes.

— Je vois. Je crois comprendre que tu as parlé à ton oncle. Ce vieil homme hargneux ne m'a jamais aimé.

Elle sentit la moutarde lui monter au nez. Comment Gabe osait-il imputer leurs problèmes à oncle Roger ?

— Je n'ai pas envie de me battre avec toi, déclara-t-elle. Contente-toi de respecter tes engagements en temps voulu, et je ferai de même.

— Ne t'inquiète pas. Je ferai ce qu'il faut. Et ensuite, peut-être pourrai-je vous rendre visite ?

Il plaisantait ? Il n'avait jamais voulu venir au ranch, même si elle en avait exprimé l'envie à plusieurs reprises. La pensée de le voir surgir au Galloping G la déstabilisait totalement.

Après avoir raccroché, elle pestait toujours.

Et, en se retournant, elle découvrit oncle Roger sur le pas de la porte. Avait-il compris avec qui elle parlait ? A son visage renfrogné, elle devina que c'était en effet le cas. Sans doute en avait-il suffisamment entendu.

Il marcha vers elle, les bras croisés.

— Alors, qu'est-ce qu'il a à dire pour sa défense ?

— Pas grand-chose. Il voulait juste prendre des nouvelles de Maddie, répondit-elle avec un sourire, espérant que son oncle n'avait pas perçu la contrariété dans sa voix.

Il laissa échapper un grognement sceptique, mais son expression s'adoucit, indiquant qu'il acceptait cette explication.

Elle en fut soulagée. Elle avait beau ressentir le besoin de partager ses craintes avec quelqu'un, elle ne voulait pas fournir à Roger davantage de raisons de détester Gabe.

Et surtout, elle tenait à tout prix à éviter que son oncle et son futur ex-mari en viennent aux mains, si ce dernier mettait les pieds au Galloping G.

Le soleil entamait déjà sa descente derrière la ligne d'horizon que Graham, Jonah et Ryan poursuivaient encore leur travail pour réparer la clôture endommagée.

Celle-ci aurait déjà été terminée si Roger avait utilisé l'argent versé par l'assurance pour embaucher des professionnels, mais Graham et lui avaient décidé qu'il serait pédagogique de faire réaliser ce travail par les deux adolescents. Ces derniers mettaient du cœur à l'ouvrage, d'autant plus que régnait entre eux une émulation stimulante. Ils s'en sortaient bien, y compris Ryan, malgré sa frêle constitution.

Soudain, l'un des deux adolescents poussa un hurlement de douleur, aussitôt suivi d'une flopée de grossièretés. Graham se retourna et découvrit Jonah plié en deux, le bras gauche serré contre lui, en train de faire des bonds erratiques.

Il n'eut pas besoin de demander ce qui s'était passé, mais il lui fallait au moins évaluer la blessure.

— Il a tapé sur son pouce au lieu de taper sur le clou, expliqua Ryan.

Graham hocha la tête et s'approcha de Jonah.

— Laisse-moi regarder…

— Je crois… que je l'ai cassé, gémit l'adolescent.

Il grimaça et jura à nouveau.

— Heureusement que ce n'est pas la main avec laquelle je lance la balle. Bon sang, ce que ça fait mal !

Lorsque Jonah le laissa enfin faire, Graham examina le pouce abîmé. L'ongle bleuissait déjà. Probablement finirait-il par tomber.

— Je pense que tu auras juste une belle ecchymose, déclara Graham, mais si tu préfères je peux t'emmener aux urgences pour faire une radio. Quoi qu'il en soit, arrêtons-nous là. Nous avons bien travaillé.

Jonah jeta un coup d'œil en direction de Ryan, puis regarda Graham.

— Je n'ai pas besoin de voir un docteur, décréta-t-il.

— Comme tu veux. Rentrons pour mettre de la glace dessus.

— OK, marmonna-t-il.

Une fois de retour à la maison, ils retrouvèrent Sasha dans la cuisine, occupée à faire du thé. Lorsqu'elle se retourna pour leur en offrir, elle remarqua que Jonah se tenait le poignet.

— Oh !

Elle fut immédiatement aux côtés du jeune garçon pour examiner sa blessure.

— Que s'est-il passé ?

Graham croisa les bras.

— Il s'est disputé avec un marteau !

— Tu as un beau bleu, murmura Sasha. C'est en train d'enfler. Je vais te chercher de la glace.

Ryan, qui était resté à l'écart, s'approcha de Graham.

— Il reste encore quelques heures de lumière. Voulez-vous que je fasse quelque chose ?

— Non, tu peux retourner dans ta chambre, te doucher et te reposer avant le dîner.

— Peut-être devrais-je aller voir les chevaux, proposa Ryan. Je pourrais leur donner des carottes ou une pomme ?

— Bonne idée, approuva Graham en s'emparant de deux pommes dans la corbeille à fruits posée sur le comptoir. Prends un couteau dans le placard à gauche de l'évier et emporte-le avec toi. Fais attention de ne pas te couper ! J'ai assez d'un accident à gérer pour la journée !

Ces derniers mots firent sourire Ryan, ce qui lui arrivait rarement.

— Compris, patron !

Sasha posa un bol rempli de glaçons devant Jonah, puis s'assit à côté de lui et le regarda enfouir son pouce blessé dans la glace.

Elle portait un T-shirt blanc et un jean moulant. Une tenue plutôt banale, et pourtant elle était particulièrement séduisante aujourd'hui. Elle avait relevé ses cheveux en un chignon ébouriffé, révélant de délicats diamants aux lobes de ses oreilles.

Etait-ce Gabe qui les lui avait offerts ? C'était sans doute le genre d'homme à couvrir sa femme de cadeaux coûteux.

— J'espère que ça ne va pas m'empêcher de bouger la main, déclara Jonah.

Graham savait à quoi il faisait référence. L'adolescent adorait le base-ball et, d'après le rapport fourni par Brad Taylor, il était plutôt un bon joueur.

Avant qu'il ait pu aborder le sujet, Sasha le devança.

— Tu sais, Jonah, je me suis renseignée pour obtenir le nom du coach de base-ball du lycée local. Je sais que la saison est terminée, mais le début de la prochaine approche. M. Atwater — c'est son nom — aimerait te rencontrer. Que dirais-tu si nous l'invitions à nous rendre visite au ranch ?

Jonah resta bouche bée. Il avait totalement abandonné son attitude arrogante et sûre de lui.

— Vous ne plaisantez pas ? Vous inviteriez le coach à venir ici ?

— Bien sûr, répondit Sasha. J'ai entendu dire que tu étais un très bon lanceur.

Jonah haussa les épaules.

— Je ne suis pas mauvais… Enfin, quand j'ai quelqu'un pour jouer avec moi. Mais vous êtes en train de me dire que je pourrais intégrer le lycée, plutôt que de prendre des cours ici avec Mme McCrea ? Et que je pourrais rejouer au base-ball ?

— C'est envisageable, si tu continues à travailler dur et que tu promets de ne plus créer d'ennuis.

Sasha se tourna vers Graham.

— N'est-ce pas, Graham ?

— Nous discuterons avec Mme McCrea de ton éventuel transfert, confirma-t-il en hochant la tête.

— Je ne vous décevrai pas, affirma Jonah. Je vais travailler comme un fou tout l'été et ne créerai plus d'ennuis, c'est promis.

Tout en parlant, il étudiait sa main. Pas celle dont le pouce était blessé, mais celle qu'il utilisait pour lancer la balle. Il la tourna paume vers le ciel, puis vers le sol, ouvrit et ferma les doigts.

Sasha appuya ses avant-bras sur la table et se pencha en avant.

— Tu sais, tu devrais essayer de canaliser ta rébellion de façon à ne pas te faire de mal à toi-même.

— C'est-à-dire ?

— J'ai peut-être tort, mais il me semble que tu éprouves du ressentiment envers ton père parce qu'il vous a abandonnés, ta famille et toi.

— Bien sûr que je lui en veux. Tout est sa faute.

— Peut-être, mais les seules personnes à qui tu portes préjudice quand tu fais des bêtises, ce sont ta mère et toi.

L'adolescent baissa la tête et se gratta le front, n'approuvant pas, mais ne se défendant pas non plus.

— Malheureusement, reprit Sasha, ton père a laissé ta

mère dans une situation financière difficile. Elle a dû cumuler deux emplois pour pouvoir subvenir à tes besoins et à ceux de tes frères et sœurs. Elle a eu besoin que quelqu'un l'aide et ce quelqu'un, ça a été toi, parce que tu es l'aîné.

Jonah leva les yeux vers elle.

— Je sais que je l'ai laissée tomber, mais bon sang, elle aussi elle m'a laissé tomber.

— Comment ça ?

— Elle n'aurait pas dû passer tout son temps à travailler et à accorder plus d'attention à mes frères et sœurs qu'à moi.

— Jonah, intervint Graham, ta mère est admirable d'avoir fait tout ce qu'elle a pu pour subvenir aux besoins de sa famille. Hélas, elle n'avait certainement pas assez de temps à consacrer à chacun d'entre vous, alors elle s'est concentrée sur ceux qui en avaient le plus besoin, à savoir les plus jeunes.

— Oui, je sais, mais…

Jonah serra les lèvres et retint ses paroles, ce qu'il n'aurait probablement pas réussi à faire quelques jours plus tôt.

— Tu peux en effet avoir l'impression que ta mère a voulu te punir, reprit Sasha, mais je doute que ce soit le cas.

— Oui, je sais, admit Jonah, la tête baissée. Mais ce n'est pas juste.

— Je suis certaine que ta mère regrette aujourd'hui de ne pas s'y être prise différemment, quand tu étais encore à la maison. Mais tu dois comprendre une chose : la vie est parfois injuste. Parfois, tu penses pouvoir compter sur une personne et tu t'aperçois qu'en fait elle n'est pas là pour toi. Dans ce cas, il faut être celui qui devient responsable.

Jonah ne répondit pas, mais il sembla réfléchir aux paroles de Sasha.

Graham était pensif, lui aussi. Il savait que Sasha parlait d'expérience, mais Jonah, lui, l'ignorait.

Un silence s'installa. Lorsque Sasha releva les yeux vers Graham, un sourire se dessina sur ses lèvres. Il lui adressa un clin d'œil, lui faisant comprendre non seulement qu'il était d'accord avec elle, mais qu'il avait saisi le fond de sa pensée.

Tandis que leurs regards se soudaient, toutes les sensations bizarres et inexplicables qui l'assaillaient ces derniers temps le submergèrent à nouveau, menaçant de lui faire perdre contenance.

Cherchant à se ressaisir, il se fit la réflexion que Sasha allait être une collaboratrice précieuse. Les pensionnaires du ranch auraient de la chance d'être pris en charge par elle.

Il aurait donc dû se sentir soulagé de savoir que tout se déroulerait parfaitement bien à Peter's Place, quand il serait parti. Pourtant, il ne se sentait plus aussi pressé de créer sa propre société à Austin.

A vrai dire, il n'avait plus aucune hâte de quitter le Galloping G !

Le vendredi suivant, Graham conduisit Sasha à Austin pour son rendez-vous chez le médecin.

Ils ne parlèrent pas beaucoup pendant le trajet. Il ne savait pas trop quoi lui dire. Outre un soutien amical, il n'était pas en mesure d'offrir grand-chose à Sasha. Tout du moins, tant que son divorce ne serait pas prononcé.

— Gabe et toi êtes-vous seulement séparés ou bien avez-vous demandé le divorce ? lâcha-t-il à brûle-pourpoint.

— Le dossier a été déposé, mais certaines modifications doivent être apportées à l'accord. Pourquoi ?

Parce qu'il voulait savoir si Sasha était encore investie dans son mariage. Serait-elle ouverte à une réconciliation si l'occasion se présentait ? Sinon, quand serait-elle libre pour qu'il puisse…

Qu'il puisse faire quoi au juste ? La poursuivre de ses assiduités ?

— Je me posais seulement la question.

Quelques secondes plus tard, il ne put empêcher sa curiosité de s'exprimer à nouveau.

— Quand le jugement sera-t-il prononcé ?

— Je ne sais pas. Bientôt, je pense.

Il l'espérait, pour son bien à elle. Bon… et peut-être pour le sien aussi. Il lui jeta un coup d'œil à la dérobée et la vit poser une main sur son ventre.

Etait-elle inquiète au sujet de son rendez-vous chez le médecin ? Regrettait-elle de ne pas avoir un mari pour l'accompagner durant la fin de sa grossesse et pendant l'accouchement ?

Il connaissait quelques hommes qui s'étaient rendus avec leur épouse à des rendez-vous chez l'obstétricien, mais lui n'était pas le père du bébé de Sasha.

Et pourtant, il avait osé proposer de l'accompagner et avait même envisagé d'entrer avec elle dans la salle d'examen. Curieusement, il n'éprouvait pas la moindre gêne à la pensée qu'il pourrait assister à ce moment.

D'ailleurs, si Sasha le lui demandait, il accepterait sans hésiter. Mais pourquoi ferait-elle une chose pareille ? Elle ne lui avait jamais donné aucune raison de penser qu'elle souhaitait sa présence à ses côtés.

Après avoir garé son pick-up, il coupa le moteur et se tourna vers Sasha.

— Veux-tu que je t'attende ici ou que je t'accompagne à l'intérieur ?

Elle glissa une mèche de cheveux derrière son oreille.

— Je ne sais pas combien de temps cela va durer. Tu risques d'avoir chaud dans la voiture. Viens donc avec moi.

Elle souhaitait sans doute qu'il l'accompagne seulement jusqu'à la salle d'attente, ce qui était probablement pour le mieux. Il descendit donc du véhicule et l'escorta jusqu'à l'entrée du bâtiment. Une fois à l'intérieur, ils se dirigèrent vers l'ascenseur.

— C'est au troisième étage, annonça-t-elle en appuyant sur le bouton.

Ils gagnèrent ensuite le bureau de réception où Sasha se présenta.

Avisant des sièges libres dans la salle d'attente, il se dirigea vers eux et attendit que Sasha le rejoigne.

A peine assise à côté de lui, elle lui murmura :

— Je n'ai entendu dire que du bien de ce médecin.

— Tant mieux. Je suis heureux de te savoir entre de bonnes mains.

Quelques minutes plus tard, un homme brun, âgé d'une trentaine d'années, arriva dans la salle d'attente et vint s'asseoir juste à côté de Graham. Il prit un magazine appelé *Parents* sur la table et commença à le feuilleter.

Où se trouvait la femme de cet homme ? Etait-elle déjà auprès du médecin ? Devait-elle retrouver son mari ici ?

Il jeta un coup d'œil aux magazines éparpillés sur la table : *Good Housekeeping*, *Baby Talk*… Rien qui le tentait vraiment.

Il ignorait combien de temps ils devraient attendre. Les médecins avaient du retard sur leur planning de rendez-vous.

Cinq minutes plus tard, une femme portant une blouse rose lança le nom de Sasha.

— Parfait, fit celle-ci en se levant. Je ne devrais pas en avoir pour très longtemps.

Apparemment, elle ne voulait pas qu'il assiste à l'examen à ses côtés. C'était son choix, et il le respectait.

— Je t'attends, ne t'inquiète pas.

Sasha hocha la tête avant de prendre son sac à main et de se diriger vers l'infirmière au visage souriant.

Une fois qu'elle eut disparu, l'homme à côté de Graham se pencha vers lui.

— Premier bébé ?

— Euh… non. Je suis seulement un ami de la maman. Et vous ?

— Je vais être papa pour la première fois.

Un large sourire se dessina sur le visage de l'homme tandis que ses yeux brillaient de joie.

— Ma femme et moi avons essayé de faire un bébé pendant des années, mais nous n'avons pas réussi, reprit-il. Alors nous allons adopter un bébé qui va naître aux alentours de Thanksgiving. Nous allons enfin être parents !

— C'est formidable ! Félicitations !

— Merci, dit l'homme en reposant le magazine sur la table.

Vous n'imaginez pas à quel point nous sommes heureux et combien je suis excité à l'idée d'assister aux rendez-vous avec l'obstétricien. En fait, je dois retrouver ma femme et la mère biologique dans quarante-cinq minutes.

— Vous n'êtes pas en retard, commenta Graham en souriant.

— Ah, ça, non ! Je suis tellement impatient. Nous devons faire une échographie aujourd'hui pour découvrir si nous aurons un garçon ou une fille.

— C'est super ! commenta Graham, qui se sentait étonnamment heureux pour cet inconnu.

— En effet ! Ce n'est pas tous les jours qu'on a l'occasion de rencontrer son fils ou sa fille. Je me moque totalement que nous n'ayons pas le même ADN. Tout le monde peut être donneur de sperme, n'est-ce pas ? En revanche, pour être un bon père, il faut posséder quelque chose de spécial.

Graham savait exactement de quoi parlait cet homme. Son propre père avait des enfants dans le monde entier, mais il n'en avait pas élevé beaucoup.

Il pensa à Sasha et à ses filles. Gabe Smith avait donné son ADN à ses enfants, mais quel rôle allait-il jouer auprès de sa progéniture maintenant que Sasha avait quitté la Californie ?

D'après ce que Roger lui avait raconté et ce que Graham avait pu deviner, Gabe Smith serait certainement un père absent. Donc pas un vrai père.

Alors qui allait être là pour ces petites filles et leur jolie maman ?

Lui, Graham ?

L'idée de devoir assumer cette responsabilité aurait dû lui flanquer une frousse terrible, or ce n'était pas le cas ! Etrangement, il estimait même être tout à fait à la hauteur de la tâche.

9

Une fois son examen terminé, Sasha s'arrêta à la réception pour prendre un nouveau rendez-vous avec l'obstétricien, d'ici à une dizaine de jours.

Puis elle alla retrouver Graham dans la salle d'attente. Quand il la vit approcher, il attrapa son chapeau et se précipita vers elle.

— Alors ? Comment ça s'est passé ?

— Très bien. Mon dossier médical avait été transmis à temps, donc le passage de relais a été aisé.

— Parfait. Comment trouves-tu le médecin ?

— Elle est agréable et me semble très compétente.

— Cela doit être un grand soulagement pour toi.

Graham lui ouvrit la porte donnant accès au hall où se trouvait l'ascenseur.

Elle s'était bien un peu inquiétée à l'idée de changer de médecin en cours de grossesse mais, une fois qu'elle avait pris sa décision de commencer une nouvelle vie sans Gabe, elle n'avait pas voulu attendre davantage pour venir s'installer au Texas.

— Le bébé va bien, alors ? s'enquit Graham tandis qu'ils attendaient l'ascenseur.

Il jeta un coup d'œil à son ventre, et un sourire amusé se dessina sur ses lèvres.

— Le moins qu'on puisse dire, c'est qu'elle pousse bien, commenta-t-il.

Elle posa les mains sur son ventre proéminent. Elle était

heureuse de savoir Sydney en bonne santé mais, au fur et à mesure que son bébé grandissait, elle-même se sentait devenir de plus en plus lourde et gauche.

Enfin, il n'y avait pas grand-chose qu'elle puisse faire contre ça !

— Tout se passe bien, reprit-elle. Je devrais accoucher dans un peu plus de six semaines.

Les portes de l'ascenseur s'ouvrirent, et Graham s'effaça pour la laisser passer.

Elle était tellement heureuse de l'avoir à ses côtés qu'elle aurait dû se déplacer sur un petit nuage. Hélas, elle n'était capable que de se dandiner comme une dinde de Noël !

Une fois au rez-de-chaussée, ils gagnèrent la sortie.

— Y a-t-il quelque chose que je puisse faire ? s'enquit Graham. Si tu as besoin de quoi que ce soit, n'hésite pas à me le demander.

Un visage amical et une main à serrer pendant l'accouchement seraient appréciables, même si elle s'en était passé la première fois : Gabe n'avait pu être auprès d'elle sous prétexte qu'il était souffrant. Et, comme Maddie avait décidé de faire son entrée dans le monde avec deux semaines d'avance, les parents de Gabe n'étaient pas encore rentrés d'Hawaï. Elle n'avait, par conséquent, eu personne à ses côtés pour la soutenir pendant le travail.

Enfin, le passé était le passé. Pourtant, il serait réconfortant de savoir que quelqu'un serait près d'elle pendant la venue au monde de Sydney.

Elle avait beau adorer oncle Roger, sa place était plutôt dans la salle d'attente, à côté de la machine à café, à guetter la nouvelle de la naissance.

Elle jeta un regard à la dérobée à Graham.

Pouvait-elle se permettre de... ?

Non. Si elle abordait le sujet, Graham s'étonnerait probablement de son audace, ce qui risquerait de compromettre leur amitié naissante. Elle garda donc cette pensée pour elle tandis qu'ils quittaient le bâtiment et traversaient le parking.

— Que souhaites-tu faire maintenant ? s'enquit Graham quand ils atteignirent le pick-up. Veux-tu effectuer quelques courses ?

— Non, je m'en occuperai à Austin. Je préférerais rentrer pour retrouver Maddie. Et j'ai quelques coups de fil à passer.

— Très bien.

Il contourna le véhicule pour ouvrir la portière côté passager et l'aider à monter.

Comme il est galant et attentionné ! s'extasia-t-elle intérieurement. *Un véritable prince charmant.*

Encore une fois, elle fut frappée par sa beauté et par sa douceur. Graham était tellement différent de Gabe !

Consciente qu'elle ne pouvait envisager quoi que ce soit de romantique avec lui dans son état, elle poussa un soupir de résignation en se glissant sur le siège.

— Merci de m'avoir accompagnée, murmura-t-elle, une fois qu'ils furent en route pour le ranch.

— Je t'en prie. Je serai ravi de te conduire aussi à ton prochain rendez-vous.

— J'apprécie beaucoup ta gentillesse, merci.

Elle resta silencieuse. Sans doute était-il préférable qu'elle se concentre sur l'avenir et sur les changements positifs qui étaient intervenus dans sa vie depuis qu'elle avait quitté la Californie.

Même si elle allait avoir du mal à mettre au monde sa petite fille et à élever ses deux enfants sans l'aide d'un papa, elle devait se réjouir de ce que la vie lui offrait. Après tout, elle avait Maddie, oncle Roger… et Graham qui s'avérait être un ami fidèle.

Si seulement il pouvait être plus qu'un simple ami, un jour !

Après le dîner, Jonah et Ryan rejoignirent leur pavillon pour s'atteler aux devoirs que leur professeur leur avait donnés.

Oncle Roger se proposa pour lire une histoire à Maddie.

— Seulement une ? s'étonna la petite en penchant la tête.

J'ai apporté des livres vraiment très bien… Peut-être que tu pourrais tous les lire ?

Roger s'esclaffa doucement.

— Bien sûr ! Pourquoi pas !

Maddie prit son grand-oncle par la main et l'entraîna vers sa chambre.

Sachant sa fille entre de bonnes mains, Sasha sortit dans la cour et se dirigea vers le pavillon de Graham.

Depuis son arrivée au Galloping G, elle avait été maintes fois tentée de lui rendre visite, de manière qu'ils puissent parler en privé. Hélas, elle n'avait jamais pu trouver d'excuse valable pour aller le retrouver.

Aujourd'hui, elle en avait une. De retour de son rendez-vous chez le médecin, elle avait appelé le lycée local où elle savait que des cours de rattrapage étaient proposés pendant l'été. Chuck Atwater, le coach de base-ball, n'était pas au lycée, mais elle avait pu s'entretenir avec Caroline Stewart, la responsable du département des Sciences. Elle lui avait ainsi parlé de Peter's Place et des adolescents qui venaient d'y être accueillis.

Mme Stewart parut sincèrement intéressée par le profil de Ryan, surtout lorsque Sasha avait mentionné son intérêt pour les sciences et les mathématiques.

— Je serais ravie de le recevoir et de discuter avec lui, déclara-t-elle.

Quant à Jonah, — dont Sasha mit en avant la passion pour le base-ball —, Mme Stewart promit d'en parler au coach Atwater.

Les choses s'annonçaient donc plutôt bien. Elle n'avait pas encore fixé de date de rendez-vous avec le lycée, car elle souhaitait d'abord en discuter avec Graham.

Telle était donc la raison de sa visite.

Graham vint lui ouvrir vêtu seulement d'un jean usé.

Le spectacle de son torse nu lui coupa littéralement le souffle. Evidemment, elle avait déjà remarqué ses larges épaules, son torse musclé et ses biceps, mais rien ne l'avait préparée aux abdominaux impressionnants qu'il arborait.

Dans des circonstances normales, — c'est-à-dire quand Graham avait sa tenue de cow-boy —, il aurait été facile de se concentrer sur ses yeux bleus étincelants et son beau visage, mais là, il semblait prêt à aller se coucher et il était plus sexy que jamais.

— Je…

Elle était tout bonnement incapable de formuler une phrase. Pas même de le saluer dans les formes.

Cela dit, il paraissait tout aussi décontenancé qu'elle.

— Salut, marmonna-t-il enfin tandis qu'un sourire se dessinait sur ses lèvres. Je croyais que c'était l'un des garçons.

— Je suis désolée, je ne m'étais pas rendu compte qu'il était si tard.

Elle jeta un coup d'œil par-dessus son épaule, regrettant déjà d'être venue.

— Ce que j'avais à te dire n'est pas si important. Nous pourrons en parler demain, peut-être au petit déjeuner.

— Il n'est pas si tard, et je n'ai pas envie de dormir. Entre…

Il ouvrit sa porte en grand et s'écarta pour la laisser entrer dans son pavillon, domicile bien modeste pour un homme appartenant aux clans Robinson et Fortune.

Elle n'avait pas mis les pieds dans l'un des pavillons du Galloping G depuis des lustres, et certainement pas dans celui-ci, avec sa petite cheminée en pierre et son plafond à poutres apparentes.

Graham ne possédait pas beaucoup de meubles, en dehors d'un sofa en cuir, d'une lampe rustique dont l'abat-jour était en peau de vache et d'un écran de télévision fixé au mur, qui diffusait une rencontre sportive.

Sur la table basse, il y avait seulement une télécommande et une bouteille de bière posée sur une serviette pliée en quatre et utilisée comme sous-verre de fortune.

Graham éteignit la télévision.

— Assieds-toi, lui proposa-t-il, désignant le sofa, qui était en fait sa seule option.

Ce qui signifiait qu'ils seraient assis côte à côte…

Elle passa ses paumes soudain humides sur le tissu de sa robe, tout en se mordillant la lèvre inférieure. Bon sang, mais pourquoi n'avait-elle pas réfléchi davantage avant de se précipiter chez Graham, ce soir ? Son esprit était submergé de pensées inappropriées et de scénarios qui ne pouvaient pas se réaliser.

Elle faillit avancer une excuse pour fuir avant que la situation devienne encore plus embarrassante, mais elle se ressaisit finalement et se força à s'asseoir.

— Alors, qu'y a-t-il ? s'enquit Graham.

Oui, elle avait bel et bien une raison pour débarquer ainsi chez lui à cette heure indue…

— J'ai appelé le lycée local et j'ai pu m'entretenir avec l'un des professeurs au sujet de Peter's Place et des jeunes garçons que nous accueillons.

— C'est une bonne idée, commenta-t-il. Et qu'a dit cette personne ? Est-elle inquiète à l'idée que de « mauvais éléments » intègrent son établissement ?

— Cela lui a probablement traversé l'esprit, mais elle ne l'a pas exprimé. De toute façon, comme il s'agit d'une école publique, ils ne peuvent refuser d'accueillir un adolescent.

Elle glissa une mèche de cheveux derrière son oreille avant de reprendre :

— Je lui ai expliqué que nous travaillions déjà avec un professeur qui vient donner des cours au ranch et que nous ne leur enverrions les garçons que quand ils seraient prêts à réintégrer une classe traditionnelle. J'ai parlé à Caroline Stewart, qui est à la tête du département des Sciences, des prédispositions de Ryan pour les maths, et elle serait heureuse de le rencontrer.

— C'est formidable ! s'enthousiasma Graham en posant son bras sur le dossier du sofa.

— J'ai proposé qu'elle vienne visiter le ranch, le week-end prochain, pour rencontrer Jonah et Ryan. Elle sera probablement accompagnée de Chuck Atwater, le coach de base-ball.

Celui-ci ne travaille pas cet été, mais il est à la recherche de nouveaux talents pour la saison prochaine.

— Eh bien, je vois que tu n'as pas chômé et que tu obtiens déjà de bons résultats !

La lueur dans les yeux de Graham la convainquit qu'il ne cherchait pas à la flatter, mais qu'il était sincère dans ses compliments. Il appréciait de toute évidence ses efforts. Cette reconnaissance la toucha profondément, répondant à un besoin enfoui qu'elle avait de se sentir appréciée et reconnue.

Graham bougea le bras et s'approcha dangereusement de son épaule.

Concentre-toi sur ses yeux, s'intima-t-elle.

— Mme Stewart s'est-elle inquiétée des délits qu'avaient commis les garçons ?

— Plus ou moins, oui… Mais je lui ai expliqué que ce qui avait surtout poussé Ryan à saccager du matériel, c'était son envie d'être retiré de la garde de son oncle.

— Ryan l'a-t-il effectivement admis ? s'enquit Graham.

— Pas exactement, mais je suis persuadée que c'est le cas.

Les doigts de Graham s'agitaient près de son épaule. Elle tenta de ne pas penser à quel point il serait facile pour lui de la toucher, si seulement il en avait envie !

— Qu'est-ce qui t'a poussée à devenir travailleur social ? l'interrogea-t-il.

Bonne question. Et bonne façon d'entretenir la conversation.

— Quand j'étais chez les scouts, nous travaillions parfois avec une association qui menait des actions de solidarité. Nous avons ainsi servi des repas à des sans-abri ou monté des projets pour aider des personnes en difficulté à joindre les deux bouts. C'est à cette époque que je me suis dit que j'aimerais faire ce travail plus tard.

— Tu as un grand cœur.

— J'imagine… Surtout pour ceux qui n'ont pas eu autant de chance que moi.

Elle se tourna vers lui.

— Tu sais, ça a été dur pour moi de perdre mon père et

ma mère, mais j'avais des grands-parents aimants, et oncle Roger bien sûr, pour m'aider à traverser cette épreuve. Je n'ai jamais eu à m'inquiéter de savoir où je dormirais le soir ou bien quand je mangerais mon prochain repas. Beaucoup de gens, et malheureusement bien trop d'enfants, n'ont pas cette chance.

— C'est la raison pour laquelle je suis heureux que nous puissions aider certains des gamins qui se trouvent ici.

« Nous » ? Elle sourit à la pensée de faire partie de la même équipe que Graham. C'était une idée agréable.

— C'est incroyable ce que l'amour, la gentillesse et la compréhension peuvent réaliser, murmura-t-elle.

— Tu possèdes un réel don, Sasha. Je t'ai entendue parler à Ryan et à Jonah. Tu es capable de les comprendre. Je pense vraiment que tu as fait un excellent choix de carrière.

— J'ai toujours eu envie de travailler avec des enfants ou des adolescents. Après la mort de Peter, j'étais dévastée. Alors mes grands-parents m'ont emmenée consulter un psychothérapeute. Ça a été une expérience très utile et, quand je suis entrée à l'université, j'ai suivi des cours de psychologie et de politique sociale. Et on connaît la suite !

— Je suis si fier de la femme que tu es devenue, murmura Graham en laissant courir ses doigts sur son avant-bras.

Un courant de chaleur se propagea jusqu'à son épaule, et son corps fut envahi d'une douce langueur.

Que se passait-il ? Pourquoi Graham la touchait-il ainsi ? Oserait-elle donner à ce geste la signification qu'elle espérait ?

L'émotion qui brillait dans les yeux de Graham lui réchauffa le cœur d'une façon tellement inattendue qu'elle oublia momentanément ses inquiétudes pour se laisser aller à prétendre, un court instant, que des sentiments se développaient entre eux.

Elle lui lança un sourire taquin.

— Je suis heureuse de t'entendre dire ça, surtout en sachant que tu me traitais autrefois de peste !

— Eh bien, disons que j'aurais aimé savoir à l'époque quelle femme tu allais devenir. Les choses auraient pu être…

Sa voix traîna, et il ne termina pas sa phrase.

Le cœur de Sasha bondit à ce sous-entendu. Lui aurait-il accordé son attention ? Aurait-il pu éprouver des sentiments pour elle ?

Tandis qu'elle le scrutait, à la recherche d'une réponse à ses questions, leurs regards se soudèrent.

Elle eut alors l'impression que quelque chose d'aussi puissant qu'un éclair déchirait le silence.

Graham retira aussitôt la main.

— Bon sang, marmonna-t-il.

— Que se passe-t-il ? fit-elle.

— C'est une vraie lutte pour moi, Sasha.

Graham était-il véritablement attiré par elle ? Non ! Elle était folle !

Elle se raidit, prête à l'entendre et se préparant à la déception qui allait suivre. Mais il se contentait de l'étudier comme s'il estimait qu'elle devinait ce qu'il voulait dire.

Oui, mais voilà, elle ne pouvait en être sûre !

Il passa une main dans ses cheveux, les ébouriffant d'une façon qu'elle trouvait particulièrement craquante.

— Je ressens pour toi des choses que je n'ai pas le droit de ressentir, admit-il enfin.

La révélation assomma Sasha tout autant qu'elle la ravit. Elle avait du mal à penser, et plus encore à parler.

— Sérieusement ? lâcha-t-elle enfin.

Graham hocha lentement la tête.

— J'en ai peur. Et j'en suis désolé, car je sais que tu appartiens toujours à un autre homme.

Elle tiqua. Elle n'avait « appartenu » à personne depuis longtemps et, si elle devait dire toute la vérité, le seul homme à qui elle avait jamais eu envie d'appartenir était Graham. Mais elle avait encore peur de s'emballer, malgré ce que celui-ci venait de lui annoncer.

— Je suis encore légalement mariée, murmura-t-elle, mais plus pour longtemps. Le divorce sera bientôt prononcé.

— Il va donc falloir que j'attende pour t'inviter à sortir avec moi.

Graham voulait lui proposer un rendez-vous galant ? Sa surprise devait être tellement flagrante qu'il ajouta :

— Est-ce que cela te choque ?

— Oui, un peu. Pour être honnête, j'étais follement amoureuse de toi quand j'étais jeune.

— Vraiment ?

Un sourire se dessina lentement sur son visage.

— Tu ne m'en as jamais rien dit.

— Je savais que tu n'étais pas intéressé. Alors c'est plutôt agréable de savoir que tu… que tu m'aimes bien maintenant.

— Alors tu n'es pas contre l'idée de sortir avec moi ?

Si elle n'avait pas été encore mariée et enceinte de sept mois, elle aurait elle-même insisté pour qu'ils sautent le pas dès maintenant. Mais elle avait peur de tout gâcher et de perdre Graham avant de l'avoir vraiment gagné !

Certes, il l'avait déjà embrassée, mais il s'était excusé par la suite. Alors qu'était-elle censée penser ?

— Je n'arrive pas à croire que tu veuilles vraiment sortir avec moi.

— Tu peux le croire. J'aimerais même davantage que cela.

S'enhardissant, Graham glissa vers elle et l'entoura de ses bras, d'un geste plus que persuasif.

Dès que leurs lèvres se rencontrèrent, celles de Sasha s'écartèrent pour donner libre accès à la langue de Graham qui chercha frénétiquement la sienne. Leur baiser s'intensifia jusqu'à ce qu'elle n'ait plus aucun doute sur ses intentions.

Et aucun doute non plus sur ce qu'il ressentait.

Etait-ce vraiment en train d'arriver ? Pouvait-elle prendre le risque de lui dire combien elle avait attendu cet instant ? Combien elle le désirait ?

A moins que tout cela ne soit qu'un rêve.

Bon sang, si elle rêvait, elle ne voulait surtout pas se réveiller !

Elle savoura le goût des lèvres de Graham, son odeur musquée. Elle leva la main et la posa sur son torse nu. La chaleur de son corps, la douceur de sa toison, le rythme des battements de son cœur… Tout l'affolait !

Sans doute fallait-il qu'elle mette un terme à cette folie. Pourtant, elle n'était plus liée à Gabe. Et de toute façon, leur mariage n'avait été qu'une imposture.

Faisant fi de ces questionnements, elle continua à embrasser Graham à en perdre haleine.

Et, au moment où elle se sentait faiblir et prête à lui avouer ce qu'il lui inspirait, Graham s'écarta.

— Je suis désolé, souffla-t-il. Je ne voudrais pas vous faire mal, à toi ou au bébé.

Elle doutait que ce soit possible. En tout cas, le médecin ne lui avait pas conseillé de s'abstenir de toute relation sexuelle. Cela dit, elle était tellement obsédée par l'aveu de Graham et par l'inquiétude désintéressée qu'il avait exprimée à son égard et à l'égard de son enfant qu'elle ne l'encouragea pas à poursuivre.

— OK, acquiesça-t-elle.

Allait-il mettre fin à ce moment romantique ? Non, il l'attira de nouveau à lui.

Tandis qu'elle se lovait contre sa poitrine et dans son étreinte, elle se sentit véritablement aimée et chérie pour la première fois depuis… Eh bien, depuis toujours, en fait.

Néanmoins, l'idée d'accorder sa confiance à Graham lui fichait une frousse terrible.

Que ferait-elle s'il se lassait d'elle, de son nouveau-né pleurnichard et de sa petite fille pleine de vitalité ? Que ferait-elle si ce rêve se terminait avant même d'avoir commencé ?

Non pas que Graham ne soit pas un homme d'engagement. Il avait tout de même fait énormément pour aider oncle Roger avec son ranch et Peter's Place. Il s'était aussi investi dans la prise en charge de Jonah et Ryan.

Un autre aspect la perturbait : son refus obstiné de travailler chez *Robinson Tech*.

La famille, c'était important, quand même !

Elle avait beau admirer tout ce que Graham avait accompli

au Galloping G, elle s'inquiétait qu'il puisse un jour la laisser tomber si les choses se gâtaient.

Tout comme Gabe l'avait fait.

La tête appuyée contre celle de Sasha, Graham savourait la sensation de l'avoir entre ses bras et humait avec délice son parfum de pêche. Le baiser torride qu'ils avaient échangé l'avait convaincu que ce qu'il ressentait pour elle était bien réel.

Il n'y avait plus aucun doute dans son esprit : il la voulait et était déterminé à fonder une famille avec elle et ses deux enfants. Il était conscient que devenir père du jour au lendemain n'était pas anodin, mais il avait déjà beaucoup d'affection pour Maddie. Et il commençait même à ressentir quelque chose pour le petit être que Sasha portait. Ce bébé qui devait naître dans environ six semaines.

Il aurait pu ouvrir son cœur maintenant et tout avouer à Sasha. Il en avait envie, mais il craignait qu'elle ne soit pas prête à entendre des mots aussi lourds de conséquences, car elle était encore émotionnellement fragile, après sa rupture avec Gabe.

Bon, elle avait accepté de sortir avec lui, ce qui constituait déjà un pas dans la bonne direction !

Il mourait d'envie de lui demander de rester cette nuit avec lui. Il se contenterait de la tenir dans ses bras. Il n'en fit rien, cependant. Il mesurait déjà la chance qu'il avait de pouvoir la tenir ainsi contre lui.

— Je ferais mieux de rentrer, déclara-t-elle. Je dois coucher Maddie.

Il hocha la tête. Il comprenait.

— Souhaite-lui bonne nuit pour moi.

— Je le ferai.

Pourtant, elle ne bougea pas d'un pouce, et lui n'ôta pas le bras qu'il avait passé autour de ses épaules.

Il sentit qu'elle avait quelque chose sur le cœur. Des mots qu'elle voulait prononcer mais retenait néanmoins. Qu'est-ce que cela pouvait bien être ? Et pourquoi se taisait-elle ? Eprouvait-elle toujours des sentiments pour son ex ?

Il en doutait. Ce type ne méritait ni Sasha ni ses filles.

— Je ne veux pas que tu fasses attendre Maddie, murmura-t-il. Mais je tiens à ce que tu saches que je pourrais rester ainsi toute la nuit.

— Moi aussi.

Vraiment ? Nourrissait-elle encore un peu de l'ancienne flamme qu'elle avait éprouvée pour lui ? Il l'espérait, car il était tout à fait sincère quand il lui avait dit aimer la femme qu'elle était devenue.

Quoi qu'il en soit, il ne voulait surtout pas l'effrayer.

Il était donc déterminé à garder ses sentiments secrets et à se montrer patient. Cela lui semblait être le meilleur plan.

Un plan qui ne pouvait pas se retourner contre lui.

Lorsque Mme Stewart et le coach Atwater arrivèrent au ranch le dimanche suivant, Graham et Sasha s'entretinrent avec eux dans un premier temps avant de leur présenter Jonah et Ryan.

Chuck Atwater était un homme grand et dégingandé d'une cinquantaine d'années, vêtu d'un jean et d'un T-shirt noir à l'effigie d'un super-héros. Graham marqua un temps d'arrêt en le découvrant, car ce type à l'allure décontractée et au crâne dégarni ne ressemblait en rien à un coach.

Caroline Stewart, quant à elle, était plus jeune et bien plus élégante que l'image qu'il s'était représentée d'une responsable d'un département des Sciences. De toute évidence, il regardait trop *The Big Bang Theory* !

Avec Sasha, ils firent faire le tour du ranch à leurs visiteurs, en commençant par l'écurie où ils retrouvèrent Roger. Ils poursuivirent par le pavillon où avaient lieu les cours et celui où étaient installés les garçons.

Une fois de retour dans la cour, Graham s'éloigna du

petit groupe pour se diriger vers le corral où Ryan et Jonah travaillaient auprès des juments.

— Venez avec moi, leur dit-il. J'ai des personnes à vous présenter.

Les deux adolescents parurent réticents à l'idée de laisser les chevaux pour rejoindre les adultes, mais ils le suivirent néanmoins pour qu'il les présente aux deux professeurs.

Jonah qui, en temps normal, avait toujours un commentaire à faire, se montra respectueux quand il serra la main de Chuck Atwater.

— On me dit que tu joues au base-ball et que tu es un bon lanceur, déclara celui-ci. J'aimerais bien te voir à l'œuvre.

— Je n'ai pas de gant, objecta Jonah en haussant une épaule. Mes affaires de sport sont restées chez ma mère. Je pensais que je n'en aurais pas besoin dans un ranch.

— Ne t'inquiète pas, j'ai une batte, des balles et des gants dans le coffre de ma voiture.

— Je n'ai pas pratiqué depuis un moment, reprit Jonah. Je dois être un peu rouillé.

— Ce n'est pas un problème. Nous allons échanger quelques balles pour que tu t'échauffes.

Atwater posa une main sur l'épaule du garçon.

— Allez, viens avec moi.

Graham suivit des yeux le coach et Jonah qui marchaient vers la Chevy Malibu couleur argent. Pourvu que Jonah se montre aussi talentueux qu'on le présentait ! Enfin, rien que le fait d'avoir la possibilité de jouer au base-ball pouvait l'inciter à rester dans le droit chemin.

Il se retourna et vit que Sasha était en grande conversation avec Mme Stewart. Celle-ci avait passé son bras autour des minces épaules de Ryan.

— Je suis ravie de te rencontrer. D'après ce qu'on m'a dit, tu es un as en mathématiques et en sciences ?

— Ryan voudrait intégrer une université après son bac, ajouta Sasha.

Ryan ne paraissait pas aussi enthousiaste que les adultes, mais il écoutait poliment.

— Tu sais, il n'est jamais trop tôt pour se renseigner sur les bourses, lui expliqua Mme Stewart. D'ailleurs, si tu rejoins notre club de sciences, tu bénéficieras de beaucoup d'informations qui t'aideront à choisir l'université dans laquelle tu pourras aller ainsi qu'à obtenir des aides financières.

Ryan remonta ses lunettes à l'aide de son index.

— Oui, ça pourrait m'intéresser d'intégrer ce club.

Pour la première fois depuis qu'il était arrivé au Galloping G, Ryan se tenait droit, la tête relevée. Graham aurait, certes, aimé voir un véritable sourire se dessiner sur son visage, mais il se contenterait pour le moment du fait que le jeune garçon n'avait plus l'air aussi abattu.

Il reporta son attention vers l'écurie à côté de laquelle le coach Atwater, un masque sur la tête et un gant à la main, avait mis un genou à terre. Jonah prit la position du lanceur et envoya une balle d'un geste vif.

Pas mal ! pensa Graham.

Les choses s'annonçaient bien aujourd'hui, grâce à Sasha qui avait organisé ces rencontres. Elle avait le travail social dans le sang et ferait du bon boulot auprès des adolescents de Peter's Place.

Comment réagirait-elle si leur relation se développait et qu'il quittait le ranch ? Certes, il n'était plus aussi pressé de partir mais il avait des ambitions personnelles et entendait bien mettre à profit le MBA qu'il avait en poche.

Il n'avait cependant pas l'intention d'abandonner Sasha, ni Roger, ni les garçons. Pour le moment, il s'était engagé à rester sur place et à développer leur projet.

Entendant le bruit de la balle frappant le gant du receveur, Graham se retourna pour observer comment Jonah s'en sortait. Atwater relança la balle, et Jonah se mit en position pour un nouveau lancer qui se matérialisa par une belle balle courbe qui atterrit en plein dans le mille.

— Waouh ! s'exclama Atwater. Jolie balle !

Graham était impressionné lui aussi. Il croisa les bras et se laissa aller à sourire. Il n'aurait jamais cru que les choses se passeraient aussi bien.

Sasha avait fait du bon boulot. Ryan et Jonah semblaient prendre conscience de l'opportunité qui leur était offerte de se forger un meilleur avenir que celui qui se profilait devant eux avant leur arrivée au ranch.

Bien sûr, ils n'étaient pas tirés d'affaire. Malgré les pas de géant accomplis par les deux adolescents, la route était encore longue. Il n'ignorait pas non plus que certains des jeunes qu'ils accueilleraient à Peter's Place ne s'adapteraient pas aussi bien et n'évolueraient pas aussi favorablement. Il faudrait batailler ferme et accepter, parfois, d'échouer.

Brad Taylor avait néanmoins expliqué qu'il enverrait au ranch les adolescents les plus à même de tirer profit d'une vie dans un environnement rural. Cela dit, il n'y avait évidemment aucune garantie que cela fonctionne.

Graham jeta un coup d'œil à Sasha dont les mèches dorées brillaient sous les rayons du soleil. Ses yeux étincelaient pendant qu'elle observait ses deux premiers « perturbateurs » et les voyait s'assagir peu à peu.

S'il devait être parfaitement honnête, il commençait à distinguer pour lui aussi un avenir qu'il n'avait pas prévu.

Il n'espérait qu'une chose : que Sasha en ferait partie.

10

Accoudé à la rambarde du corral, Graham observait Jonah qui était en train de brosser la robe de Ginger.

Il était sur le point de lui demander de se dépêcher pour aller se préparer pour le dîner lorsqu'une luxueuse berline noire pénétra dans la cour et s'arrêta près de l'écurie.

Le conducteur, qui portait une veste de sport noire, descendit du véhicule et ouvrit l'une des portières arrière. Il tendit la main pour aider une femme âgée, élégamment vêtue d'un tailleur-pantalon de couleur crème, à descendre à son tour.

Graham haussa un sourcil. Soit ces personnes s'étaient perdues, soit Kate Fortune avait décidé de lui rendre visite !

Car qui cela aurait-il pu être d'autre ?

Il se redressa et s'avança à sa rencontre. D'après ce qu'il savait, Kate Fortune avait fêté son quatre-vingt-dixième anniversaire en début d'année, alors qu'elle n'en paraissait que soixante-dix. Cela s'expliquait sans doute par l'utilisation quotidienne du sérum de jeunesse Fortune qu'elle avait elle-même lancé et commercialisé. Elle était réellement une publicité vivante pour ce produit qui avait fait d'elle une milliardaire.

Elle tendit à Graham une main parée de nombreuses bagues.

— Je suis Kate Fortune, déclara-t-elle. Vous devez être Graham Robinson.

— En effet. Ravi de vous rencontrer, madame.

Elle sourit, et des pattes-d'oie se creusèrent au coin de ses yeux.

— J'ai entendu dire que vous étiez bien plus qu'un cow-boy. Vous en êtes pourtant l'incarnation parfaite !

Il ne jugea pas utile de commenter. Kate Fortune l'étudia à nouveau avec intérêt.

— On m'a dit beaucoup de bien de vous…

Il aurait pu en dire autant à son sujet. Kate Fortune était une femme d'affaires avisée qui avait réussi et gagné le respect de tous.

— Savez-vous pourquoi je suis ici ? demanda-t-elle.

— J'ai ma petite idée. Il paraît que vous rendez visite à tous les membres de la famille Fortune. De toute évidence, vous accordez également votre attention aux Robinson.

— En effet, mais je veux être claire. Je ne suis pas du tout convaincue que votre père soit réellement Jerome Fortune.

— Je comprends votre scepticisme mais, moi, je suis convaincu qu'il l'est. Enfin, qu'il le soit ou non n'a pas vraiment d'importance.

— Pourquoi ?

Il haussa une épaule, un peu à la manière de Jonah.

— J'ai ma propre vie, mes propres ambitions. Et celles-ci sont indépendantes des Robinson ou des Fortune.

Kate Fortune l'étudia un moment.

— Je dois vous dire que je suis totalement dévouée à ma société, et tout autant à ma famille, déclara-t-elle.

— Je n'en doute pas.

Kate jeta un coup d'œil vers le corral où Jonah flattait l'encolure de Ginger tout en agitant l'autre main pour se débarrasser d'une mouche. Son pantalon porté très bas sur les hanches laissait voir le haut de son caleçon imprimé.

— Quoi qu'il en soit, reprit Kate en reportant son attention sur Graham, je vous crois intelligent et honnête. Vous semblez aussi être moins intéressé que les autres par le fait d'être un Fortune.

C'était vrai, mais il refusait de la conforter dans ses hypothèses.

— Je vous remercie de vous être déplacée jusqu'ici, même si, j'en suis sûr, vous ne l'avez fait que par acquit de conscience.

Il devait sauter aux yeux de cette dame qu'il n'était pas le candidat idéal pour siéger dans un conseil d'administration.

— On m'a raconté que vous aviez créé une sorte de refuge pour adolescents difficiles, reprit Kate Fortune. Je dois avouer que cela m'intrigue beaucoup. Voudriez-vous me faire visiter votre ranch ?

— Bien sûr, répondit Graham avec entrain.

Avec un peu de chance, Kate Fortune serait peut-être disposée à leur faire un don qu'elle pourrait déduire de ses impôts.

— Nous pouvons commencer par l'écurie. Si vous souhaitez faire le tour du ranch, je vais aller chercher le Gator.

— J'aimerais tout voir, en effet. Je vais d'ailleurs changer de chaussures.

Aussitôt dit, aussitôt fait ! Kate Fortune troqua ses escarpins contre des chaussures de marche et suivit Graham jusqu'à l'écurie. Il lui montra les chevaux qui étaient dans les stalles et lui expliqua qu'il recueillait des animaux maltraités. Il lui raconta aussi la raison pour laquelle Roger et lui-même avaient souhaité créer Peter's Place.

— Deux adolescents ont déjà emménagé, ajouta-t-il.

— Je suppose que le jeune garçon qui pansait la jument dans le corral est l'un d'entre eux.

— En effet, il s'agit de Jonah.

Un sourire se dessina sur les lèvres peintes en rouge de Kate Fortune.

— Peut-être devriez-vous lui suggérer de remonter son jean et de ne pas montrer ses sous-vêtements !

Il s'esclaffa.

— En fait, c'est un pantalon que nous lui avons acheté récemment. Si vous aviez vu comment il portait l'ancien ! On voyait presque tout son boxer !

— Je ne veux même pas l'imaginer ! ironisa Kate.

Il l'entraîna à l'extérieur et la guida jusqu'au Gator. Pendant la visite, elle parut véritablement intéressée et posa de nombreuses questions. Des questions qu'aurait pu poser un acheteur potentiel ou un autre propriétaire de ranch.

De toute évidence, Kate avait fait des recherches avant de venir.

— Pourquoi n'avez-vous pas acheté votre propre ranch ? s'enquit-elle.

— Je le ferai peut-être un jour mais, pour le moment, Roger a besoin de moi.

— Vous êtes très proche de Roger Gibault.

C'était davantage une déclaration qu'une question. Il ignorait jusqu'où étaient allées les recherches de Kate Fortune à son sujet, mais elle paraissait savoir beaucoup de choses.

— Roger est un homme bon, répondit-il simplement. Et il est comme un second père pour moi.

Il s'attendit à ce que Kate en déduise que Gerald Robinson, alias Jerome Fortune, n'avait pas été un bon père. Mais elle n'en fit rien.

— Avez-vous songé à devenir père vous-même ? lui demanda-t-elle à brûle-pourpoint.

Le pied de Graham dérapa sur la pédale d'accélérateur.

Que savait-elle exactement ? Et qu'était-il prêt, lui, à révéler sur lui-même ?

Bien que peu enclin à se livrer, il répondit néanmoins :

— J'aimerais devenir père un jour. Et je trouve que c'est bien d'avoir un héritage à transmettre à ses enfants.

— Mais vous ne travaillez pas pour *Robinson Tech*…

A nouveau, il ne s'agissait pas d'une question mais bel et bien d'une affirmation. Kate Fortune était-elle simplement perspicace ou alors avait-elle parlé de lui avec quelqu'un de bien informé ?

— J'espère en effet laisser ma propre empreinte dans ce monde.

— Avec Peter's Place ?

— En partie. Créer cet endroit pour accueillir des gamins en difficulté et leur permettre de travailler avec des chevaux est une façon de rendre hommage à mon ami. Mais j'entends aussi lancer ma propre affaire un jour.

— Quel genre d'affaire ?

— J'ai quelques idées, mais rien n'est décidé pour le moment.

— Est-ce que cela a un rapport avec l'élevage ?

— Pas vraiment.

Certes, il aimerait avoir son propre ranch un jour. Maddie adorerait grandir dans un ranch et posséder son propre cheval…

Ils continuèrent leur tour en silence. Ses pensées étaient focalisées sur Sasha et ses filles et sur son rêve de former une famille avec elles.

En fait, il ne s'était pas rendu compte à quel point il en avait envie jusqu'au moment où il s'entendit expliquer :

— Il y a une petite fille qui vit ici. Je lui apprends à monter à cheval, et c'est très sympa.

Donner des cours à cette petite cow-girl lui procurait un immense sentiment de fierté et lui donnait un peu l'impression d'être déjà son beau-père.

Parler à Kate Fortune et lui montrer le ranch l'aidait à y voir plus clair, notamment en ce qui concernait ses sentiments pour Sasha. Il allait devoir jouer cartes sur table avec elle et lui dire ce qu'il ressentait.

Quand il l'aurait fait, il pourrait commencer à concevoir des projets pour le futur et à construire cet héritage qu'il souhaitait transmettre.

— Vous savez, fit-il tout à coup, une pensée en entraînant une autre. N'ayant jamais été proche de mon père, je n'ai jamais compris pourquoi il a été aussi insistant pour que je travaille chez *Robinson Tech* et pourquoi il a été si contrarié que je refuse. Je crois que je comprends maintenant.

— Cela signifie-t-il que vous envisageriez d'intégrer l'entreprise ? demanda Kate.

— Non, ce n'est pas cela. Mais je considère différemment ce que mon père m'offrait.

Tandis qu'il conduisait en direction du ranch, il jeta un regard à la dérobée à la femme élégante assise à côté de lui, les mains croisées sur les genoux. Sa bague sertie de diamants scintillait dans les rayons du soleil. Kate Fortune fronçait les sourcils et paraissait plongée dans ses pensées.

Une fois dans la cour, il arrêta le Gator juste à côté de la berline pour qu'elle n'ait pas à marcher. Il s'apprêtait à l'aider à descendre du véhicule quand son chauffeur le devança.

Avant de poser pied à terre, Kate Fortune lui tendit la main.

— Merci de m'avoir consacré tout ce temps, Graham.

— C'était un plaisir.

— Il se pourrait que je fasse un don à Peter's Place. Je reprendrai contact avec vous très bientôt.

Puis elle monta à l'arrière de la berline qui démarra et s'éloigna dans un nuage de poussière.

Quelle femme intéressante ! pensa Graham. *Et quelle visite inattendue…*

Ce serait idéal si elle choisissait de financer Peter's Place. Roger pourrait faire des tas de choses grâce à une généreuse bienfaitrice.

Il fallait qu'il informe Sasha de l'éventualité de ce don. Et puis, tant qu'il y serait, il lui avouerait ses sentiments pour elle et son rêve d'un avenir commun.

Il regarda vers le corral où Jonah était censé travailler avec les juments. Ni Jonah ni Ryan n'étaient toutefois en vue.

Il allait d'abord partir à leur recherche. Cette conversation à cœur ouvert avec Sasha attendrait.

Mais pas trop longtemps tout de même !

Lorsque Graham sortit de l'écurie où il venait de contrôler le travail de Ryan et Jonah, il découvrit une voiture qu'il ne connaissait pas garée dans la cour.

A peine avait-il commencé à se diriger vers la maison que Roger sortit en claquant la porte derrière lui. Il secouait la tête, clairement contrarié.

Avant que Graham ait pu lui demander ce qui se passait, Roger l'interpella :

— Tu ferais mieux de faire comme moi.

— Que veux-tu dire ?

— Garde tes distances pendant un petit moment, marmonna-t-il en se dirigeant vers la grange.

Graham l'attrapa par le bras pour l'empêcher d'avancer.

— De quoi parles-tu ?

Roger fit un geste de tête vers la maison en grimaçant.

— Gabe Smith est là.

La nouvelle le déstabilisa totalement.

— Qu'est-ce qu'il veut ? demanda-t-il d'une voix blanche.

— De toute évidence, Sasha et lui ont des choses à régler.

Roger étouffa un juron avant de reprendre :

— J'espère qu'elle ne va pas retomber entre ses griffes. Elle serait folle de se laisser faire !

C'était Graham qui était fou. Fou d'avoir attendu trop longtemps pour ouvrir son cœur à Sasha.

— Pour couronner le tout, reprit Roger, Maddie l'a invité à dîner. Comme je ne veux surtout pas compromettre ma relation avec Sasha, je n'ai pas émis d'objection.

— J'imagine qu'il a accepté l'invitation.

— Il allait se priver, ironisa Roger d'un air dépité. Et, pour couronner le tout, j'ai passé un temps fou à concocter un rôti à la cocotte ! Dommage que ce type vienne tout gâcher. Je regrette de ne pas avoir fait des hamburgers bon marché.

— Ce qui est fait est fait, déclara Graham.

Pourtant, un sentiment d'appréhension s'était installé en lui.

— J'espère qu'il n'a pas l'intention de passer la nuit ici.

A cette idée, une boule se forma dans la gorge de Graham. Il jeta un coup d'œil à la voiture garée, puis vers la porte de la maison.

Il ne pouvait y avoir qu'un seul motif à la visite de Gabe Smith. Il voulait récupérer Sasha !

Graham était à deux doigts de faire irruption dans la maison pour annoncer à Gabe qu'il arrivait trop tard. Que Graham et Sasha n'étaient pas seulement attirés l'un par l'autre, qu'ils ressentaient quelque chose de très fort. Entre eux, il n'y avait pas seulement de l'alchimie, il y avait aussi un passé…

Oui, mais Sasha et Gabe avaient deux enfants, ce qui les liait de façon inaltérable.

« Pour ton information, c'est Gabe qui est parti », lui avait appris Sasha. Cela signifiait que leur rupture n'avait pas été de son fait. Et qu'elle serait restée mariée à Gabe, si celui-ci n'en avait pas décidé autrement.

« Je suis la première à admettre que notre vie commune était loin d'être parfaite, avait aussi dit Sasha, mais en l'épousant je m'étais engagée à rester auprès de lui sur le long terme. » Et puis elle avait deux enfants auxquels elle devait penser.

La mère de Graham n'avait-elle pas elle-même décidé de rester avec son mari, quand elle avait été confrontée à ses nombreuses infidélités ? Il se remémora la conversation qu'il avait eue avec sa sœur Zoe, lors de la dernière réunion familiale des Robinson. Quand il lui avait raconté qu'il avait surpris leur père en train d'embrasser la fille au pair et qu'il avait tenté d'en parler à leur mère, Zoe avait dit : « Elle avait huit enfants et voulait probablement sauver son mariage. C'est ce que la plupart des mères feraient, j'imagine. »

Vraiment ? Si Sasha avait une chance de sauver son mariage, déciderait-elle de retourner vivre avec Gabe ?

En plus, elle était enceinte et aspirait certainement à la sécurité. Et puis sans doute ne souhaitait-elle pas accoucher seule.

Quoi qu'il en soit, il n'allait pas rester planté là à regarder la situation lui échapper.

Il ressentit le besoin impérieux de s'échapper du ranch. De s'éloigner de Sasha et de la puissante émotion qui menaçait de l'engloutir.

Il pivota sur ses talons pour s'en aller, sans avoir de destination précise en tête.

— Où vas-tu ? s'enquit Roger.

— J'ai des choses à faire, répondit-il en se dirigeant vers l'écurie.

Il y trouverait sans doute de quoi s'occuper, même si aucune corvée n'était urgente. Mais peu importait.

Il ne sortirait rien de bon d'un éventuel face-à-face avec Gabe Smith.

Il fit l'impasse sur le bon rôti de Roger et resta cloîtré dans son pavillon pendant tout le temps du dîner. Il fit réchauffer des haricots en boîte, qu'il mangea, accompagnés d'une bière, en regardant la télé.

Il s'efforçait de ne pas penser à l'ambiance qui régnait dans la grande maison, de ne pas imaginer tout le monde assis autour de la table de la cuisine en train de faire honneur au succulent dîner préparé par oncle Roger.

Hélas, il n'y parvenait pas et se sentait en proie à un véritable sentiment d'impuissance. Il se doutait parfaitement de ce qui était en train de se passer : Gabe disait à Sasha qu'elle lui avait manqué, ainsi que Maddie, et qu'il avait fait une erreur en les laissant. Puis il promettait d'être un bon mari et un père aimant.

Ses pensées dérivèrent vers son propre père qui avait fait plusieurs tentatives pour se rapprocher de lui. Il lui avait même offert un poste chez *Robinson Tech*, que Graham avait refusé. Pendant sa discussion avec Kate Fortune, un peu plus tôt dans la journée, il avait eu une soudaine révélation sur la paternité. Tout en pensant au père qu'il pourrait être pour Maddie et sa future petite sœur, il avait jeté un nouveau regard sur son propre père.

Devait-il réexaminer la proposition de celui-ci ?

S'installer à Austin lui permettrait de s'éloigner de Sasha et de surmonter les sentiments amoureux qu'il avait pour elle…

Malgré la réticence qu'il avait à pardonner à son père et à admettre qu'il avait peut-être une part de responsabilité dans la piètre relation qu'ils entretenaient, il sortit son portable et l'appela avant de changer d'avis.

Gerald Robinson répondit presque aussitôt.

— Eh bien, quelle surprise ! Le fils prodigue !

Graham faillit rétorquer de manière sarcastique, mais il s'en abstint, reconnaissant qu'il n'y avait pas d'agressivité dans le ton de son père.

— Oui, c'est moi. Je me suis dit que j'allais t'appeler pour… te dire bonjour.

Son père ne commenta pas.

— Je voulais aussi suggérer que nous en finissions avec la guerre froide qui nous oppose, reprit Graham. Tu sais, j'admire beaucoup ce que tu as construit avec *Robinson Tech*.

Un nouveau silence s'étira. Gerald Fortune Robinson n'était pourtant pas du genre à garder ses pensées ou ses opinions pour lui. Sans doute était-il surpris par l'aveu de son fils.

Enfin, s'il devait être parfaitement honnête, il y avait bel et bien des choses que Graham n'admirait pas chez son père, comme son infidélité envers son épouse, par exemple !

Cela dit, ce n'était pas un sujet qu'il souhaitait aborder pour le moment. Aujourd'hui, il voulait rendre hommage au travail qu'il avait accompli pour réussir professionnellement, ce qui était d'autant plus impressionnant qu'il avait tourné le dos à la famille Fortune et réussi tout seul.

— Es-tu en train de réfléchir à la possibilité de travailler avec moi, finalement ? lui demanda enfin Gerald.

— Disons que je me suis sans doute montré un peu obstiné dans mon refus d'en discuter avec toi.

— Eh bien, pour ta gouverne, sache que ma proposition tient toujours.

— Merci, j'apprécie beaucoup.

Oserait-il pour autant accepter cette offre ? Etait-il à ce point désireux de s'éloigner de Sasha et de tout ce qui la rappellerait à son souvenir ?

— Je suis fier de ce que j'ai accompli ici au Galloping G, reprit-il. Notre projet fonctionne bien. Il faut donc que j'imagine comment je pourrais continuer à travailler à distance avec Roger. Je dois y réfléchir.

— Très bien. Et je suis heureux de penser que le MBA que

j'ai financé pour toi puisse dans un avenir proche bénéficier à ma société.

Graham s'abstint de confirmer. Il avait seulement dit qu'il réfléchirait.

— Nous en parlerons la prochaine fois que j'irai à Austin.

— Quand penses-tu venir ?

— Bientôt.

Il préférait ne pas s'engager sur une date afin d'avoir le temps de se préparer à cette conversation.

Quoi qu'il en soit, chaque fois qu'il songeait à ce qui se passait en ce moment dans la grande maison, il se rendait compte que même un emménagement à Austin risquait de ne pas suffire à soigner son cœur blessé.

Sasha avait regretté l'absence de Graham au dîner, mais elle savait qu'il lui arrivait parfois de rester manger chez lui. D'ailleurs, avec l'arrivée imprévue de son futur-ex-mari, c'était sans doute mieux ainsi.

Elle n'en revenait toujours pas que Maddie ait proposé à Gabe de rester au ranch pour la nuit. Heureusement, quand elle avait elle-même suggéré qu'il serait sans doute mieux installé à l'hôtel, Gabe s'était rangé à son opinion et était parti passer la nuit à Austin.

Gabe et elle avaient encore beaucoup de choses à régler en ce qui concernait leur organisation parentale mais, s'il était vraiment sincère dans son souhait d'être un bon père, elle était prête à coopérer. Tous deux s'étaient mis d'accord sur un calendrier de visites et d'autres points légaux qu'ils soumettraient chacun à leurs avocats respectifs.

Cependant, elle avait besoin de se confier à quelqu'un au sujet de cette entrevue. Quelqu'un qui pourrait la conseiller. Comme oncle Roger n'était pas très objectif, elle choisit de se rapprocher de Graham.

Elle aurait pu marcher jusqu'à son pavillon, mais son dos la faisait souffrir depuis quelques heures, et elle ne se sentait pas capable de faire l'effort de marcher jusque-là.

Elle choisit donc de l'appeler.

Au bout de quatre sonneries, elle s'apprêtait à raccrocher quand Graham prit enfin l'appel.

— Salut, lança-t-elle. Tu as faim ? Nous avons plein de restes si tu veux.

— Merci, mais j'ai déjà dîné.

Elle ne répliqua pas, attendant que Graham développe sa réponse, mais il garda le silence.

— J'aimerais te parler, reprit-elle.

— Ce n'est pas nécessaire, rétorqua-t-il. Je comprends parfaitement. C'était probablement la meilleure décision pour toi.

Hein ? Elle se mordilla la lèvre inférieure et fronça les sourcils. A quelle décision faisait-il allusion ?

— Ne t'inquiète pas, Sassy, reprit-il. Je ne compte pas m'ériger entre un homme et sa famille. Il ne me reste plus qu'à me retirer avec dignité.

Et Graham raccrocha avant qu'elle ait pu prononcer le moindre mot !

11

Abasourdie, Sasha resta un long moment le téléphone à la main, le regard dans le vide.

Elle tentait vainement de donner un sens aux paroles de Graham et au fait qu'il avait mis fin à la conversation avant même qu'elle ait commencé. De toute évidence, il pensait que Gabe et elle s'étaient réconciliés.

Il ne lui avait même pas laissé le temps de s'expliquer. Avait-il sauté sur cette excuse pour prendre la tangente pendant qu'il était encore temps ?

Elle était toujours debout au milieu du salon, confuse et frottant son dos douloureux, quand sa fille fit irruption auprès d'elle. Maddie portait son pyjama rose et tenait son lapin en peluche. Son expression était empreinte d'inquiétude.

— Qu'est-ce qu'il y a, maman ?

Elle prit le visage de sa fille entre ses mains et caressa ses mèches soyeuses.

— Rien.

— Tu es sûre ?

Non, elle n'en était pas sûre. Elle avait la sensation que tout s'écroulait autour d'elle. Ne voulant pas que Maddie s'inquiète pour autant, elle s'efforça de sourire.

— Tout va bien. Va te coucher, ma chérie. Je vais venir te lire une histoire dans quelques instants.

Tandis que Maddie repartait vers sa chambre sans protester, Sasha se concentra à nouveau sur la conversation qu'elle venait d'avoir avec Graham. Ou plutôt sur les mots qu'il avait prononcés, puisqu'il ne l'avait pas laissée répondre.

Elle l'avait appelé pour lui annoncer que son divorce serait effectif dans deux semaines. Gabe était venu au Texas uniquement pour discuter des droits de visite et d'autres sujets légaux.

N'avait-elle pas déjà expliqué cela à Graham ? Cela ne l'avait, hélas, pas empêché de tirer une conclusion totalement erronée.

Avait-il sauté sur cette excuse qui lui offrait une porte de sortie ? Avait-il pris peur en comprenant qu'il ne voulait pas endosser la responsabilité d'un époux et d'un père ?

Fébrile et incapable de penser à autre chose, elle le rappela. Cette fois, elle tomba tout de suite sur sa messagerie. Peut-être était-il en ligne avec quelqu'un d'autre. A moins que la batterie de son portable ne soit déchargée.

Ou bien qu'il n'ait éteint son téléphone pour la nuit.

En réalité, elle n'en croyait rien. Elle était même très tentée de sortir pour aller le trouver et lui parler en face, mais elle ne se sentait pas assez forte pour cette confrontation. Pas après le stress qu'elle avait éprouvé pendant qu'elle négociait avec Gabe le planning des fêtes de Noël. Elle devrait ainsi se rendre en Californie en novembre, puis à nouveau en décembre.

De plus, son dos la faisait maintenant terriblement souffrir. Ce dont elle avait besoin, c'était d'une bonne douche chaude et relaxante.

Auparavant, elle allait retrouver Maddie pour accomplir le rituel du coucher et lui lire deux de ses histoires favorites. Quand Maddie serra sa peluche entre ses bras et roula sur le côté, Sasha alla enfin dans la salle de bains. Elle resta sous l'eau brûlante pendant un long moment afin de soulager son dos. Puis elle sortit de la cabine et enfila un peignoir.

Elle se sentait beaucoup mieux.

Une fois dans son lit, elle ferma les yeux mais mit très longtemps à trouver le sommeil. Elle pensait sans cesse à Graham et à la façon dont il l'avait expédiée. Elle se tourna et se retourna toute la nuit dans son lit, si bien qu'elle se réveilla avec le dos à nouveau douloureux. Elle avait presque oublié l'inconfort des dernières semaines de grossesse. Elle avait beau aimer Sydney de tout son cœur et être impatiente de la tenir dans ses bras, elle ne pouvait s'empêcher de penser que sa grossesse avait peut-être poussé Graham à y réfléchir à deux fois.

En même temps, elle pouvait comprendre sa réaction, mais il aurait au moins pu se montrer honnête avec elle !

A force de ressasser, elle devint une véritable boule de nerfs. Elle lui en voulait terriblement de l'avoir renvoyée dans ses pénates de façon aussi abrupte sans lui avoir laissé une chance de s'expliquer.

De toute évidence, il avait choisi de fuir tout conflit émotionnel. Sans doute était-ce ainsi qu'il agissait avec sa propre famille.

Et maintenant, il se comportait ainsi avec la sienne.

Elle avait placé tant d'espoir en lui. Conçu tant d'espoir pour eux.

Graham ne se montra même pas pour avaler une tasse de café. S'il pensait qu'il pouvait l'éviter et faire comme s'ils n'avaient pas échangé de torrides baisers, il se trompait lourdement. Elle ne le laisserait pas s'en tirer à si bon compte.

Fulminant, elle partit donc à sa recherche et le trouva dans l'écurie. Il était en train de donner des instructions à Jonah et Ryan.

Une fois que les deux adolescents se furent éloignés, elle s'approcha.

— Qu'y a-t-il ? demanda-t-il.

— Il faut que nous parlions.

Il souleva son chapeau et le remit en place sur sa tête. Il paraissait mal à l'aise.

— De quoi ?

Non mais, il se fichait d'elle ?

Elle croisa les bras et les posa sur son ventre proéminent.

— Tu passes ta vie à fuir les choses, commença-t-elle. Si tu n'essayes pas d'affronter tes peurs et tes sentiments, tu resteras à jamais amputé d'une partie de toi-même. Et en outre, tu n'es pas à la hauteur pour conseiller les adolescents de Peter's Place !

Le visage de Graham se ferma, mais il ne prononça pas un mot.

Elle insista :

— Graham, tu as une maîtrise en gestion des entreprises et tu ne l'utilises pas. Certes, Peter's Place est un projet tout ce qu'il y a de plus respectable, et tu l'as mené à bien. Mais toi, qu'est-ce qui peut te rendre heureux à long terme ?

— Ne t'inquiète pas pour moi, répliqua-t-il. Je vais très bien.

Il n'aurait pu la congédier plus brutalement s'il lui avait intimé de sortir de sa vie.

Alors, Sasha tourna les talons et s'en alla. Elle avait ses filles à qui se consacrer. Une nouvelle famille à créer.

Si Graham ne devait pas en faire partie, eh bien qu'il en soit ainsi !

Oui mais voilà…

Elle aurait tellement aimé que cela ne lui fasse pas aussi mal de poursuivre sa route sans lui.

Graham resta dans l'écurie un long moment après le départ de Sasha, cherchant à donner du sens à ses propos.

Que venait faire son MBA dans l'affaire ? Son problème actuellement, c'était Gabe Smith, qui s'était volatilisé soit hier soir après 21 heures, soit ce matin avant le petit déjeuner !

Si Sasha lui en avait laissé l'opportunité, Graham aurait pu lui demander où était passé ce type et quand il comptait revenir. Or, elle n'avait cessé de lui lancer des accusations en pleine figure. Jamais il n'avait fui quoi que ce soit dans sa vie. Et il n'avait pas peur de ses sentiments. Il ne les exposait pas au grand jour, voilà tout !

En outre, il avait parlé à son père la veille et lui avait promis qu'il réfléchirait à son offre.

Il marmonna un juron avant de sortir de l'écurie pour aller retrouver Jonah et Ryan qui avaient emmené les juments dans le pâturage. Il prit le Gator et s'arrêta à quelques mètres pour les observer. Chaque jour, il leur confiait un peu plus de responsabilités et constatait avec satisfaction qu'ils s'en sortaient très bien.

Il ressentit un brusque sentiment de fierté. Les adolescents écoutaient ses instructions et faisaient un excellent boulot pour apprivoiser les juments.

« Peter's Place est un projet tout ce qu'il y a de plus respectable », avait affirmé Sasha.

Bien sûr que c'était respectable !

Pourtant, il voulait faire autre chose de sa vie. Certes, il resterait partenaire, apporterait son soutien financier et viendrait souvent sur place.

Cependant, il voulait avoir plus qu'un « projet ».

Il avait bien failli s'insurger quand Sasha l'avait accusé de fuir ses sentiments et ses responsabilités. Mais pourquoi aurait-il dû se défendre ? Peut-être avait-il été un rebelle autrefois, mais il était fier de l'homme qu'il était devenu aujourd'hui.

Et il était fier de ses rêves.

Sasha ne comprenait-elle donc pas ça ?

De toute évidence, ce n'était pas le cas. Heureusement qu'il avait décidé de la laisser partir avant qu'ils aient été davantage engagés l'un envers l'autre.

— Hé, patron ! cria Ryan.

Graham porta son attention sur l'adolescent.

— On dirait que c'est Maddie !

Graham regarda dans la direction qu'il indiquait et aperçut la silhouette de la petite blonde au chapeau de cow-boy courant sur le chemin qu'il avait lui-même parcouru avec le Gator.

— Oui, c'est elle.

Mais que faisait donc la petite fille ici toute seule ?

Il fit demi-tour et roula au-devant d'elle. Quand il s'arrêta tout près d'elle, Maddie posa les poings sur ses hanches et le toisa de ses yeux qui lançaient des éclairs.

En général, Maddie était plutôt contente de le voir. Alors que se passait-il ?

— Que fais-tu ici ? lui demanda-t-il.

— Je te cherchais.

Son expression s'adoucit quelque peu, mais elle avait de toute évidence quelque chose à lui reprocher.

— Que puis-je faire pour toi ?

— Tu rends ma maman malheureuse, répondit-elle. Ce n'est pas très gentil.

Maddie avait dû se tromper pour interpréter les sentiments de sa maman. Sasha n'était pas triste, elle était en colère. Et il ignorait totalement la raison de cette fureur.

Quoi qu'il en soit, cela affectait assez Maddie pour qu'elle parte à sa recherche, bien décidée à lui assener ses quatre vérités.

Il tapota le siège à côté de lui.

— Monte donc et raconte-moi pourquoi ta maman est triste. Et pourquoi tu penses que c'est ma faute.

— C'est parce que tu lui manques. Et à moi aussi, tu me manques.

Il laissa échapper un soupir las. Qu'était-il censé dire à cette enfant ? Qu'il avait espéré devenir un jour son beau-père ? Et qu'il avait été dévasté quand il avait compris que cela n'arriverait pas ?

— Est-ce que j'ai fait quelque chose de mal ? demanda Maddie en s'asseyant à côté de lui dans le Gator. Est-ce que c'est ma faute si tu ne viens plus manger avec nous ?

— Non, bien sûr que non ! Qu'est-ce qui te fait croire que cela pourrait être ta faute ?

— Parce que mon papa était toujours grognon quand il revenait à la maison. Et, maintenant qu'il ne vit plus avec nous, il est beaucoup plus gentil.

Il n'avait pas l'intention de défendre Gabe Smith, mais il ne voulait pas que la petite s'imagine responsable de quoi que ce soit.

— Rien de ce qui arrive n'a de rapport avec toi, mon chou, la rassura-t-il. Quand tu seras un petit peu plus âgée, tu comprendras.

— Je n'ai pas besoin d'attendre, fit-elle en remuant la tête. Je sais déjà. Tu vas nous laisser, comme papa l'a fait.

— Mais ton père est revenu !

Elle secoua vigoureusement la tête, agitant ses nattes.

— Pas pour toujours. Juste hier soir. Et il est reparti parce que maman lui a demandé.

Sasha avait demandé à Gabe de partir ? Etait-ce de cela qu'elle voulait lui parler ? S'était-il mépris au point de tirer des conclusions erronées ?

Il avait été tellement submergé par sa déception et son chagrin qu'il avait pensé que…

Bon sang ! Il s'était trompé !

Pas étonnant que Sasha l'ait accusé de fuir ses sentiments !

— Est-ce que ta maman sait que tu es là ?

Maddie secoua la tête.

— Tu n'aurais pas dû t'en aller sans demander la permission.

Il sortit son téléphone de sa poche mais ne put joindre la grande maison. Quand il essaya le portable de Sasha, il tomba aussitôt sur la messagerie.

— Ta maman est sûrement en train de te chercher. Je vais te ramener à la maison.

— Est-ce que tu peux lui dire que tu es désolé ? demanda Maddie.

— Bien sûr que je vais le lui dire !

Il avait plusieurs excuses à présenter à Sasha, parmi lesquelles celle d'avoir gardé ses sentiments pour lui. Une erreur qu'il était bien décidé à ne plus jamais commettre.

En arrêtant le Gator dans la cour, il aperçut Sasha devant l'entrée de la maison, une main sur son ventre rond, l'autre sur son cœur. Elle portait un short et un T-shirt rose, et son visage arborait un masque de peur et d'appréhension.

— Maddie est avec moi, la rassura-t-il en descendant aussitôt du Gator. Ne t'inquiète pas, elle va bien.

— Dieu merci, murmura-t-elle.

Sasha restait pourtant immobile. Elle retira la main de

son cœur et attrapa la balustrade, comme si elle avait besoin de soutien.

Il se précipita vers la femme qu'il aimait, prêt à s'agenouiller devant elle si c'était nécessaire.

— J'ai besoin de te parler, déclara-t-il.

— J'ai peur que cela ne doive attendre.

Il comprit alors que Maddie n'était pas la seule raison de l'inquiétude qui semblait ronger Sasha.

— Que se passe-t-il ?

— J'ai perdu les eaux.

Il s'était douté que présenter ses excuses pour s'être montré aussi stupide ne serait pas chose facile, mais il ne s'était pas attendu à devoir le faire à l'hôpital, entre deux contractions.

Lorsque Sasha lui avait annoncé que le travail avait commencé, il s'était précipité pour lui offrir son soutien. Malgré sa crainte de donner naissance à un bébé prématuré, elle avait déjà prévenu l'hôpital et préparé un sac avec ses affaires.

Laissant Maddie aux bons soins de Roger, il avait aidé Sasha à monter dans le pick-up et roulé à vive allure en direction des urgences. Sur le trajet, il s'était excusé à plusieurs reprises, mais Sasha ne lui avait répondu que par des hochements de tête. Elle avait une respiration bruyante et saccadée. Sans doute essayait-elle les techniques qui lui avaient été conseillées.

Oh ! mon Dieu, cela ne pouvait arriver si tôt !

Et pourtant, c'était bel et bien le cas.

Dès qu'ils franchirent les portes des urgences, Sasha fut installée sur un brancard et emmenée en obstétrique par l'équipe médicale.

Il suivit le mouvement, bien décidé à ne pas la laisser seule pendant le travail.

— Merci de rester auprès de moi, murmura-t-elle entre deux contractions.

Il tendit la main et serra doucement la sienne.

— Il n'y a aucun autre endroit où je voudrais être, Sassy.

Elle le remercia d'un sourire qui disparut brutalement. Pendant qu'elle était en proie à une nouvelle contraction, il continua à lui tenir la main. Les doigts de Sasha serraient les siens comme un étau.

Heureusement, le médecin, une femme d'une quarantaine d'années, entra dans la chambre.

— J'ai peur, docteur Singh, admit Sasha. Il est trop tôt pour que mon bébé vienne au monde.

— Cinq semaines d'avance, ce n'est pas tant que ça, la rassura le médecin.

Comme elle enfilait une paire de gants, il lâcha la main de Sasha et se leva.

— Je vais vous laisser seules, annonça-t-il.

— Tu ne vas pas partir ? s'enquit Sasha sur un ton où perçait l'angoisse.

— Non, tranquillise-toi, je reste là, répondit-il.

Et il ne parlait pas seulement du travail et de l'accouchement.

— Je serai de l'autre côté de la porte.

Une fois hors de la chambre, il se mit à faire les cent pas dans le couloir. Il n'eut pas à attendre très longtemps, car le médecin ressortit assez vite de la chambre.

— Est-ce que tout va bien ? s'enquit-il.

— Oui, ne vous inquiétez pas. Je vais lui faire une péridurale. Cela sera beaucoup plus confortable pour elle.

— Quel soulagement ! Je déteste la voir souffrir.

Le médecin sourit.

— Cela ne va probablement pas durer très longtemps. Je pense que le bébé pointera le bout de son nez d'ici deux ou trois heures.

Il hocha la tête et remercia le Dr Singh avant de retourner auprès de Sasha. Il y resta, y compris lorsque l'anesthésiste vint lui poser la péridurale.

Au bout de quelques minutes, Sasha se rallongea, délivrée de la douleur.

— Nous n'avons plus qu'à attendre, lâcha-t-elle.

— Alors nous pouvons parler. Je ne suis pas certain que tu aies entendu ce que je t'ai dit dans le pick-up. Je suis désolé d'avoir réagi comme je l'ai fait quand Gabe est arrivé au ranch.

Je sais que j'ai agi comme un imbécile, mais j'ai vraiment cru qu'il avait compris quelle femme extraordinaire tu es. J'ai supposé qu'il était venu au ranch pour te dire qu'il était prêt à tout pour préserver sa famille.

Sasha esquissa un sourire en coin.

— On voit que tu ne connais pas Gabe. Il était, certes, un peu confus, mais il ne veut vraiment pas être un mari et un père à plein temps.

— Ce type est complètement fou. Je donnerais n'importe quoi pour avoir une femme comme toi.

Elle lui lança un regard surpris.

Il soupira. Ce n'était pas si étonnant. Comment Sasha aurait-elle pu le deviner, alors qu'il avait gardé ce secret profondément enfoui en lui ?

— Je t'aime, Sassy. Plus que je ne l'aurais cru possible. J'aurais dû te l'avouer avant, mais j'avais peur. Crois-tu que tu pourrais me donner une chance de prouver que je vous mérite, toi, Maddie et Sydney ?

Les yeux de Sasha étincelèrent de joie.

— Crois-le ou pas, le seul homme que j'aie jamais aimé, c'est toi.

— Moi ?

— Je t'aime depuis toujours, Graham. Même à l'époque où tu ne te rendais pas compte que j'existais.

— Mais… et Gabe ?

— Quand je l'ai épousé, je croyais que je l'aimais, mais il n'était pas l'homme que je m'étais imaginé.

Elle se tourna pour regarder le moniteur. Celui-ci indiquait qu'elle était prise par une nouvelle contraction qui, cette fois, ne provoqua pas de douleur. Quand le spasme s'éteignit, Sasha reprit :

— J'aimerais pouvoir affirmer que j'ai eu le cœur brisé quand nous nous sommes séparés, mais ce n'est pas vrai. Le fait que Maddie ne semble pas réellement perturbée par cette rupture m'a aidée à prendre conscience que le divorce était la meilleure option.

— Tu n'imagines pas à quel point je suis soulagé. Quand Gabe est arrivé, j'ai cru qu'il était décidé à te reconquérir.

— Il voulait seulement que nous discutions des droits de visite. Il souhaiterait aussi que les filles passent les fêtes de fin d'année avec ses parents et lui. Ce qui signifie qu'il faudra que j'y aille aussi. Cela ne me plaît pas beaucoup, mais j'ai tout de même accepté.

— Si cela peut te rendre les choses plus faciles, je vous accompagnerai.

— Tu es sérieux ?

L'expression de Sasha passa de l'incrédulité la plus totale au plaisir.

— Tu ferais ça pour moi ?

— Je ferais ça pour nous. Je veux que nous formions une famille, Sassy.

— Je le veux aussi, renchérit-elle en lui pressant la main.

Une heure plus tard, une infirmière entra pour examiner Sasha.

— Le moment est venu, annonça-t-elle. Je vais chercher le Dr Singh et préparer la salle d'accouchement.

Tout se déroula ensuite très vite.

Lorsqu'il fit mine de la laisser, Sasha lui demanda de rester auprès d'elle.

A vrai dire, il l'avait secrètement espéré.

Il lui tint la main pendant qu'elle mettait au monde *leur* fille — un minuscule bébé au visage rouge et aux cheveux blonds qui s'époumonait bruyamment.

— Est-ce qu'elle va bien ? s'enquit aussitôt Sasha.

— Tout me semble normal, la rassura le médecin. Peut-être devra-t-elle rester quelques jours dans l'unité des prématurés, mais je n'anticipe aucun problème particulier.

Il remercia le ciel et poussa un gros soupir de soulagement. Devenir papa était effrayant, mais c'était surtout un moment inoubliable !

Sasha put tenir son bébé dans ses bras durant un petit instant avant qu'une infirmière l'emmène dans l'unité des prématurés.

Lorsqu'ils se retrouvèrent seuls, il déposa un baiser sur le front de Sasha.

— Je suis si fier de toi. As-tu idée à quel point je t'aime ?

— Non, répondit Sasha avec un sourire malicieux, mais je suis impatiente que tu me le montres.

Graham s'esclaffa.

— Je suis conscient que certaines choses devront attendre que tu sois rétablie. Mais sache que je projette de te demander en mariage dès que ton divorce sera officiel.

— Rien ne pourrait me plaire davantage.

Son cœur débordait de joie. Jamais il n'aurait pu imaginer que les choses tourneraient aussi bien !

— Je vais passer la nuit ici avec toi, annonça-t-il.

— Ici ? A l'hôpital ?

— Si j'obtiens l'autorisation, oui.

— Tu l'auras. Je suis juste surprise que tu…

Elle se mordit la lèvre et secoua la tête.

— Vraiment, Graham, reprit-elle, tu ne cesses de me surprendre.

— Eh oui, car contrairement à Gabe, quand je prends un engagement, je m'y tiens. Ce qui signifie que je vais rester avec les filles et toi pour le restant de ma vie.

Sur ces mots, il se pencha et posa ses lèvres sur les siennes, scellant cette promesse par un baiser.

Pendant que Sasha téléphonait au ranch pour annoncer la naissance de Sydney à oncle Roger et Maddie, Graham sortit dans le couloir afin de passer un coup de fil lui aussi.

Devenir papa lui donnait envie de se rapprocher de son propre père.

— Eh bien, décidément ! s'exclama Gerald Robinson en décrochant. Deux coups de fil si rapprochés, je n'en reviens pas !

— Je voulais t'annoncer une bonne nouvelle, déclara Graham. Je vais me marier. Et, en plus d'une belle-fille, je t'offre deux petites-filles par la même occasion.

— Avec qui te maries-tu ?

— Avec Sasha-Marie Gibault, la nièce de Roger. Nous nous connaissons depuis longtemps, mais nous avons renoué récemment et sommes tombés amoureux.

— Si tu es heureux, je suis heureux pour toi, affirma Gerald. J'ai moi aussi quelque chose à t'annoncer. J'ai décidé de ne plus me cacher. J'ai rencontré Kate Fortune aujourd'hui et lui ai raconté mon histoire.

— C'est une excellente nouvelle !

— Kate avait déjà deviné bien des choses, mais elle attendait de voir ce qui allait se passer.

— C'est une femme très intelligente, commenta Graham.

— Tu as raison. Elle m'a également confié qu'elle avait choisi qui lui succéderait à la tête de *Fortune Cosmetics.*

— Ah oui ? Et qui a-t-elle choisi ?

— Toi.

Totalement interloqué, il mit plusieurs secondes à comprendre la portée de ce que son père lui annonçait.

— Cela n'a aucun sens… Tu as dû mal comprendre.

— Je ne me trompe jamais, répliqua Gerald, égal à lui-même. Kate a vu en toi quelque chose qui lui a plu et elle veut que tu diriges sa société. Pour tout te dire, je pense qu'elle a fait le bon choix.

Venant de son père, ce compliment le prit totalement au dépourvu. Il ne se rappelait pas que Gerald ait jamais reconnu qu'il possédait des qualités ou un quelconque talent.

— C'est parce que je te crois doué que j'ai cherché à te convaincre de venir travailler avec moi, ajouta son père.

C'était un aveu qui lui faisait plaisir, car il avait toujours cru que son père ne cherchait qu'à exercer un contrôle sur lui.

— Je suis fier de toi, reprit ce dernier, et de ce que tu as accompli au Galloping G avec Roger. D'ailleurs, je t'annonce que j'ai l'intention de faire un don conséquent pour votre projet.

— Je te remercie beaucoup.

Il avait hâte d'annoncer à Sasha toutes ces bonnes nouvelles. Un problème se poserait cependant : le siège de *Fortune*

Cosmetics se trouvait dans le Minnesota. Sasha accepterait-elle de s'installer là-bas ?

Son père lui fournit aussitôt la solution :

— Je dois t'apprendre également que Kate Fortune a beaucoup apprécié ses séjours au Texas, loin des hivers si rudes du Minnesota. Elle a donc décidé de déplacer le siège de sa société à Austin. Tu pourras aussi probablement gérer une partie des affaires à distance, ce qui te permettra de continuer à participer à la vie du ranch.

Graham resta sans voix. C'était presque trop beau pour être vrai.

Il ne connaissait rien aux cosmétiques, mais il n'avait pas peur d'apprendre. Surtout pas alors que Kate lui offrait la chance de mettre à profit son MBA en dirigeant une société aussi prospère.

— C'est une excellente nouvelle, déclara-t-il.

Il ne parlait pas seulement de son futur poste, mais aussi du fait que Gerald avait reconnu son lien avec la famille Fortune. Ainsi, Graham pourrait lui aussi se considérer comme un Fortune et se rapprocher de la Fondation Fortune dans l'objectif que Peter's Place se développe et devienne exactement tel que Roger et lui l'avaient rêvé.

— Ecoute, reprit Gerald, je dois me rendre à un rendez-vous, mais je passerai dès que possible au ranch pour rencontrer ta fiancée et mes nouveaux petits-enfants.

Graham éteignit son portable et le glissa dans sa poche. La vie réservait vraiment des surprises. De merveilleuses surprises.

Très bientôt, il épouserait la femme qu'il aimait de tout son cœur. L'avenir ne lui avait jamais paru plus rempli de promesses qu'en ce jour béni des dieux.

12

Le véhicule de Sasha et Graham s'engagea dans la longue allée qui menait au ranch Silver Spur.

Quatre mois s'étaient écoulés depuis la naissance de Sydney, et l'automne s'était installé sur Austin, avec son cortège de couleurs pourpres et mordorées.

Kate Fortune et son mari, Sterling Foster, avaient récemment fait l'acquisition de ce ranch luxueux où Kate avait célébré son quatre-vingt-dixième anniversaire au début de l'année. A en croire les sœurs de Graham, la maison était extraordinaire et les jardins magnifiques. Pourtant, Kate et Sterling avaient pour projet de rénover entièrement l'intérieur de la bâtisse et de rebaptiser le ranch « Sterling's Fortune ».

Sasha aperçut des pur-sang qui paissaient dans des enclos verdoyants. Le Silver Spur ne ressemblait à aucun autre ranch, tant il était grandiose.

Elle avait du mal à intégrer le fait que sa propre réception de mariage allait se dérouler dans un cadre aussi somptueux. Ils s'étaient mariés l'après-midi même dans l'intimité familiale, mais Kate Fortune avait tenu à organiser une vraie réception en leur honneur.

D'après ce que Sasha avait compris, personne ne s'opposait jamais aux désirs de Kate, alors Graham et elle avaient accepté.

— Nous y sommes, annonça Graham quand le véhicule arriva en vue de la belle demeure.

Maddie, qui était assise à l'arrière à côté de Sydney, ne put retenir une exclamation de ravissement.

— Waouh ! Est-ce que c'est là que vit la reine ?

Sasha fut tentée de répondre par l'affirmative, car Kate Fortune vivait en effet comme une reine.

— Non, ma chérie, répondit-elle cependant. Mais on dirait vraiment un palais, n'est-ce pas ?

Pendant que le voiturier ouvrait la portière pour lui permettre de descendre, Graham s'occupa de sortir le bébé de son siège auto. Ils auraient pu confier Sydney à une baby-sitter, mais ils avaient préféré la garder avec eux, pour que toute la famille soit réunie. Oncle Roger devait lui aussi être présent, mais il avait insisté pour venir de son côté.

La petite famille monta les marches menant à la porte d'entrée. Un majordome en costume noir vint les accueillir et les introduire dans l'entrée au sol en marbre.

La voix de Kate résonna dans l'escalier.

— Dépêche-toi, Sterling ! Nos invités d'honneur sont arrivés.

Kate les salua chaleureusement avant de se tourner vers Maddie avec un sourire.

— Comme tu es belle dans cette robe ! On dirait une vraie princesse.

Maddie, qui portait une robe à fleurs roses et des ballerines assorties, esquissa une petite révérence.

— Merci. Vous, vous avez l'air d'une reine, madame Kate.

Tous s'esclaffèrent, bien qu'il y ait beaucoup de vérité dans cette déclaration enfantine.

Kate était très élégante. Elle s'était également montrée d'une bienveillance extraordinaire envers Graham, en le prenant sous son aile pour lui communiquer son expertise en affaires. Elle lui avait expliqué que *Fortune Cosmetics* avait besoin de quelqu'un de son envergure pour continuer à prospérer. Et, lorsque Graham avait expliqué que Sasha envisageait de rester au Galloping G, Kate avait accepté qu'il continue à être partie prenante du projet Peter's Place pendant quelque temps encore.

Pour le moment, il serait son principal consultant pour

Fortune Cosmetics, jusqu'à ce qu'il soit prêt à en devenir le président-directeur général.

— Je sais que cette réception est destinée à célébrer votre mariage, confia Kate à Graham, mais j'ai l'intention d'annoncer votre nomination à ce nouveau poste dans la société. J'espère que cela ne vous ennuie pas.

— Pas du tout, la rassura-t-il. Je souhaite encore une fois vous remercier pour cette belle opportunité professionnelle.

— Je vous en prie. Venez voir comment nous avons décoré la salle de réception.

Elle les guida dans une pièce immense qui avait été débarrassée de son mobilier habituel pour qu'on puisse y installer de grandes tables de banquet recouvertes de nappes en lin et décorées de bouquets de roses rouges. La porcelaine la plus fine et l'argenterie avaient été sorties.

Kate Fortune avait décidément mis les petits plats dans les grands. D'après ce que Sasha avait entendu dire, elle pouvait se le permettre.

La sonnette retentit.

— On dirait que nos invités commencent à arriver. Veuillez m'excuser.

Quand Kate eut quitté la pièce, Sasha se tourna vers Graham.

— Je n'arrive pas à croire qu'elle ait eu l'intention de nous offrir notre lune de miel et qu'elle nous ait proposé d'utiliser son jet privé.

— Je lui ai expliqué que nous ne pouvions laisser les enfants, dit Graham. Mais ne t'inquiète pas, Sassy. Nous aurons des milliers d'opportunités de voyager dans les années à venir.

— Je le sais, répondit Sasha en lui donnant un baiser avant que les invités — des Fortune pour la plupart — les rejoignent.

D'abord arrivèrent Ben, le frère de Graham, et son épouse Ella, ainsi que le jumeau de Ben, Wes, et sa fiancée, Vivian. Les deux couples souhaitèrent à Sasha la bienvenue dans la famille et s'extasièrent sur Maddie et Sydney.

Elle était heureuse de constater que la famille de Graham semblait peu à peu se ressouder, depuis que Gerald avait admis la vérité sur son passé en reconnaissant qu'il était bel et bien Jerome Fortune. La famille était primordiale à ses yeux, et elle était ravie d'être acceptée aussi chaleureusement au sein des Robinson et des Fortune.

Chase Parker et sa femme, Lucie, arrivèrent ensuite, suivis de près par le frère de Lucie, Charles Fortune Chesterfield, qui portait son fils Flynn et donnait la main à sa fiancée, Alice. Joaquin et Zoe Robinson Mendoza se présentèrent à leur tour.

Le calme se fit momentanément lorsque les parents de Graham pénétrèrent dans la pièce. Gerald Fortune Robinson — ou plutôt Jerome Fortune — était toujours un bel homme malgré ses soixante-dix ans passés. Ses cheveux poivre et sel et ses sourcils épais lui donnaient des airs de Sean Connery.

Il avait posé une main dans le dos de son épouse Charlotte, mais la retira dès qu'ils furent dans la pièce. Il se contenta d'adresser un signe de tête à Graham et Sasha avant de se diriger vers l'un des nombreux bars.

A peu près du même âge que son époux, Charlotte avait des cheveux blond platine coiffés très court et des yeux verts remarquables. Elle était très élégante avec son tailleur-pantalon haute couture et sa rangée de perles. Elle non plus ne vint pas trouver Graham et Sasha, pas plus qu'elle ne suivit son mari au bar. En revanche, elle attrapa un verre de vin rouge sur l'un des plateaux d'argent que portaient les serveurs.

Rapidement, l'effervescence gagna la petite assemblée composée non seulement de ceux qui pensaient autrefois n'être que des Robinson, mais aussi de ceux qui avaient appris récemment leur lien avec la famille Fortune, tels que les Hays, les Chesterfield et les Jones.

Et puis, bien entendu, il y avait ceux qui avaient toujours su appartenir à la famille Fortune.

Au bout d'une demi-heure, Kate fit tinter une cloche en argent et demanda le silence.

— J'ai une annonce à vous faire, commença-t-elle. J'ai choisi Graham Fortune Robinson pour me succéder à la tête de mon entreprise.

Des murmures et des mots de félicitations accueillirent cette nouvelle. De toute évidence, Kate avait gardé le secret, de même que Gerald.

— Peut-être vous demandez-vous ce qui m'a amenée à prendre cette décision, reprit Kate. Je suis consciente que Graham n'est pas un homme d'affaires classique, mais j'ai observé la façon dont il dirige Peter's Place et travaille avec les adolescents qu'il accueille. J'admire son caractère pondéré et son intérêt pour les idées nouvelles. Et surtout, je crois qu'il a un sens de la famille qui va bien au-delà de ce que j'ai pu observer chez les autres.

Une salve d'applaudissements accueillit ces paroles.

Graham prit la parole à son tour :

— Je voudrais remercier Kate pour la confiance qu'elle m'accorde. Je ferai tout pour ne pas la décevoir.

— Je n'ai aucun doute là-dessus, répliqua-t-elle. Je voudrais également profiter de cette occasion pour annoncer qu'un autre membre de la famille, Lucie Parker, sera en charge de superviser une nouvelle branche de la Fondation Fortune qui ouvrira à Austin dans quelques mois.

Lucie hocha la tête en souriant tandis que Chase, rayonnant de fierté, lui passait un bras autour de la taille.

Kate s'éclaircit la gorge pour attirer de nouveau l'attention de l'assistance.

— Je voudrais aussi présenter des excuses à Gerald, au nom de toute la famille Fortune, pour les mauvais traitements dont il a été victime quand il était plus jeune. Au sein d'une famille, on ne s'entend pas toujours, mais j'imagine à quel point les choses ont dû être terribles pour qu'il éprouve le besoin de changer d'identité. Je fais la promesse que, dorénavant, les Fortune seront présents pour Gerald et toutes les générations de Fortune Robinson à venir.

De nouveau, des applaudissements crépitèrent pour saluer ces paroles.

Sasha fut-elle la seule en cet instant à regarder les parents de Graham et à détecter l'expression hostile de Charlotte ?

Cette femme avait traversé de dures épreuves pendant ses trente-cinq années de mariage. D'autres femmes à sa place n'auraient pu s'adapter à tant de bouleversements.

— Vous savez, continua Kate, au cours de ma longue vie, j'ai été témoin et fait l'expérience de bien des choses. Il y a vingt ans de cela, j'ai été kidnappée et laissée pour morte. Jamais je n'aurais cru vivre jusqu'à quatre-vingt-dix ans et voir autant de mes proches trouver l'amour, se marier et donner naissance à de nouvelles générations de Fortune. Ce que j'ai découvert en arrivant au Texas, il y a six mois, est allé bien au-delà de mes attentes. J'y ai rencontré des personnalités attachantes et des dons si variés que je suis encore plus confiante aujourd'hui qu'hier dans le fait que les Fortune prospéreront longtemps après ma disparition.

Elle sourit et adressa un clin d'œil à l'assistance.

— Cela dit, grâce au sérum de jeunesse Fortune, je pourrais bien être encore là pendant de nombreuses années !

L'assistance éclata de rire tandis que Kate faisait signe aux nombreux serveurs de proposer des flûtes de champagne aux invités. Lorsque tous furent servis, y compris Maddie à qui on avait donné un peu de cidre, Kate porta un toast.

— Vive les Fortune ! Je suis impatiente de découvrir vos futurs accomplissements.

Les verres en cristal s'entrechoquèrent, puis tous reprirent en cœur :

— Vive les Fortune !

— Place aux réjouissances maintenant, conclut-elle avant de se diriger vers Graham et Sasha.

— Je comprends que vous n'ayez pas eu envie de voyager avec un bébé si jeune, leur souffla-t-elle, alors j'ai fait préparer une suite nuptiale pour vous deux ici même. J'ai également pris la liberté de parler avec les sœurs de Graham. Zoe, Rachel, Sophia et Olivia sont enthousiastes à l'idée de s'occuper de vos filles ce soir et demain. Tellement enthousiastes qu'elles ont dû tirer à la courte paille, et que c'est Zoe qui a gagné !

Graham se tourna vers Sasha.

— Kate m'avait fait part de son idée, alors j'ai préparé un sac pour nous, et un pour les filles.

— Zoe a tout prévu, reprit Kate. Elle a acheté *The Gingerbread Man*, qu'elle veut lire à Maddie. Puis elles feront des gâteaux en pain d'épice. Je crois qu'il est aussi question qu'elles regardent *Cendrillon*…

— Alors, qu'en dis-tu ? demanda Graham à Sasha.

— Je suis émerveillée ! D'abord par l'offre merveilleuse de Kate et ensuite par la gentillesse de Zoe.

Elle serra Kate contre elle.

— Merci pour la bienveillance dont vous faites preuve à notre égard.

Puis elle se tourna vers Graham, son mari, l'amour de sa vie.

— Je n'arrive pas à croire que tu m'aies réservé une aussi belle surprise.

Un sourire s'étira sur le beau visage de son mari.

— Je crois donc comprendre que c'est oui ?

Elle se hissa sur la pointe des pieds pour lui déposer un baiser sur les lèvres.

— Oh que oui ! Je meurs d'envie de passer ma lune de miel avec toi ici.

Grâce à Kate Fortune, cette soirée et les heures qui allaient suivre constitueraient un souvenir inoubliable.

Quelques heures plus tard, les invités commencèrent à quitter le Silver Spur pour rentrer chez eux.

Les jeunes mariés purent alors songer enfin à leur nuit de noces.

Sasha avait eu quelques scrupules à laisser ses deux filles, mais Maddie était tellement excitée à la perspective de rester avec tante Zoe et oncle Joaquin que sa mère en fut rassurée. Quant à Sydney, elle faisait déjà ses nuits. Et de toute façon, ils ne seraient pas loin puisque Zoe, Joaquin, Maddie et Sydney seraient installés dans l'une des maisons d'invités du ranch.

Lorsque Graham s'était enquis de l'endroit où Sasha et

lui-même devaient se rendre, Kate désigna l'arrière de la propriété d'un geste vague.

— Vous ne pourrez pas le manquer…

Elle avait raison.

La suite « Lune de miel » avait été installée dans l'un des pavillons les plus petits, mais certainement le plus charmant du ranch. Ils le reconnurent aux guirlandes scintillantes dans les arbres qui l'entouraient. L'allée menant à l'entrée était elle aussi ponctuée de bougies à la flamme vacillante.

Ils la remontèrent dans un silence extasié.

Après avoir ouvert la porte du pavillon, Graham se retourna vers Sasha et la souleva dans ses bras pour lui faire franchir le seuil.

— Monsieur Fortune Robinson, vous êtes encore plus galant que je ne l'imaginais.

Il s'esclaffa.

— Attends un peu. Tu vas voir aussi comme je suis romantique et tendre.

Il la reposa à terre et elle découvrit, bouche bée, le salon qui les attendait. Elle n'en revenait pas du soin apporté par Kate à la préparation de leur refuge nuptial.

Un feu se consumait dans l'âtre du petit salon douillet. Un bouquet de roses rouges était posé au centre de la table basse, à côté d'une bouteille de champagne et de deux flûtes. Kate avait pensé à tout, y compris au lecteur de musique.

En plus de tout ça, la cuisine regorgeait certainement de victuailles leur permettant de tenir un siège.

Graham l'appela depuis la chambre où il s'était rendu pour déposer leur sac.

— Chérie ! Si le salon te plaît, tu n'as encore rien vu !

Le rejoignant, elle découvrit un lit à baldaquin king-size sur les draps duquel on avait dispersé des pétales de rose.

L'arrière de la cheminée du salon était visible de la chambre, ce qui permettait de profiter également du spectacle des flammes rougeoyantes.

Pour couronner le tout, un bain à remous occupait l'angle de la pièce. Deux peignoirs et des serviettes duveteuses avaient été posés à proximité.

— Je n'arrive pas à y croire, murmura-t-elle. C'est merveilleux.

— Et ce soir, tout cela est pour nous, renchérit Graham en se dirigeant vers le lecteur de musique.

Quelques secondes plus tard, les notes d'une chanson d'amour emplirent la pièce, ajoutant encore au charme romantique de l'endroit.

— Je ne sais même pas par quoi commencer, déclara-t-elle, son cœur balançant entre le champagne, le bain et le lit.

— Moi, je sais, répliqua Graham en la prenant dans ses bras pour l'embrasser, d'abord lentement, puis de façon de plus en plus avide.

Sa langue s'immisça dans sa bouche et se mêla à la sienne. Leurs corps, pressés l'un contre l'autre, s'échauffaient, et le sang s'embrasait dans leurs veines tandis que montait leur excitation.

Ce que Sasha avait pu imaginer, lorsqu'elle avait fantasmé leurs ébats, était loin de ce qu'ils étaient en train de partager. Les sensations qu'elle éprouvait en cet instant étaient inédites et bouleversantes.

Cette soirée allait enfin les unir pour de bon. Et le lien créé entre eux ne durerait pas seulement une nuit, mais une éternité.

Graham guida Sasha jusqu'au lit et l'embrassa à nouveau langoureusement. Ses mains glissèrent dans son dos jusqu'à ses hanches qu'elles empoignèrent. Il la pressa contre son bassin, lui prouvant l'effet qu'elle provoquait chez lui et son impatience à faire d'elle sa femme et sa partenaire pour la vie.

Au moment où Graham crut qu'il allait défaillir du désir qu'il avait pour elle, Sasha mit fin à leur baiser et lui tourna le dos. Soulevant ses cheveux, elle lui donna accès à la fermeture Eclair de sa robe.

Tout en la faisant glisser jusqu'à sa taille, il embrassa son cou et promena la langue sur le point hypersensible situé derrière son oreille.

Sasha ôta sa robe qu'elle laissa tomber en boule sur le sol.

Il en eut le souffle coupé.

Comme elle était belle !

Il déboutonna sa chemise de ses doigts fébrile et s'en débarrassa. Puis il détacha son ceinturon et son pantalon qu'il ôta à son tour.

Quand il ne fut plus qu'en boxer, il se rapprocha de Sasha. Elle fit courir les mains sur son torse, le griffant légèrement, faisant naître des frissons sur sa peau malgré l'ébullition du sang dans ses veines.

Graham n'était pas le seul à se consumer de désir : elle chancelait sous ses caresses et dut s'agripper à lui pour maintenir son équilibre.

Alors Graham la souleva soudain dans ses bras et l'allongea sur le lit. Les cheveux déployés sur l'oreiller, entourée de pétales de rose, elle était un rêve devenu réalité.

Son rêve à lui.

Son épouse. Sasha.

Bien que brûlant de sentir sa peau contre la sienne, il prit néanmoins le temps de l'admirer, subjugué par ce spectacle angélique.

— Tu es la plus belle chose qui me soit jamais arrivée, Sassy. Je t'aime plus que tout.

Puis il se pencha et effleura ses lèvres des siennes.

Sasha l'attira plus étroitement contre elle.

Déchiré entre l'envie de la rendre folle de désir et son propre appétit, il continua à lui témoigner son amour par des caresses.

— Je n'arrive pas à croire ce qui m'arrive, murmura-t-elle. Cette nuit va être inoubliable.

— J'ai bien l'intention de faire de chacune de nos nuits un moment exceptionnel.

N'y tenant plus, il mit fin aux préliminaires et s'allongea doucement sur elle.

Sasha chercha son sexe érigé et le guida en elle. Il la pénétra lentement d'abord, se délectant de la sensation. Puis, lorsque le corps de Sasha répondit au sien, il imprima à ses hanches un mouvement de va-et-vient de plus en plus rapide.

Ce fut en cet instant que leur lune de miel commença pour de bon. Le temps fut comme suspendu. Plus rien n'avait d'importance en dehors de leurs deux corps et du plaisir qu'ils se procuraient.

Soudain, Sasha se cambra et cria, resserrant son étreinte autour de Graham.

Leurs cris de jouissance se mêlèrent, tandis que le plaisir se propageait en eux en ondes successives. Graham s'enfonça une dernière fois en elle et la rejoignit dans l'extase.

Faire l'amour n'avait jamais ressemblé à ça auparavant.

Deux cœurs, deux vies, deux rêves, réunis et liés à jamais.

Lovés l'un contre l'autre, ils savourèrent ensemble leur grand bonheur. Un bonheur pour l'éternité.

A partir de cette nuit et jusqu'à la fin des temps.

Retrouvez prochainement,
dans votre collection

SAGAS

PARENTHÈSE AU PARADIS - N°194

Le temps d'une idylle, de Cathy Williams

Les semaines de croisière que Delilah a passées avec Daniel auraient pu rester le plus beau souvenir de sa vie… mais lorsqu'elle découvre que Daniel lui a menti sur son identité, Delilah met un terme à leur idylle. Une question ne cesse alors de la tourmenter : comment le célibataire le plus riche d'Angleterre réagira-t-il à l'annonce de sa paternité ?

Une délicieuse comédie, de Melanie Milburne

Vingt-quatre heures. C'est le temps qu'il reste à Abby pour se trouver un fiancé. Comment pourrait-elle se rendre seule au bal du magazine où elle est journaliste, alors qu'elle y raconte qu'elle est en couple avec l'homme parfait ? Abby voit soudain l'image de Luke s'imposer à son esprit. Se pourrait-il que son ami, doté d'un charme ravageur, accepte de se prêter à cette comédie ?

La vengeance d'un milliardaire, de Chantelle Shaw

C'est la rage qui envahit Sabrina le jour où Cruz lui fait la plus humiliante des propositions : il sauvera sa famille de la ruine… en échange de six mois passés entre ses bras. Il est hors de question qu'elle cède ! N'a-t-elle pas déjà assez souffert à cause de lui, qui lui a brisé le cœur en la quittant sans une explication ?

UNE NUIT AU BOUT DU MONDE - N°195

Entre les bras d'un milliardaire, de Robyn Donald

Seule et sans moyen de quitter Londres pour rentrer en Nouvelle-Zélande, Siena pensait que sa situation ne pouvait être pire. C'était compter sans Nicholas Grenville, qui l'a abandonnée cinq ans plus tôt… et le seul à pouvoir lui permettre de rentrer chez elle. Mais avant cela, elle devra séjourner avec lui quelques jours à Hong Kong !

Une irrésistible attirance, de Jennifer Rae

Huit ans qu'Amy n'avait pas revu Luke, le frère de sa meilleure amie. Il l'avait fait rêver pendant tout un été, ensemble sur une île perdue au large des côtes australiennes… Mais cette nostalgie n'est rien comparée au choc que lui inflige le retour de Luke. Il est plus viril, plus imposant. Hors de question pourtant de céder au désir…

Retrouvez prochainement,
dans votre collection
SAGAS

Une nuit bouleversante, d'Andie Brock

En rejoignant Orlando aux Caraïbes, Isobel avait un but : convaincre le milliardaire d'investir dans son entreprise. Elle était alors loin d'imaginer que cet homme lui ferait passer une nuit inoubliable. Une unique nuit de plaisir qui devait rester sans suite. Seulement, Orlando souhaite poursuivre leur aventure ! Mais Isobel reste interdite. Comment annoncer à cet homme qu'elle porte son enfant ?

LES HOMMES DE LOI, d'Elizabeth Heiter - N°196

La menace cachée

Andre fixe le revolver que Juliette Lawson braque sur lui. Ainsi, son intuition ne l'a pas trompé : la prise d'otage dont la jolie graphiste vient d'être victime n'était pas un hasard. Mais qui est-elle en réalité, cette fragile jeune femme qui dirige sur lui son arme d'une main tremblante ? Quel secret la pousse ainsi à menacer un agent du FBI ?

Pour l'amour d'un garde du corps

Troublée, Shaye soutient le regard de Cole Walker. Pour la seconde fois en un an, le policier vient de risquer sa vie pour la sauver du malfaiteur qui a mis un contrat sur sa tête… Mais, cette fois, le bel inspecteur souhaite devenir son garde du corps. Une proposition que Shaye hésite à accepter car, s'il reste à ses côtés nuit et jour, Cole deviendra aussi la cible des tueurs qui la traquent…

Au cœur du risque

Marcos regarde la femme que son hôte vient de lui présenter comme étant une de ses amies. Pourquoi Brenna, son premier amour, se trouve-t-elle dans la demeure du baron de la drogue qu'il est venu espionner ? Priant pour qu'elle ne révèle pas son identité, il croise le regard de Brenna et se détourne. Car ce qu'il y a lu le déstabilise : un trouble égal au sien, preuve que leurs sentiments n'ont rien perdu de leur intensité…

Retrouvez prochainement,
dans votre collection

SAGAS

LA SAGA DES LEOPARDI, de Penny Jordan - N°197

L'héritier des Leopardi

Depuis la mort de sa sœur, Julie élève le fils de celle-ci, un bébé de trois mois à qui elle est bien décidée à offrir tout son amour. Mais, alors qu'elle rentre chez elle, Julie découvre devant sa porte la silhouette imposante d'un homme dont le regard est tout sauf amical. Un homme qui se présente comme Rocco Leopardi, l'oncle de Josh, et qui exige que l'enfant aille vivre dans la famille de son père, en Sicile...

Un bouleversant mensonge

Désemparée, Léonora comprend que, si elle veut éviter la prison à son frère, elle va devoir accepter l'ignoble chantage d'Alessandro Leopardi : faire croire à tous qu'elle est sa maîtresse, et l'accompagner en Sicile pour une grande fête familiale...

Un château en Sicile

Alors qu'il n'y croyait plus, Falcon retrouve enfin la trace de l'héritier de la famille Leopardi, le fils de son demi-frère Antonio. Mais, lorsqu'il fait la connaissance de la mère du bébé, il découvre une jeune femme épuisée et apeurée, pour laquelle il éprouve soudain un étrange désir de protection...

[illegible]

Code Postal [illegible] Ville [illegible]

[illegible]